장 영 우
평 론 집

연기(緣起)의 시학

연기(緣起)의 시학

장 영 우

역락

문학 공부를 하며 생각했던 것들…

대학원에서 문학 공부를 하면서 이상한 비유나 술어에 고개를 갸웃했던 일이 있었다. 1945년 8월 15일부터 1948년 8월 15일까지를 '해방공간'으로 규정하는 게 납득이 안됐고, "해방이 도둑처럼 왔다"는 말이 명구(名句)처럼 회자되는 것도 괴이했다. 지금은 '해방공간'이란 술어를 사용하는 이가 거의 없으니 논외로 하더라도, 뒤의 표현은 깊이 생각해 볼 필요가 있다. 도둑이란 남의 집에 몰래 들어가 물건을 훔치는 자를 일컫는 단어인데, 해방이 도둑처럼 왔다면 해방은 우리에게 좋은 일이 아니란 것인가? 해방이 도둑이라면 그가 우리에게서 훔쳐간 소중한 재산은 무엇일까? 해방이 되어 무언가 소중한 것을 잃은 사람이라면, 그는 일제시대 부귀영화를 누렸던 친일파가 아니었을까? 그렇다면, "해방이 도둑처럼 왔다"는 말은 친일파에게나 해당될 비유인데 왜 많은 사람이 그 말을 금과옥조처럼 떠받드는 것일까 하는 의문은 꽤 오래 갔다. 아직도 광복절 무렵이면 이 말을 인용하는 사람들이 적지 않은데 그 의미나 제대로 알고 쓰는지 적이 의심스럽다. 그보다는, 해방을 가리켜 "아닌 밤중에 찰시루떡 받은 격"으로 비유한 것이 더 큰 공감을 자아낸다. 잠을 자다 일어나 엉겁결에 찰시루떡을 먹으면 체하기 십상인데, 해방 후 우리 정국이 꼭 그러했기 때문이었다.

이문구의 『관촌수필』을 읽었을 때의 기억도 선명하다. 그것은 이제까지 보았던 소설과 다르면서도 왠지 친숙한 느낌을 주어 내가 알고 있는 문학적 지식으로는 설명하기 곤란한 글이었기 때문이다. 제일 이상했던 것이 소설의 제목이었는데, 이 작품의 장르를 무엇으로 확정해야 할까, 수없이 고민했다. 여러 논자가 이 소설의 제목과 형식에 대해 논의를 펼쳤지만, '수필(隨筆)'이란 단어가 중국 명나라 소설(小說)의 하위 개념으로 사용되었다는 사실을 알고 고개를 끄덕였다. 이문구는 서구소설(novel)의 글쓰기 방식을 무조건 추종한 게 아니라 전통소설 또는 옛날이야기 관습을 현대적으로 변용시키려는 노력을 기울여왔던 것이다. 이와 함께 「관산추정」에 나오는 "구이지학(口耳之學)"의 어원이 『순자(荀子)』 「권학편」에서 비롯되었다는 것을 안 연후에야 비로소 이문구 소설의 창작 기법을 이해할 수 있었다. 그는 우리나라에 근대문학이 수입된 이후 소설(小說)의 전통을 계승하고자 노력한 매우 희귀한 작가였던 것이다. 그와 함께 특별히 눈에 띄는 작가가 서정인이다. 그는 영문학을 전공하여 초기에는 서구적 모더니즘 계열의 소설을 썼으나 중년 이후에는 '이야기체 소설'로 방향을 선회한 독특한 개성의 작가다. 김유정·채만식 소설에서도 옛날이야기 방식의 전통을 발견할 수 있으나 그것이 계획적인 것인지는 확실하지 않다. 하지만 서정인·이문구 소설은 작가의 뚜렷한 의식과 목적에 따라 쓰여진 것이란 점에서 각별한 의미를 갖는다.

문학 공부를 하며 경험했던 이해하기 어려운 점들이 이런 사소한 문제들만은 아니지만, 한국문학의 연구 방법론이 서구 이론 일색인 것에 늘 아쉬움을 가지고 있었다. 그러나 우리 문학인들은 서구 문학을 하나의 전범으로 삼아 그것에 다가가려는 노력은 경주했을지언정 우리 문학을 분석하고 평가할 고유의 방법론을 고민하는 데는 열성을 보이지 않았다. 그런 사정은 이른바 '한글세대'라 불리는 평론가가 니체·헤겔·프로이트·사르트르 등 서구 문인을 '경쟁자'가 아닌 '전범(典範)'으로 여겼다가

"그들이 영원한 모범이 아니라 경쟁자라는 것을 깨달은 것은 훨씬 뒤의 일이었다"고 고백한 대목에 잘 요약되어 있다. 이런 인식이 최근의 젊은 작가들에까지 영향을 미쳐 한국문학의 정체성이 무엇인가 하는 근본적인 회의를 갖게 한 일이 있었다.

2010년 8월 15일부터 21일까지 일주일 동안 서울의 한 대학에서 국제 비교문학회 세계대회가 열렸다. 그 행사에는 헤르타 밀러, 압둘 잔 모하메드 등 서구 문학인과 국내 문인 등 천여 명이 모여 열띤 토론을 벌였다. 나는 그 대회에 참석하지 못했으나, 대회 소식을 전한 언론의 보도를 보고 경악하지 않을 수 없었다. '한국작가의 밤' 행사에 참여한 젊은 한국 소설가가 "작가로서의 나는 내가 사는 한국에 대해서, 그곳에 사는 한국인에 대해서 쓰려고 생각해 본 적이 한 번도 없다"며 자신의 "소설 속에서 정치적, 사회적, 지역적 기표를 의식적으로 생략하는 것은 소설 속 인물들은 그저 존재하면 되지, 한국인으로서 존재할 필요가 없다는 생각에서다"라고 말했다는 것이다. 한국인으로 태어나 한국에서 최고 교육을 받고 작가가 되어 세계적인 학술대회에 초청받을 만큼 인정받는 소설가가 자신이 태어나 자란 조국과 자신과 같은 민족에 대해 소설을 쓰려는 생각을 하지 않았다면, 그는 그때까지 무슨 소설을 썼던 것일까? 그는 한국과 한국인을 제재나 주제로 다루지 않아야 보편적이고 세계적인 문학을 할 수 있다고 생각한 것일까?

이천년 대에 들어서면서 '식민지 근대화론'을 긍정적으로 수용하는 한국문학 연구자가 증가했다. 그들은 민족주의 문학론을 비판하면서 "식민지 민족주의는 자신의 적(제국주의)으로부터 배우면서 성장"했기 때문에 "배우면 배울수록, 그는 적의 모습에 가까워질" 수밖에 없다고 말한다. 그러한 주장에 일말의 타당성이 없는 것은 아니지만, 그들 또한 스스로 참조하고 인용하는 서구 및 일본의 논리와 주장을 통해 우리 문학을 훼손

폄하하면서 그들을 닮아가고 있다는 사실은 인식하지 못한다. 그 결과 어떤 이들은 이제까지 한국문학사에서 민족주의 작가로 평가되었던 작가와 작품이 사실은 일제의 전시 체제에 순응한 친일적 결과물이라는 기발한 해석도 서슴지 않는다.

한국 현대문학을 공부하면서 늘 고민했던 것은, '한국현대소설의 특질이 무엇인가' 하는 점이었다. 일본은 자국의 근대소설을 '私小說'이란 독특한 장르로 명명하고 있지만, 우리는 '이식문학론'의 굴레에 갇혀 있는 것이 안타까웠다. 우리 근대소설이 서구 및 일본의 영향을 받은 것은 분명하지만, 전통서사와의 연결고리가 완전히 끊어졌다고 보는 견해에는 동의할 수 없다. 김유정 소설에서 우리 옛날이야기의 흔적을 찾고, 이문구·윤흥길·이문열과 후기 서정인 소설에서 전통서사의 현대적 변용 가능성을 발견하면서 한국 현대소설의 특질이 '이야기성'에 있지 않을까 하는 생각을 하게 되었다. 하지만 그것이 무엇인지 설명할 수 있는 단계에는 이르지 못했다. 다만, 앞으로의 내 문학공부가 그것의 논리화·체계화에 바쳐질 것이라는 점은 분명하다.

책 제목을 '緣起의 시학'으로 한 것은 애초에 생각했던 '관계의 시학'이란 제호를 다른 이가 먼저 사용했기 때문이다. 나는 지난 십여 년 동안 불교적 관점으로 문학을 해석하려 애썼다. 그 결과는 미흡하고 보잘 것 없지만, 전혀 불가능한 공론(空論)은 아니란 생각이 들어 다행스러웠다. '연기(緣起)의 시학'은 '거울과 벽(壁)의 상상력'의 연장이다. 이 상상력은 더 꾸준히 지속될 것이다.

2015년 여름, 만해관 연구실에서
장영우

차 례

2부

1부

불교적 문학관의 가능성

심우장 시절의 만해 문학

현대 소설에 나타난 승려상(僧侶像)

한국 현대소설과 불교 생태관

불교적 문학관의 가능성

1.

　'언어도단(言語道斷)', '불립문자(不立文字)'라는 성어가 말해주듯, 불교에서는 언어를 부정한다. 물론 언어를 부정하는 듯한 태도를 취하는 것은 불교뿐만이 아니다. 노자(老子)도 "도를 도라 설명하면 이미 도가 아니다[道可道 非常道]"라 하여 언어를 불신한 것은 널리 알려진 사실이다. 그러나 불교의 교리가 팔만대장경으로 결집되었고, 『도덕경』 또한 5천여 자로 구성되었다는 것은 의사소통을 위해 언어가 필요불가결한 조건이라는 점을 강력히 암시한다. 석가나 노자는 언어가 사상(事象)의 본질을 알려주는 것이 아니라 그것에 도달하기 위한 하나의 수단일 뿐이라는 점을 일깨운 것이다. "강을 건너 언덕에 오르면 뗏목을 버려라[捨筏登岸]"거나, "고기를 잡은 뒤에는 그물을 잊어라[得魚忘筌]"는 구절은 '언어도단·불립문자'와 함께 불교의 언어관을 은유적으로 보여주는 성구다. 우리는 언어를 통해 서로 소통하지만, 그 언어는 매우 불안정하고 자의적(恣意的)이어서 일쑤 혼란을 야기한다. 현대 언어학자 소쉬르는 이를 '언어의 자의성'이란 개

넘으로 설명하거니와, 불교에서는 올바른 깨달음을 얻기 위해서는 언어를 버리고 오직 직관을 통해야 한다고 역설한다.

혜능(慧能)은 중국 남해 신주에서 태어나 글자를 배우지 못했음에도 홍인(弘忍)으로부터 전법가사(傳法袈裟)를 받고 중국 선종 6조가 된다. 원래 홍인에게는 신수(神秀)라는 성실한 제자가 있었는데, 홍인의 지시에 따라 신수와 혜능이 지은 시는 깨달음에 대한 두 사람의 방법론적 차이를 극명하게 보여주는 사례다.

> 身是菩提樹　　　몸은 깨달음의 나무요
> 心如明鏡臺　　　마음은 밝은 경대와 같으니
> 時時勤拂拭　　　때때로 부지런히 털고 닦아서
> 勿使惹塵埃　　　티끌과 먼지가 묻지 않게 하리라.

신수는 아마도 시인 기질이 강했던 것같다. 그는 인간의 육체와 정신을 각각 '보리수'와 '명경대'로 비유하여 욕망에 물들지 않으려 용맹정진하는 자신의 노력을 스승에게 알리고자 했던 것으로 보인다. 그런데 그 시 구절을 전해들은 혜능은 "보리는 본래 없는 나무며(나무가 아니며) 밝은 거울 또한 받침대가 아니다[菩提本無樹 明鏡亦非臺]"고 신수의 게송을 비판한 뒤, "마음이 보리수며 육체가 밝은 거울대"라는 정반대의 논리를 제기한다.

> 心是菩提樹　　　마음이 보리수요
> 身爲明鏡臺　　　몸은 명경대라
> 明鏡本清淨　　　거울은 본래 맑고 깨끗하니
> 何處染塵埃　　　티끌과 먼지에 물들 데가 어디 있겠나.

신수는 육체는 보리수와 같이 튼튼하지만 마음이 거울처럼 흐려질 것을 염려한 데 반해, 혜능은 마음이야말로 보리수처럼 굳건하여 흔들리지 않으며, 육체는 밝은 거울을 받쳐주는 틀에 지나지 않으므로 거울이 먼지에 오염될 일은 없다고 말한다. 마음이 더러워질 수 있다고 읊은 신수는 마음의 실체[自性]를 인정하고 그것이 '몸'과 다르다고 생각한다. 이에 반해 혜능은 마음과 몸이 본래 없는 것[本來無一物]이므로 무엇에 물들 까닭이 없다고 갈파한 것이다. 신수는 '보리(깨달음)'과 '보리수'를 같은 것으로 착각했으며, '거울'과 '받침[臺]'을 일체(一體)로 오해한 것인데, 이는 언어의 본질을 직관하지 못하고 외양에 집착하는 관습에 얽매여 있음을 뜻한다. 하지만 혜능은 '밝은 거울'이 오염되면 '명경'이라 불릴 수 없으므로 먼지에 더럽혀질 까닭도 없다고 하여 신수의 고식적 사고를 비판한 것이다. 신수와 혜능의 게송은 불교가 비록 언어를 부정하는 듯한 태도를 취하지만, 진리와 깨달음을 전달하는 데 언어가 얼마나 중요한 수단인가를 역설적으로 보여준다.

불교에서는 우주 삼라만상의 구성 원리를 연기론(緣起論)으로 이해한다. 불교의 연기론은 엄밀한 의미에서 서구의 인과론(因果論, casual theory)과 다르다. 서구의 인과론이 원인과 결과의 관계를 기계적이고 선조적(線條的)으로 이해한다면, 불교에서는 모든 사물이 실체성을 띤 것[常住]이 아니라 요소들의 결합[緣起]을 통해서만 존재하는 것으로 본다.[1] 그러나 용수(龍樹, Nagarjuna)는 자성(自性)을 인정하는 초기불교의 연기법을 비판하고 '팔불게 (八不偈)'[2]를 제시하여 원인과 결과 사이의 상호의존성에 주목할 것을 주장한다.

---

1) 테오도르 체르바츠키 저, 권오민 역, 『소승불교개론』, 경서원, 1986, 152쪽.
2) "不生不滅 不常不斷 不一不異 不來不去."

> 한송이의 국화꽃을 피우기 위해
> 봄부터 솥작새는
> 그렇게 울었나보다
>
> 한송이의 국화꽃을 피우기 위해
> 천둥은 먹구름속에서
> 또 그렇게 울었나 보다

—서정주, 「국화옆에서」 부분

서정주의 잘 알려진 시 「국화옆에서」는 과학적 사고로는 설명이 안 되는 진술로 일관한다. 시적 화자에 따르면 국화꽃을 피우기 위해 봄에 소쩍새가 울고 여름에 천둥이 쳤다는 것인데, 소쩍새 울음과 천둥이 국화의 개화와 어떤 인과관계가 있는지 과학적으로 전혀 설명이 안 되기 때문이다. 이 시의 논리대로라면 국화의 개화의 직접적 원인이 소쩍새 울음과 천둥이어야 하지만, 이를 과학적으로 입증할 방법은 없다. 그럼에도 불구하고 대다수 한국인은 이 시에 대해 별다른 거부감이나 의아심을 갖지 않는다. 그것은 소쩍새와 천둥의 울음이 국화꽃이 피기 위한 유일하고 절대적인 조건(원인)은 아니더라도 수많은 이유 가운데 하나일 수 있으며, 한송이의 꽃을 피우는데도 여러 가지 시련과 고난이 뒤따르고 오랜 시간이 필요하다는 사실을 에둘러 표현한 것이라는 점을 잘 이해하고 있기 때문이다. 이런 관점에 따르면, 원인은 고정된 하나의 '이것'이 아니라 '이것'이 다른 '저것'과 만나 무엇인가를 만들어내는 결합들, 즉 원인은 기원이라는 고정된 시점이 아니라 결과와의 관계에서 변용(affection)되는 과정이며, 결과와의 관계에서 만들어지는 차이의 공간3)이라는 논리가 성립한다.

---

3) 오현숙, 「들뢰즈와 불교의 관계론 : 비/관계의 접속」, 『동서비교문학저널』 제14호, 2006, 봄여름, 81쪽.

그러므로 동일한 원인이 주어지더라도 그 과정과 결과가 같을 수 없고, 그 역도 마찬가지다. 실제로 엄밀하게 계산된 조건과 특정한 환경에 따라 이루어지는 실험이나 기계적 결합을 제외하고는 현실세계에서 동일한 원인과 결과가 발생하는 일은 불가능하다. 국화 한 송이가 개화하는 데도 씨앗을 뿌려 물을 주는 것에서 시작하여 여러 보살핌과 조건이 뒤따라야 하지만 시적 화자에겐 어느 봄날 밤을 꼬박 새우며 들었던 소쩍새 울음소리와 여름 장마철 천지를 뒤흔들었던 요란한 천둥소리가 유난히 기억에 남았던 모양이다. 소쩍새 울음소리와 천둥은 국화를 피우기 위한 외적 원인(遠因), 즉 연(緣)에 해당하므로 이 시의 발상은 불교의 연기론에 입각한 것이라 할 수 있다. 국화가 피기 위해서는 봄여름이란 시간 속에서 소쩍새와 천둥이 우는 것 같은 수많은 조건이 맞아야 하지만, 그것만으로 국화꽃이 피는 것은 아니다. 하나의 사건은 수많은 원인과 결과의 긴밀한 상호작용에 의해 발생하지만, 그 원인과 결과는 불변하는 실체가 아니다. 이런 점에서 불교 연기론의 핵심은 상호의존성에 있으며, 그것도 선행하는 시간이 후행하는 사건의 영향을 받는 이시적(異時的) 상호의존성에서 찾을 수 있다.[4] 이는 원인이 결과에 영향을 미친다는 기계론적 결정론에서 벗어나 결과를 통해 원인을 밝히고 원인과 결과의 의미를 재구성한다는 것을 뜻한다. 원인은 자성이 없으므로 고정될 수 없고 결과와의 관계에 따라 변할 수 있는 것이다. 화엄에서 '상즉상입(相卽相入)'의 상입은 두 개의 거울이 마주 비추는 것과 같고, 상즉은 파도가 서로 받아들이는 것과 같다[相入則如二鏡互照 相卽則波水相收]고 비유적으로 설명된다. 두 개의 거울을 마주 세운 뒤 가운데 촛불 하나를 켜놓으면 하나의 상이 무한 반복

---

4) 한자경, 『유식무경 : 유식불교에서의 인식과 존재』, 예문서원, 2000, 152쪽.
　진은영, 「나가르주나와 니체」, 『시와 세계』 18, 2007. 6, 183쪽.

[一即多]하여 전체가 환해지고, 파도는 시간의 차이에 따라 계속 생겨나 밀려들지만 각각의 파도가 물[多即一]이라는 사실에는 변함이 없다. 이처럼 어떤 결과에 대한 원인이 하나인 것 같지만 실제로는 여럿일 수 있고, 여러 원인에 의해 어떤 결과가 비롯되지만 내게 가장 생생하고 감동적인 원인은 하나밖에 기억되지 않는다.

2.

한국문학에서 가장 빈번하게 차용된 불교적 세계관은 연기론과 윤회설이다. 이것은 삼국시대 이후 한국문학의 가장 중요한 모티프 또는 주제로 활용되어왔고, 현대문학에서도 다소 세속화되고 변형된 양태로 문학적 상상력에 영향을 미치고 있다. 이 가운데 연기론은 "이것이 있기 때문에 저것이 있고, 이것이 생기기 때문에 저것이 생긴다. 이것이 없기 때문에 저것이 없고, 이것이 멸하기 때문에 저것이 멸한다[此有故彼有 此起故彼起 此無故彼無 此滅故彼滅(『雜阿含』)]"고 하여, 우주 삼라만상의 존재와 소멸의 원리를 설명하는 논리다. 이것과 저것은 서로 완전한 독립체가 아니라 상호의 존적 관계에 의해 생겨난 존재다. 그러므로 이 세상 모든 것은 영원불멸한 고정적 실체나 독립적 실체가 있을 수 없다. 자아가 고정적이고 독립적인 실체가 아니라는 생각은 주객의 절대적 평등 관계를 전제로 한다. 연기론은 서구 근대의 기계론적 인과론과 달리 사물들의 인과관계가 순환적이고 비선형적인 관계5)를 이루며, 모든 존재가 대등하다고 보는 동체대비적 윤리관으로 이 세계를 분리된 부분들의 집합체가 아니라 하나

---

5) 최종석, 「생태불교의 필요성과 가능성」, 『불교생태학 그 오늘과 내일』, 동국대 불교문화 연구원, 2003, 57쪽.

의 통합된 전체로 보는 '전일적 세계관(holistic worldview)'을 지향한다.

　자연과 인간을 분리할 수 없는 하나의 전체로 파악하는 '전일적 세계관'은 외부 세계를 주체의 고정된 시각으로 바라보는 관습에서 벗어나 주체와 객체가 서로 위치를 바꾸는 복수적, 상호적 관점에서 사물의 본질을 추구하는 태도를 지향한다. 그것은 고정된 관점에서 사물을 밖에서 바라보는 서구의 원근법(perspective)과 달리 '다원적 시점'·'움직이는 시점' 또는 '복판에 내재하는 시점'6)으로 사물의 내부에서 바라보는 방법론을 뜻한다. 이처럼 사물의 내부에서 바라보는 시점은 사물의 '깊이', 다시 말해서 "사물과 나 사이에 있는 끊을 수 없는 연결"7)을 파악하여 사물을 입체적이고 총체적으로 이해할 수 있도록 한다. 우리가 사물을 응시하고 그 본질을 파악하려 할 때 사물의 내면과 깊이를 이해하지 못하면 그것은 다만 사물의 형태와 색깔을 관습적으로 지각하는 행동에 지나지 않는다. 그것은 마치 사물을 거울에 비추거나 화면에 정확히 모사(模寫)한 것과 같아 특별한 느낌이나 정조를 유발하지 못하며, 사물의 본질이나 인간과의 관계에 대한 근본적 성찰을 이끌어내지 못한다. 그러므로 사물의 본질이나 사물과 인간의 관계에 대한 근본적 이해에 도달하기 위해서는 그것의 외양에 현혹되거나 그것과 자아를 분별하지 않는 태도로의 전환이 필요하다. 이를 불교에서는 '회광반조(回光返照)' 또는 '벽관(壁觀)'이라 칭한다. '회광반조'를 축자적으로 풀이하면 "빛을 되돌려 거꾸로 비춘다"란 뜻이 되는데, 이는 사물의 외관을 볼 것이 아니라 자아의 내면에 침잠하여 반성하면 자아의 본성을 깨달을 수 있다는 것이다. 이와 함께 '벽관'은 실체적 사물로서의 벽을 바라보는 것이 아니라 나의 내면을 반영하고 있는 벽

---

6) 김우창, 「풍경과 선험적 구성」, 『풍경과 마음』, 생각의나무, 2003, 78쪽.
7) 메를로 퐁티, 『지각의 현상학 Phenomenologie de la Perception』, 김우창, 위의 책, 101쪽에서 재인용.

을 통해 나를 들여다보는 행위를 가리킨다. 거울을 바라보는 사람은 거울에 비친 자신의 모습이 본래의 자기라고 생각하지 않는다. 거울을 바라보는 자아와 거울에 비친 영상은 주체와 대상으로 분리되어 인식되기 때문이다. 그러나 벽관을 통해 자신의 내부를 응시하게 되면 주체와 대상의 구별이 없어지며 그 관계가 역전되고, 주체와 대상이 결국 하나가 되는[8] '회광반조'를 체험한다.

지금까지 살펴본 '연기론'과 '벽관·회광반조'는 주체와 객체를 상호의존적이고 분리불가능한 존재로 인식한다는 점에서 공통된다. 그리고 이러한 관점은 각각의 사물이 개별적이고 상호 대립하거나 배척하는 것처럼 보이지만 실제로는 서로 유기적으로 어울려 조화와 통일을 이루는 미학적 이론으로 전유될 수 있다. 다시 말하여 불교의 '연기론'과 '벽관'은 세계와 자아를 인식하는 틀로 기능할 뿐만 아니라, 문학 작품을 이해하고 분석하는 방법론으로 기능할 수도 있다는 것이다. 비근한 예로, 한편의 문학 작품에 재현되는 세계는 오로지 세부의 구체적 묘사와 서술에 의존하기보다 작품의 전체적 구성이나 구조와의 관련에 따라 이루어진다. 따라서 작품 속의 세부적 사건이나 사물의 의미를 올바로 이해하기 위해서는 작품 전체의 내용, 더 나아가 그 작가의 작품 전체와의 상호연관성에 주목할 필요가 있다. 우리가 알고 있는 수다한 문학이론은 저마다의 장점과 개성을 가지고 작품의 숨겨진 의미를 드러내는 데 일정 부분 기여한다. 그러나 시대와 환경에 따라 인간의 사고가 변하고, 그들이 읽고 해석하는 작품(텍스트)의 의미도 새로워져 어떤 점에서 문학(비평)은 "단절, 소외, 심지어 반(反) 의사소통의 양상"[9]을 띠기도 한다. 문학을 읽고 해석하

---

8) 장영우, 「불교와 현대소설의 관련양상」, 『거울과 벽』, 천년의시작, 2007, 392쪽.

9) 정명환, 「철학과 문학적 진실」, 『문학과 철학의 만남』, 민음사, 2000, 67쪽.

는 행위는 그것과의 대화를 통해 인간과 삶의 진실을 발견하고자 하는 노력과 다를 바 없다. 그렇다면 우리는 작품을 단순한 객관적 텍스트로만 볼 것이 아니라 끊임없이 작가와 작품, 독자와 작가(작품)의 체험과 사유를 매개하고 연결하면서 작품의 의미와 독자의 판단이 화합할 수 있는 지점을 찾아야 한다. 이때 아무 것도 반영하지 않는 벽(壁)을 보고 자아성찰을 시도한 달마의 '벽관'이나, 거울에 비친 자신의 모습을 그대로 볼 것이 아니라 거울 속의 나로 하여금 거울 밖의 나를 성찰하게 하는 '회광반조'는 작품을 보다 심층적으로 이해하는 유효한 방법이 될 것으로 생각한다.

정찬의 소설 「숨겨진 존재」는 달마의 '벽관'에 가탁하여 자신의 소설관을 드러낸 작품으로 지금까지 살핀 시론(試論)에 대한 적절한 사례가 될 만하다. 이 소설의 화자는 우연한 기회에 설악산에서 기이한 정신적 체험을 한 뒤 달마의 벽관에 깊은 관심을 보인다. 그는 가을 설악산의 깊은 골짜기에서 밤하늘을 바라보다가 이제까지 자신을 가두고 있던 욕망의 고통이 사라지면서 문득 자신을 내려다보고 있는 어떤 존재를 느낀다. 논리적 설명이 불가능한 그 짧고도 황홀한 순간적 경험을 화자는 "초월적 존재에 대한 어렴풋한 느낌"으로만 이해하던 중 달마의 벽관을 알게 되면서 그 의미를 새롭게 해석하기에 이른다. 달마의 벽관은 그가 평생 추구해 온 소설과 깊은 연관성이 있는 것처럼 생각되었기 때문이다.[10]

신은 피조물을 내려다본다. 나는 신으로서 나의 피조물인 작품을 내려다본다. 달마는 벽을 보고 있다. 그에게 벽은 궁극의 존재다. 소설가에게 궁극의 존재는 무엇일까? 소설이다. 더 구체적으로 말하면 누구에 의해서도 씌어진 적이 없는 완전한 소설이다. 달마가 벽을 응시하듯 나는 완전한 소설을 응시한다. 달마가 벽을 보는 것이 아니라 벽이 달마를 보듯, 내

<hr>

10) 장영우, 앞의 책, 391쪽.

가 소설을 보는 것이 아니라 소설이 나를 보고 있다. 달마의 벽관에 대응하는 소설가는 더 이상 신이 아니다. 오히려 소설이 신이 되어 소설가를 내려다본다.[11)]

　작가가 작품을 쓰는 행위를 신의 창조와 동일한 것으로 여기는 관습은 서구 문학의 오랜 전통이다. 그런데 이 소설의 화자는 그러한 관습에서 벗어나 자신이 창작한 작품을 신의 위치에 놓고 작가의 태도를 성찰한다. 그것은 자신의 작품을 통해 거꾸로 자신을 되비춰보는 행위, 다시 말해 자아비평 혹은 자기성찰의 행위에 다름 아니다. 창작자의 권위를 버리고 작품을 순객관적으로 응시하는 태도는 그 작품에 대한 절대적 확신이 없으면 불가능하다. 그러한 행위에는 작품을 통해 무언가를 얻으려거나 누리려는 일체의 욕망이 배제되어 있다. 이 소설의 화자가 달마 그리는 사내를 만나 '무소구행(無所求行)'의 의미를 되새기는 것은 작품과 관련된 온갖 집착과 욕망을 버리고 오로지 작품의 완성도를 높이는 데 진력하자는 각오로 예술의 무상성(無償性)을 강조하는 예술지상주의자의 태도를 연상시킨다. 작가에게 작품은 자신을 비춰주는 '거울'이지만, 정찬은 그것을 '벽(壁)'으로 인식하고 엄정한 독자의 관점에서 자신의 창작행위에 세속적 욕망과 거짓이 개입되지 않았는지 반성한다. 이처럼 '작가─작품─독자'의 관계를 대등한 입장에서 바라보고 작품에 반영된 작가의 의도와 의도하지 않았지만 작품에 내재된 의미 등을 통해 작품의 본질에 다가가고 작가를 보다 깊이 이해하려는 것이 '벽관의 소설학'이다.

---

11) 정찬, 「숨겨진 존재」, 『베니스에서 죽다』, 문학과지성사, 2003, 267쪽.

3.

「환각의 나비」[12]는 치매기가 있어 실종된 노모를 찾는 대학여교수와 사춘기 무렵 성폭행을 당한 뒤 신기(神氣)가 있어 무녀노릇을 하다 승려가 된 비구니 등 두 여성의 시점으로 서술된 작품이다. 이 소설은 전지적 서술자에 의해 서사가 진행되지만, 부분적으로는 몇몇 초점화자의 시선과 심리 묘사로 서술된다. 그 가운데 '영주'는 이 소설의 핵심서사를 실질적으로 이끌어가는 초점화자로 실종된 노모와 관련된 가족사는 전적으로 그녀의 기억과 분석으로 재구성된다. 그러므로 이 소설을 해독하는 일반적이고 관습적인 방법은 '영주'의 진술에 따라 작중인물의 행동과 심리를 분석하고, 전후 사건의 인과관계와 함축적 의미를 해명하는 것이다. 이러한 일반적 독법에 따르면, 이 소설은 "겉멋과 정욕의 대비라는 테마의 변주",[13] 또는 "가족이 이끌리는 대로 살아온 '어머니' 또는 여성의 삶"[14]을 그린 작품으로 이해된다. 하지만 이 소설을 치매환자로 치부되는 '영주'의 노모 또는 천덕꾸러기 '자연스님'의 시각에서 보면 얘기는 다른 양상으로 전개된다.

이 소설은 "그 집에는 느낌이 있었다"라는 문장으로 시작되어 어머니가 실종된 지 반년이 가까운 어느 날 '영주'가 우연히 서울 근교의 외딴집에 갔다가 어머니를 발견하는 장면으로 끝난다. 이 집은 육이오 때 집주인이 부역한 일로 가족이 거의 몰살당한 뒤 '흉가' 취급을 받다가 용케 살아남은 집주인의 동생이 이십 년 만에 돌아와 선원(禪院) 간판을 달고

---

12) 박완서, 「환각의 나비」, 『그 여자네 집』, 문학동네, 2006. 본문에서의 작품 인용은 괄호 안에 쪽수만 밝힘.
13) 박혜경, 「겉멋과 정욕」, 『그 여자네 집』 해설, 324쪽.
14) 전흥남, 「박완서 노년소설의 시학과 문학적 함의(Ⅱ)」, 『국어문학』 제49집, 국어문학회, 2010. 8, 120쪽.

거주하면서 집의 소유주와 용도가 바뀐다. 도사로 불리던 집주인 동생은 열네살 마금이를 겁탈한 댓가로 집을 넘기고, 예전부터 신기가 있던 마금이는 엄마의 조종에 의해 처녀점쟁이로 성장한다. 그에 따라 집 주변 상황도 급변하는데, 땅 임자와 집장수가 지은 슬래브집 때문에 '양옥집 동네'라 불리다 위성도시가 들어서자 '원주민 동네'로 이름이 바뀐다. "양옥집 동네가 원주민 동네가 되는 데는 삼십 년도 채 걸리지 않았다"는 전지적 서술자의 진술은 신속한 우리나라의 산업화·도시화 과정을 요약한 것에 지나지 않는다. 육이오 이후 '흉가'로 버려졌던 집이 '천개사 포교원'으로 변화하는 과정과 그곳에 거주하는 사람들의 삶의 굴곡은 한국 현대사의 궤적에 대한 은유로 읽을 수 있다. 그리고 그것은 두 딸과 유복자를 데리고 하숙을 치면서 험난한 세월을 살아온 한 여성이 방안에 갇힌 채 거울 속의 자신도 알아보지 못하는 치매환자로 전락하는 과정과 겹쳐진다. 노모가 거울 속의 제 모습을 알아보지 못하는 것은 치매환자의 전형적 증상 가운데 하나이면서 라깡이 말한 '거울단계'와 정확하게 일치한다. 다시 말해 그녀는 세월의 속도와 하중을 견디지 못하고 퇴행(regression)하는 노년 세대를 상징한다. 또한 '영탁'의 아내가 시어머니를 방안에 가두고 자물쇠를 채우는 장면이나 그를 나무라는 '영주'를 "유리알처럼 정 없이 빠안한 시선"으로 바라보는 대목에서 어쩔 수 없이 '판옵티콘(panopticon)'의 간수(看守)를 떠올리게 된다. 그곳에서 노인이 '섬'처럼 고립되고 할 일 없는 무기력한 존재로 소외되는 것은 조금도 이상한 일이 아니다. 자식들에게 '엄마'였던 시절의 그녀는 자식과 사회를 매개하는 '길목'이거나 '지름길'이었지만, 며느리의 철저한 감시를 받는 현재는 귀찮은 치매 환자일 뿐이다.

자식들의 애물단지로 전락한 노모가 입버릇처럼 되뇌는 '과천'은 종암동 하숙집 시대를 정리한 뒤 처음 살았던 아파트 동네다. 그곳에서 노모는 집앞 마당에서 청계산, 관악산으로 활동영역을 넓히며 활기차게 돌아다녀 "도시물만 먹은 이웃 노인들이 줄줄이 어머니를 추종"했다. 요컨대, 그녀는 자식은 물론 주변사람마저 자신의 품에 넣어야 만족하는 '어미닭' 같은 존재다. 그녀가 건망증세를 보이기 시작한 것은 나이탓이라기보다 둔촌동으로 이사한 뒤 더 이상 '어미닭'처럼 당당할 수 없었기 때문인지 모른다. 그것은 노모가 첫 가출에서 돌아온 뒤 외손녀가 그녀의 품에 뛰어들어 울음을 터뜨리자 평상심을 찾는 데서 확인할 수 있다.

> 영주는 낳기만 했지 아이들은 순전히 할머니 손에서 자랐다. 노인에겐 그 어렵고도 장한 일을 한 이의 특권이랄까, 침범할 수 없는 당당함이 있었고, 아이들하고의 자연스러움은 거의 동물적이었다. 여북해야 셋이서 그렇게 정답게 굴고 있는 것을 볼 때마다 영주는 어머니의 붉고도 부드러운 혀가 아이들을 핥고 있는 것처럼, 세 몸뚱이 사이를 따습고 몽실몽실한 털이 감싸고 있는 것처럼 느끼곤 했을까.(58쪽)

'품안의 자식'이란 말처럼 장성하고 사회적으로 출세한 자식에게 어머니는 다만 보호해야 할 귀찮은 '노인'일 뿐이다. 평생 어머니의 동지로 집안을 보살펴 온 '영주'는 노모를 누구보다 잘 이해한다고 생각하고, 실제로 노모가 빨래를 다림질해놓은 것처럼 반듯하게 개는 것을 보고 기뻐하지만, 그녀의 효성은 다만 관념일 뿐이다. 그것은 그녀가 허난설헌의 시작품과 생애에 감동하여 연구를 시작했지만, 정작 얻은 것은 "난설헌을 그럴듯하게 본뜬 수많은 제웅을 무자비하게 난도질한 무더기의 검부러기와 학위"라는 대목에 상징적으로 내재되어 있다. 노모의 유복자이자 집안의 유일한 장남인 '영탁'은 노모를 모시라는 '영주'의 부탁에 노인네를 모시는 것은 여자이므로 아내와의 의논이 필요하다고 냉정하게 말한다. 그의 말은 전적으로 타당한 듯하지만, "붉고도 부드러운 혀"나 "몽실몽실한 털"로 서로 핥고 감싸는 부모 자식 간의 뜨겁고 끈적한 정은 찾을 수 없다. "그들이 모시고자 한 것은 어머니가 아니라, 아들이 있는 데도 딸네에 의탁하거나 거기서 죽는 것은 절대로 해서는 안 되는 치욕이라는, 관념"이란 서술자의 진술이 이 작품의 핵심을 관통하는 것처럼 여겨지는 것도 그 때문이다.

'영주' 남매의 어머니가 '어미닭'과 같은 전통적 어머니상의 전형이라면, '자연스님(마금이)'의 생모 '마금네'는 자식을 낳기만 했을 뿐 엄마로서의 보호자 역할은 전혀 하지 않고 자식의 상처와 희생을 통해 제 욕망만 채우는 이기적인 어미상(像)을 대표한다. 어려서 예지적 능력을 보여주었던 '마금이'는 열네살에 성폭행을 당한 뒤 타인의 생각을 감지하는 힘이 더욱 강해져 처녀 무당으로 성장하는데, 그 과정에서 만난 사람들이 모두 욕망의 화신인 것에 절망한다. 그녀는 자신의 생모를 대하면서 "아이를 낳아본 적은 없지만 어머니를 보면 어머니는 저런 것은 아닐 것 같은 생각"이 들 때 가장 괴롭고, 그것을 부처님도 동의한다고 느끼면서 출가한다. 대부분의 출가가 그렇듯이 그녀 또한 이제까지 인연을 맺어온 모든 사람들과의 결별을 뜻하는데, 아이러니하게도 사월 초파일 행사를 마치고 찾아든 한 노파와 새로운 인연을 맺는다. 시끌벅적한 사월 초파일 행사를 치른 뒤의 절은 말 그대로 절간답게 고요하고, 먹을 게 없어 뒤란에 아무렇게 자란 푸성귀로 요기를 하려는 '자연스님' 앞에 나타난 노파는 천연덕스럽게 아욱을 다듬고 쌀을 씻어 밥과 국을 짓는다. 남의 생각을 잘 짚어내 용한 무당으로 인정받았던 '자연스님'은 노파의 정체를 알아내려 애쓰지만 아무 것도 알아내지 못한다. 그녀가 노파와의 만남에서 생전 처음 즐거움을 느끼는 것은, 그녀에게서 배고픈 자식에게 맛있는 밥을 지어 먹이려는 무욕(無慾)한 '어미'의 모습을 보았기 때문이다. 노파를 위해 장을 봐 저녁을 차려먹고 함께 잠자리에 든 '자연스님'에게 노파는 바람난 과부 얘기를 들려주며 세상에는 이런 어미도, 저런 어미도 있다는 사실을 깨우쳐 준다. '자연스님'은 그 얘기를 슬프지만 현실로 받아들이고 몸과 마음이 푹 놓이는 숙면에 빠져든다. '영주'의 노모는 평생 자식 뒷바라지를 하다 할 일을 잃었으나, 어미로부터 어떤 보호나 따뜻한 배려도 받지 못하고 성장한 '마금이'를 만나 자연스럽게 어미의 본능을 되찾는다. 그녀는 의학적으로 치매환자로 분류되고 일상적 차원에서도 약간의 노망기가 있는 노인으로 치부되지만, 생득적이면서 평생의 삶을 통해 체화된 그녀의 모성은 여전히 젊고 싱싱하다. '자연스님'과 그녀가 그토록 손쉽게 화합할 수 있었던 것은 모성에 굶주린 '자연스님'과 어머니 역할 상실에 존재감을 잃고 방황했던 노모의 욕망이 일치했기 때문이다.

노모를 찾기 위해 서울 근교를 헤매던 '영주'가 옛날 하숙 치던 종암동 집 분위기가 나는 곳에서 어머니의 스웨터를 발견하는 장면은 다소 작위적인 느낌이 강하지만 소설의 결말로서는 필연적인 구성이다. 승복 입은 두 여인이 연등 밑에서 도란도란 더덕 껍질을 벗기고 있는 광경 묘사 또한 노모가 실종된 지 반년이 가깝다는 서술자의 진술과 잘 맞지 않는다. '영주'가 천개사 포교원에 발길이 닿은 시기가 "어머니가 집 나간 지 반년을 바라보"는 "초여름"이란 진술은 음력 사월초파일을 지난 현재의 시점과 크게 어긋나지 않는다. 앞서 보았듯, 노모가 천개사 포교원을 찾아 '자연스님'과 함께 살기 시작한 날은 사월초파일이다. 그렇다면 '영주'의 노모는 적어도 4, 5개월 동안 이곳저곳을 헤매다 사월초파일에 천개사 포교원에 닿은 셈인데, 그간의 행적에 대해 서술자는 일체 언급이 없다. 하지만 이 소설의 마지막 대목은 이런 사소한 불일치를 상쇄하고도 남을 만큼 감동적이다.

더할나위없이 화해로운 분위기가 아지랑이처럼 두 여인 둘레에서 피어
오르고 있었다. 몸집에 비해 큰 승복 때문에 그런지 어머니의 조그만 몸
은 날개를 접고 쉬고 있는 큰 나비처럼 보였다. 아니아니 헐렁한 승복 때
문만이 아니었다. 살아온 무게나 잔재를 완전히 털어버린 그 가벼움, 그
자유로움 때문이었다. 여지껏 누가 어머니를 그렇게 자유롭고 행복하게
해드린 적이 있었을까. 칠십을 훨씬 넘긴 노인이 저렇게 삶의 때가 안 낀
천진덩어리일 수가 있다니!
　　암만해도 저건 현실이 아니야. 환상을 보고 있는 거야. 영주는 그래서
어머니를 지척에 두고도 한 발자국도 앞으로 나가지 못했다. 그녀가 딛고
서 있는 곳은 현실이었으니까. 현실과 환상 사이는 아무리 지척이라도 아
무리 서로 투명해도 절대로 넘을 수 없는 별개의 세계니까.(94~5쪽)

　'영주'에게 현실의 어머니는 치매기 있는 노인일 뿐이므로 낯선 장소에
서 발견한 "삶의 때가 안 낀 천진덩어리"의 노모가 환상으로 여겨지는 것
은 당연한 일이다. 그러나 '영주'가 발딛고 서 있는 곳이 현실이라면, '자
연스님'과 조손(祖孫) 혹은 모녀처럼 다정스럽게 일상을 살아가는 모습도
그녀들에겐 엄연한 현실이다. 누군가에게 현실이 타자에겐 환상이 될 수
있고 그 역도 성립하는 게 바로 인간사다. 이를테면 노숙자에게 재벌총수
의 삶은 환상일 수밖에 없고, 그 역 또한 마찬가지다. 다만 아름다운 환상
과 끔찍한 환상의 차이가 있을 따름이다. 그러므로 완강하게 현실과 환상
의 경계를 구획짓는 '영주'에게 어머니는 더 이상 이 세상 사람이 아니다.
그녀는 누구보다 어머니를 잘 알고 있다고 자부해왔지만 실제로 어머니
를 이해하지 못했다. 어머니는 늙고 병들어도 모성을 포기하지 않는, 돌
보아야 할 어린 자식이 있으면 없던 힘도 나는 그런 존재다. '영주' 남매
는 효성이란 관념에 갇혀 어머니를 안전히 보호하려고 하지만, 그것이 어
머니에게 감옥과 같다는 사실은 인정하지 않는다. 어머니는 늙고 병들었
어도 가정과 자식을 원망하거나 버리지 않는다. 자식이 자신을 귀찮아하

면 그들을 떠나 부모에게 버림받아 외로운 아이를 사랑으로 키운다. 어머니의 자연스럽고 당연한 역할을 '현실'이 아닌 '환상'으로 여기는 것은 자식들의 이기심이다. 어머니가 강하고 아름다운 것은 자식을 돌볼 때이고, 자식을 품에 안고 있는 어머니는 어떤 세속적 욕망도 깃들지 않는 순진무구 그 자체다. 그런 점에서 이 소설은 "엄마는 엄마다"라는 자명한 진실을 전하려는 노인세대의 사자후다.

심우장 시절의 만해 문학

1. 심우장과 방편의 처세

이 글은 만해 한용운의 심우장 시절의 삶과 문학, 그 중에서도 두 편의 장편소설 『흑풍(黑風)』과 『박명(薄命)』의 의미 규명을 위해 쓰여진다. 심우장 시절이란, 만해가 재혼해 성북동에 집을 짓고 살다가 신경통으로 입적하기까지의 12년 동안(1933~44)을 가리키는 편의적 용어다. 만해의 생애(1879~1944)를 거칠게 세 단계로 나눈다면 첫째 시기는 1879년~99년까지 출생·동학 입문과 북지 방랑, 둘째 시기는 1900년~32년까지 출가 및 3·1운동 참여, 「조선불교유신론」·『님의 침묵』 집필, 그리고 셋째 시기는 심우장에서의 재혼과 장편소설 연재로 요약할 수 있을 터이다. 이 가운데 만해의 전인적(全人的) 면모가 가장 두드러지게 발현된 때는 둘째 시기이다. 심우장 시절의 만해는 비승비속(非僧非俗)의 유마적(維摩的) 삶을 살면서 소설 창작에 주력하는 등 전 시기에 비해 뚜렷한 변화의 양상을 보여준다. 1933년 만해는 단성사 근처 진성당(進誠堂) 병원의 간호원 유숙원(兪淑元)과 결혼을 하고 김벽산(金碧山)·방응모(方應謨)·김관호(金觀鎬)·

박광(朴洸) 등의 도움을 받아 성북동 산자락에 조촐한 집을 마련하는데, 남향집은 총독부를 마주 보는 게 싫어 북향으로 터를 잡은 일은 잘 알려진 일화다. 재혼을 하고 사가(私家)를 지은 일은 승려이자 독립지사 만해의 표상과 모순되는 일탈적 행위 같아 보이지만, 실제로는 「조선불교유신론」 등을 통해 꾸준히 강조해온 그의 종교적 신념과 철학을 실천한 일관된 행위의 결과이다. 「조선불교유신론」이 당시 불교계에 던진 가장 커다란 충격과 파장은 승려의 결혼을 개인의 자유의사에 맡기자는 '승니가취론(僧尼嫁娶論)'이었다. 그는 불교 계율에 승려 결혼 금지 조항이 있지만, "불교를 계율에서 구하는 것은 참으로 용을 한 잔의 물에서 낚고 호랑이를 개미집에서 찾는 태도"[1]와 같다고 질타한 뒤, 승려결혼금지법의 폐단을 윤리·국가·포교·교화 등 다각적인 방면에서 치밀하게 논증한다. 만해는 모든 승려가 반드시 결혼을 해야 한다는 게 아니라 시대적 상황과 개인의 근기에 따라 유연하게 대처하되, 결정은 전적으로 개인의 자유의사에 맡겨야 한다는 점을 여러 차례 역설하고 있다.

① 비록 결혼이 계율에 어긋나는 것이어서 행하기 어렵다고 해도, 마땅히 결혼이 불교의 시기와 근기에 이롭다 할 때에는 방편으로 결혼을 행해 때와 근기에 적응하다가 다시 결혼이 불교의 시대적 상황에 이롭지 않은 때가 온다면, 그 때에 가서 이 방법을 거두어 옛날로 돌아가게 할 수도 있는바, 그렇게 하는 경우 누가 잘못이라고 하겠는가.[2]

② 나라고 해서 부처님의 계율을 무시하여 승려 전체를 휘몰아 음계(淫戒)를 범하게 하고자 하는 것은 아니며, 다만 그 자유에 일임하려는 것뿐이다.[3]

---

1) 한용운, 「조선불교유신론」, 『한용운전집』2, 불교문화연구원, 2006, 83쪽.
2) 위의 글, 84쪽.
3) 위의 글, 86쪽.

만해는 "지금의 세상에 살면서 옛적의 도로 돌아가면 재앙이 반드시 그 몸에 미친다"는 경전 구절을 인용하면서 부처님의 가르침을 올바로 실천하는 일은 완맹한 지계(持戒)에 있는 것이 아니라 때와 장소에 따라 적절하게 대처하는 방식에 있다는 점을 강조한다. 이러한 주장은 환자의 증세와 체질에 따라 약과 처방을 달리하는 '응병여약(應病與藥)'의 방편으로, 부처님의 '대기설법(對機說法)'의 정신을 침체된 조선의 불교를 유신하는 데 적용하려는 의도로 이해된다. 그런 점에서 만해의 '승니가취론'은 일본 불교의 무비판적 모방이나 추수가 아니라 국가와 민족·불교의 새로운 발전을 위한 불가피한 선택이자 적극적인 대응이라 보아야 마땅하다. 그는 1933년 유숙원과 결혼하여 심우장에 살면서도 그 이전과 다르지 않은 삶을 실천함으로써 결혼이 수행생활에 근본적인 장애가 되지 않음을 입증해 보인 것이다.

만해가 심우장에서 신문연재소설4)에 주력한 것은 백담사 오세암에서 『님의 침묵』 전편을 쓴 일과 비견될 만하다. 한국 근현대시사의 가장 탁월한 성취 가운데 하나로 꼽히는 『님의 침묵』과 근대소설에 미달하는 작품5)으로 폄하되는 『흑풍』 등을 동일한 차원에서 비교하는 것에 반론이

---

4) 심우장 시절 만해는 『黑風』(『조선일보』, 1935. 4. 9~1936. 2. 4), 『後悔』(『조선중앙일보』, 1936. 6. 27~1936. 7. 31), 『鐵血美人』(『불교』, 1937. 3~4, 미완), 『薄命』(『조선일보』, 1938. 5. 18~1939. 3. 12) 등 장편소설을 연재하는 한편, 『三國誌』(『조선일보』, 1939. 11. 1~1940. 8. 11 미완)를 번역·연재한다. 이 가운데 『흑풍』·『박명』·『삼국지』 등 세 편이 『조선일보』에 연재된 것으로 미루어 방응모가 만해에게 경제적 도움을 주기 위해 연재소설을 청탁했다는 세간의 소문에 상당한 설득력이 있음을 알 수 있다.

5) 김우창, 「한용운의 소설」, 『궁핍한 시대의 시인』, 민음사, 1977, 169쪽의 "간단히 말해서 한용운의 소설은 퍽 고대소설적인 것이라고 말할 수 있다. 그것이 근본적으로 의존하고 있는 것은 유교와 불교의 교묘한 화합을 그 사상적 기초로 하고 있는 권선징악적인 소설의 내용과 형식"이란 평가가 대표적이다. 백철도 한용운의 소설이 "완전히 근대소설답지도 못하며, 주로 스토오리형 소설에서 근대소설로 진행하는 과도기의 작법을 대변"(「시인 한용운의 소설」, 『한용운전집』5, 10쪽)한 것으로 본다.

있을 수 있으나, 그러한 가치평가는 문학적 관점에서의 판단일 뿐 전인적 인간으로서의 만해에겐 『님의 침묵』과 『흑풍』이 근본적으로 다르지 않은 글쓰기였다는 점에 주목할 필요가 있다. 그는 시대적 상황이나 독자의 수준·취향을 고려하여 시·논설·수필·소설 등을 시의적절하게 발표한 것이지 전문작가로서 예술적 가치를 고려한 문예물을 쓴 게 아니기 때문이다. 만약 그가 시인으로서의 명성이나 영예에 추호라도 관심이 있었다면 『님의 침묵』으로 이룬 성가(聲價)에 위해가 되는 글쓰기를 하지 않았으리라는 점은 쉽게 짐작할 수 있다. 신문소설 연재 제의를 받고 그가 제일 고민했던 것은, 그 지면을 통해 독자들에게 무엇을 어떻게 전달할 것인가의 문제 외에 달리 없었던 것으로 보인다. 그가 『흑풍』 연재 예고 「작자의 말」을 통해, 스스로 소설 쓸 소질도 없고 소설가가 되고자 애쓰는 사람도 아니어서 문장이 유창하지도 않고 묘사가 훌륭하지도 않지만, "평소부터 여러분께 대하여 한번 알리었으면 하던 그것을 알리"려는 마음에서 연재를 하게 되었으니 "많은 결점과 단처를 모두 다 눌러 보시고 글 속에 숨은 나의 마음까지를 읽어주신다면 그 이상의 다행이 없겠"6)다고 밝힌 것도 그런 심정을 대변한 것이다. 또한 신문소설을 쓸 때 예술성과 통속성, 순수문학과 대중문학의 조화를 어떻게 생각하느냐는 잡지기자의 질문에 "신문소설에 있어서는 예술성과 통속성, 순수성과 대중성을 겸해야 하겠지마는, 그렇지 못할 경우에는 예술성보다는 통속성에, 순수적인 것보다는 대중적인 편이 도리어 좋"7)다며, 독자의 이해와 공감을 우선적으로 고려하는 태도를 보인다. 이 또한 만해가 작가로서의 명성에 연연하지 않고 독자에게 보다 가까이 다가가 그들을 계몽·교화할 수 있는 하나의

---

6) 한용운, 「作者의 말」, 『한용운전집』5, 18쪽.
7) 「장편작가회의(抄)」, 『삼천리』, 1936. 11. 『한용운전집』5, 386쪽에서 재인용.

수단이나 방법론으로 신문연재소설을 집필했으리란 사실을 방증한다. 그러므로『흑풍』·『박명』등 만해가 심우장 시절에 발표한 신문연재소설을 '근대문학·순수문학'의 관점에서 평가하면 작가와 작품의 의도를 올바르게 해석하지 못하는 결과를 초래할 수도 있다. 만해는 1935년부터 1939년까지 꾸준히 장편소설을 썼고, 그 가운데 두 편을 완성했다.『님의 침묵』상재 이후 별다른 시작(詩作) 활동을 하지 않은 만해가 4~5년 동안 지속적으로 소설을 발표했다는 것은 그가 이 장르에 특별한 관심을 가지고 있었을 것이라는 추측을 가능케 한다. 그것은, 앞서 말한 것처럼, 독자에게 무언가 알리고 싶은 것이 있었고 그 형식으로 신문소설이 적절하다고 판단했기 때문으로 이해된다. 그는 당시 신문 또는 소설 독자의 수준을 고려하여 문학성이 뛰어나고 실험적인 순수소설보다 대중적 호소력이 강한 전통 소설 양식을 활용한 것으로 보인다. 따라서 이 글에서는『흑풍』·『박명』두 편의 소설8)의 내용 분석을 통해 작품의 위상 및 작가의 문학관·세계관 등을 살피게 될 것이다.

2. 보구(報仇)의 윤리학 -『흑풍』

『흑풍』은 중국 청나라 말기를 시대적 배경으로 하여 상해에서 미국 시카고까지 공간적 배경이 확장되는 등 만해 소설에서 가장 웅장한 스케일을 자랑한다. 이 소설의 주인공이라 할 수 있는 서왕한(徐王漢)은 항주(杭州) 서호(西湖) 작은 마을의 탐욕스러운 지주 왕언석(王彦錫)을 징계한 뒤 상해

---

8) 앞서 살핀 것처럼 만해는 심우장 시절 모두 네 편의 소설을 발표하지만,『후회』·『철혈미인』은 완결되지 않은 작품이고,『삼국지』는 번역물이므로 다루지 않고, 3·1 운동 전후에 쓴 것으로 알려진『죽음』은 발표 시기가 다르므로 역시 논외로 한다. 이 글에서 다룰 텍스트는『한용운전집』5(『흑풍』)·6(『박명』)이며, 인용할 경우 괄호 속에 쪽수만 밝힌다.

의 악덕자본가 장지성(張之成)을 살해하고 그에게서 빼앗은 돈으로 빈민을
구휼하는 등 『수호지』·『홍길동전』의 협객(俠客)과 유사한 행동을 벌인다.
그는 북경에서 경찰청장 소욱(蘇旭)에게 의도적으로 접근하여 그의 후원으
로 미국 유학을 가던 중 해적을 만나지만 상해 빈민촌에 살았던 해적의
도움으로 무사히 미국에 도착한다. 시카고에서 서왕한은 송성원의 애인
장순옥(張順玉)의 노골적인 유혹을 받는데, 그녀는 소욱의 첩자라는 신분이
밝혀지자 스스로 목숨을 끊는다. 시카고에서 만난 콜난이란 여성은 서왕
한에게 청혼을 하지만, 그는 배[船]에서 보았던 여성[胡昌順]을 그리며 확
답을 피한다. 유학을 마치고 향항(香港)에서 서왕한은 우연히 호창순을 만
나 서로의 사랑을 확인하는데, 서왕한과 결혼하기 위해 귀국한 콜난이 장
지성의 딸[張雙月]이란 사실이 밝혀지고 그를 살해하려다 실패한 콜난[장쌍
월]은 불교에 귀의한 뒤 죽음을 맞는다. 혁명 사업에 큰 의의를 느끼지 못
한 서왕한은 호창순과 결혼하여 평범한 생활을 보내지만, 호창순이 자살
하며 유서를 남기자 혁명본부가 있는 무창으로 떠난다.

　작품의 간단한 경개(梗槪)를 통해 알 수 있듯이, 이 소설은 의협남아 서
왕한이 악질지주와 자본가에게 개인적으로 보복한 뒤 미국 유학을 다녀
와 혁명에 본격적으로 뛰어드는 과정을 서사로 한 작품이다. 서왕한은 왕
언석이 여동생을 첩으로 반강제적으로 끌고간 사실에 분노하여 그를 징
치하지만, 여동생 영애에겐 "이년아, 너는 부자놈의 첩이 되어서 호강을
하니까 좋으냐?"(75)며 꾸짖는 냉정한 태도를 보이기도 한다. 그리고 왕언
석의 딸을 영애와 혼담이 있었던 이상철과 강제로 결혼시키라며 돈 칠천
원을 빼앗는 것으로 개인적 '분풀이'를 마무리 짓는다. 상해로 간 그는 거
부 장지성에 대해 특별한 원한도 없으면서 총을 쏘아 죽이고 삼십만원이
란 거금을 탈취한 뒤, 십만원은 운전수에게 주고 나머지는 몽땅 빈민굴
주민들에게 쾌척한다. 이러한 서왕한의 행동에 인색하고 악질적인 부자에

대한 민중의 응징이란 사회적 의미를 부여할 수 있으나, 분명한 목적과 의식 없이 충동적으로 벌인 개인적 '분풀이'9)이라는 인상을 완전히 불식시키기 어려운 게 사실이다. 왕언석에게 보복을 하고 상해에서 가장 인색한 부자를 색출해 살해할 때만 하더라도 단순히 "의협을 좋아하는 쾌활한 사내"(60)에 불과했던 서왕한은 계획적으로 경찰청장 소욱의 환심을 사 미국 유학을 떠나면서 점차 혁명아로 성장한다. 그런 점에서 서왕한의 일련의 행동은 단순한 '분풀이'가 아니라 중국 유생(儒生)들이 '명절(名節)·청렴(清廉)·보은(報恩)'과 함께 중요하게 여겨온 가치인 '보구(報仇)'를 적극 실천한 것으로 볼 수 있다. 하지만 『흑풍』에서 진정한 의미의 '보구(報仇)'를 행하려다 실패한 인물은 콜난(장쌍월)이다. 그녀는 미국 시카고에서 서왕한을 만나 깊은 사랑을 느껴 결혼까지 결심하지만, 정작 서왕한이 자기 아버지를 살해한 원수라는 사실을 알고 "인생은 애정이냐, 의리냐?"(266)의 문제로 심각한 고민에 빠진다. 개인적 사랑보다 아버지 원수를 갚는 일이 더 중요하다고 판단한 콜난은 서왕한을 살해하려다 자신이 오히려 상처를 입고 치료를 포기한 채 죽음을 맞는다. 죽음을 앞둔 콜난이 초청한 정공선사(淨空禪師)10)가 그녀에게 들려준 법문은 이 작품의 참주제에 해당하는 것이라 할 수 있다.

정공선사는 사람의 살고 죽는 것은 뜬구름이 일어났다 없어졌다 하는 것과 같아서 족히 믿을 것이 못 된다는 것을 말하고, 착한 인연을 지으면

---

9) 실제로 서왕한은 이상철에게 "(왕)언석에게 **분풀이**를 하고 영애를 도로 데려왔으면 좋겠나?"고 묻고, 상철이 소작 떼일 걱정을 하자 "너는 대대손손이 소작인 노릇만 해먹을 테냐? **분풀이**를 하면 고만이지 뒷걱정이 무슨 뒷걱정이냐?"(강조 : 인용자)고 나무란다.

10) '정공(淨空)'이란 법명의 승려는 『박명』에서 여주인공 순영의 목숨을 구해주었을 뿐만 아니라 열반 뒤에도 그녀의 스승이 되는 인연으로 그려진다. 두 승려가 동일인일 수는 없으나 그들의 설법이나 행동에 많은 유사점이 있는 게 사실이다.

착한 과보를 받고 악한 인연을 지으면 악한 과보를 받는 것이어서, 왕한
이 지성을 죽인 것은 전세의 업원(業寃)으로 그리된 것이요, 콜난이 왕한
을 죽이려 한 것은 왕한이 지성을 죽인 업보이므로, 이 다음은 또 왕한이
또 콜난에게 원수를 맺게 될 것이다. 그러면 미래제(未來際)가 다하도록
업원이 끊길 사이가 없는 것이므로, 저 사람은 나에게 원수를 맺더라도
나는 저 사람에게 은혜를 베풀 것이라는 것을 말하였다.(267)

내가 받은 고통을 상대에게 그대로 되돌려 주는 '앙갚음'이 도덕적·
법률적으로 타당한 행위인가에 대하여는 논란이 있을 수 있지만, 부모를
살해한 불구대천의 원수에게 보복하는 행위는 예부터 장려되고 상찬되어
왔다[11]. 충효를 강조해 온 유교적 도덕관념에 익숙한 콜난에게 서왕한은
애인이기 이전에 철천지원수(徹天之怨讐)로, 그에게 복수를 하는 것은 자식
으로서의 당연한 도리여서 쉽게 결행할 수 있었을 터이다. 서왕한 또한
콜난이 장지성의 무남독녀란 사실을 전해 듣고 "착하면 복을 받고 악하
면 화를 받는 인과응보"(267)라 여겨 오히려 그녀를 동정한다. 정공선사의
설법을 듣고 "나무아미타불"을 세 번 염송한 콜난이 웃는 얼굴로 죽음을
맞자 서왕한이 "효녀 장쌍월지묘"란 비석을 세우고 정성으로 장사를 지
낸 것도 모두 이런 사정과 관련된다. 콜난과 서왕한이 연인 사이에서 원
수지간이 된 사건의 설정은 이 소설의 가장 빛나는 반전이라 할 수 있거

11) '보구(報仇)'는 "남이 내게 해준 만큼 그대로 되갚아준다"는 '앙갚음'을 뜻한다. 이와 유
사한 단어로 "반보(返報)·보복(報復)·보수(報讐)·보원(報怨)·복구(復仇)" 등이 있는데,
모두 '원수·원한[仇·讐·怨]'이란 단어와 연결되며 '부모의 원수를 갚다'란 뜻으로 가
장 많이 쓰인다. 성당(盛唐) 시인 고적(高適)은 「한단소년행(邯鄲少年行)」에서 "邯鄲城南
遊俠子 自矜生長邯鄲裡 千場縱博家仍富 幾處報仇身不死(한단 성남의 협기 있는 사내들,
한단에서 나고 자랐음을 스스로 자랑하네. 가는 곳마다 방종해도 집은 부유하고, 몇 군
데 원수를 갚고도 죽지 않네)"라 하여 '보구'를 칭송하고 있다. 그러나 '보구'는 또 다른
복수를 만들어 영원히 반복되므로 사회공동체 존립에 치명적인 위해가 될 수도 있다. 중
국에는 '군자보구 십년불만(君子報仇 十年不晚)'이란 말이 있지만, 오늘날 '보구'는 법률
적으로나 윤리적으로 전혀 권장되지 않는다.

니와, 이 대목은 1935년 11월 13일 천진 관음사에서 군벌(軍閥) 손전방(孫傳芳)을 브라우닝 권총으로 사살한 '시검교 사건'에서 영향을 받은 것으로 보인다. 만해는 「약한 자여, 너의 이름은 여자인가」라는 제목의 글에서 이 사건의 경과를 상세히 전하면서, "검교는 작년 12월 6일에 십년 역(役)의 판결을 받고 복역하는 중이요, 손가(孫家)에서도 다시 보복치 아니할 것을 표시하였다 한즉, 검교는 십년 후에는 다시 이 세상의 사람이 될 것"[12]이란 낙관적 전망을 표한다. 손전방은 항복하거나 포로가 된 적군은 죽이지 않는 불문율을 깨뜨리고 시검교(施劍翹, 본명 谷蘭)의 부친 시종빈(施從濱)을 효수한 뒤 그 목을 안휘 방부(蚌埠)에 거는 등 폭정으로 민심을 잃어 시검교 사건 이후에도 세간의 동정을 받지 못한다. 이런 여론에 힘입어 시검교는 1936년 10월 20일 중화민국 최고법원의 특사령으로 석방되는데, 사건 당시 시검교는 남편과 두 아이를 둔 삼십대 초반의 젊은 여성(1905년생)이었다. 그녀는 부모의 원수를 갚은 '효녀'이면서 손전방의 자녀들에겐 '원수'라는 모순 상황에 처한 것인데, 만해가 "눈 온 밤 찬 등잔 아래에서 손을 호호 불면서 멀리 천진(天津)의 옥중에서 눈물 흘리는 시검교 여사를 어여삐 여기"[13]며 이 사건을 소설화하려 한 이유도 달리 찾을 게 아니다. 그녀의 행위는 '보구·효도'란 관점에서 충분히 정의롭지만,

---

12) 한용운, 「약한 자여, 너의 이름은 여자인가」, 『한용운전집』1, 203쪽. 만해는 『박명』에서도 "약한 자여, 너의 이름은 여자"란 구절을 사용하며 주인공 순영의 착한 성품을 칭찬하고 있어 여성에 대한 사회적 편견과 운명에 지속적인 관심을 가지고 있었던 것으로 보인다. 이와 함께 『불교』에 연재하다 2회로 중단한 소설 『철혈미인』이 시검교 사건을 소설화한 작품이란 사실은 거의 논의된 바가 없으나 특별히 강조할 필요가 있다. 만해는 시검교 사건을 전해 듣고 보다 많은 사람들에게 알리고자 소설로 쓰려고 했으나 어떤 이유에서인지 중단하고 만 것이다. 그것은 '보구'의 모순과 한계가 너무 분명하고, 개인이 감당해야 할 희생이 너무 커 소설의 주제로 적합하지 않다는 사실을 자각했기 때문이라 보인다.

13) 위의 글, 204쪽. 이 글에서의 '어여삐'는 '아름답게'란 뜻이 아니라 '불쌍하게'란 의미로 쓰인 것으로 보아야 한다.

그것은 또 다른 원한과 보복의 연쇄를 만들어 무한 반복되므로 무조건 장
려할 수만은 없다. 이런 관점에서, '보복'에 집착하지 말고 원수마저 '용
서'함으로써 인과응보의 고리를 끊을 것을 권면한 정공선사의 설법은 이
작품의 주제를 "참사랑의 구현"14)으로 해석한 견해에 상당한 힘을 실어
준다.

이런 점에서 콜난 사건 이후 『흑풍』의 서사가 서왕한과 호창순의 사랑
이야기로 급전하는 양상을 보이는 것은 필연적 구성이다. 이와 같은 변화
는 서왕한의 혁명아적 기개를 누차 강조했던 앞부분의 서사에 비추어 커
다란 변화가 아닐 수 없다. 하지만 만해는 『흑풍』의 마지막 장(章) 제목을
'참사랑'이라 명명함으로써 서왕한의 성격 변화에 개연성을 부여한다. 일
부 혁명 동지들의 반혁명적인 언행에 실망한 그가 한촌(閑村)에 은둔하여
"사랑하는 아내와 순진한 사랑을 속삭이면서 생활 문제로서가 아니고 취
미"(281)로 짓는 농사에 자족하는 것에서 더 나아가 "천하를 위하여 피를
흘리나 나무새 밭을 위하여 땀을 흘리나 대장부의 살림살이는 마찬가지"
(288)라거나 "창순을 사랑하는 데는 무엇이든지 희생이라도 할 수 있었지
마는, 만일 창순의 사랑을 떠나서 하는 일이라면 아무리 창순의 구청이라
할지라도 그것만을 들어줄 수가 없"(289)다는 사랑 절대주의자로 변모하
는 것이다. 처음 몇 년 동안은 남편의 행동을 지켜보던 호창순은 혁명사
업 자금을 마련하기 위해 정조마저 희생15)했던 이봉숙이 찾아와 서왕한

---

14) 권오현, 「만해 한용운 소설 연구」, 『계명어문학』 제11집, 1998, 2, 122쪽.

15) 호창순은 '여성해방회' 발기인대회에 참석하여 "여자의 생명은 정조", "정조는 여자의
인격이요 권리"(211쪽)라 말하면서, 여성해방회의 강령에 "남녀가 한 가지로 정조를 지
킬 사"란 항목을 집어넣을 것을 주장한다. 그럼에도 불구하고 혁명자금을 위한 이봉숙
의 정조 희생을 아무 논평 없이 지나치는 것은, 이봉숙의 행위가 '자유정조' 사상의 실
천이란 함의를 갖고 있음을 뜻한다. 만해의 "나의 정조는 '자유정조'입니다"(「自由貞操」)
라는 시 구절 속뜻은 '승니의 자유결혼'처럼 상황에 따라 유연하게 대처하되 스스로의
선택과 결정이 중요하다는 것이다. 혁명의 대의를 위해 스스로 정략결혼을 한 이봉숙의

의 칩거를 안타까워하자 적극적으로 남편을 설득하고 나선다. 이 부분에서 서왕한과 호창순이 주고받는 '사랑론'은 「군말」(『님의 침묵』)의 주해(註解)라로 해도 좋을 논리와 수사로 이루어져 특별한 관심을 끈다.

> "진정한 사랑은 그것이 곧 지기요, 행복이요, 이상의 실현입니다. 그러므로 사랑을 위해서는 부(富)도 귀도 명예도 생명까지라도 돌아보지 않는 것입니다. (……) 애인이라는 것은 지기요, 동무요, 스승이요, 병을 고쳐주는 의사요, 생명을 주는 공기요, 광선이요, 그 외의 모든 것입니다." (……) "칸트에게는 철학이 애인이요, 청교도들에게는 종교가 애인이지만, 나에게는 창순이가 애인이거든."(297~8)

만해는 「군말」에서 "님만 님이 아니라 기룬 것은 다 님"으로, "중생이 석가의 님이라면 철학은 칸트의 님"이고, "장미화의 님이 봄비라면 마치니의 님은 이태리"라고 부연설명하고 있다. 이 글의 핵심은 '님의 주체/대상이 누구인가'가 아니라, '님을 향한 마음이 어떠한가'에 따라 님의 존재와 의미가 달라진다는 점에 놓인다. 여기서 석가가 중생의 님이 아니라 "중생이 석가의 님"으로 호명되는 것은 깨달음을 얻은[상구보리] 석가가 연민과 자비심으로 중생을 제도함으로써[하화중생] 불교의 이념을 적극 실천한다는 점을 강조하기 위한 것이다. '석가가 중생의 님'이란 논리는 상구보리만 추구하는 소승적 태도로 오인될 수 있기 때문이다. 말하자면 '님'은 일반적이고 절대적 존재가 아니라 그것을 간절하게 소망하고 노력하는 사람에게만 유의미한 상대적 존재이며, 일방적인 편애의 대상이 아니라 상호이해와 존중이 선행되어야 하는 자타불이(自他不二)의 관계다. 그

행위는 '자유정조'를 구체적으로 실천해 보인 사례라 할 수 있다. 여기서도 우리는 만해의 방편적 삶의 태도를 엿볼 수 있다. 그는 옛 도덕이나 계율에 얽매이면 재앙이 따를 것이란 경전 구절을 인용하면서 상황에 따라 유연하게 대처하되 원칙을 잊지 않는 삶을 강조하고 있는 것이다.

런데 "칸트에게는 철학이 애인이요, 청교도들에게는 종교가 애인이지만, 나에게는 창순이가 애인"이란 서왕한의 논리는 「군말」의 그것과 유사한 것 같아도 주체의 일방적 주장만 강조되어 커다란 차이를 보인다. '칸트와 철학', '청교도와 종교'의 관계는 '인간과 관념'의 관계여서 후자의 적극적인 의사나 동의가 개입할 여지가 없지만, '서왕한과 호창순'의 관계는 주체/객체 사이의 감정과 가치판단이 틈입할 공간이 무궁한 사람끼리의 관계라는 점이 다르다. 호창순이 서왕한의 사랑론을 "극단의 개인주의나 허무주의"라 비판하는 것도, 일방적 감정이 초래할 독선과 파열(破裂)을 우려했기 때문이다. 그리하여 호창순은 진정한 사랑을 이루기 위해서는 상호 이해와 공감이 전제되어야 하며, 그것은 때로 주체(타자)를 위한 타자(주체)의 희생을 요구한다는 점을 강조한다.

> 나는 당신을 사랑하기 위하여 죽어요. 당신을 나의 죽음을 용서하실 줄로 믿습니다. (……) 내가 당신을 사랑함은 내가 당신의 사랑을 받기 위해서가 아니고, 당신을 사랑하기 위하여 내가 당신의 사랑을 받는 것입니다. 다시 말하면, 내가 당신을 사랑한 것은 나를 위해서가 아니라 당신을 위하여서입니다.(306~7)

사랑의 상호성을 강조하는 호창순의 말은 「군말」의 "님은 내가 사랑할 뿐 아니라 나를 사랑하나니라"란 구절과 일맥상통한다. 혁명투사로의 뛰어난 자질을 지닌 서왕한이 시골에 파묻혀 무위한 삶을 영위하는 것이 자기 때문이라 판단한 호창순은 스스로 목숨을 끊음으로써 남편을 혁명전선으로 내보낸다. 호창순의 자살은 어떤 명분과 논리로도 미화될 수 없는 극단적 자해행위로 보이지만, 진리 추구를 위해 개인주의를 버리는 불교 근본이념의 적극적 실천이란 점에서 긍정적인 의미를 갖는다. "목숨을 사랑하여서 죽지 못한 것이 아니라 왕한을 사랑하여 죽지 아니"(176)했던 호창순이 자살을 결심한 것은 남편과 국가를 위한 대의명분과 자유의지의 실천이라는 내적 동기가 융합한 결과라 할 수 있다. 서왕한은 개인적 사랑과 혁명 대열에의 참여를 분리하여 생각했던 데 반해 호창순은 두 가지 사업이 근본적으로 다르지 않다는 일원론적 사고를 가지고 있었던 것이다. 만해가 극단적·상투적 결말 구성이란 비판이 제기될 우려에도 불구하고 여주인공의 자살을 선택한 것도 '참사랑'의 의미가 주객일체 또는 동체대비(同體大悲)의 정신에 있음을 말하고자 한 것이다. 당시 우리 민족에게 긴요한 것은 '보구·혁명' 등의 직접적 행동이 아니라 제 목숨을 바쳐서라도 '님'을 광정(匡正)하는 사랑의 실천에 있다고 만해는 생각했던 것이다.

3. 보은(報恩)의 생명주의 – 『박명』

『박명(薄命)』의 구성은 '유혹 – 색주가 – 결혼 – 이혼 – 불교귀의' 등 5장으로 이루어져 있는데, 소제목이 암시하는 것처럼 한 여성의 파란만장한 일대기가 주요서사를 형성한다. 주인공 장순영(張順英)은 한학자인 아버지에게서 예의범절과 한문을 배우며 성장하지만 부모가 돌아가시고 계모 밑에서 힘든 고생을 하다 운옥(雲玉)이와 송씨의 꾀임에 빠져 고향을 뜬다. 원산으로 가는 배에서 물에 빠져 죽을 고비에 이른 그녀는 한 남성의 도움으로 목숨을 구한다. 서울에서 노래 등을 배운 뒤 인천 색주가에 팔려간 순영은 정갈한 언행으로 손님에게 인기를 끌며 정절을 지키던 중 우연히 자신을 물에서 건져주었던 사내[金大哲]를 만나 결혼한다. 그러나 대철은 정신적·물질적으로 순영을 착취하다가 끝내 이혼을 강요하고 그 와중에 아들 수복(壽福)이 죽는다. 침선(針線)으로 생계를 잇던 순영은 대철이 아편중독자가 된 것을 알고 헌신적으로 그를 돌본다. 그때 또 다른 아편쟁이가 자신의 신분[운옥]을 밝히며 이제까지 순영을 괴롭혀온 과거사를 모두 고백하고 죽는다. 대철도 순영을 구한 것이 어느 여승[淨空스님]의 부탁 때문이었다는 사실을 말한 뒤 숨을 거두고, 순영은 환희사에 가 머리를 깎고 '선행(善行)'이란 법명을 받는다. 이 소설은 구성이 평면적이고 사건도 단순하며 특별히 실험적인 서사 전략이나 기법이 눈에 띄지 않아 당대 소설의 수준에 미치지 못한다는 비판16)이 있으나 꼭 그렇게 볼 것만은 아니다. 이 소설의 가장 두드러진 서술상의 특징은 색주가와 사직공원 아편쟁이들의 실상을 적확하고 생생하게 재현해 놓은 점에서 찾을 수 있다. 흔히 『삼대』(염상섭)나 『천변풍경』(박태원)을 1930년대 경성의 풍경과 습속을 정확히 재현한 작품으로 고평하지만, 『박명』에도 충무로와 장충단, 그리고 사직공원의 풍경이 약여하게 묘사되고 있어 당시 풍속을 이해하는 데 좋은 참고가 된다. 뿐만 아니라 당시 기생과 색주가의 풍습과 교육 방식이 자세하게 서술된 예는 이 작품 외에 달리 찾아볼 수 없어서 만해의 리얼리스트로서의 면모를 새삼 확인할 수 있다. 이를테면 순영에게 색주가에서 손님에게 인사하고 술 따를 때의 예법을 가르치며 "앉을 때에 무릎을 꿇앉아서 팔을 앞으로 짚고, 또 고개만 숙이지 말고 허리까지 굽히는 것이다. 그리고 일어나지 말고 그대로 앉아서 '안녕합시오?'하고 인사를 하는 법이다"(65)고 일러주는 대목은 무척 핍진하며, 순영이 일할 인천의 술집을 묘사한 부분은 현장을 그대로 모사해놓은 것처럼 생생하다.

> 그 집은 들어가는 앞기둥에 '음식점 영업'이란 큰 패가 붙었는데, 그 패 한편에 조그맣게 '주 홍숙자(洪淑子)'라고 씌어 있었다. 그 집으로 들어가는데 드나드는 문은 유리 미닫이로 되었고, 문에 들어서면 곧 술 먹는 장소인데, 정면으로 술청이 있고 그 왼편의 살강에는 갖은 안주가 있고,

---

16) 한점돌, 「한용운 소설에 나타난 사랑의 양상과 그 의미」, 『국어교육』, 1999, 231쪽.

그 곁에는 큰 화로에 숯불을 이글이글하게 피워서, 그 위에 석쇠를 놓고 석쇠의 한편에는 대접만한 양재기에다 물을 끓여놓았는데, 석쇠에는 각색 고기와 생선을 굽고, 끓은 물에는 낙지 같은 것을 데치게 된 것이다. 오른 편에는 큰 가마솥이 걸리고 아궁이에는 석탄이 지펴져 있는데, 솥 안에는 되직한 추탕이 고붓하게 끓고 있었다. 그 옆에는 기다란 붙박이 도마가 선반처럼 매여 있는데, 그 위에는 초장・간장・초고추장・새우젓국・겨 자・고춧가루・소금 등이 그릇그릇에 담겨 있고, 반달같이 생긴 식칼이 두셋 놓여 있다. 그리고 출입구의 동쪽으로 통하는 문이 있고, 그 안에는 따로 큰방이 있는데, 그 방 정면의 유리창에는 사이사이에 종이로 오려서 글자를 붙였는데, 장국밥・냉면・온면・만두・비빔밥…… 그러한 등이요, 이층에는 칸칸이 막아서 상술을 먹게 되어 있고, 그 외에도 안채의 으슥 한 곳에 조그만씩한 방들이 있어서 특별히 조용하게 술을 먹게 되어 있 다.(99)

위 인용은 순영이 3년간 팔려간 술집 내부를 묘사한 것으로, 1930년대 선술집이 대체로 이와 같은 구조였을 것으로 짐작된다. 염상섭・채만식・ 박태원 등 탁월한 리얼리스트 작가의 글에서도 당시 선술집 구조와 풍경 을 이처럼 약여(躍如)하게 형상화한 예는 찾아볼 수 없다. 서민들의 일상적 생활공간과 삶의 모습을 날카롭게 관찰하여 섬세하고 정확하게 재현하는 이러한 묘사력은 만해의 작가적 소질을 웅변하는 것으로 보인다. 만해는 직간접적 경험이나 견문을 통해 어린 소녀가 '뚜장이'에게 속거나 팔려와 기생이나 색주가 여성이 되는 과정을 탐문하고 이를 작품 속에 자세히 기 술하였다. 그는 자신의 신분적 한계와 약점을 초탈하여 작품의 리얼리티 를 구축하는 데 성공한 것이다. 그러나 이 작품의 진정한 가치는 주변사 람의 음모에 의해 삶의 시궁창에 빠졌던 순영이 순수하고 고결한 본래의 성품을 잃지 않은 채 '보은(報恩)'의 참된 의미를 실천한 데서 찾아야 할 것이다.

『박명』은 제목이 암시하는 대로 여주인공 장순영의 기구하고도 박복한 삶을 그린 작품이다. 그녀는 어려서 부모를 잃고 계모의 학대를 받다 친구의 꾀임에 빠져 색주가에 팔린 뒤, 자신을 구해준 것으로 믿은 남성과 결혼하지만 참척(慘慽)과 이혼을 겪고도 타인을 원망하지 않는다. 뿐만 아니라 자신을 버린 남편이 아편중독자가 되어 구걸행각을 하자 함께 생활하며 그를 돌본다. 어려서부터 영민하고 선량한 성품으로 그려진 그녀가 현실에서 찾아보기 힘든 성녀(聖女)나 보살의 현신으로 인식되는 것도 이 부분 이후부터다. 사직공원에서 노숙하며 아편쟁이 남편을 돌보는 그녀의 헌신적 사랑은 널리 소문이 나서 "저런 게 정말 연애"라거나 "연애를 하려면 저만큼이나 해야 방가위지(方可謂之) 연애"(266)라는 칭송을 듣기도 한다. 그러나 독자를 더욱 놀라게 하는 대목은 역시 아편쟁이가 된 운옥이 순영을 찾아와 아편주사를 한 대 청해 맞은 뒤 자신의 과거 잘못을 고백하는 장면이다. 운옥은 어려서 순영에게서 받은 모욕에 원한을 품고 그녀가 색주가로 팔려가도록 계략을 꾸몄다고 고백하는데, 순영은 오히려 "내가 즐겨서 온 것이니까, 그 역 내 팔자"라며 "누구를 원망하고 탓하겠"(278)느냐고 심상히 대꾸한다. 운옥이 고백을 마치고 돌아서며 "우리가 어려서 장난하던 말 한 마디가 이만한 일을 빚어냈군요"(281)라고 한 말 속에 이 소설의 숨은 주제 가운데 하나가 내장되어 있다고 해도 잘못이 아니다. 어린 소녀가 품은 원한과 보복심이 상대방은 물론 자신마저 파멸로 몰아넣은 과정을 보여줌으로써 세속적 '보구' 윤리의 위험성을 폭로하고, 매사를 남의 탓으로 돌려 스스로 지옥에 빠질 게 아니라 자신의 부족함으로 받아들이라는 불교적 가르침이 그것이다. 순영이 대철을 끝까지 돌보는 것은 그가 자신의 생명을 구해준 은인이므로 어떻게든 보은해야 한다는 애초의 마음을 잊지 않았기 때문이다. 대철은 원산에서 순영을 구해준 것도 어느 여승이 돈을 주며 부탁했기 때문이라고 고백을 한 뒤 숨을 거둔다. 운옥과 대철의 충격적인 고백을 들은 순영은 "세상이라는 것은 무엇이며 사람이라는 것은 어떠한 것인지"(283) 곰곰이 자문한 결과 "그들로 하여금 그러한 못된 짓을 하게 한 것이 곧 자기의 허물"(284)로, 계모가 싫어 낯선 사람을 따라온 자신의 허영이 잘못이었음을 뒤늦게 후회하고 환희사로 떠난다. 색주가에서 일하는 순간부터 입버릇처럼 '나무아미타불'을 염송17)한 그녀의 출가는 갑작스러운 것은 아니지만, 소설의 결말이 출가한 순영[善行수좌]을 위한 덕암 스님의 설법으로 끝맺는 것은 다소 작위적인 게 사실이다. 작가는 덕암 스님의 입을 통해 순영의 '보은(報恩)'과 '선행(善行)'의 의미를 직접 설파함으로써 작의(作意)를 분명히 드러낸다. 그것은 『박명』 연재 예고 「작자의 말」에서 이미 피력한 "한 사람의 인간이 다른 한 사람을 위해서 처음에 먹었던 마음을 끝까지 변하지 않고 완전히 자기를 포기하면서 남을 섬긴다는, 고귀하고 거룩한 심경"18)

---

17) 만해는 『조선불교유신론』 「염불당의 폐지」란 소제목의 글에서 "참다운 염불"이란 "부처님의 마음을 염(念)하여 나도 이것을 마음으로 하고, 부처님의 배움을 염하여 나도 이것을 배우고, 부처님의 생을 염하여 나도 이것을 행하여, 비록 일어(一語)·일묵(一默)·일정(一靜)·일동(一動)이라도 염하지 않음이 없"(『한용운전집』2, 59쪽)는 상태라 말한다. 순영이 "입버릇처럼" 나무아미타불을 염송했다는 진술은, 그녀의 염불에 어떤 의도나 목적이 없다는 사실을 뜻한다. 인천 색주가의 주인 홍숙자의 염불이 극락에 가기 위한 기복적 행위라면 순영의 염불은 숨쉬는 것처럼 자연스러운 행동이라는 점에서 명백히 구분된다. 그녀가 평소 염불을 외며 대철과 운옥 등 타인에게 베푼 행위는 보살 정신의 실천이라 해도 크게 잘못이 아니다.

18) 한용운, 「작자의 말」, 『한용운전집』6, 6쪽. 『박명』의 주인공은 만해가 "일생을 통해서 듣고 본 중에 가장 거룩한 한 사람의 여성"이다. 그는 사직공원에서 맹인 아편장이 남편을 돌보는 여인에게 큰 감명을 받은 뒤 '참된 부부애'를 주제로 한 작품(『後悔』)을 쓰다 끝을 맺지 못하고, 이를 전면적으로 재구성하여 『박명』을 완성시킨 것이다. 이것은 '시검교'의 '보구사건'을 『흑풍』에서 일부 차용한 뒤 『철혈미인』에서 본격적으로 다루려 중단한 것과 유사하면서 정반대 결과이다. 그는 '사직공원 여인'을 소재로 한 『후회』를 한 달 정도 연재하다 중단한 상태에서 『철혈미인』 연재를 시작했는데, 『흑풍』에서 콜난의 보구 행위를 실패로 구성한 만해가 '시검교' 사건을 소설로 구상한 자체가 무리였던 것이다. 시검교 사건을 다룬 이야기는 필연적으로 '보구'를 주제로 할 수밖에 없는데, 그것은 『후회』·『박명』은 물론 『흑풍』의 진정한 주제와도 모순되기 때문이다.

의 소설적 형상화를 통해 남에게 원한을 품기보다 자신의 허물을 먼저 생
각하고, 처음 가졌던 마음[初發心]을 끝까지 버리지 말라는 가르침이다.

> "선행수좌는 사람에게 가장 아름다운 순진한 보은(報恩)의 관념과 불행
> 한 사람을 불쌍히 여기는 아름다운 덕으로써 자기도 모르게 행한 것이다.
> 다만 타고난 천품으로 행한 것이다. (……) 그런데 근일의 인정세태를 보
> 면 가련한 일이 많지 아니한가. 당당한 대장부로서 무슨 주의니, 무슨 사
> 상이니 하고 천하만사를 자기 혼자서 지도할 듯이 큰소리를 치다가도, 어
> 느 겨를에 찬 재처럼 죽어져서 아침의 지사가 저녁의 천(賤) 장부로, 어제
> 의 주의자가 오늘의 반대주의자로 변하여서, 자기 일신의 이해와 고락만
> 을 따라서 변하는 도수가 고양이 눈보다 더 심하지 아니한가. 그런데 선
> 행수좌는 (……) 은혜를 갚기 위하여 순진한 자비심으로 많은 성상을 희
> 생한 것이 어찌 위대하지 아니하리요. (……) 선행수좌로 하여금 국가를
> 위하게 되었다든지 사회를 위하게 되었었다면, 마찬가지로 그만한 희생을
> 하여 가며 끝까지 나아갔을 것이고, 무슨 주의자나 사상가가 되었다면 시
> 종일관 생명을 내기하더라도 변함이 없어서, 원숭이 같은 신사들을 부끄
> 러워 죽게 하였을 것이다.(288~90)

덕암에 따르면 인간에게 가장 아름다운 덕성은 '보은'과 '자비'의 정신
인데, 순영은 이를 천품으로 타고나 무한정 베풂으로써 악인을 교화한 보
살과도 같은 존재라는 것이다. 순영이 『박명』에서 보여준 삶은 자신을 낮
추고 상대를 돌봄으로써 원망을 해소하고 진정한 용서와 화해에 이른 생
명사상의 실천이다. 유마거사는 중생을 제도하기 위한 대승적 뜻을 품고
저자거리에서 스스로 병을 얻지만, 순영은 어떤 목적이나 작위도 없이 타
고난 천품과 반성적 태도로 남을 대한다. 그녀는 매사를 자신의 불민(不敏)
탓으로 여기고 스스로의 자유로운 결정에 따라 보은을 실천했기 때문에
자신과 타인을 동시에 구제할 수 있었다. 그녀의 삶이 대철·운옥의 물질
적 욕망·개인적 원한이 초래한 파멸적 삶의 행로와 날카롭게 대비되는

것도 그 때문이다. 순영의 이러한 행동은 교묘하게도 『흑풍』의 정공선사가 콜난에게 설법한 "저 사람은 나에게 원수를 맺더라도 나는 저 사람에게 은혜를 베풀"라는 말과 정확히 부합한다. 그런 점에서 만해가 『흑풍』 탈고 이후 두 편의 소설을 쓰다 중단하고 『박명』에 전력을 기울인 까닭을 이해할 수 있을 듯하다. 『흑풍』의 결말이 '참사랑'을 강조한 데서 유추할 수 있듯 만해가 신문연재 소설을 통해 독자에게 전달하고 싶었던 진정한 주제는 '사랑'과 '보은'이었던 것으로 보인다.

이와 함께 덕암은 소위 '대장부'나 '주의자'들의 염량세태적 언행을 비판하며 당대 사회의 부박한 풍조와 친일전향자들이 급증하는 현상[19]을 비판하고 있다. 이 무렵 일제는 중일전쟁을 일으켜 무한·삼진을 점령(1938. 10. 27)하는 등 기세등등했는데, 이 소식을 접한 국내 지식인들 가운데는 사상적으로 크게 동요하며 친일로 전향하는 자가 급증했다. 그들은 애초에 국가와 민족을 위해 자신을 희생하는 '지사(志士)'같았지만 상황이 바뀌자 애초의 결심을 꺾고 권력에 영합한 '천한 사내[賤丈夫]'에 불과하다고 질타하고 있는 것이다. 이는 심우장에서 보여준 만해의 삶과 일치하는 것으로, 그가 오랜 지기였던 최린·최남선·이광수 등이 창씨개명을 하고 친일행위를 하자 집에 찾아와도 만나지 않고 길에서 마주쳐도 못 본 체 하는 등 '개보다 못한' 위인으로 취급할 만큼 절의를 중하게 여겼다. 『박명』의 참주제는 보은의 생명주의지만, 경박한 서구화 풍조나 얼치기 관념주의자에 대한 비판도 직설적이며 예리하다. 이를테면 송씨와 김선달

---

19) 『박명』이 『조선일보』에 연재될 무렵 '수양동우회' 사건과 관련하여 갈홍기(葛弘基) 등 16명이 '대동민우회(大東民友會)'에 입회(1938. 6. 18)하였고, '흥업구락부' 사건으로 안재홍 등 간부가 검거(1938. 5. 22)되고 곧이어 신흥우(申興雨) 등 54명이 전향서를 발표(1938. 9)하는 등 지식인의 전향이 이어졌으며, 1939년에는 '황군위문작가단'이 발족(3. 14)되었다.

이 순영을 기생이 아니라 색주가로 키울 것을 의논하는 자리에서 "인제 조금 있으면 조선 소리는 다 없어집니다. 지금도 서양 음악인지 무언지 하는 것이 들어와서 그것들만 숭상하지, 조선 소리는 천덕꾸러기로 들리지요. 지금 사람들은 서양 것은 다 좋고, 조선 것은 다 나쁜 줄로 생각하지마는 그럴 리가 있나요. 음악이야 조선 음악 따를 수가 있나요."(66)라고 하여 무분별한 서구화에 대한 경계와 우리 문화에 대한 자긍을 드러낸다. 또 사직공원에서 폐인이 된 아편쟁이들을 돌보는 순영을 보고 "저런 것들 때문에 여권 신장이 안 되거든"이라며 "우리 운동에 방해가 되는 저 따위 인간을 보면 곧 죽이고 싶어 못 견디겠어"(269)라고 독설을 내뱉는 "영리하면서도 성깔이 있어 보이는"(267) 여성은 콜론타이의 『붉은 연애』나 입센의 『인형의 집』 정도나 읽고 서구적 사고에 함몰되어 동시대 조선 여성들의 비참한 삶을 도외시하는 '원숭이 같은 숙녀'로 치부된다. 그에 반해 순영의 행동이 "사회 이목에 구속을 받지 아니하고 자유의사에 의하여서 하는 일이라면"(269) 얼마든지 용인될 수 있다고 옹호하는 여성은 "여자 운동이 너무도 기분적인 혼란 상태에 있는 것을 염려"(『흑풍』, 214)했던 호창순을 연상시킨다. 호창순은 여성해방 발기총회에 참석하여 "일체 남자의 횡포 타도, 강제 결혼제도 폐지, 연애의 자유 실행"을 강령으로 삼자는 주장을 조목조목 비판하며 "여자의 품격 향상, 결혼과 이혼의 자유, 남녀 정조 존중, 경제권 및 참정권 획득"으로 개정할 것을 요구한다. 그녀는 여성의 정조는 남자를 위한 것이 아니라 여성의 품격을 높이기 위한 것으로 "여자의 인격이요 권리"(211)라는 독특한 주장을 전개한다. 호창순과 파라솔 여인은 개인의 천품과 자유의지에 따른 일관된 삶의 태도를 강조함으로써 일시적 유행이나 감정적 충동에 현혹되어 동시대 하층 여성을 '타자(他者)'로 비하하는 신여성을 비판하고 있는 것이다.

4. 노블(novel)과 소설(小說)의 거리

만해는 '문학'과 '문예'의 차이를 구분할 수 있을 만큼 당대의 문학 동향에 관심이 컸고 정통했던 것으로 보인다. 그는 "문학이라는 것은(……) 문리가 있는 문자로의 구성 모두"[20]를 지칭한다고 하여 매튜 아놀드의 견해를 받아들이는 한편, '시·소설·희곡·평론' 등 예술적 작품에 한정하여 '문예'라 지칭한다. 당시 우리 문학계는 "금일, 소위 문학이라 함은 서양인이 사용하는 문학이라는 語義를 취함이니, 서양의 Literatur 혹은 literature라는 語를 문학이라는 語로 번역"[21]한 것으로 이해한 이광수나 한국 근대문학의 개념을 "근대정신을 내용으로 하고 서구문학의 '장르'를 형식으로 한 조선의 문학"[22]으로 정의한 임화의 견해에 별다른 이의를 제기하지 않았다. 특히 임화는 우리 신문학이 "서구적인 문학 '장르'(구체적으로는 자유시와 현대소설)를 채용하면서부터 형성되고 문학사의 모든 시대가 외국 문학의 자극과 영향과 모방으로 일관되었다 하여도 과언이 아닐 만큼 신문학사(新文學史)란 이식문화(移植文化)의 역사"[23]라며 '이식문학론'을 주창하였으나, 이에 대한 비판과 반론은 찾아보기 어렵다. 그에 따르면 "단편소설은(……) 서구의 단편 양식보다도 내지(內地)의 단편소설의 양식을 그대로 이식"해왔을 뿐만 아니라 "신문학의 생성기에서 가장 중요한 문제였던 언문일치의 문장 창조에 있어 조선문학은 전혀 명치문학의 문장을 이식"[24]한 것이어서 한국 근대문학은 언어만 한글을 사용했을 뿐 내용과 형식 모두 외국 것을 베낀 껍데기에 지나지 않는다. 한국 근대문

---

20) 한용운, 「문예소언」, 『한용운전집』1, 196쪽.
21) 이광수, 「문학이란 何오」, 『이광수전집』1, 삼중당, 1962, 507쪽.
22) 임화, 「新文學史의 方法」, 『文學의 論理』, 학예사, 1940, 819쪽.
23) 위의 글, 827쪽.
24) 위의 글, 829~30쪽.

학이 서구의 정신과 장르를 모방 혹은 이식한 것일 뿐만 아니라 문장조차
도 일본 근대문학의 그것을 송두리째 이식해 왔다는 임화의 주장은 근대
초기 지식인의 서구추수적 사고의 편향성을 극단으로 보여주는 사례다.
이광수 이후 한국 소설은 전통적 '소설(小說)'과는 전혀 다른 '노블'의 관
점에서 쓰여지고 논의되어 왔으며, 한국 근대문학 백 년은 서구문학을 유
일한 전범(典範)으로 삼아 어떻게든 그것에 근사(近似)하게 다가가려는 안쓰
러운 노력의 기간이었다. 그 와중에서 조선조 소설의 대중적 성격의 효용
성에 주목한 만해의 다음과 같은 주장은 특별한 관심을 요한다.

> 한글로 된 소설은 항간의 우부우부(愚夫愚婦)랄지라도 다 보고 듣게 되
> 므로(……) 구소설은 실로 불교 신앙의 선포에 막대한 공효를 나타내었느
> 니, 당시 식자간에서는 천시되는 구구한 소설이 불교를 선포하는 데에 산
> 간에 장치(藏置)되어 있는 『팔만대장경』보다 훨씬 큰 공능(功能)을 나타내
> 었다는 것은 다만 선포 여부에 있는 것인즉, 만일 장경의 전부를 한글로
> 번역하여 항간 부녀 소아에 까지 홍포하게 된다면 그 효과는 과연 어떠할
> 것인가?[25]

이 글은 불교 대중화를 위해 경전의 한글 번역이 필요하다는 점을 역
설하고 있지만, 쉽게 배워 쓰고 읽을 수 있는 한글로 쓰여진 소설이 두터
운 독자층을 형성하고 그들의 의식 계발에 큰 기여를 했으므로 이를 적극

---

25) 한용운, 「譯經의 急務」, 『한용운전집』2, 226쪽. 이와 관련하여 『흑풍』·『박명』을 불교
포교문학으로 보는 견해가 있다(① 김용범, 「만해 한용운의 소설 『흑풍』 연구」, 『한양어
문연구』제8집, ② 이향순, 「한용운의 『박명』에 나타난 보살도의 이상과 비구니의 근대
성」, 『한국불교학』51집). 만해는 조선조 불교가 억압당하는 정치적 상황에서 포교의 방
편으로 『별주부전』·『적성의전(翟成義傳)』 등이 쓰여졌을 것으로 추정한다(위의 글, 225
쪽). 『흑풍』의 콜난이 정공선사의 설법을 듣고 편안히 눈을 감는 장면이나 『박명』이 순
영의 출가와 덕암 스님의 법문으로 끝나는 장면 등은 이 소설이 지향하는 세계관·종교
관이 불교라는 사실을 말해주는 것은 분명하지만, 포교문학으로 보기에는 어려운 점이
많다.

적으로 활용할 필요가 있다는 인식이 밑바탕에 깔려 있다. 그가 신문소설의 경우 통속적·대중적인 면이 더 중요하다고 말한 것도 소설을 '계몽의 서사'로 이해했기 때문이다. 이처럼 만해는 서구적 근대문학에 무지하지 않으면서 그것을 따르기보다 전통적 소설(小說)이나 '이야기'의 발전적 계승에 더 많은 관심을 가졌던 것처럼 보인다. 비근한 예로, 『흑풍』은 중국 청말(淸末) 상해를 주요 시공간적 배경으로 설정하고 있지만, 대다수 등장인물의 이름이나 호칭은 조선의 그것에 더 가깝다.26) 또 이 소설의 서술과 묘사의 상당 부분은 "전통적인 사설(辭說)의 에너지를 이어받은 시적인 수사"27)라는 지적을 받을 정도로 "인물의 감정 형용에서 자연을 많이"28) 사용하며 대구와 대조에 의존하는 의고적 문체로 이루어져 있다. 이 자리에서 자세히 살필 여유가 없어 뒤로 미루지만, 『흑풍』과 『박명』은 문체에 있어서 현격한 차이를 보인다. 『흑풍』에서 빈번히 사용되었던 한문(번역)체나 의고체 문장을 『박명』에서는 거의 찾아보기 어렵기 때문이다. 『흑풍』 첫 페이지의 "서편 집의 술이 든 향기는 봄 하늘을 물들이고, 가래 짚고 있는 사람들의 농사하는 말은 물소리에 섞였다"는 구절은 한시(漢詩)를 번역한 것 같은 인상을 주는데, 『박명』의 첫 구절29)은 근대적 문물을 체험한 사람만이 사용할 수 있는 문장과 수사로 이루어져 있다. 그의 소

---

26) 이를테면 서순보(徐順甫)와 딸 영애(英愛)의 이름이나 '서첨지'란 호칭이 그러하고, 장순옥·이봉숙(李鳳淑) 등 여성의 이름도 조선인이라는 느낌을 더 강하게 전달한다. 이와 함께, 『흑풍』·『박명』의 주요 여성인물 이름에 '순(順)' 자가 많이 쓰인 것도 흥미로운데, 이는 해당 여성이 성품이 선량하고 순한 한국인이라는 인상을 주는 한편, 매사를 순리(順理)대로 살아야 한다는 작가의 처세관이 반영된 것으로 볼 수 있다.

27) 김우창, 앞의 글, 153쪽.

28) 백철, 「시인 한용운의 소설」, 『한용운전집』5, 11쪽.

29) "굽이치고 휘돌아서 길이 오백여 리를 흐르는 동안에 농사 짓는 물로서의 많은 이익을 주며, 마침내 대경성(大京城)의 칠십만 인구에게 음료수를 제공하고, 배와 떼(筏)를 운전하여서 모든 물화의 운수의 편의를 주면서 낮과 밤으로 흐르고 흘러서 서해 바라로 들어가는 한강(漢江)은 너무도 유명하다"(『박명』, 7쪽).

설에서 빈번하게 노출되는 신소설적 요소는 근대소설(novel)의 미달 형태로 보일지 모르나, 전통 '소설(小說)'이나 '이야기'에 비해 훨씬 진보한 수준을 보여준다. 만해의 대표적 작품『님의 침묵』도 그렇거니와『흑풍』·『박명』등 소설은 서구적 개념의 시·소설 장르를 따르기보다 전통적 문학의 정서와 기법에 더크게 의존하고 있다. 그의 소설이 인물의 유형성, 갈등의 도식성, 전개 방식의 상투성, 묘사의 추상성을 극복하지 못해 전근대적 요소30)를 보인다는 일부의 지적은, 작가의 문학관을 고려하지 않고 서구적 잣대로 평가한 결과이다. 만해는 실험적이고 문학성이 우수한 '노블(novel)'을 쓰려는 욕심보다 전통적 '소설(小說)' 방식을 통해 독자를 계몽하려고 노력했으며, 작품의 창작 과정에서 '노블'의 장점을 적절히 차용했던 것으로 보인다.

만해는 심우장 시절 두 편의 장편소설을『조선일보』에 연재했으며, 그때마다 작의(作意)를 분명히 밝혔다. 그는 조선조 소설의 교화적·계몽적 효과를 충분히 인식하고 자신도 소설을 통해 독자에게 무언가를 전달하려고 애썼다. 그러한 인식과 노력은 오로지 서구문학을 따라가는 데 몰두했던 한국 근대문학의 장(場)에서 대단히 예외적이고 소중한 자산이 아닐 수 없다.『흑풍』연재 초기에는 악덕지주 처단, 빈민 구휼, 사회혁명 등에 관심을 기울였으나 곧바로 '보구'의 모순과 한계를 인식하고 '보은'의 생명사상으로 대체한다. 이러한 인식의 변화에는 '시검교사건'이나 '사직공원 여인'과 같은 실제 사건이 결정적 역할을 한 것으로 보이는데, '시검교사건'은『철혈미인』으로 작품화하려다 중단한 데 반해『후회』에서 매듭짓지 못했던 '사직공원 여인' 이야기는『박명』에서 완성한다. 개인의 원한을 갚는 '보구' 행위가 정치적·혁명적 세계와 밀접하게 관련되어 있다

---

30) 권오현,「만해 한용운 소설 연구」,『계명어문학』제11집, 1998, 2, 116쪽.

면, 원수조차 은혜로 갚은 '보은'은 정신적·종교적 차원에 속하는 것이어서 논의의 층위가 달라질 수밖에 없다. 심우장에서의 만해는 젊은 시절의 북지방랑, 출가후의 『조선불교유신론』 집필과 3·1운동 참여 등의 치열함·강직함에서 다소 유연해진 느낌을 준다. 그것은 만해가 재혼을 하고 가정을 거느린 중년의 가장이라는 점과도 무관하지 않겠지만, 그는 서서히 1910~20년대의 패기에 찬 투사(鬪士)의 모습을 벗고 승려 본연의 모습으로 되돌아 가려 했던 것으로 보인다. 만해는 『박명』 이후 문학적 글쓰기를 거의 하지 않는데, 1940년 8월 『조선일보』·『동아일보』가 강제 폐간되고 한글 문학작품의 발표가 원천적으로 금지되었기 때문이다. 1939년 음력 7월 12일 회갑연을 치룬 이후 만해는 박광(朴洸) 등과 『통도사 사적』 편찬 자료 수집과 단재 유고집 간행 준비를 하는 한편, 송만공과 함께 『경허집』을 간행(1942)하는 등 비교적 무위한 나날을 보낸다. 하지만 혁명적 열혈투사에게는 그것이 '무위(無爲)'일지 모르나 '입전수수(入廛垂手)' 단계에 들어선 만해 스님의 처지에서는 초발심을 잊지 않고 꾸준히 실천한 것이어서 예전과 달라진 게 없다. 혹자는 만해를 가리켜 "권력 없는 정치가"[31]로 평가하기도 하지만, 심우장에서의 만해는 승려의 자세에서 한 치도 벗어나지 않은 삶을 살았다. 그가 조국의 독립만을 위해 헌신한 투사였다면 『흑풍』의 주제가 달라졌겠지만, 승려로서 그는 『박명』의 길을 선택할 수밖에 없었다.

---

31) 고은, 『한용운평전』, 향연, 2004, 379쪽. 고재석에 따르면 만해의 딸 한영숙도 아버지를 '정치가'로 평가했다고 한다(고재석, 『한용운과 그의 시대』, 역락, 2010, 4쪽).

현대 소설에 나타난 승려상(僧侶像)

1. 승전(僧傳)의 의의와 전개

서사(敍事, narrative)의 기본은 '이야기'이고, 그것은 어떤 방식으로든 인간의 경험이나 상상과 관련된 내용을 다룬다. 이야기꾼(소설가)은 자신이 실제로 체험했거나 보고 들은 사건, 또는 꾸며낸 이야기를 실질적 관심이나 이해와 관련하여 남에게 전달하되, 이야기의 내용에 따라 다양한 언술 방식을 구사한다. 그러므로 모든 이야기에는 명시적인 형태든 암시적 형태든 청자(독자)에게 전달하고자 하는 어떤 유익하고 긴요한 내용이나 특별한 의도와 목적이 담기게 마련이다. 경문왕의 커다란 귀를 보고 "우리 임금님 귀는 당나귀 귀처럼 생겼다(吾君耳如驢耳)"라 외친 『삼국유사』의 복두장(幞頭匠), 그리고 아내의 부정에 분노해 처녀와 동침한 뒤 죽이는 왕에게 불려가 매일 밤 이야기를 들려줌으로써 그의 비뚤어진 심성을 교화시킨 『천일야화』의 샤헤르자데는 이야기의 숙명을 상징하는 인물이다. 복두장 설화가 죽음을 무릅쓰고 진실을 알리는 이야기의 숙명을 내포한 것이라면 샤헤르자데 설화는 이야기를 통해 사람을 교화시키는 또 다른 본질을 암시한다. 이러한 이야기가 대체로 나보다 뛰어난 사람들이 겪은 감동적이고 흥미진진한 경험이 소재로 선택되며 어떤 의미에서든 '진실'을 다룬다는 것은 자명한 사실이다.

우리나라에서는 전통적으로 '전(傳)' 양식이 발달되어 왔다. 전(傳)[1]에서 다루는 인물은 대체로 만인의 추앙과 존경을 받는 영웅·의인, 충신·열사 등 일반인보다 우월한 이들이다. 전은 입전인물의 인간적 덕성과 모범적 행위를 특별한 예화를 통해 부각시키되 철저하게 사실에 근거하여 서술하는[據事直書] 서사 양식으로 대체로 '인정기술(人定記述) – 행적부 – 논찬'의 3단구성으로 이루어진다. '인정기술'은 입전인물의 가계·신분·성명·거주지와 관련된 서술을 말하고, 행적부는 인물의 행적에 대한 객관적 서술을 뜻하며, 논찬은 주관적 의론문(議論文)의 성격을 띤다. '승전(僧[2]傳)'은 중국 양(梁)나라의 혜교(慧皎)가 지은 『고승전』이 가장 오래 되었고, 우리나라에서는 고려 후기의 고승 각훈(覺訓)이 왕명을 받아 기술한 『해동고승전』과 일연의 『삼국유사』에 전하는 고승열전이 일반에게까지 알려져 있다. 혜교는 『고승전』을 기술하면서 '명승전(名僧傳)'이라 명명하지 않은 이유를 "명승이라 하는 것은 실상의 껍데기다. 만약 실제 행동을 감추고 숨긴다면 고귀하면서도 이름을 얻지 못할 것이요, 덕이 부족한데도 때를

---

1) '전(傳)'에 대한 논의는 박희병, 『조선후기 전의 소설적 성향 연구』(성균관대대동문화연구원, 1993) 참조.

2) 승(僧)은 원래 '승가(僧伽, samgha)'에서 온 말로 '일정한 목적을 위해 하나로 연합된 단체'를 일컬었으나 불교에서는 출가수행자의 교단(敎團)을 가리키는 말로 사용된다. 우리나라에서는 '僧·僧侶·중·스님' 또는 '衲子·緇衣·雲水' 등의 용어가 쓰이고 있는데, 후자는 비유적 표현이어서 일반인에겐 다소 낯설다. '중'은 원래 평어였으나 조선조 중기 이후 낮춤말로 인식되어 요즘에는 잘 쓰이지 않는다. 재가 신도들은 '스님'이란 호칭을 많이 사용하지만, 이것은 높임말이므로 자칭(自稱)하는 것은 적절하지 않다는 지적도 있다. 학술적으로는 僧(像) 또는 僧侶(像)라는 술어를 많이 쓰므로 여기서도 일반적 관행을 따른다.

잘 만나 이름을 얻었다면 고귀함이 아니다. 이름만 있고 고귀함이 없으면 기록하지 아니하고, 고귀하면서도 이름이 없다면 이를 기록한다[3]"고 밝히고 있다. 승전의 이와 같은 기술 원칙은 시대와 왕조가 바뀌어도 여전히 존중되어 『續高僧傳』(唐, 道宣)·『宋高僧傳』(宋, 贊寧)·『해동고승전』에 이르기까지 다른 제목을 사용한 예가 보이지 않는다.

고구려·백제·신라 삼국 가운데 가장 많은 승전을 남긴 신라는 왕실에서 불교를 받아들인 이래 일반 백성들에게도 급속도로 전파되면서 이른바 '불국토'를 이루었다. 당시 승려는 귀족이거나 화랑의 신분으로 대부분 당나라 유학을 다녀왔고 의술에도 조예가 깊었던 이들이었다. 한 마디로 신라시대의 승려는 귀족 신분의 최고 지식계층인 데다 의술 등 과학적 분야에도 박식해 뭇 사람의 존경을 받을 수 있었던 것이다. 그들은 일반 백성들에게선 큰 스승으로 존경을 받고 위정자와 더불어 백성을 교화·구제하는 데 힘써 그 명성이 '성인(聖人)'의 그것에 견줄만했다. 그러므로 일연이 『삼국유사』에서 원광·원효·의상 등을 성인의 반열에 올려놓은 것[4]은 조금도 놀랄 일이 아니다.

전(私傳)은 공적 장르로서의 '사전(史傳)'과 달리 "그 선행과 미덕에도 불구하고 미천한 신분 때문에 혹은 그 불우한 처지 때문에 세상에 알려지지 않은 채 인멸될 운명에 처해 있는 인물들에 초점"을 맞춤으로써 '연민' 혹은 '보상'의 장르로서의 성격이 두드러진다. 전의 서술 형식 가운데 가장 일반적인 유형은 여러 개의 일화를 나열하여 주인공의 인간상과 개성을 부각시키는 '삽화적 유형'이다. 이 일화는 다소 산만하고 비유기적인

---

3) 慧皎, 「序」, 『高僧傳』 "多曰名僧 然名者本實之賓也 若實行潛光則高而不名 寡德適時 則名而不高 名而不高本非 所紀 高而不名則非今錄". 김승호, 『한국승전문학의 연구』, 민족사, 1992, 46쪽에서 재인용.
4) 김승호, 위의 책, 49쪽.

것처럼 보이지만 각각의 이야기들이 인물의 미덕을 입증하는 데 기여하는 내적 인과관계를 유지한다. 이와 달리 전 자체가 하나의 이야기로 구성된 '유기적 유형'도 있다. 이 유형은 장면과 장면, 사건과 사건이 인과성 및 시간적 계기성에 따라 연결되고, 인물의 개성은 이야기를 통해 포착되며, 인물과 환경 사이에 갈등과 대결이 빚어질 경우 소설에 접근할수 있다. 조선후기에 들어서면서 전이 다루는 인물 유형은 종래의 영웅·위인, 충신·열사에서 거지(「廣文者傳」)·농민(「梁四龍傳」)·기생(「沁紅小傳」)·상인(「賈秀才傳」)·사기꾼(「李泓傳」) 등 현실사회에 존재하는 거의 모든 인물로 확장된다. 이처럼 다양한 인물의 이야기를 다루다보니 흥미적 요소가강조되는 것은 자연스러운 현상이다. 전이 기본적으로 사실 재현에 충실한 양식이라는 점을 고려할 때 허구적 상상력의 개입이 점차 늘어난다는것은 상당한 변화가 아닐 수 없다.

조선후기에는 더 이상 고승전이 쓰여지지 않고, 야담이나 설화에 간혹승려가 등장할 뿐이다. 특히 임진란 이후 야담·설화에 등장하는 승려상은 부정적인 이미지로 변화하는데, 이는 주자학적 가치관에 침윤된 조선조 사대부들이 승려를 '부모의 은혜와 군신의 의리를 저버린[絶父母之愛 滅君臣之義]' 패덕자로 매도하거나, 산속에서 무위도식하는 잉여적 존재로 낙인찍었기 때문이다. 그럼에도 불구하고 조선초·중기에는 무학대사와 같이 건국에 기여한 이나 휴정·유정·영규대사 등 국가지란 때 나라를 구한 이들에 관한 이야기는 소설과 설화 등을 통해 널리 회자된다. 하지만조선후기 설화에 나타나는 승려상은 '악한(惡漢)'의 이미지로 급격히 추락하며, 이는 다시 '호색한·첩자(諜者)·폭력자(暴力者)'의 모습으로 세분화된다. 민간설화에서 이처럼 부정적인 승려상이 전파된 것은 무엇보다 조선조의 숭유억불 정책 때문이라 할 수 있다. 국가에서는 정책적으로 불교를 억압해 승려의 도성출입까지 제한했으며, 예전에 승려들이 맡았던 일반 백성의 스승 역할을 사대부들이 전담하면서 승려의 신분 하강과 역할 축소가 동시에 이루어져 점차 조롱의 대상으로 밀려났던 것이다. 그러다 보니 뛰어난 승려가 배출되기 힘들었고 설혹 그런 고승이 등장해도 일반인에게까지 알려지지 어려운 상황이었다. 휴정·유정 등 고승의 경우 사대부들에게는 구국정신과 함께 높은 인격과 학식을 인정받은 것과 달리 일반 백성들에겐 각종 신이한 도술과 술법으로 나라를 누란지위에서 구한 장수(將帥)나 이인(異人)으로만 기억되는 것도 조선조의 지배 이데올로기와 밀접한 관련을 맺는다.

2. '원효' 모티프와 현대소설의 승려상

한용운은 한국 현대불교사와 현대문학사에서 새로운 획을 그은 고승이자 뛰어난 시인이다. 그는 1905년 무렵 출가하여 용운(龍雲)이란 법명을 받고 1908년에는 일본 조동종대학에서 3개월 동안 수학하였으나 국치(國恥) 이후 "당시 조선불교의 낙후성과 은둔주의를 대담하고 통렬하게 분석·비판"한 「조선불교유신론」을 발표하여 커다란 파문을 일으킨다. 이어서 그는 1919년 3·1운동의 대표자 가운데 한 사람으로 「조선독립이유서」란 명문에서 일부의 타협주의·투항주의에 반대하고, 식민지체제의 즉각적이며 전면적인 철폐만이 유일한 해결책[5]이라 주장한 올곧은 민족지사로 일반에 널리 알려진다. 1922년 3월 출옥한 그는 한국현대시사의 거편(巨篇) 『님의 침묵』을 상재하여 한국현대사의 걸출한 고승·지사·시인으로 각인된다. 한용운의 출현은 조선말기 오랫동안 침체되고 왜곡되었던 한국 불교와 승려상에 대한 전면적인 반성과 재인식의 단초를 제공한

5) 염무웅, 「만해 한용운론」, 『민중시대의 문학』, 창작과비평사, 1979, 153쪽.

'사건'이라 해도 지나치지 않다. 만해와 서로 앞서거니 뒤서거니 하며 등장한 용성·한암·만공·만암 등 고승대덕은 현대적 교육에 앞장서고 민족의 진로를 제시하여 스승 겸 지도자의 역할을 실천하였고, 이로써 일부 완맹한 성리학자나 몽매한 서민들의 그릇된 승려관을 단숨에 교정시켜 주었던 것이다.

그러나 일제시대 문학 작품 속에 승려가 주인공으로 등장한 사례는 이광수의 『이차돈의 사』·『원효대사』 외에 달리 찾기 어렵다. 해방후에도 상황은 크게 바뀌지 않아 「등신불」(1961)이 대표적 불교소설로 평가되다가 『만다라』(1978)가 발표되면서 불교계와 문학계에 커다란 논란을 불러일으킨다. 이 소설은 원래 『주간종교』 종교소설 현상공모에 당선된 「목탁조」를 장편으로 개작한 것으로, 「목탁조」는 "악의적으로 불교계를 비방하고 전체 승려를 모독했다"고 하여 작가가 '무승적제적(無僧籍除籍)'[6]이란 기상천외한 처벌을 받는 원인을 제공한 작품이다. 『만다라』는 아무 데서나 술담배를 하는 괴각승(乖角僧) 지산(知山)과 청정비구 법운(法雲) 등 두 승려의 대조되는 수행 방식을 보여줌으로써 참된 깨달음에 이르는 방법이 무엇인가를 역설적으로 묻고 있다. 이 작품의 주인공 지산과 법운 등 대조적인 승려상의 원형은 『삼국유사』에서 찾을 수 있다. 『삼국유사』에는 원효/자장, 노힐부득/달달박박에 관한 흥미로운 일화가 전하는데, 자장·달달박박이 계율에 엄격한 수행자의 강직한 이미지를 대표한다면, 원효·노힐부득은 여성과의 육체적 접촉도 마다않는 자재로운 면모를 보여준다. 자장이 재상(宰相) 제의를 거절하고 출가하려 하자 왕은 명을 어기면 참수하겠다고 압박한다. 그때 자장은 "계를 지키며 하루를 살지언정 계를 깨뜨리고 백 년을 살지 않겠다[吾寧一日持戒而死 不顧百年破戒而生]"고 선언하여

6) 김성동, 『제삼세대 한국문학』 23권, 삼성출판사, 1986, 429쪽.

마침내 출가를 허락받는다. 이후 그는 당나라 유학을 마치고 귀국한 뒤 대국통(大國通)으로 임명되어 "승니 일체의 규식을 위임하여 관장[啓勅藏爲 大國統 凡僧尼一切規猷 總委僧統主之]"함으로써 "한 시대의 불법을 보호하는 것이 그로 인하여 성하게 되었으니 이는 마치 공자가 위나라에서 노나라로 돌아가 음악이 바로 잡히고 아·송이 마땅함을 얻은 것과 같다[一代護法 於 斯盛矣 如夫子自衛返魯 樂正雅頌 各得其宜]"는 평가를 받는다. 남백월산(南白月山)의 달달박박(怛怛朴朴)은 늦은 저녁 거처에 찾아온 젊은 여성이 하룻밤 유숙하기를 청하자 "고요한 절은 청정함을 지켜야 하니 받을 수 없다[蘭若護 淨爲務 非爾所取近 行矣無滯此處]"고 냉정하게 거절한다. 하지만 노힐부득을 찾아가 하루 유숙을 하며 몸을 푼 그 여성은 "나는 본래 관음보살로, 그대가 대보리심을 깨닫도록 도우려 왔다[我是觀音菩薩 來助大師 成大菩提矣]"고 정체를 밝힌다. 달달박박은 노힐부득이 파계[染戒]하였을 것이라 짐작하고 찾아 갔으나 그가 연대(蓮臺)에 앉아 몸에서 빛을 발하는 것을 보고 머리를 조아린다. 이와 유사한 설화는 「원왕생가」의 배경설화(광덕·엄장)에서도 반복된다. 이런 점에서 일연은 자장·달달박박의 엄격한 지계행(持戒行)보다 원효·노힐부득의 유연한 태도를 더 높이 평가하는 듯하다.

'원효/자장'의 상호대립적 수행과 포교의 방식은 우리나라 불교소설에서 하나의 모티프로 자리 잡는다. 한승원의 『아제아제 바라아제』[7]의 비구니 청하(순녀)와 진성(수남)의 상이한 성장배경과 출가후의 수행 및 환속을 통해 작가는 세속적 욕망에 전혀 감염되지 않은 순수청정 비구니 진성보다 여고생 때 이미 선생님과 육체관계를 맺고 출가했으나 "살이 달고 피가 뜨거운" 본능을 억제하지 못하고 다시 저자거리로 내려온 청하의 삶에 더 많은 애정과 관심을 보인다. 그것은 애초부터 세간에 미련과 집

7) 한승원, 『아제아제 바라아제』, 삼성출판사, 1985.

착을 갖지 않고 출가한 진성보다 세속적 욕망과 애정 때문에 고통을 당하면서도 그들을 포기하지 않는 청하의 태도야말로 진실한 보살행이라고 여기는 작가의 불교관[8]에 기인한 것이다. 다시 말해 한승원은 석가의 진정한 가르침이 속세를 떠나 혼자만의 맑고 깨끗한 삶을 누리는 데 있는 것이 아니라 자신의 생명력을 온전히 다른 사람을 위해 쏟아 붓는 데 있다고 생각한다. 이러한 행동의 전범이 원효인 것을 두말할 필요도 없다.

김성동의 『만다라』와 한승원의 『아제아제 바라아제』가 작가 자신의 직접적 체험 또는 평소의 불교관을 토대로 허구화한 작품이라면, 최인호의 『길 없는 길』[9]은 경허선사의 일대기를 소설로 형상화한 작품이라는 점에서 명백히 구별된다. 경허(鏡虛)의 독특한 수행과 삶은 말 그대로 워낙 드라마틱하여 세간에 전설처럼 회자되어 왔다. 그러한 경허의 일대기를 최인호는 액자적 형식과 추리적 구성방식으로 재서사화하는 한편, 중간중간에 중국의 육조 혜능을 비롯한 여러 조사·선지식들의 흥미로운 일화와 화두를 삽입하여 일반인들의 선(禪)에 대한 오해와 편견을 바로잡는 가외의 성과를 거둔다. 김성동·한승원과 달리 불제자가 아닌 최인호가 당대 최고의 선승인 경허선사의 삶을 소설화함으로써 그의 진정한 모습을 제대로 형상화하지 못했다는 비판도 있을 수 있으나, 일반인에게 어렵기만 한 것으로 여겨졌던 선과 화두를 조사스님들의 일화를 통해 알기 쉽게 소개한 공덕은 결코 적은 게 아니다. 그러나 경허선사의 삶을 다룬 이 소설은 과거의 고승전과 달리 허구의 형식을 빌렸어도 실존인물의 이야기인데다 그의 선맥을 이은 제자들의 영향력에서 완전히 자유로울 수 없었다

---

8) 한승원은 「작가의 말」을 통해 "순녀의 미망과 방황은 세상 사람들 모두의 미망과 방황이고, 거기에서 깨달음의 길을 열어가는 것이 참다운 자유인으로 원효·만공·만해 같은 인물이 그러한 참된 자유인"이라고 말한다.

9) 최인호, 『길 없는 길』(전4권), 샘터, 1993.

는 점에서 한계를 드러낸다. 과거의 고승전은 입전인물의 공적과 깨달음의 과정을 기술한 뒤 세평이나 개인적 소감을 덧붙이는 것으로 족했지만 소설은 작중인물의 성격을 입체적으로 드러내기 위해 역설적 방식을 구사하기도 한다. 『만다라』·『아제아제 바라아제』에서 법운·진성의 엄정한 지계 행위보다 지산·청하의 파계적 행각에 더 많은 비중과 의미를 부여하는 것도 그런 사정과 관련된다. 하지만 『길 없는 길』의 경허는 이제까지 알려진 것과 크게 다를 바 없는 성격으로 형상화된다. 작가는 이 소설 속에서 경허의 깨달음에 이르는 처절한 자기수행의 과정과 그 이후의 무애행을 소상하게 추적하고 있지만 천주교 신자인 작가가 이해한 선불교 또는 경허상(鏡虛像)이 무엇인지는 분명하지 않다. 소설은 인간의 삶을 다루되 아름답고 선한 면보다 더럽고 야비한 욕망을 진솔하게 드러냄으로써 인간 본성의 이해를 돕는다. 그러나 우리와 같은 시대를 살았던 고승들의 삶을 다룬 최근의 불교소설은 엄정한 의미의 '소설'이라기보다 평전에 가까운 것들이다. 여기서 그 작품들을 자세히 분석할 여유는 없지만, 입적한지 얼마 되지 않은 고승대덕의 일대기를 제재로 한 소설은 이제까지 여러 경로를 통해 세간에 널리 알려진 일화를 적당히 편집한 것이라는 느낌을 불식시키기 어렵다. 가령 성철스님의 일대기를 다룬 장편소설 『산은 산 물은 물』의 서문을 쓴 이들이 한결같이 강조하고 있는 것은 "작가의 성실한 자료 조사"(법정)나 "정확한 고증과 알려지지 않은 성철스님의 일화"(최인호) 발굴에 대한 격려와 찬사이다. 작가 스스로도 "나는 나의 재주를 부리지 않고 성철스님의 일화나 사실들을 들었던 대로 옮기고 있을 뿐"[10]이라 고백한 『산은 산 물은 물』을 현대판 '고승전'으로 보아야 할 것인가 혹은 '소설'로 분류해야 할 것인가의 문제는 앞으로 우리가 해

---

10) 정찬주, 『산은 산 물은 물』(전2권), 민음사, 1998, 서문 및 작가후기 참조.

결해야 할 숙제다.

3. 『원효대사』와 몇 가지 문제 제기

이광수의 『원효대사』는 1942년 3월 1일부터 10월 31일까지 총 184회
에 걸쳐 당시 총독부 기관지였던 『매일신보』에 연재된 장편소설이다. 흥
미로운 것은, 이광수가 『원효대사』를 위인전이 아닌 소설로 쓴 까닭을 설
명한 글이다. 그는 원효의 사상과 행동 속에서 자신을 발견하였고, 그것
이 곧 우리 민족성의 원형이라 생각했다는 것이다

> 그의 장처 속에서도 나를 발견하고 그의 단처 속에서도 나를 발견한다.
> 이것으로 보아서 그는 가장 우리 민족적 특징을 구비한 것 같다. (……)
> 거랑방아 행세로 뒤웅박을 두들기고 다니는 원효대사는 우리 민족의
> 한 심벌이다.[11)

요컨대 이광수는 이 소설을 통해 우리 민족의 우수성을 드러내려 했다
는 것인데, 일본어상용·창씨개명·신사참배강요 등으로 민족정신 말살
정책이 악랄하게 추진되던 시기[12)에 한국어로 민족정기를 고취시키려 했
다는 그의 말을 어떻게 이해해야 할까. 어쨌든 『원효대사』는 이제까지 간
과되어왔던 몇 가지 중요한 문제가 내장된 작품으로 보다 면밀히 분석될

---

11) 이광수, 「내가 왜 이 소설을 썼나」, 『이광수전집16 문학평론 外』, 삼중당, 1963, 317~
20쪽(이 글은 1942년 출간된 『원효대사』에 실린 것이다).
12) 이 소설이 연재되던 시기를 전후해 발생한 문학적 사건을 간략히 정리하면 아래와 같다.
1941. 4, 『문장』·『인문평론』 강제 폐간. 동년 10. 『인문평론』이 『국민문학』으로 제호
바뀌고 일본어로 출간.
1942. 5. 1. 조선어학회 기관지 『한글』 강제 폐간, 10. 1. 조선어학회사건. 12. 20. 조선
어사용 및 교육금지.

필요가 있다.

3-1. 원효의 파계와 요석의 유혹

우리나라 승려 가운데 유일하게 '성승(聖僧)'으로 추앙받는 원효의 행장은 『당승전』에 자세하게 실려 전한다. 우리에게 널리 알려진 원효와 요석공주 사이의 기연(奇緣)은 『삼국유사』 권4 「義解」편 「元曉不羈」에 실려 있다.

> 성사는 일찍이 어떤 날 상례에 벗어나, 거리에서 노래를 불렀다.
> "누가 자루 없는 도끼를 빌려주겠는가? 나는 하늘 받칠 기둥을 찍으련다."
> 사람들은 아무도 그 노래 뜻을 알지 못했다. 이때 태종이 이 노래를 듣고 말했다.
> "이 스님께서 아마 귀부인을 얻어 훌륭한 아들을 낳고 싶어하는구나. 나라에 큰 현인이 있으면 그보다 더 이로움이 없을 것이다."
> 이때 요석궁에 과부 공주가 있었다. (왕은) 궁리(宮吏)를 시켜 원효를 찾아 맞아들이게 했다.(……) 공주는 과연 아기를 배더니 설총을 낳았는데, 설총은 나면서부터 총명하여 경서와 역사책을 통달했다. 신라 십현 중의 한 사람이다.(……) 원효는 이미 계를 범하고 설총을 낳은 후로는 속인의 옷을 바꾸어 입고, 스스로 소성거사라 일컬었다.(……) 일찍이 도구(바가지)를 가지고 많은 촌락에서 노래하고 춤추며 교화하고 음영하여 돌아왔으므로, 가난하고 무지몽매한 무리들까지도 모두 부처의 호를 알게 되었고, 다 나무아미타불을 부르게 되었으니 원효의 법화는 컸던 것이다.13)

이 설화는 잘 알려진 것이어서 새로울 게 없어 보인다. 그런데 이광수는 이 설화의 내용을 다르게 해석한다. 화랑 거진랑과 결혼했으나 곧 소년과부가 된 아유다(요석)는 은근히 원효를 사모한다. 그녀는 문무왕(친정아

---

13) 이재호 역, 『삼국유사(下)』, 명지대출판부, 1984, 65~7쪽.

버지)이 "지금 소원이 무엇이냐?"고 묻자 "천하에 으뜸가는 남자와 배필을 지어서 상감마마 다음에 으뜸가는 아들을 낳아서 나라에 바치고 싶"으며, "일념에 먹은 사람은 원효대사"라고 고백한다. 문무왕이 관리를 시켜 원효를 찾을 즈음, 원효는 대안대사와 함께 창녀 삼모(三毛)의 집에서 술을 마시고 대취한다. 대안대사와 헤어져 밤길을 가던 원효는 관리에게 이끌려 요석궁으로 가 사흘을 지내고, 요석공주는 잉태한다. 얼핏 보면 별 차이가 없는 것 같지만, 『삼국유사』와 『원효대사』 사이에는 엄청난 간극이 존재한다. 『삼국유사』 설화는 원효가 이상한 노래를 불러도 아무도 그 뜻을 알지 못하였으나 문무왕이 그 의미를 깨닫고 요석공주와 인연을 맺어주었다는 서사구조로 이루어져 있다. 이에 따르면 원효가 자발적으로 요석공주를 원했고, 그 명분으로 내세운 것이 "하늘 받칠 기둥"을 생산해 보국하겠다는 것으로 요약된다. 그런데 이광수는 거꾸로 요석공주가 적극적으로 원효를 원했으며 그 간절한 소망을 임금인 아버지가 허락했고 원효도 바람 불고 물 흐르듯 거부하지 않은 것으로 재구성한다. 말하자면 『삼국유사』의 원효는 스스로 색계를 범한 파계승이지만, 『원효대사』에서는 결혼한지 사흘만에 과부가 된 한 여인의 간절한 소원을 저버리지 못해 어쩔 수 없이 계율을 어긴 자비의 화신으로 재해석되는 것이다. 이와 함께 생각해 볼 점은 『삼국유사』 설화에서 원효가 지어 불렀다는 노래의 내용이다. 그 노래는 나라의 동량을 얻기 위해 여자가 필요하다는 내용인데, 왜 하필이면 승려가 색계를 깨뜨리면서까지 여자를 가까이 하려 하는가, 그로 인해 얻은 아들이 아버지를 넘어설 정도의 위인이었는가 하는 점이 오늘날 독자로서는 쉽게 납득되지 않는다. 설총이 "우리말로써 중국과 외이(外夷)의 각 지방 풍속과 물건 이름 등에 통달하고 이회(理會)하여 육경(六經) 문학(文學)을 훈해(訓解)"했다고 하지만, 그 업적이 생부가 계율을 어겨야 할 정도로 대단한 것인지는 의문이다. 『금강삼매경론』·『대승기

신론소』 등 원효의 저술은 중국에서도 존경을 표할 만큼 탁월한 것이었지만 설총의 이두 정리는 국내적 업적으로밖에 인정받지 못한다. 그러므로 『삼국유사』 설화는 문무왕의 의도에 의해 만들어진 것이거나 또 다른 음모가 개입된 게 아닌가 추측해 볼 수 있다.

이에 반해 『원효대사』에서 요석공주가 적극적으로 원효를 원했다는 서사는 『삼국유사』의 그것보다 훨씬 자연스럽고, 원효의 자비심을 이해하는 데도 큰 도움을 준다. 그는 요석공주와 관계를 맺은 뒤 승복을 벗고 '소성거사(小姓居士)'라 자호하면서 "가난하고 무지몽매한 무리[桑樞甕牖 獼猴]"14)에게 염불을 외게 함으로써 중생들에게 불교를 널리 퍼뜨린다. 원효의 이와 같은 행위는 단순한 무애행이 아니라 정각(正覺)을 이룬 뒤 진세(塵世)로 되돌아와 평생 불법을 전파한 석가모니의 포교와 비견된다. 일연이 적고 있는 바대로 원효는 '본각(本覺)'과 '시각(始覺)'을 이룬 당대의 고승이다. '본각'은 "온갖 유정 무정에 통한 자성의 본체로서 갖추어 있는 여래장 진여"이고, '시각'은 "본각이 수행의 공을 가자(假藉)하여 각증(覺證)한 각"15)으로 설명된다. 여기서 말하는 '본각'과 '시각'을 각각 '돈오'와 '점수'로 이해하면 어떨까. 그러니까 원효가 해골의 물을 마시고 '일체유심조'의 진리를 깨달은 것이 '돈오'에 해당한다면, 공주의 고귀한 신분으로 태어났으나 여인으로는 불행했던 요석의 소원을 들어준 뒤 거지·도둑의 무리와 어울려 자신을 낮추고 그들에게 염불을 외게 하는 등 '점수'를 게을리하지 않음으로써 완전한 깨달음을 얻을 수 있었던 것이다.

지금까지 살핀 것처럼 원효의 '파계' 설화는 『삼국유사』의 내용보다 『원

---

14) 이 무리를 이광수는 '거지'와 '도둑'의 무리로 이해하여 작품에 등장시킨다. 특히 작품의 결말부분에서 요석공주 등을 납치한 도둑의 괴수 '바람'을 진평왕의 서자로 설정한 것은 매우 흥미로운 발상이 아닐 수 없다.

15) 이재호, 앞의 책, 70쪽.

효대사』의 허구가 훨씬 설득력 있게 다가온다. 소설 속의 원효는 "불도를 모르는 중생이 하나도 없기"를 바라고 대안대사와 함께 이를 실천에 옮겼으나, 이 때문에 큰 절의 점잖은 승려들에게서 기시와 불평을 산 것으로 그려진다. 신라 시대의 대부분 승려들이 왕실·귀족과 깊은 관계를 맺고 상류불교에 자족했다면 원효는 스스로 속세의 가장 비천한 곳으로 내려와 연꽃을 피우려 노력한 진정한 수행자였다. 그런 점에서 단지 나라의 인재를 얻기 위해 여자(그것도 처녀가 아닌 과부)를 얻고자 노래를 지어 불렀다는 설화는 설득력이 부족하다. 오히려 승만여왕과 함께 원효를 사모하던 아유다가 왕이 된 아버지의 힘을 이용해 소원을 풀었다는 것이 자연스럽고, 성승(聖僧) 원효의 명성이나 실천에도 일관성을 부여한다.

3-2. 민족어에의 관심과 자존의식

앞서 말한 것처럼 『원효대사』가 조선민족 말살정책이 자행되던 시기, 총독부 기관지에 한글로 발표되었다는 것은 매우 기이한 사건이 아닐 수 없다. 뿐만 아니라 이광수는 원효가 요석궁에서 사흘을 머물고 떠난 과정을 서술하면서 느닷없이 "독자에게는 좀 지리할는지 모르거니와 이 기회에 우리 고신도(古神道)에 관하여 약간 설명할 필요가 있다"며 장장 8쪽에 걸쳐 우리말의 어원을 서술해 독자를 당혹하게 만든다.

> 신라 시조를 박혁거세(朴赫居世)라고 하거니와 '박혁'은 '방아'라고 읽은 것이다.
> '바'는 해요 불이다. '방아'라는 것은 '불이 낳은', '불에서 온'이란 뜻으로서 일신(日神), 화신(火神)이다. 동물에 있어서는 병아리, 즉 닭이다. 병아리라 함은 불의 자손이란 뜻이다. 신라 시조가 탄생한 곳을 계림(鷄林)이라 하고 탄생하실 때에 닭이 울었다 함이 이 뜻이다.[16]

‘박혁거세’의 이름 풀이로 시작된 우리말의 어원 해석은 ‘가나다라마바사아’가 모두 신(神)이라는, 다소 황당하게 여겨지는 진술로 이어진다. 그에 따르면 ‘가나’=‘해’·‘쇠(金)’, ‘다’=‘달(月)’, ‘마’=‘하늘’, ‘바’=‘해’, ‘사’=‘물(水)’, ‘아’=‘허공·바람·잉태와 해산의 신, 파괴와 죽음의 신’의 뜻을 가지고 있는데, “마한과 고구려는 마신을, 변한과 신라는 바신을, 진한은 사신을, 백제는 다신을 주장”으로 섬겼다고 한다. 신라에서 존숭하던 신은 “가, 나, 라, 사, 아”로서 “이것을 한꺼번에 읽으면 거느리시와”가 되고, 이는 “나라를 다스린다는 말이요, 백제가 가나다 또는 가나다라라고 하는 것”과 같다. “이러한 신들은 곧 우리 민족의 족보요, 역사요, 종교요, 철학이요, 문화요, 언어였다. 다만 나라에서만 이 신들을 받들고 제사할 뿐만 아니라 고을서나 마을에나 개인의 집에나 또 개인이나 모두 직신이 있었다. 직신, 직성이라 하는 것은 지키는 신이라는 뜻”이라 설명한 뒤 원효와 아유다의 이름 풀이로 나아간다. 또한 원효가 상아선생과 도학을 토론하는 장면에서 『가마나 가라나 마다』라는 책을 소개하는데 이것이 최치원이 말한 ‘神史’[國有玄妙之道曰風流…說敎之源, 備詳神史]라고 주장한다. 설총이 태어나 이름을 짓는 대목에서는 문무왕이 ‘사라사가’라 짓자고 하며 “사라는 별님이 계시다. 오래 산다는 뜻도 되고 또 우리나라 이름도 되고, 사가는 별님의 아들이란 말도 되고 어질고 지혜롭다는 말도 되고 번영한다는 말”도 된다고 설명한다. 왕후가 “천세 만세 퍼지라고 다가(당아)”란 말을 덧붙이자고 제안하니 왕은 “제 아비 이름도 사가다가(曙幢)”이니 좋다 허락하고 “사라사가다가에 한자를 붙여 설총(薛聰)”이라 결정한다.

이광수의 이러한 우리말 풀이가 얼마나 사실에 근거한 것인지는 알기

---

16) 이광수, 『원효대사』, 131~2쪽.

어렵다. 궁금한 것은『원효대사』가『매일신보』에 연재될 당시 이 부분에 대한 국어학자들의 언급이 있었는가, 그리고 현금의 국어학자의 견해는 무엇인가 하는 점인데 게으른 탓으로 자료를 찾지 못했다.『원효대사』에 관한 몇 편의 논문에서도 이 부분에 관심을 기울인 연구자는 예외적인 존재에 불과하다. 일본인 한국문학연구가 사에구사 도시카쓰[三枝壽勝]와 미국 뉴욕주립대 정신과교수 이중오, 그리고 황종연이 이 문제에 관심을 보였는데, 사에구사는 일본인답게 이 부분을 다음과 같이 이해한다.

> 신라의 고식(古式)에 의거한 것이라 하는 신도(神道)에 대한 설명이나 고대 신라의 것이라 하는 기묘한 말들이 마구 등장하는데, 아마도 이 부분들은 반드시 일본의 신도나 언어와 관련이 있을 것이며, 이러한 서술이 등장한 것은, 집필에 임하여 작가에게 모종의 요구가 있었기 때문이 아닐까 상상된다. 결과적으로 이 부분이 다소 황당무계하고 우스꽝스러운 느낌마저 주는 결과가 된 것은 작가의 의도적인 작위가 아니었을까. 이광수가 친일 행위를 한 것은 사실이며, 지금까지 다뤄 온 작품 속에서도 시대의 제약의 영향을 볼 수는 있으나, 그러나 그렇다고 해서 문학작품 속에서 노골적으로 영혼을 파는 표현행위까지 할 수 있을 리가 없으며 아무래도 그런 타협의 결과가 다소 비꼬는 듯한 작풍으로 나타난 것으로 생각되는 것이다.17)

사에구사의 논리는 매우 교묘하고 치밀하다. 그는『원효대사』의『매일신보』연재가 총독부의 "집필 의뢰 및 내용에 대한 조건"이 있었기 때문에 가능하다는 전제에서 논의를 전개한다. 이광수가 친일파라 하더라도 노골적으로 일본을 칭찬하기 어려웠을 것이라는 그의 판단 이면에는 이 부분이 "반드시 일본의 신도나 언어와 관련이 있을 것"이라는 교활한 논

---

17) 사에구사 도시카쓰, 심원섭옮김, 「이광수와 불교」,『사에구사 교수의 한국문학연구』, 베틀·북, 2000, 218~9쪽.

리가 숨겨져 있다. 즉 사에구사는 이광수가 장황하게 풀어 설명한 우리말 어원이 사실은 조선어가 아니라 일본의 신도나 언어를 예찬한 것이라고 해석하고 싶은 것이다. 한국문학연구가나 국어학자가 아무도 이 문제에 관심을 보이지 않자, 이 일본학자는 슬그머니 이 부분을 일본에 대한 찬사일지 모른다고 얼버무리며 이광수를 어찌해볼 도리가 없는 친일파로 규정하고 있는 것이다. 황종연의 논리도 이와 유사하여 "고신도가 국수주의적이고 국가주의적인 일본의 예를 활용한 이광수의 창안이라는 증거는 적지 않다"[18]고 말한다. 그러나 이광수가 장황하게 설명하고 있는 어석(語釋)의 어느 부분이 그의 창안인지에 대해서는 구체적 설명이 누락되어 있다. 이에 반해 이중오는 1942년의 시대적 상황을 간략히 설명하면서 "이런 때에 어떻게 총독부 기관지에 한국 민족의 근본 정신인 민족 정신과 생활 이상을, 우리의 역사와 얼을 이렇게 아름다운 우리말로 그릴 수 있었단 말인가"[19]고 의문을 제기한다. 이런 문제제기는 비전문가의 견해이긴 해도 정당한 문제의식이라 할 수 있다. 말을 바꾸면 '가나다라마바사아'란 우리말이 '해·달·물·바람' 등 온갖 신과 관련된다는 이광수의 주장이 말 그대로 황당한 허구와 상상의 소산인지 혹은 상당한 근거가 있는 것인지는 전문연구가들에 의해 밝혀져야 한다. 지금까지 이 문제에 대한 특별한 언급이 없었다는 것부터 이상한 일이 아닐 수 없는데, 그것이 전혀 관심 기울일 필요가 없는 허황한 말장난이어서인지 아니면 국어학자들이 이 내용을 몰라서인지는 알 수 없다. 그러나 이광수의 어원설이 허구면 허구인대로 사실을 소상히 밝히고 그 의도를 규명하는 노력이 필요하다. 그렇지 않으면 사에구사와 같은 일본학자에 의해 전혀 엉뚱한 해

---

18) 황종연, 「신라의 발견」, 『신라의 발견』, 동국대출판부, 2008, 44쪽.
19) 이중오, 「춘원과 『원효대사』」, 『이광수를 위한 변명』, 중앙M&B, 2000, 222쪽.

석이 제기되고 그것이 정설로 굳어질 위험이 있기 때문이다. 그런 점에서 이 부분에 대한 해석이야말로 이광수 친일행위의 진실을 해명해줄 수 있는 관건이라 생각한다.

4. 결론을 대신하여

삼국시대부터 고려말까지 승려는 국가의 지도자나 사회의 스승으로 존경받아왔다. 그들은 출신성분부터 왕족·귀족 등 상류계층에 속했고, 중국 유학을 마친 최고 지식인으로 백성들의 추앙을 받을 자격을 두루 갖추고 있었다. 그러나 조선조 지배층이 주자학을 국시(國是)로 삼으면서 불교의 위세와 승려의 신분은 급격히 추락했고, 조선후기 설화 속의 승려는 패덕자로 그려지기도 하였다. 이러한 부정적 승려상이 교정되기 시작한 것은 1920년대를 전로 한 시기로 당시 여러 고승들이 한꺼번에 등장하여 민족의 정신적 지도자 역할을 담당했던 것이다.

우리나라에는 수많은 고승대덕이 존재했지만 백성(국민)들에게 가장 널리 알려지고 존경받는 이는 원효·자장·의상·휴정·유정 등이 아닌가한다. 이들 가운데 원효·자장은 '파계승/율사'로 명백히 대조되는 행적을 보이는데, 이 두 고승이 보여준 일화는 이후 우리 불교소설에서 하나의 원형(原型) 또는 모티프로 꾸준히 재발견·재창조된다. 원효·자장을 한국소설에 등장하는 원형적 인물로 보고 이론적 체계를 세우는 일은 앞으로의 과제로 남겨둔다. 현대소설에 나타난 승려상은 크게 실존인물을 소재로 한 작품과 순전한 허구 등 두 유형으로 구분된다. 작가의 순수한 창작에서는 원효적 인물형과 자장적 인물형이 대조되면서 궁극적으로 원효적 인물이 불교의 가르침을 대승적으로 이해하고 실천하는 성격으로 형상화되는 특징을 보인다. 이것은, 한 여성의 지극한 소원을 들어주기 위해 파계도 서슴지 않았으나 그로 인해 평생 진흙탕 속에서 살아가며 하층민들에게 불법을 알리려 노력한 원효의 삶을 긍정하는 우리의 민족성과 깊은 관련을 맺는다. 원효를 긍정한다고 하여 자장을 부정하는 것이 아님은 명백하다. 두 고승의 엄격한 수행과 실천적 행동은 모두 커다란 가치를 지니며 존중되어 마땅한 것이기 때문이다. 『삼국유사』'광덕·엄장' 설화에서 광덕이 아내와 함께 지내면서도 색계를 범하지 않아 극락왕생할 수 있었다는 스토리는 계율의 엄정성을 강조한 것이다.

『원효대사』는 『삼국유사』에 실려 있는 몇 가지 설화를 바탕으로 하면서도 원효의 파계에 대해서는 전혀 다른 해석적 관점을 보여 주목된다. 『삼국유사』 설화가 원효의 자발적 파계에 초점을 맞춘 데 반해, 『원효대사』에서는 요석공주의 소원을 들어준 자비행으로 재서사화하고 있기 때문이다. 흥미로운 것은 『삼국유사』에 나오는 고승들의 일화 대부분이 '색계(色戒)'와 관련된다는 사실이다. 이것은 승려로서 지켜야 할 수많은 계율 가운데 가장 지키기 어려운 것이 '사음계'라는 교훈인지 또는 그것을 어기고도 수행을 게을리 하지 않는다면 올바른 깨달음을 얻을 수 있다는 것인지 알기 어렵다. 그러나 원효의 파계 행위는 『삼국유사』 설화대로 해석할 것이 아니라 한 여성의 간절한 소원에 자비를 베푼 보살행으로 이해하는 것이 보다 합리적이라 생각한다. 그것은 정각(正覺)을 얻은 뒤 홀로 화엄세계에 머물지 않고 속세로 돌아와 무지몽매한 중생을 제도한 석가모니의 가르침과 일맥상통한다.

순수한 창작소설에 등장하는 승려상은 주인물이 아니라 부인물의 위치에 머문다. 『길 없는 길』·『산은 산 물은 물』과 같이 실존인물을 다룬 소설의 주인공은 여전히 승려지만, 그들 작품은 과거의 '승전' 형식에서 완전히 벗어나지 못한 한계를 지닌다. 그러나 작품의 서사 전개상 필요한 인물로 창조된 승려는 주인공이 아니라 그들의 정신적 스승이나 주제의 형상화에 기여하는 긍정적 인물로 표상된다. 이를테면 『장길산』의 운부 대사, 『토지』의 연곡사 우관스님, 『태백산맥』의 법일스님 등은 작중인물 의 고뇌와 번민을 어루만져주고 그들로 하여금 올바른 길로 가도록 옆에 서 돕는 역할로 한정된다. 이처럼 현대소설에서 승려가 차지하는 역할과 위상이 위축된 데에는 몇 가지 이유가 있다. 첫째, 현대는 신라·고려시 대와 달리 일반인의 교육 수준이 높아지고 경전 공부나 참선도 많이 하여 일방적 관계가 성립할 수 없다. 과거의 승려는 특수한 신분의 최고 엘리 트였으므로 만인의 존경을 받을 수 있었지만 현재로서는 그러한 관계가 불가능해진 것이다. 둘째, 속세의 비루하고 추악한 삶과 인간의 욕망을 다루는 소설의 작중인물로 승려는 적절한 인물이 못된다. 승려는 기본적 으로 세속적 욕망과 단절하고 청정한 삶을 살아가기로 서원한 인물인데, 그러한 성격은 소설에 어울리지 않는 것이다. 셋째, 우리 사회에서 차지 하는 종교의 특수한 위상이 성직자를 작중인물로 설정하는 데 장애가 된 다. 작가 나름대로 이해한 불교적 세계관을 작품 속에 구현하기 위해 창 조한 허구적 인물(승려)의 특정 행동이 불교에 대한 모독이거나 해종(害宗) 행위라는 일부의 판단으로 『만다라』·『아제아제 바라아제』 작가에게 가 해진 부당한 폭력을 생각하면 우리나라에서 『장미의 이름』·『다빈치 코 드』 같은 작품이 나오기 어려운 이유를 대충 짐작할 수 있을 것이다.

　그러나 갈수록 물질적 욕망에서 헤어나지 못하고 생태계가 파괴가 우 심해지는 오늘날, 불교소설은 더욱 중요한 역할을 담당할 수 있을 것으로 생각한다. 그러기 위해서는 온갖 세속적 욕망과 아집에서 자유로운 인간 의 삶을 다루되 불교적 색채를 노골적으로 드러내지 않는 작품, 그리고 자연과 인간의 조화로운 공생을 주제로 설정해 인류가 나아갈 방향을 불 교생태학적 관점에서 제시하는 작품이 쓰여질 수 있을 것으로 기대한다.

한국 현대소설과 불교 생태관

1.

『육도집경(六度集經)』에는 '살바달(薩婆達)' 왕이 비둘기를 잡아먹으려는 매에게 자신의 살[肉]을 베어주었다는 이야기가 실려 전한다.

살바달 왕의 인자함이 세상에 널리 알려지자 위기감을 느낀 천제(제석)가 변방의 왕은 비둘기로, 자신은 매로 화하여 살바달 왕을 실험하였다. 비둘기가 왕의 발밑에 날아 들어가 "대왕님, 살려 주십시오. 제가 죽게 되었습니다."하자, 왕이 "두려워하지 말라. 내가 너를 살려 주리라." 하였다. 곧이어 매가 쫓아와 말하였다.

"비둘기는 내 밥이니, 원컨대 왕은 그를 돌려주시오."

"비둘기가 내게 목숨을 구해 달라 하기에 그 청을 받았으니 어길 수 없노라. 네가 고기를 원한다면 내가 네게 백배만큼의 살을 주리라."

매가 말하였다.

"그렇다면 임금님의 살을 베어 비둘기 몸무게만큼 주십시오."

왕이 "좋다."하고 넓적다리의 살을 베어 저울에 달 적마다 비둘기의 무게에 미치지 못하였다. 마침내 온몸의 살을 다 베어도 무게가 같아지지 않았다. 이에 왕은 신하에게 명하였다.

　　"너는 어서 나를 죽여 골수를 달아서 비둘기의 무게와 같게 하라."
　　매와 비둘기가 왕의 진심을 알고 본래 모습으로 돌아가 사죄했다.[1]

　자신의 살을 다 베어낸 것으로도 모자라 골수(骨髓)까지 내놓겠다는 이 끔찍한 이야기가 감동적으로 다가오는 까닭은, 남의 생명을 내것보다 더 소중하게 여기는 마음이 밑바탕에 깔려 있기 때문이다. 이 설화의 주인공 '살바달'은 석가모니가 부처님이 되기 전의 보살로서 한 나라의 왕이었을 때의 전생이다. 천제(혹은 제석)는 살바달왕이 제 자리를 빼앗을까 두려워 변방의 제후와 공모한 뒤 왕을 실험한 것인데, 왕은 중생을 구제하여 열반에 들게 하려는 간절한 염원으로 제 살과 목숨을 내놓은 것이다. 이 설화는 내 생명이 소중만 만큼 남의 생명도 소중히 여기라는 불교적 교훈을 가장 상징적으로 보여주는 사례이다. 나를 희생해서라도 남의 목숨을 살리려는 불교의 절대적 생명관은 삼라만상의 온갖 두두물물(頭頭物物)에 고루 적용되는 원리이다. 불교에서는 인간이 다른 생명체보다 우월하다고 생각지 않고 오히려 "나는 당신들을 공경하고 감히 깔보지 않는다. 왜냐하면 당신들이 모두 보살도를 행하면 마땅히 부처가 되기 때문"[2]이라고 여긴다. 여기서 '당신(他者)'의 범주에는 온갖 유정물(衆生世間, 천태종에서 五蘊으로 이루어진 有의 세계를 이르는 말)과 무정물(器世間, 불교의 우주관에 의해 형성된 하나의 세계를 이르는 말)이 다 포함된다. 여기서 군이 제외되는 대상이 있다면 그것은 "일체의 담과 벽과 기와와 돌 등 정식이 없는 물건"[3] 등 극히 소수에 한정된다. 그러나 『화엄경』에서는 생명이 있는 존재뿐만 아

---

1) 「布施度無極章」, 『六度集經』권1. 본문의 내용을 필자가 임의적으로 줄였음.
2) 『妙法蓮華經』제6, 「常不輕菩薩品」제20, "我深敬汝等 不敢輕慢 所以者何 汝等皆行菩薩道 當得作佛."
3) 『大般涅槃經』33권, 「迦葉菩薩品」제24, "非佛性者 所謂一切牆壁瓦石無情之物"

니라 생명이 없는 것들에도 불성이 있어 성불할 수 있다고 설하고 있으므로 온갖 유무정물이 인간과 동등한 대접을 받는다고 해도 잘못이 아니다.

불교에서 이처럼 인간과 모든 유무정물을 동등한 존재로 존중하는 것은 우주 만물이 서로 긴밀한 관계를 맺고 있다는 연기론을 세계관적 원리로 받아들이고 있기 때문이다. "이것이 있으므로 저것이 있고 이것이 생하므로 저것도 생한다(此有故 彼有 此生故 彼生)"는 연기론은 단순한 원인과 결과의 인과론적 관점에서 바라볼 게 아니라, 타자가 있으므로 내 존재 가치가 더욱 확고하게 증명된다는 상호의존관계의 맥락으로 이해해야 한다. 우주 만물이 서로 긴밀한 관련을 맺고 있다는 불교의 연기론은 인간을 세계의 중심에 놓고 타자를 종속적 존재로 이해하는 서구의 기독교적 세계관과 날카로운 대비를 이룬다. 주지하는 것처럼, 서구의 기독교는 인간에게 자연을 소유하고 지배할 권리를 인정한 인간중심주의(anthropo centrism)의 원천이다.

기독교의 절대신은 모든 피조물 가운데서 오직 인간만을 자신의 형상대로 본떠 만든 뒤 그에게 자연을 정복하고 지배할 특권을 부여한다. 인간을 '만물의 영장'으로 보는 이런 관습은 근대에 이르러 인간과 자연, 주체와 타자를 엄격히 분리하는 인간중심적 이분법으로 더욱 정교한 논리를 갖춘다. 서구의 기독교나 근대의 이성중심주의가 '인간－자연'을 '지배－피지배' 관계로 인식하는 것은 "인간의 영혼을 실체적 자아로 보되 자연을 그렇지 못한 존재로 보기 때문"[4]이다. 이런 사유가 데카르트의 이분법적 논리에 기초한 것임은 두말할 필요조차 없는 일이다. "우리가 어떤 속성을 지각할 때, 우리는 그것이 속해 있는 어떤 실체가 필연적으로 현존하다고 결론을 내린다"는 데카르트의 말에서 우리는 '자아'를 '영원

---

4) 윤영해, 「자아개념의 해체와 불교의 생태윤리」, 한국환경철학회, 『환경철학』, 2007, 195쪽.

한 실체'로 간주5)하는 서구 형이상학의 오랜 사유 체계를 확인할 수 있다. 이른바 '근대성(modernity)'은 이성을 근거로 하여 인간/자연, 남성/여성, 주체(자아)/객체(타자), 중심/주변 등을 도식적으로 나누는 '합리적 구분 도식(rational division schemata)'의 결과로, 그것은 '실체론적 사고(substantial thinking)'라고 하는 서구 사상의 파생물에 지나지 않는다.6) 실체가 영원하다고 믿는 서양철학과 달리 불교에서는 모든 사물이 끝없이 변화하므로[諸行無常] 그 무엇도 고정불변의 독립된 실체로 존재하지 않는다[諸法無我]고 설파한다. 불교의 연기론에 따르면 우주 만물이 상호의존적 관계로 연결되어 서로 어울려 존재하므로 어느 한 존재의 운명은 다른 존재, 더 나아가 자연 전체에 결정적 영향을 미친다. 인간을 자연의 지배자가 아니라 자연의 일부분으로 이해하고 인간과 자연의 상생을 강조하는 이러한 관점은 곧바로 생태주의와 통한다. 이제까지의 인간중심주의에서 탈피하여 인간도 생태계의 일부이며 모든 유기체가 서로 연결되어 있다는 보는 생태주의의 기본 개념7)은 불교 연기론의 서양적 변용이라 해도 지나치지 않다.

"천상천하 유아독존"은 이 세상에서 내가 제일 잘났다는 자기중심적 오만이 아니라, 내가 소중한 만큼 남도 소중하다는 역설적 교훈을 담고 있다. 이와 마찬가지로 인간을 자연의 일부로 보는 관점은 인간이 자연을 지배하거나 거꾸로 자연에 종속되어 있다는 개념이 아니라 어느 한 가지

---

5) 서양철학의 '실체적 자아'는 우파니샤드의 브라흐만과 동일한 존재로서의 '아트만'과 유사한 개념이다.

6) 김종욱, 「근대성과 불교생태학」, 『한국불교학』 제41집, 2005, 308쪽.

7) 베리 커머너(Barry Commoner)는 *The Closing Circle: Nature, Man, Technology*(1971)에서 네 가지 생태학법칙을 제시하고 있다. "모든 것은 다른 것과 깊이 연결되어 있고(제1법칙), 모든 것은 어디론가 가게 마련이며(제2법칙), 자연이 가장 잘 알고 있고(제3법칙), 대가없이 얻는 것은 없다(제4법칙)"는 것이다. 여기서 제1법칙은 '緣起', 제2법칙은 '不增不減', 제3법칙은 '唯我獨尊', 제4법칙은 '因果應報'의 개념과 관련되는 것으로 생각된다.

도 빠져서는 자연이 구성될 수 없다는 고차원적 진리를 지향한다. 다시 말해서 단 하루를 사는 조그만 날벌레일지라도 그의 존재는 자연 전체와 맞먹는 가치를 지니는 것이다. "천년을 산다고 해도/성자는/아득한 하루 살이때"(조오현, 「아득한 성자」)라는 절창이 의미를 획득하는 것도 이러한 맥락에서다. 하나와 전체가 서로 영향을 미치는 것이 연기(緣起)라면, 하나가 전체와 똑같은 무게나 가치를 지닌다고 여기는 생각은 상호존중의 자비(慈悲)[8] 정신에서 비롯한 것이다. 이런 점에서 불교생태학의 기본 구조는 "상호의존(연기) – 비실체성(공) – 상호존중(자비)"의 관계로 요약되며 그 지향점은 "개별적인 생명체들과 전체로서의 생태계가 모두 존중받는 것"[9] 이다. 다시 말해, 모든 생명을 무정의 물질로 보지 않고 고통을 느끼는 유정물로 보고, 나를 소중히 여기는 마음으로 다른 생명체에 따뜻한 자비심을 베푸는 것이 불교 생태관의 요체이다. '연기'가 세계와 존재에 대한 인식론이라면 '자비'는 실천 윤리에 해당한다.

이 글은 한국 현대소설에 투영된 불교 생태관의 제반 양상을 살피고자 하는 목적을 갖는다. 그러나 여기서는 개괄적이고 시론적인 접근에 머물 수밖에 없음을 먼저 고백하고자 한다. 그것은 불교 생태학의 범주와 개념에 대한 학계의 논의가 지금 시작 단계에 있고, 현대한국소설이란 방대한 텍스트에서 적절한 사례를 찾아내는 일이 내겐 너무 버겁기 때문이다. 이 글에서는 「산란」(김성동), 『연꽃바다』(한승원), 『내몸은 너무 오래 서있거나 걸어왔다』(이문구, 이하 『내 몸은…』으로 줄임) 등 세 작품(집)을 텍스트로 한정해 불교생태학적 소설의 가능성을 모색해 보고자 한다. 한승원과 김성동은 우리나라의 대표적 불교작가인 데다 「산란」·『연꽃바다』 또한 불교

---

8) 김종욱, 앞의 글, 308쪽.
9) 김종욱, 「자연의 도덕적 지위와 불교적 생태윤리」, 『제2회 불교생태학세미나 : 자연, 환경 인가 주체인가』, 2003. 10, 76쪽.

소설로 분류되는 작품이어서 텍스트 선정에 무리가 없다. 이문구의 『내 몸은…』은 불교소설이 아니지만, 이 작품의 바탕을 이루는 세계관이 불교 생태관의 그것과 상통한다고 여겨 선택한 것이다.

2.

2-1.

김성동의 「산란(山蘭)」[10]은 팔순을 앞둔 노승과 어미에게서 버림받은 어린 사미(沙彌)가 단출하게 살아가는 산사를 배경으로 한 작품이다. 김성동이 자신의 출가 체험을 바탕으로 한 소설 『만다라』를 통해 단숨에 문명을 획득한 사실은 잘 알려져 있거니와, 「산란」 역시 작가 특유의 절집 안 풍습에 대한 해박한 지식과 노승의 언행을 묘사·서술하는 의고체 문장이 적절한 조화를 이루어 단아하면서도 유장한 우리 전통 문장의 격조를 뛰어나게 재현하고 있다. 이 소설은 어린 사미승의 착한 심성과 엄마를 그리워하는 간절한 마음을 세속적 차원에서 깨달음의 방편으로 돌려보려다 실패한 노승의 염원이 핵심 서사를 이루고, 다른 한편으론 둘의 관계가 다소 수상쩍은 남녀의 통정 장면을 우연히 목격한 동승 '능선'의 절망이 주변 서사를 형성하는 구조로 이루어져 있다. 이 두 개의 서사는 서로 직접적 관련이 없는 것 같지만, '능선'이 궁극적 깨달음을 얻을 그릇이 못되며, 여인(엄마)에 대한 욕망을 다스리지 못해 결국 하산할 것이라는 비관적 결말을 예시하는 삽화가 개입함으로써 플롯의 일관성을 유지한다. 노승으로부터 자신의 법맥을 이을 그릇[法器]으로 기대되었던 '능선'이 결국 '서까래감' 정도의 근기밖에 보여주지 못할 뿐만 아니라 결국은

---

10) 김성동, 「산란」, 『제삼세대한국문학23』, 삼성출판사, 1986.

남녀의 육체적 결합 장면을 목격하고 눈물짓는 장면으로 결말지음으로써 그의 하산을 예견케 하는 것은 김성동 불교소설의 특징이자 한계라 할 수 있다. "사람 위에 또 사람이 포개어져 만들어진 이층(二層)"이란 흥미로운 표현은 그의 출세작『만다라』에서부터 자주 써온 김성동 소설 특유의 클리셰(cliché)로, 출가 수행승이 끝내 극복하지 못하는 욕망의 상징이다.

「산란」을 불교생태론적 관점에서 해석할 수 있는 근거는 어린 사미승 '능선(能善)'이 풀을 베다가 낫에 손가락을 다친 뒤 노승과 주고받은 다음의 대화 속에 잠복해 있다.

> "손가락이 아파요. 풀들은…… 얼마나 아프겠어요?"
> 노승의 흰 눈썹이 꿈틀하더니 눈이 크게 벌어졌다.
> "호오, 선근(善根)이로다."
> 아이가 눈을 깜박였다.
> "스님, 풀베기 안해도 되어요?"
> 노승이 무릎을 치며 벌떡 일어났다.
> "법기(法器)로다. 노납(老衲)이 드디어 사자새끼를 얻었구나."(「산란」, 389쪽)

노승은 어린 '능선'에게도 백장 회해(百丈懷海) 선사의 "일일부작 일일불식(一日不作 一日不食)"의 청규를 강요할 정도로 엄격히 대한다. 그러던 어느날 '능선'이 풀을 베다가 낫에 손가락을 다친 뒤 단호하게 "이제 풀베기 안하겠"다고 선언한다. 풀을 베지 않겠다는 '능선'의 이유 있는 항변에 노승은 정신이 번쩍 난 것인데, 풀의 고통을 제 것으로 느끼는 '능선'의 마음은 "중생을 불쌍히 여기는" '비(悲)'[11] 바로 그것으로, 내 생명이 소중한 만큼 남의 생명도 소중히 여기라는 불교의 가르침을 생이지지하고 있는 맑은 성품임을 웅변하고 있는 것이다. 그러나 이런 맑고 깨끗한 성품

---

11) 「大智度論」 권20, 『大正藏』 25, 208c. "慈名愛念衆生(…) 悲名愍念衆生"

도 세속적 인연이나 물질적 욕망 앞에서는 속절없이 무너진다. '능선'이 노승의 기대대로 황소를 타고 오는 어머니를 발견하지 못한 것은 나이가 너무 어렸기 때문일 수도 있으나, 요사채에 든 젊은 남녀의 육체적 교합 장면을 목격하고 눈물을 흘리며 뛰쳐나간 행동은 이미 그의 맑고 깨끗한 성품에 붉은 욕망의 때가 끼었음을 뜻한다.

「산란」의 내용을 불교 생태론적 관점에서 이해하려는 이 글의 관점을 견강부회라 비판할 수도 있을 것이다. 앞서 말한 것처럼 「산란」의 주제는 연기적 세계관이나 자비의 실천이라는 불교 생태론적 관심과 다소 거리가 있다. 오히려 이 소설은 현실세계의 도저한 물질적 욕망과 번뇌 때 묻지 않은 아이의 착한 성품을 오염시키는 과정을 다룬 작품이라 보는 게 타당하다. 그럼에도 위 인용을 통해 불교적 생태관의 편린이나마 살피고자 한 것은 그만큼 적합한 사례를 찾기 어려운 사정과 관련된다.

2-2.

한승원의 『연꽃바다』[12]는 구성과 서사전략, 주제 등 거의 모든 면에서 매우 독특한 세계를 보여주는 작품이다. 1968년 「목선(木船)」으로 등단한 그는 꾸준하게 바다와 샤머니즘, 불교를 제재(혹은 주제)로 한 작품을 발표하여 "고향인 남도 갯가를 성공적으로 소설공간에 옮겨 놓은 작가"[13]라는 평가에서 최근의 "바람직한 생태계의 소중함과 인간중심주의에 대한 각성을 촉구"[14]했다는 판단에 이르기까지 폭 넓으면서도 일관된 문학세계를 추구해온 전업작가이다. 『연꽃바다』는 수컷 박새와 백양나무의 대화로 이루어지는 '바깥 이야기'와 박주철 일가의 갈등과 분열을 다룬 '내

---

12) 한승원, 『연꽃바다』, 세계사, 1997.
13) 김현, 「억업과 저항」, 『한승원의 삶과 문학』, 문이당, 2002.
14) 신덕룡, 「바다, 욕망과 반역의 공간」, 『한승원의 삶과 문학』, 문이당, 2002.

부 이야기'로 짜여진 일종의 액자소설이다. 여기서 수컷 박새와 백양나무는 박주철의 자식들이 매실농장을 서로 차지하려고 벌이는 추악한 대립 양상을 비판적으로 전달하는 서술자의 역할과 함께 그들 스스로 작중인물로 생태계의 위기를 고발하는 이중적 기능을 담당한다. 그런데 사람들이 경제적 이윤을 얻기 위해 조성한 매실농장에 밀려 났던 백양나무는 인위적 목적에 의해서가 아니라 '자생적'으로 군락을 이뤄왔다고 자랑하지만, 마음 깊은 곳에서는 매실나무를 증오하고 그들이 베어진 자리에 자기 무리가 들어설 것을 바라는 욕망을 지니고 있다. 또한 암컷 박새는 "이 세상을 박새들의 날갯짓으로 가득 채울" 것이라는 욕망을 노골적으로 드러낸다. 이들 늙은 백양나무와 암컷 박새는 자기 무리의 번성에만 관심이 있을 뿐 자연 생태계에서 여러 생명체가 공존하는 삶에 대해서는 애초부터 신경을 쓰지 않는다. 특히 암컷 박새가 "저는 기 드센 그것들로 하여금 소나무를 괴롭히는 송충이와 깍지들의 애를 먹이는 벼멸구나 이화명충이나 흰마름충 따위를 잡아먹게 하겠어요.(……) 적어도 이 세상을 밝히는 빛이 우리 박새의 무리로부터 비추도록 할 거"라고 말하는 대목은 그가 자기중심적(인간중심적) 사고에 깊숙이 세뇌되어 있음을 말해준다. 수컷 박새는 '토말이'와 함께 이 소설의 실제적 주인공이라 할 수 있는데, 그는 "그곳이 어디이든지, 사람들이 걸어 들어가기만 하면 남아나는 것이 없다"는 어머니의 말을 통해 '사람은 파괴자'란 인식을 갖게 된다. 그런 그가 아내(암컷 박새)나 늙은 백양나무조차 "인간들의 휴머니즘이라는 마약에 중독"되어 있음을 확인하고 절망하는 것은 생태적 관심의 공유와 확산이 얼마나 지난한 주제인가를 역설적으로 드러내는 서술 장치이다.

박주철의 삶은 "깨끗하지 못한 정치적인 시인"이란 말로 요약되는데, 겉으로는 순수를 가장하고 대의를 내세웠지만 실제로는 욕망 충족을 위해 온갖 추악한 악행을 자행했다는 사실을 암시한다. 실제로 그는 국회의

원의 직위를 악용해 재산을 증식하고 여자를 탐하다가 여자들의 배신으로 파산한 뒤 식물인간처럼 깊은 무명의 늪에 빠져든다. 그는 삼남일녀를 두었는데, 맏아들(윤길)은 자유를 위해 투쟁하다가 하반신 불구로 농장에서 지내지만 아내와 동생의 불륜에 괴로워하다가 비극적인 죽음을 맞는다. 추리소설가인 둘째 아들(윤호)은 매실농장을 갈아엎으려는 이복동생(윤석)을 살해해서라도 농장을 제것으로 만들려는 욕망이 강한 인물이고, 딸(윤혜) 또한 남편과 공모하여 조카 '토말이'를 납치하여 고아원에 버리는 악랄한 심성의 소유자다. 요컨대 박주철과 그의 자식들은 물질적 욕망 충족을 위해서라면 어떤 수단과 방법이라도 동원할 수 있는 비정하고 교활한 인물로 성격화된다. 더욱 아이러니한 것은 정상적인 교육도 받지 못한 채 농장에서 일꾼으로 자란 윤석이 매실농장을 헐어 도시인들에게 "고향으로서의 자연"을 제공하겠다며 제시하는 논리가 생태계 파괴의 문제점에 대한 정확한 진단이나 대안이라 할 수 있을만큼 정곡을 얻고 있다는 사실이다.

> 「사람은 태어나는 순간부터, 이렇게저렇게 살아가면서 맺은 모든 것들과의 관계를 인정하고 살아가야 해요. 이것과 저것이 맺은 관계, 조것하고 요것하고가 맺은 관계…… 이것이 있으므로 저것이 있고, 저것이 있으므로 이것이 있다는 그 관계를 부정하고 혼자서만 살아가려고 하면 그 관계가 깨어져요. 그 깨어짐으로 말미암아 자기도 죽게 되어 있어요. 나만 살고 너는 죽어야 한다는 논리는 파국을 가져오고 마는 거예요. 무조건 제초제나 살충제나 살균제를 쳐서 잡초나 병이나 벌레들을 쏵 죽이고 없애고 인간에게 필요한 작물만 남기겠다는 생각이 결국 인간을 죽이고 있어요. 그 제초제나 살충살균제들로 말미암아 땅속의 미생물도 함께 죽어버리니까. 생태계 속의 천적관계나 공생관계가 파괴되기 때문에 말이오…… 우주 질서는 다 마찬가지요.」(『연꽃바다』, 166쪽)

"이것이 있으므로 저것이 있고 저것이 있으므로 이것이 있다"는 윤석의 말은 연기론의 핵심을 그대로 따온 것으로, 그의 생각이 생태론적 세계관에 바탕하고 있음을 말해준다. 하지만 그가 이제까지 보여준 행적은 그의 발언이 얼마나 공소하고 기만적인 것인가를 여실히 증명한다. 그는 윤호와 윤혜 앞에서는 사람과 사람, 사람과 자연의 상생을 주장하고 '토말이'의 역성을 들지만, 정작 매실농장을 차지해 돈을 벌려는 물질적 욕망은 포기하지 않기 때문이다.

박주철의 손자 '토말이'는 시종일관 식물인간처럼 누워있는 할아버지에게 "눈떠요! 얼른 번쩍 떠봐요!"라거나 "그렇게 눈을 감고 있기만 하면 어둠밖엔 안 보인단 말이에요."라고 소리친다. 그는 박주철의 맏아들 윤길의 아들로 입적되어 있으나 실제로는 윤석의 아들인 것처럼 서술되고 있는데, 풍장이 영감에 따르면 "선재동자의 혼령"과 "전생에 암소하고 흘레 한번도 못해본 채 죽도록 쟁기질만 하고 수레만 끌다가 백정의 도끼에 정수리를 맞고 죽어간 황소의 혼령"이 섞여 있어 과거 현재 미래 삼세를 뀈 정도로 영특하고 고집이 센 성격으로 묘사된다. '토말이'가 할아버지의 깊은 잠을 깨우는 것은 돌아가신 어머니의 가르침을 따른 것인데, 뒤에 정신을 찾은 박주철에 따르면 '토말이'의 어머니는 축생지옥의 염라대왕 윗자리에 앉아있는 관세음보살의 현신인 것으로 서술된다. 『연꽃바다』는 전통적 리얼리즘 소설의 한계를 뛰어넘어 자유로운 상상력과 환상적 기법을 동원하는 특징을 보이지만, '토말이'의 전생을 설명하는 대목이나 그의 어머니가 관세음보살이었다는 진술에 이르면 다소 황당하다는 느낌을 준다. 그것은 '토말이'에게 "흘레 한번도 못해본 황소의 혼령"이 붙은 연유나 그의 어머니가 관세음보살의 현신으로 서술된 점에 대해 독자가 수긍할 만한 설명이 없기 때문이다. 대부분의 독자는 수컷 박새의 전생이 "주인남자와 앳된 여자가 속살을 섞고 있을 때 끓어오르는 정염을 견딜 수 없어 주인 남자를 뿔로 받아 죽인 황소"라는 진술에서도 혼란을 겪게 되는데, 이것은 풍장이의 다음과 같은 과보의 법칙으로도 선뜻 납득하기 어렵다.

> 「전생에 백정노릇을 한 사람은 이승에서 스님이 되는 법이고, 전생에 화류계였던 여자는 이승에서 결벽증이 아주아주 심한 정숙한 안방마님이 되고 나중에는 불감증이 생기고, 남편이 바람피우는 것 때문에 의부증이 생기고 그래서 밤잠도 못 자고 부들부들 떨면서 비쩍 말라지고…… 전생에 쫄병노릇을 한 사람은 이승에서 장군이 되어갖고 부하들한테 으스대고……」(『연꽃바다』, 69쪽)

풍장이에 따르면 현세의 삶은 전생과 전혀 상반되는 것이어야 한다. 그러나 이런 과보의 법칙을 인정하더라도 '토말이'의 전생-현생, 수컷 박새의 전생-현생의 관련은 속 시원히 해명이 되지 않는다. 이 작품에 등장하는 모든 인물은 어떤 방식으로든 비정상적인 성(性)과 질긴 인연을 맺는다. '토말이'와 수컷 박새의 전생은 물론 박주철의 여색 탐닉, 윤석과 '참새' 사이의 불륜, 매실농장 자리가 천하 명당인 까닭이 자손의 번성을 가져다주기 때문이라는 설명 등 서사의 중심에는 지나칠 정도로 강조되는 성 또는 종족번식의 문제가 놓여 있다. 하지만 이들이 말하는 성이 과연 생태계의 자연스러운 종족번성을 위한 것인가는 의문스럽다.

『연꽃바다』는 일부 논자에게서 "생태소설의 가능성을 긍정적으로 확보"[15]한 작품으로 "환상적 생태소설"[16]로 평가된다. 작가 스스로 작품의 주제를 "인간 중심의 휴머니즘에 대한 경고"이며 "자연, 인간을 포함한

---

15) 구자희, 「'접화군생(接化群生)'의 질서를 통한 에콜로이즘의 발현」, 『현대소설연구』 25 집, 2005, 78쪽.
16) 김욱동, 『문학 생태학을 위하여』, 민음사, 1998, 199쪽.

우주적 화해"[17]라 규정하고 있듯이 『연꽃바다』가 생태학적 세계관의 토대 위에서 창작된 것은 분명하다. 하지만 이 작품에 등장하는 인물(암컷 박새, 늙은 백양나무를 포함한)이 한결같이 천하 명당인 매실농장 자리에 터잡기를 욕망하며, 그를 위해 타자를 모함하고 내쫓으려는 행위는 모든 존재의 상생을 전제로 하는 생태학적 윤리와 정면으로 배치된다. 죽음과도 같은 깊은 잠에서 잠시 깨어난 박주철이 말하는 "우주적인 힘을 알고 그것과 하나가 되는 요가"는 위기에 처한 생태계 문제를 해결할 유력한 대안으로 보인다. 그러나 박주철은 그 말을 끝으로 운명하고, 수컷 박새마저 암컷 박새의 요구를 뿌리치지 못한 채 백양나무숲에 둥지를 틀기로 함으로써 자비와 상생의 생태학적 실천윤리는 공염불이 되고 만다. 『연꽃바다』에서 작가가 서구적 근대소설이 요구하는 긴밀한 구성과 유기적 인과관계의 규범을 희생하면서까지 주제의식을 직접적으로 노출한 것은, 그만큼 이 문제가 중요하다는 작가적 판단에 따른 것일 터이다. 하지만 『연꽃바다』는 생태학적 주제를 다룬 학술논문이나 작가의 개인적 감상을 자유롭게 적은 수상(隨想)이 아니라 소설의 의장(意匠)을 빌어 제작된 작품이다. 이 작품이 불교생태학이란 소중한 주제를 다루면서 기왕의 소설 문법의 한계를 극복하지 못하고 교훈적 '우화' 수준을 보일 수밖에 없었던 것에서도 우리는 한국 불교소설의 현 단계를 암울하게 확인하게 되는 것이다.

2-3.

이문구의 『내 몸은…』[18]의 표제는 프랑스 후기 인상파 화가 폴 고갱 Paul Gauguin의 "우리는 어디서 왔는가, 우리는 무엇인가, 우리는 어디로

---

17) 한승원, 『연꽃바다』, 표4 작가의 말 참조.
18) 이문구, 『이문구전집20 : 내 몸은 너무 오래 서 있거나 걸어왔다』, 랜덤하우스중앙, 2006.

가는가 Où sommes-nous venus? Que sommes-nous? Où allons-nous"이란 특이한 제목의 그림을 연상시킨다. 고갱은 자신이 던진 실존적 물음에 대한 답을 찾기 위해 세상에서 가장 아름답고 세련된 문화 도시 파리를 떠나 원시적 섬 타이티에 정착한 뒤 정신적 안정을 찾는다. 이문구가 소설집 제목을 "내 몸은 너무 오래 서 있거나 걸어왔다"라 지은 것도 숨 돌릴 여유조차 없이 힘겹게 달려온 그의 개인적 삶이나 한국 현대사를 생각하면 쉽게 이해된다. 외세의 강압에 의해 반강제적으로 근대화 레이스에 뛰어들어 한 세기를 보낸 지금, 이제는 차분히 숨을 고르며 과거를 되돌아보고 미래를 주체적으로 새롭게 설계할 때가 된 것이다. 그리고 우리가 지향해야 할 새로운 미래는 무조건적인 서구화가 아니라 자연과 인간이 서로 공생하는 과거의 공동체적 삶의 방식에서 찾아야 한다는 것이 이문구의 생각인 듯하다. 그것은 "한국이 앞으로 지향하고 선택해야 할 세계관은 생태학적 세계관"[19]이란 노철학가의 전망과 정확하게 일치한다.

　이문구 소설은 출발단계에서부터 구성이나 문체에서 서구적 소설의 전통을 따르기를 거부했을 뿐만 아니라 세계관적 측면에서도 "자연의 질서와 시혜에 모든 운명을 위탁하는 우리 전래의 농촌 사람들의 대지적 세계관"[20]에 완강하게 뿌리 내리고 있다. 『관촌수필』・『우리동네』 등 이문구 소설의 대표적 성과로 거론되는 이들 작품집에 대한 기왕의 관심은 주로 사투리와 구어체가 빚어내는 질박한 문체의 독특함이나 이제는 사라져버린 공동체적 삶에 대한 안타까움의 정조 등으로 요약된다. 이문구가 만연체와 구어체 문장을 통해 구사하는 독특한 문체는 흔히 '토착어 지향'이란 말로 요약되거니와, 그 점에 대한 평자들의 다양한 접근과 분석이 있

---

19) 박이문, 『문명의 미래와 생태학적 세계관』, 당대, 1998, 99쪽.
20) 김병익, 「恨에서 悲劇으로」, 구자황 편저, 『관촌가는 길』, 랜덤하우스중앙, 2006, 85쪽.

었지만 핵심에 이르지는 못한 것으로 보인다. 여기서 이 문제를 상론할 여유는 없지만, 그는 근대화 이후 서구번역체 문장에 침식당한 우리 소설 문장의 일반적 경향과 전혀 다른 한국의 전통적 문장과 문체를 복원하려 노력한 작가였던 것이다. 흔히 '4.19 세대' 혹은 '한글세대'로 분류되는 일군의 작가 가운데 서구 번역체 문장에 함몰되지 않고 개성적인 자기 문체를 개발한 작가로 이문구와 박상륭을 들 수 있는데, 이들이 김승옥·이청준·서정인 등 외국문학을 전공한 동년배 작가와 달리 서라벌예대 문창과 출신이라는 것도 특기할 만하다.

> "내 문체가 독특하다고 하기 전에 지금 나와 있는 소설의 70~80%가 번역체임을 알아야 합니다. 그건 전통 한국문장이 아닙니다. 국문소설, 판소리 사설, 각종 얘기책에서 볼 수 있는 우리 전통문장은 호흡이 길고 유장하고 여유만만하죠. 최근의 도시적 감수성이라는 산뜻한 문장은 번역체가 대부분으로 대다수 작가들이 외국어 문장을 전공한 데서 연유한다고 보는데 너무 빨리 보급되었습니다."[21]

『내 몸은…』에는 모두 8편의 단편이 실려 있는데, 이 가운데 7편이 「장○리 ○○나무」라는 제목의 연작소설 형태를 띠고 있다. 이들 연작소설의 표제가 된 찔레나무·화살나무·소태나무·개암나무·싸리나무·으름나무·고욤나무 등은 하나같이 대들보는커녕 서까래로도 쓰기 어렵고 고작해야 빗자루나 불쏘시개감으로밖에 사용할 수 없는 잡목들이다. 다시 말해 이들 나무는 "자본주의세계를 움직여가는 주류 논리로서의 유용성이나 환금성의 원리와 정반대편에 서 있는"[22] 허섭스레기 같은 존재들이

---

21) 「농촌소설작가 이문구 선생을 찾아서」, 공주대국어교육과, 『우금치문학』, 호서문화사, 77쪽.
22) 서영채, 「충청도의 힘—이문구론」, 『문학의 윤리』, 문학동네, 2005, 310쪽.

다. 『관촌수필』이 작가의 고향 '관촌마을'의 풍경과 인정을 다룬 '수필(隨筆)'이 아니듯, 「장○리 ○○나무」 연작 또한 '나무'에 관한 작가의 호기심을 다룬 글이 아니다. 이들 작품에서 나무는 작중인물의 심성이나 신분을 상징하거나 현실의 타락한 세태나 인심을 풍자하기 위한 매개로 쓰인다. 가령 「장평리 찔레나무」는 "진퍼리[長坪里] 부녀회 김학자 회장"이 화자가 되어 시동생 "인간 이은된[李銀敦]"이 얼마나 이기적이고 탐욕스러우며 무례한 존재인가를 폭로하는 병렬식 구성의 소설이다. 찔레나무(찔레꽃)는 우리 농촌에서 가장 흔하게 볼 수 있을 뿐만 아니라 대중가요에도 등장할 만큼 친숙한 나무이다. 「장평리 찔레나무」에는 정작 찔레나무와 관련된 내용이 한 마디도 언급되지 않지만, 다른 작품과 비교해 볼 때 "인간 이은된"을 찔레나무로 비유하고 있는 것은 분명해 보인다. 이런 추론이 가능하다면, 이문구는 "인간 이은된"처럼 제 잇속만 챙기는 인간말종이 찔레나무처럼 흔하게 된 우리 농촌의 현실을 개탄하는 것으로 해석할수 있다. 이문구가 인간의 심성이나 운명을 나무의 그것과 대등한 맥락에서 바라보기 시작한 것은 이미 『관촌수필』에서부터이다. 이를테면 「일락서산(日落西山)」에서 토정 이지함이 짚고 다니던 지팡이를 꽂아 자라났다는 전설을 지닌 왕소나무가 베어 없어진 것에서 할아버지 시대의 장엄한 몰락을 되새기고, 어머니가 돌아가시자 "사나흘 전까지도 잎이 시퍼렇고 대추알만큼씩이나 자란 그 숱한 열매를 달고 있던 감나무가 갑자기 죽"은 사실을 환기하는 것 등은 연기론적 세계관 혹은 생태계적 인식 아니고는 설명이 곤란한 대목이다. 그러므로 「장이리 개암나무」에서 장황하게 개암나무의 미덕을 찬미[23]하는 것은 우리 주변에서 그런 사람이 사라져가는

---

23) "개암나무는 자라고 싶은 대로 자란대도 키가 사람을 넘보지 못하는 겸손한 나무다. 그리고 밑동도 그루라고 하는 것보다 포기라고 하는 것이 걸맞을 정도로 어느 것이 줄기이고 어느 것이 가지인지 뚜렷하지 않게 떨기 져서 덤불처럼 자란다. 둥치의 통테도 굵

현실 세태에 대한 탄식으로 읽힌다. 요컨대 『내 몸은…』의 서사를 지배하는 기본 원리는 나무나 새(까마귀)와 관련된 생태학적 세계관이다. 그들 나무와 새는 자본주의 사회에서 상처받고 소외된 사람들이 의지할 수 있는 마지막 안식처 또는 반드시 회귀해 복원해야 할 이상적 존재의 비유물로 선택된 것이다.

「더더대를 찾아서」는 나무를 표제로 한 작품들을 모은 『내 몸은…』의 구성으로 볼 때 다소 예외적인 소설로 보인다. 이 소설은 '더더대'와 '까마귀'의 행방에 대한 궁금증에서 시작하여 소설의 절반 이상을 까마귀와 관련된 이런저런 기억과 단상(斷想)으로 채우고 있어 "잡다한 소문들이나 삽화의 나열로 산만해지기 쉬운 이야기"[24]로 운위되는 이문구 소설의 서사적 특질을 여실히 보여준다. 삼십 년 간의 서울 생활을 정리하고 낙향한 이 소설의 화자 '이이립(李而立)'은 어린 시절 "자고 나면 아무 데서나 눈에 띄"던 까마귀가 보이지 않는다는 것을 깨닫고 그 많던 까마귀가 모두 어디로 사라졌는지 궁금해 한다. 그러면서 까마귀에 대한 일반적 통념이 얼마나 잘못된 선입견과 인간중심의 차별의식에서 비롯된 것인가를 반성한다. 까마귀가 사람들의 미움을 받는 이유는 단지 그 색깔이 검기 때문이거나 짖는 소리가 "저승에 가자는 소리나 곡을 하는 소리" 같기 때문이라는, 지극히 인간적인 판단기준에 따른 것이다. 그러한 인간중심적 편견이 까마귀를 해조(害鳥)나 흉조(凶鳥)로 배척하게 한 원인이지만, 최근

은 것이 작대기보다 가늘며 잎사귀도 오리나무를 닮아서 볼품이 없이 나무 장수가 쳐주지 않고, 나무 장수가 찾지 않으니 묘목 장수도 기르지 않는다. 소위 경제성이 없는 나무인 셈이다. 그뿐만 아니라 한약방에서 진자(榛子)라고 하는 개암도 예전에는 약재보다 제사상에 한다하는 실과의 한 가지로 알뜰하게 쓰이던 과일이었다. 개암을 담는 그릇도 여느 굽달이 목기가 아니라 제수가 담기는 곳은 날라리[胡笛]같고 받침대는 깔때기 같되 굽이 한 뼘도 넘게 대오리로 결은 변(籩)이라고 하는 제기였다."(「장이리 개암나무」, 87쪽)

24) 김우창, 「근대화 속의 농촌」, 『우리동네』, 민음사, 1981, 323-4쪽.

에는 정력에 좋다는 근거 없는 소문에 '몬도카네(Mondo cane)'식 엽기주의
자들의 강정제(強精劑)로 떼죽음을 당하기도 한다. 화자는 고향에서 '까그
매(까마귀의 충청도 방언)' 얘기를 유난히 많이 했던 '언년이'와 재회하여 기
억을 더듬다가 말을 더듬는다 해서 '더더대'라 놀림 받았던 거지 얘기를
전해 듣는다. 지금은 칠십 노인이 되었을 '더더대'는 늘 사금파리 자루를
메고 다녔는데, 바닷 속에서 도자기를 캐낸 잠수부(머구리)가 그의 독특한
행동과 습관을 이용해 물건을 빼내려다 발각된 뒤 종적조차 없어졌다는
것이다. 고향에서 갑자기 사라진 까마귀의 흔적과 인근 사람들에게 바보
소리를 듣던 '더더대'가 실종된 사건 사이에는 아무 관련이 없어 보이지
만, 두 존재가 그들의 본성과 상관없이 인간중심적 편견과 관습에 의해
소외 당하다 결국은 인간 사회에서 종적을 감추는 점에서 공통된 운명을
지닌 존재로 표상된다. 이런 점에서 「더더대를 찾아서」를 통해 작가가 말
하고자 하는 주제의식 인간과 사물의 존재 의미를 본성 그대로 인정하고
서로 공생하는 생태관적 가치의 회복이라 할 수 있다.

3.

『문학생태학을 위하여』(김욱동)와 『녹색을 위한 문학』(이남호) 이후 문학
연구자들 사이에서 '생태주의'에 대한 관심이 뜨겁게 일어났지만, 정작
창작가들은 무덤덤한 태도를 보였던 게 아닌가 싶다. 한 연구자에 따르면
한국 현대소설 가운데 '환경소설' 또는 '생태소설'로 분류될 수 있는 작
품은 50편[25])을 넘지 못할 정도로 양적인 면에서는 무척 초라하다. 이 작

---

25) 전혜자, 「한국현대문학과 생태의식」, 한국현대문학회, 『한국현대문학연구』제15집, 2004.
6, 52-3쪽 참조.

품이 다루는 생태학적 주제26)도 도시화·물오염·원자핵·자연파괴·대기오염·토양오염·산업폐기물 등 주로 환경파괴와 관련된 것이 대종을 이루고, 공생의식을 문제삼은 작품은 윤후명의 「하얀 배」 한 편에 불과한 것으로 조사된다. 우리가 당면하고 있는 가장 근본적이면서 위협적인 문제는 자연파괴와 관련된 것이다. 자연파괴의 원인은 자연을 인간의 종속적 존재로 보는 사유, 다시 말해 자연의 본질적 가치를 부정하고 자연을 도구화하려는 인간중심주의 외에는 달리 찾을 수 없다. 그런 점에서 인간과 자연의 상생을 주장하는 불교의 가치관은 생태주의적 세계관과 가장 잘 소통하는 사유 체계라 할 수 있다. 가장 범박하게 말해, 불교적 제재나 주제를 다룬 작품은 곧 생태문학으로 보아도 무방한 것도 이런 사정과 관련된다.

한국 현대소설에서 생태문학으로 분류될 수 있는 작품이 매우 희소하듯, 우리 문학에서 차지하는 불교문학의 위상 또한 영성하기 이를 데 없다. 문학을 하면 그만이지 굳이 '불교문학'을 나누어 시비하는 일 자체가 생태적 세계관과 위배되지 않느냐는 반문이 있을 수 있으나, 지나친 서구화에서 벗어나 우리의 독창적 문학을 모색하고 이론을 정립하기 위해서라도 불교문학에 대한 진지한 성찰이 필요하다. 불교문학에 대한 비평적 담론이 무성한 요즘 정작 뛰어난 창작물이 나오지 않는 것은 괴이한 일이 아닐 수 없다. 불교의 연기론과 자비정신을 세계관적 원리로 수용하고

26) 독문학자 김용민은 생태문학을 다섯 가지 유형으로 나눈다. 첫째, 환경과 생태계의 파괴를 직접적 사실적으로 서술하는 문학. 둘째, 생태학적 인식을 바탕으로 생태계의 현상황을 사실적으로 그리는 한편 원인에 대한 성찰을 보여주는 문학. 셋째, 자연·환경이 직접 드러나지 않지만 생태계 문제를 깊이 있게 다루는 문학, 넷째, 페미니즘적 관점에서 생태계 문제를 바라보는 문학. 다섯째, 미래의 생태사회를 꿈꾸는 문학. 우리가 가장 손쉽게 접할 수 있는 작품은 첫 번째와 두 번째 유형이고, 세 번째 유형의 작품도 목격하기 힘들다. 이 글에서 다루는 『연꽃바다』는 두 번째 유형에, 「산란」·『내 몸은…』은 세 번째 유형에 해당한다.

일상생활에서 실천하는 것은 지배/피지배, 빈/부, 선/악, 인간/자연의 차이를 줄여 마침내 무화시키는 방향으로 나아가려는 노력이다. 이런 주제의식을 다룬 작품이면 우리는 넓은 의미의 생태문학, 더 나아가 불교문학으로 보아야 할 것이다. 「삼포가는 길」의 '백화'가 실천해 보여준 눈물겨운 사랑을 진세(塵世)의 관음보살의 현현으로 보는 것도 그 때문이다.

2부

이광수의 진화론적 사상과 일제말 문학의 특질

1. 진화론과 민족개조론의 내포

이 글은 춘원의 일제말 친일 행위가 진화론과 민족주의에 대한 그릇된 이해에서 비롯된 것임을 한글 소설과 일문(日文) 수필의 분석을 통해 규명하고자 쓴 것이다. 춘원이 친일문학가의 대표적 존재로 인식된 것은 그의 사회적·문학적 위상 때문이기도 하지만, 자신의 행위를 '민족을 위한 친일'로 당당하게 변호한 것에 대한 반감이 작용했을 수도 있다. 그는 "민족을 위해 살고 민족을 위하다가 죽은 이광수"가 되기에 부끄러움이 없다1)고 호언했지만, 「민족개조론」 등을 통해 우리 민족의 열등감을 증폭시켰다는 점에서 반민족주의자이며, 단일민족의 정체성을 포기하고서라도 제국의 국민으로 재생하겠다는 욕망을 견지했다는 점에서 진화론의 열렬한 숭배자였다. 이와 함께 그의 일제말 소설의 주조를 이루는 불교적 세계관(輪廻轉生論)은 그가 근대적 이성주의자에서 종교적 신비론자로 퇴행

---

1) 이광수, 「인과」, 『이광수전집』 19, 삼중당, 1963, 267쪽. 이하 『이광수전집』은 모두 이 판본에서 인용하며 각주에 전집 권수와 쪽수만 밝힌다.

했음을 보여주는 증좌라 보인다.

춘원의 일제말 친일에 대한 학문적 해석과 비판은 다양하고 집요한 양상으로 전개되어 왔다. 그 결과 그의 친일행위(또는 이중어 글쓰기)의 의미는 스스로 제국주의의 주체가 될 수 있다는 환상,[2] 근대의 영역에서 혼의 영역으로 넘어오는 과정,[3] 국민주의의 전형적 태도[4] 등으로 이해되어 왔다. 이와 함께 일제말 이광수 문학의 이중적 서사전략에 주목하여 "이광수의 조선(인) 정체성이 함축하고 있는 양가성의 문제",[5] "「육장기」와 「난제오」에 나타난 '고백'은 자신의 결함과 강박관념을 벗어나기 위환 자기 구원의 글쓰기",[6] 더 나아가 이광수가 대동아공영권을 받아들인 것 자체를 유머로 해석하는 관점[7]도 눈에 띈다. 이 글은 선행연구의 치밀한 논증과 객관적 해석에서 시사를 받은 바 크다. 다만 일부 선행연구가 시대적 정황과 이광수 개인의 행적에 관심을 할애하거나 도덕적 차원에서 접근한 데 반해, 이 글에서는 그의 작품 분석을 통해 이광수 사상과 전향의 실체에 접근하고자 했다.

이십대 전후의 춘원이 크게 심취했던 서구 사상은 진화론[8]이었다. 그

---

2) 이경훈, 『이광수의 친일문학연구』, 태학사, 1998.
3) 김윤식, 『일제 말기 한국 작가의 글쓰기론』, 서울대출판부, 2003.
4) 김재용, 「국민주의자로서의 이광수」, 문학과사상연구회, 『이광수문학의 재인식』, 소명출판, 2009.
5) 방민호, 「이광수 장편소설 『원효대사』를 어떻게 읽을 것인가」, 『불교문예』, 2011, 봄, 79쪽.
6) 김경미, 「식민지 후반기 이광수 문학의 사소설적 경향과 의미—「무명」, 「육장기」, 「난제오」를 중심으로」, 『현대문학이론연구』, 2011, 12, 83쪽.
7) 서영채, 「이광수, 근대성의 윤리」, 『한국근대문학연구』, 2009, 4, 176쪽.
8) 여기서 '진화론'은 C. 다윈의 진화론과 H. 스펜서의 사회진화론을 두루 포괄하는 개념으로 사용한다. 스펜서의 사회진화론은 '동질성으로부터 이질성에로'라는 관점에서 문화현상을 포함하는 모든 유기적 진화를 설명하는 이론으로 '용불용설(用不用說)'을 제창한 J. 라마르크의 영향을 받았다. '사회다위니즘'은 다윈의 이론을 적용하여 적자생존과 생존경쟁이란 관점에서 사회유기체의 진화를 설명하는 이론으로 서구에서는 스펜서의 사회진화론과 사회다위니즘을 구별해 사용한다. 이상의 논의는 우남숙, 「사회진화론과 한국 근대

는 "진화론은 신문명의 총원천이니 과학은 물론이어니와, 현대인류의 만반 사상은 윤리·정치·교육·종교를 물론하고 진화론의 원리의 영향"9)이라는 인식 하에, "힘이 옳음이다, 힘 센 자만 살 권리가 있다. 힘 센 자의 일은 다 옳다!"10)며 극단적인 힘 예찬론을 펼친다. 또한 "'살아라' 삶이 동물의 유일한 목적이니 此 목적을 달하기 위하여는 도덕도 無하고 시비도 無하니라. 飢餓하여 死에 瀕하였거든 타인의 것을 약탈함이 어찌 악이리오. 자기가 死함으로는 寧히 타인의 死함이 정당하니라. 그러므로 살기 위한 분투는 인류의 最히 신성한 직무"11)라며 힘센 존재가 되기 위해서는 '인간'을 포기할 수도 있다고까지 말한다. 진화론은 당시 우리 지식인들의 근대 인식에 커다란 충격을 주었던 사상으로, '약육강식'·'우승열패'·'적자생존'·'생존경쟁'·'자강(自强)' 등의 술어가 모두 그 영향을 받아 생성된 수사적 표현들이다. 그러나 제국주의나 팽창주의를 지향하는 진화론을 맹목적으로 수용할 경우 국권을 빼앗긴 피식민 민중이 선택할 방법은 극히 제한적일 수밖에 없다. 그들은 자국을 점령한 제국의 권력에 굴종하거나 정반대로 목숨을 담보로 한 극단적인 투쟁으로 나아가는 등의 대조적인 방법 외엔 달리 선택의 여지가 없었던 것이다. 신채호의 아나키즘이나 적극적인 무력투쟁이 한 방법이라면, 준비론(교육론)과 (문화적)민족주의가 다른 한 노선이었는데, 안창호 사상의 세례를 받은 춘원은 후자의 길을 선택한다.

1920년을 전후하여 한국의 지식인들은 일본 '다이쇼 데모크라시' 영향을 받은 잡지 『改造』의 발간과 제1차 세계대전 이후 대두된 민족 자결주

민족주의」(『동양정치사상사』 제7권 1호, 2008, 9, 140쪽)를 참조했음.

9) 이광수, 「동경잡신」, 『이광수전집』 17, 513쪽.
10) 이광수, 「그의 자서전」, 『이광수전집』 17, 432쪽.
11) 이광수, 「爲先 獸가 되고 然後에 人이 되라」, 『이광수전집』 10, 243쪽.

의 등 세계정세의 낙관적 분위기에 따라 '개조론'을 시대의 주류 담론으로 받아들인다. 춘원은 1919년 2월 8일 도쿄에서 독립선언을 한 뒤 상해로 건너가 만주·시베리아 등 우리 동포가 사는 곳 "어디를 가도 공통한 것은 가난(貧)"과 "서로 미워하는 것"12)을 확인하고 환멸을 느낀 듯하다. 만주와 연해주에서의 무장 독립투쟁의 한계를 몸소 체험한 춘원은 "제주권이 없이 남의 식민지가 된 나라의 독립운동은 국내에서 하여야 한다"13)는 도산의 생각에 동참하여 1921년 귀국한 뒤 「민족개조론」을 집필한다. 당시 지식인들이 신문·잡지 등을 통해 활발하게 주장했던 '개조론'은 민족이 처한 근본적인 문제의 해결이 제도의 개혁이나 투쟁이 아니라 인격·정신의 개조를 통해 이루어질 수 있다는 '문화주의'에 바탕을 둔 것이다. 이른바 '문화적 민족주의 cultural nationalism'란 경제적·문화적 실력 양성을 도모한 부르주아민족주의 우파를 가리키는데,14) 이들은 봉건적 가족제도·혼인제도·제사 등의 인습과 허위·나타(懶惰)·무신(無信) 등 부정적 민족성을 통렬히 비판하면서 근본적인 정신개혁을 요구한다. 가령 『동아일보』의 우리 민족성에 대한 비판적 사설 연재,15) 황

---

12) 이광수, 「나의 고백」, 『이광수전집』 13, 225쪽.

13) 이광수, 위의 글, 248쪽.

14) '문화적 민족주의'는 '부르주아민족주의'·'우익민족주의'·'민족개량주의'란 술어와 종종 혼용되는 양상을 보인다. 이 사상은 박은식 등의 자강론과 개화사상을 부분적으로 계승한 것으로 1920년대 이후 조선의 유력한 민족주의 운동으로 대두된다. 1920년대 문화적 민족주의는 물산장려운동·민립대학 설립운동·국어운동 등을 전개하며 경제적·문화적 실력양성을 통해 독립을 성취하려는 '先 실력양성 後 독립'의 점진주의 자강운동의 노선을 충실히 따르지만, 1920년대 후반 이른바 '비타협적 민족주의'라 통칭되는 좌파가 민족문화운동에 참여하여 '후 독립' 노선의 정치적 실패를 비판하면서 점차 세력이 약화된다(M. 로빈슨/김민환 역, 『일제하 문화적 민족주의』, 나남, 1990). 이와 함께 "문화적 민족주의는 국민국가를 목표로 한 것은 아니었으며 따라서 정치적 독립"을 지향한 게 아니었다는 새로운 관점도 제기되고 있다(박정우, 「일제하 언어 민족주의—식민지 시기 문맹퇴치/한글보급운동을 중심으로」, 서울대 석사논문, 2001).

15) 「조선인의 短處를 논하여 반성을 促하노라」, 『동아일보』, 1920, 8, 9~23.

달영·김기전16)·이돈화17)·현상윤·안확18)·최현배19) 등의 '민족개조' 담론이 모두 이런 시대적·사상적 배경에서 산출된 것들이다.

춘원의 「민족개조론」20)은 1920년을 전후하여 전개된 문화주의와 민족개조 논의를 자신의 관점과 논리로 종합 정리한 것으로 거기에는 중국의 후스(胡適)·프랑스의 구스타브 르 봉 G. Le Bon21)·안창호의 무실역행사

---

16) 金起田, 「우리의 사회적 성격의 일부를 고찰하면서 형제동포의 自由短處를 促한다」, 『개벽』, 1921. 10. 이 논설에서 김기전은 조선의 사회발전에 방해가 되는 "조선인의 사회적 성격"으로 "명예심·권리심·당쟁심·拜金熱·금일주의·개인주의" 등을 열거한다.

17) 이돈화, 「歲在壬戌에 萬事亨通」, 『개벽』, 1922, 1.

18) 안확은 『改造論』(1920)에서 인격과 정신 개조의 필요성, 전통문화와 서구문화의 조화, 신문화의 철학적 의미 등을 논의하고 궁극적으로 민족성개조론을 주장한다. 그가 지적하는 우리 민족의 단점은 반도성·감상성이고, 장점은 조직성·의리심·인내심인데, 장점으로써 단점을 극복하면 신세계의 문명적 생활을 얻을 수 있다고 말한다. 이상의 논의는 김형국, 「1920년대 초 민족개조론 검토」(한국근현대사학회, 『한국근현대사연구』 제19집, 2001, 12, 199~202쪽) 참조.

19) 최현배, 「朝鮮民族 更生의 道」, 『동아일보』, 1926. 9. 23~12. 26. 춘원의 「민족개조론」보다 4년 뒤에 발표된 이 글은 동광당서점에서 단행본으로 출간(1930년)되었고 일본어로도 번역 출판되어 교과서에 일부 내용이 수록되었을 뿐만 아니라 전국의 형무소에서 죄수용 교화서적으로 사용되었다. 이런 사실에 대해 최현배는 "민족 생활에 진리를 내어 보임에, 악마 같은 저네들도 이를 시인하지 않을 수 없었던 모양"이라고 자평하고 있으나, 그 내용과 논리구조에 있어 큰 차이가 없는 춘원의 글에 비해 외솔의 글이 세간의 인기를 얻은 이유가 무엇인지 궁금하지 않을 수 없다. 이상의 논의는 김철, 「갱생의 도 혹은 미로」(『식민지를 안고서』, 역락, 2009)를 참조할 것. 김철의 이 글은 최현배의 글과 사상 등에 대한 치밀하고 객관적인 비판을 통해 한국 민족주의 담론의 논리와 구조, 그것이 부딪친 난관이나 모순을 규명하고자 한 논문으로 주목할 만하다.

20) 이광수, 「민족개조론」, 『개벽』, 1922, 5. 이 논설이 발표되자 신상우(「춘원의 민족개조론을 讀하고 그 일단을 논함」, 『신생활』, 1922, 6), 신일용(「춘원의 민족개조론을 평론」, 『신생활』, 1922, 7), 김제관(「사회문제와 중심사상」, 『신생활』, 1922, 7) 등 사회주의 진영 논객들의 집중적인 비판이 제기된다. 특히 신일용은 춘원의 개인적 갱생 방법이 우생학적 관점에서 비롯된 것으로 전체주의적 경향이 강하다고 지적한다. 그는 정치적 자립 없는 실질적 개조가 불가능하다고 본 것이다. 춘원의 '민족개조론'에 대한 학계의 시각은 문화정치를 앞세운 총독부와의 타협의 산물이자 부르주아 민족주의 진영의 합법적 민족운동으로 해석하는 관점(김윤식, 『이광수와 그의 시대』2, 솔, 1999)과 파시즘의 대중정치학에 입각하여 수립한 고도의 정치적 전략(김현주, 「이광수의 문화적 파시즘」, 김철·신형기 외, 『문학 속의 파시즘』, 삼인, 2001)으로 이해하는 관점 등으로 대별된다.

상과 윤치호의 실력양성론이 착종되어 있다.[22] 「민족개조론」을 일종의 '제안서(기획안, proposal)'[23]로 보는 견해도 있거니와, 실제로 이 글의 내용은 춘원이 1921년 사이코 마코토(齊藤實) 총독에게 제출한 「건의서」와 거의 흡사한 것으로 알려져 있다.[24] 「민족개조론」은 '변언(辯言)'이란 표제로 시작하여 '민족개조의 의의'부터 '결론'에 이르기까지 모두 9장으로 이루어진 장문의 논설이다. 이 글에서 춘원은 조선의 민족성을 '근본적 성격'과 '부속적 성격'[25]으로 나눈 뒤, 후천적으로 형성된 후자를 개조의 대상으로 삼는다. 그는 '민족성 개조는 얼마나한 시간을 요할까'라는 제하의 장(章)에서 우리 민족이 나쁜 습관과 정신을 버려 '위인'이나 '성인'은 아닐지라도 '완성될 범인(凡人)'이 되는 데 소요될 시간을 산출한다. 그의 계산법에 따르면 민족개조운동은 소수의 개인으로 시작하여 점차 그 범위를 확장하는 방식으로 전개되는데, 1만 명의 개조된 지식인을 기르는

---

21) 이광수는 「민족개조론」 발표 전에 이미 르 봉의 『民衆心理 及 群衆心理』(문명서원, 1909)의 일부를 번역 소개(魯啞子 역, 「국민생활에 대한 사상의 세력」, 『개벽』, 1922. 4)한 이력이 있다. 이광수가 르 봉의 영향을 받은 점에 대한 논의는 김윤식, 『이광수와 그의 시대』 및 박성진, 「한말―일제하 사회진화론 연구」(한국정신문화연구원 박사논문, 1998)의 글을 참조할 것.

22) 김산은 도산과 춘원이 서로 유사한 듯하면서도 명백한 차이를 보인다고 말한다. 도산이 자유주의적이고 민주적인 지도자인 반면 춘원은 가부장제 귀족주의적 경향을 가지고 있다는 것이다(님 웨일즈, 조우화 역, 『아리랑』, 동녘, 1984, 92쪽). 일제말 춘원이 제국주의를 적극 수용한 것을 보면 김산의 이러한 대조는 매우 예리하고 적확한 판단이었음이 드러난다.

23) 김현주, 「논쟁의 정치와 「민족개조론」의 글쓰기」, 『역사와 현실』 57권, 한국역사연구회, 2005, 9.

24) 엘리 최, 「이광수의 「민족개조론」 다시 읽기」, 『문학사상』, 2008, 1, 93쪽.

25) 춘원이 상정한 조선민족의 '근본적 성격'은 '仁·義·禮·勇'으로 이를 현대어로 표현하면 '관대·박애·예의·금욕적(廉潔)·자존·무용·쾌활'이 된다. 이에 반해 '부속적 성격'이란 술어는 르 봉의 이론에서 차용한 것으로 그 구체적 내용은 '사대주의·당쟁·공리공론·비실용성·文弱·허례허식·이기심·나태' 등으로 요약된다(이광수, 「민족개조론」, 192~3쪽).

데 약 30년이 걸리고, 이들이 민족 전체를 개조하는 데 소요되는 시간은 그로부터 30~100년, 또는 200년이 더 걸릴 것으로 추산된다. 하지만 춘원은 동맹이 주도하는 민족개조운동이 제대로 이루어지지 않고 "30년만 이대로 내버려두면 지금보다 배 이상의 피폐에 달하여 그야말로 다시 일어날 여지가 없이 되리라"[26]는 비관적 전망으로 논의를 종결짓는다. 춘원의 이런 계산법과 비관적 전망에 따르면 교육과 준비에 의한 우리 민족개조는 당대에 실현 불가능할 뿐만 아니라 영원히 성취할 수 없는 공론(空論)에 지나지 않음을 알게 된다. 그는 민족개조를 주창한 자신의 글에서 30년 이후 조선 정세가 더욱 악화될 수 있음을 예견했고, 불행하게도 1930년대 말~40년대 초 조선의 현실은 춘원의 예상보다 더 나쁜 상황으로 치닫고 있었다. 이런 점으로 미루어 교육에 의한 민족개조와 독립이 실현 불가능한 담론이라는 사실은 누구보다 먼저 춘원 자신이 예측하고 있었으리라는 추론도 가능하다. 무엇보다 춘원의 「민족개조론」은 우리 민족의 '부속적 성격'을 실제 이상으로 과장하여 열등감과 패배의식을 조장하였다는 점에서 민족주의 이데올로기와 정면으로 배치된다. 민족주의의 특질을 자민족의 타민족에 대한 우월성에서 찾는 가장 일반적인 논리에 따르면, 춘원의 「민족개조론」을 민족주의 논설로 이해해온 지금까지의 관점은 재론의 여지가 많음을 알게 된다. 춘원은 우리 민족이 처한 곤궁한 현실을 타개하기 위해 교육과 힘이 필요하다고 강조하면서도 정작 우리 민족의 우월한 능력을 발굴하고 용기를 북돋우는 일에는 인색했다. 그는

---

26) 이광수, 「민족개조론」, 위의 책, 216쪽. 흥미롭게도 춘원은 「황민화와 조선문학」(『매일신보』, 1940. 7. 1)에서 일제의 내선일체론을 수용할 경우 30년 후 조선인으로서의 비애를 맛보지 않을 것이라 말한다. 이런 점으로 미루어 춘원의 관심은 자기 당대보다 후손들의 미래에 더 집중되어 있었던 것으로 보인다. 현실에서의 조국 독립이 무망하다고 판단하고 자손들만이라도 강대국의 국민으로 살기를 바란 그의 전향은 결론적으로 오판으로 증명되었지만, 당시로서는 불가피한 선택이었을 수도 있다.

"우리들은 우리 것을 낮추 보는 버릇"이 있는데 그것이야말로 "망국민의 근성"27)이라 탄식했으나 「민족개조론」 전반에 걸친 그의 논조와 태도는 우리 민족의 열패감을 강조하는 것이었고, 그것은 춘원의 의도와 상관없이 일제의 조선(인) 비하 정책과 논리의 주요한 전거로 전유되었던 것이다. 요컨대, 「민족개조론」은 표층구조상으로 민족개조를 통한 자강을 주장한 듯하지만, 문맥적으로는 그것이 얼마나 공소한 망상인가를 산술적으로 논증해 보임으로써 민족의 자존감을 훼손하고 일제의 편의적 해석에 따라 악용되는 결과를 초래한 논설로, 일제 식민지 당국에 제출한 건의서(제안서)란 비판적 견해가 제기되는 이유도 여기서 찾을 수 있다.

2. 수양동우회 사건과 일제말 소설의 불교적 세계관

춘원은 1921년 귀국한 뒤 예의 악명 높은 「민족개조론」을 발표하는 한편, 홍사단의 국내지부였던 수양동우회28)의 대표자로 활동하면서 동맹(단체)을 통한 민족의 단결을 역설한다. 평소 도산을 정신적 스승으로 존경했고 민족개조를 위해 단체가 운동의 주체이자 무기가 되어야 한다고 주장했던 춘원으로서는 당연한 행보라 할 수 있다. 수양동우회는 "신조선건설의 역량을 증진"하기 위하여 "소년훈련·민중교양·경제협동 등의 사업"을 벌일 수 있다는 취지하에 기관지 『동광(東光)』을 발행하여 홍사단의 사상과 운동을 적극 홍보하는 한편 이상촌 건설사업의 일환으로 농촌계몽운동을 벌인다. 춘원의 대표적 농민소설 『흙』이 수양동우회 운동의 방

---

27) 이광수, 「文藝瑣談−新文藝의 價値」, 『이광수전집』 16, 137쪽.
28) 1922년 2월 경성에서 수양동맹회가 발족되고 이듬해 1월 평양에서 동우구락부 조직되었다가 1926년 1월 두 단체가 수양동우회로 합침으로써 홍사단은 국내 활동의 토대를 구축하게 된다. 수양동우회는 1929년 1월 이후 동우회로 이름이 또 바뀐다.

편29)으로 쓰인 작품으로 평가되는 것도 이런 사정과 관련된다. 수양동우회는 합법적인 공간에서 조선 신문화 건설의 기초를 준비하려는 목적을 지녔으나, 1927년 조병옥이 수양동우회를 민족주의자의 대표적 인사들을 망라한 정치단체로 개조할 것을 주장하면서 내분이 일어난다. 안창호는 1929년 단체의 명칭을 바꾸는 것으로 상황을 정리하는 한편, 동우회에서는 차후 조선의 사회현실에 대한 관심을 표명하고 일부 회원들이 신간회 지회 설립에 참여하는 등 행동의 변화를 꾀했으나 주요한 등의 신간회 참여는 오히려 그 운동을 온건화·개량화하여 민족운동에서 반제투쟁의 수준을 떨어뜨린 것30)으로 지적된다. 이런 의미에서, 수양동우회는 조선독립을 위한 능동적인 정치단체가 아니라 일제치하에서 합법적으로 민중의 의식개조와 실력양성에 힘쓴 수양단체로 이해하는 게 옳다.31) 흥사단의 국내지부인 수양동우회가 일제의 간섭과 통제를 별로 받지 않고 1930년대 중반까지 활동을 할 수 있었던 것도 정치적 성향을 표면적으로 드러내지 않았기 때문이라 할 수 있다. 그럼에도 불구하고 일제당국은 1937년 8월 서울에서 55명의 동우회 회원을 치안유지법 위반으로 체포함으로써 이른바 '수양동우회 사건'을 조작한다. 그것이 중국대륙 침략을 본격화하면서 조선내의 지식인과 중산계층을 포섭하기 위한 황국신민화 정책의

---

29) 김윤식, 『이광수와 그의 시대2』, 솔, 1999, 189쪽.
30) 이현주, 「일제하 (수양)동우회의 민족운동론과 신간회」, 한국학중앙연구원, 『정신문화연구』 92호, 2003, 9, 207쪽.
31) 도산은 1929년 「미국에 재류하는 동지 여러분께」라는 격문에서 흥사단이 단순한 수양단체가 아니라 독립을 목적으로 한 투사적 인격을 훈련하는 훈련기관임을 명백히 선언하고, 흥사단과는 별도로 혁명당을 조직하여 다수의 역량을 결집시키는 일이 필요하다고 역설한다. 이상의 논의는 최주한, 「1930년대 전반기 이광수의 지도자론과 파시즘」(『어문연구』 제35권 제3호, 한국어문교육연구회, 2007, 9, 299쪽) 참조할 것. 그러나 도산의 격문은 수양동우회가 아니라 흥사단을 지칭한 것이고, 그의 말과 상관없이 수양동우회는 수양단체로 보는 게 일반적 시각이다.

일환이었음은 물론이다. 실제로 이 사건으로 체포된 181명 가운데 41명이 기소되었고, 그 가운데 상당수가 사상적으로 전향하여 일제에 협조함으로써 후세에 '친일파'로 낙인찍히게 되는 것이다.

1937년 6월 7일 춘원은 김윤경·박현환·신윤국 등과 함께 체포되어 종로서에 유치되고, 8월 5일 서대문형무소에 수감되었다가 병이 재발하여 병감으로 옮겨진 뒤 12월 18일 병보석으로 풀려나 경성의전병원에 입원한다. 이 무렵 안창호도 서울로 송치되어 춘원과 비슷한 시기에 경성제대병원에 입원하지만 1938년 3월 10일 자정 무렵 사망한다. 춘원의 정신적 사부(師父)였던 도산의 죽음이 춘원에게 끼친 충격은 실로 막대했던 것으로 보인다. 한 연구가의 표현대로 "도산의 죽음은 기실 춘원 자신의 죽음"[32]과 다를 바 없었고, 이후 춘원은 예전과 달리 일제정책에 적극 호응하는 모습을 일상적 삶의 현장 곳곳에서 드러낸다.[33] 1939년 3월 14일 황군위문작가단 결성에 참여한 그는 동년 10월 조선문인협회 회장으로 추대되면서 본격적인 '친일' 행위에 나서 마침내 1940년 '가야마 미츠오[香山光郎]'라 성을 만들고 이름을 바꿈으로써 일본 제국의 적자(赤子)가 되기를 자처한다. 이처럼 정치적 활동에 적극적이면서도 문사로서의 기질과 능력을 십분 활용하여 「무명(無明)」·「육장기(鬻庄記)」·「난제오(亂啼烏)」·『원효대사』 등 한글소설과 「行者」[34]·「同胞に寄す」[35]·「內鮮一體隨想錄」[36]·「三京印象記」[37] 등 일어 산문을 통해 전향 논리를 구축한다. 이 글들은

---

32) 김윤식, 앞의 책, 335쪽.
33) 박계주, 곽학송에 따르면 당시 이광수는 서재에 일장기를 걸어놓고, 거리에서 묵도를 드리는 등 가족과 주변사람들도 놀랄 정도의 친일적 행동을 취했다고 한다. 박계주·최학송, 『춘원 이광수』, 삼중당, 1962, 453~4쪽 참조.
34) 香山光郎, 「行者」, 『文學界』, 1941, 3.
35) 香山光郎, 『同胞に寄す』, 博文館, 1941.
36) 香山光郎, 『內鮮一體隨想錄』, 中央協和會 協和叢書 第5輯, 1941.

일제말 춘원의 전향이 어떤 논리와 명분으로 전개되었는가를 규명하는
데 일차적 자료로서의 가치를 지닌다.

「무명(無明)」[38]은 병감(病監)에서 벌어지는 수인(囚人)들의 본능적 욕망을
냉정하고 차분한 시각과 어조로 관찰한 소설로, 김사량에 의해 일어로 번
역되어 제1회 조선예술상 수상작으로 선정된다. 이 소설에 등장하는 죄수
들은 문서위조·방화(미수)·사기·공갈취재[39] 등의 죄목으로 감옥에 갇
혔으면서 장질부사·폐병·소화불량 및 신장염을 앓는 환자이기도 하다.
이들 가운데 윤씨와 정씨는 특히 식탐이 강해 하루에 "죽두 두 그릇, 국
두 두 그릇, 냉수도 두 주전자"나 먹거나 자반 멸치 한 그릇을 몽땅 먹고
조갈증에 고통스러워하면서 밤낮으로 '똥질(설사)'을 해 주변사람을 괴롭
히고 빈축을 사는 인물이다. 이 병감에는 윤씨와 정씨처럼 과식과 설사로
고통을 당하는 사람과 민영감처럼 하루에 죽 한 그릇도 못 먹는 사람, 그
리고 화자처럼 '법'[40]대로만 먹고 행동하며 타자를 냉정히 관찰하는 사람
이 공존한다. 이들 가운데 이 작품의 화자가 예의 주시하는 인물은 비정

---

37) 李光洙, 「三京印象記」, 『文學界』, 1943, 1.

38) 이광수, 「無明」, 『文章』 창간호, 1939, 1.

39) 이들이 절도·무전취식 등 생계와 직접 관련된 범죄가 아니라 지능범으로 수감되었다는
사실에 유의할 필요가 있다. 이들이 생계형범죄자나 사상범이라면 식민지 조선의 현실
또는 빈궁계층에 대한 환유라 이해할 수 있으나, 위조 사기범으로 설정된 것은 그들이
세상물정에 밝고 이기적인 존재, 즉 '부속적 성격'이 더욱 악화되어 선도가 불가능한 무
리로 해석될 개연성이 증대되기 때문이다. 「무명」은 춘원의 개인적 체험을 바탕으로 한
데다 화자의 냉정한 관찰과 객관적 기록으로 일관하고 있어 픽션이라기보다 다큐멘타리
에 가까운 느낌을 준다.

40) 「무명」의 화자는 "법을 어기는 것이 내 뜻에 맞지 아니하"다는 생각에서 사식 차입도
하지 않고, 전문학교 출신의 공갈범 강은 "후꾸자이시마스(복죄합니다)"란 일어를 반복
하며 상소를 포기할 뿐만 아니라 "복역 중에 새 사람이 될 것을 맹세"한다. 작가의 분신
이라 여겨지는 화자와 전문학교 출신의 강이 이처럼 '법'을 준수하는 인물로 묘사된 것
은 좀더 세심한 분석이 필요하다. 그들의 과도한 준법 태도는 일제의 황민화정책에 대한
당시 지식인 계층의 무조건적 복종으로 해석될 수 있기 때문이다.

상적인 식욕[食慾]과 배설[泄瀉]로 고통을 당하다 마침내 감옥에서조차 추방당해 죽는 비루한 인물들이다. 식욕과 배설은 인간의 가장 기본적인 본능과 관련된다는 점에서, 그것의 과잉 증상에 고통스러워하는 것은 인간으로서의 기본 생존이 위협받는 극한 상황에 처해 있음을 말해준다. 또 이들은 유달리 위생과 청결에 예민하고 병에 대해 나름의 처방과 확신을 갖는데, 이는 식민지 국가에서 근대 제도와 교육이 왜곡된 형태로 전유되고 있음을 암시한다. 윤씨와 정씨가 보여주는 식탐과 과도한 청결의식이 오히려 그들의 건강을 해치는 아이러니한 상황이야말로 우리 민족이 처한 식민지 현실에 대한 은유로 독해될 수 있는 것이다. 당시 우리 민족의 대다수를 차지하던 농민과 도시 빈민은 적빈(赤貧)의 상태에 시달리면서도 일제의 강제적 위생환경 개선 정책을 따라야 하는 이중의 고통을 받아야 했다. 흥미로운 것은 이 작품에는 식욕과 배설만 강조될 뿐 성욕에 대해서는 특별한 언급이 없다는 점이다. 성(性)에 대한 언급은 윤이 민을 조롱하며 상투적으로 써먹는 "열아홉 살 먹은 기집이 젊은 서방 얻어서 재미볼 것"이란 말이 거의 유일하다. 먹고 싸는 것 외에는 달리 할 일이 없는 병든 수인(囚人)들은 종족번식의 욕망과 능력마저 거세된 존재이다. 이들의 무분별한 욕망은 감옥이란 공간에서 철저히 억압당하여 비대해지고 과포화 상태를 보이다 마침내 폭발한다. 무절제한 식탐과 과도한 배설만 존재할 뿐 성욕은 상실한 이들이 건강을 회복하리라 기대하는 것은 무망한 노릇이다. 병보석으로 출감한 윤씨와 정씨가 오래지 않아 사망하는 것은 "민족의 장래는 오직 쇠퇴 우 쇠퇴로 점점 떨어져 가다가 마침내 멸망에 빠질 길이 있을 뿐"[41]이란 춘원 자신의 예상이 사실로 증명되고 있음을 확인시켜주는 것에 지나지 않는다.

---

41) 이광수, 「민족개조론」, 앞의 책, 216쪽.

「무명」을 식탐과 설사로 고생하다가 마침내 생을 마감하는 몽매한 인간에 대한 관찰보고서로 이해한다면, 우리는 현실에서의 민족개조를 통한 강대국 건설이 불가능하다고 판단한 춘원의 절망과 내세에서의 새로운 삶을 소망한 가야마 미츠오의 욕망이 그 속에 착종되어 있음을 간파할 수 있다. 이런 점에서, 죽음을 예감한 윤이 "진상! 나무아미타불을 부르면 죽어서 분명히 지옥으로 안 가고 극락세계로 가능기오?"라고 묻자 작중화자가 "정성으로 염불을 하세요. 부처님의 말씀이 거짓말 될 리가 있겠습니까?"하고 "엄청나게 큰 목소리로, 엄청나게 결정적으로 대답"한 대목을 "불교를 통한 삶의 구원"으로 이해하는 것은 지나치게 단순한 독법으로 보인다. 당시 춘원은 '고해(苦海)'인 현실에서 탈출할 수 있는 방법은 윤회전생(輪廻轉生)밖에 없다고 여겼던 듯하다. 민족개조를 통한 현실타파의 계획과 노력이 실패한 것을 절감한 그는 '순수 단일민족'을 포기하고 '제국의 국민'이 되어서라도 강자(强者)로 살아가기를 갈망했던 것이다. 그리고 그 간절한 욕망이 당대가 아니라 후대에 이루어질 것을 예상해 일본(인)의 조선(인)에 대한 차별을 철폐할 것을 거듭 강조한다. 「무명」의 죄수들이 보여주는 탐욕과 무지, 악담과 음해 등은 춘원이 비판했던 우리 민족의 '부속적 성격'의 가장 저급한 단계에 해당하는 것들이며, 따라서 감옥의 죄수들은 "이광수가 그토록 부정하고 싶었던 진짜 조선의 얼굴"[42]이었던 것이다. 하층민은 오직 식욕과 배설의 본능적 욕망의 충족밖에 관심이 없고 식자층은 공갈 사기죄로 수감되어 있는 감옥은 춘원에게 더 이상의 희망을 기대하기 어려운 조선 현실의 축소판이다. 춘원은 '민족개조'에 대한 미련을 접고 새로운 '재생'[43]을 몽상하기 시작하면서 과학적

---

42) 김경미, 「식민지 후반기 이광수 문학의 사소설적 경향과 의미」, 『현대문학이론연구』, 2011, 12, 73쪽.
43) 춘원이 귀국하여 발표한 장편소설 「재생」(1924)의 의미를 "훼손된 가치의 세계"(김윤식,

이성과 합리주의와 결별하고 종교와 초월의 세계로 빠져든다. 그것은 근대 합리주의자 이광수의 정신적 파탄과 붕괴를 보여주는 상징적 사건이다.

「육장기(鬻庄記)」[44]는 춘원이 공들여 지은 집을 매각할 수밖에 없었던 사정과 『법화경』에 몰입하게 된 배경을 고백적으로 서술한 작품으로, 이광수 연보[45]에는 수필로 분류되어 있던 작품이다. 그것은 이 작품의 화자가 이광수 자신임이 분명해 보이는 데다 등장인물도 실명으로 거론되고 시간 배경 또한 당대 현실과 거의 일치하기 때문이다. 집을 판다는 의미의 일상적 어휘 '매가(賣家)' 대신 굳이 '팔 육(鬻)'과 '농막 장(庄)'이란 고아한 어휘를 골라 조어(造語)한 것은 당시 춘원의 복잡한 심리를 숨기거나 비유적으로 표현하기 위한 수사적 전략에 따른 것이다. 그는 이 집을 지은 때(1934년)가 자기 삶에서 가장 고통스러웠던 시기였다고 회고하는데, 그해 사랑하는 아들 봉근을 패혈증으로 잃고 "평생을 바쳐 보려던 사업이 모두 실패"한 것을 깨달은 뒤 세상과 완전히 단절하고 칩거할 생각으로 집을 짓기 시작했다고 말한다. 그는 1934년 이후에도 조선일보로 직장을 옮기고 작품 활동도 꾸준히 하는 등 겉으로는 예전과 별로 다르지 않은 평상적인 삶을 보낸다. 하지만 당시 이광수의 행적을 면밀히 들여다보면 적지 않은 변화의 조짐이 포착된다. 그는 이직을 하고 집을 팔았으며 성과 이름을 바꾸고 조선 청년의 징용을 강제하는 강연에 적극 참여한다. 뿐만 아니라 궁성요배와 일장기 게양에도 앞장서는 등 친일파적 색채를 노골적으로 드러낸다. 이런 일련의 언행 변화가 아들과 스승(도산)의

『이광수와 그의 시대』2, 138쪽)로 본 것은 그런 점에서 시사적이다.

44) 이광수, 「육장기」, 『문장』, 1939, 9.

45) 노양환 편, 「연보」, 『이광수전집』20, 301쪽. 김윤식, 『이광수와 그의 시대』에도 「육장기」는 '수필'로 분류되어 있다(「연보」, 577쪽). 임화는 「육장기」를 '심경소설'로 파악하고, 김윤식·김경미 등은 「무명」·「육장기」·「난제오」를 사소설로 분류한다. 그것은 이들 작품이 작가의 일상적 삶과 체험을 거의 사실적으로 재현해놓고 있다는 사실을 뜻한다.

죽음, 그리고 동우회 사건에 따른 병감 체험 이후에 집중적으로 발생한 것은 결코 우연이 아니다. 실제로 그는 병감 생활을 하는 동안 "민족주의 운동이라는 것이 어떻게 피상적인 것도 알았고, 십수년 계속하여 왔다는 도덕적 인격개조 운동이란 것이 어떻게 무력한 것임을 깨"[46]닫게 되었다고 술회한다. 정신적 스승을 잃고 수양동우회마저 해체되어 삶의 지표를 상실한 춘원으로서는 냉엄한 현실에서 살아남기 위한 방법론을 모색하지 않을 수 없었는데, 애착을 가졌던 집을 팔면서 심정의 변화를 간접적으로 드러낸 것이 「육장기」의 대체적 내용이다.

식민시대 문학에서 집을 파는 행위는 건축물로서의 가옥을 매각하는 단순한 의미를 넘어 개인의 정신이나 조국의 독립을 포기하는 것과 진배 없는 상징적 의미를 갖는다. 「육장기」에서 춘원은 '집'의 의미를 "사람들의 업보"에 따라 결정되는 곳이며, "제가 들어 있을 만한 집에 들어" 살다가 "집을 팔 때가 되니까 파는" 물건 정도로 설명한다. 불과 몇 년 전만하더라도 홍지동 산장에 큰 애착과 의미를 부여했던 그가 집을 팔면서 자신과 집의 현세 인연이 끝났기 때문이라고 쉽게 포기하는 데서 알 수 있듯이, 그는 현실세계를 근대적 이성이 아니라 종교적 관점에서 바라보

---

46) 춘원은 「육장기」에서 1919년부터 1934년까지 민족개조에 전력을 기울였으나 실패했음을 깨닫고 불교에 귀의하여 6년 동안 『법화경』을 읽으며 지냈노라고 고백한다. "스물여덟 살 되는 겨울에 나는 도덕적으로 인격을 개조하리라는 결심을 하고 마흔세 살 되는 봄 내 어린 아들이 죽을 때까지 십오 년간 나는 이 개조 생활을 계속 하노라 하여 거짓말을 삼가고 약속을 지키고 내 책임을 중히 여기고 나 개인을 위하여서 희생하고 남을 사랑하고 존중하고 몸가짐을 똑바로 하고 이러한 공부를 계속하노라고 하였으나" 자신도 그들과 조금도 다를 바가 없다는 것을 깨닫고 법화경을 읽기 시작하여 "이 집에 온 후로 육년간 날마다 법화경을 읽은 자가 된 것이다(「육장기」, 63쪽)". 민족개조를 주창하던 춘원이 스스로 우매한 민중과 다를 바 없다는 것을 깨달았다는 고백은 특유의 겸손의 수사학이라 볼 수 있거니와, 그 때문에 법화경에 빠져들게 되었다는 논리는 선뜻 받아들이기 어렵다. 이는 결국 민족 전체의 개조와 갱생이 불가능하다고 판단한 그가 개인의 평안과 행복만이라도 추구하기로 삶의 방향을 전환한 것으로밖에 생각되지 않는다.

는 듯한 태도를 취한다. 현실적 문제를 종교적 초월 세계로 이월하여 해결하려는 것은 그만큼 현실에서의 화해가 불가능하다는 판단을 전제로한다. 홍제동에 집을 지을 때만하더라도 미래에 대한 일말의 기대를 가졌던 춘원이 아들과 스승의 죽음을 체험하면서, 그리고 일본의 대륙진출을목격하면서 심경의 변화를 느꼈을 것이라는 점은 충분히 짐작할 수 있는일이다. 그는 홍제동 집을 팔면서 이제까지 자신을 지탱해 왔던 사상과신념을 포기할 것을 결심한다. 우리가 살아가는 현실은 뱀·모기·파리·물·나무·결핵균 등 온갖 미물이 대립·상극하는 세계지만 춘원은"총친화(總親和)가 될 날을 위하여서 준비를 하는 것이 우리 일"이므로 성전(聖戰)에 참예하는 용사가 되지 못하면 생명을 가지고 났던 보람이 없"다고 사고의 전환을 시도한다. 이 무렵 춘원은 스스로 애착을 가졌던 집과 민족개조의 신념 등에 환멸을 느끼고 제국의 국민으로서 새 삶을 영위하고자 하는 망상에 빠져들고 있었던 것이다.

1930년대 말~40년대 초 춘원이 처한 정신적·물질적 환경은 매우 궁핍하고 절박했던 것으로 보인다. 당시 상황은 거의 모든 조선인이 곤궁하고 남루한 삶을 영위해야 하는 형편이었지만, 그가 당면한 현실도 그에못지않은 최악의 상황으로 묘사된다. 이를테면 「난제오(亂啼烏)」[47]는, 아이들이 한겨울이면 두세 차례나 감기에 걸려 고생하고 아내는 관절염 통증으로 마약을 놓아달라며 울부짖는 정황 묘사로 시작된다. 이 작품은 아내병문안과 아이들 약을 사러 시내에 나왔던 화자가 여러 지인을 만난 뒤

---

47) 이광수, 「난제오」, 『문장』, 1940, 2. 이 소설의 제목은 서산대사의 시 「서남화권(書南華券)」의 결구에서 따온 것이다. 그런데 「난제오」에는 이 시구가 "선사대사 「독남화경시」"로 소개되며 승련(承聯)의 내용도 달라진다. 이에 대한 자세한 언급은 홍기돈, 「이광수의 내선일체 논리 연구-『법화경』 오독을 중심으로」(『어문연구』59, 어문연구학회, 2009, 3)를 참조할 것.

선학원에 들러 SS선사와 선문답을 주고받다 귀가하는 하루의 일상을 다룬 일종의 심경소설이다. 화자가 시내에서 만난 사람들은 영국 신사다운 용모를 지닌 잡지사 경영자 K, 한때 시와 소설을 쓰고 승려생활도 했으나 광산을 따라다니며 수만 원의 재산을 치부한 R, 예전에 건달로 지내다 토지경영으로 거부가 되어 서울에서 몇 안 되는 고급차의 소유자가 된 S, 그리고 역시 글깨나 썼던 궁핍한 문사 H와 W 등이다. K·R·S 등은 경제적으로 풍족하지만 속물로 묘사되는 데 반해 H·W는 화자의 근심걱정을 풀어주는 "세외인(世外人)"으로 서술된다. 무엇보다 화자가 H와 W에게 호감을 갖는 것은 그들이 경제적으로 궁핍한 데다 불교에 심취해 있어 동병상련을 느꼈기 때문이다. 또한 '난제오'란 제호가 서산대사의 시구에서 따온 것이라는 점을 감안하면 이 소설이 당시 춘원의 불교에 대한 경사를 짐작하게 하는 작품임을 알게 된다. 그러므로 이 소설의 주제 의식은 SS선사와 화자가 주고받은 짧은 대화 속에 응축되어 있다. SS선사가 화자에게 "불교를 많이 연구하셨다지요"라고 묻자 그는 "『법화경』을 읽은 지가 육칠 년"[48] 된다고 자랑스럽게 답한다. 그러자 SS선사는 "불교란 깊고 깊어서 들어갈수록 더 깊"다며 화자의 아만(我慢)을 은근히 나무란 뒤 서산대사의 「독남화경시(讀南華經詩)」를 언급한다. 선사와 헤어진 화자는 시의 결구[斜日亂啼鳥 : 석양에 시끄럽게 짖는 까마귀]를 읊조리다 문득 자신의 처지가 그와 같음을 깨닫고 실소한다는 게 이 소설의 결말이다. 하지만 이 오언절구의 오의(奧義)는 "상서로운 기린이 고양이가 되었다[祥麟作霪

---

48) 춘원은 「육장기」에서 "이 집을 지은 육년동안에 법화행자가 되려고 애를 썼"다고 기술하고 있다. 행자(行者)란 출가는 하였으되 계를 받지 못한 사람, 즉 수도생활의 가장 초보적인 단계에 있는 사람을 일컫는다. 춘원이 "육년 동안에 법화행자가 되려고 애를 썼"다는 말이 춘원의 겸손이라면, "『법화경』을 읽은 지가 육 년"이란 말은 교만이다. 춘원에게 겸손과 교만의 이중적 성품이 공존해 있었다는 것은 널리 알려진 사실이다.

虎]49)"는 승련에 내재되어 있다. 즉 한때 천하를 경영하겠노라 자부하던 위인이 고양이나 까마귀 같은 초라한 존재로 추락하여 불평이나 일삼는 현실적 자아를 냉소적으로 그린 것이다. 이처럼 '지금―이곳'에서의 삶에 어떤 희망도 가질 수 없게 된 그가 종교에 의지하려는 것은 조금도 이상할 게 없으나, 하필이면 그가 소의경전으로 삼은 것이 『법화경』이란 점에서 논의가 구구하다. 『실상묘법연화경(實相妙法蓮華經)』이 원제(原題)인 『법화경』은 흔히 일본 '일련종(日蓮宗)'의 소의경전으로 알려져 친일적 색채가 짙은 경전으로 오해되고 있지만, 그것은 원래 고구려의 혜자(惠慈)가 쇼토쿠[聖德] 태자에게 강설함으로써 일본에 널리 전파된 경전50)이므로 일본

49) 홍기돈은 원시(「서남화권」)의 승련이 "祥麟作孽狐"로 원래 '여우[狐]'였던 것이 '호랑이[虎]'로 바뀌었으며, 이는 이광수의 착오라 판단한다. 그러나 이것은 춘원의 '언어유희(pun)'로 이해해야 하리라 생각한다. 춘원은 「난제오」에서 '서산대사'를 '선사대사'로, '서남화권'을 '독남경시'로 비틀어 놓고 있으므로 원시의 글자를 바꾼 것을 작가의 착각이나 오류로 보기 어렵다. 오히려 '요망한 여우[孽狐]'를 '고양이[孽虎]'로 바꿈으로써 시의 내용이 보다 분명해지는 효과가 있다. '얼호(孽虎)'를 '호랑이가 되다 만 짐승'이란 뜻으로 해석하면 스라소니나 고양이로 이해해도 무방할 터인데, 그것은 결국 기린도 호랑이도 못된 자신에 대한 자조적인 표현이라 볼 수 있다. 이와 함께, 이 구절은 조선에서는 자신이 '얼호'로 인식되고 있지만 제국에서는 '기린'으로 거듭날 수 있다는 속내를 숨긴 것으로 이해할 수도 있다. 이처럼 1930년대 후반 이후 쓰여진 춘원의 글은 중의적으로 해석할 부분이 적지 않다.

50) 춘원은 「同胞に寄す」·「三京印象記」에서 『법화경』과 쇼토쿠 태자의 관계를 반복 기술한다. 연기설(緣起說)과 윤회관에 집착에 가까운 관심을 보인 춘원의 성향에 비추어 이런 과거사 회고는 우리가 한때 일본의 문화적 스승이었다는 사실을 강조하려는 뜻과 함께 지금 일본의 식민지로 전락해 있지만 미래 어느 순간 그 관계가 역전될 수도 있다는 점을 스스로에게 확신시키고자 하는 의도가 내포된 것으로 해석할 수 있다. 이런 해석의 단서는 「육장기」의 "이러한 집들이 다 그 집에 사는 사람들의 업보인 것이야 틀림없지 아니하오? 다시 말하면 다 제가 들어 있을 만한 집에 들어 사는 거야. 그러다가 나 모양으로 그만한 집도 지닐 형편이 못되면 남의 손에 넘기고, 또 지금보다 형편이 피이면 지금보다 나은 집으로 옮아갈 수 있고"라는 구절이나 "다음 생에는 더러는 지위가 바뀌어서 지금 빨래하고 있는 것이 행랑것이 아닌 주인 아씨나 서방님이 되고, 지금 빨래를 시키고 놀고 앉았는 서방님이나 아가씨가 무거운 빨래를 지고 자하문 턱을 넘게 되겠지요."라는 대목에서 그 편린을 찾을 수 있다. 이런 윤회전생관(輪廻轉生觀)을 신봉한 춘원은 내세에 일본 천황가의 적손(嫡孫)이 될 수도 있다는 망상에서 '가야마(香山)'란 성(姓)

불교의 연원이 고구려에 있음을 강조하는 의미도 내재되어 있다. 법화경 사상이 염불을 통한 극락왕생과 소신공양[51]의 극단적 자기희생을 강조하는 것도 특기할 만하다.

「무명」·「육장기」·「난제오」는 그 장르적 성격이나 작품의 사상적 배경, 그리고 주제적 측면에서 예전의 춘원 소설과는 선명하게 대비되는 작품이다. 이들 작품은 소설과 수필의 경계에 걸쳐 있으며 다루고 있는 제재나 주제가 모두 불교적 세계관과 깊은 관련을 맺는다. 그리고 이들 작품이 1939년 1월부터 이듬해 2월까지 1년여 사이에 집중적으로 집필, 발표되었다는 것도 주제적 상호연관성이 긴밀함을 시사하는 근거가 된다. 거기에는 춘원의 내적 고민이 거의 사실적으로 토로되는 한편 허구적 장치를 통한 은폐의 흔적도 보인다. 그것은 사상적 전향을 결심한 춘원의 당시 고민이 그만큼 크고 깊었으리란 점을 시사한다. 또 이들 작품이 한결같이 아미타 염불신앙과 연기윤회론설을 정신적 바탕으로 삼은 것도 단순한 우연으로 보이지 않는다. 극락정토 왕생을 염원하는 아미타신앙은 현세보다 내세의 기복에 더 큰 비중을 두는 믿음이다. 춘원이 미륵사상이 아닌 아미타신앙에 심취했다는 것은 현실에서의 민족개조와 그를 통한 자주독립의 희망에 더 이상 미련을 갖지 않게 되었다는 사실을 뜻한다. 그는 민족개조를 통한 자강(自強)이 불가능함을 인정한 뒤에도 강대국의 희망을 완전히 버리지 않았다. 오히려 그 욕망이 너무 강했기 때문에 그

을 창조한 것으로 보인다.

51) 김동리는 「화랑의 후예」(1935), 「산화」(1936) 등으로 등단한 이후 도솔사에 머물면서 만해·범부(김동리의 백형)·석란(최범술) 등 선배들에게서 '소신공양'에 대한 이야기를 듣고 충격을 받았으며 그때의 기억으로 「등신불」을 썼다고 회고한 바 있다. 김동리의 글에는 만해와 범부가 소신공양을 화제로 삼은 이유나 자세한 내용을 기술되어 있지 않으나, 1930년대 말 조선 지식인 사이에서 이와 관련한 담론이 유행했으리라는 짐작은 충분히 가능하다. 춘원이 이 무렵 『법화경』을 읽기 시작한 것도 결코 우연이 아니다(김동리, 「만해 선생과 『등신불』」, 『김동리전집⑧ : 나를 찾아서』, 민음사, 1995 참조).

는 '민족'이란 상상적 공동체보다 실체가 분명한 '국민국가' 혹은 '제국'의 '국민'을 선택했는지 모른다. 춘원은 단군의 자손이란 순수단일민족의 혈통을 포기하는 대신 다민족 연합으로 구성되는 근대 국민국가에서 새로운 삶의 활로를 찾으려 했다. 이 무렵 아시아의 최강 제국 일본이 내세운 내선일체론·일선동조론은 전향문제로 고민하던 일부 지식계층에게 더없이 좋은 명분이 되었고, 창씨개명은 그들 자신과 후손들이 새로운 신분과 족보로 거듭날 수 있는 절호의 기회로 여겨졌을 것이다. 「민족개조론」이 상해 및 만주에서의 독립투쟁에 대한 실망에서 쓰여졌다면, 「무명」·「육장기」·「난제오」는 아들과 스승의 죽음이 가져온 절망과 좌절 이후에 기술된 것이다. 그런 점에서 1921년과 1939년은 춘원의 문학과 사상의 전환을 알리는 매우 중요한 분기점이 된다.

3. 창씨개명과 전향론의 이중성

춘원이 보다 적극적으로 친일적 행보를 보인 시기는 1938년 이후다. 당시 조선 총독 미나미 지로는 "반도인을 충량한 황국신민으로 만"들고자 이른바 내선일체론을 개발했는데 이는 일본 지식인들의 전폭적인 지지를 받는다. 그 대표적 사례로 "조선인은 우리 내지인과 이인종(異人種)이 아니라 동일군(同一群)에 포함되어야 할 동민족(同民族)"이라며 그 근거로 여러 외국 학자의 주장을 내세운 일본 민속학자 도리이 류조(鳥居龍藏)를 들 수 있다. 또 1942년 조선어학회사건을 조작한 코이소 쿠니아키(小磯國昭)는 "여기 반도 2천5백만의 원조는 반드시 스사노오노미코토(須佐之男命)의 후손이라고 생각한다. 과연 그렇다고 한다면 아마테라스오미카미(天照大神)의 후손인 내지 민족과 뿌리가 같고 하나라는 것은 숨길 수 없는 사실"[52]이라며 내선일체론에 역사성을 부여한다. 그러나 이들의 내선일체론은 조선의 독립 주장을 원천적으로 차단하자는 의도와 함께 조선을 대륙침략의 병참기지로 삼으려는 제국주의적 전략에 따른 것이다. 기본 자질은 우수하되 힘을 기르지 못해 일제의 식민지로 전락한 순수 단일민족의 굴레를 벗고 "위세가 융융한 대일본제국의 신민"[53]이 되기로 결심한 춘원은 "조선인을 일본인에게까지 이끌어 올리는 것 외에는 조선인의 살아갈 길이 없다"[54]는 확신에서 적극적으로 친일행위에 앞장선다. 1930년 대말 이후 춘원의 돌출적 행동은 이전과 비교해 모순되는 것 같지만, 달리보면 진화론과 힘의 예찬론을 신봉했던 그의 사상적 일관성을 증명하는 것이기도 하다. 이를테면 그는 무솔리니를 가리켜 "큰 단결의 지도자로 전 민족의 숭앙을 받는 자"[55]라 치켜세우며 "이태리의 파시스트를 배우고 싶다"[56]는 욕망을 숨기지 않는다. 조선민족이 힘이 약해 식민지로 전락했다는 현실을 직시한 춘원에게 일제의 내선일체론은 강력한 제국의 국민이 될 수 있는 유일한 방법으로 여겨졌을 수 있다. 그가 1940년 9월 창씨개명을 하며 자기의 새로운 성씨와 이름의 연원을 상세히 밝힌 것도 이런 사정과 관련된다.

> 내가 香山이라고 氏를 創設하고 光郞이라고 일본적인 명으로 改한 동기
> 는 황송한 말씀이나 天皇御名과 讀法을 갓치 하는 氏名을 가지자는 것이

---

52) 鈴木文四郞,「進步する朝鮮─小磯總督に訊く」,『朝鮮同胞に告ぐ』, 京城大東亞社, 1944, 219쪽.

53) 이광수,「황민화와 조선문학」,『매일신보』, 1940, 7, 6.

54) 이광수,「行者」, 김윤식 편역,『이광수의 일어창작 및 산문선』, 역락, 2007, 103쪽. 그는 다른 글에서 "우리 제국(일본 : 인용자)은 예로부터 그랬거니와 금후 한층 혈통국가여서는 안 된다. (……) 대동아 공영권을 위해서는 오히려 혈통이란 방해가 될 수도 있다"(「내선일체수상록」, 같은 책, 182쪽)며 민족주의를 포기하고 제국주의로 나아갈 것을 강조한다.

55) 이광수,「무솔리니의 첫 결심」,『조선일보』, 1935, 7, 31.

56) 이광수,「野獸에의 復歸─靑年아 團結하여 時代惡과 싸우자」,『동광』 21호, 43쪽.

다. 나는 깊히깊히 내 <u>자손과 조선 민족의 장래</u>를 고려한 끝헤 이리 하는
것이 당연하다는 굿은 신념에 도달한 까닭이다. 나는 천황의 신민이다. <u>내
자손</u>도 천황의 신민으로 살 것이다(밑줄 : 인용자).[57]

   1930년대 말 이후 춘원의 일본에 대한 태도는 과거와 전혀 다른 양상
으로 급선회한다. 그는 내선일체·일선동조론이 공표되자 기다렸다는 듯
이 적극 수용하고 우리 민족에겐 굴욕적인 창씨개명을 자기 신분 변화의
계기로 삼는다. 그는 자기 성씨를 만들면서 그 연원을 일본 신무천황이
즉위한 강원(橿原) 향구산(香久山)에서 따왔고 독법 또한 천황의 그것과 같
이한다는 사실을 강조함으로써 은연중 자신을 천황과 대등한 존재로 격
상시키고 있는 것이다. 자신이 새로운 성씨의 시조로 거듭나고 자손들은
대대손손 왕족과 같은 대접을 받을 것이라는 춘원의 기발한 상상력은 분
명 망상에 불과하지만, 역설적으로 성씨에 대해 우리처럼 예민하지 않은
일본의 관습을 역이용한 고도의 심리적 이중전술로 이해할 수 있는 측면
도 없지 않다. 그는 민족개조를 통한 진화와 자강이라는 과학적 방법론을
대체하여 불교의 '전생(轉生)'이란 초월적 가치를 수용하면서 제국의 최고
권력계층으로의 편입을 도모했던 것이다. 그것은 근대의 이성주의자 춘원

---

57) 이광수, 「創氏와 나」, 『매일신보』, 1940. 2. 20. 자신의 친일이 민족을 위한 것이었다는
    춘원의 주장은 이 글 밑줄 부분에서도 어느 정도 감지된다. 일제말에 쓰여진 그의 글에
    서는 이처럼 후손을 위해서라는 대목이 자주 등장한다. 이와 함께 춘원이 위의 글에서
    "우리의 재래의 성명은 지나를 숭배하던 조선의 유물이다. 永郞, 述郞, 官昌郞, 初郞, 所
    回(嚴), 伊宗, 居柒夫, 黑齒, 이런 것이 고대 우리 선조의 이름이엇다"며 '광랑'도 그런 맥
    락에서 지은 이름이라고 설명한 부분에 유의할 필요가 있다. 이런 태도를 모순으로 볼
    것인지 아니면 이중적 전략으로 볼 것인지를 판단하는 일은 쉽지 않다. 그러나 1930년
    대말~40년대초 춘원이 한국과 일본의 고대사에 깊은 관심을 보이면서 현재와 과거를
    연결시키려 노력한 흔적은 도처에서 발견된다. 방민호는 이를 "이광수의 조선(인) 정체
    성론이 함축하고 있는 양가성의 문제"(「이광수 장편소설 『원효대사』를 어떻게 읽을 것
    인가」, 『불교문예』, 2011, 봄, 79쪽)로 이해한다.

이 정신적 정체(停滯) 혹은 분열 상태에 빠져 올바른 역사인식에 실패했음을 의미한다.

1941년 11월, 4년 5개월을 끌어오던 (수양)동우회 사건에서 무죄 판결을 받은 춘원은 이듬해 『매일신보』에 한글소설 『원효대사』를 연재하는 한편, 동경에서 개최한 제1회 대동아문학자대회에 참석하고 육당과 함께 조선 유학생들의 학도병 지원 권장 순회 연설에 참여하는 등 활발한 친일 행각을 벌인다. 이 시기에 쓴 춘원의 일어 산문은 그가 내선일체 논리를 얼마나 자의적으로 수용하여 그것을 자신의 이상 실현에 맞추려 노력했는지에 관한 생생한 증언들이다. 이를테면 그는 신라·고구려·백제가 서로 이민족으로 생각한 것이나 조선·일본이 이민족이라고 생각하는 것이 모두 '소민족주의'에 불과하며 이처럼 "소민족주의에 구니(拘泥)하는 것은 완명(頑冥) 이외에 아무것도 아니"58)라는 논리로 내선일체론에 동조한다. 일본 내부에서도 내선일체론에 대한 이견이 제기59)되자 춘원은 그것이 '천황의 뜻[皇讚]'임을 내세워 그 구체적인 실천을 강하게 요청한다. 그는 "내선일체가 됨을 허용하느냐 마느냐는 천황 한 분의 마음이어서 내지인일지라도 이렇다 저렇다 할 성질의 것이 아니"60)라고 일본인의 아킬레스건을 정확히 지적한 뒤 "조선인은 일본의 국방력의 삼분지 일을 맡을 필요가 있으며 "폐하의 군대 속에 조선인 병사나 장교가 사분지 일 및 삼분지 이라도 더해졌"을 때 "내선일체가 완성"61)된다는 춘원 특유의

---

58) 이광수, 「兵制의 感激과 用意」, 『매일신보』, 1943. 2. 이경훈 편역, 『춘원 이광수 친일문학전집』, 평민사, 1995, 397쪽.

59) 국민총력 조선연맹 방위지도부에 따르면 조선인은 내선일체의 근본전제인 황국신민화는 궁행실천하지 않으면서 그 어구(語句)만 강조하여 일본인의 권리와 의무를 조선인에 대해서도 완전히 동일시해야 한다며 제도상 평등을 요구하고 일제의 궁극의 이념을 방해했다는 것이다. 이상의 논의는 전상숙, 「일제 군부 파시즘 체제와 '식민지 파시즘'」, 『동방학지』, 연세대 국학연구원, 2004, 647쪽 참조.

60) 이광수, 「내선일체수상록」, 김윤식 편역, 앞의 책, 179쪽.

계산법을 내세운다. 그런 한편 춘원은 "나는 그대를 형님으로 존경하리라. 그러나 그대는 나를 함부로 아우 취급하지는 마시라"[62]며 일본인의 고압적인 자세를 은근히 나무라는 태도를 보인다. 내선일체론을 수용한 춘원의 논리적 기반은 그것이 천황의 명령이라는 것[63]과 "역사, 민족, 특히 언어에 의해 일본과 조선 양민족은 혈통에 있어서도, 신앙에 있어서도 같은 조상 같은 뿌리"[64]라는 것이다. 이러한 논리는 당시 일본인들에게 큰 지지를 받았던 단일민족론(혈통내셔널리즘)에 대한 비판으로 제기된 것으로, 일본인의 조선인 차별을 원천적으로 봉쇄하자는 의도를 지닌다. 여기서 춘원의 독특한 상상력과 계산법이 또다시 발동한다. 일본이 진정 내선일체를 원하면 조선인의 의무교육과 징병제가 확립되어야 하는데, 조선총독부 당국자의 말대로 소화25년(1950년)까지 의무교육 실시가 완성되고 국민개병으로서 국방의무를 담당하여 조선인이 군대의 사분의 일 내지 삼분의 일을 차지해 조선인 출신의 대신(大臣)이나 대장(大將)이 등장할 때 비로소 완벽한 내선일체가 가능할 것이라는 주장이 그것이다.

> 그대는 내가 말하고 있는 것을 백일몽이라 생각하는가. 그렇다면 그렇다고 분명히 말해주게나. 아니, 결코 군은 그렇지 않으리라 나는 믿는다네. 불행히도 그대와 내가 말하고 있는 것은 백일몽이라 여긴다면 모든 것이 엉망진창이 되리라.[65]

---

61) 이광수, 「동포에게 보낸다」, 위의 책, 166쪽.
62) 위의 글, 169쪽.
63) "조선인을 황국신민으로 하는 것은 황모(皇謨, 천황의 지혜)요 오늘 아침 신문에 南次郎 총독도 내선일체는 황모라고 말하고 있소. 또 교수도 말했소. 천황의 말씀 하나는 절대 변하지 않는다고"(이광수, 「행자」, 위의 책, 105쪽). 이러한 춘원의 서사전략을 류보선은 "절대선인 천황의 정신을 빌어 일제의 식민지 정책 전반"에 대한 매우 효과적인 비판(「친일과 반성의 미학적 맥락」, 124쪽)으로 이해한다.
64) 이광수, 「삼경인상기」, 위의 책, 142쪽.
65) 이광수, 「동포에게 보낸다」, 앞의 책, 167쪽.

「동포에게 보낸다(同胞に寄す)」는 총독부 기관지 『경성일보』에 일어로 발표된 글로, 여기서의 '동포'란 일본인을 가리킨다. 그러므로 이 글은 비록 조선에서 발행하는 신문에 실렸지만 일본인을 독자로 예상하고 쓴 것이라는 점을 알 수 있다. 춘원은 이 글에서 일본인을 '군(君)'이라 호명하며 자못 준열하게 그들을 가르치고 훈계하는 것이다. 일본을 '형'으로 존중하겠지만 그렇다고 함부로 조선을 '아우'로 마구 대하지 말라는 그의 태도는 일본인 독자를 아연실색케 할 만큼 당돌하다. 이 글이 발표될 당시 상황을 증언한 김소운의 글에 따르면 춘원에게 글을 청탁했던 중앙공론사에서는 "그 원고의 냄새에 질려서 반환할 구실"66)을 찾다 김소운을 통해 되돌려 주었는데 나중에 보니 『경성일보』에 게재되었다고 한다. 이 증언이 사실이라면 『중앙공론』에서는 이 글이 초래할 파장이 결코 적지 않을 것이라 판단하여 원고를 되돌려 보냈으나 『경성일보』에서는 춘원의 사회적 명성과 위상을 이용하기 위해 게재했을 것이라 추정할 수 있다. 춘원은 이미 일어로 번역된 소설로 제1회 조선예술상을 받아 일본문단에서도 어느 정도 이름이 알려졌으므로, 천황의 명령임을 강조하면서 조선인에 대한 의무교육과 개병제를 요구하는 글을 『중앙공론』에 실었을 경우 일본 지식인이 어떤 반응을 보였을 것인가는 불을 보듯 뻔하다. 일본에서 발간되는 『중앙공론』에는 게재가 어려웠지만 조선의 지식인과 친일파를 주독자로 하는 『경성일보』는 그러한 위험부담이 상대적으로 적었을 것이다.

---

66) 김소운, 『삼오당잡필』, 집문사, 1955, 112쪽. 그러나 김소운은 글의 내용과 춘원의 의도를 제대로 이해하지 못한 듯하다. 그의 말대로 『중앙공론』의 편집자가 "몹시 어려워하"고 "원고의 냄새에 질"렸다면, 그것은 그 글이 일본 지식인 독자에게 미칠 충격과 파장을 걱정했기 때문이지 글이 『킹』과 같은 대중잡지에나 실릴 정도로 저급한 수준이어서가 아니었을 터이다.

춘원은 일어 산문을 통해 일본 문화와 종교(불교), 언어의 기원이 조선이라는 사실을 거듭 강조한다. 가령 「무불옹(無佛翁)의 추억」에서 아베 요시이에(阿部充家)와 타니무라(谷村) 두 사람이 "지금 일본인 중 최소 1천8백만명은 고구려나 백제인이나 신라인의 후손"[67]이고, "平野神社는 桓武 천황님의 어머니가 태어난 나라인 백제에서 갖고 온 三분의 神을 제사지내고 있"[68]다고 서로 대화하는 장면을 인용하는 것이라든지, 「삼경인상기」에서 쇼토쿠[聖德] 태자가 호류지(法隆寺)를 세운 사실과 그 의미를 장황하게 서술한 것이 대표적인 사례다. 또 춘원은 조선에도 고신도(古神道)가 있었으나 중국숭배 사상에 중독되기 시작한 조선조 중종 무렵 없어졌을 뿐·조선민족의 종교감정은 고신도와 불교가 혼합된 것이어서 일본과 크게 다르지 않다[69]고 정신적·종교적 친연성을 강조한다. 그의 이러한 상상력이 극대화하여 나타난 작품이 바로 『원효대사』다. 일제말 한글로 『원효대사』를 집필한 이유를 춘원은 한 개인의 대승보살행을 보이고, 신라인과 신라문화의 우수함을 드러내며, 우리말[古語]과 역사의 관계를 살피기 위한 것 등 세 가지로 꼽는다. 원효가 우리나라의 대표적 대승불교 실천자로 평가되는 데에는 여러 이유가 있지만, 그가 보여준 '불기(不羈)'의 정신과 무애행의 실천이 가장 중요한 원인이다. '불기(不羈)'란 무엇에도 얽매이지 않는다는 뜻으로, 원효는 남들과 달리 유학도 가지 않았고 요석공주와 관계하여 설총을 낳는 등 불사음계(不邪淫戒)도 무시했으며 그후 왕족

---

67) 이 내용은 「행자」에서도 반복된다("우리들은, 혈통으로 말하면 반드시는 전부 일본적이라 할 수 없소. 일본 내의 현재 인구 중 약 일천 팔백만 명은 조선계 핏줄이라 추정되고 있소. 현재의 조선인의 몇 분의 일도 일본계의 피가 섞여 있겠지요." 「행자」, 101쪽).

68) 이광수, 「무불옹의 추억」, 김윤식 편역, 앞의 책, 82~3쪽. 이 내용 또한 「동포에게 보낸다」에 비슷하게 반복된다("오늘날 내지에서 받들어 모시고 있는 신으로 조선에서 온 것으로 내력이 명백히 밝혀진 것만 해도 경도의 平野神社의 신을 비롯 수다한 白山神社 등을 여럿을 들 수 있을 정도라네." 162쪽).

69) 이광수, 「동포에게 보낸다」, 앞의 책, 162쪽.

이 아닌 거지들과 어울리며 불교의 대중화에 노력하는 등 말 그대로 '무애(無碍)'의 삶을 살았다. 『삼국유사』에는 원효가 노래를 부르고 다니자 그 속뜻을 짐작한 태종 무열왕이 요석공주와 인연을 맺어준 것처럼 서술되고 있으나, 『원효대사』에는 이 노래가 보이지 않고 요석공주가 원효를 일방적으로 연모한 것처럼 묘사된다. 말하자면 춘원은 원효와 요석공주의 염사(艶事)를 원효의 자비행으로 재해석한 것이다.70) 이와 함께 원효를 통해 신라인과 신라문화의 우수성을 드러내려 했다는 고백은 당시 춘원의 사상적 분열과 착종 상태를 말해주는 좋은 자료가 된다. 그는 1935년 발표한 한 글에서 "신라는 애국심에 있어서는 항상 반역자요 죄인, 異族을 끌어들이는 것은 신라주의", "민족 통일에 방해를 놓은 이는 신라"이고 "조선민족의 宗家로 역사적 영예를 지니고 온 이는 고구려"71)라며 『원효대사』를 쓴 동기와는 전혀 다른 주장을 했기 때문이다. 또한 「삼경인상기」에서도 일본에 법화경을 전수하고 불상과 불당을 건축한 이들이 고구려, 백제의 승려라는 사실이 강조될 뿐 신라에 대한 언급은 보이지 않는다. 『원효대사』를 연재하기 십여년 전만 해도 신라의 외세 의존을 신랄하게 비판하던 춘원이 갑자기 신라인·신라문화의 우수성을 강조하는 것은 앞뒤가 맞지 않는 논리적 일탈이라고밖에 볼 수 없다.

그러나 이보다 문제적인 것은 『원효대사』에 장황하게 서술된 우리 고어에 관한 내용이다. 춘원은 "독자에게는 좀 지리할는지 모르거니와 이 기회에 우리 고신도(古神道)에 관하여 약간 설명할 필요가 있다"72)며 장장 여덟 쪽에 걸쳐 우리말의 어원을 설명하고 있다. '박혁거세'의 이름 풀이

70) 춘원은 원효의 파계를 자신의 친일 행위와 대응시키려 했는지 모르나 그의 행동을 한 개인이나 조선민족 전체를 위한 자비행 혹은 소신공양으로 이해하기에는 무리가 따른다.
71) 이광수, 「조선민족론」, 『삼천리』, 1935, 10. 『이광수전집』 17, 330쪽에서 재인용.
72) 이광수, 『원효대사』, 『이광수전집』 16, 131쪽.

로 시작된 우리말의 어원 해석은 '가나다라마바사아'가 모두 신(神)이라는, 다소 황당하게 여겨지는 서술로 이어진다. 그에 따르면 '가나'='해'·'쇠(金)', '다'='달(月)', '마'='하늘', '바'='해', '사'='물(水)', '아'='허공·바람·잉태와 해산의 신, 파괴와 죽음의 신'이란 뜻을 가지고 있는데, "마한과 고구려는 마신을, 변한과 신라는 바신을, 진한은 사신을, 백제는 다신을 주장"으로 섬겼다고 한다. "이러한 신들은 곧 우리 민족의 족보요, 역사요, 종교요, 철학이요, 문화요, 언어였다. 다만 나라에서만 이 신들을 받들고 제사할 뿐만 아니라 고을서나 마을에나 개인의 집에나 또 개인이나 모두 직신이 있었다. 직신, 직성이라 하는 것은 지키는 신이라는 뜻"이라는 것이다. 춘원의 우리말 풀이가 얼마나 사실에 근거한 것인지는 알기 어렵다. 『원효대사』를 다룬 몇 편의 논문에서도 이 부분에 관심을 기울인 연구자는 극히 소수이고, 이 문제를 다룬 국어학자도 찾아보기 어려운 형편이다. 우리 학계에서 별달리 주목하지 않은 이 부분에 그나마 진지한 관심을 보인 이가 일본인 학자라는 것은 매우 시사적이다. 사에구사 도시카쓰[三枝壽勝]는 『원효대사』의 고어 부분을 다음과 같이 자의적으로 이해한다.

　　신라의 고식(古式)에 의거한 것이라 하는 신도(神道)에 대한 설명이나 고대 신라의 것이라 하는 기묘한 말들이 마구 등장하는데, 아마도 이 부분들은 반드시 일본의 신도나 언어와 관련이 있을 것이며, 이러한 서술이 등장한 것은, 집필에 임하여 작가에게 모종의 요구가 있었기 때문이 아닐까 상상된다. 결과적으로 이 부분이 다소 황당무계하고 우스꽝스러운 느낌마저 주는 결과가 된 것은 작가의 의도적인 작위가 아니였을까. 이광수가 친일 행위를 한 것은 사실이며, 지금까지 다뤄 온 작품 속에서도 시대의 제약의 영향을 볼 수는 있으나, 그러나 그렇다고 해서 문학작품 속에서 노골적으로 영혼을 파는 표현행위까지 할 수 있을 리가 없으며 아무래도 그런 타협의 결과가 다소 비꼬는 듯한 작풍으로 나타난 것으로 생각되

는 것이다.[73]

사에구사의 논리는 매우 교묘하다. 그는 『원효대사』의 『매일신보』 연재가 총독부의 "집필 의뢰 및 내용에 대한 조건"이 있었기 때문에 가능하다는 가정으로 논의를 시작한다. 춘원이 친일파라 하더라도 노골적으로 일본을 칭찬하기 어려웠을 것이라는 그의 판단 이면에는 이 부분이 "반드시 일본의 신도나 언어와 관련이 있을 것"이라는 속내가 숨겨져 있다. 즉 사에구사는 춘원이 장황하게 풀어 설명한 우리말 어원이 사실은 조선어가 아니라 일본의 신도나 언어를 예찬한 것이라고 믿고 싶은 것이다. 사에구사의 주장은 역설적으로 '가나다라마바사아'란 우리말이 '해·달·물·바람' 등 온갖 신과 관련된다는 춘원의 주장이 황당한 허구적 상상력의 소산인지 혹은 상당한 근거가 있는 것인지 분명히 밝혀야 할 이유를 제기한다. 우리가 이 부분을 간과하거나 침묵하면 사에구사의 주장이 정설로 받아들여질 수 있기 때문이다.

4. '우자(愚子)의 효성'

춘원 이광수의 문학과 사상을 관통하는 일관된 정신은 '힘의 논리'이다. 그는 1910년대 사회진화론을 통해 힘의 논리를 강조했고, 1920~30년대에는 준비론·교육론의 외피로 위장하기는 했지만 힘을 길러야 한다는 생각을 포기하지 않았다. 1917년에 발표된 대표작 『무정』의 결말이 민족의 힘을 길러야 한다는 작중인물들의 결연한 다짐으로 마무리되는 것만으로도 조선의 근대화에 대한 열망이 얼마나 강했는지 알 수 있다.

73) 사에구사 도시카쓰, 심원섭 옮김, 「이광수와 불교」, 『사에구사 교수의 한국문학연구』, 베틀·북, 2000, 218~9쪽.

그러나 1930년대 후반 일본이 대륙을 점령해 나아가는 소식을 전해 들으면서 춘원은 준비론이 허상에 지나지 않음을 절감한 듯하다. 그 무렵 사랑하는 아들과 존경하는 스승을 잃은 그는 교육을 통한 민족개조가 실패했음을 인정하고 불교의 '전생(轉生)'과 '내세'라는 초월적 세계로 침잠해 들어간다. 그는 현실에서 달성하지 못한 강대국의 욕망을 내세에서 이룰 방책으로 불교의 윤회연기설을 받아들이는 한편, 일제의 내선일체론을 사상 전향의 명분으로 적극 활용한다. 그는 민족의 힘을 길러 강대국을 건설하고자 한 점에서는 민족주의자였으나 「민족개조론」에서 자국민(自國民)의 열등감을 과장한 측면에서 보면 반민족주의자였다. 그는 무솔리니를 칭송하고 외세에 의존한 신라를 비난하여 힘의 논리를 강조했지만,『원효대사』에서 '신라인·신라문화'를 내세우는 등 명백한 자기모순을 드러내기도 한다. 그러나 춘원의 신라 긍정 역시 방법이야 어떻든 강대국이 되어야 한다는 힘의 논리에 충실한 것이란 점에서 달라진 것은 하나도 없다. 춘원의 생애를 일관했던 신념과 사상은 힘의 논리였으며, 그가 민족개조론을 포기하고 일제의 내선일체론을 받아들인 것도 강대국의 국민이 되려는 욕망 때문이다. 그런 점에서 그의 친일을 사상적 전향의 관점으로 이해하는 것은 옳지 않다. 그는 자신의 민족과 국가가 근대적 강대국이 되기를 염원했고, 조선 민족으로서는 그것이 불가능하자 일본제국의 국민으로서 열망을 달성하고자 했을 뿐이다.

해방후 춘원은 자신의 한평생 삶과 행동에 부끄러움이 없다면서 "천지가 알고 신만이 이를 알 것"이라고 당당히 밝힌다. 하지만 자신의 잘못이 있다면 그것은 "어리석은 과대망상"이었거나 "우자(愚子)의 효성"[74] 때문이라는 자평(自評) 속에 일제말 춘원의 친일행위를 규명할 단서가 숨겨져

---

74) 이광수, 「인과」,『이광수전집』19, 267쪽.

있다. 요컨대 일제말 춘원의 이해하기 어려운 언행과 문필행위는 어리석은 자의 과대망상이 초래한 오류며, 아둔한 자식의 그릇된 행동으로 부모를 욕되게 한 최악의 불효라 할 수 있다.

> 자식이 착하면 부모도 고해를 떠난다던데
> 지옥고도 벗는다던데
> 어디 그러기가 쉬웁습니까.[75]

춘원은 선량하고 정직한 성품을 지녔으나 현명하지 못했고, 일제말 그의 행동은 본래 의도와 달리 자신과 민족을 욕되게 하였다. 젊은 시절부터 부모와 전통을 철저히 부정하고 서구 사상을 무비판적으로 받아들였던 그는 진정한 효자가 될 수 없는 운명이었는지 모른다. 그가 전범(典範)으로 삼았던 진화론과 영국 등 강대국의 진면목이 제국주의나 파시즘이었다는 사실을 그는 알 수 없었다. 춘원의 비극적 운명은 힘없는 나라의 백성으로 태어나 진화론을 숭배했던 젊은 시절부터 싹트기 시작했다. 누구보다 힘있는 국가의 국민이고 싶었던 그는 그 때문에 스스로 노예가 되고 말았다. 감옥에서조차 법을 지켜야한다고 생각할 만큼 자신의 신념에 충실했던 그가 반민특위 법정에서 '민족을 위한 친일' 논리를 주장한 것은 거짓이 아닐 수 있다. 그러나 그의 신념은 잘못된 것이었고, 그의 충직함은 어리석은 자의 고집과 다를 바 없는 것이었다. 민족주의를 내세우면서 자민족 비하의 글을 더 많이 쓴 것의 그의 잘못된 신념이라면, 제국의 침략적 본성을 간파하지 못한 채 내선일체론을 자의적으로 해석한 것은 어리석음의 표본이었다. 민족개조 운동의 실패를 자인한 뒤 그는 제국의

---

75) 이광수, 「산중일기」, 『이광수전집』19, 39쪽. 이 시는 1946년 9월 17일(음력 8월 22일) 일기의 한 부분으로, 44년 전(임인년 8월 23일) 돌아가신 선비(先妣)의 제삿날을 맞아 쓴 것이다.

국민이 되기 위해서는 단군의 자손이란 순수민족의식을 버려야 한다고 믿었던 듯하다. 그리하여 성과 이름을 모두 바꾸어 제국의 새로운 황족이 되기를 꿈꾸었던 춘원은 한갓 망상주의자로 전락하고 만 것이다. 진화론과 강대국에 대한 춘원의 신념은 평생 변하지 않았다. 그런 점에서 일제 말 그의 행동은 일탈이나 전향의 논리로 설명될 수 있는 게 아니다. 또한 그의 후반기 문학의 민족담론이 식민주의 담론을 수용하면서 변용되고 굴절되는 양상76)으로 보는 관점도 받아들이기 곤란하다. 그는 진화론과 힘의 논리를 단 한 번도 포기하거나 회의한 적이 없다. 그가 일제의 내선 일체론과 만주국의 오족협화론을 적극적으로 받아들인 것도 제국의 국민으로 거듭 날 수 있다는 논리와 계산에 따른 것이다. 그러한 논리야말로 단일민족의 혈통주의에서 벗어나 다민족 국가주의로 나아갈 수 있는 유일한 방법이었기 때문이다. 그의 민족주의는 강대국 식민지 상태에서 독립을 쟁취하려는 제3세계 민족주의가 아니라 애초부터 제국주의를 지향한 것이었다. 신채호는 일찍이 진화론의 모순을 깨닫고 아나키즘으로 선회했으나, 춘원에게는 그러한 역사인식과 정치적 감각이 부족했다. 그가 일본 천황과 독법(讀法)이 같은 씨명(氏名)을 만들었다고 공공연히 밝혔음에도 불구하고 '향산광랑'이란 일본식 성과 이름이 받아들여졌다는 것은 매우 놀라운 일이 아닐 수 없다. 그 이후 춘원이 보여준 일련의 거오(倨傲)한 태도도 이해하기 어려운 것들인데, 일제말 그의 소설과 산문을 중의적 관점에서 독해할 필요가 제기되는 것도 그 때문이다.

---

76) 김경미, 「이광수 후반기 문학의 민족 담론의 양가성」, 한국어문학회, 『어문학』 제97집, 2007, 9.

『왕자호동』의 중의적 맥락 고찰

1. 일제말 어문정책과 『매일신보』

이태준의 장편 역사소설『왕자호동』은 1942년 12월 22일부터 1943년 6월 16일까지 약 6개월 동안 총독부 기관지『매일신보』에 연재되었던 작품이다. 이 작품의 중심 서사는 고구려의 왕자 호동이 낙랑공주를 정략적으로 이용해 낙랑국의 신물(神物) 자명고각(自鳴鼓角)을 없앰으로써 전쟁에서 승리했다는『삼국사기』기록을 바탕으로 하고 있다. '낙랑공주와 호동왕자' 설화는 부모와 국가를 배신하고 죽음에 이르면서까지 낭만적 사랑을 추구한 한 여성의 비련담, 또는 고구려가 중국(한) 세력을 물리치고 주체성을 회복한 한민족의 영웅적 서사라는 상이한 관점으로 이해되어 왔다. 우리에게 매우 익숙한 후자의 해석을 수용하면 '내선일체'·'만선일체' 이데올로기를 앞세워 한국의 민족정신 말살정책을 강행했던 일제말기에 고구려의 낙랑정벌을 다룬 소설이『매일신보』에 한글로 연재된 사정이 궁금하지 않을 수 없다.

『왕자호동』에 대한 이제까지의 연구도 매우 희소한 데다 전혀 상반되는 해석이 양립하는 것도 흥미롭다. 이명희는 이태준이 『왕자호동』을 쓴 이유를 1940년대 초의 경제적·정신적 억압에 의한 위기의식에서 탈출하기 위한 것으로 이해하고, 작품의 주요 갈등은 절대적인 사랑과 충효이며, 주제는 한민족(韓民族)의 재발견과 민족성 회복이라는 심정적 민족주의[1]로 설명한다. 그는 "고구려가 한(韓)민족으로 총칭될 수 있다면, 한(漢)군과 한사군 설치는 일제의 침략으로, 낙랑을 위시해서 한(漢)인에 의해 좌우되는 속국들은 친일자로 정확히 맞아 떨어진다"[2]고 분석하고 있으나 언론 및 문화 검열이 그 어느 때보다 혹독했던 일제말에 이런 주제를 담은 작품이 총독부 기관지에 연재될 수 있었던 정황에 대한 고민이 없어 아쉬움을 남긴다. 정종현은 『왕자호동』을 '대동아'라는 제국의 지리 속에서 읽어야 한다는 시각으로 이명희와는 전혀 상반된 해석을 제기한다.

　① 동일종족이 다원적으로 구성된 고대 '동국(東國)'은 현재의 대동아의 투사이며, '한(漢)'은 400여년 동안 동국 땅을 침략하고 부분적으로는 지배해온 서구의 표상이다. 이러한 독법에 근거한다면, '낙랑 정벌'은 '싱가폴 함락'의 전승을 역사적으로 투사한 것이다. '동국(東國)' 및 '동인(東人)'의 동일성을 구성하는 것은 고구려와 옥저, 동예, 낙랑 등이다. 이러한 구성은 당대 일본의 동양론이 제시했던 대동아공영권의 구성과 대응된다. 나팔소리 드높던 '대동아공영권'의 현실 자리에서 보자면 고구려는 조선의 고대국가이지만, 대동아의 이니셔티브를 쥐고 있는 신흥 일본의 이미지에 가까운 나라이다.

　② 신흥 고구려를 대동아 공영의 선도자인 국민국가 '(조선을 포함한) 일본'으로 본다면 '서자'인 호동의 신분과 그의 죽음은 이 국민국가 안에

---

1) 이명희, 「역사적 사실과 이야기적 요소의 만남」, 『이태준문학전집10 : 왕자호동』, 깊은샘, 1999, 306~9쪽 참조.
2) 이명희, 위의 글, 309쪽.

서의 조선이라는 주변의 위치를 상정하는 것으로 읽을 수 있다. 호동이
'조선인'의 위치를 상정한다고 본다면, 이 텍스트는 제국 안에서 이등국
민인 '조선인'의 갈등과 고뇌를 형상화하는 작품으로 해석될 수 있으며,
'조선적인 특수성'이 들어설 자리가 사라진 제국의 판도에 대한 이태준의
내적 분열이 반영된 텍스트로 볼 수 있다.[3]

정종현은 고구려·옥저·동예·낙랑 등으로 구성된 고대 동국(東國)은
한 민족이 여러 나라로 갈라진 것이란 전제하에 고구려의 낙랑 정벌을 일
본의 싱가폴 점령의 역사적 투사로 해석한다. 이런 해석이 가능한 것은
고구려가 "대동아 공영권의 선도자인 국민국가 일본"의 투사이고 낙랑은
"동국 땅을 침략하고 부분적으로 지배해온 서구의 표상"이기 때문이다.
그러나 이런 관점은 고구려·낙랑이 한 민족에서 분화된 국가라는 전제
와 상충하는 문제점을 노정한다. 고구려와 낙랑처럼 동일민족이 각각 나
라를 세워 전쟁을 벌이는 것은 고대사에서 쉽게 확인할 수 있는 사례지
만, 고구려와 동일민족인 낙랑을 충분한 논리적 해명 없이 서구의 표상으
로 해석하는 것은 대동아공영권론의 자의적 적용이라는 의구심을 갖게
한다. 그의 논리대로라면 고구려와 낙랑은 대동아공영권을 구성하는 민족
이므로 서로 화합해야 마땅하나, 『왕자호동』에서는 서로 적대시하다 고
구려가 낙랑을 멸망시키는 구조로 되어 있어 일제가 내세운 만주국의 오
족협화 이데올로기와도 배치된다. 또한 대무신왕의 서자인 호동의 죽음을
이등국민 조선의 현실과 연관시켜 당대 독자들이 "정비의 사악함과 대무
신왕의 부당함에 분개하고, 서자라는 조선인의 위치를 새삼 자각했을지
모른다"고 해석하면서도 '대무신왕'과 '정비'가 대동아공영론의 맥락에서

---

3) 정종현, 「식민지 후반기(1937~1945) 한국문학에 나타난 동양론 연구」, 동국대박사논문,
    2005, 89쪽과 90쪽.

어떤 상징적 의미를 갖는지 언급하지 않아 궁금증을 자아낸다. "'대무신왕'은 침범 가능하거나 윤리적인 시비의 대상이 아니"라는 그의 주장대로라면 일본제국이나 천황의 상징적 매개물로 해석될 개연성이 크기 때문이다.4) 이런 추론이 가능하다면 당대 독자가 "대무신왕의 부당함에 분개"했다는 해석은 결국 천황에 대한 모독이 될 수 있으므로 엄청난 자가당착이 아닐 수 없다. 이명희가 식민지 시대 문학을 민족주의적 맥락에서 이해하는 관행을 답습하고 있다면, 정종현은 그 한계를 극복하고자 일제의 황민화 정책이나 싱가폴 함락 등 시대적 정황에 지나치게 밀착시켜 해석함으로써 정반대의 편향성과 오류를 범한다. 어떤 점에서 이 소설은 민족주의와 식민주의라는 상반된 이데올로기를 두루 적용해야 보다 정확한 해석과 이해에 접근할 수 있는지 모른다. 그것은 이 소설이 연재된 시대적 배경과 매체, 주제의 표면 · 심층구조 사이의 낙차 등 작품을 둘러싼 내외적 여건이 일상적이지 않은 사정과 관련된다. 따라서 『왕자호동』의 올바른 이해를 위해서는 이 작품이 창작된 시대적 상황과 매체의 특성 등을 세밀히 살핀 뒤 작품의 내용(주제)을 다성적으로 분석해야 하리라 생각한다.

당시 일본은 괴뢰 만주국을 세운(1932) 뒤 중일전쟁(1937)을 일으켜 중국대륙을 점령했을 뿐만 아니라 진주만공습(1941) · 싱가폴 점령(1942) 등 전선(戰線)을 동남아와 미국으로까지 확대하는 한편, 정책적으로는 '내선일체'에서 더 나아가 '만선일체' · '오족협화' · '팔굉일우(八紘一宇)' 이데올로기 기획을 통해 이른바 대동아공영권 프로그램을 진행시키고 있었다.

---

4) 실제로 정종현은 자신의 박사논문을 보완해 간행한 저작에서 "국체를 상징하는 대무신왕은 천황의 메타포"이고, "정비는 조선인을 민족적으로 차별하는 편협한 인종주의적 사고를 지닌 일본인을 표상"(『동양론과 식민지 조선문학』, 창비, 2011, 193쪽)하는 존재로 해석한다.

1937년 중일전쟁 발발 이후 일제는 언론을 전쟁 홍보에 적극 활용하고자 정무총감을 위원장으로 하고 총독부 및 군부 인사를 중심으로 한 '조선중앙정보위원회'를 구성하였고, 1938년에는 조선의 주요 신문·통신 대표자들로 구성된 '조선춘추회'를 결성하여 직접적인 보도통제를 하였다. 일제말 언론정책의 최종적인 목표는 『동아일보』·『조선일보』 등 민족지를 없애고 총독부 기관지만 발행하는 것이었는데, 그 예비적 조치로 『每日申報』를 총독부의 일본어 기관지 『경성일보』에서 독립시키고 제호도 『每日新報』로 바꾼다. 총독부에서 발행하는 조선어신문(『매일신보』)에 대한 재정적·정책적 지원이 강화된 것은 국어상용정책이나 동아·조선의 폐간 기획과 상충하는 것 같지만, 이는 당시 일본어 해독자(解讀者)가 그만큼 적어 취해진 어쩔 수 없는 조치였다. 일제는 내선일체 정책을 효과적으로 수행하기 위해 일본어 상용을 강제하면서도 한편으론 조선어로 정부 시책을 알려야하는 모순적 상황에 직면해 있었던 것이다. 1939년 당시 총독부 기관지 『경성일보』(일본어 신문)의 일본인 독자는 61,976명인데 반해 『매일신보』의 조선어 독자는 95,939명으로 1.5배 정도 많았고, 『동아일보』(55,977명)·『조선일보』(59,394명)의 조선어 독자까지 합하면 20만 명을 상회해 조선어 신문 자체를 없애는 것은 무리라 여겼던 듯하다.[5] 일제가 『동아일보』·『조선일보』를 내선일체의 장애적 요인으로 간주[6]한 까닭은 이

---

5) 일제는 1938년의 3차 교육령 개정을 통해 일본어 상용을 결정하고, 가능하면 한국어 신문을 없애려 했다. 하지만 1939년까지 일본어 보급률이 13.8%정도였기 때문에 당분간 한국어 신문을 존속시키되, 『매일신보』 하나로 통폐합해 남긴다는 방침을 세웠던 것이다(박용규, 「일제말기(1937~1945)의 언론통제정책과 언론구조변동」, 『한국언론학보』 제46-1호, 2001, 12, 208쪽). 실제로 일제는 일본어가 보급되어 교육수준이 높아지면 오히려 조선어 신문 구독자가 증가할 것으로 예상하였다. 이에 대한 상세한 설명은 최유리, 「일제말기 언론정책의 성격」(『梨花史學研究』 제20·21합집, 1993, 197~8쪽) 참조.

6) 「極秘, 諺文新聞統制案」, 2~3쪽(최유리, 위의 글, 194쪽에서 재인용). 흥미로운 것은 당시 일제는 한국어신문을 '諺文新聞'으로, 일본어신문은 '國文新聞'·'邦文新聞'이라 표기했다

들 신문의 기사 내용보다 '민족지'로서의 상징성이 독자에게 많은 영향을
미친다고 판단했기 때문이다.

> 조선통치의 기본적 指導精神은 내선일체의 심화, 다른 말로 하면 조선
> 인의 황국신민화에 있지만, 그 완성은 본질적으로는 지금 조선인이 지니
> 고 있는 민족의식의 底流에 의해, 형식적으로는 조선일보, 동아일보의 존
> 재에 의해 沮害되고 있다.[7]

일제는 총독부의 강압에 의해 억눌려 있던 조선인의 민족감정이 이들
신문에 의해 폭발할지 모른다는 우려에서 『동아일보』와 『조선일보』의 강
제 폐간을 서둘렀고, 마침내 1940년 8월 10일자를 끝으로 두 신문은 폐
간하고 말았다.[8] 1940년대 『매일신보』 등 총독부 기관지는 오직 전쟁 홍
보를 위한 도구에 지나지 않았으며, 총독부의 특명을 받아 활동하는 일을
주업무로 여길 정도였다. 그럼에도 불구하고 총독부가 조선어 신문을 완
전히 폐지하지 못했을 뿐만 아니라, 『매일신보』가 1942~3년 무렵까지
조선의 가장 유명한 두 명의 소설가에게 역사소설 연재를 맡겼던 데서 당
시의 복잡한 상황을 대략적으로나마 유추할 수 있다. 두 작가에게 잇달아
역사소설 연재를 청탁한 배경에는 인기작가의 작품 연재를 통해 일제의
황민화정책을 독자들에게 각인시키고자 하는 총독부 또는 『매일신보』 편
집자들의 정책적 의도와 이를 받아들인 작가의 현실적 여건이나 서사적
전략 등이 복합적으로 잠복해 있었던 것으로 보인다. 1939년의 한 좌담

는 점이다. 여기서 우리는 일제가 '조선어'를 한 지방(지역)의 '방언'정도로 생각하고 있었
음을 알 수 있다.
7) 「諺文新聞統制ノ必要性」, 大野 文書, 최유리, 앞의 글, 194쪽에서 재인용.
8) 최유리, 박용규의 글에 따르면 강제 폐간 당시 『동아일보』와 『조선일보』는 『매일신보』로
부터 각각 15만원/20만원의 보상금, 총독부로부터 50만원/80만원의 시설인계비를 받았다
고 한다.

회에서 조선의 작가도 내지어로 작품을 써야 한다는 아키다 우자쿠(秋田雨雀)와 하야시 후사오(林房雄)에게 "그것은 일본문화를 위해서냐, 조선문화를 위해서냐?"[9]고 물었던 이태준이 『매일신보』의 연재 제의와 모종의 청탁을 순순히 받아들여 체제순응적인 작품을 썼으리라고는 생각되지 않는다. 그것은 그가 평소 '역(逆)의 처세관'[10]을 주장해왔을 뿐만 아니라 「패강냉」의 신채호 한시(漢詩) 인용[11]이나 「만주기행」의 '배는 부른 마을'[12]이란 소제목에서 확인할 수 있듯 중의적 서사전략을 사용한 전례를 통해서도 충분히 짐작할 수 있는 일이다. 따라서 이 글에서는 『왕자호동』의

---

9) 座談會, 「朝鮮文化の將來」, 『文學界』, 東京, 1931. 1. 이 좌담회는 일본 신협극단의 『춘향전』 경성 공연(1938년 10월)을 계기로 마련된 것으로 조선문인으로는 정지용·이태준·유진오·임화·김문집·장혁주 등이, 일본인으로는 무라야마 모도요시(村山知義)·하야시 후사오·아키다 우자쿠·데라다 에이(寺田瑛) 등이 참석했다. 여기서 다루어진 주제가 대단히 민감한 사안이어서 좌담은 『『춘향전』 비판 좌담회』로 이어졌고 이 내용이 일본의 『문학계』에 재수록되었다.

10) 이태준은 한 산문에서 "나는 逆을 믿는 사람이다. (……) 물이 나즌 곳으로 흘러 내려가는 것만 진리가 아니다(「惡伴侶」, 『新民』, 1930, 7, 119쪽)"며 자기 내부의 반역적 기질을 고백한 바 있다. 실제로 그의 소설 대부분은 저항적 민족주의 성향을 띤 것으로 평가된다.

11) 평양 어느 고등보통학교에서 조선어와 한문을 가르치는 '박'이 술자리에서 "각하—안—산—진 수궁처……임—정—가고옥—역난위"라며 한시를 낭송하는데, 이는 "却恨山盡水宮處 任情歌哭亦難爲"란 신채호 한시의 일부다. 그 대체적인 뜻은 "산도 막히고 물도 끝난 곳에 다다라 문득 한탄하노니, 마음놓고 노래하고 울부짖고 싶어도 뜻대로 되지 않는구나"로 풀이된다. 여기서 "'각하—안"은 "각한"이란 두 음절을 세 음절로, "가고옥"은 "가곡"을 늘여 표기한 것으로 한시 창(漢詩 唱)에서는 자연스러운 창법이겠으나 한글로 기표화되었을 때는 다른 효과를 자아낸다. 「패강냉」의 한시에 대해 처음 문제를 제기한 글은 이숭수, 「한국문학의 공간 탐색」(『한국학논총』 133집, 1994)이고, 이태준이 일제의 검열을 피하기 위해 어떤 노력과 전략을 구사했는가를 상세히 논구한 글로 한만수, 「이태준의 「패강냉」에 나타난 검열우회에 대하여」(『상허학보』 19집, 2007. 2)가 좋은 참조가 된다.

12) 김철은 '배는 부른 마을'이란 구문의 속뜻을 "만주 개척의 성공 사례를 보고"(「몰락하는 신생」, 『해방전후사의 재인식』, 책세상, 2006, 502쪽)하는 것으로 이해한다. 이에 대한 비판은 장영우, 「'농군'과 만보산사건」(『현대소설연구』 제31호, 2006. 9)과 「만보산사건과 한·일소설의 대응」(『한국문예창작』 제12호, 2007. 12) 참조할 것.

중의적 맥락을 고려하여 작품의 올바른 분석과 이해에 접근하고자 한다. 이를 위해 작품의 분석에 앞서 일제 식민사관의 실체를 살피는 작업이 선행되어야 하리라 생각한다.

2. 만선일체론과 한사군의 실체

일제는 조선의 식민 지배를 정당화하기 위해 한국사 연구에 많은 노력을 기울였는데, 그 핵심은 만선사(滿鮮史)·일선동조론(日鮮同祖論)·정체성론 등 크게 세 가지로 구분된다.13) 여기서 만선사(학)는 만주사를 중국사에서 분리하여 한국사와 연결 지으면서 한국사를 더욱 타율적인 역사로 규정짓는 식민사관14)으로, 조선사를 만주사의 종속적 존재로 격하시킨 것은 조선이 만주에 부속된 '반도(半島)'15)라는 지리적 특성을 부각시키려는 식민사관과 일맥상통한다. 일제는 러일전쟁에서 승리한 뒤 남만주철도 회사를 설립(1906)하면서 '만선사' 구성에 큰 관심을 갖는데 만주국 건국은 만선사 연구의 현실적 목표가 달성되었음을 뜻한다.16) 요컨대 만선사 연구의 궁극적 목적은 일제의 만주 진출에 대한 학문적 기여에 있었던 것이다. 일제의 동양사연구는 '만몽사(滿蒙史)'와 '대동아사(大東亞史)'로 확장되면서 그들의 대륙침략 과정과 정확하게 일치했던 바, 북경대교수 풍가

---

13) 이만열, 「일제 관학자들의 식민사관」, 『한국의 역사인식 下』, 창작과비평사, 1988, 503~4쪽.
14) 이용범, 「한국사의 타율성론 비판」, 월간 『亞細亞』, 1969. 3, 75쪽.
15) 조선의 지리적 위치를 정치적 상황과 연계하여 해석한 것은 일본이었고, 한국인들도 그 영향을 받아 이른바 '반도의식'이 널리 전파되었다. 이에 대한 상세한 논의는 류시현, 「한말 일제초 한반도에 관한 지리적 인식-'반도'논의를 중심으로」(『한국사연구』 137, 2007) 참조할 것.
16) 박찬홍, 「만선사관에서의 한국고대사 인식 연구」, 고려사학회, 『한국사학보』 29호, 2007, 11, 18쪽.

승(馮家昇)은 "청일전쟁 전에 '朝鮮學'이 있더니 조선이 망하고 노일전쟁 전에 '만선학'이 있더니 요동이 떨어지고 9·18(만주사변) 전에 '만몽학'이 있더니 전 만주가 그 손에 들어가고 말았다"[17]며 일본 동양사학의 관제적 특성을 날카롭게 비판하고 있다. 이런 점에서 '만선사'에서 '대동아사'에 이르는 일본의 동양사학은 결국 일제의 팽창에 따른 자의적이고 편의적인 역사단위[18]에 지나지 않는다. '만선사'의 핵심을 고구려사로 설정한 것은 고구려가 중국과의 전쟁에서 여러 차례 승리한 역사적 사실이 만주로 진출하려는 일제의 관심을 끌었기 때문이다. 다시 말해 1930년대 말 중국과 전쟁을 벌이고 있던 일제의 현실이 과거 중국과의 전쟁에서 승리했던 고구려 역사에 그대로 투사된 것[19]이다. 그런 점에서 만선사(학)는 이른바 임나일본부설을 내세워 신라·백제를 일본의 속국이라고 강변했던 '내선일체론'과 근본적으로 배치되는 것이지만, 그들의 관심은 한반도 남부가 아니라 만주지역이었기 때문에 이러한 모순도 전혀 개의치 않았다. 가령 이나바 이와키치(稻葉岩吉)는 신라처럼 한반도에만 머물면 나약해지지만, 고구려는 만주와 조선의 국경을 아울러 나라를 세워 '만선일여'

---

17) 이용범, 앞의 논문, 71쪽에서 재인용. 이 점에 대해서는 하타다 다카시(旗田巍) 등 일본 학자도 인정하고 있다. 그는 일본사학이 조선을 침략할 때 '조선학' 또는 '조선사론'이 활기를 띠었고, 청일전쟁이 끝난 후인 1905년부터 '만한경영' 혹은 '만선경영'이 현실적 과제로 부상하자 '만선사(학)'이 등장하였다고 지적한다(旗田巍 著, 이기동 역, 『일본인의 한국관』, 일조각, 1883. 박찬홍, 위의 글, 13쪽에서 재인용).

18) 이정빈, 「식민주의 사학의 한국고대사 연구에 대한 최근의 비판적 검토」, 한국역사연구회, 『역사와 현실』83, 2012. 3, 417쪽. 아오야기 준이치(靑柳純一)에 따르면 '만선사'는 동경제대 출신 사학자들이 '한국사'의 독자성·자율성을 부정하기 위해 조선의 역사를 중국 주변 민족사의 일부로 해석한 것으로, 이는 이들 지역과 민족이 일제의 침략대상으로 인식되었다는 사실을 뜻한다(아오야기 순이치, 「일본 동양사학의 한국인식」, 『釜大史學』 24집, 2000, 6, 192쪽).

19) 박찬홍, 위의 글, 19쪽. 이런 관점에서 보면 정종현의 글이 어느 정도 설득력을 갖는다. 그러나 이런 결론에 이르기 위해서는 『왕자호동』이 일본 동양사학자들의 만선사관에 대한 이해와 지지를 바탕으로 쓰여진 것이라는 사실을 논리적으로 입증해야 한다.

를 실현해 위대하다[20]고 한껏 고구려의 존재 의미를 치켜세운다. 당시 일
본 사학계는 '내선일체'·'일선동조'를 주장하는 일본사학파와 '만선일체'
를 주장하는 동양사학파가 양립하고 있었는데, 만주와 조선의 관계를 바
라보는 이 두 학파의 시각은 상충했지만 조선사를 정체성론·타율성론으
로 이해하는 관점은 동일했다. 그러므로 '만선사'란 일제의 중국침략의
정당성을 옹호하기 위한 현실적 필요성에 따라 자의적으로 구성된 이데
올로기이자 허구적 담론에 지나지 않음을 알 수 있다. 일찍이 조선을 침
략하고 중국을 점령한 뒤 동남아까지 기세 좋게 영토를 확장하던 일본으
로선 대동아공영권 건설이 곧 실현될 것이라는 환상에 깊이 빠져들었을
것이다. 그리하여 중국과의 대결에서 승리한 역사적 전례를 고구려사에서
발견하고 그것을 자국의 고대사에 접목시키려 했던 '만선사'는, 식민시대
조선 인민을 헤이안(平安) 시대의 하층민(下民)과 비교[21]하며 일본의 우월
성을 자랑했던 식민사관이 허구임을 스스로 고백한 결과를 초래했다.

일제는 식민 초기부터 한사군 연구를 통해 고대 조선 문화의 후진성과
고조선 국가 형성의 미숙함을 지적하고 한국사의 정체성(停滯性)과 타율성
을 강조함으로써 그들의 조선침략과 지배를 합리화하는 논리를 조작했다.
중국 한 무제가 세운 네 개의 군현(현도·임둔·진번·낙랑) 가운데 특히 낙
랑군이 예각적 관심의 대상이 되는 까닭은 그 위치 및 존속 기간이 한국
고대사의 타율성과 직접 관련되기 때문이다. 일부 사학자에 따르면 낙랑
군은 기원전 108년에서 기원후 313년까지 420년간을 지금의 평양 일대
에 존속해 있었다고 하는데, 낙랑은 중국 중심(낙양)에서 5천리나 떨어진
거리에 있었을 뿐만 아니라 이 기간 동안 중국은 일시적 정변이나 변란을

---

20) 박찬홍, 앞의 글, 22쪽.
21) 키다 사다키치(喜田貞吉),「倂合後の敎育觀」,『日本及日本人』, 1910, 5. 최윤수,「내선일
체와 탈식민주의」,『정신문화연구』 99호, 2005, 141쪽에서 재인용.

차치하고라도 네 차례나 왕조가 교체(西漢 → 新 → 東漢 → 魏 → 西晉)되어 한 사군의 실체에 적지 않은 의문이 제기되는 실정이다. 이러한 한사군은 중국 황제의 직할지로 중앙집권적 통치기구의 부속기관이었음을 뜻하지만, 『삼국사기』에는 '낙랑국'·'낙랑왕' 등의 표현이 보여 '낙랑군'과 '낙랑국'의 관계에 대한 보다 정치한 해명이 요구된다.

낙랑군과 관련된 쟁점 가운데 가장 첨예한 부분이 그 위치의 문제이다. 낙랑군의 위치에 대한 관심은 조선 실학자들에 의해 활발히 제기되어 평양(한백겸, 『동국지리지』), 요동(이익, 『성호사설』), 관서 동북에서 영동에 이르는 지역(안정복, 『동사강목』), 압록강 남쪽(정약용, 『아방강역고』) 등 요동에서 평양 일대에 이르기까지 다양하다. 이 가운데 정약용은 고조선의 중심지가 한반도이기 때문에 한사군도 진번을 제외하고는 모두 압록강 남쪽[22]이란 견해를 제기하였는 바, 이 관점은 중화주의의 절대성의 잔재가 일소되고 현실성에 입각한 역사 이해[23]를 가능케 한 계기로 평가된다. 우리 강토에 대한 실학자들의 역사지리적 관심은 일제에도 그대로 이어지는 듯하지만, 이에 대해서는 이마니시 류(今西龍)·사리토리 구라키치(白鳥庫吉)·이병도 등 일제 관변사학자, 한국사의 독자성을 강조한 정인보 등 민족사학자, 백남운·이청원 등 역사발전론자 등의 상이한 관점이 선명하게 대립한다. 이병도 등이 정약용의 견해를 전거로 삼은 데 반해 만주고토

---

22) 정약용은 당시의 일부 학자들이 고조선 영역을 광대하게 생각했던 것과 달리 처음에는 일정한 지역(현재 우리나라의 서북부)에서 시작하여 점차 확장해 나간 것으로 본다(自始朝鮮 其疆域未必曠遠 後世拓地恢廓, 『아방강역고』 조선고). 정약용이 낙랑·현도·임둔의 위치를 현 조선의 국내로, 진번은 요동성 동부 일대로 단정한 후 이 관점은 학계에서 거의 정설로 인정받고 있으며(송호정, 「한군현 지배의 역사적 성격」, 한국역사연구회, 『역사와 현실』 78, 2010. 12, 38쪽 참조), 패수(浿水)를 압록강으로 비정한 견해 역시 우리 학계 대다수 연구자들의 지지를 받는다.

23) 이우성, 「이조후기 근기학파에 있어서의 정통론의 전개」, 『한국인의 역사인식(下)』, 창작과비평사, 1988, 362쪽.

수복론을 주장한 이종휘 등 민족사학자들이 정약용의 한반도중심설에 크게 주목하지 않은 것은 매우 흥미로운 사실이다. 최근 일부 연구가들이 『위략(魏略)』의 기술내용을 바탕으로 고조선의 영역에 대한 보다 적극적인 해석을 제시하고 있으며, 한사군의 존재와 의미에 대해서도 과거와는 판이한 시각에서 다룬다. 이를테면 한사군에 대한 근거를 『사기(史記)』의 "드디어 조선에 사군을 두었다[逐定朝鮮爲四郡]"에서 찾았던 기존의 태도를 근본적으로 부정하는 견해가 대두되고 있는 것이다.

> 『한서』에 의하면 한은 기원전 108년 위만조선의 중심부에 낙랑을 비롯한 삼군을 먼저 개설하고 이듬해에 현도군을 설치하였다고 하는데, 현도군은 처음부터 위만조선과 관계없이 신흥하는 고구려를 견제하기 위해 예맥의 땅에 둔 것임을 알 수 있다. 따라서 『한서』의 기술이 정확한 것이라면 『사기』의 기록은 "드디어 조선에 삼군을 두었다(逐定朝鮮爲三郡)"여야 할 것이다. 왜냐하면 사마천이 『사기』를 집필한 것은 한과 조선의 전역이 발발한 해로 그는 누구보다 전쟁의 결과에 대해 잘 알고 있었을 터이기 때문이다. 실제 『사기』에는 한과 조선의 전황은 물론 투항한 위만조선 관인들의 봉지(封地)에 관해서까지 상세한 기록을 남기고 있다. 그러나 현존하는 『사기』 어디에서도 한군현의 명칭은 물론 조선전을 제외하면 군현의 숫자에 대한 기록을 전혀 찾을 수 없다.[24]

역사의 해석은 사료의 선택과 관점에 따라 얼마든지 달라질 수 있다. 한사군에 대한 해석이 1990년을 전후로 크게 달라진 것도 이런 사정과 관련된다. 1970~80년대만 하더라도 한사군의 존재를 당연한 것으로 기록하고 교육했던 우리 중고등 국사교과서에서 한사군 항목이 삭제된 것은 꽤 오래 전의 일이다. 『한국민족문화대백과사전』에서 한사군은 "일제

---

24) 서영수, 「고대국가 형성기의 대외관계」, 『한국사2 : 원시사회에서 고대사회로』, 한길사, 1995, 266쪽.

에 의해 그 실체보다도 확대 해석되어 지금까지도 한국고대사의 인식을 그르치게 하는데 영향을 끼쳐왔고, 광복 후에야 비로소 그 바른 모습이 밝혀졌다. 한사군은 우리 역사에서 시대구분상의 어떤 중요한 기점이 되는 것도 아니며, 또한 역사술어로서도 타당성이 결여된 비과학적인 용어"로 기술되고 있어 오늘날 한국의 젊은이들에게 전혀 생소한 존재로 인식된다.

낙랑과 관련된 또 하나의 문제는 『삼국사기』에 기술된 '낙랑국(樂浪國)'과 '낙랑군'의 관련성이다. 정약용 이래 많은 학자들이 낙랑군의 위치를 한반도 북부(현재의 평양을 포함한 대동강 유역)로 인식하는 데 반해 윤내현은 지금의 하북성 동북부에 있는 난하(灤河)의 동부연안[25]으로 본다. 따라서 『삼국사기』「고구려본기」에 나오는 '낙랑(국)'은 한사군의 '낙랑(군)'이 아니며, 대동강 유역에 존재했던 '낙랑'이 바로 이 '낙랑(국)'이라는 것이다.

> 여름 사월에 왕자 호동이 옥저를 여행하였는데 낙랑왕 최리가 출행하였다가 그를 보고 묻기를, 그대의 얼굴을 보니 보통사람 같지 않은데 혹시 북쪽의 신왕(神王)의 아들이 아닌가 하고 마침내 함께 돌아가 딸을 그의 아내로 주었다[夏四月 王子好童 遊於沃沮 樂浪王崔理 出行因見之 問曰 觀君顔色 非常人 豈非北國神王之子乎 遂同歸以女妻之].[26]

한사군의 하나인 낙랑군은 한(요동)에서 파견된 태수가 관리하는 직할 통치기관이다. 그런데 『삼국사기』의 최리(崔理)는 '낙랑왕'으로 표기되어 있어 지방군현의 수장인 '태수'와 위계상 커다란 낙차를 드러낸다. 뿐만 아니라 왕자 호동에게 "북쪽 나라 (대무)신왕의 아들 아니냐"고 물음으로

---

25) 윤내현, 앞의 글, 11쪽.
26) 『삼국사기』 권14 「고구려본기」 제2 大武神王條.

『왕자호동』의 중의적 맥락 고찰 **145**

써 '낙랑(국)'이 고구려 남쪽에 위치하고 있음을 암시하고 있다. 당시 한
나라는 제(帝) 밑에 제후(諸侯, 王)가 있고, 지방통치 기관의 우두머리로 태
수(太守)라는 직제를 두고 있었다. 그러므로 최리가 한사군의 수장이라면
'태수'라 호칭해야 옳으며, 따라서 '낙랑왕 최리'란 구절은 그가 군(郡)의
우두머리가 아닐 수 있다는 의구심을 갖게 한다.[27] 무엇보다 우리의 관심
을 끄는 대목은 『삼국사기』 「고구려본기」에서 고구려가 두 차례 낙랑을
습격해 멸망시킨 후 중국 광무제가 낙랑을 침범하여 군현으로 삼았다는
다음의 기록이다.

> 대무신왕 15년 (……) 호동은 왕에게 권하여 낙랑을 습격했다. 최리는
> (……) 그 딸을 죽이고 나와 항복했다[好童勸王襲樂浪, …… 崔理 遂殺女子
> 出降].
> 대무신왕 20년 왕은 낙랑을 습격하고 이를 멸망시켰다[王襲樂浪滅之].
> 대무신왕 27년 가을 9월에 한나라 광무제가 군사를 보내 바다를 건너
> 낙랑을 쳐서 그 땅을 빼앗고 군현으로 삼으니 살수 이남이 한나라에 소속
> 되었다. 겨울 10월에 왕이 승하하니 (……) 시호를 대무신왕이라 했다[秋
> 九月 漢光武 遣兵渡海伐樂浪 取其地爲郡縣 薩水已南屬漢 冬十月 王薨 … 號爲
> 大武神王].

---

27) 소설에서는 고구려 장수 을파달의 입을 통해 "최리는 워낙 한군 낙랑의 태수이오나 제
가 임금 행세를 하는 지 오래"라 설명하거나, 서술자의 목소리를 통해 "일개 태수로 와
서 본국에 멀리 떨어진 것을 기화로 거의 임금 행세로 거드럭거린 지가 오랜 최리"(『왕
자호동』, 157~9쪽)라며 이 문제를 해결하는데, 최리가 실제 '왕'이 아니라 참칭(僭稱)한
것이라는 작가의 관점은 상당히 설득력이 있다. 대체로 사서(史書)의 기록은 소루(疏漏)
하여 당시 상황을 정확히 파악하기 어렵고, 『삼국사기』에 왕자호동과 관련된 부분은 단
몇 줄에 불과하여 소설화하는 데 적지 않은 어려움이 있었을 것으로 짐작된다. 이태준은
사료의 면밀한 검토를 통해 문제가 될 만한 부분은 나름대로 적절한 설명을 덧붙이고
있는데, 사분(私憤)과 대의(大義)를 대비시켜놓은 결말부분이 특히 그러하다. 따라서 『왕
자호동』은 단순한 역사소설로 가볍게 읽을 게 아니라 중의적 문맥에 유의하여 숨은 의
미를 발굴하는 데 초점을 맞춰야 할 텍스트로 이해해야 한다.

『삼국사기』에 따르면 대무신왕은 전후 두 차례에 걸쳐 낙랑을 쳐 항복을 받거나 멸망시킨 것으로 되어 있다. 대무신왕 15년에는 왕자 호동이 낙랑공주를 꾀어 '자명고각(自鳴鼓角)'을 없앤 뒤 낙랑의 항복을 받았고, 5년 뒤 다시 낙랑을 습격하여 멸망시켰다는 진술은 낙랑이 비록 공주의 배신으로 항복했지만 순종하지 않다가 재차 고구려의 공격을 받고 멸망했다는 뜻으로 이해된다. 그러나 7년 뒤(A.D.44) 동한의 광무제가 바다를 건너 낙랑을 정벌하고 군현으로 삼았다는 대목에 이르면 한사군의 실체에 대한 의구심은 더욱 증폭된다. 낙랑군은 B.C.107년 서한의 무제가 세운 군현 가운데 하나인데 150여년 뒤 광무제가 다시 침범하여 군현으로 삼았다는 기록을 어떻게 해석해야 할지 판단이 서지 않는 것이다. 『삼국사기』의 기록을 신뢰하면 최리의 낙랑국은 거짓으로 항복한 척했다가 대무신왕의 두 번째 공격으로 멸망하였고, 이 '낙랑(국)'에 동한의 광무제가 병력을 보내 점령하였다는 것으로 풀이할 수 있다. 그렇다면 최리의 '낙랑국'은 한사군의 '낙랑군'과 다른 별개의 '나라[國]'이며, 살수 이남 지역의 '낙랑'은 동한 광무제에 의해 세워진 속군(屬郡)이지 '나라[國]'가 아니다. 그러므로 『삼국사기』와 『왕자호동』에 등장하는 최리의 '낙랑(국)'은 한사군의 '낙랑(군)'과 다른 별개의 정치집단으로 보는 것이 합리적이라 생각된다.

3. 이중적 서사전략과 사실(史實)·허구의 간극

『매일신보』는 1942년 3월 1일 이광수의 『원효대사』를 연재하고, 이 작품 연재가 종료된 지 달포쯤 지나 이태준의 『왕자호동』 연재를 시작한다. 일제는 1942년 5월 「국어보급운동요강」을 발표하여 "문학·영화·연극·음악 방면에 대하여 극력 국어사용을 장려할 것"[28]을 강조했고, 10

월에는 조선어학회사건을 조작했으며, 12월 20일부터 조선어의 교육과
사용을 원천적으로 금지하여 중등학교의 교가를 일본어로 바꾸고 조선어
사용 학생을 처벌하는 등 가혹한 언어정책을 시행한다. 이처럼 일어상용
정책을 추진하면서 『매일신보』를 발행할 수밖에 없었던 모순적 상황에
대해서는 앞에서 살펴보았거니와, 그럼에도 불구하고 『원효대사』와 『왕
자호동』 등 역사소설 연재를 연속하여 허락한 것은 나름의 정치적 계산
이 있었기 때문이다. 이광수는 "내가 원효대사를 내 소설의 주인공으로
택한 까닭은 그가 내 마음을 끄는 사람이기 때문이다. (……) 그는 가장
우리 민족적 특징을 구비한 것 같다"[29]고 말한 바 있는데, 『원효대사』를
민족의식을 배경으로 한 작품으로 해석하는 관행이 생겨난 것도 이런 사
정과 관련된다. 이에 대해 사에구사 도시카스(三枝壽勝)는 "당시 상황 하에
서 쉽게 허가받을 리 만무한 그러한 의도를 표명한 작품이 총독부 기관지
『매일신보』에 무사히 발표될 수 있었다는 것 자체가 기이한 일"이라 의
문을 표명한 뒤, "집필에 임하여 작가에게 모종의 요구가 있었"[30]을 것이
라 가정한다. 사에구사의 이러한 의문과 가정은 지극히 자연스러운 것으
로, 우리의 관심은 그러한 '모종의 요구'를 받았을지도 모를 이태준이 어
떤 의도[31]와 서사적 전략으로 그 난제를 해결했을까 하는 점에 모아질

---

28) 『조광』, 1942, 6, 106쪽.

29) 이광수, 「내가 왜 이 소설을 썼나」, 『이광수전집10 : 원효대사』, 삼중당, 1968, 530쪽.

30) 사에구사 도시카쓰(三枝壽勝), 「이광수와 불교」, 『사에구사 교수의 한국문학연구』, 베틀
북, 2000, 218쪽. 1970~80년대에도 신문 연재소설과 관련해 신문의 편집자가 작가에게
"일주일에 한 번만 벗기시죠"라고 은근히 종용했다는 우스갯소리가 전하느니만큼 일제
말 총독부 기관지에 조선어소설을 연재하면서 아무런 제약을 가하지 않았다고 생각하는
것 자체가 오히려 비현실적이다. 그렇다고 작가가 편집자의 요구를 그대로 수용했다고
단정하는 것도 지나치게 순진한 발상이다. 하지만 지금으로선 이를 증명할 어떤 문서나
기록도 나타나지 않았으므로 추론 외엔 달리 방법이 없다.

31) 이태준은 "충과 효가 잇고 애절한 사랑이 잇고 나중에는 大義를 위해 私憤을 참기를 伏
劍으로 침묵"한 호동에게 감격하여 소설을 쓰게 되었다고 창작동기의 일단을 밝히고 있

수밖에 없다. 『왕자호동』의 독해가 이런 의문과 가정을 논리적으로 해명하는 작업에서 새롭게 시작되어야 하는 까닭도 여기에 있다.

식민지 시대 낙랑 문제는 각종 언론에 "새로운 문명과 역사의 중심이란 이미지로 소개"[32]되어 한반도 문명은 식민지적 역사에서 시작했다는 점이 특별히 강조되었다. 그런데 1932년 만주국 건설을 전후로 '만선일체론(滿鮮一體論)'이 새롭게 제기되면서 상황은 전혀 다른 양상으로 전개된다. 일제는 만주 경영을 위해 조선인을 이주시키면서 만주가 원래 조선의 고토(故土)였음을 주지[33]시켰는데, '만선일체'·'내선일체'의 논리를 종합하여 '내만일체(內滿一體)' 즉 일본과 만주는 원래 한 민족(나라)이므로 일본이 만주를 경영하는 것은 지극히 정당하다는 결론에 도달한다. 실제로 한 일본학자는 "만주는 상고부터 일찍이 고구려 영토였으므로 우리(일본)가 종주권을 가지고 있다. 그 뒤 흥한 발해도 고구려의 예를 따라 일본에 조공하였고, 지금 만주국을 승인한 우리가 이를 지도·계발할 중대한 책임이 있다"[34]는 논리로 '만선일 일체적 사관'을 제창한다. 이에 따라 일제는 독자적인 만주사를 체계화하기 위해 고조선·고구려·발해 등을 긍정하였던 바, 이는 단군조선을 부정하고 한사군 논리를 조작해 조선의 비자립

다(「『왕자호동』 예고」, 『매일신보』, 1942. 11. 19). 이로 미루어 이 소설의 주제가 '충효'의 갈등을 다룬 것이라는 일반적 해석은 타당하지만 "大義를 위해 私憤을 참"고 자살한 호동의 행위는 새롭게 해석되어야 한다.

32) 조법종, 「식민주의적 고조선사 인식의 비판과 과제」, 『한국고대사연구』 제61권, 2011, 3, 49쪽.

33) 일제 초기부터 조선사편수에 직접 참여했던 이나바 이와키치(稻葉岩吉)는 『支那社會史研究』(大鐙閣, 1922)에서 만선불가분설(滿鮮不可分說)을 내세워 조선인의 만주 이주는 조종(祖宗)의 고지(故地)로 환원하는 것이라 역설하여 만주 경영을 합리화하였다(김일권, 「일제시기 조선사 편수와 만선사적 고구려사의 역설」, 『한국고대사연구』 제61권, 2011, 3, 98쪽).

34) 오오하라 다케시(大原利武), 『槪說滿洲史』, 近澤書店, 1934. 김일권, 위의 글, 99쪽에서 재인용.

성을 강조했던 일본사학의 견해와 정면으로 배치된다. 1942년『매일신보』
에서 이태준에게『왕자호동』의 연재를 허락한 배경에는 이와 같은 대동
아공영권의 논리와 이를 대중에게 널리 전파하려는 정치적 계산이 숨겨
져 있다. 그러나 지금으로선『매일신보』편집자가 이런 논리를 직접 설파
했는지, 또는 당시 조선어독자가 일제의 정치적 의도를 제대로 간파했는
지 확인할 방법이 없다. 오히려『매일신보』편집자의 의중을 이해한 사람
보다 그렇지 못한 독자가 더 많았을 것이라 생각하는 게 합리적이다. 다
시 말해 대다수 평범한 독자들은『왕자호동』을 읽으며 우리 옛 조상(고구
려)이 중국(외세)을 물리쳤다는 서사의 표층구조만 이해하고 환호했을지 모
른다. 그렇다면 이태준은『매일신보』의 요구를 수용하는 척 하면서 이를 역
이용하는 '이이제이' 전략을 구사했던 게 아닌가 추론할 수 있다. 1942~3
년 조선은 전면적인 징병제와 배급제가 실시되는 등 정치·경제적 상황
이 갈수록 악화되고 있어 일정한 소득이 보장되는 신문연재소설의 청탁
을 거절할 작가는 거의 없었을 것(조선어신문은 모두 폐간된 데다『매일신보』
고료는 다른 신문보다 비쌌다)으로 보아도 크게 잘못이 아니다. 이태준은 우
리 민족에게 널리 알려진 '낙랑공주와 호동왕자' 설화를 이용하여 민족적
자존심을 드높이고 일제의 요구도 충족시키려는 이중적 서사전략을 구사
한 것이다. 뿐만 아니라 그는 호동왕자가 결혼을 전제로 낙랑공주에게 자
명고각을 찢게 한 설화를 재구성해 '내선일체론'의 허구성을 풍자하려 했
을 수도 있다. 소설 속 왕자 호동은 낙랑공주에게 진실한 사랑을 느껴서
라기보다 그녀를 정략적으로 이용할 목적에서 접근한 것으로 서술된다.[35]
소설 속 왕자 호동은 정비의 계략에 빠져 생모(生母)를 원망하다 마침내

---

35)『삼국사기』에는 "어떤 이는 (고구려가) 낙랑을 멸망시키려고 혼인을 청하여 그 딸을 며
느리로 삼고 뒤에 그녀를 돌려보내 병기를 파괴시켰다고 한다"는 견해를 덧붙여 놓음으
로써 당시에도 그런 소문이 있었음을 알려주고 있다.

여성을 혐오하는 상태에 이르러 낙랑공주와 소읍별을 이용하고도 별다른 가책을 느끼지 않는다. 이런 여성혐오증 때문에 호동은 소읍별과 낙랑공주의 진정한 사랑을 받아들이지 못하고 비극적 죽음을 맞거니와, 이태준은 일제가 내세운 내선일체론이 참된 사랑과 이해 없이 정략적으로 결혼시키려는 남녀 관계와 같아 종국에는 양국의 불행한 결과를 초래하리란 사실을 우회적으로 비난한 것으로 보인다.

『왕자호동』은 역사소설이어서 『삼국사기』 기록과 차이가 있을 수밖에 없다. 하지만 역사 속 호동은 우리가 설화를 통해 인지하고 있는 이미지와 전혀 다른 인물로 묘사・평가되고 있어 이에 대한 새로운 접근과 해석이 필요하다. 소설 속 왕자 호동은 매우 영민하고 용맹하며 지략도 뛰어난 영웅으로 그려지지만,36) 『삼국사기』의 호동은 "얼굴과 자태가 아름다운[顔容美麗]" 소년으로 서술된다. 호동은 그 외모가 예뻐 부왕이 매우 사랑했고 이름도 호동이라 불렀다37)는 『삼국사기』의 기록은 그가 늠름한 청년이라기보다 남자답지 않게 예쁜 소년이라는 느낌이 훨씬 강하다. 또 그의 생모가 갈사왕의 손녀38)라는 기록에 따르면 낙랑을 정벌한 뒤 정비

---

36) 소설에 묘사되는 호동의 영웅적 이미지는 『삼국사기』에 나타난 대무신왕(무휼)의 어렸을 적 이미지와 매우 유사하다. 그는 불과 여섯 살 무렵에 조정회의에 참석하여 부왕(유리왕)에게 간언을 하고, 열 살 무렵엔 부여 군사의 침입을 기계(奇計)로써 막으며, 열한 살에 태자로 책봉되어 '군국(軍國)'의 일을 떠맡는다. 그러나 『왕자호동』 후반부의 대무신왕은 정비의 참소만 듣고 아들을 내치는 어리석은 아비로 그려진다.

37) 『삼국사기』 권제14 「고구려본기」 제2 "好童……顔容美麗 王甚愛之 故名好童." 이때 '아름답다[美麗]'란 어휘는 일반적으로 여성에게 어울리는 수식어라는 사실에 유념할 필요가 있다. 현대 국어사전이나 중국어사전에서 '미려'는 "아름답고 곱다"의 의미로 풀이된다. 이런 점으로 미루어 열 살 남짓의 호동은 계집아이처럼 예쁘고 귀여운 용모였던 것으로 짐작된다.

38) 갈사왕은 부여왕 금와의 막내아들이자 대소의 아우로, 대무신왕의 장수 괴유(怪由)에게 대소가 살해(대무신왕 5년, A.D.22)된 후 갈사수(曷思水)에 도읍을 정해 왕이라 칭한다. 이 무렵 그의 손녀가 대무신왕(나이 열 여섯 정도로 추정)의 후비가 되어 아이를 낳았다면, 왕명을 받고 자살할 즈음(대무신왕 15년)의 호동은 열 살을 겨우 넘긴 소년에 지나

의 모함을 받아 자살할 무렵 호동의 나이는 대략 열 살 안팎으로 추산된
다.『삼국사기』에서 대무신왕이 어려서부터 총명하고 지혜롭고 씩씩하고
영걸스러우며 큰 지략을 지닌 인물로 묘사되는 것[39]과 달리 호동은 다만
외모가 아름다운 점만 부각된다. 그러므로 오늘날 우리가 아는 왕자호동
은 오랫동안 구전되어 내려오면서 원래의 소년적(또는 여성적) 이미지가 탈
각되고 대무신왕의 어렸을 적 모습이 투사되어 외세를 물리친 민족적 영
웅으로 창조된 인물로 보아야 옳다.

『왕자호동』의 대무신왕과 호동이 바다에 큰 관심을 보이는 대목도 흥
미롭다. 그들이 바다를 동경하는 것은 산호·주패(珠貝)·어렴(魚鹽) 등 물
화가 풍부한 데다 낙랑 정벌을 통한 국토 확장의 당위성을 제공하는 공간
이기 때문이다.

> '옥야천리의 낙랑!
> 봄이 이르고 서리가 늦어 오곡이 풍등하는 낙랑!
> 어렴주패(魚鹽珠貝)의 바다를 가진 낙랑!
> 당치않게 한족이 건너와 차지하고 있는 낙랑!
> 장차 고구려가 통일천하하려면 적어도 국도(國都)를 그의 중심 왕검성
> (王儉城)에 옮겨야 할 낙랑!
> 낙랑을 차지 못하고는 고구려의 장래는 없는 것이다!'[40]

대동강 유역의 낙랑이 고구려보다 남쪽에 위치하여 기온과 지형적 조
건이 온난·평탄한 것은 사실이지만, 오곡과 해산물이 풍부한 '복지(福地)'

지 않는다. 지금으로선 무휼과 호동의 뛰어난 총명과 담력, 지략 등이 열 살 전후의 어
린아이에게 어울리지 않는 비범함으로 보이지만, 그들 부자가 비슷한 나이에 비상한 재
능을 발휘했다는 점에서 서사적 개연성을 인정할 수 있다.

39)『삼국사기』, "生而聰慧 壯而雄傑 有大略."

40) 이태준,『왕자호동』, 깊은샘, 1999, 70~71쪽.

라고 하기는 어렵다. 대무신왕은 호동에게 "고구려의 운명은 남쪽에 달렸다! 낙랑 토벌을 방해하는 자면 한 아니라 어떤 강적이라도 제재할 만한 강국이 돼야 한다"고 역설하지만 그 자신 부여의 중심부를 공격하여 부여의 내부 이탈을 초래하였으며, 고구려가 가장 강성했을 시절(소수림왕·광개토대왕·장수왕)의 영토는 요동을 포함한 만주지역에서 한반도 중부에 이르는 광활한 지역이라는 역사적 사실에 비추어 고구려의 장래를 낙랑 정벌에서 찾으려는 견해는 설득력이 다소 부족하다. 그런데 관점을 달리하여 한(漢)을 서구의 표상으로 해석했던 논리를 이 부분에 역으로 적용하면, 대무신왕의 남벌 의지는 그대로 한국인의 일본 점령의 야망으로 환치된다. 왜냐하면 고구려가 낙랑에 관심을 갖는 가장 큰 이유 가운데 하나가 '바다' 때문이며, 이는 장차 해양으로 진출하여 대제국을 건설하려는 야망으로 읽을 수 있기 때문이다. 일본이 조선과 중국을 점령하고 대동아공영권을 꿈꾸었듯, 우리가 낙랑 정벌을 통해 삼국 통합의 기틀을 마련하고 바다로 나아가 일본을 점령한다는 '통일천하'의 원대한 미래를 상상하는 것도 얼마든지 가능한 일이다. '낙랑'을 서구의 표상으로 이해하면 이 소설은 대동아공영권론의 적극적 옹호와 지지를 표명한 친일문학이 되지만, 낙랑 정벌을 '해양진출' 야망의 투사로 해석하면 외세 배격을 넘어 적극적으로 일본 정벌을 욕망하는 극일문학이 되는 것이다. 이처럼 전혀 상반된 양가적 해석이 가능한 것은 고구려의 낙랑정벌에 대한 한민족의 역사인식과 일제의 만선일체론이 교묘하게 겹쳐지면서 충돌하기 때문이다. 우리 민족에게 자랑스러운 역사인 고구려의 영광을 일본의 만선일체론과 자의적으로 결합하면서 일제로선 총독부 기관지에 연재할 명분을 얻었고, 이태준은 이를 주체적으로 전유하여 중의적으로 해석될 수 있는 이야기를 창조한 것이다.

4. 사분(私憤)과 대의(大義)의 중의적 맥락

『왕자호동』의 등장인물은 개인의 욕망과 질투 때문에 나라를 위기에 빠뜨리고 영웅을 제거하는 부정적 인물과 국가의 장래를 위해 개인적 욕망을 억누르는 긍정적 인물로 크게 대별된다. 대무신왕의 정비(正妃, 이하 정비라 줄임)와 낙랑공주가 전자에 해당한다면 호동과 소읍별은 후자에 속하는 유형이다. 대무신왕은 서두에 진취적 기상을 지닌 군주로 묘사되다가 결말 부분에서 국가 공신인 아들을 죽인 어리석은 왕으로 평가된 점에서 두 유형의 경계에 속한다.

소설 속의 정비는 매우 질투심이 강하고 독살스러운 성격으로 형상화되는데, 이러한 캐릭터는 『삼국사기』의 해우(解憂)의 그것과 정확하게 일치한다. 대무신왕의 정비 소생으로 호동이 죽은 뒤 곧 태자로 책봉된 해우의 성격은 "앉을 때는 사람을 깔고 앉고 누울 때는 사람을 베고 누웠으며 그들이 움직이기라도 하면 죽이는 데 용서가 없었고 신하 중에 간하는 사람이 있으면 활로 쏘아 죽"41)일 만큼 잔혹한 것으로 서술된다. 『왕자호동』에서 정비의 성품이 "예사 인정이 아니었다. 어떤 끔찍한 일이라도 끔찍한 줄 모르고 해내는 성미"42)여서 겨울날 방이 뜨겁다고 시녀를 발가벗겨 뜨거운 방바닥에 눕혀 그 위에 요를 깔고 누워서 조금이라도 움직이면 꼬집다가 마침내 밖으로 쫓아내 얼어 죽이는 것으로 묘사되는 것은 『삼국사기』 해우의 성격을 차용한 것이다. 그녀의 잔인한 품성과 왕의 사랑을 독차지하려는 이기적 욕망은 후비와 호동에 대한 질투로 발전해 후비를 납치해 죽이고 호동마저 모함하여 자살하게 하는 국가적 비극의 원인으로 작용한다. 『왕자호동』 앞부분에 등장하는 정비와 후비의 갈등은 전

---

41) "居常坐人 臥卽枕人 人或動搖 殺無赦 臣有諫者 彎弓射之", 『삼국사기』.
42) 이태준, 『왕자호동』, 깊은샘, 1999, 32쪽.

대(前代) 유리왕의 '화희/치희' 고사에서 차용한 것으로 보이거니와, 어린 호동은 정비의 악랄한 모함에 속아 커다란 정신적 외상을 입고 모든 여성을 증오하는 '여성혐오증(misogyny)'이 고착화된 모습을 보인다. 호동이 낙랑공주를 정략적 수단으로 이용하면서도 아무런 죄책감을 느끼지 않고, 소읍별이 여자라는 사실이 밝혀진 뒤에도 특별한 감정의 기복 없이 적지(敵地)로 내모는 것은 여성혐오의 전형적인 증상이라 할 수 있다.

최리는 본국(漢)과의 연락을 끊고 자립하여 왕이 되려는 야심에서 호동을 사위감으로 선택한다. 낙랑공주는 아버지의 명령에 따라 호동에게 접근하지만 궁궐에서 귀하게 자란 순진한 소녀답게 쉽사리 낭만적 사랑에 빠진다. 호동에게 모든 것을 바친 공주는 자명고각이 있는 무고(武庫)와 산성의 위치, 군병의 제도와 배치 등 국가적 기밀을 숨김없이 알려준다. 그러면서도 자명고각은 고구려를 경계하는 표징이라며 은근히 그것을 없앨 것을 종용하는 호동의 요구를 단호히 거절하지만, 호동이 고구려로 되돌아갔다가 보낸 밀사의 편지를 받고는 마침내 자국의 신기(神器)를 파괴한다. 그것은 호동이 소읍별을 통해 전한 밀서에서 자명고각을 찢어야 아내로 맞겠다고 거의 협박에 가까운 요구를 하였기 때문이다. 낙랑공주는 아버지의 명령에 따라 호동과 가까워졌고, 남편이라 믿은 호동의 강요에 따라 자명고각을 훼손한 것이므로 가부장제 사회의 관습으로는 삼종지도의 부덕을 적극적으로 실천한 열녀로 존중받아야 마땅하다. 그러나 그녀의 행위는 아버지와 국가를 위기에 빠뜨리고 자신의 목숨마저 바쳐야 했다는 점에서 비난의 대상이 된다. 그녀는 지나치게 순진한 성품인 데다 여성의 법도를 맹목적으로 따랐기 때문에 오히려 비극의 주인공이 되었다는 점에서 가부장제 사회의 전형적인 희생양이라 할 수 있다.

대무신왕은 지략과 담력이 뛰어나 어린 나이부터 국사(國事)에 참여하였으나 근본적으로 심성은 어질지 못하고 의리를 소중히 여기지 않은 듯하

다. 그의 왕자 시절 이름이 '무휼(無恤)'이었던 데서 짐작할 수 있듯, 그는
남을 불쌍히 여기는 마음이 부족했던 것으로 보인다. 『삼국사기』 편자가
대무신왕의 성품을 "어질지 못하고 도가 부족하다[43]"고 논평한 것도 이
런 추측을 가능하게 한다. 어려서 형(해명태자)의 억울한 죽음을 목도한 그
가 왕이 되어서 국가에 큰 공을 세운 아들을 자살하게 한 것이나 사후에
'대무신왕(大武神王)'이란 시호가 붙여진 것도 역사의 아이러니라 보인다.

소설 속의 호동은 미려한 용모와 뛰어난 재능을 지닌 소년 영웅으로
어려서부터 부왕의 절대적 신임을 받고 중요한 국사와 전쟁에 참여하여
커다란 성과를 거둔다. 그러나 생모가 간부와 야반도주했다는 정비의 모
함을 곧이듣고 여성을 불신하는 여성혐오증자가 된다. 이러한 심리적 기
제는 그가 낙랑공주를 정략적으로 이용하면서도 죄책감을 덜 느끼도록
고안된 서사적 장치(device)로서 호동의 심리적 분열을 이해하는 데 크게
기여한다. 그가 낙랑정벌에 혼신의 열정을 쏟고 낙랑공주를 쉽게 배신할
수 있었던 것도 국가에 큰 공을 세워 생모의 죄를 덜려는 효심이 작용한
결과다. 낙랑정벌에 성공하고 개선하는 길에 만난 강차에게서 정비의 모
략으로 생모가 비참하게 살해당했다는 사실을 알고는 순간적인 분노에
사로잡혀 고구려를 원수로 여기는 것도 그 때문이다. 하지만 이성을 되찾
은 그는 올바른 무인이라면 사사로운 분노와 대의(大義)는 분명히 구별해
야 한다고 스스로를 달랜다. 그럼에도 불구하고 호동은 정비의 또 다른
모함과 함정에 빠져들고, 대무신왕은 어린 시절의 총명과 형(해명태자)의
억울한 죽음을 잊은 듯 아들에게 자살할 것을 명령하는 비정하고 미련한
아비가 된다. 감옥에 갇힌 자신을 찾아온 소읍별에게 호동은 정비의 간악
한 행실을 소상히 알린 뒤 대의를 위해 해명태자의 길을 따르겠다고 말하

---

43) "論曰 今王信讒言 殺無辜之愛子 不其仁 不足道矣", 『삼국사기』.

지만, 어째서 그것이 대의를 위한 것인지 납득하기 어렵다.

> "나는 평소부터 선대(先代)의 해명태자(解明太子)를 숭배해 왔다. 죽을 바엔 그 해명태자의 본을 받아 사나이답게 한번 장쾌한 죽음을 하고 싶었다. 아버님께서 손수 나를 처형하시도록 기다리기보다 내가 먼저 자결하는 것이 아버님께서도 편하실 것이다."[44]

호동은 개인적 원한[私憤]과 국가의 장래[大義] 가운데 후자를 선택하는 것이 올바른 무인의 태도라 합리화하지만, 후세 사관(史官)은 전혀 다른 해석을 해 주목된다. 『삼국사기』 편자는 호동의 자살을 "작은 일에 집착하여 중대한 의리에 어두웠다"[45]고 비판하며 중국 순임금과 고수(瞽瞍) 및 신생(申生)의 고사[46]를 차례로 열거한다. 여러 고사를 통해 그가 강조하는 역사적 교훈은 부모(임금)의 잘못이 상궤를 벗어나면 바로잡아 더 큰 과오를 범하지 않도록 하는 게 효자(충신)라는 것이다. 이러한 사상은 '효제충신(孝悌忠信)'을 강조한 맹자는 물론이거니와, "도(道)를 좇고 임금을 좇지 않으며, 의(義)를 좇고 아비를 좇지 않음이 사람의 대행(大行)"이며, 아버지의 말을 따르면 아버지가 욕되고 그 말을 어길 때 아버지가 영예롭다면 따르지 않는 것이 올바른 효라고 주장한 순자의 사상과 일맥상통한다. 이런 충효관에 따르면 해명과 호동은 모두 충효를 그릇되게 이해하여 부모와 자신, 더 나아가 국가의 영예와 위신을 추락시킨 소인임을 알 수 있다.

---

44) 이태준, 『왕자호동』, 294쪽.
45) "可謂執於小謹 而昧於大義", 『삼국사기』.
46) 『우사』에 따르면, 순임금이 아직 임금이 되기 전 아버지 고수(瞽瞍, 눈 먼 늙은이)는 아내가 세상을 뜨자 재취를 해 아들(상)을 보았다. 고수는 아둔하고 의붓어머니는 사나웠고 아우는 거만했다. 이들은 온갖 방법으로 순을 해치려 했으나 그때마다 순은 요행히 도망쳐 무사했다. 하지만 순은 부모나 아우를 원망하지 않고 효를 다했고 순의 아버지 또한 그 효성에 감동을 받아 차츰 순을 아끼게 되었다.

실제로 해명은 후세사람들에게 거의 기억되지 않는 존재여서 어떤 교훈도 주지 못하며, 호동의 자살에 대한 역사적 평가도 얼마든지 달라질 수 있다. 따라서 소설 속의 호동이 내세운 '사분(私憤)'과 '대의(大義)'가 과연 그 말의 적확한 의미에 부합하는지 엄밀히 따져 독해할 필요가 있다. 호동은 정비의 질투와 모함을 가부장제 사회에서 흔히 있을 수 있는 가정사(家庭事)로 치부하지만, 왕이 나라를 대표하는 존재라면 왕비와 후비도 그에 못지않은 고귀한 존재이며, 전쟁 영웅인 왕자를 모함하는 것은 결국 국가를 위해하는 매국적 행위라는 사실은 인식하지 못한다. 그는 정비의 잘못을 바로 잡지 못해 생모의 누명을 벗기는 데 실패하고 부왕마저 어리석은 임금으로 만듦으로써 개인적으론 불효를 범했고, 공인으로선 불충을 저지른 "패자역신(悖子逆臣)"47)으로 몰려 처벌을 받는다. 그런 점에서 『왕자호동』의 결말은 '사분'과 '대의'를 혼동하고 '충'과 '효'에 대해서도 올바로 이해하지 못하는 호동의 혼란스러운 가치관에 대한 비판으로 이해해야 옳다. 낙랑왕 최리가 등장하는 장면에서 '태수(太守)'와 '왕(王)'의 직제까지 섬세하게 고려했던 작가가 『삼국사기』 편자의 논평을 안 보았을 리 만무하며, 그럼에도 불구하고 호동이 갑작스럽게 '사분'과 '대의'를 비교하며 억지 논리를 편 것은 작가의 특별한 의도가 개입되었다고밖에 볼 수 없다. 이 소설이 관점에 따라 상이한 해석이 가능한 것은 고구려(호동)와 낙랑(공주)이 처한 시대적 상황이 만선사관과 대동아공영권이 유행했던 시대적 조류와 절묘하게 맞아떨어졌기 때문이다. 하지만 이태준 소설의 중의적 서사는 대동아공영권 건설을 위해 '멸사봉공'하라고 외쳤던 일제말의 집단적 광기 속에서 너무 연약하고 조용하게 발화되어 제대로 알아듣는 이가 거의 없었을 것이다.

---

47) 『왕자호동』, 295쪽.

이태준은 평소 '역의 처세관'을 강조했는데, 「장마」의 다음 구절은 그의 이러한 가치관을 잘 요약해 보여준다.

생각하면 낚시질이란 반드시 어부 편에만 이익이 돌아가는 것은 아니다. 고기가 미끼만 곧잘 따먹어 낼 수도 없지는 않은 것이다. 그가 비싼 것을 시키는 대로, 그가 권하는 대로 내 양껏 잘 먹고 잘 소화해 볼 생각이 생긴다.[48]

일제의 황민화정책이 강행되던 일제말의 비정상적 사회에서 이태준은 적의 논리를 거꾸로 이용하는 '이이제이(以夷制夷)'의 전략으로 자신의 정체성을 지키고자 한다. 이태준은 일제말 외부의 요구에 의해 만주나 군사훈련소를 다녀온 뒤 기행문을 썼고 심지어 일어소설을 발표하기도 했으나, 여건이 허락하는 한 일제의 음모를 폭로하고 우리 민족의 수난상을 고발하려는 노력을 게을리 하지 않았다. 이를테면 「만주기행」에서 "작은 눈이 날카롭게 반짝이는 노랑수염"에 금시계를 찬 노신사에게 끌려가는 조선의 여성에 대한 세세한 관찰이라든가, 장자워후에 도착해 점심을 얻어먹고 '배는 부른 마을'이라 표현한 것 등은 글의 행간을 읽기를 바라는 작가의 의도가 분명한 사례이다. 또한 『별은 창마다』의 시대적 배경이 전쟁 중임에도 불구하고 전쟁에 대한 불안의식이나 경제적 궁핍 같은 것에 대한 서술은 거의 배제한 채, 지극히 평화롭고 안온한 풍경만을 그린 것도 이태준 특유의 서사전략과 무관하지 않아 보인다.

　『왕자호동』을 우편향적 민족주의 관점으로 읽는 태도와 일제말 국책문학의 하나로 독해하는 관점은 모두 일면적 타당성이 있으나 상대적 진실성을 인정하지 않으려 한다는 점에서 재고되어야 한다. 이 소설을 저항문

---

48) 이태준, 「장마」, 『이태준문학전집2 : 돌다리』, 깊은샘, 1995, 62쪽.

학 또는 친일문학으로 단선적 평가를 내리는 것은 작품의 표층구조와 시대적 상황 가운데 한 부면만을 소박하게 분석한 결과이다. 지금까지 본 것처럼 이 소설은 두 개의 상이한 관점으로 해석할 수 있는 조건을 두루 갖추고 있거니와, 당대의 복잡한 주변 여건과 작가의 세계관이 『왕자호동』의 중의적 맥락을 고려해 읽어야 할 이유를 설명해준다. 이태준은 총독부 검열관과 대다수 일반 독자의 취향을 고루 만족시킨 작품을 통해 궁극적으로는 외세 척결을 강조하는 한편 멸사봉공 이데올로기의 허구성을 고발하고자 했던 것이다.

만보산사건과 한·일 소설의 대응

「萬宝山」·「農軍」·「벼」를 중심으로

1. 만주의 선농(鮮農)과 만보산사건

조선인이 만주 지역으로 이주하기 시작한 것은 19세기 중반부터의 일이다. 1869년 조선 북부에 극심한 흉년이 들자 많은 조선인이 압록강과 두만강을 건넜고, 이들의 숫자는 해가 갈수록 늘어나 1880년에는 즙안시에만 1천 가구가 넘는 조선인이 거주했다는 통계도 있다. 그러나 조선인의 본격적인 만주 이주는 1910년 이후에 이루어진다. 그 일차적 원인은 1916~7년 사이에 발생한 남부지방의 흉작과 1919년 3·1운동 탓이다. 이후 조선인의 만주 이주는 꾸준히 증가하여 1910년 3만여 명, 1915년 12만여 명, 1920년 17만여 명, 1925년 2만4천여 명, 1930년 10만여 명으로 증감하다가 '만주국' 건설 이후인 1935년 17만 5천명, 1940년 56만 5천명으로 급증한다. 이 통계에 따르면 1930년 현재 만주 지역에 거주하는 조선인은 모두 85만여 명 정도로 추산되고 있다.[1] 조선인의 만주 이

---

1) 강만길 외, 『한국사14 : 식민지시기의 사회경제2』, 한길사, 1976, 189~190쪽 참조.

주는 1910년대만 하더라도 함경·평안지역의 농민이 대종을 이루었으나 1930년을 전후로 하여 남부지역 농민이 대거 이 대열에 동참한다.

조선농민이 만주로 이주한 가장 커다란 이유는 가난 때문이다. 만주 이주민의 대부분은 "조선에서도 막다른 골목에 다다른 빈농 궁농 계층"[2]인데, 이들은 황량한 만주벌판과 산야에서 몇 년 동안 화전을 일구다가[3] 벼농사를 지으면서 정착한다. 만주의 지주와 관리가 조선농민을 본격적으로 괴롭히고 착취하는 것도 이때부터다.

> 그들(북방군벌의 군경과 순경 : 인용자)은 칼(サ-ベル)과 대포로 개미처럼 무력하고 근면한 선농들을 착취한다. 그들이 선농에게 부과하는 세목을 들어보면, 호별부과세, 인두세, 보위단식비, 마적토벌비, 중국민병식비, 소금세, 우마세, 수리세, 불령선인방위비 등 전혀 통일도 아무것도 없는 엉터리다. 그것을 거부하면 바로 감옥에 끌려간다.[4]

나카니시 이에노스케(中西伊之助)에 따르면 조선농민은 세계에 유례가 없을 정도로 가혹한 소작제도 때문에 집과 밭을 잃고 고향을 떠나지만, 만주에서도 만주군경의 과도한 세금과 수탈로 적빈 상황에서 쉽사리 벗어나지 못한다. 인용문에서 보듯, 중국관헌이 조선농민에게 부과하는 세금은 이현령비현령에 가깝다. 중국 국민당정부는 만주 조선농민에게 호구세[付戶捐], 수리세[水利捐], 토지세[地畝捐], 종우두세[種牛痘捐], 마적토벌세[土賊捐], 목축세[牧畜稅], 소금세 등의 명목으로 호당 30~40위안(元)에 달하는

---

2) 中西伊之助, 「萬寶山事件と鮮農」, 『中央公論』, 1931, 8, 267쪽. 중국공산당도 만주선농을 '일제의 압박을 피해 이주한 파산 농민'으로 인식하고 있었다.(「中共滿洲省委關于滿洲韓國民族問題決議案」, 1931, 5, 26쪽. 손승회, 「만보산사건과 중국공산당」, 『동양사학연구』 83집, 2003, 6, 118쪽에서 재인용)

3) 中西伊之助, 「滿洲に漂迫ふ朝鮮人」, 『改造』, 1931, 8, 174쪽.

4) 위의 글, 174~5쪽.

세금을 부과했을 뿐만 아니라, 임의적으로 체포 구금하고 귀화나 출국을 강제하는 등[5] 일제에 못지않은 억압과 수탈을 자행했다. 중국군벌이 조선농민을 이처럼 억압하는 이유는 중국으로 귀화한 선농의 이중국적 문제 때문이다. 만주에 거주하는 조선인도 중국에 귀화하면 거주 및 토지 소유 등 경제활동의 자유를 인정받았으나, 일본은 귀화한 조선인도 일본 신민이라 강변하면서 그 이유를 '구한국국적법'에서 찾는 모순적 태도를 취하였다. '구한국국적법'의 문제 조항은 "조선인은 외국에 이주해도 원래의 국적을 상실하지 않는다"는 것인데, 일본은 식민치하 조선인도 일본 신민이라 주장하면서도 상황에 따라 '구한국국적법'을 들이대며 조선인의 완전한 중국 귀화를 방해했던 것이다. 나카니시도 이러한 사실을 알고 있었을 테지만, "중국에 귀화한 조선인은 이중국적자가 되기 때문에 중국군벌 정부는 귀화선인을 중국인으로 보아 징세 및 공과, 형벌 법령을 적용하지만, 자국에 이익이 되지 않는 경우 일본인으로 보아 토지 소유권을 인정하지 않고 소작권도 주지 않는다"[6]며 모든 책임을 중국에 전가하는 태도를 취한다. 만주선농의 이중국적은 치외법권 문제와 직결되므로 일본과 중국 모두 쉽사리 물러설 수 없는 상황이었다. 일본은 일본국적을 지닌 조선인을 통해 간접적인 대륙으로의 경제적 진출을 도모하려 했던 것인데, 이런 일본의 의도를 잘 알고 있는 중국에서 만주선농의 이중국적을 인정할 리는 만무했다. 중국관헌의 조선인 박해가 만철연선(滿鐵沿線) 등 일본세력권과 근접한 지역에서 자주 발생하고 오지에서는 적었던 까닭도 여기 있었다.[7] 그런데 나카니시는 만주선농에 대한 중국 관헌의 억압과 수탈은 강조하면서도 정작 일본의 대륙진출 야욕과 이중적 법령해석 등

---

5) 손승회, 앞의 글, 119쪽.
6) 中西伊之助, 「滿洲に漂迫ふ朝鮮人」, 176쪽.
7) 민두기, 「만보산사건(1931)과 한국언론의 대응」, 『동양사학연구』 65집, 1999, 1, 149쪽.

에 대해서는 구체적인 언급을 하지 않는다. 그는 만보산사건이 발발하자 곧바로 「만보산사건과 선농」·「만주에서 떠도는 조선인」 등의 글을 발표하여[8] 만주 조선인들의 비참한 생활상을 폭로하고 있지만, 정작 사건의 근본원인과 배경에 대해서는 정확한 사실을 적시하지 않음으로써 사건의 본질을 호도하고 있는 것이다.

만보산사건이란 만주에 이주한 조선농민들이 벼농사를 짓기 위해 이통하(伊通河) 지역을 관통하는 수로를 파다가 중국농민과 갈등을 벌이는 과정에서 중국관헌과 일본 영사관경찰이 개입하여 총격까지 벌어진 우발적 사태를 가리킨다. 이 사건은 만주에서 토착민과 조선농민 사이에 간헐적으로 발생했던 물리적 충돌의 하나였으나, 일본이 만주침략의 기운을 북돋우기 위해 중국측의 불법행위를 대대적으로 선전했고,[9] 국내 일간지의 오보로 말미암아 화교배척 사태가 빚어짐으로써 중국과 일본 사이의 민감한 정치적 사건으로 비화한다. 사건이 발발한 다음날 『조선일보』는 "중국 관민 팔백여명과 이백 동포 충돌 부상"이란 호외를 발간하였고, 이를 본 한국인들이 인천·서울·평양·신의주 등지에서 화교를 습격하여 사망 127명, 부상 393명[10]에 이르는 대규모 인명살상이 빚어졌던 것이다.

---

8) 「만보산사건과 선농」은 1931년 7월 9일, 「만주에 떠도는 조선인」은 7월 11일 조선에서 쓴 것으로 되어 있다. 나카니시는 만주에서의 만보산사건과 조선에서의 화교 테러사건이 벌어질 당시 조선에 거주하면서 두 편의 글을 쓴 것이다. 뿐만 아니라 그는 만주사변이 발발하자 직접 중국 동북지방을 돌아보고 「惨憺する, 在滿朝鮮同胞」(『改造』, 1931, 12)라는 글을 쓰기도 했다.

9) 山室信一, 『キメラ－滿洲國の肖像』, 中央公論新社, 1993, 39쪽, 와타나베 나오키(渡邊直紀), 「식민지 조선의 프롤레타리아 농민문학과 '만주'」, 『근대의 문화지리 : 동아시아 속의 만주/만슈』, 동국대학교 한국문학연구소 제26차 국제학술대회 발제문, 2007, 2쪽에서 재인용.

10) 이상 숫자는 『리튼 보고서』에 따름. 조선내 화교의 피해 상황은 일본과 중국의 보고서가 각각 다르다. 일본측 보고서에 따르면 사망 91명, 중상 102명, 조선인 사망자 다수로 되어 있고, 중국 보고서에는 사망 142명, 부상 546명, 실종 91명 등 숫자가 가장 많은 것으로 되어 있다. 박영석, 『만보산사건』, 아세아문화사, 1978, 100~1쪽에서 재인용.

만보산사건이 중국농민과 조선농민 사이의 단순한 물리적 충돌이었는지, 아니면 그 배후에 일제 혹은 중국국민당이 개입되어 있는지는 분명하지 않다. 이 사건에 대한 이제까지의 학문적 접근이 일제의 대륙침략 정책의 일환[11], 조선내 유력 신문의 상이한 보도[12], 중국국민당과 공산당의 판이한 인식[13] 등 다각적인 관점에서 이루어져온 데서 알 수 있듯이, 사건을 바라보는 한중일의 시각은 극단적인 차이를 보인다. 한중일 문인들도 이 사건에 민감한 반응을 보여, 이토 에이노스케(伊藤永之介, 일본)·이휘영(李輝 英, 중국)·이태준·안수길·장혁주[14] 등이 만보산사건을 제재로 작품을 발표했던 것이다. 이토의 소설은 사건 발생 이후 가장 먼저 발표된 작품[15]인 데다 작가가 일본인이라는 점에서 각별한 의미가 있고,「농군」·「벼」는 최근 새롭게 논의의 초점이 된 작품이다. 이휘영의『만보산』과 장혁주의『개간』은 각각 중국인과 한국인이 쓴 장편이어서 이토의 소설과 좋은 대비가 될 것으로 예상되지만, 국내에 번역된 자료가 없어 부득이

---

11) 박영석, 앞의 책.

12) 민두기, 앞의 글.

13) 손승회, 「만보산사건과 중국공산당」, 『동양사학연구』 83집, 2003, 6.

14) 伊藤永之介, 「萬寶山」, 『改造』, 1931, 10.
이태준, 「농군」, 『문장(증간호)』, 1937, 9. 여기서는 『이태준문학전집② 돌다리』(깊은샘, 1995)에 수록된 작품을 텍스트로 함.
안수길, 「벼」, 『만선일보』, 1941. 11. 16~12. 25. 여기서는 『안수길』(연변대학교 조선문학연구소, 보고사, 2006)에 수록된 작품을 텍스트로 함.
李輝英, 『萬寶山』, 上海湖風書局出版, 1933.
張赫宙, 『開墾』, 中央公論社1, 943. 일어로 씌어진 이 작품은 지금까지 한글로 번역되지 않았고, 최근 이 작품과 만보산사건의 관련을 살핀 논문이 발표되었다.(김학동, 「장혁주의 『개간』과 만보산사건」, 『인문학연구』 34권 2호, 충남대인문과학연구소, 2007.)
이밖에 김동인의 「붉은산」(『삼천리』, 1932. 4)을 만보산사건과 관련하여 분석한 논문(정혜영, 「1930년대 소설에 나타난 만주―「붉은산」과 만보산사건의 수용」, 『어문론총』 제34호, 경북어문학회, 2000, 8, 171쪽~185쪽)도 있다.

15) 이 작품이 발표된 것은 『改造』 1931년 10월호를 통해서지만, 탈고한 날짜는 7월 25일로 되어 있다. 이토, 위의 글, 149쪽.

논의에서 제외한다.

만보산사건의 진상에 접근하려면 만주 내에서의 중국인과 조선인의 갈등 구조, 만주 조선농민의 법적 지위, 중국의 조선인 구축(驅逐)정책, 조선 내 배화폭동(排華暴動)의 실상과 일제의 개입 여부 등 여러 요인들에 대한 면밀한 검토16)가 필요하다. 그러나 사건의 진상을 명백히 규명하는 것은 필자의 역량과 관심권역을 벗어나는 일이다. 그러므로 이 글에서는 세 편의 소설을 비교 분석하여 이 사건에 대한 일본과 한국의 시각차와 문학적 의미를 살피는 방법을 통해 우회적으로나마 사건의 진상에 근접해 보고자 한다.

2. 상황의 객관적 묘사와 사건의 의도적 은폐, 「만보산」

이토 에이노스케는 『문예전선』에 자본주의 제도의 냉혹함과 광산노동자들의 착취의 현장을 고발한 「보이지 않는 광산(見えない鑛山)」·「산의 일면(山の一頁)」 등의 작품을 발표하여 일본에서 "프롤레타리아 리얼리즘의 정도를 걷는"17) 작가라는 평가를 받는다. 이밖에도 그는 「總督府模範竹林」·「平地蕃人」 등 일제의 식민지지배 실상을 다룬 작품을 여럿 발표한다. 「만보산」은 사건이 발발한지 불과 20여일만에 씌어진 일종의 '보고문학'18)으로, 조선농민의 궁핍한 생활상과 중국군경의 억압이 핍진하게

---

16) 손승회, 앞의 글, 116쪽.

17) 本多秋五, 『梟・鷲・馬』 해설, 角川文庫, 1955, 오황선, 앞의 글, 239쪽에서 재인용. 이하 이토 에이노스케 문학에 관한 일반적 사실은 오황선의 논문(「이토에이노스케의 「만보산」론」, 『일본학보』 38집, 1997)에 의거함.

18) 이토 스스로가 이 작품을 '보고문학'이라 분류하고 있다(오황선, 위의 논문, 240쪽). 그러나 이 작품이 "어떤 사건의 진상을 진실하고 정확하며 신속하게 알리는 것을 목적"으로 하는 '보고문학'의 의도를 얼마나 충실히 재현하고 있는지는 의문이다. '보고문학'의 정의와 유형은 『문학비평용어사전·상』(한국문학평론가협회편, 국학자료원, 2006, 810~

묘사되어 있다. 이 소설은 국내 연구가들에게 널리 알려져 있지 않으므로, 작품 내용을 시간 순서에 따라 간략히 요약하여 이해를 돕고자 한다.

조판세와 배정화 부부는 일본인 지주에게 집과 밭을 빼앗긴 뒤 만주로 쫓겨나 장춘 봉천의 태자하(太子河) 부근까지 내몰렸지만, 조선인이 모여 살면 '적화 선전(赤化宣傳)'의 우려가 있다는 중국관헌의 억지에 의해 다시 쫓겨난다. 배정화는 지붕도 없는 화물차에서 말 오줌에 젖은 볏짚에 아들 태수를 낳고, 간신히 만보산 부근 삼성보에 거처를 마련한다. 그곳에 먼저 도착해 있던 김광수 등은 토지 브로커를 통해 5백천지(1천지는 약 3백평 : 인용자)의 황무지를 1천지당 연간 벼2석의 조건으로 10년 계약을 맺는다. 경상남도에서 면장을 했던 김광수는 주변사람들을 불러 모으고 지주와 순경들에게 북으로 쫓겨난 조선인도 몰려들어 황량했던 들판에 마을이 형성된다. 이들은 수로를 개척하여 벼농사를 지으려 하지만, 수전(水田)에 익숙하지 않은 만주농민의 격렬한 저항에 부닥친다. 만주의 조선농민들에게 '악병(惡病)'이나 다름없는 말 탄 중국 군인들이 수로공사를 중지하라고 윽박지르자 조선인들은 장춘의 일본영사관에 도움을 요청한다. 다음날 일본경관 다섯 명이 도착하지만, 총을 든 중국 군민의 도발을 억제하기에는 역부족이고 조판세 등은 관청에 끌려갔다 간신히 풀려난다. 그 동안 조판세의 아들 태수가 이질에 걸려 죽고, 조판세도 생사가 불명인 채 배정화 등 백명에 가까운 여자들과 아이들은 총성이 울리는 들판으로 또다시 쫓겨난다.

이 소설에는 중국군경과 지주에게 부당하게 핍박당하는 조선농민의 궁핍한 생활상이 자주 등장한다. 조판세를 비롯한 삼성보 일대의 조선농민은 봄부터 계속 보리죽만 먹다가 그것마저 떨어져 최근에는 옥수수[包米]

1쪽)을 참조할 것.

로 간신히 끼니를 이으며 수로개간에 매달린다. 그러나 중국관리는 농기
구도 현에서 지정한 것만 사용해야 한다며 협박하고 조판세에게 집을 빌
려준 지주는 그 때문에 공안국에 구속되었다 풀려났다며 당장 집을 비우
라고 윽박지른다. 심지어 만보산 시장에서는 조선인에게 식량도 팔지 않
고,19) 조선농민이 방죽공사를 벌이면 그 자리에서 사살하라는 관의 명령
이 있었다는 흉흉한 소문도 떠돈다.

> 대부분의 사람은 황무지를 빌려 논(水田)으로 만들고, 수확을 하면 순경
> 이나 장병의 총에 쫓겨났다. 장개석 정부가 만주와 몽골에서 조선농민을
> 몰아내라는 지령을 내렸다는 것은 사실인 듯했다. 조선농민 추방은 요즘
> 에 시작된 것이 아니었다. 이권회수20)의 선동으로 더 심해졌다.―조선농
> 민의 배후에는 ××(일본)이 있다. 중국으로 귀화한 조선농민 명의로 ×××
> (일본인)이 전지를 매입했다. 만주 몽고의 백수십만명 조선농민을 앞세워
> ××(일본)은 서서히 거대한 토지를 제 수중에 넣으려는 것이다. 하지만
> ××(일본)은 ××(선농)이 어떤 ××(박해)를 받아도 모르는 척하고 있다. 중국
> 군인이 ××(선농)을 때리거나 발로 차거나 하면 ××(일본)은 그들이 가장
> 무서워하는 ××××××××(공산주의자를 추방)할 수 있다. 그래서 중국도
> ××(일본)이 기뻐하도록 공산주의 체포의 명의로 ××(선농)을 황야에 내몰
> 고 유치장에 처넣었다.(伊藤,「萬宝山」, 139~40쪽, 이상 복자 복원은 인용
> 자)

만주 조선농민에 대한 중국 국민당정부의 탄압은 학교폐쇄, 강제귀화,
과중한 소작료 및 세금부과, 관헌의 폭행21) 등 다각적인 방면에서 집요하

---

19) 이태준의「만주기행」에도 이런 사정을 증언하는 대목이 나온다. "백성들은 조선사람들
한테 양식두 안 팔죠. 우물도 못쓰게 하죠."(이태준, 『무서록』, 박문서관, 1941, 310쪽)
20) 여기서 말하는 '이권회수(利權回收)'는 일본이 중국에 강요하여 맺은 불평등 조약으로 일
본이 강탈해 간 중국의 권리를 회수하는 것으로 조선농민과는 직접 관련이 없다.(김창호,
「동아시아 '타자' 형상 비교 연구―만보산사건을 수용한 한중일 소설을 중심으로」, 『중
국현대문학』 제31호, 2004, 397쪽 참조)

게 이루어졌다. 중국 국민당정부가 조선농민을 지나칠 정도로 가혹하게 탄압한 배경에는 일본의 조선인 이민정책과 만주선농의 무례한 행동에 대한 보복적 의도가 있다. 국민당정부가 작성한 만보산사건 보고서에 따르면 "중국인과 조선인 사이의 소송건수는 매년 평균 1500건 이상"에 이르는데 "일본정부가 조선인을 특별 비호하여 날로 흉폭해지고 중국인을 원수로 여겨 죽이는 참극이 자주 발생"[22]한다는 것이다. 이런 관점에서 보면 만주선농이 일방적 피해자가 아니라 가해자일 수도 있다는 논리도 전혀 터무니없는 주장만은 아닌 것 같다.[23] 그러나 국민당정부가 만주선농을 '일제의 주구'로 간주하여 차별과 구축(驅逐)정책을 실시함으로써 대다수 선량한 조선인이 피해를 입은 사실도 간과할 수 없다. 다시 말해, 만주에서 중국인과 조선인의 갈등은 서로의 정치적 처지와 문화적 관습의 차이에서 비롯된 것이므로 가해자와 피해자를 간단히 구분하기 어려운 상황이다. 인용문을 보면, 이토는 만주선농이 처했던 애매한 정치적 신분과 고난을 어느 정도 이해하고 있었던 것으로 보인다. "조선농민의 배후에는 ××(일본)이 있다"는 진술은 국민당정부의 인식을 표현한 것으로, 만주지역 중국인들의 배일운동 또한 이러한 맥락에서 이해할 수 있다. 그러나 중국인에게조차 '일제의 주구'로 오해받아 내쫓길 상황에 이른 조선농민은 일제와 중국국민당 군벌 및 지주 등 권력자들에게 삼중사중으로 둘

---

21) 朝鮮總督府警務局, 『在滿鮮人卜支那官憲, 附滿洲ニ於ケル排日運動』, 손승회, 앞의 글, 120쪽에서 재인용.

22) 中國國民黨中央宣傳執行委員會, 『萬寶山事件及朝鮮排華慘案』, 南京, 1931, 10쪽, 손승회, 위의 글, 127쪽에서 재인용.

23) 만주의 일부 조선인은 "아편밀매업자, 술장사·갈보장사의 전위부대, 만주 와 있는 양복 입은 선계(鮮系)는 전부 좋지 못한 질의 뿌로커들 같다, 무기력·무의지. 매일 빼주·마작·도박 속에 묻혀서 허덕이는 무리들, 일본어 몇 마디 배워 안다고 만인(滿人)한테 가슴을 내밀고 덜렁시는 무리들"(이운곡, 「鮮系」, 『조광』, 1939, 7, 64~5쪽)과 같이 매우 부정적으로 인식되고 있었다.

러싸여 고통을 겪는 최대의 피해자이다. 만주선농들이 처한 이와 같은 복잡한 정치적 상황을 고려하지 않고 선농(鮮農)도 만주인들에게 피해를 입힌 가해자라고 보는 태도24)는 적절하지 않다.

「만보산」에서 조선농민이 일본지주나 사채업자에게 집과 밭을 빼앗겨 만주로 쫓겨났다거나, 중국인이 조선농민을 가혹하게 수탈하는 이유가 그들 뒤에 일본이 있기 때문이라고 지적하는 서술자의 태도는 대체로 객관적이라 할 수 있다. 이와 함께 이 소설에서 조선농민이 보리죽과 옥수수로 연명하는 모습이라든가 '강가의 아귀(河原に遊んでゐた我鬼)'들이 죽은 아이(태수)의 옷을 벗겨가는 참혹한 상황 묘사, 그리고 총성이 울리는 들판으로 또다시 쫓겨나는 결말부분 등은 대단히 핍진하고 생생하다. 그러나 만보산사건을 제재로 다루는 이토의 관점은 이제까지의 연구 논문 등에서 밝혀진 '사실'과 상당한 거리가 있다. 그것은 조선농민이 일본영사관에 도움을 요청했는가, 그리고 사건 당일 영사관경찰이 현지에 출동하여 총격을 가했는가 등 사건의 핵심적 사안과 직접 관련된다. 박영석에 따르면 일본경찰은 6월 12일부터 조선농민을 보호하기 위해 현지에 주둔25)하고 있었고, 7월 2일 중국농민이 수로공사를 방해하자 사격을 가했

---

24) 김철은 만주선농의 의미를 "항일투쟁에 나서지 않는 한, 한편으로는 제국주의의 피해자이면서 한편으로는 그 제국의 힘을 뒤에 업고 타자의 삶을 위협해 들어가는 존재"(「몰락하는 신생-'만주'의 꿈과 「농군」의 오독」, 『해방전후사의 재인식』, 책세상, 2006, 497쪽)라고 규정함으로써 어느 한편에 치우치지 않는 태도를 보이는 것 같으나 문맥상으로 볼 때 후자에 무게가 실려 있음을 쉽게 간파할 수 있다. 그는 시종일관 만주선농이 '가해자'일 수도 있다는 점을 강조하고 있는데 그 논리와 주장이 일본의 그것과 다른 점이 별로 발견되지 않는다.

25) 민두기는 "중국경찰이 6월 2일 현장에 도착해보니 일본의 영사관경찰이 이미 나와 한국농민을 보호하고 있었다. 중국의 경찰은 6월 3일 경찰병력을 파견, 만보산일대에서 중일 경찰병력이 대치하는 국면이 전개"(153쪽)되었다고 기술하고 있다. 이는 단순한 날짜의 차이뿐만 아니라, 사건이 발생하기 한달 혹은 보름 전부터 중국과 일본의 경찰이 대립해 있었다는 중요한 사실을 증거한다. 「농군」과 「벼」에는 이런 내용이 전혀 나타나지 않고 이토의 「만보산」에는 경관 5명이 파견된 것으로 서술되어 있다.

지만 다행히도 쌍방에 큰 피해는 없었던 것26)으로 되어 있다. 그런데, 이토의 「만보산」에는 조선농민들이 일본영사관에 도움을 청하자 "한 대의 짐마차에 모포와 천막, 통조림을 가득 싣고 다섯 명"이 도착하였으나 사건이 확대되자 간신히 응전만 할 뿐 장춘의 영사관경찰은 끝내 오지 않은 것으로 서술된다. 그러니까 「만보산」에서 총격을 가한 주체는 일본경찰이 아니라 중국군대 혹은 민간인이고,27) 조선농민의 긴급한 요청에도 불구하고 일본경찰이 병력을 증원하지 않아 쫓겨난 것으로 서술된다. 일본 영사관경찰의 개입이 자체적 결정에 따른 것인가 아니면 조선농민의 요구에 의한 것인가, 그리고 최초의 발포자가 일본경찰인가 아니면 중국인인가 하는 점은 만보산사건의 진상을 정확히 이해하기 위한 핵심적인 사안이다. 그러나 이 문제는 만보산사건에 대한 일본과 중국, 그리고 '리튼보고서' 등 1차 자료의 면밀한 비교 검토를 통해서만 밝혀질 수 있는 것이어서 2차 자료에 의존할 수밖에 없는 필자로서는 정확한 판단이 불가능하다. 그럼에도 불구하고, 지금까지 우리나라에서 발표된 논문의 내용과 비교할 때 이토의 소설에는 일본의 행동이 소극적이거나 미온적인 것으로 그려져 있음을 확인할 수 있다.28)

---

26) 박영석, 앞의 책, 96쪽. 한편, 민두기는 "7월 1일 중일 양쪽의 경관대가 발포"(143쪽), "2,400여명의 중국농민이 모여 수로를 파괴하였고 일본경찰이 農具・槍 등을 소유한 중국농민에게 발포"(153쪽)한 것으로 기술하고 있으며, 중국의 인터넷사이트 '百度百科(http://baike.baidu.com/view/37707.htm)'에는 "중국농민이 자발적으로 작업을 하자 일본경찰이 공공연히 총을 쏴 여러 명의 중국농민이 죽고 수십 명이 부상을 당했으며 10여 명이 체포(中國農民正待繼續平渠, 日警公然開槍, 打死中國農民數人, 傷數十人, 被捕受刑者10余)"된 것으로 기술하고 있다.
27) "총성은 이번에는 백성들의 뒤쪽에서 났다. 불규칙하게 쏘아대는 것으로 보아 그것은 관청에서 무기를 공급받고 있는 중국인 백성인 듯했다."(이토, 「만보산」, 146쪽)
28) 이토와 안수길의 소설에는 조선농민의 요청에도 불구하고 일본 병력이 도착하지 않은 것으로 되어 있고, 이태준의 소설에는 아예 일본경찰에 대한 언급이 보이지 않는다. 세 편의 소설 모두 중국군민이 먼저 총격을 가했다는 점은 공통되나, 「벼」에는 "사람은 하나도 상하지 않았"고 하여 조선인이 다치거나 죽은 것으로 묘사한 「만보산」・「농군」

만보산사건이 일제의 조직적 음모에 의해 이루어진 것이라는 점에 대해서는 중국국민당과 공산당이 견해를 같이한다. 국민당은 만보산사건의 원인을 일제의 침략정책에서 찾는 데 반해 공산당은 국민당군벌의 만주 선인 구축정책[29]을 주요한 원인으로 꼽는다. 말하자면 국민당은 사건의 책임을 일본에 돌림으로써 외교 교섭의 주도권을 장악하는 한편 정치적 책임을 모면하려는 의도를 가지고 있었던 것이다. 이에 반해 중국공산당은 만보산사건의 직접적 책임자를 중국 지주자본가 계급으로 지목한다.[30] 이런 관점에서 볼 때, 이토가 소설에서 일본영사관의 직접개입이나 선제 발포를 언급하지 않은 것은 절묘하게도 중국공산당의 시각과 일치한다. 이토가 일본의 프롤레타리아 문학운동가라는 사실을 고려할 때 이것은 그다지 놀라운 일이 아닐지 모른다. 중요한 것은, 중국공산당 역시 만보산사건을 일제의 계획적·조직적 음모에 의한 것으로 인정한 데 반해 이토의 소설 어느 곳에도 이러한 내용은 보이지 않는다는 사실이다. 요컨대, 그는 이 사건을 중국군벌의 조선인 구축정책의 일환으로 묘사함으로써 일본의 조직적 개입설을 은폐하고 있는 것이다.[31]

이토 에이노스케의 「만보산」은 이 사건이 발발한 지 불과 한달도 안

과 달리 사실에 입각한 서술을 하고 있다. 이태준은 「만주기행」에서 "나중에는 토민들이 관청으로 가 야단을 쳐 결국은 중국군대가 나와 총을 막 쏘게 됐"(310쪽)다고 서술하고 있다. 이들 작품이 하나같이 중국측에서 발포하고 일본측은 전혀 대응하지 않은 것처럼 서술하고 있는 것은 당시의 식민지 상황 및 검열과 무관하지 않은 것으로 보인다.

29) 손승회, 앞의 글, 128쪽.
30) 손승회, 위의 글, 133쪽.
31) 王向遠은 이토에이노스케의 소설이 객관성과 공정성을 잃고 사건을 왜곡되게 묘사한다고 지적한다. 일본에서는 이토를 '무산계급작가' 혹은 '농민문학가'라고 부르고 있지만, 작품 속에 무산계급에 대한 의식이나 표현이 보이지 않으며, 사건 당시 일본측은 조선농민을 일본국민으로 취급하였고 중국 무산계급이나 농민에 대한 동정이나 이해는 전혀 없이 일본국가주의의 입장만을 강조하고 있다(『'筆部隊'和侵華戰爭 : 對日本侵華文學的研究与批判』, 昆侖出版, 2005, 6, 33~39쪽 참조)는 것이다.

되어 씌어진 작품이면서 조선농민이 만주로 쫓겨난 원인과 만주에서의 궁핍한 생활, 만주 지주와 군경의 혹독한 착취 등을 사실적으로 재현하고 있어 당시 만주선농이 처한 상황을 이해하는 데 많은 도움을 준다. 그러나 만보산사건과 관련하여 중국군경의 횡포를 집중적으로 부각하는 한편 일본 영사관경찰의 개입과 총격 사실을 축소 내지는 은폐하는 등 제국주의적 시각을 그대로 드러내고 있다.

3. 만주선농의 수로개간 수난사, 「농군」

이태준의 「농군」은 발표 당시부터 매우 이례적인 작품으로 주목받아 왔다. 임화는 이 작품을 가리켜 "태준이 처녀작을 쓸 때부터 가지고 나왔던 어느 세계가 이 작품에 와서 한아의 정점에 도달하였다는 감"[32]을 주는 것으로 고평하였고, 1990년 이후 씌어진 허다한 이태준소설 관련 논문에서 「농군」은 뛰어난 '민족문학의 성과'로 인정받고 있다. 그러나 최근에는 「농군」이 "당대의 '국책(國策)'에 적극적으로 부응한 소설이며, 소설 자체로 보아도 지극히 무성의하고 불성실한 작품",[33] "'본토인'의 민족주의에 기반한 '주관적 동일화'를 크게 넘어서지 못"[34]한 작품, "일본의 만주대륙침략의 일환으로서 성립되었던 개척문학의 한 분파"[35]란 비판을 받기도 한다. 이런 비판의 밑바탕에는 만주와 조선인의 관계를 자민족 중심주의의 관점에서 파악해왔던 일반적 연구관행에 대한 반성적 사

---

32) 임화, 「현대소설의 귀추―창작 32인집을 중심으로」, 『문학의 논리』, 학예사, 1940, 428쪽.
33) 김철, 앞의 글, 481쪽.
34) 한수영, 「친일문학 논의와 '재만조선인문학'의 특수성」, 『재일본 및 재만주 친일문학의 논리』, 역락, 2004, 133쪽.
35) 정혜영, 「1930년대 소설에 나타난 만주」, 『어문논총』 제34호, 경북어문학회, 2000, 8, 184쪽.

고가 깔려 있다. 식민지 시기의 문학을 연구하면서 '친일/항일', 또는 '일
본=악/조선=선'과 같은 도식적인 관점으로 접근하는 태도는 하루빨리
지양되어야 한다. 하지만 민족주의36)와 관련된 모든 논의를 제국주의 논
리를 확대 재생산하는 담론으로만 해석하는 태도 역시 재고되어야 한다.
만주에서 발생한 만주인과 조선인 사이의 잦은 분쟁과 충돌의 배경에는
단순치 않은 역사적 문맥이 있고, 그 분쟁을 해결하는 과정에서는 무엇보
다 당사자의 주도권이 존중되어야37) 마땅하다. 만보산사건을 다룬 세 편
의 소설은 각각 상이한 관점에서 씌어졌고, 그에 따라 강조 혹은 은폐되
는 부분도 다르다. 그 부분을 자세히 살펴 지금까지 드러난 사실과 다른
부분을 지적하면 각자의 세계관과 문학관이 드러날 것이며, 나아가 만보
산사건의 실체도 보다 분명히 밝혀질 것으로 생각한다.

　　이태준은 「농군」38)의 모두에 "이 소설의 배경 만주는 그전 장작림 정

---

36) nationalism의 번역어인 '민족주의'는 때로 '국가주의'·'국민주의'로도 번역되며 그 의
미도 약간씩 다르다. 서구의 '크레올 내셔널리즘creole nationalism'에 따르면 "민족주의
는 민족이 없는 곳에서 민족을 발명"하지만, 우리 민족의 경우 그와 반대로 "민족이 자
의식에 눈" 뜬 경우라 할 수 있다. 또한 민족주의가 제국주의·나치즘으로 왜곡된 경험
을 지닌 서구에서 민족주의에 대한 자성과 비판 담론이 생산된 것은 충분히 이해하지만,
우리의 경우는 역사적 조건과 경험이 다르므로 그들의 논리를 일방적으로 따를 것이 아
니다.

37) 서경식 지음, 임성모·이규수 옮김, 『난민과 국민 사이』, 돌베개, 2006, 148쪽.

38) 「농군」이 발표(1939년 7월)되던 바로 그 달 『조광』에는 「만주문제특집」 기사가 실렸다.
이 특집 기사는 「만주와 조선」(이선근), 「금융기관의 현세」(신기석), 「鮮界」(이운곡), 「만
주생활단상」(이태우), 「무엇이 그리워 만주를 다니는가」(공탁), 「남북만주편답기」(함대훈)
등 모두 여섯 편이다. 이 가운데 공탁·이선근은 '만주산업주식회사'의 사장·상무이고,
이태우는 신경 조선협화 문화부 직원으로 당시 만주에 거주하고 있었다. 『조광』 기자였
던 함대훈은 특집 기사를 쓰기 위해 약 7일간 만주 기행을 했는데, 이태준의 「만주기행」
과 대체로 비슷한 여정을 밟았다. 경성-평양-봉천-신경을 거쳐 이태준은 장자워푸를
찾아 농민들의 삶을 돌아본 반면, 함대훈은 하얼빈으로 가 상공인의 성공사례를 둘러본
것이 다르다. 여기서 생각해 볼 것은 왜 이 두 잡지가 동시에 '만주'와 관련된 소설이나
특집을 기획했는가 하는 점이다. 이것이 단순한 우연인지 혹은 모종의 압력이나 의도에
의한 것인지 알 수는 없지만, 1939년 일본에서 '대륙개척문예간화회'가 결성되고 곧바로

권 시대임을 말해 둔다"라는 말을 굳이 덧붙이고 있다. '장작림 정권 시대'는 1928년 종식되었으므로 이 소설을 1931년에 발생한 만보산사건과 직접적으로 관련지으려는 태도는 억지에 지나지 않는다. 그러나 이태준은 이 소설을 쓰기 전에 만주를 여행하고 「만주기행」이란 수필을 발표한 바 있다. 이 기행문은 봉천, 신경을 거쳐 장자워푸[姜家窩堡]를 방문하는 여정을 밟고 있거니와, 봉천과 신경에 머물며 이국적 정취를 감상하는 부분과 장자워푸의 자연환경, 농민과의 대화, 주민들의 생활상 등을 보고 들은 것을 기록하는 부분이 거의 비슷한 분량을 차지한다. 「만주기행」은 말 그대로 기행문이고 「농군」은 소설이어서 한 사람이 쓴 글이라 하여도 두 글의 내용과 형식에는 다소의 차이가 있을 수밖에 없다. 작가가 소설에서 굳이 작품의 시대적 배경을 한정한 까닭은 소설의 내용이 특정 사건(사실)과 직접적으로 관련되는 선입견을 차단하려는 서사적 전략으로 보아야 할 터이다. 하지만 「만주기행」이 "「농군」의 밑그림 같은 것이면서 「농군」의 창작과정과 작가의식을 한눈에 보여주는 자료"39)라는 김철의 지적은 타당하므로 두 글을 면밀히 비교 검토할 필요가 있다.40)

「만주기행」에서 이태준이 장자워푸에 도착하여 농민을 만나는 부분의 소제목은 '배는 부른 마을'로 되어 있다. 이 문구를 토대로 김철은 「만주기행」이 "만주 개척의 성공 사례를 보고"하는 작품이라 단정짓고 있으나, 이는 문맥을 전혀 고려하지 않은 단순한 해석에서 빚어진 오해이다. 이

'대륙개척국책 펜부대'가 만주로 출발한 것과의 관련을 생각해 볼 수도 있다. 그렇다면, 민충환이 이 작품을 두고 "창작 의도와는 무관하게 일제의 정치적 야욕에 부응 또는 협조한 친일적 결과를 초래"(『이태준연구』, 깊은샘, 1988, 154쪽)했다고 지적한 이래 비슷한 지적이 반복되는 것도 전혀 근거 없는 주장이 아님을 알게 된다.

39) 김철, 앞의 글, 498쪽.
40) 이 부분에 대한 보다 자세한 논의는 장영우, 「「농군」과 만보산사건」, 『현대소설연구』 제 31호, 2006, 9, 166~8쪽 참조.

문구에서 '—은'은 여기에 연결된 선행요소가 문장에 드러나 있거나 숨어 있는 대상과 대조되는 것을 강조하는 기능을 하는 문법소이다. 따라서 '배는 부른 마을'의 문맥적 의미는 '배(식생활)는 부르지만 그밖의 것(정신, 문화 등)은 그렇지 않은 마을'이란 뜻으로 해석하는 것이 일반적이다. 장자 워푸의 조선농민들이 삶이 결코 풍족하지 않다는 점은 다음 인용문을 통해 충분히 짐작할 수 있다.

> 밥상을 보니 정신이 좀 난다. 이밥이다. 현미밥처럼 누르다. 국은 시래기, 새우가 어쩌다 한 마리씩 나온다. 배추김치가 놓였는데 고추보다는 고추씨가 더 찬란하다. 그리고 유기쟁첩에 통고추가 놓였다. 허옇게 뜬 것, 시커멓게 언 것들을 말렸다가 밥솟에 찐듯한데 **저것들을 어떻게 먹나** 하고 주인이 먼저 먹기를 기다렸더니 먼저 그것을 간장에 꾹 찍어 먹는 것이다. 나도 하나 씩—씩 거리고 먹어 보았다. 이 **거이 원료 그대로인 세 가지의 반찬**만으로도 나는 재작년 장감(腸感) 이후로는 처음 달게 먹어보는 구미(口味)였다.(이태준, 「만주기행」, 306~7쪽, 강조 : 인용자)

밥은 쌀밥이지만 찬은 국과 김치, 통고추와 간장밖에 없는 밥상을 풍성하다고 생각할 사람은 없을 터이다. 물론 이들의 밥상은 동시대 조선의 소작농이나 도시빈민의 그것에 비하면 호사스러운 것일 수 있다. 그러나 몇 년 간의 고생 끝에 쌀밥이나마 배부르게 먹게 된 이들의 삶을 두고 "그런대로 평화롭고 넉넉한 일상"이라고 보는 태도는 지나치게 평면적이고 안이한 것으로 보인다. 또한 이 수필의 마지막 장 소제목이 '산불고 수불려(山不高 水不麗)'인 것도 의미심장하다. 이 문구는 결국 만주가 "산고 수려 하다해서 고려란 이름까지 생긴 내 고향 금수강산"이 아니거나 그보다 못하다는 뜻으로 읽을 수 있다. 요컨대, 이태준은 당대의 문장가답게 만주가 결코 낙토가 아니라는 점을 누구나 금방 눈치챌 수 있는 평이한 어법과 수사학으로 고발하고 있는 것이다. 일제가 선전하는 것처럼 만주가 낙토이고, 그곳에 먼저 이주한 농민들이 먹고살만하게 되었다면 너나 할 것 없이 '채표'(彩票, 일종의 복권)[41]를 사서 "그거나 빠지면 우리도 다시 한 번 고향산천에 가 살아볼가요! 그렇지 못하면 밤낮 이 꼴이다가 호인들 밭머리에 묻히고 말죠."라고 자조하지는 않을 터이다.

「농군」에 대한 비판은 대체로 소설 내용이 실제 사건과 다르다는 점으로 모아진다. 다시 말해 실제 만보산사건에서는 일본경찰이 총을 쐈으나 사상자가 없었는데 소설에서는 중국인이 발포하여 사상자가 발생한 것처럼 묘사되었다든지, 지나치게 조선농민의 수난과 개척의지를 강조한 나머지 현실이 희생되었다는 것이다. 특히 김철은 「농군」의 시대적 배경을 장작림정권시대라고 한정한 것이 작품 해석에 결정적이며, 만보산사건 역시 작품이해에 기초적이고도 필수적인 사항이라 강조한다. 하지만 앞서 말한 것처럼 「농군」은 만보산사건에서 직접 제재를 취한 것이 아니다. 따라서 이 작품 내용이 만보산사건의 실상과 다르다는 일부의 비판은 작가의 의도를 잘못 파악한 데서 비롯한 오류이다. 그렇지만 "현실을 희생하면서까지 개간의 성공을 그려야 했던 이유"[42]가 궁금하다거나, "중·일 사이에 끼인 조선 농민의 곤혹스러운 처지가 상세하게 그려지지 못하고, 그 대신 '개척'과 '수난'이라는 추상적 가치가 전경화"[43]되었다는 지적, 그리고 직접 「농군」을 문제 삼은 것은 아니지만 1930년대 후반 농민문학이 '개

---

41) "만주에 있어서 이 채표라는 것은 裕民彩票라 하여 일개월에 일회식 발행하는데 한 장에 일원 당첨만되면 일만원의 벼락부자가 되는 것이다. 만원의 頭彩 이외에 삼채, 사채, 오채… 등이 있어 이 땅『쌜러리멘』의 유일한 射倖거리가 되여 있다. 馬車夫 洋車夫의 누덕이 피복 속에도 이 만원의 꿈이 드러있는 것을 모르고는 만주 고유의『로멘티시즘』을 알 수 없다."(이태우, 「만주생활단상」,『조광』, 1939, 7, 71쪽)

42) 정혜영, 앞의 글, 184쪽.

43) 한수영, 앞의 글, 132쪽.

척문학'으로 변질[44]되면서 만주개척의 '영웅'이 자주 등장하는 것 등에 대한 문제제기는 부분적으로 타당한 것으로 생각한다. 왜냐하면 「농군」은 윤창권 일가가 만주로 이주하여 수로를 내기까지의 과정을 집중적으로 다룬 수난의 기록이기 때문이다. 이 과정에서 1920년대 카프문학에서 보았던 지주/소작인의 극렬한 대립과 갈등은 사라지고 조선농민이 우여곡절 끝에 마침내 수로건설에 성공한 부분만 강조되어 있는 게 사실이다. 하지만 「농군」에는 윤창권 일가가 만주로 가게 된 사정이나 장자워푸란 동네가 생긴 사연이 명료하게 설명되어 있다. 그리고 윤창권 일가가 만주에서 첫 겨울을 나기 위해 무엇을 준비해 어떻게 생활하는지도 구체적으로 서술된다. 뿐만 아니라 수로개관과 관련하여 중국토민과 조선인 사이에 어떤 갈등과 막후공작이 벌어졌는지 소상하게 밝히고 있다. 이를테면, 관청에 진정을 해도 별 소용이 없다는 걸 알게 된 중국토민이 군부(軍部)의 유력한 사람에게 뇌물을 먹였고, 조선농민들도 개간권 허가 운동을 할 때이미 "공안국장에게 돈 오백 원, 현지사 부인에게 삼백원을 들여 순금 목걸이"를 바쳐 더 이상 돈을 마련할 수 없는 사정이 자세하게 서술된다. 요컨대, 이 소설에는 「만보산」이나 「벼」 못지않게 장자워푸 조선농민들이 겪어야 했던 최악의 생존조건과 중국인과의 갈등이 생생하게 서술·묘사되어 있다.

「농군」이 일본과 중국 사이에 끼인 조선농민의 처지를 제대로 그리지 못했다는 지적은 온당하지 못하다. 그와 같은 비판이 성립하려면, 그러한 정황이 상세하게 묘사되고 일본의 음흉한 의도를 고발한 작품이 있어야 하는데 필자가 과문한 탓인지 그런 내용의 소설이 있다는 말은 듣지 못했

---

44) 와타나베 나오키, 「식민지 조선의 프롤레타리아 농민문학과 '만주'」, 『근대의 문화지리 : 동아시아 속의 만주/만슈』, 동국대학교 한국문학연구소 제26차 국제학술대회 발제문, 2007, 2, 156쪽.

다. 1930년대 말의 혹독한 검열상황을 고려할 때 「농군」에서 일본의 존재를 거론하지 않았다고 비판하는 것이 얼마나 시대착오적인가는 더 이상 설명이 필요하지 않다. 「만보산」이나 「벼」와 달리 이 작품에 일본영사관이나 경찰에 대한 언급이 전혀 없는 것은 논의의 대상이 될 만하다. 이 문제는 만보산사건에서 일본경찰이 먼저 발포한 것을 소설에서는 중국관민이 총을 쏜 것으로 서술한 점과 함께 고려해야 할 사안이다. 조선에서는 말할 것도 없고 일본에서조차 일본경찰이 먼저 발포한 사실을 있는 그대로 서술했을 때 그 작품이 정상적으로 발표될 것으로 생각할 사람은 없을 터이다. 이토의 「만보산」에는 일본경찰 다섯 명이 나와 있었지만 아무런 대응도 하지 않은 것으로 그려져 있는데, 이는 사실과 부합하는 서술같지만 실제로는 만보산사건에서 일본은 전혀 공격적 태도를 취하지 않았다는 알리바이로 읽을 수도 있다. 작품에 일본을 등장시키려면 긍정적·호의적 이미지로 분식(粉飾)할 수밖에 없었던 것이 당시 사정이라면 일본과 관련된 이야기는 뺀 것이 오히려 더 효과적이고 고급한 서사전략이라 보는 게 타당하다. 「농군」의 장자워푸 주민들은 개척의 영웅이 아니다. 그들은 만주라고 하는 오지에 거의 쫓겨온 사람들이고, 어떻게든 생존하기 위해 가장 자신 있는 논농사에 모든 것을 걸었을 뿐이다. 「농군」의 황채심이 동네사람들을 모아 놓고 한 연설45)은 그들의 절박한 상황을 웅변한다.

이 소설은 윤창권 일가를 주인공으로 내세워 장자워푸 사람들이 수로

---

45) "여러분, 여러분네 알다시피 저까짓 땅에 서속이나 심자구 우리가 한상에 이십 원씩 낸 건 아뇨. 잡곡이나 거둬 가지군 그 식이 장식요. 우리가 만리타관 갖구 온 거라군 봇도랑에 죄다 집어 넣소. 것두 우리만 살구 남을 해치는 일이면 우리가 천벌을 받아 마땅하오. 그렇지만 물만 들어와 보, 여기 토민들도 다 몽리가 되는 게 아뇨? 우린 별 수 없소. 작정한 대로 나갈 수밖엔……."(이태준, 「농군」, 156쪽)

개간에 성공하기까지 겪어야 했던 온갖 고난을 사실적으로 묘사하고 있다. 그 때문에 서사가 다소 단순해졌지만 그만큼 주제의식이 선명하고 속도감 있는 서술로 강한 뚝심이 느껴진다. 하필이면 이 작품이 1939년 일본에서 '대륙문예개척간화회'가 결성된 시점에 씌어졌고, 곧바로 일어로 번역되어 『조선소설대표집』46)에 수록된 것에 대해 어떤 혐의를 둘 수 있으나, 이태준의 삶과 문학세계 전체를 통해 볼 때 그러한 의혹은 지나친 억측에 지나지 않는 것으로 판단한다.

4. 생존과 정착의 서사, 「벼」

안수길의 「벼」는 만주 이주 농민의 수전 개척과 학교 설립이라는 두 개의 사건을 중심으로 서사가 전개된다. 소설은 "만주건국 이년전 여름이 엿다"라는 문장으로 시작되는데, 이것은 작품 속 현실이 만보산사건 이전(즉, 1930년)이라는 사실을 강력히 암시한다. 이 소설에서 다루어지고 있는 중심 서사는 이주민 첫 세대가 만주에 정착하는 과정에서 중국인과 벌이는 물리적 충돌과 그 이후 학교건립문제로 중국국민당 정부와의 대립이 한층 격화되는 양상 등 두 가지이다. 만주에 이주한 조선인들은 중국인과의 대립과 갈등을 겪으면서도 벼농사에 성공하여 먹고 살만해지자 자식들의 미래를 위해 학교를 세우려 한다. 작품에 등장하는 중국인이나 일본인은 대체로 조선 농민에게 호의적인 인물로 묘사되고 있으나, 소현장(邵縣長)은 원칙적이고 깐깐한 배일주의자로 그려져 주목된다. 이와 함께 「벼」

---

46) 申建 飜譯, 『朝鮮小說代表集』, 教材社, 1940. 여기에 수록된 작품은 다음과 같다. 「소년행」(김남천)·「묘목」(이기영)·「豚」(이효석)·「창랑정기」(유진오)·「동화」(채만식)·「최노인전초록」(박태원)·「群鷄」(안회남)·「들장미」(김동리)·「역설」(최명익)·「붉은산」(김동인)·「보이지 않는 여인」(이광수)·「날개」(이상)·「농군」(이태준)(정혜영, 앞의 글, 182쪽에서 재인용)

는 박첨지의 염사(艶事)가 위성사건을 이루고 있어 「만보산」·「농군」의 단순 서사와 달리 사람살이의 따뜻한 정감이 느껴진다. 이런 점에서 중편 분량으로 씌어진 「벼」는 여기서 다루는 세 편의 소설 가운데 만주선농들의 삶의 실상을 가장 풍성하고 본질적으로 묘파한 작품이라 볼 수 있다.

「벼」는 '전장(前章)'과 '후장(後章)'으로 구성되어 있는데, 전체 분량의 삼분의 이를 차지하는 '전장'은 만주 이주 초기의 수전 개척을 다루고, '후장'에서는 소현장 부임 이후 본격적으로 시작되는 중국의 압박이 핵사건으로 다루어진다. '전장'의 내용은 십년전 박첨지 일가가 고향을 떠나 매봉둔[鷹峯屯]에서 수전을 일구기까지의 사건을 그리고 있는데, 여기서 중국인 한계운(韓啓運) 현장과 지주 방치원(方致源)은 조선농민에게 매우 우호적인 인물로 묘사된다. 이를테면 한계운은 박첨지의 사돈이자 매봉둔 개간의 선구자인 홍덕호를 양아들로 여길 만큼 총애하며, 방치원은 황무지를 삼년간 무상대여하고 그 뒤에는 논농사를 짓는데 필요한 조선농민을 불러들이는 노자와 햇곡식이 날 때까지의 식량을 빌려주되 삼년안에 갚고 한전(旱田) 소작료도 삼대칠로 하는 등 작인에게 유리한 조건을 제시한다. 방치원이 이처럼 후한 조건을 제시할 수 있었던 것은 당시(1920년경) 중국정부의 국력증강책 방향과 부합했기 때문이다. 인구는 적고 개간할 지역이 엄청난 만주에서의 수전개간은 곧바로 국력증강으로 연결된다고 생각한 중국정부는 조선농민을 적극 환영하였고 먼저 이주해 온 사람들을 통하여 조선농민을 초청하기까지 하였던 것이다. 그렇다고 중국 원주민과의 마찰이 전혀 없었던 것은 아니어서 박첨지 일행은 도착한지 나흘 만에 원주민의 습격을 받아 아들 익수가 숨지는 사태가 벌어진다.[47] 이런

---

47) 익수가 숨을 거두기 전에 고향의 매봉이 보인다고 하는 대목은 김동인의 「붉은산」(1933)에서 '삵(익호)'이 조국의 붉은 산과 흰 옷이 보고 싶다고 하는 장면과 대단히 혹사하다. 뿐만 아니라 '익수'와 '익호'의 이름도 유사하여 이와 유사한 사건이 실제로 있었던 것

우여곡절 끝에 수전을 개간한 매봉둔 조선농민들은 이듬해 첫 수확으로 거둔 벼 이백석을 팔아 방치원의 빚 일부를 갚는다. 삼년이 지난 뒤 그동안 무상으로 개간하고 지어먹던 논을 모두 방치원에게 반납했지만 얼마간의 논과 밑천이 마련된 데다 또다시 삼년간 사륙제로 계약을 맺어 황무지를 구입하고, 다시 삼년이 지난 뒤 이번에는 육년간 오오제로 재계약을 맺는 등 처음 들어온 지 칠년만에 매봉둔은 오십여호의 농가가 들어선 포실한 마을로 성장한다. 이렇게 마을이 형성되는 동안 벌어진 사건은 익수의 죽음과 박첨지가 또다시 향옥이와 염문을 뿌리는 정도에 불과하다. 따라서 이 소설의 전반부는 수로개간문제로 육체적 충돌은 말할 것도 없고 총격 사태까지 빚어진 만보산사건의 실상을 다룬 「만보산」·「농군」과는 달리 평온한 서사로 전개된다.

그러나 장개석 정부가 동북삼성(東北三省)을 지배하면서 상황은 만주선농들에게 대단히 불리하게 변한다. 우선 새로 부임한 소현장은 배일(排日) 사상으로 무장한 진보적 정치인이지만, 바로 그 점이 역설적으로 조선농민을 배척하는 원인으로 작용한다. 그의 지론에 따르면, 조선인이 많이 모여사는 곳에는 그들을 보호하기 위한 일본영사관이 들어서고, 그것은 일본의 정치세력의 진출을 뜻한다. 소현장이 부임 후 제일 먼저 무능력하거나 뇌물 먹은 관리를 처벌하고 이어서 관할구역내의 일본인에 대해 탐문한 것은 당연한 일이라 할 수 있다. 이 과정에서 나까모도란 일본인과 매봉둔 조선인마을의 존재가 드러났고, 그는 "조선사람은 천성이 간사하여 이익을 위하여 필요한 편에 잘 드러붙으나 그것이 불리하면 배은망덕하고 은혜 베푼 사람에게 춤뱃기가 일수"이므로 처음부터 입국시키지 않는 것이 최상이나, 이미 와 있는 조선인은 강제수단을 써서라도 몰아내

이 아닌가 하는 추측도 할 수 있다.

화근을 없애야 한다고 생각하여 학교건축 중지명령을 내린다. 이와 같은 소현장의 태도는 국민당정부의 조선인 구축정책을 성실히 수행하는 관리의 모습을 상징적으로 보여준다. 실제로 국민당정부는 1928년 12월 길림성 쌍양현(雙陽縣)과 안동현(安東縣)에서 조선인 240여명을 내쫓고 그들의 농경지를 몰수했을 뿐만 아니라 학교를 폐쇄[48]하는 등 노골적으로 조선인을 박해했던 것이다. 국민당정부가 조선인 구축정책을 강하게 밀어붙인 이유는 조선인을 '일본의 주구(走狗)'로 인식했기 때문이다. 다시 말해 국민당정부는 식민지 조선의 현실을 인정하면서 만주진출 야욕을 가진 일본을 직접 구축하는 데 어려움을 겪자 조선농민을 일본의 대리인으로 몰아 내쫓는 것으로 중국원주민의 불만을 달래려 했던 것이다.

이제 먹고살만해진 매봉둔 주민들에게 학교설립과 2세 교육은 더 이상 늦출 수 없는 현안으로 대두된다. 그리하여 고향에서 중등학교 교원으로 있는 박첨지의 아들 찬수를 초청한 것인데, 그는 십년동안 동경서 발행하는 강의록으로 자습한 뒤 동경에 건너가 주경야독으로 W대학야간고등사법부를 졸업한다. 귀국한 뒤 그는 K부(府) 공립상업학교에서 영어를 가르치다가 학생들의 동맹휴학에 개입해 6개월 옥고를 치르고 나와 사립학교에 적을 두고 있다 만주에 오게 된 것이다. 찬수에게 만주로 오라는 아버지의 편지가 "질식할 상태에 한가닥의 신선한 공기"와 같은 것으로 받아들여진 것도 그런 사정과 관련된다. 그러나 매봉둔에 도착한 찬수는 자신의 생각이 얼마나 낭만적이고 관념적인 것이었나를 절실히 깨닫는다. 그

---

48) 손승회, 앞의 글, 119쪽. 안수길의 「벼」에 따르면 "만국십칠년(소화삼년) 장개석의 북벌이 성공하여 동년 시월십일부터 동삼성에도 청천백일기가 나부낀지 불과 반년이 남짓한 해"에 지방에 정예분자가 파견되었는데, 그때 소현장이 발탁되어 부임한 것으로 되어 있다. '만국십칠년(소화삼년)'은 서기 1928년이므로 소현장의 부임과 학교건립반대는 중국 국민당의 조선인 구축정책의 일환이므로, 이러한 상황설정은 국민당의 그릇된 정책에 대한 작가의 비판적 의도가 개입된 것이라고 볼 근거가 된다.

는 지난 십년동안 매봉둔 주민들이 고생한 얘기를 듣고 직접 확인하면서
그들의 기대에 부응하지 못할까 걱정하다가 우연한 기회에 송화양행의
나까모도(中田)를 만난다. 나까모도는 "만주말을 잘하는 것을 물론이려니
와 항상 만주복을 입고 있어서 현성사람들한테서는 친중파로서 존경과 이
해"를 받지만 그가 무슨 이유와 목적으로 만주에 거주하는지는 알려지지
않는다. 작품의 서술자는 그가 일제의 첩자가 아니라고 단정하는 듯하다.

> 그는 기독교도는 아니었으나 그가 신앙하는 아지못할 종교가 있어 다
> 만 그것을 아동들에게 선전하는 것으로 만족해하였다. 일종 세계동포애와
> 같은 교리다. 그는 그것을 추상적으로 이야기한 일이 없고 아동을 통하여
> 그의 주의와 신념을 실행에 옮기는 것으로 일생의 업을 삼았다.(안수길,
> 「벼」, 299쪽)

서술자의 설명에 따르면, 그는 기독교적 신앙에 바탕한 사해동포주의
자인 것으로 그려진다. 그는 '송화양행'이란 상점뿐만 아니라 고아원·유
치원·소학교까지 경영하는 등 아이들 교육에 많은 관심을 기울인다. 이
를 수상히 여긴 소현장은 마침 송화양행에 도적이 든 것을 핑계로 가택수
색을 하지만 아무런 혐의도 찾아내지 못한다. 그 과정에서 매봉둔 조선인
마을의 실체와 학교건립계획을 인지하고 금지명령을 내린 것인데, 이 사
실을 찬수에게 전해들은 나까모도는 그 모든 것이 중국정권의 배일정책
에서 비롯된 것이므로 길림의 영사관에 보고하겠다고 말하면서 처음 뜻
을 굽히지말고 학교문을 열라고 격려한다. 하지만 이 일로 홍덕호는 현공
서에 불려가 반주검이 되도록 맞고 돌아오고, 매봉둔 주민들은 "닷다곳자
로 내일 안으로 매봉둔을 떠나 조선으로 도루 나가라"는 통보를 받는다.
졸지에 날벼락을 맞은 매봉둔 조선인들은 나까모도와 방치원 등에게 도
움을 요청하지만, 방치원 역시 이 일로 곤욕을 치뤘다며 뒤로 물러나고

길림으로 간 나까모도와는 연락이 닿지 않는다. 십년간의 간난신고 끝에 이뤄놓은 삶의 터전에서 쫓겨날 지경에 이른 매봉둔 조선인들에게 찬수는 "나까모도를 중간에 넣어 길림 영사관에 매봉둔사건을 진정하여 문제를 정치적으로 해결짓는 것이 순서"라고 설명한다. 찬수는 매봉둔에 이백여호가 모여살면서도 영사관과의 교섭이 전혀 없었던 것은 지도가 없었기 때문이라 생각하고, 길림영사관과 연락이 되기만 하면 매봉둔 문제가 모두 풀릴 것이라 낙관한다. 면사무소 급사에서 동경유학생을 거쳐 영어교사까지 되었던 찬수는 학생들의 동맹휴학사건으로 영어생활을 한 뒤 "일시적 실수라고 할까 이러한 과거에 대한 완전한 결별"을 한 뒤 현실주의자 혹은 친일자로 변절한 것으로 보인다. 이런 점에서 찬수는 식민지 종주국에 정치적·정신적으로 철저히 예속된 식민지 지식인의 전형적인 모습을 보여준다. 매봉둔에 도착하여 자신의 무능력에 절망하고 있던 찬수에게 나까모도가 "위대한 인격"으로 여겨진 것도 그가 일본인이라는 사실과 무관하지 않다. 그러나 중국육군이 학교에 불을 지르고 조선농민이 거의 맨주먹으로 원주민 부락으로 향할 때까지 나까모도는 나타나지 않는다. 나까모도는 식민치하에서 씌어진 허다한 소설에서 거의 유일하다시피하게 긍정적으로 묘사된 일본인이다. 신소설에는 일본인을 비롯한 외국인을 대체로 호의적인 관점에서 묘사했으나, 국권이 완전히 박탈당한 뒤 우리 소설에서 일본인은 여간해서는 등장하지 않았다. 더군다나 나까모도처럼 조선인의 절대적인 신뢰와 존경을 받는 일본인은 비슷한 사례를 찾기 힘들다.

이 작품은 1920년을 전후한 시기부터 1930년까지 약 십년간 매봉둔 조선인부락의 수전개관과 학교건립의 서사를 다루고 있다. 벼농사와 학교의 건립 서사는 조선농민들이 이민 초기의 절박했던 생존 문제가 해결되자 그곳에 뿌리박고 정착하려는 결심을 상징적으로 드러낸다. 이 과정에서 이민 초기 중국정부와 지주의 호의적인 태도가 갑자기 조선인 구축정책으로 바뀌게 된 사정이 소현장을 통해 구체적으로 설명되는데, 이것은 다른 작품에서 찾아보기 힘든 객관적 서술 태도라 볼 수 있다. 이런 객관적 태도가 '이주자-내부-농민'의 시선으로 씌어졌기 때문이라는 견해49)도 있으나, '이주자'는 근본적으로 '원주민'과 이해가 상반될 수밖에 없으므로 '이주자-내부' 시선 역시 '원주민'의 생각을 드러내는 데 한계가 있을 수밖에 없다. 오히려 소현장의 등장과 함께 중국의 태도가 급변하는 것을 강조함으로써 조선인 구축정책의 부당성을 강조하고자 한 것은 아닌가 생각해볼 수도 있다. 다시 말해 중국 국민당정부의 조선인 구축정책의 부당성을 과장하는 방법으로 일제의 대륙침략야욕을 은폐하는 서사전략을 구사하고 있는 것이 아닌가 한다. 이 작품에 등장하는 인물들은 특별히 과장되거나 희화화되지 않은 채 사실적인 모습으로 그려지고 있으나, 유독 나까모도란 일본인만 신비스러운 인물로 묘사됨으로써 이제까지 유지되어 왔던 객관적 태도가 흔들린다. 뿐만 아니라 이 마을의 유일한 지식인인 찬수가 매봉둔의 운명이 일본영사관에 달려 있다고 판단하는 것은 일본에 대한 과도한 신뢰와 희망을 암시하여 친일 시비를 야기하는 원인이 된다.

「벼」는 만보산사건이 발발하기 이전의 만주 조선인이 처해 있던 상황을 사실적이면서 객관적인 태도로 그리고 있어 타작품과 좋은 대조를 이룬다. 그러나, 소현장으로 대표되는 중국 국민당정부의 조선인 구축정책을 강조하는 과정에서 조선인이 일본영사관에 크게 의존하는 듯한 것으로 묘사하되 나까모도와 일본영사관이 현장에 나타나지 않는 것으로 종결지음으로써 일본의 개입을 은폐하려는 듯한 인상을 준다. 이런 여러 정

---

49) 한수영, 앞의 글 참조.

황을 고려할 때 「벼」가 일제의 의도에 부합한 작품이라는 지적은 부분적으로 타당해 보인다.

5. 결론

1931년 발생한 만보산사건은 벼농사를 짓기 위해 수로를 개간하려는 조선농민과 이를 저지하려는 만주토착민 사이에 벌어진 단순하고 일상적인 물리적 충돌이 아니다. 이 사건이 조선에서의 화교폭행사건으로 비화한 데에는 이를 만주침략의 빌미로 삼으려는 일제의 야욕이 숨겨져 있는 것이다. 이 사건은 한·중·일 작가들을 자극하여 여러 편의 소설이 창작되었는데, 이 글에서는 이토 에이노스케의 「만보산」과 이태준의 「농군」 및 안수길의 「벼」 등 세 작품을 대상으로 하였다. 「농군」과 「벼」는 소설 서두에 작품의 시대적 배경을 만보산사건 이전으로 설정하여 직접적 관련성을 부정하고 있으나 제재를 그에서 취했다는 점은 누구나 쉽게 알 수 있다. 「만보산」은 사건이 발발한 지 불과 한달도 안 되어 씌어진 작품이면서 조선농민이 만주로 쫓겨난 원인과 만주에서의 궁핍한 생활, 만주 지주와 군경의 혹독한 착취 등을 사실적으로 재현하고 있어 당시 만주선농이 처한 상황을 이해하는 데 많은 도움을 준다. 그러나 만보산사건 현장에서 중국군민이 먼저 발포하는 것으로 묘사하는 등 사건을 의도적으로 축소 내지는 은폐하고 있다. 「농군」은 장자워푸의 조선농민들이 수로개간에 성공하기까지 겪어야 했던 온갖 고난을 사실적으로 묘사한 작품이다. 작가의 관심이 수로개간의 수난에 집중되어 서사가 다소 단순해졌지만 주제의식은 가장 분명하다. 이 작품이 씌어진 시점과 일어로 번역되어 『조선소설대표집』에 수록된 것 때문에 이런저런 의혹이 제기되기도 하지만, 이태준의 삶과 문학세계 전체를 통해 볼 때 그러한 시각은 교정될 수 있을 것이다. 「벼」는 1920～30년 사이 만주 조선인이 처해 있던 상황을 비교적 객관적으로 묘사하고 있다. 그러나, 중국 국민당정부의 조선인 구축정책을 과장되게 서술하고 조선인이 일본영사관에 크게 의존하는 듯한 모습을 그리면서 정작 일본의 개입에 대해서는 침묵하고 있다.

「만보산」·「농군」·「벼」 등 세 작품을 통해 재현된 만보산사건의 실상은 대동소이하다. 그들은 만보산사건이 중국토착민과 조선이주민 사이의 갈등 및 중국 국민당정부의 조선인 구축정책에서 비롯되었다고 보고 있으나, 연구논문 등을 통해 밝혀진 일제의 만주침략 야욕은 한 마디 언급도 없다. 이 점은 세 작품이 씌어진 시대적 상황과 작가의 신분 등 외적 조건과 밀접한 관련을 맺는다. 「만보산」의 작가가 일본인이고 「농군」·「벼」의 작가는 일제의 검열을 의식하지 않을 수 없는 처지였다는 정황을 고려하고 소설을 분석해야 한다. 이런 점에서 중국에서 발표된 『만보산』과 장혁주가 쓴 『개간』은 좋은 비교 대상이 될 것으로 생각한다. 그러나 이들 작품은 중국어와 일본어로 씌어진 채 지금까지 번역 소개되지 않아 접근이 쉽지 않다. 조만간 이들 작품에 대한 집중적인 분석과 타작품과의 비교 연구가 이루어지기를 기대한다.

한국 근대소설사의 결락과 보완

1.

주요섭(朱耀燮)은 1902년 12월 23일 평양 신양리(新陽里)에서 아버지 주공립(朱孔立)과 어머니 양진심(梁鎭心)의 삼남 사녀 중 둘째 아들로 태어났다.[1] 호적상에는 출생일이 1902년 11월 24일로 되어 있지만, 이는 음력 생일이다. 주요섭은 홍사단에 입단할 때 제출한 이력서에 자신의 생일을 양력으로 기록하여 호적의 생일이 음력임을 알 수 있게 하였다. 그의 부친은 장로교 목사로, 큰 아들과 둘째 아들의 이름을 요한·요섭 등 기독교 성자와 같이 지었고(셋째 아들은 '永燮'으로 두 형의 이름의 성격과 차별된다) 딸에겐 하느님(또는 예수)의 은혜를 받들고 섬기라는 뜻에선지 '은(恩)'을 돌림자로 했다(奉恩·頌恩·成恩·敬恩). 그러나 주요섭 소설에는 기독교에

---

1) 대부분의 자료에 부친 이름은 공삼(孔三), 모친 이름은 진심(眞心)으로 기술되어 있다. 그러나 한국독립운동사 정보시스템(https://search.i815.or.kr)의 '원문정보 독립운동가 자료 제141 단우 주요섭 이력서'에는 공립(孔立)과 진심(鎭心)으로 되어 있다. 또 주요섭의 형제자매도 8남매(『한국민족문화대백과』), 5남매(『한국현대문학전집6』, 三省출판사) 등으로 자료마다 편차가 심하다. 이 글에서는 한국독립운동사 정보시스템의 자료를 따른다.

대한 비판적 진술이 자주 나오는 것으로 미루어 모태 신앙임에도 불구하고 다소의 불만을 가졌던 것 같다.

그는 1911년 사립 숭덕(崇德)학교를 졸업하고 1917년엔 숭실중학교에 다니다가 이듬해(1918년) 일본으로 건너가 아오야마 학원(靑山學院)에서 잠깐 수학하였으나 3·1운동 때 귀국하여『무궁화소년회』란 등사판 지하신문을 발행한 죄로 영어(囹圄) 생활을 한다. 1920년 그는 숭실대학에 입학하여 3개월 동안 다니다 도일하여 일본 사립 세이쇼쿠 영어학교(正則英語學校)에 5개월 다니고(1920. 10~1921. 3) 다시 중국으로 건너가 쑤저우(蘇州) 안처엉(晏成) 중학교에 입학한다(1921. 4). 안처엉 중학교에 잠시 적을 두었던 그는 형 요한이 있던 상해로 이주하여 후장(滬江)대학교 중학부에 편입하고 흥사단에 입단한다(단원 번호 144). 그의 형 요한은 1920년 2월 흥사단(단원 번호 104)에 입단하였으므로 그도 형의 영향을 받았을 것으로 추정된다. 그 뒤 1923년에 후장대학에 입학하는데, 이때의 전공은 영문학이란 설과 교육학이란 설이 있다. 피천득에 따르면 주요섭은 "대학의 특대생이었고 영자신문 주간이요, 대학 토론회 때 학년 대표요, 마닐라 극동올림픽에 중국 대표로 출전하여 우승"[2)]한 적도 있어 모든 학생의 흠모의 대상이었다고 한다. '마닐라 극동올림픽'은 1913년 필리핀 체육협회의 미국인 E.S.브라운이 주창한 국제스포츠대회로 1934년까지 육상·수영·테니스·농구·배구·축구·야구 등 7종목만으로 진행되었으며, 주요섭은 1925년 제7회 대회에 중국 선수단의 일원으로 참가하였다. 한 연구가는 주요섭이 미국 스탠포드 대학원에서 교육학을 전공한 점과 후장 대학 시절「小學生徒의 衛生教育」이란 글을 발표한 점으로 미루어 교육학을 전공했을 것으로 추정하지만, 대학의 영자신문 주간을 맡았다는 피천득의 진

---

2) 피천득,「餘心」,『인연』, 샘터, 1996, 192쪽.

술로 보아 영문학 전공이었을 가능성도 배제하기 어렵다.

1927년 주요섭은 미국으로 가기 위해 중국으로 귀화한다. 그가 미국 유학을 마치고 중국의 부런(輔仁)대학 교수로 재직할 수 있었던 것도 이때 취득한 귀화증이 있었기 때문으로 보인다. 그는 스탠포드 대학원에서 교육심리학을 전공한 뒤 1930년 2월 귀국, 1931년에는 형 요한의 도움으로 『신동아』 주간을 맡아 일하다가 1934년 중국 베이핑(北平) 부런대학 교수로 부임한다. 이곳에서 그는 신가정사의 여기자 김자혜(金慈惠)와 결혼[3]하여 "지구의 약 삼분의 일쯤은 편답해본 경험이 있거니와 이 북평에서처럼 몸과 정신과 마음의 평화를 누려본 경험이 일찍 없었다"고 할 만큼 안정된 삶을 산다. 그러나 이처럼 평안했던 삶도 잠시, 일본의 대륙 침략에 협조하지 않는다는 이유로 일본 경찰에 의해 일본 영사관에 감금(1938년)되는 등 박해를 받다가 억지로 추방되어 평양으로 되돌아온다(1943년). 평양에서 아버지가 경영하던 제재소에서 일하던 중 해방을 맞아 곧바로 월남하여 상호출판사 주간(1946년), 『코리아 타임즈』의 주필(1950년)을 거쳐 1953년 경희대학교 영문과 교수로 부임한 뒤 20년을 근속하다 미국으로 가기 위한 신원조회가 끝났다는 소식을 듣고 1972년 11월 14일 심근경색증으로 사망한다.

주요섭의 등단에 대해서는 1921년 『매일신보』 신춘문예 3등 입선의 「깨어진 항아리」라는 주장과 1921년 『개벽』에 발표된 「추운 밤」이란 주장이 있다. 그러나 최근 한 연구가의 조사에 의해 1920년 『매일신보』 신춘문예에 3등으로 입선한 「임의써논어린벗」이 주요섭의 최초 작품임이 밝혀졌다.[4] 해당 신문의 「考選을맛치고」란 글에는 "질그릇生 朱耀燮君의 「임

---

3) 주요섭은 미국 유학을 마치고 귀국한 뒤 황해도 출신 여성과 결혼하였다가 이듬해 이혼한 전력이 있는 것으로 알려져 있다.

4) 최학송, 「해방전 주요섭의 삶과 문학」, 『민족문학사연구』 제39호, 고려대민족문화연구원,

의쩌는어린벗"이란 구절이 있는데, 이 '질그릇'이란 필명 때문에 「깨어진 항아리」란 정체불명의 소설 제목이 항간에 떠돌았던 듯하다. 주요섭은 자신의 처녀작이 1919년 평양 감옥에서 소재를 취해 쓴 "쎈티멘탈하고 비극적인 연애소설"[5]이라 회고하고 있는데, 친구 여동생을 사랑하다 이루지 못하고 둘 다 병으로 죽는 이야기를 서간문 형태의 액자구성으로 다룬 「임의쩌는어린벗」의 내용이 그와 혹사하다. 이 소설은 선자(選者)의 평처럼 "연애소설로는 너무 공소한 嫌이 없지 못하며 묘사가 좀 부족한 감"이 있지만, 「첫사랑 값」·「사랑 손님과 어머니」·「아네모네의 마담」 등 남녀의 비극적인 사랑을 그린 작품 계열의 첫머리에 놓인다는 점에서 의미를 찾을 수 있다. 이후 주요섭은 만 70세로 타계할 때까지 40여 편의 소설과 시·희곡·동화 등 거의 모든 장르에 걸쳐 작품을 썼고 외국소설도 번역하였다. 하지만 그의 문학적 성과에 대한 한국문학사의 평가는 대체로 인색한 편에 속한다. 그는 초기에 빈민들의 곤궁하고 암담한 삶을 다루다가 미국 유학에서 돌아온 뒤 남녀의 비극적 애정문제를 그린 「사랑손님과 어머니」·「아네모네의 마담」으로 대중적 명성을 획득한다. 해방 뒤 그의 소설은 휴머니즘에 입각한 소품이 대종을 이루면서 연구가들의 본격적인 논의에서 소외된다. 요컨대 한국 근대소설사에서 주요섭은 신경향파 혹은 애정소설 작가로 그릇되게 소개되면서 연구자들의 관심 영역에서 벗어나게 되었던 것이다. 그나마 「사랑 손님과 어머니」가 중고등학교 교과서에 실리고 영화와 TV드라마로 여러 차례 제작되어 대중적 명성을 얻은 것은 다행한 일이라 할 수 있다. 그러나 그는 가난하고 소외된 계층의 고통스런 삶의 실상과 그릇된 인습이나 사회적 편견 때문에 개

5) 주요섭, 「나의 문학적 회고—재미있는 이야깃군」, 『문학』, 1966. 11.

2009. 4.

인의 행복을 포기해야 하는 남녀에게 깊은 애정과 관심을 가졌고, 그러한 제재나 주제를 소설적으로 형상화하는 데 탁월한 능력을 보여준 작가라는 사실은 간과되어 왔다.

2.

주요섭 소설에 대한 기왕의 평가는 「인력거군」·「살인」 등 초기작을 신경향파문학으로 분류하되 특별한 의미를 부여하지 않고, 「사랑 손님과 어머니」·「아네모네의 마담」을 대표작으로 보아 연애소설 작가로 폄하하는 견해가 대종을 이룬다. 그 결과 그의 해방후 소설은 본격적 논의의 대상이 되지 않았고 작품연보조차도 제대로 정리되지 않은 상태다. 최근 한국 근현대문학사에서 가장 잘못 이해된 작가로 그를 주목하는 연구가 진행되고 있거니와, 이들 논문조차 주요섭 문학을 총체적으로 조감하기보다 해방 전, 특히 상하이에서 집필한 작품에 논의를 한정하여 아쉬움을 남긴다. 그런 점에서 이 글 역시 기왕의 논의와 유사한 한계를 지닐 수밖에 없다.

「치운 밤」(『개벽』, 1921. 4)은 주요섭이 일본 셰이쇼쿠 영어학교에 다닐 무렵 집필한 작품으로 보인다. 이 소설은 병든 어머니의 죽음이 아버지의 과도한 음주벽(飮酒癖) 때문이라 생각한 주인공 소년(병서)이 술집에 달려가 술독을 깨뜨리고 돌아와 어린 동생과 함께 죽는다는 암울한 사건을 다루고 있다. 주인공이 자신에게 닥친 불행의 원인을 술에서 찾고 술동이를 박살내는 행동은 단순하고 유아적인 행위로 보이지만, 1920년대 중반 신경향파 작품의 징후적 특성을 선험적으로 보여준다는 점에서 의의가 있다. 또 한 집안의 가난과 질곡이 가장의 지나친 음주벽에서 기인한다는 주인공의 판단은 근대 초기 지식인이나 기독교신자들이 내세웠던 계몽적 주장과 일정한 연관관계를 갖는다. 소설의 전체적 분위기는 매우 어둡고 황량하지만 결말 부분에서 주인공이 행복한 표정으로 죽는 것으로 묘사되는 것은 주목할 만하다. 이러한 아이러니적 결말 구조는 같은 평양 출신의 선배작가 전영택의 「화수분」(『조선문단』, 1925. 1)과 흥미로운 차이를 보여준다. 「화수분」에서는 부부가 죽어가면서도 어린 생명을 살리는 감동적이고 희망적인 메시지를 전달하는데, 「치운 밤」은 훨씬 절망적이라는 점에서 극명히 대조된다.

「인력거군(人力車軍)」(『개벽』, 1925. 4)은 주요섭이 상하이 "호강대학 2학년 재학 때 사회학 교수의 지도로 인력거꾼의 합숙소 현지조사연구에 나갔다가 너무나 심한 충격"6)을 받고 쓴 소설로, 현진건의 「운수 좋은 날」(『개벽』, 1924. 6)과 여러모로 대비되는 작품이다. 상하이와 경성의 인력거꾼의 비참한 일상을 그렸다는 점에서 두 소설은 비슷하지만, 「인력거꾼」에 묘사된 그들의 삶과 절망이 「운수좋은 날」의 그것에 비해 훨씬 핍진하다는 점에서 뚜렷한 차이가 난다. 가장 두드러진 차이는 「운수좋은 날」의 김첨지가 인력거삯을 내지 않고 자신이 번 돈을 모두 쓰는 데 반해 「인력거군」의 아찡은 인력거삯으로 매일 50전을 지불해야 하며, 상하이의 인력거꾼은 평균 9년이면 사망할 정도로 혹독한 노동에 시달리고 있다는 사실에 대한 사회학적 보고이다. 이 소설은 8년째 인력거꾼 노릇을 하는 아찡이 새벽부터 손님을 실어 나르다 갑작스런 오한과 어지럼증을 느껴 병원에 가지만 의사는 만나지도 못하고 숙소에 돌아와 죽기까지의 하루 일상을 매우 사실적으로 추적하고 있다. 그 과정에서 상하이 뒷골목의 아침 풍경, 인력거꾼의 바가지상술, 일부 부유층이나 지식인의 오만함 등이 생생하게 재현되어 작품의 리얼리티가 한층 도드라진다. 뿐만 아니라 "제

---

6) 주요섭, 「나의 문학적 회고」, 『문학』, 1966, 11, 198쪽.

섭원이가 노영상이를 들이친다는 풍설이 한창 돌 때"[7]라는 평범한 구절을 통해 1924년 당시 상하이의 어수선하면서도 긴장된 분위기를 효과적으로 전달하고 있다. 무엇보다 흥미로운 것은 이 소설에 나타나는 기독교에 대한 비판적 시각이다. 아쩡은 남경로에 있는 무료병원에서 깨끗한 양복을 입고 금테 안경을 쓴 뚱뚱한 신사에게서 '예수'와 '천국'에 대한 이야기를 듣고 골똘한 생각에 빠진다. 그는 천국에도 인력거꾼이 있으면 자신이 이승에서 겪었던 것을 똑같이 되돌려 주겠다고 생각하지만, 천국이 그런 곳이 아니라는 말에 실망한다. 이것은 아쩡이 절대적 평등과 구원이란 기독교의 고상한 교리를 제대로 이해하지 못한 데서 비롯된 희극적 삽화지만, 무지몽매한 대중을 교화해야 할 종교로서는 피할 수 없는 현실적 문제임은 부정하기 어렵다. 이러한 에피소드의 삽입은 작가의 반기독교적 인식의 토로라기보다 빈궁계층에게 물질적으로나 정신적으로 아무런 도움이 되지 못하는 지식인의 자괴감의 투사라 보는 게 옳을 듯하다.

　인력거는 일본에서 발명하여 조선·중국·동남아·인도까지 전파된 근대의 교통수단이다. 일본의 '리키샤(リキシャ, 力車)'가 우리나라에서는 '인력거', 동남아와 인도 지역에서는 '릭샤(rickshaw)'라 불렸는데, 말 그대로 사람의 힘[人力]으로 움직이는 교통수단으로 그 일에 종사했던 이들이 평균 10여 년을 넘기지 못할 만큼 살인적인 노동량이 문제로 대두되었다. 그리하여 2005년 인도 서벵골주의 총리는 인력거 끄는 일을 '비인간적 노동'으로 간주, 법적으로 금지하였다. 일제 시대 조선과 중국에서의 인력거꾼은 혹독한 노동과 가난, 굶주림 등에 시달리다 죽어가는 최하층 빈

---

7) 제섭원과 노영상은 청조 멸망 후 중국을 분할하여 지배하던 군벌(軍閥)로 이들 사이의 전쟁은 1924년 9월부터 10월까지 약 한 달간 벌어졌는데, 제섭원의 지역(강소)과 노영상의 지역(절강) 이름을 따 '강절전쟁'이라고 한다. 전쟁 초기에선 노영상이 유리했으나 제섭원의 반격이 성공하여 10월 15일 노영상은 패배하여 상하이를 잃었다.

민의 표상이다. 그런 점에서 인력거꾼의 비참한 일상과 죽음을 다룬 「인력거군」은 화려한 근대문명의 이면 속에 감추어진 민중의 비인간적 생존 조건의 실상을 폭로한 작품이라 보아도 크게 잘못이 아니다.

「살인」(개벽, 1925. 6) 역시 주요섭이 상하이에 거주할 때 창작한 작품으로, 조선에서 팔려간 창녀의 이야기를 다루고 있다. 우리 근대소설에서 여성의 인신매매와 매음은 그리 낯선 풍경이 아니다. 「감자」(김동인)의 복녀는 50원에 남편에게 팔리고, 「뽕」(나도향)의 안협집은 참외 한 개에 순결을 잃으며, 「가을」(김유정)에서도 조복만이 아내를 50원에 팔았다가 야반도주하는 얘기가 나온다. 뿐만 아니라 「소낙비」(김유정)의 춘호는 아내에게 돈 2원을 마련해오라며 은근히 매춘을 부추기고, 「물레방아」(나도향)의 방원은 노름빚 대신으로 아내를 얻은 것으로 되어 있다. 이처럼 근대 초기에 여성 매매와 매춘이 다반사로 이루어진 정황에 대해서는 보다 심층적인 사회학적·풍속적 고찰이 요구되거니와, 「살인」에서처럼 조선 여성이 상하이로까지 팔려간 사실에 대한 문학적 보고는 매우 희귀한 사례에 속한다. 최서해 소설에서 빚 때문에 중국인 지주에게 딸이나 아내를 빼앗기는 것도 광의의 여성 매매라 볼 수 있지만, 돈에 팔려 이역만리에서 직업적 매춘부로 전락한 여성을 주인공으로 설정한 소설은 찾아보기 어렵다. 또한 여주인공 우뽀가 한 남성을 짝사랑하면서 자신의 처지를 인식하고 포주 할미를 살해하는 대목은 이른바 '신경향파소설'의 전형을 그대로 보여주지만, 도시하층민의 자기각성의 단초를 보여준다는 점에서 의의를 지닌다.

「첫사랑 값」(『조선문단』, 1925. 9~11, 1927. 2~3)은 조선 유학생이 중국 여학생과의 사랑 문제로 갈등하다 자살한 사건을 다룬 액자소설로, 당시 식민지 지식인의 내면풍경과 현실을 이해하는 데 좋은 참고가 된다. 이 소설은 형식이나 내용면에서 주요섭의 등단작(「임의쩌는어린벗」)과 상당한 공통점을 보여준다. 그것은 두 소설 모두 남녀 사이의 이루어지지 않은 사랑과 죽음을 액자 구성 방식으로 다루었다는 점에서 찾아진다. 차이점 이라면, 등단작의 액자 이야기가 편지라면 「첫사랑 값」에서는 일기 형태 로 되어 있다는 것이다. 또한 전자에서는 주인공이 상대방 여성에게 거절 당할지 모를 두려움 때문에 고백을 하지 못한 데 반해, 후자에서는 조선 과 중국의 문화적 차이와 지식인으로서의 민족적 사명감을 내세워 적극 적인 만남을 스스로 피한다. 중국여성에 대한 사랑을 정리하지 못한 채 도망치듯 귀국한 그는 뚜렷한 계획도 없이 유치원교사와 약혼을 하지만 그 때문에 더 큰 갈등에 시달린 듯 자살한 것이다. 소설의 마지막 부분은 쓰여지지 않아 주인공이 자살 원인은 밝혀지지 않았다. 다만 피천득의 회 고에 따라 이 소설이 작가의 개인적 체험을 바탕으로 한 것이라는 사실을 짐작할 수 있을 뿐이다.[8] 주요섭의 아호['餘心']는 중국 여학생과의 이룰 수 없는 사랑 때문에 애를 태우다 마음이 모두 타버렸다는 작가의 마음이 담겨져 있다는 것이다.

이 소설의 액자 속 이야기(유경의 일기 내용)는 1924년 8월 28일부터 이 듬해 7월 22일까지(마지막 회의 날짜는 알 수 없으나) 약 1년 동안 상하이와 평양을 배경으로 전개된다. 액자 속 이야기의 주인공 유경은 중국에서 공 부하는 조선인 유학생으로 어느 날 N이라고 하는 중국 여학생과 우연히 마주친 뒤 격심한 심리적 갈등을 겪다 마침내 자살한다. 이 소설은 외국 인 여학생을 사랑하는 조선인 유학생의 고민과 모태 신앙이었던 기독교 에 대한 비판적 시각("삼 년 전에 이십여 년이나 믿던(날 때부터 믿었으니까) 종교 라는 것이 무가치한 염가의 위안물인 것을 깨달은 이래 나는 늘 종교가들을 저주해 오

---

8) "형은 한 중국 여동학과 이루지 못할 사랑을 하였습니다. 그리고 여심(餘心)이라는 아호를 지었습니다. 타고 남은 마음이라고"(피천득, 「여심」, 『인연』, 194쪽).

지 않았는가?")이 구체화되어 있을 뿐만 아니라, 1925년 '5·30 참안(慘案)'[9] 당시 상하이 분위기와 학생들의 움직임 등이 사실적으로 묘사되어 있다는 점에서 중요한 자료적 가치를 부여할 수 있다. 유경의 갈등과 방황은 국가와 민족, 그리고 개인의 애정 문제 가운데 무엇을 우선순위에 두어야 할지 몰라 딜레마에 빠진 청년의 심리를 잘 그려내고 있다. 그는 민족을 위해 독신생활도 감수해야 한다고 다짐하거나, 민족을 위해 가족과 재산, 명예와 행복, 더 나아가 목숨까지도 희생하라는 A선생(안창호의 이니셜인 듯 : 인용자)의 간절한 권고를 떠올려 고민하다가도 "나는 그만 그(N이란 중국 여학생 : 인용자)의 종이 되고 만다. 그저 그를 위하여는 무엇이고 희생하고 싶어진다"는 개인적 생각에 빠져든다. 그러나 그는 자신의 감정을 N에게 알리지도 못하고 여름방학이 되자 피하듯 평양으로 귀향한다. 고향에 돌아온 그는 부모의 강권에 못이겨 유치원 교사 K와 약혼을 하지만, 자신이 그녀를 단순한 육욕의 대상으로 여길 뿐 사랑하지 않는다는 사실을 깨닫는다. 소설은 여기서 중동무이되어 유경이 왜 자살을 하였는지 알

---

9) 1925년 5월 15일 상하이 일본계 방적공장 감독에게 노동자 한 명이 사살되고 10여 명이 부상당하는 사건이 발발했다. 이후 상하이의 일본 방적공장의 2만여 명 노동자들이 파업에 돌입하였고 각 대학 학생들은 살해된 가족들을 위해 모금운동에 나섰다. 제국주의자들은 시위에 참가한 학생들을 체포하고 치안문란죄로 5월 30일 재판을 준비하였다. 5월 28일 칭따오(青島)의 일본 방적공장 자본가와 봉천계 군벌인 장작림이 결탁하여 파업 중인 중국인 노동자 8명 사살, 10여 명 중상, 70여 명을 체포하는 사건이 다시 벌어졌다. 5월 30일 오전 이에 분노한 중국 학생 2천여 명이 상하이의 공동 조계에서 군벌과 제국주의의 만행에 항의하기 위해 전단을 뿌리며 연설하였는데 영국 경찰이 백여 명의 학생들을 체포하였다. 만여 명의 군중들이 "제국주의 타도"를 외치며 학생의 석방을 요구하자, 영국 경찰이 발포하여 사망 13명, 부상 10여 명, 체포 수십 명에 이르는 사건으로 비화하였고, 이를 '5.30참안(慘案)'이라 일컫는다. 이튿날 밤 공산당원 주도로 상하이총공회(上海總工會)가 설립, 6월 1일부터 총동맹 파업을 선포하였고, 6월 18일까지 20여만 명의 노동자와 5만 명의 학생들이 동맹휴업(학)에 참여했다. 영·일 제국주의자들은 무차별 발포로 사망 32명, 부상 52명에 이르는 학살을 감행했지만, 시민들은 상하이공상학연합회(上海工商學聯合會)를 결성하여 영·일군의 영구철수 및 영사재판권의 폐지를 포함한 17개조를 조계당국과 북경정부에 요구했다.

수 없지만, 주요섭이 소설을 완결 짓지 못한 것은 미국 유학과도 관련이 있었던 것으로 짐작된다. 그러나 이 사건 때문에 자호(自號)를 '여심(餘心)'이라 지을 만큼 충격을 받았던 그로서는 주인공의 자살로 종결되는 소설을 마무리하기 용이하지 않았을 것이다. 그것은 개인적 체험의 충격이 크면 클수록 허구화하기 어렵다는 창작의 일반론과도 관련되며, 소설을 연재하다 14개월 동안 중단했던 사정도 그와 무관하지 않을 것으로 추론된다. 무엇보다 주요섭이 미국 유학을 마치고 돌아와 쓴 소설이 남녀 사이의 비극적 사랑에 관한 것이라는 사실도 이국 여성에 대한 첫사랑을 잊지 못하는 작가의 내면의 고백이라 보인다.

「개밥」(『동광』, 1927. 1)은 개밥을 사이에 두고 사람과 개가 싸우는 잔혹하고 눈물겨운 사건을 다룬 소설이다. 주인집에서 기르는 서양 사냥개에가 흰 쌀밥과 고깃국을 주어도 먹지 않자 행랑어멈은 그것을 딸 단성이에게 가져다 준다. 이런 일이 반복되는 동안 단성이는 쌀밥과 고깃국에 맛을 들이고, 개도 차츰 고깃국에 익숙해지면서 행랑어멈이 고민이 시작된다. 고깃국을 제법 많이 끓여도 개가 워낙 먹성이 좋아 남기지 않으므로 단성이에게 가져다 줄 게 없어진 것이다. 남편이 일자리를 잃고 일본으로 떠난 뒤 단성이가 병이 들자 어멈은 의사를 청한다. 그런데 의사의 진단이 가관이다.

> "그런데 먹이는 것을 조심해 먹여야겠소. 허튼 것은 먹이지 말고 고깃국물, 우유 같은 것이 좋고, 밥은 니팝을 먹이고 병이 조금 낫거든 닭고기 두 좀 먹이고, 달걀 같은 것을 먹이면 좋지요. 다른 병보다두 먹지 못한 병이니깐…… 약은 별로 쓸 것이 없으나, 원한다면 좀 있다 애 시켜 보내리다…… 그리고 문을 이렇게 꼭 닫아 두지 말구 신선한 공기를 좀 통하게 하소. 그래두 추워서는 안 될 테니 불을 많이 때고 문을 잠깐 열어서 공기를 순환시키곤 해야 돼요……"

의사의 진단과 처방은 그가 전문적 지식은 충분히 익혔을지 모르나 인술(仁術)에는 전혀 관심이 없는 직업인임을 암시한다. 영양실조로 행랑에 누워있는 아이에게 고깃국과 우유를 먹이고 방에는 불을 많이 때라고 말하는 것은 의사가 아니라도 얼마든지 할 수 있는 충고이기 때문이다. 하층민의 실상을 도외시한 의사의 이러한 직업적 태도는 「인력거군」의 전도사에게서도 보았던 것으로, 이를 통해 우리는 지식인에 대한 작가의 비판과 불신이 상당히 심각한 지경에 이르렀음을 알 수 있다. 죽어가는 딸에게 마지막으로 고깃국물이라도 먹이고 싶은 어멈과 밥을 빼앗기지 않으려는 사냥개가 먹이를 놓고 물어뜯는 장면은 한국 현대소설사에서 가장 참혹하고 잔인한 대목이 아닐 수 없다. 그 장면은 최서해의 「기아와 살륙」이나 김유정의 「땡볕」·「떡」보다 처참하며, 「아홉 켤레의 구두로 남은 사내」(윤홍길)의 이른바 '나체화' 장면보다 훨씬 절실하고 눈물겹다.

3.

「사랑 손님과 어머니」(『조광』, 1935. 11)는 중고등 교과서에 오랜 동안 실렸을 뿐만 아니라 영화나 드라마로도 여러 차례 제작·패러디되어 우리에게 가장 널리 읽히고 알려진 주요섭의 대표작이다. 이 소설은 여섯 살 난 계집아이 옥희의 독백형식으로 서술되어 '믿을 수 없는 화자(unreliable narrator)'에 의한 아이러니를 지향한다. 다시 말해 옥희의 시선으로 바라보고 진술되는 모든 사건은 어른들의 복잡하고 미묘한 감정의 변화와 갈등의 양상을 정확히 전달할 수 없는 한계를 지닌다. 따라서 독자는 옥희 말을 무조건 신뢰할 게 아니라 그 이면에 숨겨진 당시의 사회적·관습적 맥락을 고려하여 해석해야 한다. 그럴 때 이 소설은 이십대 초반의 청상과부에게 평생 수절을 강요하는 가부장제 윤리와 관습의 비인간적 요소에 대한 작가의 분노로 읽힌다. 이와 함께, 옥희가 유치원에서 돌아와 벽장에 숨어 엄마를 놀라게 한 에피소드가 피천득의 어린 시절 체험을 소설화한 것이라는 사실도 특기할 만하다. 이 사실은 앞에서 보았던 피천득의 회고("당신의 잘 알려진 가품 「사랑 손님과 어머니」의 어느 부분은 나와 우리 엄마의 에피소드였습니다.")를 통해 밝혀진 것이다.

주요섭 소설에는 기독교와 관련된 장면이 자주 등장한다. 그리고 거기에는 기독교에 대한 작가의 비판적 시각이 개입되어 있음은 앞에서 살펴본 바와 같다. 「사랑 손님과 어머니」에도 역시 예배당과 기도 장면이 등장하거니와, 그것은 조선의 유교적 관습을 충격하거나 해체하는 데 아무런 도움이 되지 못한다. 옥희 가족이 독실한 기독교 신자라면 과부의 재가금지라는 재래적 악습을 과감히 떨쳐버려야 할 터이지만, 옥희 어머니는 "옥희가 이제 아버지를 새로 또 가지면 세상이 욕을 한단다. 옥희는 아직 철이 없어서 모르지만 세상이 욕을 한단다. 사람들이 욕을 해. 옥희 어머니는 화냥년이다 이러구 세상이 욕"을 할 거라며 결국 자신의 욕망을 포기한다. 그것은 단순한 개인 욕망의 포기에 그치는 게 아니라 "미신으로 거의 줄치듯 해놓은 조선의 예수교"(「첫사랑 값」)의 모순의 실체 폭로라는 중의적 의미를 지닌다. 이처럼 주요섭 소설에는 기독교가 가난하고 무지한 서민들의 삶에 아무런 도움이 되지 못하는 현실 상황에 대한 비판이 자주 등장하는데, 이에 대한 별도의 논의가 필요할 것으로 보인다.

「아네모네의 마담」(『조광』, 1936. 1)은 남녀 사이의 애정을 둘러싼 사회적 편견과 오해에 관한 짧은 이야기다. 티룸 아네모네의 마담 영숙은 한 달 전부터 티룸에 와 '슈베르트의 미완성 교향곡'만 신청하고 제 얼굴을 뚫어지게 바라보는 전문대 남학생에게 호감을 갖는다. 다른 손님과 달리 자기에게 어떤 수작도 붙이지 않던 그가 언제부턴가 '미완성 교향곡'을 들으며 우는 모습을 보고, 그것이 자기 때문이 아닐까 생각하며 귀걸이를 단다. 그러던 어느 날, 그 학생이 티룸에 들어서자 습관처럼 교향곡을 틀었는데 그가 갑자기 소리를 지르며 음반을 깨뜨리는 소동을 벌인다. 교수의 부인을 사랑하던 그는 사회적 관습과 주위의 시선 때문에 자주 만날 수도 없어 그녀가 좋아하던 '슈베르트의 미완성 교향곡'을 듣고 위안을 받기 위해 티룸에 자주왔던 것이다. 그 티룸엔 교수 부인을 닮은 '모나리자' 그림마저 걸려 있어 더욱 안성맞춤이었던 셈이다. 교수 부인이 사망한 날 친구에게 이끌려 티룸에 들어서 교향악을 듣자 이성을 잃었다는 친구의 전언을 듣고 영숙은 귀걸이를 떼버린다. 이 소설의 표층구조는 티룸 마담 영숙의 엉뚱한 오해에 따른 한 바탕의 소동으로 보이지만, 남편 있는 여자(더군다나 교수의 아내)와 순수한 청년의 사랑에 대한 사회적 편견을 비판하는 작가의식이 심층구조를 이룬다. 그런 점에서 전문대학생의 친구가 티룸에 들러 저간의 사정을 설명하며 열변을 토하는 다음 대목에 이 작품의 주제가 그대로 드러난다.

> "현 사회에서는 매음 같은 더러운 성관계는 인정하면서두, 집안 사정상 별로 달갑지 않은 혼인을 한 한 젊은 여인이 행이랄까 불행이랄까 남편 외의 딴사람에게서 한 사람이 한 번만 가져 볼 수 있는 그 고귀한 첫사랑을 바칠 수 있는 대상을 발견할 때 우리 사회는 그것을 더럽다고 낙인해 버리고 조금두 용서치를 않으니까요! 그 사랑이 얼마나 순결하구, 얼마나 열렬한 것을 이해해 줄 수 있는 사회두 아니고 또 이해해 보려구 하지두 않는 사회니까요. 더러운 기생 오입은 묵인하면서두 순결하고 고귀한 사랑은 그 사랑의 대상이 한 번 다른 사람과 결혼한 사람이라는 다만 한 가지 이유하에 기생 오입보담두 더 나쁜 일처럼 타매하구 비방하는 그런 우스운 사회니까요."(「아네모네의 마담」에서)

인용문에 따르면, 교수 부인은 자신의 의사와 상관없이 집안의 결정에 따라 교수와 결혼을 했고, 전문대생에게 처음으로 참된 사랑을 느낀 것으로 보인다. 그러나 사회적 윤리와 관습은 그녀의 순수한 사랑을 일부 호색한들의 기생 오입보다 더 천하고 추악한 것으로 여겨 낙인을 찍는다. 이와 같은 남성중심적 사랑과 결혼제도에 대한 통렬한 비판은 「사랑 손님과 어머니」의 주제의식과 일맥상통하는 것이다. 그리고 그것은 어떤 면에서 국가와 민족이 다르다는 이유 때문에 포기했던 작가 자신의 첫 사랑에 대한 뒤늦은 미련과 안타까움의 토로인지도 모를 일이다.

「북소리 두둥둥」(『조선문단』, 1936. 3)은 제재나 주제, 그리고 기법적인 면에서 두루 이색적인 작품이다. 이 소설은 1920년대 북간도 지역에서 투쟁활동을 하던 조선인이 죽던 날 인선이 태어났고, 그가 철이 들면서 북소리를 환청으로 듣다가 스무 살이 되던 날 북소리를 따라 사라져버렸다는 다소 황당한 사건을 다루고 있다. 인선의 아버지는 이십년 전 북간도로 건너가 "번개처럼 찬란하고 떠도는 생활을 하다가 그만 총부리 앞에서 찬 이슬이 되어 버린 호협"한 사내이다. 그는 아내의 출산을 앞두고 출동 명령에 따른다. 만주에서의 투쟁은 한 사람 있고 없고에 따라 승부가 갈라질 수 있을 만큼 급박한 상황이기 때문이다. 북간도를 개척한 조선 남성에게 투쟁은 생활의 일부이고 아녀자들 또한 남편의 출전을 만류하지 않을 만큼 당찬성품을 지니고 있다. 복실 모(인선 모)는 남편이 떠난 뒤 "두둥둥 울리는 북소리만이 온 몸뚱이를 속속들이 뚫고 뻗고 채워서 그냥 전신, 온 우주가 그 북소리 하나로 뭉쳐 버리는 것 같은 환각"을 느끼며 아이를 낳는다. 그날 태어난 아이가 성인이 되자 아버지를 따르겠다며 북쪽으로 가버린 것이다. 아버지가 죽던 날 태어난 아들이 아버지의 유업을 잇기 위해 집을 나선다는 줄거리의 소설이 1936년에 발표되었다는 것은 상당히 이례적인 일로 생각된다. 1936년은 미나미 지로(南次郞)가 조선총독으로 부임한 해로 이때부터 악명 높은 조선말살정책이 시행되기 시작했기 때문이다. 북간도의 투쟁은 대를 이어 지속되어야 한다는 주제의식을 내포한 이 작품은 주요섭 문학에서도 매우 특별한 의미를 갖는다. 이 소설은 작품성이나 기법적 측면에서 신선한 점은 찾아보기 어렵지만 일제말기에 북간도 조선인의 투쟁과 그 지속성을 문제 삼았다는 것은 놀라운 사건이 아닐 수 없다. 그것은 그가 중국과 미국 유학을 마치고도 조국과 민족을 위해 특별한 행동을 하지 못한 것에 대한 자의식의 반영이라 볼 수 있다.

「봉천역 식당」(『사해공론』, 1937. 1)은 화자가 8년 동안 봉천을 오가며 그곳 식당에서 몇 차례 마주친 한 여성의 외적 변모를 통해 "해외를 떠도는 조선여성이 한 타입의 표본"을 형상화한 소설이다. 이 소설의 시간적 배경은 1928, 9년~1937년까지 약 8년 동안이지만 공간적 배경은 봉천의 한 식당으로 한정된다. 그리고 그 식당에서 화자가 목격한 사건은 지극히 단순하고 그에 대한 해석 역시 주관적 추론에 그치고 있어 각별한 의미를 부여하기 어렵다. 그러므로 이 소설을 제대로 이해하기 위해서는 1928년~1937년까지의 만주 봉천을 중심으로 한 역사적 사건과 변화, 그곳을 오가는 조선인의 형편 등을 두루 고려할 필요가 있다. 화자는 모두 네 차례에 걸쳐 봉천역의 정거장식당에서 조선 여성을 만나는데, 시간이 흐를수록 그녀의 외모와 행색이 달라져 형편이 나빠지고 있음을 짐작하게 한다. 처음 만났을 때의 그녀는 "꼭 찌르면 터질 것 같이 맑고 복사꽃같이 발그스레한 두 뺨"과 "흑진주 같이 빛나는 맑은 눈", 그리고 "두 팔목이 대리석처럼 희고 부드러"운 17, 8세의 처녀로 식당의 공기를 진동시키고도 남을 정도로 활기차고 행복한 모습으로 묘사된다. 2, 3년 후 화자는 같은 장소에서 대여섯 명의 남성과 자리를 함께 한 두 명의 여자를 발견하고 그 중 양장을 한 여성이 그녀임을 알아챈다. 예전과 달라진 그녀의 모습에서 음식점의 웨이트레스가 되었는지 혹은 회사 사무원이 되었는지 쉽게 분간하지 못한다. 그 뒤 3년이 지나 만주사변의 후유증으로 전시상태 같은 봉천에서 다시 그녀를 만나는데, 이제 그녀는 혼자 식당에 앉아 하염없이 담배만 태우는 모습으로 발견된다. 그리고 다시 몇 년이 지난 "바로 어제" 또다시 마주친 그녀는 네 살쯤 되어 보이는 딸아이와 함께 식당에 와 "눈물날치 구슬픈 태도"로 밥을 먹어 화자를 비감케 한다. 8년 동안 모두 네 차례 봉천역 식당에서 우연히 마주친 조선여성이 어떤 삶의 곡절을 겪었는지 자세히 알기 어려우나, 그녀에게서 "해외로 떠도는 조선여성의 한 타입의 표본"을 보았다고 판단하는 화자의 태도에 주목할 필요가 있다. 그는 2, 3년마다 잠깐 마주친 그녀의 외모와 주변 환경의 변화를 토대로 그녀의 삶이 갈수록 고단해지고 심란해졌다는 사실을 깨닫는다. 그것은 두세 번째 만남에서 그녀가 혼자 있는 광경을 목격하고 더 이상 남성들의 열띤 관심을 받지 못하며, 어린 딸이 딸린 채 초라하고 시들어가는 마지막 모습에서 그들 모녀의 삶이 더욱 고달파질 것이라는 사실을 깨닫는다. 여기서 화자가 말하는 "해외를 떠도는 조선여성의 타입" 이 무엇을 말하는지 정확히 알 수 없으나, 남성들에게 둘러싸여 행복해하던 모습과 혼자 담배만 피우거나 어린 딸을 앞에 놓고 억지로 음식을 먹는 광경의 대조를 통해 그녀가 남자에게 소외당했으리라 추측하는 것은 그리 어렵지 않다. 그렇다면 화자가 말하는 "해외를 떠도는 조선여성의 한 타입"은 아마도 만주 등지의 윤락가로 팔려간 조선여성을 의미하는 것이 아닐까. 우리는 이런 타입의 여성이 걸었던 비참한 삶의 말로를 '우뽀'를 통해 확인한 바 있다. 이 소설이 발표된 1937년은 일제에 의해 만주국이 건설되어 수십만의 만주이민자가 생겨나고 '만주문화회(滿洲文話會)'란 단체가 결성되어 조선의 작가들은 만주발전을 예찬하는 글을 쓰도록 권유받았다. 그런 시점에서 봉천에서 마주친 조선여성의 조락(凋落) 과정을 관찰하고 그녀를 "해외로 떠도는 조선여성의 한 타입"으로 표상했다는 것은 놀라운 현실인식과 직관이 아닐 수 없다.

「낙랑고분의 비밀」(『조광』, 1939. 2)은 주요섭 소설 가운데 가장 특이한 작품이다. 이 소설은 평양에서 발생한 젊은 남성들의 실종과 죽음을 취재하는 신문기자를 화자로 설정하여 추리소설적 분위기를 제공하고 있으나, 서사가 전개되면서 야담이나 몽환적 소설로 추락한다. 이 작품의 화자(승직)는 이복동생(승일) 실종 사건의 진상을 밝히는 과정에서 고서를 발견하고 그 내용에 따라 야간잠복을 하던 중 소복한 여자를 만나 바위 굴속으로 들어간다. 그녀는 천년 전 낙랑시대 여성으로 애인과 함께 불로수를 발명하여 마시려던 중 연적이 찾아와 애인을 죽이고 자기만 살아남았다는 것이다. 불로수를 마신 그녀는 영원히 죽지 못하는 신세로 떠돌다가 문득 불교의 윤환설을 떠올리고 옛 애인이 어느 순간에 환생하면 그의 힘을 빌어 해독제를 마시고 죽으리라 결심한다. 다행히 화자의 도움을 얻어 저주받은 운명에서 벗어난 그녀는 "죽음은 삶보다 행복한 것"이라며 화자와 이별한다. 이 소설은 불교의 윤회전생을 모티프로 삼았다는 점에서 기독교를 모태신앙으로 하는 주요섭으로서는 매우 파격적인 작품이 아닐 수 없다. 또한 천년의 사랑과 불사의 형벌, 그리고 낙랑 고분 등 이 소설의 제재와 배경도 이제까지 보아온 주요섭 소설의 성향과는 이질적이고 플롯도 다소 허술하고 작위적이다. 그러나 남녀간의 사랑을 주제로 하면서 현실의 삶을 고통으로 인식하고 있다는 점에서 이 소설은 「첫 사랑값」 계열의 작품으로 유형화할 수 있다. '사랑'과 '빈민계층에 대한 애정'은 주요섭 소설의 가장 핵심적인 화두였던 것이다.

4.

주요섭 소설에 관심을 가진 연구가들의 한결같은 지적은, 그의 소설이 한국현대소설사에서 부당하게 저평가되었다는 사실이다. 그럼에도 불구하고 그들조차 주요섭 문학 전체를 면밀하게 분석하여 문학(사)적 의미를 구명하는 데까지는 나아가지 않고 있다.

주요섭은 기독교 집안에서 태어나 자랐고, 일본과 중국, 미국 등에서 유학을 하며 석사 과정을 마치고 중국과 한국의 대학교수로 재직했던 지식인이다. 그는 칠십 평생 40여 편밖에 안 되는 작품을 남긴 과작의 작가이지만, 그가 다룬 작품세계는 간단하거나 단순하지 않다. 그럼에도 불구하고 그가 「사랑 손님과 어머니」의 작가로 세간에 알려진 것은, 해방이후 발간된 문학사의 기술(記述)을 무비판적으로 따랐기 때문이다.

이 글을 쓰기 위해 몇 가지 자료를 찾아 읽으며 나는 우리 문학사가 주요섭 소설뿐만 아니라 그의 전기적 사실에 대해서도 매우 소홀했음을 알게 되었다. 자료에 따라 그의 부모의 이름과 형제 관계 등 가계의 기본사항조차 다르게 서술되는 것은 우리의 문학연구가 얼마나 무성의하고 부정확하게 이루어지고 있는가를 알려주는 자료일 뿐이다. 하지만 이 글에서 밝힌 주요섭의 가계도 유족의 확인을 거치지 않은 것이어서 부정확하기는 매한가지다. 다만, 한국독립운동사 정보시스템의 자료는 주요섭의 자술 이력서를 바탕으로 했으므로 다른 것보다 신뢰할 만하다. 최근 몇몇 연구가들에 의해 소개된 「첫 사랑값」은 미완성작이긴 하지만, 1925년무렵의 상하이 분위기를 알려주는 자료적 가치 외에 작가의 사적 체험을 바탕으로 한 것이어서 그의 문학을 이해하는 데 도움이 될 것으로 보인다. 주요섭은 이 작품 외에도 「인력거군」・「살인」・「봉천역 식당」 등을 통해 1920~30년대 상하이와 봉천의 분위기 및 그곳에 거주하는 한국인의 처지를 핍진하게 보여주고 있다. 「살인」・「봉천역 식당」은 중국 윤락가에 팔려간 한국 여성의 비참한 삶의 행적을 다룬 작품이나 「북소리 두둥둥」처럼 북간도 조선인의 투쟁을 언급한 작품에 대한 세심한 분석과 평가가 요청되는 것도 그 때문이다.

「사랑 손님과 어머니」를 주요섭 소설의 대표작이라 보는 데는 별다른 이견이 없다. 그러나 그 소설은 주요섭의 대표작 가운데 하나일 뿐 유일한 대표작이라 하기는 어렵다. 그는 상하이와 조선의 빈민계층의 고단하고 무망(無望)한 삶을 사실적으로 재현하는 데 탁월한 기량을 보였으며 북간도에서의 조선인 투쟁이 지속되어야 한다는 민족의식을 주제로 한 작품도 발표하였다. 이 글에서는 미처 다루지 못했지만, 그는 미국 유학에서 돌아온 뒤 "내가 직접 노동자가 되어 보기 전에 노동자계급 운운하는 것은 잠꼬대에 지나지 않은 줄 알았다"[10]며 『구름을 잡으려고』·「유미외기(留米外記)」 등의 소설을 썼다. 이들 소설에서 그는 미국 유학생과 노동자들의 일상을 객관적으로 관찰하고 있는데, 그곳의 민족주의자들이 파벌을 형성하여 상호비방하는 모습을 목격하고 자신의 민족주의적 이상이 얼마나 관념적이며 비현실적인 것이었나를 깨달았던 듯하다. 『구름을 잡으려고』는 "미국에 사는 교포들의 경험담과 내가 직접 겪은 것을 토대로 한 일종의 더큐멘타리 소설"[11]이어서 보다 면밀한 분석이 필요하다. 이 소설은 제목부터 이상과 현실의 괴리를 암시하는 데다, 소설 속 미주지역 지도자들의 대립과 갈등이 구체적으로 묘사되어 있어 작가의 사상 변화를 짐작하는 데 큰 도움을 줄 것이기 때문이다.

주요섭은 20대 초반부터 작고할 때까지 약 50년 동안 그만한 숫자의 작품을 생산했고, 영어로 소설을 쓰거나 외국작품을 번역하기도 했다. 그는 다작의 작가도 문제작을 여럿 발표한 작가도 아니지만, 남녀가의 애정문제를 주로 다룬 통속적 작가로 인식되는 것은 교정되어야 마땅하다. 한 연구가가 지적한 것처럼, 우리나라의 대표적 문학사에서 그의 소설 제목

---

10) 주요섭, 「미국의 사상계와 재미 조선인」, 『별곤곤』, 1928. 12, 160쪽.
11) 주요섭, 「나의 문학적 회고―재미있는 이야깃군」, 『문학』, 1966. 11, 198쪽.

이 잘못 소개되거나 아예 그에 대한 언급이 전혀 없다는 것은 그 문학사를 기술한 저자들의 오해와 편견에서 비롯된 것이다. 그는 「인력거군」과 「사랑 손님과 어머니」 등의 작품에서 날카로운 현실인식과 객관적 묘사의 한 전범을 보여주었으며, 「북소리 두둥둥」와 「낙랑고분의 비밀」을 통해서는 환상성을 수용함으로써 보다 탄력적인 소설미학을 실험하기도 하였다. 이런 점에서 주요섭은 우리의 길지 않은 현대소설사에서 제외되어 좋은 통속작가가 결코 아니며, 하루빨리 그의 문학이 정당한 해석과 평가를 받아 한국문학사의 결락 부분이 온전히 보완되어야 할 것이다.

'구인회'와 한국 현대소설

1. 구인회의 결성과 문학사적 의의

　구인회는 1933년 8월 26일 발족한 문인단체다. 카프계 영화인(映畵人) 김유영과 이종명이 『매일신보』 학예부 기자 조용만에게 "프로문학에 대항하는 단체를 하나 만들어보는 게 어떻느냐"고 제안하여 즉석에서 의기투합한 세 사람은 신문사 학예부 관계자(『조선중앙일보』 학예부장 이태준 · 『동아일보』 객원기자 이무영 · 『조선일보』 기자 김기림)를 후보자로 지목한다. 이들이 각 일간지 학예부 관계자를 최우선 섭외대상자로 꼽은 까닭은, 모임이 결성되면 카프에서 반동집단이라 비난할 것이 예상되므로 신문 학예면을 조종할 수 있는 위치에 있는 실력자가 필요할 것으로 판단했기 때문이다. 이에 덧붙여 이종명은 당시 도하 각 신문의 노골적인 섹트주의를 혁파하기 위해서라도 학예면 담당자의 참여가 긴요하다고 제안한다. 여기에 "이효석과 정지용을 꼭 넣어야 한다"고 합의한 뒤 연극의 유치진은 영화와 짝을 맞춰야 한다며 본인의 의사와 상관없이 포함시킨다. 이효석은 김유영과 절친한 사이[1]인 데다 조용만의 경성제일고보 및 경성제대 영문과

선배라는 친분이 작용했고, 정지용도 도시샤(同志社)대학 영문과를 졸업한
후 『가톨닉靑年』 주간으로 재직하며 조용만과 자주 술좌석에서 어울릴
정도로 가까운 사이였다. 정지용과 이태준은 휘문고보 문예반 선후배 사
이로, 구인회 결성 모임의 사회를 맡은 정지용이 이태준을 좌장으로 천거
하면서 모임은 두 사람을 중심으로 재구성된다. 구인회 결성 모임에 참여
한 이들 가운데 정지용이 제일 연장자(1902년생)이고 이태준(1904년생)이 차
석인 데다 『조선중앙일보』의 현역 문예부장이었으므로 회의를 주재하는
게 이상하게 보이지 않는다. 하지만 이 모임의 첫 발의자가 김유영·이종
명이었고 한때 카프와 가깝게 지내던 그들이 카프에 대항할 문학단체를
만들자고 제안했으나, 이태준 등이 회칙도 강령도 없는 순수한 친목단체
로 성격을 굳혀가자 두 사람은 슬그머니 탈퇴해버린다. 유치진은 애초부
터 모임에 큰 관심이 없어 창립모임 이후 발길을 끊었고, 이무영도 "인간
적으로 루즈한 생활을 영위하고 있다"며 낙향한 데다, 이효석 역시 이름
만 걸어 놓았다가 함경북도 경성(鏡城)에 있다는 핑계로 나오지 않자 조용
만이 함께 탈퇴하면서 구인회는 애초와 전혀 다른 성격과 구성원으로 거
듭난다. 김유영·이종명·유치진 등이 빠진 자리는 곧바로 박태원·이상
으로 충원되었는데, 조용만은 처음부터 자신과 경성제일고보 동창이었던
박태원을 추천했으나 이종명이 받아들이지 않았다고 한다. 이상(李箱)은 이
미 『가톨닉靑年』에 시를 발표하면서 정지용과 교분을 맺고 있었고, 이태
준은 정지용으로부터 여러 차례 이상을 소개받은 적이 있어 초면이 아니
었다. 박태원과 이상은 1931년 무렵 만나 금방 친해져 이태준의 배려로

---

1) 이효석은 김유영이 주도적으로 창립한 '조선 씨나리오·라이터 협회' 회원(안석영·서광
  제·안종화 등)으로, 함북 경성(鏡城)에서 京城(서울)에 오면 김유영 집에 묵을 만큼 가까
  운 사이로 알려진다. 김유영의 본명은 김영득(金榮得)으로 1930년 최정희와 결혼했으나
  이듬해 이혼했다.

「소설가 구보씨의 일일」을 『조선중앙일보』에 연재할 때 이상이 '하융(河戎)'이란 필명으로 삽화를 그릴 만큼 가깝게 지낸다. 세 사람이 나간 자리를 두 사람으로 보충한 채 한동안 유지되던 구인회는 이무영·이효석·조용만이 물러난 뒤 "이상은 상허와 의논하여 김유정·김환태·박팔양을 가입"[2]시켜 새로운 '구인회'를 조직한다. 구인회는 발족과 함께 첫 발의자를 비롯한 초기멤버[3] 대부분이 탈퇴하고 새로운 인원으로 회원지 『시와 소설』을 발간할 때까지 약 2년 6개월 동안 많은 우여곡절을 겪은 것이다.

김유영·이종명·조용만·정지용·이태준·김기림·이효석·이무영·유치진으로 시작한 구인회는 『시와 소설』 발간 당시 이상·박태원·김유정·김환태·박팔양·김상용 등 구성원의 삼분의 이가 새로 영입된 이들로 바뀌었거니와, 여기에는 흥미로운 공통점이랄까 나름대로의 선발 기준이 작동하고 있다. 첫째, 특정 학교 및 학과 출신이 많다. 이 모임의 발의자라 할 수 있는 김유영·이종명은 보성고보 출신으로, 김기림·김상용·이상·김환태 등이 동문이다. 구인회의 실질적 좌장이었던 이태준과 정지용은 휘문고보 출신이고 이무영·김유정이 그 후배다. 이효석·조용만·박태원은 경성제일고보 동문이고, 이효석·조용만·조벽암·이상·박팔양 등은 전공은 다르나 넓은 의미의 경성대 동문이다. 구인회 구성원의 공통분모 가운데 가장 큰 비중을 차지하는 것이 영문학인 점도 특

---

2) 조용만, 『30년대의 문화예술인들』, 범양사출판부, 1978, 139쪽.

3) 1933년 결성 당시 구인회 멤버는 김유영·이종명·조용만·정지용·이태준·김기림·이무영·이효석·유치진 등 아홉 명이었고, 이들 가운데 『시와소설』 발간에 참여한 이는 정지용·이태준·김기림 등 세 명에 불과하다. 조벽암이 언제 누구의 추천으로 구인회에 참여하였다가(『조선중앙일보』 1934년 6월 25일자 구인회 문예강좌 광고기사에 조벽암의 이름이 실린 것으로 보아 그 이전인 것은 분명하다) 어떤 연유로 탈퇴했는지, 그리고 김상용은 어떤 경과로 구인회 멤버가 되어 『시와소설』에 이름과 작품이 실렸는지에 대한 상세한 정황은 알려져 있지 않다.

기할 만하다. 정지용·이효석·조용만·유치진·김기림·김상용·김환태 등 무려 일곱 명이 경성대나 일본대학에서 영문학을 전공한 것이다. 둘째, 이태준·이무영·김기림·조용만·박팔양 등 다섯 명이 신문기자 출신이다. 애초에 김유영·이종명이 현역 신문기자를 중심으로 모임을 만들기로 했던 점을 고려하면, 이들이 각자 출신 학교 및 학과 동문을 영입하면서 구인회의 면모를 갖춘 것으로 보인다. 겉으로는 순수한 문인 친목 단체를 표방했던 구인회의 구성도 이처럼 학연과 전공·직업 등의 조건이 고려되었고, 그 때문에 더 친밀한 유대감으로 결속되었을 것으로 보인다. 우리나라의 대표적 민족사학이라 할 수 있는 휘문고보와 보성고보 출신이 구인회 멤버의 대다수를 차지한 것은 별로 이상한 일이 아니다. 그러나 그들 과반수 이상이 영문학 전공자라는 사실은 좀더 각별한 의미를 갖는다. 다시 말해 구인회 대다수 회원이 영문학과 출신이란 사실은 이 시기를 기점으로 외국문학 전공자들이 한국 문학의 주축 세력으로 대두하기 시작했다는 것을 의미한다. 구인회 구성원 대부분은 1900년대 초에 태어나 일본 유학 등을 통해 근대를 체험했고, 영어로 서구 문화를 접하면서 일본과 서구의 차이를 분별할 수 있었던 세대다. 그러므로 그들의 문화의식은 한국문학 근대 1세대인 이광수·염상섭·김동인 등과 달리 일본적이라기보다 서구적 성향이 강했을 수밖에 없다. 구인회의 문학적 관심과 지향이 모더니즘과 깊은 연관이 있었던 것도 이와 무관하지 않거니와, 이들의 문학은 신세대를 거쳐 해방후 세대에게도 커다란 영향을 미친다. 이러한 사실은 1940년 전후로 태어난 일군의 문학인들이 서양문학을 전공하고 1960년대 이후 한국문학의 주력으로 부상한 것과 비견할 만하다. 이른바 '한글세대'라 호명되는 이들은 대학에서 영문학(황동규·서정인 등), 불문학(김현·김치수·김승옥 등), 독문학(이청준·김주연 등)을 전공한 뒤 전후세대를 비판하면서 한국문학의 새로운 중심축으로 대두되었던 것이다.

구인회 동인지 성격의 『시와 소설』은 그 표제가 너무 심상하고 평범하여 오히려 눈에 띈다. 그것은 『창조』·『개벽』 등 한국근대문학사 초창기 동인지나 잡지가 표방한 엄청난 의욕이나 자부와 큰 거리가 있지만, 동시대의 『시문학』·『시인부락』의 제호와는 대체로 유사한 정신적 지향을 보여준다. 또한 이상(李箱)이 작성한 것으로 보이는 「편집후기」에 표제에 관한 아무런 언급이 없는 것도 다소 수상쩍다. 동인지나 기관지를 발간할 때 자신들의 문학적 개성이나 지향점 등을 어떤 방식으로든 천명하는 것이 일반적 관례라면, 『시와 소설』은 의도적으로 그러한 관습을 무시하면서 평범을 강조하고 있는 것이다. 하지만 그러한 의도된 평범 속에 치열한 형식적·언어적 실험정신이 잠복해 있다는 점에서 이 잡지는 각별한 의미를 갖는다. 비근한 예로 당대의 가장 뛰어난 작가로 인정받고 있던 이태준이 소설이 아닌 수필을 쓴 것이라든지 정지용이 시적 대상의 파악조차 어려운 「유선애상」을 발표한 것, 그리고 박태원이 단 하나의 문장으로 한 편의 소설을 완성하는 독특한 실험을 하고, 김유정이 만연체 문장에 단락 구분조차 없는 「두꺼비」를 발표한 것 등은 이 잡지가 무엇보다 형식적·언어적 실험을 의도했던 것으로 볼 중요한 근거가 된다.

이태준이 수필 「설중방란기(雪中芳蘭記)」를 발표한 이유는 분명하지 않지만, 『시와 소설』의 대체적 분위기가 실험적인 작품을 싣는 것으로 방향이 잡히면서 이태준 특유의 자존심이 작동했을 가능성이 크다. 갑작스레 이상·박태원처럼 모더니즘 계열의 작품을 쓸 수는 없었을 터이므로, 당대 최고의 문장가답게 깔끔한 수필 한 편으로 좌장으로서의 체면을 갖추려 한 것으로 보인다. 실제로 이 수필은 난을 사이에 두고 이병기·정지용·이태준 등 휘문고보를 배경으로 한 스승과 제자, 선후배 사이의 각별한 우의와 고아한 정신적 교유를 단아하고 격조 높은 문장으로 묘사한 수작이다. 난의 완상을 위해 한 자리에 모인 세 사람[4]은 당대 최고의 시조

시인·시인·소설가일 뿐 아니라, 후일 동양의 정신세계 혹은 상고주의를 통해 일제의 근대에 저항하는 공통점을 보여준다. 말하자면 「설중방란기」는 이태준이 초기 소설에서 보여주었던 지식인의 갈등과 좌절에서 벗어나 상고주의를 통한 반근대로 나아가는 출발을 알리는 표지(標識)라 할 수 있다. 「방란장주인」은 총 5,558자의 한 문장으로 이루어진 매우 진기한 형식의 작품일 뿐만 아니라, 쉼표와 연결어미를 독창적으로 활용하여 작중인물의 심리를 교묘하게 묘사하는 등 형식적 완성미를 추구한 점에서 의의가 있다. 기생 박녹주에 대한 연정을 소재로 한 작품으로 알려진 「두꺼비」는 김유정 소설의 문체적 특질5)을 여실히 보여주는 작품이다. 그의 소설은 대체로 단문보다 중·장문(重·長文)이 대종을 이루고 토속어와 구어(口語)가 많은 것이 특징인데, 「두꺼비」 역시 대화와 서술이 분리되지 않은 독백체 문장을 의도적으로 길게 늘여씀으로써 독자의 특별한 집중력이 요구된다.

　구인회에 대한 당대 문단의 평가는 대체로 비판적이었는데, 그것은 비판론자가 대부분 카프 계열의 비평가라는 사실과 관련된다. 백철·홍효민·임화 등은 구인회를 부르주아 문학단체나 새로운 반동시대의 전위파 혹은 동반자적 그룹으로 이해하였으나, 시간이 흐르면서 "구인회는 조선

---

4) 이병기는 이날(1936년 1월 22일) 모임에 노천명도 합석했다고 일기에 기록하고 있다. "맑다. 정지용·이태준·노천명 군과 夕飯, 文話. 梅花·開花는 芳香馥郁."(이병기,『가람문선』, 신구문화사, 1966, 132쪽) 이 내용은 「설중방란기」의 다음 구절과 그대로 부합한다. "지용 형에게서 편지가 왔다.『가람 선생께서 난초가 꽃이 피었다고 이십이일 저녁에 우리를 오라십니다. 모든 일 제쳐놓고 오시오. 淸香馥郁한 망년회가 될듯하니 질겁지 아니리까.』"

5) 이규정,「「날개」와 「봄봄」의 문체론적 비교연구」,『수련어문논집』 6권, 수련어문학회, 1978. 이 논문에서 김유정 소설은 장문과 중문(重文), 청각적 표현, 순수 국어와 전통적 토속어를 즐겨 쓰는 것으로 조사되고 있다. 이 연구는 김유정 소설 한 편만을 분석했다는 점에서 김유정 소설 문체의 일반적 특질로 확정하긴 어려우나 김유정 소설이 대체로 이러한 문체적 특질을 보인다는 것은 널리 인정받고 있는 사실이다.

문학계에 있어서 카프에 버금가는 문제의 문학단체"6)라는 긍정적 평가도 나온다. 그러나 이러한 긍정론은 구인회에 대한 객관적 평가라기보다 카프의 조직력이 와해되던 시기적 정황에서 비롯된 절충적 태도라 할 수 있다. 해방후에도 구인회에 대한 문학사적 평가는 그다지 호의적이지 않았다. 특히 백철은 '카프 해산=순수문학 발흥의 기회'라는 관점에서 구인회를 평가하는 한편, 구인회의 문학단체적 성향보다 개별 작가의 문학성에 더 많은 관심을 할애한다. 이에 반해 조연현은 구인회의 문학사적 의미를 순수문학의 방향을 계승하여 "한국 현대문학의 주류로서 육성 확대시키는 동시에 이를 다음 세대에 전계(轉繼)"시키는 한편, "한국현대문학이 지닌 그 근대문학적 성격을 현대문학적 성격에로 전환시키는 데 중요한 측면적 활동"7)을 했다고 적극적으로 평가한다. 요컨대 조연현은 한국문학의 정통성을 순수 민족문학에서 찾고자 했으며, 1930년대 중반에 한국문학이 계몽의 서사가 주조를 형성했던 리얼리즘에서 현실의 문제를 방법론적으로 천착하는 모더니즘으로 이동하고 있다고 본 것이다. 구인회의 순수문학단체로서의 특성을 강조한 조연현의 논리는 남북 이데올로기 대립이 극심한 상황에서 구인회의 문학사적 위상을 복원하기 위한 전략이었을 수 있거니와, 1930년대 중기를 현대문학으로의 전환기로 파악하고 구인회가 주도적 역할을 했다고 본 것은 대체로 온당한 관점으로 이해된다. 해방이후 구인회에 대한 문학(사)적 평가가 활발하지 않았던 가장 근본적인 이유는, 구인회 구성원 대다수가 납/월북(정지용·김기림/이태준·박태원·박팔양)했거나 해방전에 사망(김유정·이상·이효석)했기 때문이라 할 수 있다. 김유정·이상의 요절 후 새로운 멤버를 영입하지 않음으로써 구

---

6) 박승극, 「조선문학의 재건설」, 『신동아』, 1935, 6, 136쪽.
7) 조연현, 『한국현대문학사』, 성문각, 1992, 500쪽.

인회는 사실상 해체된 것이나 다름없었고, 실질적 리더였던 정지용·이태준 등의 납·월북으로 작품을 읽거나 연구하는 것이 원천적으로 봉쇄된 상황에서 구인회는 잊혀진 단체가 될 수밖에 없었다.[8]

2. 구인회와 한국현대소설의 흐름

구인회 구성원 가운데 소설가는 이태준·이무영·박태원·김유정·이효석·조용만·이상 등 여섯 명이다. 이 가운데 이무영과 이효석은 1934년 무렵 스스로 탈퇴했고, 조용만은 작품 활동이 활발하지 않았으며, 이상은 시와 소설을 함께 했으므로 구인회를 대표하는 소설가는 이태준·박태원·김유정 등 세 명이라 보아도 무방하다. 그러나 한국 현대문학사에 미친 영향과 파장을 고려하면 이상의 문학을 시와 소설 어느 한 장르에서만 논의하는 것은 합리적이지 못하다는 비판이 있을 수 있다. "이상(李箱)은 전후세대가 만날 수 있었던 가장 이상적인 전후문학의 우상"[9]이었다고 말한 고은의 고백처럼, 이상은 해방후 한국문학에 가장 큰 충격과 영향력을 미친 작가 가운데 한 사람이기 때문이다. 이를테면, "이상의 텍스트는 한국근대문학이 도달한 정점 중 하나"이며 "국민국가적 경계를 넘어 '세계'의 차원에서 운위될 수 있는 기호"[10]로 부단히 참조되고 재생산된다. 이상의 실험정신과 기법은 정신분석학·수학·철학 전공자의 연구 대상이 되기도 하고, 후배 작가들은 그를 작중인물이나 화자로 등장[11]

---

8) 여기까지의 논의는 장영우, 「정지용과 '구인회'-『시와 소설』의 의의와 「유선애상」의 재해석」(동국대한국문학연구소, 『한국문학연구』제39집, 2010)을 수정·보완한 것임.

9) 고은, 『이상평전』, 민음사, 1974, 14쪽.

10) 최현희, 「'이상'의 이데올로기적 기원 : 김기림과 최재서의 이상론」, 『한국현대문학연구』 32, 한국현대문학회, 2012. 12, 200~202쪽.

11) 『이상異常 이상李箱 이상理想』(박성원, 1996), 「굿빠이, 이상」(김연수, 2001), 『이상은

시켜 그의 삶과 정신세계를 탐색하고 있다.

이태준·박태원은 자진월북함으로써 한국문학사에서 오랫동안 복자(覆字)로 은폐되었지만, 그들과 동시대를 살았던 후배작가나 『문장』으로 등단한 이들에 의해 은밀히 소환되면서 그들의 문학은 연면히 계승된다. 비근한 예로, 김동리는 이태준이 재직하던 『조선중앙일보』 신춘문예로 등단(「화랑의 후예」, 1935)하여 "이 작품을 읽으면서 이태준씨의 「불우선생」의 냄새를 맡게 되는데, 그 '냄새'가 결코 불쾌하지 않다"[12)는 평가를 받았고, 그 이후 『문장』에 「황토기」·「찔레꽃」·「완미설」·「동구앞길」·「다음 항구」·「소년」 등을 연이어 발표하는 등 두 사람은 돈독한 관계를 유지한 것으로 보인다. 잘 아는 것처럼, 김동리는 서정주·조연현과 함께 한국문단의 헤게모니의 한 축을 장악하면서 소설계에서 특별한 영향력을 행사한다. 문인협회 이사장(1970~72, 1983~88)과 서라벌예대(중앙대) 문창과 교수(1953~79)로 재직하는 동안 그는 한국 현대소설의 큰 흐름을 주도하면서 많은 제자를 양성하는데, 소설 창작 수업에서 이태준과의 특별한 인연이나 문학적 영향을 언급했으리라는 점은 쉽게 짐작할 수 있다. 이범선이 한 문예지와의 대담에서 "내 문학수업이 상허(尙虛)에서 시작"[13)되었다고 공개적으로 말할 수 있었던 것으로 보아, 김동리 연배의 작가가 이태준 소설을 사적인 자리에서 거론했을 가능성은 더 크다고 보아야 한다. 김동리는 말할 것도 없거니와 이범선도 전후 한국소설을 대표하는 작가로 후배들에게 미친 영향은 결코 가볍지 않다. 특히 이들의 소설이 중고등학교 국어교과서에 오랫동안 실림으로써[14) 한국의 문학청년들에게 깊

왜?』(임종욱, 2011) 등이 이상을 작중인물 또는 화자로 한 대표적 작품들이다.

12) 박태원, 「신춘작품을 중심으로 작가, 작품 개관」, 『조선중앙일보』, 1935. 2. 13.

13) 이범선, 대담 「「오발탄」, 그리고 「피해자」」, 『문학사상』, 1974. 2, 219쪽.

14) 김동리의 「무녀도」·「등신불」, 이범선의 「학」은 중고등학교 교과서에 실렸고, 이범선의

은 인상을 준 것은 측량하기조차 어려우며, 이들을 통해 이태준 소설은 그 명맥을 유지할 수 있었던 것으로 보인다. 한편 박태원이 남한 문학에서 소환된 경우는 다소 이채롭다. 최인훈은 1969년부터 1972년까지 「소설가 구보씨의 일일」연작을 발표하는데,[15] 박태원이 북에서 동명의 제목으로 작품을 다시 발표할 가능성이 없고 설혹 제2·제3의 「소설가 구보씨의 일일」이 북에서 발표되더라도 남에서 읽히지 못할 것이며, 그의 원작 소설이 1970년대 남한에서 읽히리란 기대는 "환상"으로 여겨졌기 때문이라고 그 배경을 설명하고 있기 때문이다.

> 「구보씨……」라는 이름으로 모작을 씀으로써 나는 우리 문학의 연속성
> 의 단절에 항의하고, <민족의 연속성>을 지킨다는 역사의식을, 문학사의
> 식의 문맥에서 실천하고 싶었다. 그것이 나의 구체적인 역사의식이다.
> (……) 문학사의 연속성이라는 것은 선후작품들 사이에서 부르고, 받고,
> 그렇게 대화하는 관계ㅡ하나하나의 문학작품들이 등장인물이 된 드라마
> 의 형식으로 존재한다는 믿음이다.[16]

1970년대 초의 험렬한 국내 정치상황에서 최인훈이 박태원 소설을 패로디한 것은 문학적 사건이라 할 수 있다. 반공을 국시(國是)로 내세웠던

「오발탄」은 영화로도 상영되었을 뿐만 아니라 '오발탄'이란 단어가 사회적 유행어가 됨으로써 일반에게 널리 알려진 작품이다.

15) 첫 작품을 『월간중앙』(1969. 12)에 발표한 뒤 『창작과비평』(1970), 다시 『월간중앙』(1971)을 거쳐 단행본(『소설가 구보씨의 일일』, 삼성출판사, 1972)으로 출간한다.

16) 최인훈, 『화두 2부』, 민음사, 1994, 51쪽. 이 글에 따르면 최인훈은 납월북작가가 해금되기 전에 박태원의 「소설가 구보씨의 일일」을 읽었다는 것을 알 수 있다. 그런 그가 이태준 소설을 집중하여 읽은 것은 해금 후의 일로 보인다. 그는 1980년대말 이태준전집을 읽고 "그 많은 단편들은 어느 것 하나 버릴 것이 없"지만 "그 많은 장편에서 단 한편도 읽을 만한 것이 없다는 일은 처절하기까지 하다. 아마 이런 것을 통속소설이라 불러도 좋으리라"(같은 책, 54쪽)는 독후감을 피력하는데, 이런 차이는 박태원과 이태준의 소설을 읽은 시간적 거리와 함께 최인훈의 작가적 성향에서 비롯된 것으로 보인다.

군사정권 아래서 월북작가의 이름이나 작품을 공개적으로 거론하기란 문학판에서도 결코 용이한 일이 아니었기 때문이다. 그런 점에서 최인훈의 「소설가 구보씨의 일일」은 월북작가의 이름과 작품을 공공연히 호명함으로써 "우리 문학의 연속성의 단절에 항의"한 작품이란 문학사적 의미를 갖는다. 최인훈의 이러한 의도와 노력이 널리 전파되지는 않았으나, 우리 작가들은 알게 모르게 식민지시대 선배작가들의 작품을 찾아 읽으며 자신의 문학 영토를 확장하고 비옥하게 하는 데 깊은 노력을 기울였던 것으로 보인다.

구인회의 문학적 성향을 모더니즘으로 이해하는 일반적 견해에 동의하면 김유정은 가장 비(非) 구인회적인 작가로 분류될 만하다. 이석훈의 회고에 따르면 이태준의 「가마귀」가 발표된 뒤 일부 평론가가 호평을 하자 "고대소설적 현실성은 있지만 '금일의 문학'이 요구하는 현실성은 없다"고 비난을 한 김유정이 자신과 한 마디 의논도 없이 구인회에 참여하여 섭섭하고 불쾌했다고 한다.[17] 김유정 소설은 토속적 정취와 한의 미학으로 순수 서정세계를 지향[18]함에 따라 역사의식・사회의식이 결여된다는 것이 이제까지의 평가였지만 최근에는 '리얼리즘과 모더니즘을 결합한 이야기꾼',[19] '시점과 언어', '문화콘텐츠와의 교섭' 등 다양한 방법론으로 김유정 소설을 새롭게 의미화하려는 노력이 이어지고 있다.[20] 그런데,

---

17) 이석훈, 「유정의 영전에 바치는 최후의 고백」, 『白光』, 1937, 5, 152~5쪽. 이 말이 사실이라면, 김유정이 구인회에 참여한 것은 1936년 1~2월 사이의 일로 추정된다. 그것은 이태준의 「가마귀」가 『조광』 1936년 1월호에 발표되었고, 구인회 기관지 『시와 소설』은 동년 3월 13일자로 발간되었기 때문이다. 조용만은 이상이 이태준과 상의하여 김유정・김환태・박팔양 등 세 사람을 영입하였다고 하는데, 『시와 소설』을 위해 다소 급박하게 이들을 받아들인 것으로 보인다. 이상은 소설 「김유정」을 쓸 정도로 가깝게 지냈다.
18) 이정숙, 「1930년대 소설과 김유정」, 유인순 외, 『김유정과 동시대문학』, 소명출판, 2013, 282~3쪽.
19) 최원식, 「모더니즘 시대의 이야기꾼」, 민족문학사연구소, 『민족문학사연구』 43권, 2010.

김유정 소설의 반근대적 성격을 누구보다 일찍 간취한 평가가 그의 사후
에 제출된 적이 있어 우리의 눈길을 끈다.

> 유정은 소설이 무엇인지를 모르는 소설가다. 입체적 구성도 없고 푸롯
> 트도 없고 '고츠(骨)'도 없고 트릭크도 없을뿐더러 문학의 교양조차 없다
> 면 없는 작가다. 그럼에도 불구하고 유정의 소설만큼 나를 매혹하는 소설
> 은 외국문단의 신진 중에도 없다. 여기 젖빠는 본능으로 유정은 소설을
> 쓴다.[21]

김문집은 김유정을 가리켜 "현하 조선문단의 가장 아름다운 신진작가
요 근대 조선문학 수립 이래의 드물게 보는 언어 조선의 전통미를 살린
작가"[22]로, 그의 소설 「산골」은 "구성요소도 프롯트도 계획도 없는 소설
이전적 소설"이지만 이 작품 "이외의 예술적 흥취를 느끼게 하는 작품을
아즉 조선문학에서 찾지 못"[23]했다고 극찬한다. 그는 자신의 말이 논리적
모순임을 자인하면서 바로 그 점에 김유정의 소설가적 천분이 있는 동시
에 위기가 내포되어 있다고 평가한다. 김문집의 이러한 평가를 "엉터리
알라존"·"허풍"으로 폄하한 연구가도 있지만, 김문집의 글은 김유정 소
설의 핵심을 적확하게 포착한 것으로 보인다. 김문집이 말한 "소설 이전
의 소설"이란 구절의 의미는 김유정 소설이 근대소설(novel)이라기보다 오
히려 이야기(小說)에 더 가까우며, 그것이야말로 한국소설의 주요한 특질
이자 전통이라는 맥락으로 이해해야 할 터이다. 근대소설(novel)의 관점에
서 보면 김유정 소설은 플롯이 빈약하고 기법도 구태를 벗지 못했으며 언

---

20) 김유정문학촌 편, 『김유정 문학의 재조명』(2008), 김유정학회 편, 『김유정의 귀환』(2012),
   김유정학회 편, 『김유정과의 만남』·『김유정과 동시대 문학연구』(2013) 등 참조.
21) 김문집, 「고 김유정군의 예술과 그의 인간 비밀」, 『조광』, 1937, 5, 108쪽.
22) 김문집, 「김유정」, 『비평문학』, 청색지사, 1938, 403쪽.
23) 김문집, 「고 김유정군의 예술과 그의 인간 비밀」, 108쪽.

어관도 매우 비속하다고 생각될지 모른다. 그의 소설은 대체로 근대적 문물의 혜택을 입지 못한 산골의 어리숙한 사람들이 벌이는 어처구니없는 언행을 그들의 언어로 재현하고 있기 때문이다. 그러나 김유정은 이태준의 「가마귀」가 현실성이 결여되어 있다고 비판하는가 하면, 자신이 제일 감명 깊이 읽은 소설로 제임스 조이스의 『율리시즈』와 허균의 『홍길동전』을 꼽으면서 "쪼이스의 『율리시스』보다는, 저 봉근시대의 소산이던 『홍길동전』이 훨적 뛰어나게 예술적 가치를 띠이고 있는 것"[24]이란 독특한 견해를 제시할 정도로 자기 나름의 예술관을 지니고 있었다. 이것은 그가 서구 근대소설 혹은 모더니즘을 맹목적으로 추수하지 않는 것처럼 무조건 배척하지도 않으며, 문학작품에서 예술성 추구를 최우선 가치로 여겼다는 사실을 암시한다. 그의 소설은 근대소설의 기준으로 볼 때 다소 엉성하고 거친 것 같지만 다른 시각으로 보면 그것은 철저히 계산된 서사전략에 따른 허술함이라 볼 수 있다. 그의 소설은 우리의 전통적 이야기(口述)체 소설의 특질을 근대소설의 양식에 맞춰 재창조함으로써 한국적 근대소설의 한 가능성을 시험한 문제적 작품이라 볼 수 있다. 그런 점에서 그(의 소설)를 가리켜 "모더니즘의 도래 속에서 씨가 말라가던 이야기꾼의 전승을 새로이 이은 문학사적 사건"[25]이라 평가한 것은 정곡을 얻은 것으로 보인다.

3. 이야기체로서의 김유정 소설과 그 영향

　김유정 소설은 서구적 근대소설의 수용과 함께 우리 소설에서 사라졌

---

24) 김유정, 「병상의 생각」, 『조광』, 1937, 3, 191쪽.
25) 최원식, 앞의 글, 346쪽.

던 토속적 구어를 다시 소환했다는 이유로 당대 소설가나 비평가로부터 호된 질책을 받았다. 비근한 예로 김동인은 「금 따는 콩밭」의 문장이 너무 거칠어 읽기 거북하다며 문장수련이 필요함을 역설하고, 안함광은 「산골」의 문체를 가리켜 "예술적 향기 부족한 각설이패 식의 비속한 문장"[26]으로 폄하한다. 그것은 근대문학을 받아들이는 과정에서 우리 고유의 문체를 계발하기보다 일본식 문장을 받아들이는 데 더 관심을 보였던 당대의 문학적 분위기에서는 충분히 납득할 수 있는 지적들이다. 하지만 우리 근대문학 초창기에 나타난 이광수 등의 언어적 실험은 서구와 일본어의 번역체를 합성하여 만든 신식 문어[27]이지 한국의 전통적 문장을 현대화한 것이 아니었다. 김유정이 소설을 쓸 무렵 한글맞춤법통일안(1933)이 공표되었으나 그 역시 한글을 올바로 적는 방법(正書法)의 기준을 정한 것이지 한국의 고유한 문장과 문체의 전범을 제시한 게 아니었다. 근대초기 일부 작가는 자신의 작품이 순수한 조선문체로 쓰여야 한다는 사실을 적확히 인식하고 있었으나, 실제 작품에서 그 사례를 찾아보기는 어렵다. 그 와중에서 김유정이 토속어와 비속어, 육담 등을 걸쭉하게 늘어놓으며 마치 판소리를 연상케 하는 문장을 들고 나왔으니 일본식 번역체 문장에 익숙한 선배들의 심사가 불편했을 것은 충분히 짐작할 수 있는 일이다. 그런 점에서 볼 때, 김유정 소설의 토속어·비속어 등은 김유정의 전근대적 의식이나 문학적 교양의 결여에서 비롯된 것이 아니라 고도의 의장(意匠)의 산물이라 볼 수 있다.

김유정 소설에서 입담 좋은 이야기꾼의 모습을 발견할 수 있다는 것은 많은 이들의 공통된 견해다. 이야기꾼과 소설가의 차이는, 전자가 청자의

---

26) 안함광, 「昨今文藝陣總檢-今年 下半期를 主로」, 『비판』, 1935, 12, 80쪽.
27) 양문규, 「김유정 소설에 나타난 전통과 서구의 상호작용」, 김유정문학촌 편, 『김유정문학의 재조명』, 소명출판, 2008, 140쪽.

반응에 따라 이야기의 완급을 조절할 수 있는 데 반해 후자는 일관된 플롯과 질서에 따라 서사를 전개시킨다는 데 있다. 다시 말해 소설에서 화자와 독자의 관계는 일방향적이지만, 이야기판에서의 화자와 청자의 관계는 상호소통적이다. 이것은 판소리에서 창자(唱者)와 고수(鼓手) 혹은 창자와 관객이 수작(酬酌)하면서 관객의 목소리를 이야기판에 끌어들이는 과정과 흡사하다. 근대소설의 시점 이론에서 경계했던 작가의 직접적 개입이 이야기판에서는 자연스럽게 이루어지고 있는 것이다. 김유정의 「떡」은 일인칭 관찰자시점이지만 중간에 작품 속의 목격자를 내세워 사건을 설명하는 방식을 차용함으로써 일인칭 관찰자시점의 한계를 극복한다.

> 만약 이 떡의 순서가 주왁이 먼저 나오고 백설기 팟떡 이러케 나왔다면 옥이는 주왁만으로 만족했을지 몰른다. 그리고 백설기 팟떡은 단연 아니먹엇을 것이다. 너는 보도못하고 어떠케 그리 남의 일을 잘 아느냐. <u>그러면 그 장면을 목도한 개똥어머니에게 좀 설명하야 받기로하자.</u> **아 참 고년 되우는 먹습디다. 그 밥한그릇을 다먹구 그래 떡을 또 먹어유. 그게 배때기지유. 주왁먹을제 나는 인제 죽나부다 그랫슈.**(……) 이걸 가만히 듣다가 <u>그럼 왜 말리진 못했느냐고</u> 탄하니까 **제가 일부러 먹이기라도 할텐데 그러케는 못하나마 배고파먹는걸 무슨 혐의로 못먹게 하겟느냐고** 되례성을 발끈 내인다. <u>그러나 요건 빨간 거즛말이다. 저도 다른 게집 마찬가지로 마루끝에서서 잘먹는다 잘먹는다 이러케 여러번 깔깔대고 햇섯슴에 틀림업을게다.</u>[28]

밑줄 친 부분은 「떡」의 서술자이고 굵은 글씨는 개똥어머니, 즉 소설 속 목격자(혹은 청중)의 말이다. 김유정은 일인칭 서술자가 관여할 수 없는 장면에서 소설의 작중인물을 내세워 증언케 함으로써 현장감과 사실성을 높이는 독특한 서사전략을 구사한다. 이러한 서사전략은 대화적 분위기를

---

28) 김유정, 「떡」, 전신재 엮음, 『원본김유정전집』, 강, 2007, 91~2쪽.

연출함으로써 독자가 작중현실에 직접 참여하는 것 같은 느낌을 갖게 한
다. 그것은 독자를 계몽하려는 목적이 강한 근대소설과 달리 청자의 의견
을 이야기에 반영함으로써 서사가 더욱 풍부하고 다양하게 전개되는 열
린 구조를 지향한다. 이 점에서 김유정은 근대소설 기법과 한국의 전통
서사(이야기, 口述文學)를 결합시켜 한국적 근대소설의 한 가능성을 보여준
작가라 할 수 있다.

　김유정 소설의 이야기체 특질과 토속적 언어 실험을 계승한 대표적 작
가로 이문구·서정인을 들 수 있다. 이문구 소설의 문체가 "이분법적 세
계관 혹은 서구적 소설관과는 다른 차원의 세계관과 문학관의 표현"[29]이
라거나, "토착어 지향의 문장이 율동적인 반복과 접합의 구조를 이루어
마침내 전통적인 사설을 연상시키는 경지에 도달"[30]했다는 지적에서 더
나아가 이문구 소설을 '이야기체 소설'로 규정하고 "이야기체를 소설에 끌
어들이는 작업은 근대화의 물결 속에서 한국 사회가 경험하고 있는 사회적
변화에 대한 근본적인 회의와 비판"이자 다소 역설적인 "모험(실험)"[31]이란
견해는 이문구 소설의 성격을 잘 포착한 것들이다. 이문구 소설의 기법
혹은 문체의 특질을 탈춤이나 판소리 사설 등 전통서사와의 관련 속에서
이해하는 논자들이 공통적으로 지적하는 요소는 "만연체 문장, 구어체 지
향, 토속어(충청도 사투리)를 중심으로 한 풍부한 어휘구사와 구술성(이야기
성)" 등 이문구 소설 특유의 언어적 자질들이다. 그것은 이문구 소설이 문
자로 씌어져 있긴 하지만 단순히 시각적으로 읽히기 위한 '글'이라기보다
청각적 효과를 다분히 염두에 둔 '이야기'로 창작되었다는 사실을 암시[32]

29) 임우기, 「'매개'의 문법에서 '교감'의 문법으로」, 『그늘에 대하여』, 강, 1996, 187쪽.
30) 황종연, 「도시화·산업화 시대의 방외인」, 『작가세계』, 1992, 겨울, 56쪽.
31) 진정석, 「이야기체 소설의 가능성」, 『1970년대 문학연구』, 예하, 1994, 192쪽.
32) 장영우, 「이문구 소설미학과 한국소설의 가능성」, 한국문학연구학회, 『현대문학의 연구』

하며, 이문구가 자신의 소설관을 '구이지학(口耳之學)'33)으로 명명했던 것도 이런 사정과 관련된다. 구이지학의 소설관은 이야기를 지향하며, 따라서 처음부터 문자화할 것을 전제하고 창작된 소설(novel)과는 차이가 발생할 수밖에 없다. 이야기적 요소가 승한 이문구 소설을 서구 소설이론으로 분석했을 때 그 본질적 특성이 드러나지 않는 것도 이 때문이다. 이를테면 『관촌수필』을 "소설 미달이거나 소설 초월의 사태를 가리키는 명칭"34)이라 보는 견해는 이문구 소설에서의 '수필(隨筆)'이 서구적 의미의 '수필(에세이 · 미셀러니)'이 아니라 중국 명청 시대 소설(小說)의 하위장르 가운데 하나라는 사실을 간과한 데서 비롯한 오해다. 이문구 소설이 「임자수록(壬子隨錄)」 · 「강동만필(江東漫筆)」 · 「명천유사(鳴川遺事)」, 또는 「김탁보전」 · 「변사또의 약력」 · 「유자소전(兪子小傳)과 같은 고색창연한 제목을 즐기는 것도 따지고 보면 옛이야기(小說)와의 연관성을 강조하기 위한 담론 전략으로 보아야 옳다.

이문구 소설에서는 한문학적 교양에 바탕한 문어체와 탈춤 · 판소리 사설에서 하층민들이 주고받는 육담과 패설, 현대사회의 노동자들이 사용하는 비속어와 욕설 등 서로 어울릴 것 같지 않은 언어가 자연스럽게 섞인

39, 2009, 520쪽.

33) 이 말은 『순자』 「권학편」에 나오는데, "구이지학은 소인의 학문이다. 귀로 들은 것이 입으로 나온다. 귀와 입의 거리는 네 치에 불과하여 칠척 사람 몸에 미치지 못한다(口耳之學 小人之學也 入乎耳出乎口 口耳之間 則四寸耳 曷足以義美 七尺軀哉)"고 설명되어 있다. 이 말은 원래 '제것이 되지 못한 지식이나 학문'이란 뜻으로 독해되지만 이문구는 이를 '소설'의 의미로 사용한다.
"나는 현실에 투생(偸生)하여 이 오죽잖은 생활이나마 누릴 수 있기를 도모하였고, 애초부터 사문(斯文)을 따르지 못하여 나이 넉질(四秩)이 다 되도록 구이지학(口耳之學)으로 활계(活計)함에 그쳤으니, 얼굴을 들 수 있어도 뒤통수 부끄러워 못 다닐 지경에 이르지 않았는가"(이문구, 「관산추정」, 『이문구전집 8 : 관촌수필』, 랜덤하우스, 2009, 283쪽). 이 부분에 대한 자세한 설명은 장영우, 앞의 글 참조할 것.

34) 김윤식, 「모란꽃 무늬와 물빛 무늬」, 구자황 편저, 『이문구연구논문집 관촌가는 길』, 랜덤하우스, 2006, 279쪽.

다. 그는 작중상황이나 인물에 따라 우아하고 기품 있는 의고체 문장을
쓰기도 하고 정반대로 지독한 패설을 능청스럽게 내뱉는다. 이것은 그가
향교 직원이었던 조부에게서 받은 한문학 교육과, 상경한 후 막노동판을
전전하며 보고 들은 하층민들의 욕설에 두루 능하기 때문이다. 그의 후배
소설가 중에서 이문열·김성동은 의고체 문장을 쓰지만 육담과 패설에
약하며, 김형수·성석제·김종광·이기호 등 보다 젊은 작가들에게서는
한문학적 교양에 바탕한 문어체를 기대하기 어려운데, 이 또한 이문구 소
설 문장(문체)의 독특한 위상과 가치를 설명해주는 유력한 근거가 된다.

① 할아버지 신전(身前)에는 밤낮으로 행보석(行步席)이 두 닢이나 깔려
있었고, 일찍이 할아버지가 소시적에 써서 양각(陽刻)한 장강대필(長江大
筆)의 <魚躍海中天>이란 현판 아래엔 철 지난 동토시와 미사리가 낡은 갈
모, 그리고 고사리손 같아 장난감으로 놀기도 했던 사방탁자 곁으로는 금
사석(金絲石) 벼루가 든 연상(硯床) 위에 두어 자루의 까치선(扇)이 놓여 있
었으며, 오동 삼층의 매장(梅欌)은 낡아 한구석에 치우쳐 두었던 것, 장귀
틀 앞에는 으레껀 마가목지팡이가 자리빗겨 놓여져 있었다. 허나 이제는
모두가 꿈이런가, 저무는 해거름 길에 들른 먼 길손처럼, 땅거미가 깃드는
추녀밑에 선 나는 한동안 자 자신을 잃은 채 망연하게 서 있기만 했었다.
(「일락서산」)

② "아따, 쓰던 가마가 다루기두 부드럽다."
강은 정이 내놓은 것 중에 쓰던 가마가 섞여 있던 것 같아 한 번 기숙
어 주었지만
"보지유? 쓰던 것이 부드럽게……"
하고 고개를 외로 돌리며 노래까지 읊조리는 데엔 그냥 둘 수가 없었
다.(「우리동네 강씨」)

③ "누울 자리가 워떤 자리간디?"
"워떤 자리? 뻗치는 자리! 왜?"

아내도 되알지게 대꾸했다.

"내 말이 바루 그 말 아녀. 그런디 뭘 여러소리여 참말루."

전은 말귀를 못 알아듣고 도리어 통바리를 주었다. 그녀도 웃느라고 이 날껏 말 한마디 져본 적이 없는데다가, 가끔씩 속에 있던 말을 할라치면 말귀가 어두운 것이 답답하여 뺏성이 난 소리로 부르대게 마련이었다.

"넘은 자는 말을 허는디 죽는 말 허구 있네. 시방 말을 먹구 있는겨 듣구 있는겨. 뻗치는 것허구 뻐드러지는 것허구가 워째서 같어?"

"뻐드러지는 것이야 죽는다는 소리지만, 그것두 두 다리를 뻣뻣하게 뻗쳐야 뻐드러지는 거 아닌감?"

"양다리가 뻗친 건 쓰러지는 것이구, 외다리가 뻗친 것은 슨 것이구."
(「장이리 개암나무」)

인용문①은 의고체 문장이고, 인용문②는 1970년대 농촌의 추곡수매 현장에서 농민과 수매원 사이에 오고간 대화이며, 인용문③은 1990년대 농촌의 부부간 대화이다. 인용문①의 첫문장은 180여자로 이루어진 "호흡이 길고 유장하며 여유만만한" 의고체 문장으로 요즘 작가들에게선 찾아보기 어렵다. 인용문②는 매우 비속하고 너절한 언어여서 웬만한 작가들은 쓰기를 꺼린다. 인용문③은 부부 사이의 대화지만, 상대방의 말을 자의적으로 이해하고 반박하면서 요설에 가까운 말장난으로 여겨지거나 더 나아가 말싸움으로 번질 조짐을 드러낸다. 그러나 대화가 파국으로 치닫는 경우는 드물고 대체로 음담으로 종결됨으로써 애초에 무엇 때문에 대화를 시작했는지 서로 헷갈려한다. 하지만 동음이의어 혹은 유사어의 연쇄와 전환으로 진행되는 이들의 대화를 단순한 말장난으로 취급하기 어려운 것은, 그 대화의 이면에 공권력의 횡포와 부박한 인정세태를 비판하는 작가의 의도가 숨겨져 있기 때문이다. 이처럼 이문구 소설은 인물의 신분이나 상황에 따라 그에 가장 적합한 서술과 묘사, 어조 등을 능란하게 변조하여 사용할 수 있는 탁월한 언어감각을 보여준다. 그것은 타고난

이야기꾼으로서의 그의 재능인 동시에 끊임없이 "작가의 말공부"를 지속해온 노력의 결과이다.

서정인 소설은 초기 단편과 「철쭉제」 이후 작품이 전혀 다른 양상으로 전개되는 특이한 사례다. 그의 초기 평판작 「강」은 "호들갑스럽지 않고 야무진 주제, 빈틈없이 꽉 째인 구성, 치밀하고 엄정한 문체, 단 몇 줄로 선명하게 작중인물을 떠올리게 하는 성격 묘사, 생생한 대화언어"[35]로 단편소설의 고전 미학을 가장 잘 구현한 작품이다. 그런데 「철쭉제」는 지리산에서 우연히 만난 네 남녀가 산행을 하며 주고받는 대화로 이루어진 작품으로, 「강」의 고전미학적 완결성을 칭찬한 비평가로부터 "공소하고 때로 말장난에 흐르고 있다"는 비판을 받기도 한다. 하지만 이 작품은 서정인 소설이 담론적 차원에서의 급격한 변화를 보이는 단초로서의 의미를 갖는다.[36] 이 소설의 담론적 특성은 서술자가 거의 자취를 감추고 등장인물의 대화가 말꼬리의 연쇄에 의해 다성적(多聲的)으로 확장되며 끝없이 진행될 것 같은 인상을 준다는 것이다. 그것은 치밀한 구성과 절제된 언어 구사, 적절한 반전과 깔끔한 결말을 미학적 요소로 하는 정통 단편소설의 플롯이나 대화와는 근본적으로 다른 것으로, 특정한 합의나 공감(sympathy)에 이르기보다 상대의 감정을 이해(empathy)하는 데 더 큰 의미를 두는 화법이다. 그런 의미에서 서정인 소설의 대화는 궁극적으로 공통의

---

35) 유종호, 「삭막한 삶과 압축의 미학」, 『철쭉제』, 민음사, 1986, 228쪽.
36) 서정인 소설세계에서 담론차원의 변화가 「철쭉제」 이후 본격화되었다는 점에 대부분의 연구가가 동의한다. 이 글에서 참조한 논문들은 아래의 것들이다.
   김수남, 「서정인 소설의 담론 연구―「철쭉제」를 중심으로」, 『한국문예비평연구』 15, 한국현대문예비평학회, 2004.
   김주현, 「서정인 소설 문체의 양면성」, 『어문논집』 제32집, 중앙어문학회, 2004, 12.
   김재영, 「서정인 소설 『달궁』의 서술특성과 '현실성'」, 『상허학보』 20, 상허학회, 2007, 6.
   문한별, 「서정인 소설 『달궁』에 나타나는 탈근대주의적 서술 방법 연구」, 『어문논집』 62, 민족어문학회, 2010.

이해에 도달하는 것을 목적으로 하는 '변증법적 대화'라기보다 상대의 말과 행동 그 자체에 관심을 두는 '수행적(performative) 대화'에 가깝다.

> "얜요, 철없이 철학적이어서 우리들이 철순이라고 불러요. 난 원래가 현애고요."
> "현애는 웃으면서 치지 말어. 칠 때는 화를 내야지."
> "맞아요. 나는 칠 때는 화를 내요. 칠 때는 화를 내야지." 현애가 대답했다.
> "나는 현실적이라고 하는 것이 나는 철이 없다고 하는 거와 마찬가지일 것이라는 생각이 안 드니? 철학적인 사람치고 현명하지 않은 사람이 없고, 현실적인 사람치고 철없지 않은 사람 없다는 생각이 너에게는 벅차니?" 철순이가 또박또박 말했다.
> "얘, 현명하게 현실적일 수는 없니. 마치 너가 철없이 철학적인 것처럼? 현명하게 철학적이라거나, 철없이 현실적이라거나 하는 말은 아무 뜻이 없잖니?" 현애가 말했다.
> "전혀 불필요한 동의어 반복이지. 그 분량만큼 의미를 가지고 있지 않다는 점에서 무의미하다고 할 수 있지. 그에 비하면 현명하게 현실적이라거나 철없이 철학적이라는 말은 단순한 상태의 기술 이상이야. 내부의 갈등 자체가, 변증법 자체가, 강조되어, 두 가지 상반된 상태들이 동시에 파악되는 거 같애. 이건 불가능이지. 이 불가능은 상태의 기술에 실패했다는 얘기야. 원래 운동이란 한자리에 있으면서도 없는 것을 의미하지 않니? 사람 사는 것은 상태가 아니라 움직임이야."
> "그럼 너가 현명하게 현실적 할래, 내가 철순이 할게?"[37]

인용문은 두 여학생의 성격과 가치관 등을 각자의 이름과 연관하여 서술하고 있어 흥미롭다. 한 여학생은 "철없이 철학적"이고 다른 여학생은 "현실적"인 성격으로 이름도 철순이와 현애라는 설정은 단순한 명명법으

---

37) 서정인, 「철쭉제」, 『한국소설문학대계46, 철쭉제 外』, 동아출판사, 1995, 296쪽.

로 보이지만, 서사가 진행되는 동안 두 여학생은 성격과 이름에 부합하는 언행을 보여준다. 위 인용에서 철순과 현애는 상대방 말의 허점과 모순을 꼬집으며 계속 대화를 이어간다. 대화 분위기로만 보면 두 여학생은 금방이라도 화를 내고 헤어질 것 같지만 그러한 상황으로 치닫지 않고 말이 이어진다. 이들이 구사하는 어휘는 김유정·이문구 소설 작중인물의 그것과 달리 현학적·사변적인 데다가 대화의 내용도 계속 바뀌어 독자로서는 이 소설의 주제가 무엇인지 파악하기조차 쉽지 않다. 그러나 「철쭉제」의 중심 화자는 일상적 언어의 자의성과 모순성을 문제 삼으며 오히려 언어의 반의성·다의성에 주목할 것을 요청하고 있다. 그것은 '철학적인 사람은 철 없다', '현실적인 처세는 현명하다'라는 일반적 사고에 내재한 편견과 모순을 비판하면서, 상황과 조건에 따라 사람의 사고와 행동은 얼마든지 바뀔 수 있고 그것이 오히려 인간적일 수 있음을 말하고자 하는 의도를 지닌다. 이러한 인식이 서구의 이분법적 세계관에서 벗어나 순환적 사고로의 전환에서 비롯된 것임은 두말할 필요조차 없다.

　서정인의 소설 언어에 대한 실험은 『달궁』에 이르러 더욱 과격한 형식으로 나타난다. 이 작품은 모두 세 권의 단행본으로 출간되었는데, 각각 86편, 94편, 93편의 단편서사로 구성된 독특한 형태의 연작소설로, 「철쭉제」처럼 작중인물의 대화로만 이루어진 삽화가 많다. 그러므로 이 작품을 한 편의 소설로 볼 때 일관된 서술자를 규정하기 어려운 난점이 발생한다. 대화로 이루어졌으면서도 따옴표가 없는 것도 이 작품의 특징인데, 이에 대해 서정인은 따옴표란 말한 사람의 말을 그대로 따왔다는 표시지만 그 여자(인실)에겐 남의 말을 그대로 따올 재간이 없어 남이 말했으리라고 생각한 것을 적었을 뿐이며 따라서 그 여자의 말이 그의 생각인지 말인지 분명하지 않을 때가 더러 있다[38]고 말한다. 이것은 이 작품의 중심인물이라 할 수 있는 인실의 역할이 서술자라기보다 말을 듣는 자, 대화의 상대자로 자신과 상대방의 말을 전해주는[39] 판소리의 창자-고수의 관계와 유사하다는 뜻으로 이해된다. 「철쭉제」 이후 서정인 소설이 서술·묘사가 거의 사라진 대화체로 시종하는 것이라든가, 말의 부정과 연쇄의 방식에 의해 대화의 내용이 끊임없이 변하며 순환성을 띠는 것 등은 "세상 사는 이야기에 시작도 끝도 없는 것"[40]과 같다는 그의 탈 근대적 세계관의 반영이다. 그리고 그러한 형식 실험은 그가 우리의 구술서사의 전통을 현대적으로 변용하고자 형식적 실험을 지속하고 있는 증좌로 이해할 수 있다.

4. 결론을 대신하여-한국적 소설의 가능성

구인회는 한국문학의 근대적 성격을 현대적 성격으로 전환하는 데 커다란 역할을 한 순수문인단체라는 조연현의 문학사적 평가처럼, 구인회 작가들은 한국 현대소설의 리얼리즘 전통과 형식적 실험소설의 전개에 다대한 영향을 미쳤다. 이태준·박태원은 월북하여 작가와 작품을 직접 대할 수 없는 여건 속에서도 후배들의 사숙(私淑)의 대상으로 기림을 받았고, 이상의 텍스트는 "한국 근대문학이 도달한 정점"이자 극복의 대상으로 부단히 재생산되었다. 이에 반해 김유정 소설은 토속적 세계와 해학성을 추구한 전근대적 작품으로 폄하되었으나 이야기꾼적 기질을 가진 후배작가들에게 회자되면서 그 명맥이 유지되어 왔다. 그러나 최근 김유정 소설 담론에 대한 진지한 탐구와 분석 결과 서서히 밝혀지는 것처럼, 그의 소설은 서구 근대소설과 한국 옛이야기의 구술적 특질을 조화시킨 작

---

38) 서정인, 「작가 후기」, 『달궁 둘』, 민음사, 1990, 273쪽.
39) 김재영, 위의 글, 430쪽.
40) 서정인, 위의 글.

품으로 새롭게 평가되고 있다. 모더니즘과 심리주의 소설에 대해 나름의 비판적 견해를 가지고 있던 그가 바보 인물의 어리석을 행동을 이야기체로 풀어쓴 문학적 이유가 무엇인지는 정확하지 않다. 안타깝게 그는 만 서른이 되기 전에 요절하여 자신의 문학론을 상세히 토로할 기회가 없었기 때문이다. 그럼에도 불구하고 그가 남긴 30여 편의 작품이 일관된 특질을 지니고 있는 점으로 미루어 그것이 타고난 재능만으로 이루어진 게 아님을 짐작하게 한다. 그는 우리의 전통적 이야기 방식을 근대소설의 형식에 맞춰 재창조함으로써 한국적 근대소설의 한 가능성을 모색한 것으로 볼 수 있다.

김유정의 이러한 실험을 방법론적으로 계승한 작가로 이문구와 서정인을 꼽을 수 있다. 이문구는 자신의 소설을 '구이지학(口耳之學)'으로 규정함으로써 전통 서사와의 연관성을 분명히 밝히면서, 1960년대 이후 한국 소설 문장이 서구 번역체 같은 점을 지적하면서 "호흡이 길고 유장하고 여유만만"[41]한 우리의 전통문장을 되살리겠다는 생각을 피력한다. 그의 많은 소설 제목이 '수필·만필·유사' 등의 명칭을 차용하는 것이나, 서사담론에서 '전(傳)'의 양식을 따르고 인물의 대화에서 구술적 요소를 즐겨 사용하는 것은 그가 한국적 전통서사의 현대적 변용에 깊은 관심이 있다는 방증 자료가 된다. 동료작가였던 현길언이 이문구 소설의 "이야기성과 서사성이 자연스럽게 결합되면 새로운 소설 세계가 가능하지 않을까"[42]고 제기한 의문이 이문구 소설의 실제적 위상과 문학사적 의의를 꿰뚫은 통찰이라는 생각이 드는 것도 그 때문이다.

이문구가 조부에게서 한학을 배우고 옛이야기책을 통해 소설과 친숙해

---

41) 편집부, 「작가탐방, 농촌소설 작가 이문구 선생님을 찾아」, 『우금치문학』 제16집, 공주대국교과, 1991, 77쪽.
42) 현길언, 「이야기성과 서사성의 만남」, 『작가연구』 제7·8호, 새미, 1999, 126쪽.

진 데 반해, 서정인은 영문학을 전공한 영문과 교수이면서 문어체 소설의 서구 근대소설의 관습에 저항하여 구어체의 한국 전통서사에서 새로운 리얼리즘을 찾으려 했다는 점에서 매우 이색적인 작가다. 서정인은 영미 주지주의 시인 연구로 박사학위를 받은 영문학자이지만 한글로 글을 쓰는 것을 운명으로 받아들여 기회 있을 때마다 우리말의 오·남용을 경고[43]하는 등 여느 외국문학 전공자와는 다른 행보를 보여왔다. 「후송」·「강」 등 그의 초기소설은 서구 모더니즘 계열에 속한 작품이지만 1980년대 「철쭉제」 이후 그는 전통 서사의 구술적 특질을 받아들여 구어의 문장화 실험을 시도한다. 그는 일상적 구어나 대화를 그대로 서술하는 데 그치지 않고 판소리의 4·4조 가락으로 대사를 이끌어가는 파격을 보이기도 한다. 이러한 실험은 결국 서구의 리얼리즘이나 모더니즘이 현실과 삶의 실체를 정확하게 재현하지 못한다는 비판적 인식에서 비롯된 것이다. "형식을 새로운 형식으로 파괴하여 유리된 현실이 아니라 놓친 실체를 보여주려는 노력"[44]이 곧 리얼리즘이라는 서정인의 소설관은 그의 형식적 실험이 일회적이지 않고 지속될 것임을 강력히 암시하고 있다.

이태준·박태원·김유정은 모더니즘 문학에 대한 이해를 바탕으로 한국적 근대소설의 형식 실험에 많은 관심을 기울인 작가들이다. 그 중 김유정은 우리 전통 서사의 구술적 표현과 대화의 방법을 근대소설에 접목하여 소설(novel)과 이야기를 결합한 새로운 소설 형식을 선보였고, 이러한 실험은 이문구·서정인에 의해 한층 완성된 형태로 전개되어왔다. 이들의 소설은 이태준·박태원이 구축한 민족문학의 큰 갈래와 함께 한국적 이야기체 소설이란 또 하나의 장르를 형성하면서 후배들에게 연면히 이어질 것이다.

---

43) 서정인, 「한국말은 한국인의 운명」, 『문화예술』, 2003, 10, 한국문화예술위원회, 37~41쪽.
44) 서정인, 「리얼리즘考」, 『벌판』, 나남출판사, 1984, 414쪽.

박계주 초기소설의 대중성과 계몽성

1.

한국 근대소설사에서 박계주(1913~1966)는 말 그대로 혜성처럼 출몰한 작가다. 간도 용정에서 태어난 그는 1926년 『간도일보』 신춘문예에 단편소설 「적빈(赤貧)」으로 입선한 뒤 수십 편의 시를 발표한 것으로 전하지만, 서울에는 알려지지 않은 무명작가였다. 그로부터 12년 뒤 『매일신보』의 '특별문예현상공모' 장편소설 부문에 『순애보(殉愛譜)』가 '박진(朴進)'이란 필명으로 당선됨으로써 박계주는 일약 스타가 되었는데, 장편소설 당선자에게 주어진 상금이 천원이란 거금이었기 때문이다. 『매일신보』의 '특별문예현상공모' 영화소설·국민가요의 상금이 각각 백원·삼십원이었고, 신춘문예 단편소설 당선작이 오십원, 시 당선작이 십원이었던 것에 비해 장편소설 상금 천원은 엄청난 액수였던 것이다. 한글 발행의 총독부 기관지였던 『매일신보』가 제호를 '每日申報'에서 '每日新報'로 바꾸는 경영혁신을 꾀하며 기획한 '특별문예현상공모'는 조선·일본·만주 등지에서 80여 편을 넘는 작품이 응모되어 많은 관심을 끌었고, 당선작이 신문에 연재된 뒤 단행본으로 발간되었을 때 보름만에 매진되는 등 신문사의 기획은 상업적으로 큰 성공을 거둔다. 1939년 10월 15일 매일신보사에서 발행한 『순애보』 초간본(4·6판 양장본, 630쪽, 정가 1원 80전, 1천부)은 순식간에 팔려 11월 1일 재판을 찍고 1943년 9월 1일 35판부터는 5천부를 발행하여 1945년 8월 5일 47판이 발행[1]된 것으로 알려진다. 이 책은 해방 이후에도 출판사를 달리하며 꾸준히 발간되어 1970~80년대까지 수십만 독자들에게 읽힌 초베스트셀러이며, 1957년(한형모 감독, 김의향·성소민·이빈화 주연)과 1968년(김수용 감독, 태현실·윤정희·신성일 주연) 두 차례나 영화화되어 흥행에 큰 성공을 거둔다.[2] 그러나 박계주는 1961년 11월 28일 『동아일보』에 연재하던 소설 『여수(旅愁)』가 갑자기 중단된 뒤 문단에서 사라진다. 기록에 따르면 그는 1963년 5월 21일 연탄가스 중독으로 반신불수가 되어 투병하다가 1966년 4월 7일 오후 아홉시 경 사망하였고, 그를 헌신적으로 간호하던 아내도 3개월 뒤 간경화로 세상을 뜬 것으

---

1) 성문사(省文社)에서 발행한 『순애보』 58판(1957. 6. 25)의 판권란에는 이 소설의 발간 일자와 부수가 일부 기록되어 있다. 그에 따르면 초판은 천부를 발행하여 보름만에 재판을 찍었고, 1941년 5월 1일 15판을 발행한 뒤 갑자기 1943년 9월 1일 35판 5천부를 발행한 것으로 되어 있다. 이후 1945년 8월 5일 47판까지 매판 5천부를 발행하다가 1949년 3월 25일 49판부터 1956년 12월 20일 57판까지 3천부씩 발행한다. 이에 따르면 해방 전까지 약 10만부가 발행되었고, 해방후 58판까지 3만부 이상 발행된 것으로 보인다. 이 기록에서 다소 의아스러운 것은 1941년 5월 1일 15판 발행과 1943년 9월 1일 35판 발행까지의 기록과 35판부터 1945년 8월 5일의 47판까지 기록이 생략되어 있는 점이다. 이 기록에 따르면 1941년 5월 이후 1945년 8월초까지 『순애보』는 7만부 이상 발행되어 읽혔다는 의미로, 놀라운 기록이 아닐 수 없다. 그 뒤 성문사에서는 1962년 9월 29일 60판 발행 광고를 일간지에 게재하여 소설의 인기가 꾸준함을 알려준다.
2) 박계주의 신문연재 장편소설은 거의 영화화될 만큼 인기가 있었다. 『구원(久遠)의 정화(情火)』(1956, 이만흥 감독, 한은진 윤인자 주연), 『별아 내 가슴에』(1958, 홍성기 감독, 김지미·이민 주연), 『자나깨나』(1959, 홍성기 감독, 김동원·김지미 주연) 등이 그것인데, 6.25 동란을 소재로 한 『별아 내 가슴에』는 당시 15만여 명의 관객이 관람하였다(정종화, 『영화에 미친 남자』, 맑은소리, 2006, 276쪽). 따라서 박계주의 1950년대 신문연재소설은 따로 논의할 필요가 있다.

로 알려진다. 그의 등장이 갑작스러우면서도 요란했던 것처럼 퇴장 또한 돌연했을 뿐 아니라 말년이 무척 초라하고 궁색했던 것으로 보이며, 사후 에는 일반독자나 문학연구가들에게 거의 완벽하게 소외되어 잊혀진 작가 가 되고 만다.

일제말 『순애보』로 순식간에 인기작가로 대두했던 박계주가 『여수』이 후 문학계에서나 일반독자에게서 철저히 외면당한 것은 다소 의외의 사 건이 아닐 수 없다. 이와 관련하여 1961년 6월 11일부터 연재를 시작한 『여수』3)의 내용 가운데 해방 직후의 모스크바 삼상회의에서 결정된 이른 바 '신탁통치안'과 관련된 부분이 문제된 사실에 주목할 필요가 있다. 박 계주는 1961년 5월 16일 발생한 군사적 행위를 민주적 혁명으로 이해하 고 평소의 시국관을 작중화자의 입을 빌려 토로했으나, 이를 정치적 맥락 에서 받아들인 군사정권이나 신문사에서 급격히 제재를 가한 것이 아닌 가 생각되기 때문이다. 그런데 사건은 해당 작품의 연재중단으로 그치지 않고, 이후 박계주의 문학 활동이 거의 중단된 것으로 보아 지속적인 감

---

3) 박계주, 『旅愁』, 『동아일보』, 1961. 6. 11~11. 28. 『동아일보』는 1961년 11월 29일자 석 간 1면의 사고(社告)를 통해 이 소설의 연재 중단을 다음과 같이 알리고 있다. "그간 본지 조간 4면에 연재해 오던 박계주씨 집필인 소설 『여수』는 비록 소설이라 할지라도 지난 28일자 조간 게재 내용이 본사의 견해와 현저히 상이하므로 본사는 해 소설을 금주 게재 중지하기로 결정하였음을 독자 제현에게 알리오며 아울러 사전에 발견하여 시정치 못하 였음을 송구히 여깁니다. 이 점 독자제현의 양찰을 바라마지 않습니다." 참고로, 당시 동 아일보는 조간4면, 석간2면으로 발행되었다. 『여수』의 내용과 의미에 대해서는 "성 문제 를 과감하게 다루어 인간의 본질을 파헤쳐 보려 했으나 필화사건을 입어 중단"(김용성, 『한국현대문학사탐방』, 현암사, 1984, 429쪽)되었다거나 "이태우(이춘우의 오기 : 인용자) 라는 한국청년이 프랑스의 이봉느라는 한국전쟁에서 부친을 잃고 창녀노릇을 하는 여인 과의 애정을 그린 작품"(한원영, 『한국현대 신문연재소설연구』上, 국학자료원, 1999, 264 쪽)이라는 설명과 "민족적 주체성에 바탕한 독립·민주 의식의 추구를 가장 평이한 대중 소설의 형식으로 계도코자 노력했으며, 그 때문에 수사기관으로부터 수난"(임헌영)을 당 했다는 적극적 평가가 공존한다. 이 작품에 대한 본격적인 논의가 필요한 것도 이런 사정 과 관련된다.

시와 압박이 있었을 가능성도 완전히 배제하기 어렵다. 『순애보』의 성공으로 이십여 년 동안 인기작가로 명성을 누려온 그가 『여수』 집필 당시 빚에 쪼들렸다거나[4] 연탄중독사고로 반신불수가 된 뒤 "집을 팔고 미아리고개 막바지로 가야만"[5]했던 속사정은 알려진 바가 없다. 한 기자의 회고기사에 따르면, 박계주가 술을 좋아하고 여성에게 인기 많은 미남작가[6]였다고 하지만 술과 여자 또는 질병 때문에 소설 『순애보』와 영화 등으로 벌어들였을 수많은 재산을 탕진했으리라고는 생각하기 어렵다. 잘 알려진 것처럼 그는 청소년시절부터 독실한 기독교 신자였고, 『순애보』는 이용도 목사의 '사랑의 신비주의' 사상에 큰 영향을 받은 작품이다. 독실한 크리스챤이고 『처녀지』 후기에서 "내 작품 어디에나 그렇게 배양되어오던 민족의식의 섬광이 극히 희미하나마 명멸을 반복"[7]했다고 적을 만큼 작가로서의 자부심이 강했던 그가 술과 여자 문제로 파산하여 병치레조차 힘든 상황이 되었다고는 생각되지 않는다. 박계주가 사망한지 삼개월 뒤 아내도 세상을 떠 당시 사정을 정확히 알기 어려우나, 유족이나 지인들의 증언을 바탕으로 『여수』 연재가 중단된 정황과 그 이후 작가의 삶에 대한 의혹 부분이 규명되어야 하리라 생각한다.

---

4) 박연희의 추도문에 따르면 『여수』 집필 당시 박계주는 "빚에 몰려 집이 올라가게 되"었을 뿐만 아니라 "구멍가게마저 외상이 막"히고 글을 써도 "빚장이가 원고료를 차압"하는 상황에 몰려 있었다고 한다(박연희, 「고 박계주형 영전에」, 『동아일보』, 1966. 4. 9, 5쪽). 막내아들의 회고에 따르면 정릉의 큰 집에서 살 당시 빚쟁이로 보이는 사람이 자주 드나들었다고 한다.

5) 김용성, 앞의 책, 429쪽.

6) 구건서, 「흘러간 만인의 사조 베스트셀러」, 『경향신문』, 1973. 4. 21. 삼천리사에 근무할 때만 하더라도 박계주는 술을 마시지 못해 놀림을 받았으나 나중에 술고래가 되었다고 하며, 기억력이 비상하고 일에 빈틈이 없었다고 한다(최정희, 「조광 삼천리 시절」, 강진호 엮음, 『한국문단이면사』, 깊은샘, 1999, 227~9쪽).

7) 박계주, 『처녀지』, 박문출판사, 1948. 여기서의 인용은 연변대 조선언어문학연구소편, 『중국조선민족문학대계11 소설집 김창걸 외』, 흑룡강조선민족출판사, 2002, 563쪽.

박계주 문학에 대한 선행연구는『순애보』,[8] 이민소설,[9] 신문연재 장편소설[10] 등 세 부문으로 나누어 이루어졌으며 문학적 평가는 대체로 비판적이었던 것으로 정리된다. 그의 대표작은 대부분 신문연재소설로 대중적 통속성과 오락성의 기조 위에 기독교 및 민족주의 사상을 적절히 배합하는 서사전략을 구사하여 일반 독자들의 호기심을 충족시켰다.『순애보』로 문학적 명성을 획득한 박계주는 1940년대초 문예지에 단편소설을 발표하기도 했으나 문단과 독자의 기대에 부응하지 못한다. 그가 1950년대 이후 문학성이 강조되는 단편소설보다 신문연재소설에 집중한 것도 그와 무관하지 않거니와, 그것은 결과적으로 그의 문학에 대한 학계의 무관심을 초래하는 계기가 된다. 1950년대 한국문학은 본격문학과 대중문학의 노선이 선명하게 분할하던 시기로 작가들은 자신의 문학적 입장을 분명히 밝혀야 했는데, 박계주는 신문연재소설에 진력함으로써 자연스럽게 대중소설가로 분류된다.[11] 그런 점에서 박계주 문학의 본령을 살피려면『순애보』를 비롯한 신문연재소설을 집중 분석하는 것이 마땅하지만, 이 글에서는『순애보』와『처녀지』등 초기작에서 박계주 문학의 원형적 특질을 살피고자 한다.『순애보』는 박계주의 대표작이자 신문연재소설이란 점에서 이후 신문연재소설과의 연관성이 주목되고,『처녀지』는 작가의 만주

8) 신춘자,「기독교와 박계주의『순애보』연구」, 한국국어교육학회,『새국어교육』제60호, 2000.
김효정,「1930년대 대중소설의 대중성 연구−박계주의『순애보』를 중심으로」,『한국어문연구』제17집.
정혜영,「순절(殉節)하는 사랑의 시대−박계주『순애보』를 중심으로」,『어문학』제115집, 한국어문학회, 2012.
9) 김성화,「박계주 이민소설의 개작문제 연구」,『한중인문학연구』30, 한중인문학회, 2010.
10) 장미영,「대중성의 확대와 변형−1950년대 박계주의 신문연재소설을 중심으로」,『국어문학』제53집, 국어문학회, 2012. 8.
11) 이봉범,「1950년대 신문저널리즘과 문학」,『반교어문연구』29집, 반교어문학회, 2010, 267쪽.

체험을 바탕으로 한 단편소설집이란 점에서 그의 문학관과 세계관을 규명하는 데 좋은 참고가 되리라 생각하기 때문이다. 그러므로 이 논문은 1950년대 이후 박계주의 해방 후 신문연재소설 연구를 위한 선행 작업의 의미를 지니며, 후속 논문을 통해 박계주 소설의 총체적 의미를 구명하고자 한다.

2.

박계주는 1913년 7월 26일 간도 용정에서 박인근과 원희진 부부의 차남으로 태어난다. 그의 부친은 함흥에서 벼슬살이를 하다 경술국치를 당하자 용정으로 이주했으나 박계주가 돌이 되기 전에 사망한다. 이런 정황은 이태준이 겪었던 불행과 비슷한데, 이태준은 소설이나 수필 등을 통해 아버지의 유훈을 기리고 있으나 박계주에게서는 그런 기록을 찾아보기 어렵다. 그는 중학시절 김동환의 『국경의 밤』을 친구들과 돌려 읽었고, 간도에서 발간되던 『민성보(民聲報)』 한글판에 「혁명전선에 나서는 소년형제」 등 단편소설과 「우리는 탑 쌓는 무리외다」[12]·「엿장수」[13]와 같은 시(시조)를 발표했다고 하나 전해지는 작품은 거의 없다. 그러나 해방후 간행된 창작집 『처녀지』에 실린 단편소설이 만주를 배경으로 민족의식을 고취한 작품이라는 사실은 부친의 영향과 간도체험이 문학세계에 큰 영

---

12) 이 시는 1932년 『신동아』에 발표하려 하였으나 검열에 걸려 발표 금지를 당했다고 한다 (김용성, 앞의 책, 380쪽).

13) 위의 책에 「엿장수」의 3~5연이 전한다. "코 흘리는 조무래기들에게 휩싸여/사뭇 영웅이 되어 보는 나는/골목에서 골목으로 유랑하는.장타령에 늘씬해지는 슈바리에//때로는 골목이 다하여/동구 밖에 나서고 산촌에 이르면/보리와 감자와 쌀을 받고/젊은 시악시이길래/엿 한가락 더 떼어주는 집시.//절컥 절컥/왼종일 가위로 햇빛을 자르다 못하여/지금은 달빛을 죽죽 자르며 발길을 돌려야 하는/내 눈 앞에는 무수한 시악시의 얼굴들이 아른거린다."

향을 주었다는 방증 자료가 된다.

1932년 영신중학교를 졸업한 그는 외국 유학을 희망하지만 나이 등의 문제로 뜻을 이루지 못하고 운극영이 조직한 여성계몽운동단체인 '백합대(百合隊)' 및 소만(蘇滿) 국경의 구사평(九沙坪)의 감리교 계통 소학교 교원을 지내다가 평양 중앙 선도원(宣道院)에서 월간 『예수』를 창간하며 4년을 보낸다. 그가 의식적으로 기독교와 관련을 맺은 것은 중학 4학년 때 '정임'이란 여성을 만나 교회를 나가면서부터인데, 이때 이용도 목사의 영향을 크게 받은 것으로 보인다. 1936년 상경한 그는 전영택이 주재하던 『새사람』의 편집을 도우며 춘원 이광수를 사사한다. 1938년 박계주는 원산·금강산 등을 여행하고 평양으로 돌아와 『매일신보』 현상공모 마감이 10월말까지 두 달 연기되었다는 사고(社告)를 확인한 뒤 9월 4일 상경하여 내자동 하숙집에서 소설 집필에 몰두, 마감 직전인 10월말 오후 네시 경 1천5백매 분량의 『순애보』를 탈고한다.14)

『순애보』15)는 1939년 1월 1일부터 6월 17일까지 연재된 뒤 10월 15일 단행본으로 발간한지 보름만에 매진되었을 뿐만 아니라 해방 전까지 10만부나 발행되어 "삼천만의 심금을 울린 영원의 베스트셀러"로, 그 내용은 "한량없이 주고주어 마침내 제 목숨까지 주어버리는 가장 높고 가장 깨끗한 사랑"16)을 다룬 작품이다. 1938년 일제는 국가총동원법을 공

---

14) 구건서, 『경향신문』, 1973. 4. 21. 당시 『매일신보』 사회부장이었던 김기진은 이광수가 이 소설을 읽어달라고 편지를 보내자 "춘원선생의 작품과 모랄도 같고 문장도 유려창달할 뿐더러 글씨마저 춘원선생의 글씨와 비슷하여 의아를 느끼고 있던 참이며 그렇잖아도 사람을 보내거나 직접 찾아 뵈려 했사온데 전혀 신인이라 하니 더욱 기쁩니다"라는 답장을 보냈다고 한다(김용성, 앞의 책, 381쪽 참조).

15) 이 글에서는 『박계주문학전집 1 순애보』(조광출판사, 1982)를 텍스트로 한다. 『순애보』는 워낙 판본이 많아 텍스트 선정에 따라 논의가 달라질 수 있는데, 신문연재본이나 매일신보사 발행 초간본은 구하지 못해 부득이하게 전집에 실린 작품을 분석 대상으로 삼는다.

16) 『순애보』 제60판 발행 광고, 『경향신문』, 1962. 9. 29. 7쪽.

포하였고, 1939년 나치 독일이 폴란드를 침공하여 제2차세계대전이 발발하는 등 세계정세는 매우 험렬한 분위기로 접어들고 있었다. 이런 준전시적 분위기에 속에서 『순애보』가 총독부 기관지에 연재되고 폭발적인 인기를 얻었다는 것은 다소 이해하기 어려운 일이다. 더군다나 이 소설의 제목이 '순수한 사랑의 기록[純愛譜]'이 아니라 '사랑에 순절하는 인생기록 [殉愛譜]'으로 명명된 것도 심상히 보아 지나칠 일이 아니다. 이 소설은 남녀의 사랑이야기를 다룬 평범한 연애소설의 차원을 넘어 진정한 사랑은 자신의 죽음까지 담보할 수 있어야 한다는 비장감을 강조하고 있기 때문이다. 소설의 작중인물 최문선과 윤명희가 보여주는 자기희생과 봉사, 인내와 헌신의 태도는 이기적 욕망 충족을 위해 살아가는 대부분의 범속한 인간들로서는 흉내 내기조차 힘든 것이다. 박계주가 기독교적 사랑을 『순애보』의 대주제로 설정한 것은 예수교회 회원으로서 이용도 목사의 '사랑의 신비주의' 영향을 받았기 때문이란 해석이 있거니와, 『매일신보』가 이 작품을 당선작으로 선정한 데에는 그와 다른 모종의 이유가 개입했을 것으로 보인다. 그 이유를 정확히 규명하기는 어려우나, 현상공모 심사평과 당선작 연재 예고 기사를 통해 『순애보』에 대한 『매일신보』의 시각을 추론해 볼 수는 있다. 현상공모 심사자는 신문소설이 구비해야 할 조건을 여섯 가지로 나열하고 있는데, 그 내용이 "온가족이 한 자리에 안저서 읽을수잇도록 미풍양속에 위배됨이 없어야" 하고, "현실을 淨化하야 써 독자로 하여금 고상한 감정을 把持하도록"17) 해야 하는데, 『순애보』는 "일즉이 조선의 신문지상에 이가치 높고 깨끗한 사랑에 순절하는 청춘의 안타까운 이야기가 실리어 본 일"이 없는 특별한 작품으로 "인생으로써 가져야할 높흔 철학과 순결한 도덕"18)을 지니고 있다는 것이다. 남녀의 순

---

17) 「長篇小說選後感」, 『매일신보』, 1938, 12, 29, 1쪽.

수한 연애담은 시공을 초월해 대중의 폭넓은 사랑을 받는 주제지만, 그만큼 새로운 감동과 충격을 자아내기 어려운 것도 사실이다. 그런데 박계주는 '순수한 사랑[純愛]'의 동음이의어를 활용하여 기독교적 정신에 입각한 사랑의 새로운 모랄과 문법을 제시한 것이다. 그러나 『매일신보』는 소설 제목의 뜻을 "사랑에 殉節하는 인생기록"이라 풀어 설명함으로써 멸사봉공의 군국주의적 이데올로기를 은근히 강요하고 있다. 다시 말해 젊은 남녀가 사랑을 위해 자신을 희생하는 것이 아름답듯, 청년들이 나라를 위해 제 한 목숨 바치는 일이야말로 "인생으로써 가져야 할 높흔 철학과 순결한 도덕"이라는 점을 강조한 것으로 볼 수 있다. 흔히 '멸사봉공(滅私奉公)'이란 사자성어로 요약되는 전체(국가)를 위한 부분(개인)의 희생 강요는 전제주의 국가의 대표적인 지배 이데올로기이다. 그런 점에서 국제적 전쟁을 앞둔 일제로서는 소설의 제목을 자의적으로 해석하여 주인공의 행위가 기독교적 사랑에 바탕한 것과 상관없이 정치적 의도로 활용하려 했을 것으로 보인다.19)

『순애보』의 기독교적 사상은 이용도 목사의 '고난과 사랑의 신비주의'와 깊은 연관이 있는 것으로 설명된다.20) 이용도의 '사랑의 신비주의'는 신약의 『요한복음』과 구약의 『아가』에 나타난 십자가를 진 예수의 고난을 직접 체험함으로써 예수와 일체가 되는 것을 목적으로 한다. 이용도는 『요한복음』과 『아가』를 통해 고난을 사랑의 본질로 이해('고난 받으시는 예

---

18) 「新連載小說豫告」, 『매일신보』, 1938. 12. 31, 2쪽.
19) 식민지말 조선에서 인기를 끌었던 두 편의 연애소설(『사랑』(이광수)・『순애보』)이 기독교 사상을 배경으로 한 것에 대해 "기독교와 일제의 식민통치 이데올로기 간에 발생하는 문제", 즉 "조선에서 기독교의 어용화"로 이해하는 관점(정혜영, 앞의 글)이 있다. 이 문제에 대한 최초의 착목이라는 점과 일제의 '기독교 정책'을 깊이 살핀 점에서 의의가 있지만, 소설에서 기독교의 일제 찬양 및 어용화 실태를 구체적으로 적시하지 못한다.
20) 임영천, 「박계주의 소설과 이용도의 신비주의─『순애보』를 중심으로」, 『한국 현대문학과 기독교』, 태학사, 1995. 이하 이용도와 박계주 관련 논의는 이 글에 의거한 것임.

수 신비주의')했는데, 그의 영향을 받은 박계주는 고난과 사랑의 신비주의
에 기초한 글을 『예수』에 실으면서 『순애보』의 줄거리를 구상하였던 것
으로 알려진다. 이 작품의 주동인물 최문선은 자신에게 닥친 불행과 시련
을 원망하지 않으며 오히려 죄인을 용서하는 커다란 사랑을 실천한다. 자
신을 실명케 하고 강간 살인범으로 만든 이가 찾아와 죄를 고백했다는 이
유만으로 모든 책임을 지겠다는 최문선의 태도는 '피엘 신부', 더 나아가
'예수'가 실천해 보여준 거룩한 사랑의 적극적 행동으로 이해할 수 있다.
그러나 최문선·이철진 등의 희생을 "고통받는 민족과 조국을 구원하기
위한 구체적인 행동"21)으로 해석하는 논리에는 많은 무리가 따른다. 그렇
다고 『순애보』의 '순절하는 사랑'의 최종적 지향점을 "인간도 신도 아닌,
천황에 의해 운영되는 제국 일본"으로 해석하는 것도 지나친 상황논리의
적용이라 보인다. 1930년대 말은 창씨개명·신사참배·징용·징병 등 조
선민족말살정책이 강제로 시행되던 시기로 종교단체마저 어용화되고 있
었고 소설의 작중인물 최문선의 자기희생적 태도에 현실감이 결여된 것
이 사실이지만 그러한 "환상적 현실 속에 총력전을 위한 제국의 메시지
들을 교묘한 형태로 주입"22)했다고 보는 관점은 이 작품의 주제를 민족
주의와 연관시키려는 것의 역발상적 태도로밖에 생각되지 않는다.

　『순애보』에 1930년대말 조선의 열악한 정치·경제·사회적 상황이 전

---

21) 신춘자, 앞의 글, 287쪽. 이 연구자는 1994년판 『순애보』(일신서적출판사)를 텍스트로
　　하고 있는데, 박계주는 해방후 자신의 작품을 수차례 개작하였으므로 해방후 간행된 판
　　본을 토대로 민족주의 사상을 논하는 것은 적절하지 않다. 비근한 예로 박계주문학전집
　　『순애보』(조광출판사, 1982)에는 최문선이 야학에서 의병장 김응서와 기생 계월향이 왜
　　군 장수를 죽인 일화를 학생들에게 들려준 일로 경찰에 불려가 취조를 당하던 중 자신
　　의 아버지가 "독립운동을 하다가 일본 경찰의 손에 죽임을 당하셨"다고 진술하여 기소
　　당하는 대목이 나오지만, 1938년 『매일신보』에 연재된 소설에 이런 내용이 실릴 수 없
　　었을 것은 불문가지다.
22) 정혜영, 앞의 글, 447~8쪽.

혀 반영되어 있지 않다는 비판은 종종 제기되어 왔다. 이 소설은 원산 송도원해수욕장에서 남녀 주인공이 만나는 것으로 시작하여 작중인물들이 수시로 명승지나 피서지로 떠나는 장면이 장황하게 묘사되는 데 반해, 전쟁으로 인한 경제적 곤핍이나 정신적 불안감을 느끼는 대목은 전혀 보이지 않는다. 고대 문물과 유적을 찾아 여행하는 '관광'은 교통수단의 발달과 여가의 확충에서 비롯되었지만, 그 이면에는 식민지주의[23]라는 근대의 시선이 개입되어 있다. 식민지 조선에서도 지식인들 사이에 문화기행과 관광이 유행하기 시작하였는데, 1931년 금강산 전기철도가 개통되자 1만5천명 이상의 승객이 이용했고, 그해 1월부터 10월까지의 경주 방문 승객이 2만 명을 넘은 것[24]으로 보도되고 있다. 『순애보』 작중인물은 신교육을 받고 해외유학까지 다녀온 인텔리에다 최문선 외에는 경제적인 어려움을 겪지 않는 것으로 설정되어 그들의 여름철 피서나 명승지 탐승은 당시의 풍조[25]를 반영한 것이라 볼 수 있다. 하지만 원산 송도원해수욕장의 흥성스러운 분위기 묘사나 금강산 기행의 장황한 일정 등은 이철진이 낙동강 수해지역에서 몸을 바쳐 구호활동을 벌이는 장면과 날카롭게 대조되어 작품의 구성적 완결성을 저해한다. 특히 작품 후반의 수해지역 구호장면은 『무정』의 삼랑진 수해장면과 대단히 혹사하고,[26] 신문사

---

23) 조선총독부는 고적조사를 통해 명승지를 창출하여 관광지로 육성하였는데, 고적조사사업은 풍신수길의 조선정벌의 위업을 현창하고 국민을 계몽하는 것으로 일제의 조선지배의 정당성을 강조하는 작업의 일환이었다. 이상의 논의는 조성운, 「1930년대 식민지 조선의 근대 관광」, 『한국독립운동사연구』 제36집, 2010, 8, 374쪽 참조.

24) 「경주고적탐승 이만명을 돌파」, 『동아일보』, 1931.11.1.

25) 일제의 관광진흥 프로그램이 개발되는 과정에서 인천은 1937년 송도유원지에 별장 부지를 분양한다. 이것은 당시 관광과 휴양을 동시에 즐기려는 풍토가 조성되고 있었던 것을 뜻한다.(조성운, 앞의 글, 387쪽 참조).

26) 『순애보』가 『사랑』(이광수)이나 『화관』(이태준)의 특정 장면과 유사하다는 지적은 종종 제기되어 왔다. 그러나 원산에서 문선이 인순을 만난 뒤 곧바로 명희와 조우하는 장면이라든지, 경남지역의 수해장면 같은 것은 『무정』의 그것과 더 닮아있다.

의 노력으로 만주와 하와이 등지에서 이재민을 위한 헌금과 구호품이 답지하는 장면의 상세한 서술[27]은 "식민지말의 '국민정신총동원운동' 전개에 강력한 일조"[28]를 했다는 비판을 받아도 적극적으로 항변할 논리를 찾기 궁색하다. 이처럼 『순애보』 해석의 난점은 텍스트 선정에 따라 전혀 상반된 결과가 나올 수도 있다는 점에 놓인다.

『순애보』는 산업화 이전 시대의 독자에게 가장 많이 팔리고 널리 읽힌 소설이다. 현재 오십대 이후의 중장년으로 이 소설을 모르는 사람은 극히 소수일 것으로 짐작되며, 실제로 많은 이들이 청소년시절 이 작품을 읽으며 감동을 받았다고 추억한다. 심지어 종로의 건달 김두한은 어느 날 박계주에게서 김좌진 장군은 만주에서 목숨 바쳐 싸우고 있는데 그 후손으로 부끄럽지 않느냐고 질책을 당한 뒤 『순애보』를 사다 학생들에게 밤새 읽히며 눈물을 흘렸다는 일화도 전한다. 하지만 일제말 대중독자의 인기를 얻었던 대다수 소설의 운명이 그러하듯, 『순애보』는 오늘날 철저하게 잊혀진 작품이 되었다. 뿐만 아니라 이 소설이 『매일신보』에 연재되고 그곳에서 출판되었다는 사실 때문에 체제순응적인 작품으로 폄하되기도 한다. 작중인물들이 수시로 관광을 하거나 피서지를 찾는 것 등은 당시 사정을 고려할 때 비현실적이어서 현실도피의 대중소설적 성향을 노정하는

---

27) 조광출판사판 『순애보』에는 "그 시절만 하드래도 일본 총독부는 이러한 수해지구의 이재민을 구제하지 않았고 도리어 방임해 둠으로써 만주로 별 수 없이 이민해 가도록 꾀하며 책동했기 때문에 단 민간 기관인 신문사가 이러한 일까지 해야만 했던 것"(341~2쪽)이라 서술되어 있다. 이 부분은 『매일신보』 연재 당시나 해방전 단행본에서는 실리기 어려웠을 대목으로 해방후 개작과정에서 첨가된 것으로 보인다. 『무정』의 수해장면에서도 정부나 관공서에서는 특별한 조처를 취하지 않는데, 그 배경에는 『순애보』 서술자의 말처럼 일제의 음모가 있었을 것으로 짐작된다. 그러나 낙동강 수해에 신문사가 적극 관심을 갖는 서술전략만으로 총독부의 방임과 이재민의 만주 이주 책동 음모를 짐작할 독자가 과연 얼마나 되었을까는 의문이다.

28) 정혜영, 앞의 글, 447쪽.

게 사실이다. 또한 피엘 신부와 네덜란드의 구국 소년영웅 한스 브링커(소설에서는 '피터'로 명명됨) 일화는 작가의 의도와 상관없이 일제의 특정한 정치적 목적에 악용될 소지가 충분했을 것으로 짐작된다. 이와 함께 「유방」 등 해방전 발표한 작품에서 친일의 혐의를 받을 만한 내용이 일부 보이는 것도 사실이다. 그러나 그것이 박계주 소설의 친일적 성향을 말해주는 것인지, 작가의 역사와 현실인식의 미숙함[29]을 의미하는 것인지는 보다 섬세하고 종합적인 분석을 통해 규명되어야 할 사안이다. 『순애보』는 일제 말기에 쓰여져 초베스트셀러가 되었고, 해방이후에도 계속 판본을 달리하며 간행되면서 여러 차례 개작이 이루어졌기 때문에 어느 판본을 텍스트로 하느냐에 따라 해석과 평가가 달라질 수 있다. 『매일신보』 발표 원본에서 친일적 성향이 감지된다면, 해방후 개작본에서는 강렬한 민족의식이 검출되기 때문이다. 일제의 혹독한 사상 통제와 검열 시스템에서 자유로울 수 없었던 일제말기 문학을 독해하는 데 있어서 원작과 개작의 차이, 작품의 중의적 맥락, '저항/순응'의 단순 이분법 극복 등에 특히 세심한 주의를 해야 하는 것도 이런 사정과 관련된다.

3.

해방후 박계주는 윤석중·조풍연·정현웅·김영수 등과 '고려문화사'란 출판사를 설립하고 『어린이신문』·『민성(民聲)』 등의 신문·잡지 간행에 참여한다. 『민성』은 1945년 10월 창간하여 1950년 1월호(통권45호)로 종간한 월간종합지로 해방직후의 혼란한 정치사회적 분위기 속에서 좌우

---

29) 김성화, 「박계주 이민소설의 개작문제 연구」, 『한중인문학연구』 30집, 한중인문학회, 2010, 25쪽.

익 어느 편에 경사되지 않으면서도 비판적 태도를 유지해 지식인들의 호감을 받았다. 박계주는 1946년 『민성』의 주간을 맡아 편집을 책임지면서 단편 발표에 주력한다. 그의 첫 작품집 『처녀지』에는 「모토(母土)」를 비롯해 총 8편의 단편30)이 실려 있는데, 모두 해방전 간도와 만주를 배경으로 한 작품이어서 그 시기 박계주의 문학과 사상을 살피는 데 좋은 참조가 된다. 『처녀지』에 실린 작품은 「질라깨여인」을 제외한 모든 소설에 외국 작가의 글이나 성경 구절을 프롤로그처럼 삽입하고 있는데, 이것이 작품의 내용과 적절히 부합하는지는 의문이다. 또다른 특징은 이들 소설의 시대적 배경이 만주국 건국 이전의 장작림(張作霖) 시대로 한정되어 있다는 점이다. 만주를 배경으로 한 소설에서 만주국 건국 이전/이후는 신소설에서 갑오경장 이전/이후와 유사한 의미를 갖는다. 말하자면 만주국 건국 이전의 장작림 시대에는 중국 관헌과 마적의 횡포가 극에 달했다는 인식이 이러한 시대 구분의 전제로 기능하고 있는 것이다. 이와 함께 해방전에 발표된 작품과 『처녀지』에 수록된 작품 사이에 결코 간과할 수 없는 차이가 존재하는 점에 주목할 필요가 있다. 그것은 일제말 검열 등으로 삭제되거나 제대로 표현할 수 없었던 내용이 첨가되는 단순한 차이를 넘어, 아예 서술자나 작중인물의 태도나 성격이 바뀌고 주제에도 영향을 미쳐 전혀 다른 작품처럼 보일 수 있기 때문이다.

① "왜놈들의 개척부대라나요. 그놈들을 데려다가 우리가 개간한 땅을 공전가격 이하로 빼앗아서 주고, 우리를 글쎄 비적이 출몰하는 위험지대로 몰아넣어 이 신개지를 강제로 떠맡기니, 나라 없는 백성이 별 수 있소

---

30) 『처녀지』에 수록된 작품은 「母土」・「死刑囚」・「乳房」・「無名之士의 最後」・「育票」・「질라깨女人」・「處女地」・「개」 등이다. 이중 「질라깨여인」・「개」는 원고지 10여 매의 꽁트 수준이고, 「사형수」・「유방」・「무명지사의 최후」는 각각 「오랑캐(兀良哈)」・「유방」・「딸따리족」을 개작한 것이다.

울며 쫓겼지."

　노인은 입에서 담배ㄷ대를 뽑으며 침을 찔 갈기고는,

　"이게 소위 오족협화(五族協和)요 왕도낙토(王道樂土)의 나라라는 겝니다. 이름 좋지요, 오족협화, 왕도낙토, 흥! 사실 왜놈들 저이들에게야 그렇죠. 남이 다 만들어 논 옥답을 강도질 하고는 죽을 곳으루 우리를 몰아 넣으니 자갸들은 살기 좋을밖에."(「母土」, 『처녀지』[31])

　②-1. 그는 으레 공산당 이야기가 나오기만 하면, 목에 핏대를 올리며,

　"아아니, 그래 어떻게 번 돈이관데 그 놈들이 그저 넌쩍 빼앗아 먹능게야. 몇 번이나 죽을 고비르 넘어서 모은 재물을 넙적 집어 삼키는 놈들이 강도지, 그래 머이란 말이오."

　그는 공산당원을 마주 대하기나 한 듯이 앞을 노려보며 이를 갈기까지 했었다.(「딸따리족」, 『조광』, 1943. 2)

　②-2. "그 공산당이라능 게 강도로구만."

강동영감의 신세타령을 듣던 옆의ㅅ사람들이 이러한 말을 하면, 그는 빙그레 얼굴에 웃음을 지으면서,

　"그렇잖지."

하고, 쌈지에서 담배가루를 꺼내어 손바닥에 놓고 침을 배앝아 부벼서는 고불통에 담고는,

　"법이야 그눔의 법이 좋지. 양반 쌍놈의 구별이 없이, 그리구 못 먹는 놈 더 잘 먹는 놈이 없이 꼭 가치 일하고, 꼭 가 치 잘 살자는 게니까."
(「무명지사의 최후」, 『처녀지』)

　③-1. 남원공략전(南苑攻略戰)을 비롯하여 태원성함낙(太原城陷落)에 이르기까지 혁혁한 무훈을 세운 김석원(金錫源)부대장은 북지전선에서 첫번 돌아왔었을 때, 이러한 이야기를 들려준 것을 여기에 옮겨 쓰기로 한다.
(「乳房」, 『조광』, 1943. 2)

31) 박계주, 『처녀지』, 박문출판사, 1948. 여기서의 인용은 연변대 조선언어문학연구소편, 『중국조선민족문학대계11 소설집 김창걸 외』(흑룡강조선민족출판사, 2002)에서 따옴.

③-2. 제정 일본 학정자의 채쭉에 못이겨 지원병이라는 미명 밑에서 이를 갈며 화북(華北) 전투지구에세 출정했던 학도병 정태호군은 이번 중국 연안(延安)에서 귀환하여 이러한 이야기를 들려준 것을 여기에 옮겨 쓰기로 한다.(「乳房」, 『처녀지』)

「모토(母土)」는 1943년 「귀향(歸鄕)」이란 제목으로 방송했던 것을 해방후 소설로 개작한 것이어서 원작의 내용은 알기 어렵다. 그러나 작중인물을 통해 만주국의 '오족협화·왕도낙토' 이데올로기를 직접 비판하는 내용이 방송되었으리라고는 생각되지 않는다. 이 소설은 만주 개척촌에 갔던 작중인물이 도시로 나갔다가 아편중독자가 되어 마지막 순간 고국으로 돌아와 숨을 거두는 이야기를 다루고 있다. 만주 이민자가 무작정 도시로 나갔다가 폐인이 되는 과정은 매우 핍진하게 그려져 있지만, 희랍정교의 외국인 신부가 작중인물에게 고향으로 돌아가 부모를 도우며 깨끗한 생활을 하라고 권해 죽음을 앞두고 고향땅을 밟는다는 사건의 설정은 작위성이 강해 독자의 공감을 얻기 어려워 보인다.

「딸따리족」(「무명지사의 최후」)은 화자가 이도구(二道溝)에서 살 때 만난 연해주 출신의 영감에 대한 일화를 다룬 작품이다. 강동영감은 해삼위에서 큰 저택을 가지고 아라사 여인을 아내로 두었던 거부였다가 공산당에게 재산을 몰수당하고 이도구까지 흘러든 것으로 서술된다. 그 때문에 「딸따리족」에서는 공산당에 대한 분노와 원망이 직접 표출되었던 것인데, 해방후 개작된 작품에서는 이 부분이 전혀 다르게 서술되어 주목된다. 뿐만아니라 원작에서는 보잘 것 없는 위인으로 그려졌던 강동영감이 개작에서는 "조선이 독립하기까지는 다시는 고국에 돌아오지 않기로 결심하고 해외로 가버린 무명지사의 한 사람"으로 바뀌었고, 소설의 결말부분도 1919년 3월 1일 용정 시내에서 독립선언에 참여했던 강동영감이 중국군대의 총탄을 맞고 주변사람들이 들려주는 애국가를 들으며 숨지는 등 원작과 전혀 다른 양상을 보인다. 한편, 강동영감이 딸따리족(韃靼族)에게 감자를 주고 금을 얻어 부자가 되었다는 삽화는 그들을 야만인으로 비하하는 '식민주의적 무의식'의 조야한 형태란 비판을 받아 마땅하다. 이렇듯 평범한 노인을 의식 있는 민족지사로 급작스럽게 둔갑시키려다 인물성격의 통일성이 저해된 사례는 「오랑캐」(개작 「사형수」)에서도 확인된다. 원작 「오랑캐」의 작중인물 '왕덕(王德)'은 "부모와 헤여진지도 이미 이십여년. 그동안 자기는 방랑과, 노역과, 굶주림과, 또 방랑. 이러다가 마적단에 가담해서 십년을 하루같이 안도현 오지인 장백산맥을 무대로 민가에 나타나 약탈과, 강간과 살해를 일삼아" 사형수가 된 것으로 서술되지만, 개작 「사형수」에서는 "마적단에서는 매우 보기 드문 '인텔리'였던 관계로 당잘(수령)의 지위에 있었"으며 "고학으로 가진 고생을 하면서 공부했었으나 오랑캐의 후예라는 혈통의 차별로서 번번이 야먼(衙門)에 등용되지 못"해 마적이 된 것으로 미화됨으로써 작품의 주제가 달라진다.

「유방」은 개작과 관련해 가장 논란이 많은 작품이다. 원작에서는 소설의 내용이 1937년 중일전쟁에서 큰 공적을 세워 영웅이 된 김석원(金錫源)[32]에게 전해들은 이야기라고 했으나, 개작에서는 학도병 정태호가 귀환하여 들려준 이야기로 바뀌었고, 액자 속 이야기의 주인공 신분도 단순

---

32) 김석원은 1915년 일본육사 27기생으로 졸업한 뒤 1931년 만주사변에서 기관총 중대장으로 큰 전과를 올렸고, 1937년 중일전쟁에 참전하여 산시성(山西省) 동위안(東苑) 전투에서 2개 중대 병력으로 중국군 1개 사단을 격퇴시킨 공로로 공3급을 받고 영웅적인 명성을 얻었다. 광복후에는 육사 8기 특별반을 거쳐 대좌로 임관하였고 1949년 4월 준장으로 진급한 뒤 사단장이 되었다. 그는 남북 교역과 관련한 문제로 참모총장 채병덕(蔡秉德)과 대립하다 1949년 10월 예편하였으나 6·25사변이 일어나자 현역에 복귀하여 공을 세우고 1956년 소장으로 예편하였다. 그 뒤 성남중고등학교장, 이사장 등 육영 사업에 전념하였다. 일제 때 황국신민으로서 군문(軍門)에 입대하기를 권유하는 강연을 한 것과 관련한 친일 행적이 밝혀져 논란이 되고 있다.

한 무명의 "조선인 병정"에서 "공부한 일 없는 빈농의 자제로서 홀어머니를 두고 강제출정을 당해 끌려온 퍽 담박하고 순진한 이십전후"의 "김인철이라는 학도병 아닌 조선인 병정"으로 일본인 병정을 죽이는 등 민족의식을 가진 청년으로 성격화된다. 전상(戰傷)을 입어 목숨이 경각에 달린 주인공이 어머니를 찾자 병원에서 전보를 보내는 장면이 원작에서는 간단히 서술되는 데 반해 개작에서는 "그것은 김인철군이나 김인철군의 어머니를 위해서가 아니고, 단지 전지(戰地)에 있는 조선군인들이 잘 싸워주기를 바라는 욕심에서, 사탕 바른 그 소위 일시동인으로 부하를 차별없이 사랑한다는 것을 보여주기 위한 정책일 것이라고 나는 생각"했다는 설명이 첨가된다. 이처럼 박계주는 해방후 개작한 소설 거의 모든 작품에서 일제에 대한 강한 적대감과 저항의식을 드러낸다. 하지만 서술자의 직접적인 반일사상의 노출은 작중인물의 성격 형상화나 작품의 미적 완성도에 기여하기보다 단순한 "친일적 색채 벗겨내기"나 "항일적 색채 덧씌우기"[33]에 불과하다는 비판에서 자유롭지 못하다.

「처녀지」는 장백산의 원시림에서 문명과 거의 단절된 채 사십여 년을 살아온 일가족이 일제의 삼림측량대와 접촉하면서 발생하는 사건을 다룬 소설이다. 평생 장백산에서 숯을 굽고 짐승을 잡아 연명하던 산사람은 관청의 허가를 받지 않고 벌목을 했다는 죄명으로 경찰에 끌려간다. 그곳에서 산사람과 경찰대원 사이의 웃지못할 해프닝이 벌어지는데, 산사람은 '호적(戶籍)'이니 '국적(國籍)'이니, '빠가야로'니 하는 말을 한 마디도 알아듣지 못해 경찰대원에게 뺨을 맞고 구속되기에 이른다. 평생 산에서 살아온 그가 호적·국적 등의 문명어를 몰라 횡액을 당하는 것은 당연해 보

---

33) 이상경, 「'야만'적 저항과 '문명'적 협력─박영준 「밀림의 여인」의 친일논리」, 『재일본 및 재만주 친일문학의 논리』, 도서출판 역락, 2004, 63쪽.

이지만, 그들을 "당신"이라 호칭하자 "나으리"라 부르지 않는다고 화를
내는 것에 다음과 같이 반응하는 것은 서술자의 과도한 개입으로 인한 서
사구조의 파탄으로밖에 보이지 않는다.

> 산ㅅ사람에겐 이 양반 역시 다른 사람들과 마찬가지로 정신이 평상상
> 태가 아닌 것같이 보여졌다. '당신'이라는 말이 훌륭한 대명산데, 웨 훌륭
> 한 말을 쓰는 것을 나쁘다고 욕지거리를 할까. 그러한 것이 다 의심스러
> 운 징조요, 게다가 생전에 듣지도 못하던 '나으리'는 또 무슨 놈의 나으릴
> 꼬. 그게 다 정신이 온전ㅎ지 못한 사람의 소리라 생각하니 세상엔 모두
> 정신병자만 사는 것 같애서 세상이 우울해졌다.(553쪽)

어려서 부모와 함께 원시림에 들어와 문명의 혜택이라곤 전혀 받지 않
은 것으로 묘사된 산사람이 "당신"을 "훌륭한 대명사"라고 이해하거나
일제 관리를 "정신병자"로 인식하는 것은 거의 불가능한 일에 가깝다.
'호적·국적'과 같은 근대적 조어는 물론이거니와 '나으리'란 일상적 기
층어의 뜻도 모르는 그가 "당신"이 "대명사"라는 문법적 지식을 알 까닭
이 없기 때문이다. 흥미로운 것은 박계주가 조선어학회의 철자법과 다른
자신의 이론을 장황하게 서술하고 있는 『처녀지』 '후기' 내용이다. 그는
조선어학회와 달리 '같이'와 '가치'를 분리해야 한다고 주장하는데, '같
이'는 '함께'라는 뜻이고 '가치'는 '처럼'의 의미로 구분해야 한다는 것이
다. 그는 한글도 로마자와 마찬가지로 가로 풀어쓰기를 해야 할 것을 주
장하면서 '있습니다'의 '습'을 '읍'으로 써야 하는 이유로 "ㅣㅅㅅㅅㅡㅂ
ㄴㅣㄷㅏ"처럼 'ㅅ'을 세 번이나 연달아 쓰는 것이 비실용적이란 점을 들
고 있다. 철자법과 한글 가로쓰기에 대한 박계주의 태도는 분명하여 『순애
보』(조광출판사 전집본)에도 이와 관련한 내용이 장황하게 서술되기도 한다.
「처녀지」는 근대 문명에 오염되지 않은 원시적 삶에 대한 동경, 혹은

재만조선인의 삶과 밀접한 관련이 있는 국적의 문제를 다룬 소설로 근대
문명과의 접촉이 전혀 없는 산사람을 통해 일제의 근대화 혹은 만주국 이
데올로기의 허구성을 폭로한 작품으로 이해할 수도 있다. 국적이나 호적
이 무엇인지 모르는 산사람이 일본 경찰대원에게 "(내가) 조선사람인줄
알면서 나보구 일본사람이냐 만주국사람이냐고 묻소"라고 따지며 그를
"정신상태가 온전한 사람"이 아니라고 생각하는 대목에 이 소설의 주제
가 집약되어 있다.

『처녀지』에 실린 작품은 작가의 간도(만주) 체험을 바탕으로 한 것으로
장백산에서 원시적 삶을 살아가는 사람들의 순박성이나 마적단의 행태를
사실적으로 재현한 점에서 여타 만주 체험 소설과 구별된다. 그는 해방전
에 발표했던 단편형식의 글을 『처녀지』로 묶으면서 개작을 시도했는데,
그 대부분이 작중인물의 성격이나 주제의식의 전면적인 변화를 초래해
원작의 친일성을 제거하기 위한 것이 아니냐는 비판을 받는다. 그러나 『처
녀지』에 실린 작품은 많은 개작 과정을 거쳤음에도 불구하고 단편소설로
서는 여러 면에서 미흡한 점들을 보여준다. 그것은 이제까지 보아온 것과
같은 작중인물 성격의 모순이나 서술자의 과도한 개입은 말할 것도 없고
플롯과 문체의 미숙함 등의 문제가 산견되는 점과 관련된다. 그가 의욕적
으로 『처녀지』를 낸 뒤 신문연재 장편소설에 진력한 것도 단편소설에서
자신의 능력을 발휘하기 어렵다는 사실을 깨달았기 때문이 아닐까 한다.
우리나라 작가들은 근대문학 초창기부터 단편소설이 장편소설에 비해 예
술성이 뛰어나다고 생각했던 듯하다. 비근한 예로 이태준은 "현재 우리
문단만 보더라도 수에 있어 장편은 단편을 따르지 못하고, 또 질에 있어
서도 장편은 단편보다 떨어져 있는 것이 사실"[34]이라 말하면서, 특히 신

---

34) 이태준, 「소설독본」, 『상허문학독본』, 백양사, 1946, 277쪽.

문연재소설은 편집자의 입장에서 "문학으로 보히기 전에 먼저 구(舊) 독자를 잃지 않고 신(新) 독자를 끄러드리는 중요한 '미끼'"이며 작가로서도 경제적 이유 때문에 붓을 대지 않을 수 없는 "씨키는 소설"35)일 뿐이라고 단편 위주의 소설론을 피력한다. 이런 분위기에서 총독부 기관지를 통해 화려하게 등장한 박계주가 단편소설로 예술적 평가를 받고자 했으리라고 짐작하는 것은 어렵지 않다. 『처녀지』가 발간되자 "우리 문단에 건실한 지반을 걷고 있는 지조의 작가 박계주씨의 소설집이 금반 박문서관에서 발간되었는데 내용은 일제시 三次에 거듭하여 전문 삭제를 당한 「처녀지」를 비롯하여 전부 8편의 작품으로 구성"36)되어 있다는 기사가 실린 뒤 곧 출판기념회를 알리는 기사37)에 정지용·김기림·김동석·설정식·안회남 등이 발기인으로 소개된다. 그리고 이틀 뒤 "본시 장편소설가인 氏이지만 해방이전에도 민족적 기개를 꺾지 않으려고 얼마나 애써 왔는가 하는 것을 보여주고도 남음이 있"38)다는 박영준의 서평이 실린다. 그러나 『처녀지』에 대한 본격적 언급을 찾기 어려운 것으로 보아 문학계에서의 평가는 그다지 신통하지 않았던 것 같고, 이에 실망한 박계주는 자신의 장기인 신문소설 연재에 더 진력했던 것으로 추측된다.

4.

박계주의 『순애보』는 일제말에서 1960~70년대까지 한국문학 독자에게 가장 사랑을 받은 작품이다. 그는 1950년대에도 꾸준히 신문연재소설

---

35) 위의 글, 265쪽.
36) 『경향신문』, 1948. 8. 29.
37) 『경향신문』, 1948. 9. 10.
38) 박영준, 「박계주소설집 『처녀지』를 읽고」, 『경향신문』, 1948. 9. 12.

을 발표해 인기를 끌었고, 대부분의 작품이 영화로 만들어져『별아 내 가슴에』는 15만 명(유료관객 13만 8천명)의 관객을 동원하는 등 흥행에도 성공을 거둔다. 하지만 1961년『여수(旅愁)』의 갑작스러운 연재 중단 이후 그의 작품 활동은 완전히 중단되고, 연탄가스 중독으로 병고에 시달리다 "정릉집마저 팔아버리고 미아리 산꼭대기 게딱지같은 집"39)에서 사망한다.

박계주의 신문연재소설은 표면적으로는 남녀 사이의 애정을 다룬 것으로 보이지만, 시대적 배경이나 역사적 사건은 한국 근현대사의 격동과 깊이 관련되어 있다. 1950년대 발표한『구원의 정화』는 1860년대 기독교 박해사건을 다룬 작품이고,『별아 내 가슴에』·『자나깨나』는 6·25동란 전후의 사회상황,『대지의 성좌』는 일제하 항일독립투쟁,『장미와 태양』은 자유당의 몰락 등 당대의 현실을 핍진하게 그리고 있다. 해방후 최초로 신문연재소설 중단 사태를 빚은『여수』는 대학교수이자 작가로 자유당 독재를 비판하는 소설을 써 반정부 작가로 알려진 작중인물 이춘우의 개인적 생각을 피력한 것이 문제가 된 것으로 보인다. 이춘우는 오스트리아를 여행하며 "지금 와서 생각하면 오 년간의 국제신탁통치를 받았던들 오년 뒤엔 국제기구인 유엔에 의해 오스트리아처럼 통일되었을 것"이라며 신탁통치를 반대했던 이승만·김구의 근시안적 태도를 비판하고 송진우야말로 "앞을 내다보는 구안(具眼)의 정치가"40)라 추켜세우는데, 다음날 곧바로 소설 연재 중단 사고(社告)가 실린 것으로 보아 이 부분이 문제가 되었던 것으로 짐작된다.『여수』는 일부의 지적처럼 남자 주인공의 여성 편력이나 노골적인 성 문제를 다룬 소설이 아니라, 체제 비판적인 작가 이춘우가 유럽 여행을 하며 우리의 과거와 현재를 비판적으로 성찰하는

---

39) 전숙희, 「'별'은 이제 어디에─박계주씨의 영전에 붙여」, 『경향신문』, 1966. 4. 11.
40) 박계주, 『여수─「비엔나의 夜話①」』170, 『동아일보』, 1961. 11. 28, 조간4면.

내용이 대종을 이루고 있는 작품이다. 그는 『장미와 태양』[41]에서 이미 자유당의 부정부패를 신랄하게 비판한 경력이 있거니와, 이로 미루어 박계주는 시대 상황의 변화에 예민하게 반응하면서 진보적인 정치 이념 등을 신문연재소설의 특질을 활용하여 직설적으로 토로했던 작가였음을 알 수 있다. 요컨대, 박계주가 해방후 신문연재소설에 집중한 까닭은 신문이 지닌 대중성과 계몽성, 시의성 등을 적절히 활용하려는 의도가 있었기 때문이 아닌가 한다. 『순애보』에서 최문선의 초인간적인 사랑과 희생의 정신을 서사화하여 독자를 사로잡은 그는 해방후 『대지의 성좌』에서 독립운동가들의 처절하고 장렬한 투쟁을 사실적으로 재구하였고, 『장미와 태양』에서는 자유당의 몰락을 직접 다루는 등 소설의 사회적 기능에 많은 관심을 보인다. 그는 "행동인"이나 "주의자(主義者)"는 아니지만 어려서 간도에서 자라며 민족의식을 함양해 온 작가이다. 『순애보』와 『처녀지』 개작에서 가장 달라진 부분이 작중인물의 민족의식과 관련된 내용이라는 것, 그리고 1950년대 이후 발표된 신문연재소설이 한국 근현대사의 주요한 사건이나 당대의 정치적 상황을 통해 민족주의와 자유 민주주의, 기독교적 사랑의 가치를 옹호한 것은 그의 문학이 처음부터 그쪽으로 정향(定向)되어 있었음을 뜻한다. 요컨대, 박계주 소설은 대중에게 친숙한 방식과 매체를 통해 민족주의와 기독교적 사랑을 널리 전파하려는 계몽적 성향이 강하다. 그는 1950년대 대중작가로 독자들의 사랑을 받았으나 『여수』 이후 갑작스럽게 사라져 오늘날에는 거의 잊혀진 작가가 되었다. 그러나 그가 1950년대 발표한 일련의 신문연재소설은 단순한 통속적 읽을거리로

---

41) 이 소설은 1959년 『평화신문』에 연재된 작품으로 전집 편집자의 "4·19 학생의거로 이승만 정권이 무너지던 때를 무대로 그 직후에 집필"되었다는 말은 다소 어폐가 있다. 그러나 이 말은 작품 연재 당시나 후에 4·19가 발발했고 작가는 당시 상황을 사실적으로 반영했다는 의미로 이해된다.

다룰 만한 게 아니다. 그가 신문연재소설에서 일관되게 추구한 주제는 국가가 혼란에 처했을 때 올바른 지식인의 처신이 어떠해야 하는가의 문제였다. 『순애보』의 최문선이 기독교적 사랑의 적극적 실천가였다면, 『여수』의 이춘우는 우리 민족의 현실과 미래를 고민하는 지식인의 한 전형이었다. 박계주 소설에 대한 온전한 해석과 평가가 특정 작품에 국한되지 않고 1950년대 신문연재소설에 대한 종합적 분석과 함께 진행되어야 하는 이유가 여기에 있다.

전(傳)과 소설의 관련 양상

이문구 소설을 중심으로

1. 들어가며

한국소설의 형성과정에서 전(傳)이 미친 영향은 결코 적은 게 아니다. 그것은 한글로 쓰여진 최초의 우리 소설이 전(傳) 양식을 상당 부분 차용한 점만으로도 충분히 입증된다. 이후 한국소설은 전 양식을 창조적으로 계승하면서 질적·양적으로 커다란 발전을 보여 왔다. 비근한 예로, 『춘향전』·『심청전』·『전우치전』·『홍부전』 등 우리의 대표적 고전소설이 그 제목에서부터 '—전(傳)' 형식을 따르고 있으며, 박지원의 한문소설 『양반전』·『광문자전』 등도 그러한 전통을 존중하고 있다. 더군다나 우리나라 최초의 근대적 장편소설로 평가되는 『무정』이 원래 '영채전'으로 구상되었다는 추론은 한국소설이 전 양식과 얼마나 긴밀한 연관을 맺고 있나를 방증하는 자료가 된다. 하지만 일제시기 한국소설에서 '—전'의 제목은 거짓말처럼 사라져[1] 주인공 이름이나 신체적 특징, 또는 별명만으로

---

1) 1910년~45년까지의 한국 현대소설사에서 '—전' 형식의 제목을 가진 작품은 「準狂人傳」 (계용묵)·「김연실전」(김동인)·「최노인전」(박태원)·「허생전」·「김씨부인전」(이광수)·

제목을 삼는 형태(『원효대사』·「벙어리삼룡이」·「백치아다다」·「불우선생」 등)로
변한다. 우리 소설에서 다시 '—전'이란 제목이 나타난 것은 해방후의 일
로 최인훈(「라울전」)·서기원(「마록열전」) 등이 고전소설의 패로디나 풍자성
이 강한 작품에서 조금씩 활용하기 시작한다. 이러한 변화의 원인과 배경
을 면밀히 고구할 여유는 없지만, 그것이 서구소설(novel)의 영향에 의한
변모라는 점은 분명하다. 이광수가 "今日, 所謂 文學이라 함은 西洋人이
使用하는 文學이라는 語義를 取함이니, 西洋의 Literatur 惑은 Literature라
는 語를 文學이라는 語로 翻譯하였다 함이 適當하다"라고 규정한 이래 한
국문학은 재래의 '재도지문(載道之文)'으로서의 '文學'이 아니라 "特定한 形
式下에 人의 思想과 感情을 發表한 者"[2]로서의 문학(literature)으로 이해되
고 창작된다. 이광수는 또 '소설'이란 가벼운 '재담'·'이야기'가 아니라
"人生의 一方面을 正하게, 精하게 描寫하여 讀者의 眼前에 作者의 想像內
에 在한 世界를 如實하게, 歷歷하게 開展하여 讀者로 하여금 其 世界內에
在하여 實見하는 듯하는 感을 起케 하는 者"[3]라 정의함으로써 서구의 소
설관을 당연한 것으로 받아들인다.

임화는 여기서 한 걸음 더 나아가 한국 근대문학의 개념을 "近代精神을
內容으로 하고 西歐文學의 '장르'를 形式으로 한 朝鮮의 文學"[4]으로 정의
한 뒤, 우리 신문학은 "西歐的인 文學 '장르'(具體的으로는 自由詩와 現代小說)
를 採用하면서부터 形成되고 文學史의 모든 時代가 外國 文學의 刺戟과 影
響과 模倣으로 一貫되었다 하여 過言이 아닐만큼 新文學史란 移植文化의

「龍子小傳」(이무영) 등이고 그나마 문학사적 평가를 받는 소설은 한두 편에 불과하다(이
재선, 『한국현대소설사』, 홍성사, 1979, 색인 참조).
2) 이광수, 「文學이란 何오」, 『이광수전집 1』, 삼중당, 1962, 507쪽.
3) 위의 글, 513쪽.
4) 임화, 「新文學史의 方法」, 『文學의 論理』, 학예사, 1940, 819쪽.

歷史"5)라 확정한다. 악명 높은 '이식문학론'이 바로 이에서 연유하는 바, 임화의 태도는 구체적 작품 분석의 귀납으로 얻어진 결론이 아니라 '서구적인 것=근대적·보편적인 것'으로 인식하는 서구추수주의의 소산이라는 점에서 비판된다. 그에 따르면 "短篇小說은(…) 西歐의 短篇 樣式보다도 內地의 短篇小說의 樣式을 그대로 移植"해왔을 뿐만 아니라 "新文學의 生成期에서 가장 重要한 問題였든 言文一致의 文章創造에 있어 朝鮮文學은 專혀 明治文學의 文章을 移植"6)한 것이어서 한국문학은 언어만 모국어를 사용했을 뿐 내용과 형식 모두 외국 것을 베낀 껍데기에 지나지 않는다. 한국 근대문학이 서구의 정신과 장르를 모방 혹은 이식한 것일 뿐만 아니라 문장조차도 일본 근대문학의 그것을 송두리째 이식해 왔다는 임화의 주장은 그가 몰주체적 사대주의자인 동시에 식민지근대론자의 한 극단적 유형에 속하는 지식인임을 말해준다.

한국의 근대문학이 서구문학의 정신과 양식을 무조건적으로 받아들여 생성, 발전했다는 생각은 매우 완강하게 우리 문학인의 의식을 지배해 왔다. 1942년에 태어나 한글로 교육받은 첫 세대라는 의미에서 스스로를 '한글세대'라 명명한 김현 역시 철저한 서구추수주의자 가운데 한 사람이다. 그는 자기 세대의 "세계는 미국과 유럽"이고 그들이 "문학의 전범으로 삼은 것은 니체, 키에르케고르, 헤겔, 프로이트, 카뮈, 사르트르, 말로, 생-텍쥐베리, 토마스 만, 헤세, 헤밍웨이, 포크너 같은 외국 문인들이었다. 이들은 전범이었지 경쟁자가 아니었다"7)고 당당히 선언한다. 김현이 김승옥과 이청준의 소설을 그토록 높이 평가한 것은 그들이 대학에서 서구

---

5) 임화, 앞의 글, 827쪽.
6) 위의 글, 829∼30쪽.
7) 김현, 「60년대 문학의 배경과 성과」, 『김현문학전집⑦ : 분석과 해석』, 문학과지성사, 1992, 243∼4쪽.

문학의 최신기법을 교육받은 지식인들이었고 무엇보다 의식의 흐름 수법을 익숙하게 사용할 수 있었기 때문이다. 그들은 한국과 서구(미국) 두 지역의 역사적 맥락과 의식 상황, 사회 구조가 현격한 차이를 드러냄에도 불구하고 "백인 문화에서 한국인의 정체성을 구축하려는"8) 사대주의적 사고를 '문화적 개방주의'라 자부하는 의식의 착종을 드러내기도 한다. 이들 한글세대가 전범으로 여겼던 서구와 미국의 문학(인)이 "영원한 모범이 아니라 경쟁자"라는 사실을 뒤늦게나마 깨달은 것은 다행이지만, 한국소설의 원형과 특질이 무엇인가에 대한 관심은 문단의 주변담론으로 밀려나거나 고작해야 한두 명의(소수의) 작가에 의해 조심스럽게 모색되고 있을 뿐이었다. 그것은 이광수·임화·김현 등 당대의 가장 탁월한 작가·논객이 서구문학을 유일한 전범으로 여겨 그것에 보다 근접한 형식의 한국소설에 높은 가치와 의미를 부여해온 몰주체적 사고가 문단과 학계를 지배해 왔기 때문이다. 그들의 서구중심적 문학관은 당대 작가와 독자는 물론 예비작가들에게도 큰 영향력을 행사해, 김승옥의 서구번역체 문장은 후배세대의 소설 문체 형성에 결정적인 시금석이 된다.

이문구는 대다수의 한국작가들이 서구적 문학관에 따라 소설을 상상하고 작품을 쓰고 있을 때 한국적 소설의 특성과 현대적 계승의 가능성을 모색9)해온 독특한 작가이다. 그는 소설을 서구의 '노블'이 아니라 전통적 '小說'의 관점에서 창작하여 '수필(隨筆)·전(傳)·유사(遺事)·만필(漫筆)' 등 전통 서사의 하위 양식의 현대적 변용에 많은 관심을 기울인다.10) 그의

---

8) 김병익, 「4·19와 한글 세대의 문화」, 『열림과 일굼』, 문학과지성사, 1991, 89쪽.
9) 장영우, 「이문구 소설미학과 한국 소설의 가능성」, 『현대문학의 연구』 39, 한국문학연구학회, 2009, 10. 542쪽.
10) 이문구 소설과 '전(傳)'의 관련성에 주목한 연구는 다음과 같다.
   김수남, 「傳 양식과 현대소설」, 『한국문예비평연구』, 2002.
   구자황, 「이문구소설연구」, 성균관대박사, 2002.

이처럼 독특한 관심과 노력은 조선조 소설 양식의 대종을 이루었다가 근대문학 이후 거의 자취를 감춘 '—전' 형식의 전통을 새롭게 복원하여 한국소설의 독자적 미학을 구성하려는 의도로 보아 크게 잘못이 아니다. 따라서 이 글에서는 이문구의 전계(傳系) 소설[11]이 조선조의 전 양식과 어떤 관련성을 보이는가, 그리고 그것을 통해 확인할 수 있는 한국소설의 특질이 무엇인가를 탐색해보고자 한다.

2. 전(傳) 양식의 변천과 소설화 양상

전(傳)[12]은 입전인물의 인간적 가치와 미덕을 특별한 예화를 통해 부각시키되 철저하게 사실에 근거하여 서술하는[據事直書] 서사 양식으로 대체로 '인정기술(人定記述)－행적부－논찬'의 3단구성으로 이루어진다. '인정기술'은 입전인물의 가계·신분·성명·거주지와 관련된 서술을 말하고, 행적부는 인물의 행적에 대한 객관적 서술을 뜻하며, 논찬은 주관적 의론문(議論文)의 성격을 띤다. 전(私傳 : 이 글에서의 傳은 특별한 설명이 없는 한 모두 이 의미로 사용함)은 공적 장르로서의 '사전(史傳)'과 달리 "그 선행과 미덕에도 불구하고 미천한 신분 때문에 혹은 그 불우한 처지 때문에 세상에 알려지지 않은 채 인멸될 운명에 처해 있는 인물들에 초점"(36쪽)을 맞춤으로써 '연민' 혹은 '보상'의 장르로서의 성격이 두드러진다. 전의 서술

양진오, 「인간의 발견, 인간의 애환」, 『이문구전집·15 유자소전』해설, 랜덤하우스중앙, 2005.
최시한, 「이문구 소설의 서술 구조」, 『한국문학이론과 비평』, 2008.
양진오, 「전으로서의 소설과 전통의 미학」, 『한국문학이론과 비평』, 2009.

11) 이 유형에 속하는 작품은 「김탁보전」·「변사또의 약력」·「명천유사」·「강동만필」연작·「유자소전」 등 단편과 『관촌수필』을 들 수 있다.

12) 여기서 '전(傳)'에 대한 논의는 박희병, 『조선후기 전의 소설적 성향 연구』(성균관대대동문화연구원, 1993)에 의존하며, 본문을 직접 인용할 경우 괄호 안에 쪽수만 밝힌다.

형식 가운데 가장 일반적인 유형은 여러 개의 일화를 나열하여 주인공의
인간상과 개성을 부각시키는 '삽화적 유형'이다. 이 일화는 다소 산만하
고 비유기적인 것처럼 보이지만 각각의 이야기들이 인물의 미덕을 입증
하는 데 기여하는 내적 인과관계를 유지한다. 이와 달리 전 자체가 하나
의 이야기로 구성된 '유기적 유형'도 있다. 이 유형은 장면과 장면, 사건
과 사건이 인과성 및 시간적 계기성에 따라 연결되고, 인물의 개성은 이
야기를 통해 포착되며, 인물과 환경 사이에 갈등과 대결이 빚어질 경우
소설에 접근할 수 있다.

조선후기에 들어서면서 전이 다루는 인물유형에 급격하고 뚜렷한 변화
가 포착되고 허구적 요소 또한 증가한다. 영웅·위인과 충신·열사는 여
전히 전의 주요 대상 인물이지만, 거지(「廣文者傳」)·농민(「梁四龍傳」)·기생
(「沈紅小傳」)·상인(「賈秀才傳」)·사기꾼(「李泓傳」) 등 현실사회에 존재하는 거
의 모든 인물이 다루어진다.[13] 이처럼 다양한 인물의 이야기를 다루다보
니 흥미적 요소가 강조되는 것은 자연스러운 현상이라 할 수 있다. 전이
기본적으로 사실 재현에 충실한 양식이라는 점을 고려할 때 허구적 상상
력의 개입이 점차 늘어난다는 것은 매우 충격적인 변화가 아닐 수 없다.
전에 허구적 상상력이 개입하는 계기는 설화를 활용하는 과정에서 발생
하는 경우와 작가의 상상력이 직접 개입하는 경우 등 두 가지로 나누어
생각할 수 있지만, 실제 작품에서는 명확히 분리되지 않고 서로 섞여 나
타나는 게 일반적이다. 충신열사의 인격의 고매함을 다루기 때문에 그 문
체가 대체로 "엄숙장중하고 숭고하며 간직(簡直)"한 특징을 보이던 전이

---

13) 전의 입전인물이 영웅·충신열사에서 거지·기생·사기꾼으로 변화하는 과정은 서구
서사 주인공의 신분 하강과 상동관계를 이룬다. 이러한 변화는 수용자 측면에서 볼 때
자신과 멀리 떨어진 인물보다 주변인물 이야기에 더 큰 흥미를 갖는 보편적 진실을 반
영한 것이다.

"경쾌발랄·비리(鄙俚)·섬려곡진(纖麗曲盡)·감각적·풍자적 문체"를 받아들이는 것도 흥미롭다. 이러한 문체는 "야담이나 한문소설의 문체와 상통하거나, 적어도 대단히 근접"(124쪽)한 것으로, 조선후기 유행하던 '패사소품체'의 영향 탓으로 보인다. 이러한 문체의 변화는 "하층민에 대한 관심, 활발한 설화수용을 통한 하층의 언어와 발상법의 섭취, 허구적 상상력의 개입, 흥미추구, 인물개성의 부각 등 이 시기 傳이 보인 제반 변모의 '언어적 반영'"(125쪽)이라 할 수 있다. 이렇듯 조선후기의 전은 점차 소설화하는 경향을 드러낸다. 박희병이 제안한 '傳系小說'은 "傳의 전통 속에서 창작되었지만 장르운동으로 인해 전보다는 소설로서의 성격을 더 많이 갖게 된 작품"(391쪽)으로 작품의 갈등구조, 인물구성방식, 기치구현방식, 서술시점, 상상력, 플롯 등 여러 측면에서 소설적 서술원리가 서사의 골간을 이룬다.

지금까지 살핀 것처럼, 전은 원래 '거사직서'의 장르이지만 점차 허구적 상상력이 개입하면서 소설화하는 양상을 보여준다. 우리의 수많은 고전소설이 '―전' 형식을 따르고 있는 것은 전술(前述)한 바 있거니와, 근대소설에서는 물론 최근 소설에서도 전 양식의 도입은 낯선 풍경이 아니다. 가령 「벙어리삼룡이」의 서두는 작중인물에 대한 일반적 설명, 즉 그들이 거주하는 공간과 작중 인물의 이름과 나이, 성격, 외모, 행동 등에 대한 비교적 상세한 서술과 묘사로 시작되는데 이는 전의 '인정기술'의 방식과 별다른 차이를 보이지 않는다. 또 "경성학교 영어 교사 이형식은 오후 두 시 사년급 영어 시간을 마치고 내려쪼이는 유월 볕에 땀을 흘리면서 안동 김장로의 집으로 간다"로 시작되는 『무정』의 첫구절을 비롯해 김장로와 그 부인의 신상을 설명하는 대목, 영채의 부친 박진사의 일생을 요약설명하는 부분 등도 전의 서술양식과의 관련성을 강하게 보여주는 사례들이다.

　　평안남도 안주읍에서 남으로 십여 리 되는 동네에 박 진사라는 사람이
있었다. 사십여 년을 학자로 지내어 인근 읍에 그 이름을 모르는 사람이
없었다.

　　원래 일가가 수십여 호 되고, 양반이요 재산가로, 고래로 안주 일읍에
유세력자러니, 신미년 난에 역적의 혐의로 일문이 혹독한 참살을 당하고,
어찌어찌하여 이 박 진사의 집만 살아남았다. 하더니 거금 십 오륙년 전
에 청국 지방으로 유람을 갔다가 상해서 출판된 신 서적을 수십 종 사가
지고 돌아왔다. 이에 서양의 사정과 일본의 형편을 짐작하고 조선도 이대
로 가지 못할 줄을 알고 새로운 문명운동을 시작하려 하였다.

　　우선 자기 사랑에 젊은 사람을 모아, 데리고 상해서 사온 책을 읽히며
틈틈이 새로운 사상을 강설하였다. 그러나 당시 사람의 귀에는 철도나 윤
선이라는 말이 들어가지 아니하여 박 진사를 가리켜 미친 사람이라 하고,
사랑에 모였던 선배들도 하나씩하나씩 헤어지고 말았다. 이에 박 진사는
공부하려도 학자 없어 못하는 불쌍한 아이들을 하나 둘 데려다가 공부시
키기를 시작하였다.

　　이러한 지 삼사 년 후에는 그의 교육을 받은 학생이 이삼십 명이나 되
게 되었고, 그 동안 그 이삼십 명의 의식과 지필묵은 온통 자담하였다.[14]

　　인용문은 작중인물의 거주지·이름·신분과 직업·사상과 행동 등에
대한 사실적 요소와 세간의 평판을 요약해 설명하는 형식을 취하고 있다.
이러한 서술은 소설(novel)의 인물구성(characterization)의 관례적 방식[15]과
유사한 것으로 대부분의 작가들이 필요와 상황에 따라 적절히 활용하는
기법이다. 요컨대 한국의 근대소설은 그 형성기에 있어 일본과 서구소설
의 영향을 다소간 받을 수밖에 없었지만, 내적으로는 전통적 서사의 기술

---

14) 이광수, 『무정』, 『이광수전집 1』, 삼중당, 1962, 17쪽.
15) R. MaCauley와 G. Lanning은 인물구성의 관례적 방법으로 "육체적인 외모, 동작 습성,
　　물질적인 환경, 과거, 이름 또는 비유 등의 외변 기법" 등을 제시한다.(로비 매콜리/죠오
　　지 래닝, 「인물 구성」, 김병욱 편, 최상규 역, 『현대소설의 이론』, 대방출판사, 1983,
　　255쪽.)

방식이나 세계관적 원리를 암암리에 계승하고 있었던 것이다.16) 현대소설에서 직접적으로 '─전' 제목을 사용한 예는 드문데, 서기원·최인훈·이문구 외에 최근 성석제(「조동관약전」)가 전 양식의 소설적 변용에 관심을 보이고 있다. 그러나 굳이 '─전'이란 제목을 붙이지 않았을 뿐 이 양식을 작품의 핵심 구성원리로 삼은 작품도 적지 않다. 가령 이태준의 「영월영감」·「손거부」를 비롯해 남정현의 「허허선생」 연작, 이청준의 「조만득

16) 쓰보우치 쇼요(坪內逍遙)는 『小說神髓』(1886)에서 '戱作'이란 일본 특유의 어휘를 버리고 '小說'이란 용어를 사용하며 그것은 '노블(Novel)'의 번역어로 이해해야 한다고 주장한다. 이에 대해 조동일은 "동아시아 재래의 소설을 버리고 새로운 소설은 유럽에서 받아들여야 한다고 해서 문학사의 단절을 획책"(『소설의 사회사 비교론』, 지식산업사, 2001, 194쪽)했다고 비판한다. 그러나 가메이 히데오(龜井秀雄)는 "소설과는 유사성이 없는 서사 형태를 지니는 사람들에게 소설의 '식민'은 가능할 것인가"라는 질문을 던진 뒤, 그러기 위해서는 소설이 '식민자의 언어'로 쓰여야 할 것이라 가정한다. 그리고 "쇼요가 일찍이 소설이라는 개념 자체에 관심을 보이고, 자신들이 쓰는 방식을 고안하려 한 것이 세계적으로 얼마나 예외적인 일인지 잘 납득할 수" 있다며 쇼요가 서구적 의미의 소설론을 주창하면서도 일본어를 포기하지 않은 점에 가치를 부여한다(가메이 히데오 지음, 신인섭 옮김, 『「소설」론』, 건국대출판부, 2006, 27∼8쪽). 쇼요 역시 서구적 장르 개념을 받아들였지만 서구어로 창작한 것이 아니고, 노리나가나 바킨 등 이전 세대의 언어나 서사에 대한 고찰을 수용했으므로 '식민'이라 할 수 없다는 주장이다. 논리의 자의성이 강한 게 사실이지만, 근대화 초기 어쩔 수 없이 서구를 모방한 사실을 수긍하면서도, 그 내부에서 자체적 발전논리를 발견하려는 태도는 인정할 만하다. 임화의 "이식문화사로서의 신문학사가 조선의 고유한 전통과 교섭을 가졌다는 것은 일견 심히 기이한 일"(임화, 앞의 책, 820쪽)이란 언급을 두고 구중서는 "이식문화가 결국 토착 문학전통의 고유한 가치를 부활시키며 자체를 변화 발전시킨다는 주장"이 있으므로 전통단절론으로 해석하는 것은 원문비평의 착오(구중서, 「한국문학사 방법론들에 대한 종합적 검토」, 『한국문학과 역사의식』, 창작과비평사, 1985)라 주장한다. 신승엽 또한 이 부분을 적극적으로 해석하고 있는데(신승엽, 「이식과 창조의 변증법」, 『창작과비평』, 1991, 가을) 그들은 임화의 글을 문맥과 전혀 다른 관점에서 이해하고 있는 듯하다. 임화는 "東洋諸國과 西洋의 文化交涉은 一見 그것이 純然한 移植文化史를 形成함으로 終結하는 것 같으나, 內的으로는 또한 移植文化史 自體를 解體하나는 過程이 進行되는 것이다. 즉 文化移植이 高度化되면될수록 反對로 文化創造가 內部로부터 成熟한다."고 말하고 있는데, 이것은 일본이 근대화에 성공한 사례를 염두에 둔 것이지 조선의 신문학사가 그같은 방식으로 전개되리라는 희망을 피력한 것으로는 이해되지 않는다. 하지만 우리 근현대문학은 서구문화의 충격을 전통문화가 적절히 수용하면서 서구나 일본의 그것과 다른 독자적 문학으로 발전해 왔다.

씨」, 최인호의 「황진이」연작 등은 일화를 통해 인물의 개성을 나타내는 전의 서술전략을 적극적으로 받아들인 작품들이다.

3. 이문구 전계 소설의 특질

전(傳)과 소설은 인간의 이야기를 다루는 서사 장르라는 점에서 상동관계를 이룬다. 하지만 이런 근본적인 동질성에도 불구하고 전과 소설은 서술태도와 기법에 있어 현격한 차이를 노정한다. 전통적 전이 실존인물의 행적을 사실적으로 기술하는 데 반해 소설은 가상의 인물을 더많이 취급하기 때문에 서술태도에 있어 훨씬 개방적이고 자유롭다. 아리스토텔레스가 역사/문학의 경계를 '있었던 사실/있을 법한 사건'으로 구분하면서 문학이 오히려 보다 철학적이라고 주장한 데 반해 중국에서는 사실을 다루는 학문, 즉 경사(經史. 경전과 역사)를 보다 숭상해왔다. 공자가 당시 도청도설의 잡문을 '소도(小道)'라 표현하거나 "괴력난신(怪力亂神)을 말하지 않았다"고 한 것, 그리고 "소설은 역사에서 다루지 않은 것을 기록하는 것(小說者 正史之餘也)"[17]이란 언명은 중국의 사실우월주의 문학관을 단적으로 보여준다. 또 아리스토텔레스가 『시학』에서 인물(성격)보다 그의 행위를 더 중요하게 간주한 이후 형식주의자와 일부 구조주의자가 인물의 국면을 단순한 기능들(functions)[18]로 격하시킨 것과 달리 전은 인물의 됨됨이를 가장 중요한 가치로 내세우는 것도 두드러진 차이다. 소설에서 일관되고 통일성 있는 플롯이 강조되지만 전에서는 인물의 일화가 더 중요하게 다루어지는 것도 그 때문이다.

---

17) 笑花主人, 『今古奇觀』, 조남현, 『소설신론』, 서울대출판부, 2004, 13쪽에서 재인용.
18) S. Chatman, *STORY AND DISCOURSE*, Cornell Univ. Press, 1978, 110~111쪽.

이문구는 동년대 '한글세대' 작가와 달리 서구문학이 아니라 "껍데기가 울긋불긋한 이야기책", 즉 '전'과 전통적 의미의 '小說'을 자신의 문학적 원천으로 삼는다. 그의 등단 추천작인 「백결(百結)」(1966)을 비롯해 「이풍헌」(1967)·「김탁보전」(1968) 등 초기작에서부터 그 편모를 보이기 시작해 『관촌수필』(1972~7)·「변사또의 약력」(1982)·「강동만필」, 「명천유사」(1984)· 「유자소전」(1991)에 이르기까지 이문구 소설의 핵심적 서사전략으로 활용되는 것은 바로 전 양식의 변용이다. 전(傳) 양식이 한 인물의 됨됨이와 덕성을 여러 일화를 통해 드러내는 방식의 글쓰기라면, 「백결」의 주인공은 신라시대의 '백결'이 아니라 혼혈아를 데려다 키우는 '조춘달(曺春達)' 영감인 데다 그의 따뜻한 심성보다 주변인물의 사기꾼적 처신이 초점화되어 있다는 점에서 전통적 전 양식의 변이형이라 할 수 있다. 「이풍헌」역시 '이풍헌'의 인간적 미덕보다 억지 양자로 들인 '한삼이'의 강인한 생명력이 강조되고 있어 제목과 내용이 일치하는 전통적 전 양식과는 일정한 거리가 존재한다. 「김탁보전」은 제목부터 전통적 전 양식의 기본 원칙을 따르고 서사의 중심도 김탁보와 관련한 이야기로 시종하고 있지만, 그가 무식하고 몰염치한 데다 비겁한 술주정뱅이로 성격화된 것은 조선후기 「광문자전」이나 「이홍전」[19] 또는 식민지시대 김유정 소설의 전통을 계승하고 있음을 알려준다. 그런 점에서 「백결」·「이풍헌」·「김탁보전」 등은 이문구 전계 소설의 두 유형의 특성을 예시적으로 보여준다. 그 하

---

19) 한문소설 『李泓傳』의 주인공 '이홍'은 사기꾼으로 묘사되지만 그가 농락하는 이들은 감사의 총애를 받아 교만한 기생과 그 아비, 어리석은 아전, 욕심많은 승려 등 반민중적 계층이어서 독자의 감정을 정화하는 기능을 한다. 이와 달리 「소낙비」의 '춘호'나 「김탁보전」의 '김탁보'의 행위에서 카타르시스를 느끼는 독자는 거의 없을 터이므로, 이들의 원형을 '이홍'에게서 찾는 것도 무리가 있다. 그러나 이런 유형의 인물이 식민지시대나 산업화시대에 빈번하게 나타나 하나의 유형을 이루는 것은 주목할 만한 현상이다. 이에 대한 보다 심층적이고 체계적인 논의와 연구가 필요하다.

나는 사표(師表)로서의 입전인물의 따뜻하고 아름다운(고결한) 인간성을 예찬하는 것이고, 다른 하나는 비루한 기생충적 인물의 동물적 생존력이 강조되는 경우이다. 「백결」·『관촌수필』·「변사또의 약력」·「유자소전」이 전자에 해당한다면, 「이풍헌」·「김탁보전」·「강동만필」연작 등은 후자에 속하는 작품들이다. 이문구 소설에서 집중적으로 다루어지는 인물은 거개가 노동자·농민 등 신분적으로는 특별히 자랑할 게 없지만, 자신을 드러내고 이익을 먼저 챙기기보다 남을 먼저 생각하고 양보하는 따뜻하고 순박한 심성을 지닌 이들이다. 인간의 심성이 근본적으로 착하고 순수하다고 믿는 작가의 관점은 어떤 경우에도 흔들리지 않는다. 그런 점에서 『관촌수필』은 이문구 전계 소설의 방향과 특질을 가장 전형적으로 보여주는 작품이라 할 수 있다.

초기작 「김탁보전」[20]은 이문구 소설미학의 제반 특질이 다소 거칠지만 원형적 형태로 나타나 있어 주목되는 작품이다. 흔히 이문구 소설의 기법 혹은 문체의 특질을 "만연체 문장, 구어체 지향, 토속어(충청도 사투리)를 중심으로 한 풍부한 어휘구사와 구술성"에서 찾거니와 「김탁보전」은 이러한 면모를 약여하게 보여준다. 가령, 할미바위 근처의 퍼런 도깨비불에 관한 서술과 묘사는 『관촌수필』 각 작품에서 보다 선명하게 반복되고, 농촌의 곁두리 풍속에 대한 비판적 인식은 「우리동네 정씨」·「장척리 으름나무」에서 훨씬 예리한 어조로 되살아난다. 또한 등장인물들이 주고받는 대화 속에 감추어진 익살과 풍자, 그리고 능청스러움은 이문구 소설이 근본적으로 판소리 사설이나 탈춤의 대사 등 한국의 전통서사를 계승하고 있음을 알려주는 징표이다. 이와 함께 "말술을 마시고 몇 시간씩이나 죽

---

20) 이문구, 「김탁보전」, 『이문구전집·1 김탁보전』, 랜덤하우스, 2004, 이하 작품 인용은 괄호 속에 쪽수만 밝힘.

어 자도 오줌 한 방울 지리지 않"(181쪽)을 정도로 술고래여서 본명인 '김삼식'이란 이름보다 '김탁보'라 불리며 아내의 노동을 착취하고 매질을 하면서도 묘하게 살가운 관계를 유지하는 주인공은 어쩔 수 없이 「뽕」(나도향)의 '삼보'나 「감자」(김동인)의 '복녀 남편', 그리고 「소낙비」(김유정)의 '춘호'를 연상케 한다. '김탁보'는 일반적 전계 소설의 주인공에게서 흔히 찾아볼 수 있는 성격적 자질과는 전혀 판이한 성격의 사내로 표상된다. 앞서 말한 것처럼 그는 술주정꾼인 데다 아내가 애써 벌어온 돈을 훔쳐 술먹는(마시는) 데 탕진하면서도 아내를 구박하며 매질까지 한다. 더욱 가관인 것은 그가 첫째 아내를 염서방에게 돈5원에 팔아넘기고서도 술만 취하면 '말순엄니'를 찾으며 울어 염서방 가족을 기함하게 하는 장면이다. 이런 성격의 인물을 서구 소설에서는 피카로[21]라 유형화하고 있으나 우리 소설에서는 아직까지 특별한 관심과 연구의 대상으로 부상되지 않고 있는 실정이다.[22] 이들은 신분이 미천하고 배운 것 없어 무식하고 교활하며 영악스럽지만 타인에게 치명적인 피해를 입히는 잘못을 범하지는 않는다. 그러므로 그들의 몰염치하고 이악스러운 행위는 살아남기 위한 나름의 생존전략이라 할 수 있다.

---

21) 피카로는 천하고 가난하게 태어난 외톨이여서 비정한 사회에서 살아남기 위해서는 사기나 절도를 하지 않을 수 없다. 피카로는 건달귀족·학생·세금에 짓눌린 농부·제대군인·무뢰한들 그 신분이 다양한데, 일하기 싫어해 대도시 주변을 떠돌아 다니는 공통점을 보인다. 피카레스크 소설의 가장 중요한 주제는 가난과 굶주림이며, 여행과 방랑이 서사의 근간을 이룬다(이가형, 『피카레스크 소설』, 민음사, 1997, 157~60쪽 참조). 이에 비해 한국 현대소설에 나타나는 도시빈민 혹은 무뢰한은 그 신분이 피카레스크 소설의 그것과 크게 다르며 여행과 방랑의 모티프도 거의 보이지 않아 '피카로'와 비교하는 것은 무리가 있다.

22) 『홍길동전』이나 『양반전』 등 고전소설에서 원형적 인물을 찾기 어려운 까닭은 거기서 다루어지는 이들이 대부분 지배계층에 속하거나 '예덕선생' 같이 신분은 낮아도 고매한 인격자로 묘사되기 때문이다. 돈 몇 푼에 아내를 팔거나 매음을 사주하는 인물이 1920~30년대 소설에 빈번히 나타나는 현상은 풍속사적 관점에서 연구해볼만한 주제라 생각한다.

「강동만필」[23] 연작은 우리 사회의 과열된 정치적 분위기에 기생하며 살아가는 인물의 허위의식을 풍자적 어조로 그린 작품이다. 「강동만필 1」의 '문승관'은 허구헌 날 다방이나 술집에서 출세와 벼슬 타령으로 세월을 탕진하는 인물이고, 「강동만필 2」의 '이만업' 또한 "끄니때 국에 밥 말어 먹는 것두 정치구 물에 밥 말어 먹는 것도 정치라고 생각하는" 위인으로 문인협회 회원 자격을 정치적으로 이용하려 든다. 두 사람의 행보에 차이가 있다면, '문승관'이 현실 정치판을 기웃거리다 밀려난 신세임에 반해 '이만업'은 문단정치판까지 기웃거린다는 점이 다를 뿐이다. 그러나 일인칭 화자가 관찰하여 세세하게 보여주는 이 두 인물의 됨됨이는 "무위도식과 가두방황에 주력하였던 한 직업 정당인", 또는 "직업당원이라기보다 일당日當밖에 생각 없는 계절적인 취로당원就勞黨員"에 불과한 사이비 정치꾼에 지나지 않는다. 이들은 청산유수 같은 언변으로 자신의 처지를 합리화하면서 기생적 삶을 영위하지만 주변사람에게 특별한 피해를 입히지는 않는 것으로 그려진다. 이런 점에서 '문승관'과 '이만업'은 '김탁보'나 '이풍헌'의 계보에 속하는 인물로 분류할 수 있다. 그들은 사회의 한 구석에서 비루하게 의탁하며 살아가는 게으르고 이기적이며 기회주의적인 성격일 뿐 성품 자체가 비뚤어지고 그릇된 것은 아니다. 작품의 결말에서 두 인물의 허장성세가 폭로되는 반전을 마련한 것은 작가의 이들에 대한 애정과 연민의 소산이라 보아야 한다. 이문구의 전계 소설이 성인군자의 모범적 삶에 주목하기보다 장삼이사의 속물스러운 일상을 즐겨

---

23) 조선시대에 '漫筆'은 '隨筆'과 마찬가지로 '小說'의 유사어로 사용된 어휘다. 『詩話와 漫錄』(차주환 역주, 민중서관, 1971)에는 '만록'과 유사한 단어로 '雜記·野錄·雜錄·隨筆·夜話·秘錄·叢譚·類說·瑣談·野談·漫筆·稗說·叢話' 등 50여 가지가 예시된다(조남현, 앞의 책, 19쪽 재인용, 밑줄 : 재인용자). 그러므로 『관촌수필』과 마찬가지로 「강동만필」·「명천유사」 등도 전통적 의미의 '小說' 형식으로 쓰여진 작품이라 보아야 한다.

다루는 데서 우리는 작가 특유의 인정주의를 엿볼 수 있다.

『관촌수필』[24]은 「일락서산」에서 「월곡후야」에 이르기까지 모두 8편의 단편으로 이루어진 일종의 연작소설로, 이문구의 개인적 체험과 문학적 성향이 가장 농후하게 반영된 그의 대표작이다. 이들 소설에서 이문구가 그리움과 안타까움의 정조로 회억하면서 감동적으로 재현하고 있는 세계는 신분을 초월해 따스한 인정을 주고받는 사람들과 그들이 서로 북적이며 살아가는 농총(농촌)공동체의 기품있고 평화로운 삶의 공간이다. 그가 『관촌수필』에서 창조한 몇몇 인물들, 이를테면 「행운유수」의 '옹점이', 「공산토월」의 '신현석', 「관산추정」의 '복산이' 등은 타고난 신분의 고하와 상관없이 사람의 성정과 행실이 어떠해야 하는가를 실천해 보여준 선량한 우리 이웃들의 전형이다.[25] 이 연작소설은 작가가 선택한 서술시점과 인물에 따라 두 부분으로 나뉘는데, 「일락서산」·「화무십일」·「행운유수」·「녹수청산」·「공산토월」이 어린 화자의 시점으로 과거 인물을 다루고 있다면, 「관산추정」·「여요주서」·「월곡후야」는 성인 화자의 시점에서 현재 인물을 그리는 차이가 있다. 전자의 작품군에서 화자가 절절한 그리움으로 회고하는 인물은 "오직 그분 한 분만이 진실로 육친이요 조상의 얼이란 느낌을 지워 버릴 수 없"는 "고색창연한 이조인이었던 할아버지"(「일락서산」), "교전비와 난봉난 행랑것 사이에서 태어났"지만 "마음씨갈은 비단결같이 고운 데다 손속이 좋고 눈썰미가 뛰어나며, 인정과 동정심이 많"은 '옹점이'(「행운유수」), 그리고 "자기 자신이 희생되더라도 이웃과 남을 위해 몸을 버릴 수 있었던, 진실로 어질고 갸륵한 하나의 구원한 인간상"으로 추모되는 '신석공'(「공산토월」) 등 몇 사람에 지나지 않는다. 「녹수

---

24) 이문구, 『이문구전집·8 관촌수필』, 랜덤하우스, 2004, 이하 작품 인용은 괄호 속에 쪽수만 밝힘.
25) 장영우, 앞의 글, 38~9쪽.

청산」의 '대복이'[26]도 어린 화자의 기억에 선명히 각인된 인물이지만, 그는 사춘기때부터 사기와 절도로 징역을 살다가 6·25 무렵에는 좌우를 오가며 주변사람을 괴롭힌 파락호로 묘사되고 있어 비슷한 신분의 '옹점이'와는 선명하게 대조되며, 「화무십일」의 월남피난민 '윤영감' 일가에 대한 기억은 전쟁통에 겪고 보았던 여러 끔찍하고 안쓰러운 체험 이상의 의미를 갖지 못한다. 또한 후자의 작품군에서는 오직 「관산추정」의 '복산이'만이 "고향을 지키고 있어, 가려면 반드시 거치지 않을 수 없는 관산(關山)"처럼 "오직 하나 변치 않은" 인물로 그려질 뿐이다. 다시 말해 『관촌수필』의 등장인물 역시 '사표적(師表的) 인물'과 '기생적(寄生的) 인물'로 구분되는데, 「월곡후야」에는 삼인칭 시점으로 표리부동한 기회주의적 인물('수찬이')이 등장한다. 그는 '대복이'에 비해 훨씬 영악하고 위선적인 인물로 드러나는데, 이것은 공동체적 정서가 남아있던 6·25 전후 시기와 급격한 도시화·산업화의 여파로 개인주의가 팽배하게 된 시대에 대한 작가의 비판적 의식이 반영된 것으로 보인다. 그런 점에서 「월곡후야」의 정서와 서술 원리는 『관촌수필』보다 『우리동네』의 그것에 더 가깝다.

전(傳)이 충신열사나 이인(異人)의 행적을 삼인칭 관찰자 시점으로 서술하는 데 반해 『관촌수필』은 거의 일인칭 화자의 기억에 의존한다. 또 『관촌수필』에서 등장인물의 됨됨이를 회고하는 대목이 한결같이 화자의 주관적 판단과 직접적 설명으로 이루어지는 것도 주목할 만하다. 작중인물 성격의 직접적 제시는 그의 성격이 입체적이지 않음을 의미하는 바, 이는 작중인물에 대한 화자의 기억이 어린 시절의 특정 시점으로 고정되어 있기 때문이다.

---

26) 대복의 아버지(조중쩌)는 술고래에 투전꾼으로 소문이 난 사내로 비부(婢夫)살이를 하다 홀아비가 되었고, 어머니는 원래 작인 최을축(崔乙丑)의 아내였다 과부가 되어 두 사람이 만난 것으로 서술된다.

① 그녀(옹점이 : 인용자)는 돌성받이요 근본이 없었지만 성은 이가였다. 이복 동복 합해 2남 2녀 가운데 맏딸이었으며 큰오리바 이름은 일문(一文), 남동생은 두문(斗文)이었다. 지금 따져 보아 여섯 살 어름의 기억 같은데, 내가 그녀 아버지라는 사람을 본 것은 꼭 한 번뿐이었다. 늦깎기 땡추중마냥 삭발은 했으되 좀 길쭘한 머리였고, 베등걸이에 지까다비를 꿰고 있었다. 끌 망치 송곳 따위, 자루에 손때가 흐르는 연장들을 구럭에 담아 멘 채, 그해 여름 어느 날 그가 불쑥 안마당으로 들어섰던 것이다.

(「행운유수」)

② 나는 여태껏 그 대복 어메처럼 수다스럽고 간사스러우며, 갈근갈근 남 비위 잘 맞추고 아첨 잘하는 여자를 본 일이 없었다. 그녀는 별쫑맞게도 눈치가 빨라 무슨 일에건 사내 볼 쥐어지르게 빤드름했고 귀뚜라미 알듯 잘도 씨월거리곤 했는데, 남 좋은 일에는 개미허리로 웃어 주고, 이웃의 안 된 일엔 눈물도 싸게 먼저 울어댔으며, 욕을 하려 들면 안팎 동네 구정물은 혼자 다 마신 듯이 걸고 상스러웠다. 키도 나지리한 졸토뱅이로서, 입 싸고 발 재고 손 바르며, 남의 말 잘 엎지르고 자기 입으로 못 쓸어 담던 만큼은, 내 앞엔 입때껏 다시 없을 만한 여자였던 것이다.

(「녹수청산」)

③ 그의 이름은 신현석(申鉉石), 향년 37세였고, 살아 있다면 올해 마흔여덟이 될 터였다. 이름에 돌석자가 들어 그랬던지 그는 살아생전 유난히 돌을 좋아했거니와, 돌이켜 따져 보면 그 자신이 천생 돌과 같은 사람이기도 했다. 그래서 모두들 그를 석공(石公)이란 별명으로 부르길 즐겨 하였고 본인도 그런 명칭을 마다하지 않았던 줄 안다. 나는 돌에 대해서 아는 바가 없다. 그러나 그런 대로 석공을 추억하고 아쉬워하던 끝이면 흔히 돌의 됨됨이와 성질을 더불어 되새기게 되곤 했다. 그러므로 내가 아는 돌의 성질이란 별명을 가졌던 그 인간의 성질과 거의 같은 것임을 뜻하기도 한다.

(「공산토월」)

위 인용문은 전(傳)의 인정기술에 해당하는 부분으로 하나같이 화자의 기억과 주관적 이해에 따른 기술임이 특징적이다. 더군다나 화자의 기억이 여섯 살에서 열 살 전후의 견문에 바탕한 것이라는 고백은 현대소설이론에서 말하는 '믿을 수 없는 화자 unreliable narrator'를 떠올리게 하여 진술의 신빙성이 문제로 대두된다. 그럼에도 불구하고『관촌수필』의 등장인물이 독자의 공감을 얻는 것은 화자가 전통적 이야기꾼의 직분을 충실히 수행하고 있기 때문이다.[27] 이야기꾼은 청자와 직접 소통하므로 그들의 반응에 따라 즉각적인 거리 조정에 능란하고, 지역 주민들의 일상적어법과 표현의 재현에도 능숙하다. 이야기꾼의 임무는 정보나 보고처럼 사물의 순수한 실체를 전달하는 데 있는 것이 아니라 자신의 삶 속에 일단 사물을 침잠시키고 나중에 다시 그것을 이끌어내는[28] 데 있다. 이처럼 이문구 소설이 서구 시점이론의 원칙을 위반하면서도 독자의 신뢰를 얻는 근본적인 이유는 그가 새로운 정보를 전달하려 하기보다 삶의 지혜를 토속적 언어로 조언하는 일을 자신의 소명으로 여기기 때문이다. 이문구 전계 소설을 서구적 소설(novel)의 관점에서 볼 수 없는 본질적인 이유가 여기에 있다. 그는 동년배 혹은 후배작가들이 누보 로망이나 메타 픽션과 같은 서구의 최신 소설 기법에 매달리고 있을 때 거꾸로 구태의연한 이야기(小說·傳) 양식의 재현에 진력했던 작가다. 법고창신이라 할 이문구의 이런 독특한 서사전략은 "근대화라고 일컬어지는 시대적 가치의 변화에 대해 서술 형식 자체를 통해 저항"[29]하는 의미를 갖는다.

---

27) 김주연, 「서민생활의 요설록」, 『한국문학대전집/이문구·송영 편』, 태극출판사, 1976, 559쪽.
  진정석, 「이야기체 소설의 가능성」, 구자황 편저, 『관촌으로 가는 길』, 랜덤하우스, 2006.
  최시한, 앞의 글, 65~6쪽.
28) 발터 벤야민 저, 반성완 편역, 「얘기꾼과 소설가」, 『발터 벤야민의 문예이론』, 민음사, 1983, 175쪽.
29) 진정석, 위의 글, 207쪽.

「변사또의 약력」은 화자가 동작로 확장 공사장에서 처음 만나 인연을 맺은 도십장 '변팔술' 영감의 거칠고 투박하지만 정직하게 살아온 삶을 요약해 보여준다. 그리고 「명천유사」는 화자(작가)가 '명천(鳴川)'이라 스스로 작호(作號)한 연유를 밝힌 글로, 서사의 중심에는 화자 집에서 15년 동안이나 머슴살이를 했던 '최서방(崔鎬福)'에 대한 애틋한 마음이 자리하고 있다. '변판술'과 '최서방' 역시 배운 것 없이 험한 일로 평생을 보낸 이들로 주변사람들로부터 "심통 사납구 아가리 사납구······늦게 팔자 사납다구 다 저지경일까"(「변사또의 약력」)라는 험구를 듣거나, "개지랄 같은 승질머리허구 밴댕이 창사구 같은 소가지 빼면 암껏도 없는 지랄창고"(「명천유사」)로 따돌림을 받는다. 그런데 화자가 이들을 못 잊어할 뿐 아니라 그들이 보내준 편지를 "생애에 큰 기념품으로 소중히 보관"하는 까닭은, 가장 혹독했던 시절에 그들이 화자에게 베풀어준 따뜻한 보살핌과 인간적 의리 때문이다. '변사또'는 화자를 처음 만나면서부터 됨됨이를 알아보아 차근차근 일을 가르쳤고 마지막에는 유일한 친구의 딸과 화자를 맺어주려 무던히 노력한다. '최서방' 또한 6·25를 겪고 남자 어른이 없는 화자의 집에서 "저게 커서 알 걸 알 때까장은 그래두 내라 붙들어 줘야지 어쩠소"라며 바깥살림을 도맡아 처리하고 화자가 "노는 데에 정신이 팔리면 반드시 불러세우고 준절히 나무라기를 주저하지 않"는 등 집안의 어른 노릇을 한다. 그가 이처럼 지극정성으로 화자를 위해 애쓴 배경에는 자신을 한 인격체로 존중해 준 화자의 어머니에 대한 존경과 보은의 마음이 자리하고 있다. 이문구 소설은 대부분 자신의 체험을 거의 사실에 가깝게 재현한 것으로 알려져 있다.30) 그는 자신의 창작을 '구이지학(口耳之

---

30) 이와 관련해 가장 많이 인용되는 내용이 『관촌수필』 초간본(문학과지성사, 1977)의 다음 구절이다. "이 책 속에는 실화를 그대로 필기한 '화무십일' 같은 것도 있고, '여요주서', '월곡후야'처럼 지금도 그 자리에 살고 있는 동창생이나 친척의 이야기도 있으며,

學)'31)이라 명명하고 있거니와, 소설이란 곧 자신의 체험을 있는 그대로 이야기하는 일이라 여겼던 것이다. 이러한 이문구의 관점이 사실성보다 허구성을 강조하는 서구 근대소설관과 날카로운 대조를 이루는 것은 물론이다.

「유자소전」32)은 전 양식의 서술원칙과 특질을 가장 충실하게 재현한 작품이다. 이 소설은 주인공의 인정기술로 시작하여 그의 평생 행적을 일화 중심으로 나열한 뒤 주변사람과 작가 자신의 논찬으로 종결된다. 이런 정통적 전 양식의 재현은 이문구 소설에서도 특별한 예외에 속하는데, 실제로 작가가 '유재필'을 회고하는 어조는 대단히 경건하고 엄숙하여 외경의 감정까지 느껴진다. 하지만 거기에도 이문구 특유의 해학과 익살이 곁들여져 자칫 경직되거나 어색할 수도 있는 분위기가 자연스럽게 풀어지고 있다.

> 그의 이름은 유재필兪裁弼이다. 1941년 홍성군 광천에서 태어나 보령군 대천에 와서 자라고 배웠다. 그리고 그 나머지는 서울에서 살았다. 그는 어려서부터 타고난 총기와 숫기로 또래에서 별쭝맞고 무리에서 두드러진

후제 내 자식이나 조카들에게 읽히기 위해 소설이니 문학이니를 떠나서 눈물을 지어가며 쓴 고인에 대한 추도문 '공산토월' 같은 글도 있다."

31) 이문구, 「관산추정」, 『이문구전집 · 8』, 283쪽. 이 말의 뜻은 『국어대사전』(이희승편저, 민중서림, 1982)에 "귀로 들은 것을 그대로 남에게 이야기하는, 조금도 자기의 것으로 소화하지 못한 학문. 도청도설의 학문"으로 풀이되어 있다. 『순자』「권학편」에는 "소인의 학문은 귀로 들은 것이 입으로 나온다. 귀와 입의 거리는 네 치에 지나지 않아 철척 사람의 몸에 미치지 못한다(小人之學也 入乎耳出乎口 口耳之間 則四寸 曷足以美 七尺之軀哉)"하여 남에게 보이기 위한 학문 태도를 경계한다. 『순자』에 '구이지학'이란 술어가 정확히 표현되어 있지 않지만 어원을 『순자』에서 찾는 것이나, 어의(語義)가 '도청도설의 학문'이라는 사전의 설명을 고려하여 '小說'의 이명(異名)으로 이해하는 것이 큰 잘못은 아닐 터이다.

32) 이문구, 「유자소전」, 『이문구전집 · 15 유자소전』, 이하 작품 인용은 괄호 안에 쪽수만 밝힘.

바가 있어, 비색한 가운과 불우한 환경 속에서도 여러모로 일찍 터득하고 앞서 나아감에 따라 소년 시절은 장히 숙성하고, 청년 시절은 자못 노련하고, 장년에 들어서서는 속절없이 노성하였으니, 무릇 이것이 그가 보통 사람 가운데서도 항상 깨어 있는 삶을 살게 된 바탕이었다.

그의 생애는 풀밭에서 뚜렷하고 쑥밭에서 우뚝하였다. (중략)

또한 남의 아픔이 자신의 아픔임을 깨달아 아픔은 나누고 눈물을 나누되, 자기가 아는 바 사람 사는 도리에 이르기를 진정으로 바라던 위인이었으니, 짐짓 저 옛말을 빌려서 말한다면 그야말로 때 아닌 특립독행特立獨行의 돌출이요, 이른바 "세상 사람들의 걱정거리를 그들보다 앞서서 걱정하고, 세상 사람들이 즐거워함을 본 연후에야 즐거움을 누린다(先天下之憂而憂 後天下之樂而樂)"고 말한 선비적인 덕량의 본보기라 하지 않을 수 없는 친구였다.(9~10쪽)

인용이 다소 길어졌지만, 이문구 전계 소설의 특질을 이 부분은 가감없이 보여준다. 전통적 전 양식이 객관적 시점으로 쓰여졌다면 이문구 소설은 대체로 일인칭화자의 주관적 시점으로 서술된다. 다시 말해 위 글에서 '유재필'의 인격적 품성과 재능에 대한 평가는 전적으로 화자의 주관적 이해와 판단에 따른 것이다. 그러다보니 등장인물의 심리묘사는 거의 나타나지 않으며 성격제시는 화자의 직접적 진술과 그를 뒷받침하는 인물의 특이한 언행을 통해 이루어진다. 화자가 친구를 '유가(兪哥)'가 아닌 '유자(兪子)'라 성인 대접하는 이유는 오로지 그가 "사람 사는 도리에 이르기를 진정으로 바라던 위인"이라는 점에 있다. 인정 많고 이타적이며 희생정신과 의협심이 강한 사람에 대한 전폭적인 신뢰와 존경은 이문구 전계 소설을 지배하는 일관된 가치로 '옹점이'(「행운유수」)와 '신석공'(「공산토월」)에게서 가장 선명한 개성으로 부각되고, '최서방'(「명천유사」)과 '변사또'(「변사또의 약력」)의 숨겨진 덕성도 이와 관련되는 것으로 묘사된다. 작가가 '유자(兪子)'라 존칭하여 부르는 '유재필'의 사람됨은 그가 어느 재벌

그룹 총수의 개인운전수 자리에서 쫓겨나 그룹에 속한 모든 차량의 교통
사고를 처리하는 '노선 상무'가 된 이후의 행적에서 단연 빛난다. 그는 사
고를 처리하는 데 있어 "가해자에게나 피해자에게나 부정한 승리, 부당한
패배가 있을 수 없도록" 노력하면서도, 형편이 딱한 스페어 운전수 가족
에게는 사비로 쌀과 연탄은 물론 굴비 두름 같은 밑반찬까지 들여주는 인
정과 의리를 보인다. 뿐만 아니라 그는 사고를 처리하고 사망자의 장례를
치르는 데 필요한 여러 업무와 지식을 소상히 익혀 전문가 못지않은 실력
과 솜씨를 발휘한다. 그는 자동차 사고 뒷처리와 관련된 여러 계층의 인
물들, 이를테면 검·경찰과 법원, 병원, 보험회사, 장의사와 화장터에서
일하는 사람들과 두터운 신뢰를 쌓아 "어디를 가나 교통순경이 먼저 경
례를 붙이고, 경찰서마다 말이 통하는 이"가 있고, "어느 병원을 가더라
도 너나들이를 하고 지내는 의사가 있고 원무실장"이 있어 실질적 도움
을 주며, 비석 공장 같은 데서도 "먼저 알아보고 인사를 하는 석수"를 만
날 정도로 넓고 깊은 인간관계를 형성하여 서로 돕고 베풀며 지낸다. 그
처럼 원만한 인격과 뛰어난 일처리 솜씨를 지닌 그가 만년 과장으로 굳어
진 까닭은 한때 좌익에 참여했다 처형당한 선고(先考) 때문인 것으로 밝혀
진다. 하지만 '유자'는 부친을 원망하지 않고 오히려 제사를 모실 때 "현
고 남조선노동당 홍성군당위원장 신위"라 당당히 밝힌다. 작가는 그의 생
애를 "고독하고 고단한 삶"으로 요약한 뒤 "술과 독서와 그리고 남에 대
한 봉사의 즐거움으로써 시름을 잊고 애달픔을 삭였다"고 술회하는데, 이
러한 진술의 이면에는 '유자'와 처지가 너무도 비슷한 자신에 대한 자기
연민과 동류의식이 개입된 것으로 보인다. 화자와 '유자'가 아버지를 존
경하는 까닭이 그가 사회주의자여서가 아니라 소신이 분명한 어른[33]이기

---

33) 양진오, 「인간의 발견, 인간의 애환」, 앞의 책, 239쪽.

때문임은 물론이다.

4. 나가며

　이문구 소설이 한국현대소설사에서 이채롭고 독특한 위상으로 의미화되는 까닭은 그것이 서구의 'novel'이 아니라 우리의 '小說' 또는 '전(傳)'의 전통을 계승하고 있다는 사실과 긴밀한 연관을 맺는다. 그는 등단 추천작에서 이미 전 양식의 현대적 재현 가능성을 모색한 뒤 「김탁보전」·「변사또의 약력」·『관촌수필』에서 다양한 실험을 하고 「유자소전」에서 전계 소설 형식의 한 전범을 완성한다. 이문구 전계 소설에서 다루어지는 인물은 크게 두 유형으로 나뉜다. 그 하나는 "진실로 어질고 갸륵한 하나의 구원한 인간상"으로 칭송되는 '신석공'을 비롯하여 '옹점이'·'복산이'·'유재필'·'변사또'·'최서방' 등 인간의 도리가 무엇인지를 알아 신의를 지키고 인정을 베푸는 사표적(師表的) 인물유형이고, 다른 하나는 동물적 생존본능에 따라 비루하고 속물적인 삶을 영위하는 '김탁보'·'문승관'·'이만업' 등 기생적 인물군이다. 작가가 굳이 전 형식으로 소설화한 대상이 대부분 낮은 신분인 데다 한결같이 작가와 개인적 친분을 지닌 사람들이라는 점은 특별한 주목을 요한다. 주지하듯 작가의 집안은 한산 이씨 문중으로 그의 고조부는 강릉부사요 증조부는 강주목사를 지냈으나, 조부는 화암서원의 도유사(都有司)이며 보령향교의 직원(直員)(「일락서산」)[34]

---

34) 이문구는 자신의 가계와 집안을 설명하는 글에서 "청라면 옥계의 화암서원의 직원(直員)으로, 보령유림의 당세관(當世冠)이었던 조부"(「남의 하늘에 묻어 살며」, 『이문구전집·14 글로 벗을 모은다』, 32쪽)라 하여 「일락서산」과 다르게 말한다. 여기서 '직원'은 "일제 강점기에, 향교나 경학원의 직무, 또는 그 직무를 맡아 하던 사람"을, 그리고 '도유사(都有司)'란 "향교, 서원, 종중, 계중에 관한 사무를 맡아보던 우두머리"를 뜻한다. 그리고 '당세관'이란 '당대의 우두머리', 그러니까 조부께서 보령 유림 가운데 가장 뛰어난

을 지낸 유생으로 자족했고, 아버지는 몇 척의 어선과 여러 두락의 염전
을 소유한 지주였으나 일찍이 사회주의를 받아들여 실천한 사상가였던
것으로 회고된다. 작가가 "오직 그분 한 분만이 진실로 육친이요 조상의
얼이란 느낌"으로 회억하는 조부는 인간이 살아가면서 지켜야 할 가장
기본적인 도리와 염치가 무엇인지를 실천함으로써 화자의 삶의 지표가
된 분이고, 아버지는 나무장수·풀무쟁이·뱃사공·땜장이 등 신분을 가
리지 않고 사람들을 불러 모아 의식화 교육을 시킨 지식인으로 훗날 화자
가 민중운동에 참여한 한 계기를 제공한다. 조부가 반상의 구습에서 벗어
나지 못했으면서도 신분의 고하보다 인간 됨됨이를 소중히 여겼던 데서
더 나아가 화자의 아버지는 더욱 적극적으로 행동으로 옮긴 실천가였던
것이다. 그 가운데 가장 감동적인 장면은 '신석공'의 혼렛날 화자의 아버
지가 창가를 부르며 춤을 추는 「공산토월」의 한 대목이다. 어린 화자는
어른들 틈에 끼어 잔치구경을 하다가 생전 처음 들어본 구성진 가락으로
"석탄 백탄 타는데, 연기만 펑펑 나는데…… 이 내 가슴 타는데, 연기
가 하나도 안 나는데……"하고 노래를 부를 뿐만 아니라 신서방이 권하
는 술잔을 받아들고 일어나 어깨춤을 추는 아버지의 행동에 경악한다. 아
버지의 흥은 곧 혼례에 참여했던 사람들에게 전염되어 모든 사람이 덩달
아 함께 어울려 춤을 추는 분위기로 고조된다. 이 행동은 '신석공' 부자로
하여금 평생 화자 집안을 보살피게 하는 원동력으로 작용한다. '신석공'
은 화자의 부친이 구금되자 하루도 빠짐없이 사식을 싸들고 경찰서로 뛰
어갔으며, 화자 어머니의 수의를 입히고 유택도 손수 만드는 등 정성을
다해 몰락한 화자의 집안을 돌본다. 「명천유사」의 '최서방'이 까탈스럽고

분이었다는 의미의 관형어로 쓰인 것이다. '향교'와 '서원'의 가장 손쉬운 구별은 '관학'
과 '사학'으로 이해하는 것이다. 그러므로, '직원'이 '향교'의 한 직임이라는 사전 설명
에 따르면 「남의 하늘에 묻어 살며」의 기록은 이문구의 착오가 아닌가 한다.

매이지 않으려는 성격에도 불구하고 사변 이후 화자 집안의 바깥살림을 도맡았던 것도 화자 어머니의 따뜻하고 넉넉한 인품에 감복했기 때문이다. 따라서 이문구 소설에서 사표형 인물로 기림을 받는 이들은 조부의 권위나 부친의 민중의식, 그리고 모친의 자애심에 감화되어 의리와 신의를 지키는 사람들이다. '변사또'의 경우는 다소 예외적이라 할 수 있으나 그가 화자에게 각별한 관심을 보여 중신을 선 이유도 화자의 성실성과 의리를 높이 산 것이므로 궁극적으로 조부의 영향 탓이라 보아도 무방하다.

이문구 전계 소설이 서구 노블의 긴밀한 플롯을 참조하지 않고 인물의 일화를 연대기적으로 나열하는 방식을 선택한 것은 등장인물의 따뜻한 인간애와 성실한 품성을 전달하는 데 훨씬 유효하다고 판단했기 때문이다. 이문구 소설의 주인공은 사건의 전개와 갈등의 해결에 따라 성격이 형성되는 존재가 아니라 이미 인간의 도리를 알고 실천하는 사람으로 규정되어 있으므로 플롯에의 관심이 그만큼 줄어든다. 이문구 전계 소설에서 인물간의 갈등이나 사건이 전경화되지 않는 것도 이와 관련된다. 전계 소설에서는 갈등보다 인물의 성품이 더 중요하게 간주되기 때문에 8·15 해방이나 6·25사변 같은 역사적 사건도 인물의 성정의 변화나 지속을 증명하는 배경으로 후경화하는 것이다. 이미 확정된 인물의 성격을 독자에게 효과적으로 드러내는 방식 가운데 하나는 언어의 독특한 운용, 즉 문체의 힘에 의존하는 것이다. 실제로『관촌수필』등 이문구 소설의 탁월한 문학적 의의와 성과는 문체의 독특한 미학에서 비롯된 것이라는 데 이견이 없다.

이문구가 '만필·수필·전' 등과 같은 고전적 서사 양식을 선호한 까닭은 인물 이야기가 서사의 기본이라 판단했기 때문이다. 또한 과거 농촌 공동체 사회에서와 다르게 국내뿐만 아니라 세계 방방곡곡의 정보와 지식을 즉각적으로 입수하는 게 가능해진 산업화시대에 '가공의 현실'보다

'실제 인물의 이야기'를 통해 재미와 교훈을 전달하려는 발상의 전환은 대단히 시의적인 의미를 지닌다. 이문구 소설은 서구 소설(novel)과 한국 서사(小說·傳)의 특질이 조화를 이뤄 만들어낸 새로운 양식의 실험이어서 우리 소설의 방향을 시사하는 하나의 시금석이 될 수 있기 때문이다. 『관촌수필』의 독특한 서사 양식을 "이야기체 속에 소설체를 내포시킨 글쓰기"[35]로 보는 견해는 '수필'의 의미를 서구적 개념으로 이해했기 때문에 비롯된 것이지만, '소설(novel)'과 '이야기(小說·傳)'의 융합과 그 가능성을 의식했다는 점에서 중요한 의미를 갖는다. 전(傳) 양식의 현대적 변용은 『관촌수필』에서 한 진경을 보인 뒤 『우리동네』와 『내 몸은 너무 오래 서 있거나 걸어왔다』의 연작으로 이어지는데, 이들도 광의의 전계 소설의 범주에서 이해할 수 있다. 그러나 이들 연작은 시점과 시공간 배경, 작중인물 등 여러 면에서 『관촌수필』과 차이를 보이므로 차후 연구과제로 미룬다.

---

35) 김윤식, 「모란꽃 무늬와 물빛 무늬」, 『관촌가는 길』, 랜덤하우스, 2006, 281쪽.

경험적 사실과 허구적 진실

「퇴원」·「병신과 머저리」론

1. 문제의 제기

이청준은 1965년 「퇴원」을 시작으로 2008년 「이상한 선물」에 이르기까지 43년 동안 꾸준하게 창작생활을 지속해온 우리 시대의 진정한 이야기꾼이다. 그는 2003년 한 출판사에서 전집(전25권)을 발간하여 이제까지의 문학적 성취를 정리하는 듯했지만, 그 이후에도 예전과 크게 다르지 않은 속도와 중량감으로 작품을 발표함으로써 영원한 현역작가임을 입증했다. 「이상한 선물」은 그가 암세포와 처절한 싸움을 벌이면서도 편집자와의 약속을 지키기 위해 혼신의 힘을 다해 쓴 소설로 '작가란 어떤 존재여야 하는가'라는 평생의 화두를 행동으로 보여준 작품이라 할 수 있다. 그는 43년간 작가로 활동하는 동안 중단편소설 130여편, 장편소설 11편 등 양적인 면에서 동년배 작가 가운데 가장 많은 작품을 생산했을 뿐만 아니라 「병신과 머저리」(1965)·「매잡이」(1968)·「소문의 벽」(1971)·『당신들의 천국』(1976)·「잔인한 도시」(1978)·『잃어버린 말을 찾아서』(1981)·『자유의 문』(1989) 등 꾸준히 문제작을 발표함으로써 질적 수준에 있어서도 단연 한국 최고의 작가 중 하나로 자리매김 된다.

이청준 소설은 중단편과 장편을 합해 140여 편에 이르고 그 내용과 기법에 있어서도 매우 깊이 있고 다양한 양상을 보여주지만, 그가 끈질기게 추구해온 주제의식과 서사적 전략은 의외로 단순한 편에 속한다. 여러 논자가 공통적으로 지적하는 것처럼 이청준 소설은 형식적 측면에서 액자 (격자)구성과 추리기법을 자주 차용하며, 주제적 차원에서는 '소설(또는 작가)이란 무엇인가'를 문제 삼는 이른바 예술가소설로서의 성향을 강하게 드러낸다. 그가 다루는 소설의 내용은 대단히 다채롭고 폭넓은 스펙트럼을 형성하지만, 가장 빈번하면서도 집중적으로 다룬 주제가 '소설'과 '작가'의 존재의미 또는 '지식인의 책임'과 관련된 문제이다. 이런 점에서 이청준 소설을 올바르게 이해하기 위해서는 우선적으로 이 두 가지 특질에 대한 정치한 분석이 선행되어야 하리라는 점은 자명해 보인다. 이청준 소설의 또 다른 특질로는 '의사'와 '작가'가 주요 작중인물로 등장하는 빈도가 높다는 점을 들 수 있다. 그의 소설에서 '작가(또는 예술가)'와 '의사'가 재현하는 성격과 역할은 매우 대조적이다. '의사'로 성격화된 인물이 사건의 근원을 추적하여 그 실체(事實, fact)를 규명하는 역할에 충실한 존재라면, '작가'는 소설을 통해 현실 이면에 감추어진 본질을 탐색하는 문제적 개인으로 표상된다. 다시 말해 이청준 소설의 주제를 구성하는 핵심 갈등구조는 현실의 실체적 사실을 밝히려는 인물과 그 이면의 인간과 세계의 본질을 추구하는 인물 사이의 역동적 길항 혹은 대립 관계라 요약할 수 있다. 이것은 그들이 각각 '의사'와 '작가(예술가)'라는 전문적 지식인이라는 점과 유기적인 관련을 맺는다. '의사'는 과학자답게 외적 증거와 자료를 바탕으로 '사실'을 입증하는 데 반해, 예술가로서의 '작가'는 그가 쓴 작품을 통해 '진실'을 추구하려는 관념적 성향을 보이기 때문이다.

이 글은 「퇴원」·「병신과 머저리」 등 두 편의 초기작을 통해 이청준 소설의 미학적 특질을 규명하기 위한 이해의 단초를 마련하고자 씌어진다. 이 글에서 다룰 「퇴원」은 이청준의 등단작이면서 '전짓불공포' 모티프의 원형적 삽화가 내재한 작품이고, 「병신과 머저리」는 그의 출세작이자 대표작으로 '의사'와 소설을 쓰는 인물이 등장하여 상반된 역할을 수행한다. 이청준 소설에서 '의사'와 '작가'는 가장 자주 등장하는 인물유형일 뿐만 아니라 이들의 역할은 각각 '사실' 증언과 '진실' 추구로 명백히 구분된다. 이러한 성격화 방식이 여러 작품에서 반복된다는 것은 작가의 특별한 의도와 전략이 개입되었다고 볼 수밖에 없는 것이다. 그런데 「병신과 머저리」에서는 한 인물이 '의사'와 '작가'의 역할을 동시에 수행하고 있어 주목된다. 이와 함께 이청준 소설이 현실의 폭력과 억압을 직접 해부하고 폭로하는 전통적 리얼리즘의 기법을 따르지 않고 소설이라는 허구적 장치를 통해 진실을 추구하려는 것은 현실이 그만큼 "폭력과 억압과 불편함이 지배하는 야만의 세계"[1]여서 그 속에서 진실을 찾는다는 것이 거의 무망하다는 잘 인식하고 있기 때문이다. 이처럼 「퇴원」·「병신과 머저리」는 이청준의 초기작을 대표하면서 '작가'와 '의사' 등 주요 유형인물과 '전짓불공포' 및 '글쓰기'와 관련한 모티프의 원형을 배태하고 있어 그의 문학적 특질을 통시적으로 이해하는 데 중요한 단서를 제공하는 작품이므로 깊이 있게 해석되어야 한다.

2. 대화의 단절과 화해의 모색 – 「퇴원」

「퇴원」[2]은 이청준의 등단작이면서 이른바 '전짓불공포' 모티프의 초기

---

1) 김현, 「떠남과 돌아옴」, 김치수 외, 『이청준론』, 삼인행, 1991, 124쪽.
2) 이청준, 「퇴원」, 『이청준문학전집 7 : 소문의 벽』, 열림원, 1998. 이하 작품 인용은 괄호 속에 쪽수만 표기함.

형태와 함께 '의사'··'간호사' 등 유형적 인물이 등장해 이청준 소설미학
의 원형을 살필 수 있는 작품이다. 이 소설은 어린 시절 어두컴컴한 광
속에서 어머니와 누이의 속옷을 가지고 놀다 아버지에게 들켜 이틀 동안
광속에 갇히는 처벌을 받은 화자가 마침내 가출을 하고, 군대에서는 뱀껍
질로 상관들의 지휘봉을 장식해주다가 제대한 뒤 친구의 병원에 입원하
여 자신의 과거를 되돌아보는 줄거리로 이루어져 있다. 소학교3) 3학년의
화자가 광속에서 어머니와 누이들의 속옷의 "부드러운 옷자락을 만지작
거리며, 거기서 흘러나오는 냄새를 맡"다가 "스르르 잠"이 드는 감각적
쾌락에 빠지는 것은 일종의 모태회귀4) 또는 근친적 욕망의 발현으로 이
해할 수 있지만, 엄격한 가부장제 질서가 지배하는 공간에서 정상적인 의
사소통이 불가능했던 화자로서는 그 때가 가장 편안하고 행복한 순간이

---

3) 이 소설이 씌어진 1965년에는 '소학교'란 명칭을 쓰지 않았다. 우리나라의 근대적 초등교
   육기관은 1906년 '보통학교', 1936년 '소학교', 1941년부터 '국민학교'로 불리다가 1996
   년 지금의 '초등학교'로 개칭되었다. 그러므로 「퇴원」의 화자가 '소학교'를 다녔다면 그
   시기는 1941년 이전이어야 하지만, 작가의 나이로 보나 소설의 줄거리로 보아 그럴 가능
   성은 희박하다. 소설 말미에 등장하는 '한국군 월남 파병 환송식' 관련 내용으로 보아 이
   소설의 시대적 배경은 작품이 씌어진 1965년 전후로 보는 것이 옳다. 또 이 소설의 화자
   는 병실에서 'D국민학교의 블록 담벼락'을 내다보고 있는데, 왜 같은 작품에서 '국민학
   교'와 '소학교'란 명칭을 혼용하고 있는지 의문이다. 사실 이청준 소설에는 쉽게 이해하기
   곤란한 대목이 자주 등장하는데, 그의 소설을 가장 깊이 이해했다는 김현조차 "상당수의
   그의 소설 속의 행위는 「퇴원」의 주인공의 회상과 마찬가지로 납득할 수 없는 행위"(김
   현, 「욕망과 금기」, 『김현문학전집4 : 문학과 유토피아』, 문학과지성사, 1993, 250쪽)라
   지적하고 있으며, 오생근은 「병신과 머저리」를 "어색하고 소녀적 취향이 없진 않은 소
   설"(오생근, 「갇혀 있는 자의 시선」, 권오룡 엮음, 『이청준 깊이 읽기』, 문학과지성사,
   1999, 139쪽)로 평가한다. 그럼에도 불구하고 지금까지 이청준 소설은 항상 긍정적 측면
   으로만 해석되어 온 게 사실이다.
4) 많은 연구가들이 '광'에서의 유희를 "원시적인 모성의 따뜻함, 혹은 탄생 전 모태 내의 평
   화로움 같은 것"(이보영, 「시원의 탐색-이청준론」, 김병익·김현 엮음, 『이청준』, 은애,
   1979, 60쪽), "부드럽게 모태 공간으로 회귀할 수 있게 하는 장소"(우찬제, 「이청준 소설
   에 나타난 불안 의식 연구」, 『어문연구』 제33권 제2호, 2005, 195쪽), "자신만의 세계"(김
   동현, 「이청준 소설 「퇴원」 연구」, 『한국문학이론과 비평』 제32집, 2006, 9, 329쪽) 등 정
   신분석적 관점에서 해석한다.

었을 터이다. 아들의 일탈적 행위를 목격한 아버지는 아무 말도 없이 광의 자물쇠를 채우고 이틀 동안 아들을 감금한다. 아버지로서는 아들의 퇴행적 행동에 실망하고 분노가 치밀었을 터이나 대화를 통해 사정을 알아보거나 아들의 심리를 이해하려 하지 않고 일방적인 폭력을 행사한 것이다. 이에 대한 화자의 반응도 격렬하고 극단적이긴 마찬가지여서 그는 자신이 가지고 있던 옷가지를 갈갈이 찢는 행위로 아버지에 대한 저항감을 드러낸다. 이들 부자의 대립관계는 화자의 고교 동창생인 '준'이 가정교사로 입주함으로써 더욱 격화된다. 고3인 화자가 동급생인 '준'을 가정교사로 들였다는 것은 그만큼 학교 성적이 나빠 대학 진학이 어려웠을 것이라는 사실을 의미하는데, 이때 아버지는 화자를 가리켜 "이틀을 굶겨놔도 배고픈 줄을 모르는 놈"이어서 "제구실을 한번 못해 볼" 것이라며 화를 낸다. 이것은 그가 아들을 광에 가두는 '아버지의 금지명령(non du pére)'을 통해 아들이 정상적으로 성장하기를 바랐으나 실패한 것에 대한 분노의 표현이지만, 화자에게는 금기를 위반한 죄로 현실에서 쫓겨나 퇴행적 삶을 살게 되는 폭력일 뿐이다. 그런 점에서 화자가 입원한 병실에 "언제나 자기 침대에서 잔기침 한번 하는 법이 없이 벽을 향해 드러누워 있기만" 하는 환자와 "장막(腸膜) 밖에 물이 고여서 이야기는커녕 물 한 모금 마실 여유도 없"는 환자가 함께 있다는 상황은 화자의 심리적 병인(病因)을 이해하는 데 결정적인 단서를 제공한다. 다시 말해 화자와 아버지의 갈등은 전적으로 의사소통의 단절5)에 그 원인이 있으며, 화자가 현재 앓고 있는

---

5) 광 속에서 여성의 옷가지를 가지고 놀던 아들을 발견한 아버지가 아무 말 없이 광문을 걸어 잠그고 이틀 뒤 문을 열었을 때 아들이 옷을 갈갈이 찢어 놓은 채 배고프다는 말도 하지 않았다는 것은 이들 부자 사이에 거의 대화가 없었다는 사실을 뜻한다. 이처럼 부자 사이의 일상적 의사소통이 단절된 삶을 살아온 화자는 자신의 처지를 '판토마임'이란 어휘로 요약한다. 이와 함께 복수(腹水)가 가득 차 음식을 먹을 수 없는 환자는 먹고 싶은 욕망이 가장 강하지만 그 욕망은 실현될 수 없다는 점에서 원천적으로 "무거운 침묵을 강

병이 "공복시에 통증이 오고 식사로 그 통증이 가"시는 증상을 보이는 것
도 광에서 이틀 동안 굶었던 과거 경험과 결코 무관하지 않은 것이다.[6]
이것은 결국 화자가 아버지와의 대화를 통한 화해를 간절히 염원하는 것
으로 이해할 수 있는데, 아버지의 대리인이라 할 수 있는 '준'의 역할은
화자의 현실 복귀를 적극적으로 돕기보다 환자 스스로 병을 극복하도록
지켜보는 것으로 한정된다.

　「퇴원」은 일인칭 화자에 의해 진술된 자전적 성향의 소설이지만, 화자
의 진술은 독자들에게 그다지 신뢰를 주지 못한다. 이것은 일인칭 화자가
회상과 기억을 통한 '사실'의 재구에 많은 노력을 기울이는 듯하면서도
정작 그 내면의 '진실'에 대해서는 침묵하거나 모른 척하는 서술 전략을
구사하고 있기 때문이다. 더군다나 이 소설의 화자가 들려주는 과거의 기
억이나 체험은 단편적이고 불연속적이어서 서로 유기적 관련이 있다고
보기도 힘들다. 이를테면 김현의 적절한 지적처럼 어렸을 적 광속에서 행
한 기이한 행동의 원인이 무엇인지 전혀 밝혀지지 않고 있을 뿐만 아니
라, 군에서 '뱀잡이'란 별명으로 불리게 된 엽기적 행동의 배경도 모호하
긴 마찬가지이다. 그가 군대에서 꽃뱀 가죽으로 만든 지휘봉을 상관에게
헌납한 것은 우연하고도 충동적인 행위에 지나지 않아 보인다. 그런데 그
가 소대장에게 준 지휘봉을 본 중대장도 그것을 원했고, 마침내 "온 대대
안의 장교와 고급 하사관들이 그 뱀가죽 지휘봉을 갖고 싶어"하는 사태

요" 당하는 판토마임의 배우와도 같은 존재라 할 수 있다. "언어가 완전히 소멸된 거기에
　는 슬프도록 강한 행동의 욕망과 향수만이 꿈틀거렸다. 허나 나에게는 이미 그 욕망마저
　저도 죽어 버리고 없었다. 완전한 자기 망각. 그렇게 나는 시체처럼 여기 병실에 누워 있
　는 것이다."(34쪽)라는 진술은 이 소설에서 드물게 신뢰할만한 화자의 자기 진단이다.
6) 이런 의미에서 같은 병실에 입원한 세 명의 환자는 결국 한 사람이나 마찬가지이다. 다시
　말해 말이 없고 먹지 못하는 환자는 어두운 광 속에서 이틀 동안 굶으며 가족과 아무 말
　도 할 수 없었던 어린 시절 '화자'의 불안의식을 형상화한 존재들이다.

로 발전한다.

> 나는 매일 틈이 나면 회초리를 저으며 뱀을 찾아 다녔다. 만나는 놈마
> 다 가죽을 벗겼다. 특히 빛깔이 좋은 놈을 만나는 날은 하루 종일 기분이
> 좋아서 뱀을 더 찾지도 않고 놀았다. 그 중에도 살모사의 가죽은 일품에
> 속했다. 이놈의 가죽은 대대 안에서도 꼭 대대장 한 사람의 지휘봉에밖에
> 입혀 주질 못했다. 다른 장교들이 그것을 얼마나 갖고 싶어했을 것인지
> 나는 지금 상상할 수도 없다. (……) 살모사라는 놈은 고기맛이 또한 진미
> 였다. 쇠고기에 비할 바가 아니라고 했다. 그래서 이놈의 고기는 사병에게
> 까지 차례가 가지 않았다. 대대장의 지휘봉을 장식한 놈의 살집은 중대장
> 이 먹었다. 선임하사는 다음부터 살모사의 고기는 아무 말 말고 자기에게
> 가져오라고 반협박을 했을 정도였다. 그러지 않으면 다시는 뱀잡이를 내
> 보내지 않겠다는 것이었다.(29쪽)

군대·지휘봉·뱀 등은 모두 가부장제의 권위와 폭력을 상징하는 상관
물이다. 화자가 고3때 돈을 훔쳐 가출한 뒤 어떤 생활을 하다 "징집년이
지나가 버린 나이로 군대를 지원"했는지에 대해서는 아무 정보도 제공되
지 않는다. 어려서 어머니와 누이의 속옷을 가지고 놀던 섬약한 소년이
가출한 뒤 험한 세파에 시달렸으리라는 점은 충분히 짐작할 수 있지만,
작가는 그에 대한 구체적 설명을 생략한 채 군대에서의 '뱀잡이' 삽화로
건너뛴다. 그러나 화자가 뱀을 잡아 껍질을 벗긴 뒤 지휘봉을 만든 군대
에서의 일화를 통해 그가 가부장제의 권위와 폭력에 대한 선망과 증오의
이율배반적 감정을 지니고 있었다는 사실을 유추하기는 그리 어렵지 않
다. 화자는 자신을. 억압만 했던 '아버지의 금지명령'에 반발하여 탈출을
시도했으나 신문을 통해 어머니의 죽음과 아버지의 투옥 사건을 알고 있
을 만큼 집안 소식에 신경을 썼던 것으로 서술된다. 그러므로 그가 뱀의
껍질로 장식한 지휘봉을 직속상관에게 바친 행위는 군대 조직에서의 '아

버지'에게 인정받고 싶은 심리, 즉 부자 간의 극적인 화해를 갈망하는 욕
망의 투사 외에 아무 것도 아니다. 하지만 살모사를 특별한 뱀으로 여기
는 데서 아버지에 대한 증오와 보복의 감정이 여전히 남아 있음을 알 수
있다. 화자가 제대한 뒤 제일 먼저 '준'을 찾은 것도 그러한 욕망의 연장
으로 이해할 수 있다. 어머니는 이미 돌아가셨고 아버지도 감옥에 갔으니
갈 곳이 마땅치 않았겠지만, 감옥의 아버지나 시집을 갔을 누이, 혹은 어
머니의 묘는 찾지 않고 '준'에게 간 사정을 "애초부터 무엇을 돌려받자는
생각에서였던 것은 아니었다. 생각난 것이 준 한 사람뿐이었다는 것이 가
장 적당한 이유"라는 말로 얼버무리는 것은 속마음을 감추기 위한 핑계
에 지나지 않는다. '준'은 화자와 아버지의 갈등 및 화자의 치부를 누구보
다 잘 알고 있을 뿐만 아니라 잠시나마 그의 '선생님' 노릇을 했기 때문
에 결코 편안하기만 한 상대라 하기 어렵다. 그럼에도 불구하고 화자가
'준'에게 찾아가 경제적 도움을 받고 그의 병원에 입원까지 하는 것은 마
음 깊은 곳에서 그를 아버지의 대리인으로 여기고 있다는 점을 강력히 시
사한다.7)

이청준 소설에 등장하는 '의사'가 대부분 그러하듯, '준'은 화자의 병인
(病因)을 대충 짐작하면서도 그의 치료에 그다지 적극성을 보이지 않는다.
화자는 제대한 뒤 '준'에게서 수시로 돈을 가져가면서도 전혀 미안해하지
않고 '준' 또한 별로 불편하게 생각지 않는 기이한 관계를 유지한다. 그는
제대 후 1년 동안 술에 절어 살면서 위궤양에 걸리는데 "공복시 통증이

---

7) 라캉은 "인간의 욕망은 타자의 욕망"이라고 말한다. 인간은 모두 타자의 성적 욕망의 대
   상이 되기를 욕망하며, 타자로부터 인정받기를 욕망한다는 것이다. 헤겔은 『정신현상학』
   에서 이 욕망을 '인정투쟁'이라 명명하고 있다(김상환 · 홍준기 엮음, 『라캉의 재탄생』, 창
   작과비평사, 2002, 74쪽 참조). 이런 관점에 따르면 화자의 궁극적 욕망은 자기를 내쫓은
   아버지에게 인정받고 싶은 것으로 이해되는데, 아버지가 부재하므로 '아버지의 대리인'격
   인 '준'에게 간접적으로나마 인정받고자 그를 찾은 것으로 해석할 수 있다.

오고 식사로 그 통증이 가신다"는 '준'의 말에 공포를 느끼고 실제로 "끼니 생각만 하면 멀쩡하던 배가 때도 되기 전부터 쓰려 오기 시작"하는 자각증세로 입원을 하기에 이른다. '준'은 병원에 입원한 화자를 거의 방치하듯 내버려 두지만 끼니 걱정이 사라진 화자는 더 이상 위의 통증을 느끼지 않는다. 화자는 군에서 제대한 뒤 "1년 동안 주릴 만큼 주리고 술에 절어" 든 생활을 해왔다고 진술하고 있는데, 그러한 생활습관은 가출한 뒤 지속되어 온 삶의 모습 그대로였을 것이다. 가출한 뒤의 화자가 안정되고 규칙적인 생활을 할 수 있었던 곳은 군대와 병원으로, 그곳은 모두 개인의 자유가 일정 부분 억압되고 통제되는 특수한 공간이라는 점에 유념할 필요가 있다. 화자는 고3때 아버지의 무언의 감시와 폭언에서 탈출하려 했으나, 아버지의 집과 유사한 통제와 감시가 지배하는 군대와 병원에서 정신적인 안정을 찾고 삶의 의욕을 회복하는 아이러니를 연출하고 있는 것이다. 요컨대 화자는 아버지로 상징되는 가부장제의 감시와 폭력으로부터 벗어나고자 일탈과 퇴행을 반복했지만 결국 그 울타리 부근에서 맴돌고 있었을 뿐이다. 화자가 제대 후 '준'의 주변을 어슬렁거리며 경제적 도움을 받거나 병원에 입원한 뒤 '준'이 화자의 병에 무관심할 뿐만 아니라 명색이 위궤양 환자에게 "네놈의 위궤양은 술로나 고려 보라는 듯 서슴없이 잔을 내밀곤"하는 데도 그의 곁을 떠나지 않는 것도 그를 아버지와 비슷한 대상으로 여겨왔기 때문이다. 이와 같은 추론은 화자가 '준'을 "언제나 나보다 어른"으로 생각해왔다는 진술을 통해 입증할 수 있다. 이런 점에서 화자가 군말 없이 병원에 입원해 있었던 것은 '아버지의 법'을 위반하고 가출했던 지난날을 반성하면서 아버지로부터 온전한 성인으로 인정받아 정상적으로 사회에 진입[8]하고 싶은 욕망의 투사다.

8) 화자가 어린 시절 외디푸스 콤플렉스 혹은 근친적 욕망을 가지고 있었더라도 어느 정도

'준' 또한 화자가 자신을 아버지의 대리인으로 인식하고 있다는 점을 눈치채고 있었기에 그의 어린애 같은 투정과 도벽을 묵묵히 승인했던 것으로 이해된다. 이청준 소설에서 '의사'는 환자의 증상을 세밀히 관찰하여 정확한 진단과 처방을 내린다. 그러한 '의사'의 언행은 과거의 경험과 기억을 바탕으로 사실(fact)을 재구하는 과학자답게 냉정하고 객관적이다. 그의 흥미와 관심은 환자가 과거의 어떤 충격과 상처로 지금의 증상을 보이는가 하는 현상적 사실의 과학적 인과관계이지 환자의 불안한 심리나 정서 또는 현실 세계에 대한 공포와 같은 내면의 문제는 염두에도 없다. 환자의 심리적 불안이나 현실부적응 증세를 '의사'보다 정확하게 진단하고 퇴원을 적극적으로 돕는 사람은 뜻밖에도 간호원이다.

내과의사 '준'이 화자를 위궤양 환자로 본 데 반해 간호원 '미스 윤'은 자아망실증 환자로 파악한다. '준'이 운영하는 병원의 유일한 간호원인 그녀는 화자가 첫눈에 반할 만큼 "사랑스러운 귀"와 "시원스런 발소리를" 가져 "문득 이 여자의 유방을 만져주고 싶은 생각"이 들 정도다. 그런데 시간이 지나면서 화자는 '미스 윤'이 "나의 비밀을 눈치채고 있는 것은 아닐까?"하는 불안감에 사로잡혀 그녀가 살짝 짓는 미소마저도 "영락없이 나를 비웃는 것"으로 여기기에 이른다. 이처럼 근거가 모호한 화자의 불안과 그에게 거울을 가져다 주며 바늘 없는 탐시계가 화자를 닮았다고

시간이 지나면서 그 증상은 치유된 것으로 보인다. '준'이 화자 집에 들어온 지 한 달쯤 되던 날 화자는 대학교 2학년이던 누이에게 느닷없이 "넌 우리 선생님('준'을 가리킴 : 인용자)에게 시집가도 좋을 거야."라고 선언한다. 근친상간의 금지가 자기 어머니·누이·딸과 결혼하는 것을 금지하는 규칙이 아니라 오히려 어머니·누이·딸을 타인에게 주어야 하는 규칙이라는 레비-스트로스의 견해(김형효, 「구조주의 사회학적 접근」, 한국사회과학연구소편, 『현대사회과학방법론』, 민음사, 1977, 46쪽 참조)를 받아들이면, 화자는 이 순간 근친 욕망의 주박에서 해방된 것으로 해석할 수 있다. 그가 다음 날 가출한 것도 현실과의 대결에서 패배하지 않으리란 나름대로의 자신감이 있었기 때문에 가능했던 것으로 보인다.

말하는 '미스 윤'의 태도는 다소 황당하다는 느낌을 준다. 이들이 거울과 시계를 화제로 삼아 나누는 이야기는 환자와 간호원 사이에서 충분히 가능한 내용 같지만, 화자가 위궤양으로 내과병원에 입원해 있다는 점을 고려하면 상황에 어울리지 않는 엉뚱한 대화로 보이기 때문이다. 그녀가 무엇을 근거로 그런 판단을 내렸는지 분명하지 않으나, "선생님은 분명 내력 깊은 이야기가 있으실 분인데, 그 이야기가 너무 깊이 숨어 버린 것 같"다고 병의 원인을 진단하고, "거울을 들여다보느라면 잃어진 자기가 망각속에서 살아날 때가 있"으며 "선생님 마음에도 이제 바늘을 꽂아 보세요"라고 처방한 것 등은 제법 정곡을 꿰고 있다. 실제로 화자는 '미스 윤'의 이 말에 그 동안 기억의 깊은 창고 속에 감추어두었던 '뱀잡이' 사건을 떠올려 그녀에게 털어놓고 "그렇게도 나의 머리에 맴돌기만 하던 창문의 이미지"를 떠올리며 해결의 실마리를 제시한다. 여기서 '창문'이 안과 밖, 주체와 타자, 또는 부자(父子) 사이의 원활한 의사소통을 매개하는 장치로서의 의미를 갖는 것은 물론이다. 이미 여러 차례 암시한 것처럼 화자가 집안의 돈을 훔쳐 가출하고 퇴행적 삶을 살았던 것은 아버지와의 원만한 대화가 원천적으로 차단되었기 때문이며, 그의 의식은 고장난 탑시계처럼 어린 시절의 기억에 고착9)되어 있었던 것이다. 그러므로 화자가 제대 이후 불규칙한 생활을 하며 술에 탐닉하다 위궤양 환자가 된 근본적 원인은 어린 시절의 충격과 공포의 체험이 초래한 정신적 외상에서 찾아야 한다. 하지만 이청준 소설에서 '의사'의 역할은 환자의 증상을 사실 차원에서 진단하고 처방하는 과학적 단계를 넘어서지 않는다. 정작 환자의 정신적 상처와 현실에의 복귀를 걱정하고 돕는 존재가 '의사'가

---

9) 고장난 시계가 어린 시절의 충격적 체험에 고착된 의식을 상징한다면 고쳐진 시계는 "사회로부터 소외되었던 나의 복귀"(김동현, 앞의 글, 334쪽)를 뜻한다.

아니라 화자의 주변인물이거나 간호원[10]이라는 점도 매우 중요하다. 이 때 간호원은 이청준 소설에서 '의사'와 상반되는 '작가'로서의 역할을 일 정부분 담당하는 존재로 표상되기 때문이다.

「퇴원」에 나타난 현실은 부자간의 일상적 대화조차 단절된 억압과 폭 력의 닫힌 세계이다. 화자가 벌인 일련의 일탈적 행위는 가부장제의 폐쇄 공간에서 탈출하고자 하는 욕망의 투사이면서 아버지와의 화해를 갈망하 는 심리의 역설적 표현이다. 정상적 의사소통을 통한 세대간의 화해는 이 청준 소설세계를 관통하는 주제의식인데, 등단작에서 이미 그 맹아를 보 이기 시작했다는 점에서 특별한 의미가 있다. 이청준 소설에는 현실과의 대결에서 패배하여 자폐적 행위를 보이는 인물이 자주 등장하는데, '의 사'와 '간호원'이 그들의 현실 복귀를 돕는 매개적 역할로 유형화된 것도 이때부터이다. 그런데 후기작으로 가면서 이 '전짓불' 모티프가 전짓불 뒤에 숨은 폭력적 가해자와 전짓불에 속수무책으로 노출된 피해자 사이 의 권력적 역학 관계로 전이되는 것은 매우 흥미로운 변화가 아닐 수 없 다. 무엇보다 「퇴원」에서는 화자의 성적 일탈로 해석될 수 있는 사건이 후기작에서는 전짓불 뒤에 숨은 존재의 폭력과 권위가 강조되면서 6·25 및 60년대 이후의 군부독재 등 정치적 상황의 알레고리로 전화한 점에

---

10) 가장 대표적인 예가 「조만득씨」의 "정신과 병실 담당 간호원 미스 윤"이다. 이 작품에서 등장하는 간호원도 '미스 윤'으로 호명되며, 전문의와는 다른 관점에서 환자의 증상과 용태, 퇴원 후의 현실 복귀 문제 등을 걱정하는 점에서 「퇴원」의 '미스 윤'과 동일한 성 격의 인물로 볼 수 있다. 요컨대 이청준 소설에서 '간호원 미스 윤'은 하나의 고정된 캐 릭터로 표상된다. 김동현은 위의 글에서 "윤간호사와 준은 병실의 환자들을 통해 '나' 스스로 깨닫기를 바라는 명령자로서의 아버지 자리라는 것을 보여준다"(346쪽)고 이해 하지만, '윤간호사'의 역할은 오히려 어머니의 그것이라 보는 게 옳다. 광속에 이틀 동안 갇혀 있는 동안 화자는 "밖에서 일어난 일에 대해서는 아무것도 모른다"고 기억하고 있 거니와, 이 말 속에는 자신을 좀더 일찍 구출해주지 않은 어머니와 누이에 대한 원망이 감추어져 있다. 또한 가출을 한 화자가 "우연히 신문에서 어머니의 부고를 보고 딱 한번 만" 집에 들렀다는 진술에서도 어머니에 대한 그리움과 의존심을 읽을 수 있다.

주목할 필요가 있다.

3. '사실'과 '진실'의 거리 – 「병신과 머저리」

제12회 동인문학상(1968) 수상작인 「병신과 머저리」[11]는 이청준을 일약 문제작가로 끌어올린 그의 대표작 가운데 하나이다. 이 소설은 일인칭 관찰자시점과 액자구성의 담론 방식을 차용하고 있는데, 화가인 동생('나')이 '형'의 과거 체험을 바탕으로 씌어진 소설을 우연히 보고 그 결말에도 깊숙이 관여하다 '형'에 의해 부정당하는 이야기를 다루고 있다. 이 소설의 화자 '나'는 학생에게 그림을 가르치면서 외과의사인 '형'의 행동을 유심히 관찰하는 인물이지만, 「퇴원」의 화자처럼 그의 말도 독자들에게 그다지 신뢰감을 주지 못한다. 그것은 소설의 도입부에서 '나'가 "형에 대해서 내가 확실하게 알고 있는 것은 거의 아무것도 없는 셈"이라거나 "그것(형의 인내와 긍정적 사고 : 인용자) 역시 자신 있게 말할 수 있는 것은 아니"라는 등 자신의 관찰과 판단이 정확하지 않다는 점을 수시로 강조하기 때문이다. 이밖에도 독자 입장에서 '나'의 지성과 교양에 회의를 가질 수밖에 없는 까닭은 그가 사용하는 언어가 매우 저속하고 비열하기 때문이다. 이를테면 '나'는 외과의사인 '형'이 달포 전 어린 소녀 환자의 수술에 실패한 사건을 설명하면서 "그의 칼 끝이 열 살배기 소녀의 육신으로부터 그 **영혼을 후벼내 버린 사건**"이라거나, '형'이 머뭇거리고 있는 소설의 결말에 손을 대면서 "나는 화풀이라도 하는 마음으로 **표범 토끼 잡듯 김 일병을 잡았다**(이상 강조 : 인용자)"고 표현한다. 한 개인이 사용하

---

11) 이청준, 「병신과 머저리」, 『창작과비평』, 1966, 가을. 여기서는 『새가 운들』(청아출판사, 1997)을 텍스트로 하고 본문 인용시 괄호 속에 쪽수만 밝힘.

는 어휘와 인격 사이에는 매우 밀접한 관련이 있다. 특히 분열형 인격장애 환자의 경우 일반인에 비해 어휘력이 빈곤하거나 특별한 단어를 자주 사용하는 특징을 보여준다. 화자가 "처음부터 절반의 성공의 가능성이 없었던" 수술에서 "어느 병원에서나 일어날 수 있는 종류"의 실수를 한 '형'의 행동에 대해 "그 영혼을 후벼내 버린"이란 잔혹한 어휘를 사용하는 것은 그의 성정이 차갑고 인간미가 부족하다고밖에 생각할 수 없게 만드는 요인이 된다. 화자를 냉정하고 무책임한 성격의 소유자로 볼 수 있는 또 다른 근거는 그와 '혜인'의 관계에서 암시된다. '혜인'은 "형 친구의 소개로 화실에 나오게 된 학사 아마추어"로 화자와 가벼운 육체적 접촉[12]을 가질 만큼 호감을 느꼈지만 그가 "어떤 일도 책임을 지려고 하지 않"는 성격에다 "아무것도 책임질 능력이 없"는 사람이라는 사실을 깨닫고 그의 곁을 떠난다. 결혼식 전날 화자에게 준 편지에서 '혜인'은 그를 "이유를 알 수 없는 환부를 지닌, 어쩌면 처음부터 환부다운 환부가 없는" 이상한 환자이며 그 병은 "자신의 힘으로밖에 치료될 수 없는 것"이라고 진단한다. 이런 점에서 그녀는 「퇴원」의 간호원 '미스 윤'의 분신이라 할 수 있다. 그런데 '혜인'이 화자의 곁을 떠난 진정한 이유는 화자가 그녀의 접근을 의도적으로 차단[13]했기 때문이다. 화자는 타자가 자기영역으로 가까이 다가오는 것을 거부하는 '자아 경계긋기 Ich-Abgrenzung'[14] 심리가 강한 정신분열증적 증세를 보이는 것이다. 이와 함께 소설의 결말

---

12) 두 남녀의 접촉이라고 해야 화자가 "그녀의 뒤로 가서 귀밑에다 콧김을 뿜었을 때 내게 입술을" 준 것이 전부여서 별 게 아니라고 생각할지 모르나, 이 소설이 씌어진 1966년에는 그만한 스킨십도 여성에게는 결코 가벼운 게 아니었음을 고려해야 한다.

13) 이것은 화자가 "자아와 세계, 자기와 타자간의 관계 맺기라는 삶의 행위에서 도피하고 있다는 것을 의미"(정혜경, 「이청준 소설에 나타난 액자소설의 변이형 연구」, 현대문학이론학회, 『현대문학이론연구』 14권, 2000, 340쪽)한다.

14) 프리츠 리만 지음, 전영애 옮김, 『불안의 심리』, 문예출판사, 2007, 33~5쪽.

에서 화자가 "나의 일은, 그 나의 화폭은 깨어진 거울처럼 산산조각이 나 있었다"고 말하는 것도 그가 분열증적 증상을 보이는 인물이라는 점을 암시하는 단서가 된다.

「병신과 머저리」의 '형'은 외과의사이면서 소녀 환자가 죽은 뒤에 소설을 쓰는 기이한 행적으로 화자의 관심을 끈다. 이청준 소설에서 '의사'와 '작가'는 각각 상이한 세계관과 가치관을 지향하는 인물유형으로 대립적 양상을 보이는 게 일반적인데, 여기서는 특이하게도 한 인물에 두 유형의 성격과 역할이 공존한다. 「병신과 머저리」 이후에 씌어진 작품에서는 확연히 구분되는 두 유형의 캐릭터가 한 인물에 동시적으로 나타난다는 것은 이 소설이 이청준 문학의 원형에 가깝다는 사실을 뜻한다. 다시 말해 여기서 '형'은 이청준 소설의 주요 인물 유형인 '의사'와 '작가'가 분리되기 이전의 원초적 형태[15]라 할 수 있거니와, 화가인 '나'가 현상적 사실의 확인에 관심을 갖는 데 반해 의사인 '형'이 소설을 통해 진실을 추구하는 태도를 보이는 것도 매우 흥미롭다. '형'이 소설을 쓰기 전에 화자가 들었던 전장에서의 낙오와 탈출의 서사는 매우 간단하다. 그것은 '형'이 6·25사변 중 강계 근방에서 낙오되었다가 동료를 죽이고 천 리 가까운 길을 걸어 탈출했다는 단순한 내용이다. 이 간단한 서사는 그러나 많은 궁금증을 유발하는데, '형'이 누구를 왜 죽이고 어떻게 천 리 길을 걸어 탈출했는지에 관한 상세한 정보가 생략되어 있기 때문이다. 따라서 화자는 '형'이 쓴 소설을 통해 이 사건의 자세한 경과와 당사자들의 심리·행동 등을 알게 되기를 희망한다. 하지만 그것은 어디까지나 소설 양

---

15) '형'이 '의사'로서의 본분에 충실하지 않고 갑작스레 소설 쓰기에 몰두하는 것은 현실 세계의 일상적 삶에서 해결할 수 없는 문제를 소설이란 허구적 장치를 통해 해소할 수 있으리라 기대했기 때문이다. 이런 의미에서 '형'은 리얼리즘적 경험론자라기보다 낭만주의적 관념론자로서의 성향이 강한 인물이다.

식을 차용한 허구이므로 실제 사건과 정확하게 일치하지 않는다. 말을 바꾸면 「병신과 머저리」는 '형'이 실제로 겪은 사건의 실상과 소설적 장치를 통해 재구성한 이야기 사이의 거리를 다룬 작품으로, 그 차이는 '누가 김일병을 죽였는가'의 문제와 불가분의 관련이 있다.

'형'의 소설을 통해 조금씩 밝혀지는 낙오와 탈출의 서사에는 '오관모'·'김일병'·<나>('형'의 소설 속 화자로 허구화된 '형') 등 세 인물이 등장한다. 이등중사 '오관모'는 "키가 작고 입술이 푸르며 화가 나면 눈이 세모로 이그러지는 독 오른 배암 같은 인상"의 매우 포악하면서 남색 기질이 있는 인물이고, '김일병'은 "얼굴의 선이 여자처럼 곱고 살이 두꺼우며 콧대가 좀 고집스럽게 높"은 여성적 기질이지만 '오관모'가 가학적 폭력을 행사할 때 "무서울 정도로 가지런한 자세"로 견디면서 눈으로는 "파란 불꽃"을 내뿜는 모습도 보여준다. '오관모'가 가학적·폭력적·지배적 성향의 남성적 인물이라면 '김일병'은 피학적·수동적·피지배적 성향의 여성적 인물로서의 특질로 성격화되어 있는 것이다. 의무병인 <나>는 6·25 사변 전에 이 둘의 기이한 대립관계를 몰래 훔쳐보던 중 김일병의 파란 불꽃이 이는 눈을 보고 "이상한 흥분과 초조감에 몸을 떨면서 더 세게 더 세게 하고 관모의 매질을 재촉"하는 묘한 심리상태에 빠지기도 한다. 이 세 사람은 전쟁이 한창이던 때 강계까지 진격했다가 갑작스런 중공군의 기습에 낙오되어 함께 지내게 된다. 이때 '김일병'은 "오른쪽 팔이 겨드랑 부근에서 동강나간" 중상을 입어 전투력을 상실한 상태지만, '오관모'의 성적 노리개로 생명이 유지된다. '오관모'는 낙오된 상황에서도 <나>에게 계간(鷄姦)을 시도하다가 거부당하자 '김일병'에게 욕망을 배설하는데, 그의 상처에서 견딜 수 없는 냄새가 나자 재차 <나>에게 접근할 정도로 동물적 욕정이 강한 사내이다. 그는 처음부터 '김일병'을 쓸모 없는 존재로 여겨 처치하려다가 첫눈이 올 때까지 유보한 것인데, 마침 첫눈이 내리는 날 <나>는 '김일병'의 "눈에 맑은 액체가 가득히 차올라" 있는 것을 보고 "그때 나는 김일병이 죽어도 좋다고 생각" 한다. '형'의 소설이 이 대목에서 더 이상 진전되지 않자 화자는 '형' (<나>)이 '김일병'을 죽였을 것이라 확신한다.

> 형이 김일병을 죽이기 전에는, 나의 일을 할 수가 없었다. 결말은 명백히 유추될 수 있었다. 형은 언젠가 자기가 동료를 죽였다고 말했지만, 형의 약한 신경은 관모의 행위에 대한 방관을 자기의 살인 행위로 받아들인 것인지도 모를 일이었다. 그렇다면 형은 가엾은 사람이었다. 그리고 미웠다. 언제나 망설이기만 하고 한 번도 스스로 행동하지 못하고 남의 행동의 결과나 주워 모아다 자기 고민거리로 삼는 기막힌 인텔리였다. 자기의 실수만도 아닌 소녀의 사건을 자기 것으로 고민함으로써 역설적으로 양심을 확인하려 하였다. 그리고 자신을 확인하고 새로운 삶의 힘을 얻으려는 것이었다.
> 그러나 요즘 형은 그 관념 속의 행위마저도 마지막을 몹시 주저하고 있었다. 악질인 체했을 뿐 지극히 비루하고 겁 많은 사람이었다. 영악하고 노회한 그의 양심이 그것을 용납하지 않은 모양이었다.(61~2쪽)

위 인용은 '형'의 소설이 더 이상 진척되지 않자 화자가 매우 초조해하며 '형'을 비난하는 대목이다. 그러나 방금 전까지 '형'이 '김일병'을 죽였을 것이라 단정했다가 왜 갑자기 '오관모'가 죽었을지도 모른다고 하는지, 또 왜 '형'을 방관자·비겁자·위선자로 몰아붙이는지 설명하지 않고 느닷없이 화를 낸다. 이것은 화자가 소설 서두에서 '형'의 성격을 "인내와 모든 인간성에 대한 긍정적인 사고"를 가진 것으로 서술한 것과 극명한 대조를 이룬다. 화자가 분열적 성격을 가지고 있다는 징후는 '혜인'과의 애매한 관계를 통해서나 "도련님은 성질이 퍽 칙칙한 데가 있으시더군요"라고 말한 '아주머니'의 말을 통해 암시된다. 이런 점에서 「병신과 머저리」의 '나'는 화자 자신이면서 '형'의 모습에 투사한 객관적 자아16)라는 해석이 설득력을 얻는 것도 이 때문이다. '나'와 '형'은 서로 다른 타자이면서 서로의 거울에 비춰진 분신인 것이다.

'형'은 어려서부터 죽음과 관련한 사건으로 정신적 충격을 받고 오랫동안 이 문제로 고민하면서 가치관이 변화한 인물이다. 그는 어린 시절 사냥꾼의 총을 맞은 노루가 설원(雪原)에 피를 뿌리며 쫓기다 사람들이 산을 세 개나 넘어 찾아낸 이야기에 "몇 번이고 끔찍스러운 몸서리를" 쳤던 아픈 기억이 있다. 따라서 '형'이 쓴 소설의 서두가 노루 이야기로 시작되고 있는 것은, '김일병'이 첫 눈이 내리던 날 저항력을 완전히 상실한 상태에서 죽어가는 것과 정확하게 대응된다. 노루와 '김일병', 수술 도중 죽은 소녀 등은 모두 소생의 가망이 없는 존재들이다. 특히 의사인 '형'이 눈앞에서 서서히 죽어가는 생명을 보면서도 속수무책인 자신에게 느꼈을 절망이 어떠했을 것인가는 충분히 짐작할 수 있다. '형'은 수술 도중 죽은 소녀를 통해 어린 시절의 노루 사건과 6·25때의 '김일병' 사건을 떠올리고, 이것을 소생의 가망이 없는 생명을 대하는 의사의 선택과 책임이라는 실천 윤리17)로 내면화하는 것이다. 어린 시절 사냥꾼과 동네 사람들이 노루를 쫓아 산을 세 개나 넘은 것이 일종의 공동체 놀이 성격을 지녔다면, '김일병'의 죽음은 전쟁이란 절대적 폭력 상황에서 한 인간이 취할 수 있는 행동의 범위, 그리고 소녀의 죽음은 현대의학으로서도 어쩔 수 없는

---

16) 정혜경, 앞의 글, 344쪽.

17) 노루, 김일병, 소녀의 문제를 '소생의 가능성이 없는 생명에 대한 윤리의 문제'로 이해한 연구자는 오윤호이다. 그는 「이청준 소설의 직업 윤리와 소설 쓰기 연구」(우리말글학회, 『우리말글』 35호, 2005.12. 301쪽 참조)에서 "과거의 일인 속—이야기는 현재 형의 상태와 내적 갈등의 원인을 해명할 단서를 가지고 있고, '살아날 가망이 없는 생명을 어떻게 해야 할 것인가?'라는 윤리적인 물음과 연결되어 있다"고 지적하고 있는데, 매우 날카로운 해석이지만 논의를 좀더 깊이 있게 전개시키지 못한 점이 아쉽다.

한계에 직면한 의사의 책임 등 전후 세대가 당면했던 실존적 고민과도 일정한 관련이 있다. 노루와 소녀의 죽음은 공개된 사실인 데다가 전자는 전통적 놀이의 성격을 띤 것이고 후자도 의사의 잘못으로 결론난 것이 아니어서 사회적·법률적으론 하등 문제될 게 없다. 그러나 '김일병'의 죽음은 '형'의 기억 속에만 고착되어 있는 사건으로 '사실'과 '진실'의 규명이 주요한 과제로 떠오른다.

'형'이 소설의 결말을 맺지 못하자 '나'는 "화풀이라도 하는 마음으로 표범 토끼 잡듯 김일병을 잡"는다. '김일병'을 죽인 자가 누구인지 확실치도 않은데 <나>를 살해범으로 단정한 것은, 동료를 죽이고 탈출했다는 '형'의 고백과 "그때 나는 김일병이 죽어도 좋다고 생각했다"란 소설 구절을 근거로 한 것이다. 그런데 '형'은 화자의 추리를 거부하고 '오관모'가 '김일병'을 죽이고 <나>가 다시 '오관모'를 살해한 것으로 처리한다. <나>는 '오관모'가 '김일병'을 동굴 밖으로 데리고 나가자 "피를 토하고 쓰러진 노루를" 확인하겠다고 다짐하며 그 뒤를 쫓는다. 그러나 '오관모'의 제지로 정작 노루('김일병')의 시체는 확인하지도 못한 채 '오관모'를 사살한다. 뿐만 아니라 쓰러진 '오관모'가 꿈틀거리자 재차 총을 쏴 확인사살을 하는 잔인한 면을 드러낸다. 어린 시절의 <나>는 산을 세 개나 넘어 피 흘리고 쓰러진 노루를 찾았다는 얘기에 전율할 만큼 여린 심성을 가졌으나, 전쟁 중의 <나>는 동료의 주검에 몇 번이고 총을 쏘는 잔혹한 성정으로 변모해 있다. 이것은 전쟁이 인간의 본성을 얼마나 왜곡시킬 수 있는지를 알려주는 범례라 할 수 있다. '오관모'에게 무차별 총격을 가한 <나>는 느닷없이 어떤 얼굴을 떠올리는데, 그것은 '혜인'에게서 결혼 소식을 들은 뒤 "사람의 얼굴을 그리고 싶어"진 화자의 심리와 동일한 반응이다. 화자가 그리고 싶은 사람의 얼굴은 '아담·아벨·카인' 등 서구 기독교의 원죄 혹은 형제살해 설화의 주인공의 형상이고, '오관모'를 죽인 뒤 <나>가 본 얼굴은 동료를 살해한 자의 "피투성이 얼굴"이다. 다시 말해 '나'와 <나>는 인간의 본성이 악하며, 형제를 살해한 끔찍하고 사악한 피가 제 몸에 흐르고 있을지 모른다는 생각을 공유하고 있는 것이다. 그런 점에서 '나'와 <나>는 서로 다른 타인이면서 다른 한편으로는 거울에 비친 서로의 분신이다.

그런데 소생의 가망이 없는 '김일병'에게 확인사살하듯 총을 쏜 자를 소설 속에서, 그것도 '나'와 <나>가 서로 다른 인물로 설정한 것이야말로 이 작품의 해석을 혼란스럽게 하는 트릭이다. 화자가 <나>('형')를 '김일병'의 살해자로 설정한 것은 대체로 '사실'에 근접한 추리인 것으로 보인다. 왜냐하면 '형'이 여러 차례 그런 언급을 한 데다 소설을 끝내고 다시 일을 시작하려고 작정한 날 마주친 '오관모'가 되레 두려워하며 피하자 "하긴 놈은 내가 무섭기도 하겠지"라고 중얼거린 데서 그런 추론이 가능하다. 말하자면 '오관모'는 저보다 앞서 '김일병'을 살해한 '형'의 행동에 겁을 먹고 혼자 도망쳤는지도 모른다. '형'은 거지 소녀의 손을 일부러 밟고 그녀가 어떤 반응을 보이길 은근히 기다리는 듯하는 행동을 보이기도 하는데, 이런 추론을 더욱 밀고 나가면 수술 도중 죽은 소녀도 '형'의 선택에 따른 행위의 결과라는 해석도 가능하다.[18] 다시 말해 의학적으로

---

18) 이런 추론이 가능하다면, 화자가 "영혼을 후벼내 버린"이라거나 "김일병을 잡았다"와 같은 비정한 어휘를 선택한 심리적 배경도 부분적으로 설명된다. 평소 '형'의 분열적 성격을 어느 정도 알고 있었던 화자는 수술 도중 소녀가 죽은 사건이나 소설 속 '김일병'의 죽음에 의혹을 품었을 것이다. '형'의 분열적 증상은 거지 소녀의 발을 일부러 밟고 반응을 살핀 것, 연적과 경쟁하여 결혼한 뒤 부부 사이가 원만치 않은 것 등을 통해 유추할 수 있다. '형'은 어린 시절의 노루사건과 군에서의 낙오체험을 통해 생존 가능성이 전무한 존재에 대한 인간적 갈등을 거듭하면서 조금씩 분열 증상을 드러내기 시작했을 것이다. 이러한 가정과 달리 '오관모'가 김일병을 죽였을 가능성도 있다. 만약 그렇다면 '오관모'는 동료를 죽인 살인자이고 그 사실을 목격한 유일한 증인이 <나>이므로 <나>를 만난 게 반가운 한편으론 두렵기도 했을 것이다.

소녀의 치유 가능성이 없다고 판단한 '형'이 그녀의 생명의 권리를 존중하여 안락사 시켰을 개연성을 완전히 배제할 수 없는 것이다. 전장에서의 '김일병'이 "상처벽이 흙벼랑처럼 무너져" "자기의 가장 깊은 곳으로 들어가서 마지막 생명의 소리에 귀를 기울"였다는 것은 가만히 내버려 두어도 곧 숨질 상태란 사실을 뜻한다. 그런 상황에서 '오관모'의 성노리개 노릇까지 해야 하는 '김일병'의 처지에 연민을 느낀 <나>가 '자비의 살해'란 극단적 방법을 선택했을 수도 있다. '나'는 '형'의 고백과 행동 등 여러 정황 증거를 바탕으로 '사실'을 재구성하여 소설을 마무리 짓지만 '형'의 소설은 '사실'과 전혀 다른 양상으로 전개된다. 소설에서는 '오관모'의 무자비한 폭력성이 강조되고 <나>의 행위가 정당한 응징으로 처리되어 세계의 폭력에 맞선 지식인의 책임과 행동이란 판이한 주제로 나아가는 것이다. 따라서 '형'의 소설은 실제 '사실'과 다르지만 그의 삶을 변화시키는[19] 또는 그가 추구하는 '진실'을 담고 있다. 요컨대, '형'은 현실적으로 치유가 불가능한 '김일병'을 죽여 그의 인간적 존엄성을 지켜주려 했으나 그것이 과연 옳은 결정이었는가 하는 회의로 갈등을 겪는다. 그리고 어린 소녀의 회생에 실패하자 옛날의 기억을 떠올려 허구 속에서나마 죄책감에서 벗어나려 한다. 소설에서 '오관모'로 하여금 '김일병'을 죽이게 하고 <나>는 '오관모'를 응징함으로써 '김일병'을 죽인 죄의식에서 벗어나는 한편 폭력에 저항하는 지식인의 행동이란 또 다른 가치로 위장하려 했을 가능성도 배제할 수 없는 것이다. 하지만 '형'은 현실에서 '오관모'와 맞닥뜨리자 소설이 결국 허구일 수밖에 없다는 사실을 자각하고 불태워 버린다. 그것은 이청준 소설이 "현실의 밖으로 나가보려는 노력에도 불구하고 다시 현실로 귀환하지 않을 수 없는 사람들의 세계"[20]

---

19) 오윤호, 앞의 글, 307쪽.

를 다루는 것과 관련된다. 다시 말해 이청준 소설은 경험적 '사실'과 허구적 '진실' 사이에서 갈등하는 지식인의 정신세계를 그리고 있지만 "경계의 저멀리 바깥에 존재하는, 혹은 존재하는지 여부조차 알 수 없는 '진실'의 존재 가능성"[21]을 완전히 확신하지 못하고 있는 것처럼 보인다. 그가 작품 속에서 자신의 '소설관'에 첨삭을 가하면서 유사한 주제의 소설쓰기를 반복하는 것은 "진실은 결국 진실화 과정에 있다"[22]는 것, 즉 소설 자체보다 소설쓰기 과정이 진실의 접근에 도움이 된다는 사실을 잘 이해하고 있기 때문이다.

4. 차후의 과제

지금까지 살핀 것처럼 「퇴원」·「병신과 머저리」에는 이청준 소설의 주요한 특질이 정련되지 않은 상태로 내재해 있다. 「퇴원」의 화자가 겪었던 광 속의 사건은 후일 '전짓불 공포' 모티프로 변형되었고, 「병신과 머저리」의 '의사'·'소설가'는 이청준 소설에서 가장 자주 등장하는 지식인으로 각각 현상적 '사실'을 증언하고 허구적 '진실'을 추구하는 역할을 맡는다. 그는 어려서 겪은 유별난 체험에의 공포와 억압을 자주 작품화하는데, 「퇴원」의 '전짓불' 사건과 「소문의 벽」 이후에 나타난 삽화는 전혀 다른 경험이라 할 정도로 현격한 차이를 보여준다. 전자에서는 개인적 퇴행과 불안의 의미로 해석되었던 '전짓불' 이야기가 「소문의 벽」 이후 사회적·역사적 차원의 문제로 확대된 것에 대해서는 별도의 논의가 필요하거니와, 이것은 개인의 기억이 결코 순수하지 않으며 허구화 과정을 통

---

20) 김현, 「떠남과 돌아옴」, 앞의 책, 124쪽.
21) 최성민, 「기억의 서사, 서사의 기억」, 『시학과 언어학』, 2002, 146쪽.
22) 김현, 「욕망과 금기」, 앞의 책, 253쪽.

해 얼마든지 변조될 수도 있다는 사실을 뜻한다. 이청준이 과거의 경험과 기억을 반추하며 얻고자 하는 의미는 "현실(reality)이 아니라 (심리적) '진실(truth)'이기 때문"[23]이다.

이청준은 현실의 부조리와 폭력에 매우 예민한 반응을 보이지만 그것을 있는 그대로 드러내고 비판하는 방식은 선호하지 않는다. 정통 리얼리즘이 개인의 사사로운 체험을 사회·역사적 상황과의 유기적 관련에서 이해하는 태도를 보였다면, 이청준 소설은 거꾸로 사회적 현상과 사건을 개인적 진실의 문제로 환원[24]하는 모더니즘 서사 전략을 즐겨 활용한다. 그는 사물과 현상의 외양이 본질을 올바로 드러내지 않는다고 생각하는데, 마찬가지로 개인의 기억과 진술에도 허구가 개입되어 있다고 믿는다. 자서전·회고록 등의 고백적 진술에 대한 이청준의 강한 불신감은 「자서전들 쓰십시다」 이후 끈질기게 반복된 문제의식 가운데 하나이다. 그럼에도 불구하고 이청준이나 그의 소설 속 인물들이 "다른 사람의 기억이 잘못될 가능성은 명확히 인식하고 있음에도, 자신의 기억만큼은 놀랍도록 신뢰"[25]하는 태도를 보여주는 것은 이상한 일이 아닐 수 없다. 자기 진술에 대한 이러한 확신은 그의 문학세계를 일관되게 지탱해온 정신이자 서사전략이지만, 그것의 진실성을 보증할만한 근거가 무엇인지에 대한 언급은 거의 찾아보기 어렵다. 이런 점에서 이청준의 작가적 관심은 '사실'이나 '진실'의 규명이 아니라 그것에 도달하기 위한 방식으로서의 '글쓰기(담론)'라 할 수 있다. 「퇴원」·「병신과 머저리」 등 초기작에서 그 맹아가 보였던 '전짓불' 삽화와 작중인물의 '소설 쓰기'가 반복 변주되는 것도 주체/타자의 진정한 화해와 진실의 탐색이 자유로운 의사소통 또는 글쓰

---

23) 김영찬, 『근대의 불안과 모더니즘』, 소명출판, 2006, 95쪽.
24) 위의 글, 109쪽.
25) 최성민, 위의 글, 142쪽.

기 방식을 통해 가능하다고 믿기 때문이다. 그러나 이청준의 진실 탐색이 '소설쓰기' 즉 허구의 형식으로 이루어진다는 것은, 그의 현실인식이 매우 비관적이라는 사실을 말해준다. 그의 작중인물이 끊임없이 자기은폐 혹은 실종의 방식을 통해 현실에서 도피하려는 것이나 언어 장애에 시달리는 것이 그 증거이다. 그러므로 이청준 소설의 심층에 도달하기 위해서는 무엇보다 '소설가'가 등장하는 작품의 정치한 분석이 선행되어야 한다. 이와 함께 이청준 소설의 많은 작중인물이 성 문제에 있어서 비정상적 증세를 보이는 것, 아버지가 아예 부재하거나 가족 관계가 원만치 않은 것, 정신과(精神科) 질환을 앓는 환자가 자주 등장하는 것 등 해결해야 할 문제가 산적해 있으나 후속 논문을 통해 하나씩 접근하기로 한다.

엄마의 신화와 권력

1. 소설 속 '엄마의 신화'

한국 근대소설사의 주요한 흐름을 요약할 수 있는 가장 단순한 술어는 아마도 '아비 부재'와 '아비 찾기'일 터이다. 외세의 강압에 의한 근대와 식민지 체험, 그리고 동족상잔과 군부독재정권이란 험렬한 역사의 전개과정을 거치는 동안 문학 작품 속의 '아비'는 조선조 가부장사회에서 누렸던 권위와 위엄을 상실한 채 가족과 이별하거나 소외되어 왔다. 아버지가 없는 집안에서 실질적 가부장의 역할을 한 이는 맏아들이 아니라 어머니였다. 아들은 아직 어리거나 장성하였어도 경제적 능력이 없어 가장의 역할을 떠맡기에는 역부족이었던 것이다. 6·25의 상흔을 다룬 「오발탄」이나 「이단부흥」·「생명연습」에서의 어머니는 치매를 앓거나 남편의 친지와 통정을 하는 모습으로 그려지기도 하지만, 현대소설사에서의 어머니는 대체로 아버지와 남편을 대신하여 자식을 양육하고 가정을 지키는 성모(聖母)의 이미지로 자리매김되어 왔다. 「이단부흥」(김문수, 1961)과 「생명연습」(김승옥, 1962) 등 1960년대 벽두에 발표된 두 편의 신춘문예 당선소설이 아버지가 부재하는 집안에서의 어머니의 외도를 다루었다는 것은 의미심장한 사건이 아닐 수 없다. 「이단부흥」은 아버지가 보국대로 징발되어간 뒤 소식이 돈절되자 아버지와 팔촌간인 권씨와 불륜관계를 갖고 낙태한 어머니 이야기를 다룬 작품이고, 「생명연습」은 남편을 잃고 불륜을 저지른 어머니와 그녀를 살해하려는 형의 갈등을 다룬 소설이다. 이들 작품이 전후 서구 물질문명이 무차별적으로 유입되면서 전통적 윤리의식이 파탄의 징후를 드러내던 시점에 쓰여진 점을 감안하더라도 소설 속 어머니의 부정(不貞)은 충격적 사건이 아닐 수 없다. 그러나 이러한 경향의 작품은 그후 거의 찾아보기 어렵고, 여전히 소설 속 어머니는 철저한 금욕과 자기희생으로 자식을 교육시키는 것을 소명으로 여기는 여성상으로 각인되어 왔던 것이다.

우리는 모두 엄마에게서 태어났다. 종교의 절대적 성자는 어머니 옆구리에서 태어나기도 하고 처녀 어머니에게 수태되기도 했다지만, 우리는 열 달 동안 엄마 자궁속에서 지내고 산도를 통해 세상에 나왔다. 모든 자식들에게 어머니는 시공간을 초월해 자식을 위해 헌신하고 희생하며 무한한 사랑을 베풀어 '절대적 의존의 느낌 feeling of absolute dependence'을 주는 존재로 인식된다. 이러한 인식은 문학 장르에서 신화화되며 보편적이고 전형적인 어머니상으로 구축되는데, 서구의 성모 마리아와 조선의 신사임당 이미지가 그 대표적 사례에 해당한다. 신화화된 어머니상은 시공간과 무관하게 공통된 특징을 보이지만, 최근 들어 과거와 다른 어머니가 소설 속에 등장해 주목을 끈다. 이 글은 『에미』(윤흥길), 『컬러 오브 워터』(제임스 맥브라이드), 『엄마를 부탁해』(신경숙) 등 세 편의 소설 속에 나타난 엄마의 모습을 대비하여 시공간의 차이에 따른 어머니상의 변화와 그것의 문학적 의미를 살펴보고자 하는 의도에서 쓴다. 『에미』는 표제에서 어머니의 신격화를 거부하고 있으면서도 가장 보편적인 한국의 모성상을 형상화한 점에서, 『컬러 오브 워터』는 두 명의 흑인남성과 결혼하여 열두 명의 아들딸을 기른 유태계 백인여성의 파란만장한 삶을 다룬 데다 100주 연속 『뉴욕타임스』 베스트셀러로 꼽히고 미국의 주요 고등학교와 대학교 교재로 선정된 책이라는 점에서, 그리고 『엄마를 부탁해』는 최근 발표된 한국소설 가운데 어머니를 본격적으로 다뤄 독자의 큰 공감을 받은 데다 기존소설 속의 어머니상과 차별된다는 점에서 좋은 대비가 된다고 보았다.

2. 『에미』, 동물적 모성과 종교적 화해

『에미』는 다소 특이한 사정과 경로를 통해 발표된 작품이다. 이 소설은 1982년 일본의 '신초사(新潮社)'가 윤흥길과 전작 출판계약을 맺어 한국방송사업단 출판국과 '신초샤'에서 동시에 출간했고, 안우식 번역의 일어판 소설 『母エミ』는 제19회 일본번역문화상을 수상했다. 『에미』는 결혼 초야에 남편에게 소박당한 뒤 두 아들을 혼자 키워낸 억척스런 어머니의 신산스러운 삶의 역정(歷程)이 주변 사람들의 증언과 기억을 통해 밝혀지는 구조로 되어 있다. 어려서 열병을 앓아 사팔뜨기가 된 탓에 큰오빠 친구와 정략결혼을 했으나 초야를 지낸 뒤 남편이 집을 떠나고 아들과 함께 친정에 의지하려 해도 출가외인이라 배척당한 이 소설의 여성 주인공의 삶은 근대 한국여성이 겪어야 했던 간난고초가 거의 총망라된 기구(崎嶇)함 그 자체라 해도 지나치지 않다. 그녀는 열병을 앓아 육체적 장애를 지녔고, 남편과 친정에서 소박맞아 오갈 데 없는 신세가 되었으며, 6·25 동란 중에는 정체를 알 수 없는 흉한(兇漢)에게 겁탈 당하는 등 반평생을 오욕과 억압 속에서 보내면서도 남편의 생명을 구하고 씨 다른 두 아들을 번듯하게 길러내는 등 '에미'로서의 역할에 자신의 모든 것을 바친다. 한

여성으로서 도저히 감내하기 어려운 핍박과 고난을 이겨내고 주변의 칭
송과 부러움을 받을 만큼 집안을 일으켜 세울 수 있었던 바탕은 그녀의
동물적 모성에서 비롯된 강인한 생존력이다. 그녀는 남편에게 버림받고
친정 오라비에게 의지하려다 그마저 거부당하자 "이놈아, 이 웬수놈아,
오늘날 내 신세를 요지경 요꼴로 맨든 사람은 바로 너다.(……) 이 천벌
을 받을 놈아!"라고 욕설을 퍼부은 뒤 친정과 절연하고 혼자 힘으로 아들
을 기르며 재산을 형성해 나간다. 천애고아나 다름없는 처지가 된 그녀는
"탐욕덩어리", "야차"가 되어 먹을 것 가지고도 아들과 다투면서 세상과
"목숨을 건 외로운 싸움"을 벌여 마침내 집안을 일구어낸 것이다.

이 소설은 화자인 큰 아들이 어머니의 임종을 지키기 위해 귀향한 뒤
그동안 불투명했던 어머니의 행적과 비밀을 하나씩 밝혀가며 마침내 화
해에 이르는 구성 방식으로 되어 있다. 그 과정에서 밝혀지는 비밀은 어
머니가 아버지의 목숨을 구하기 위해 "깍짓동만한 몸집의 거한"에게 겁
탈을 당했고 그 씨앗이 바로 동생 기춘이라는 충격적인 사실이다. 흥미로
운 것은 그 일에 대한 어머니의 기억이 철저하게 미륵신앙과 연결되어 있
고 주변 사람들도 거기에 추호의 의심을 품지 않는다는 점이다. 결혼 첫
날밤 자신을 버린 남편이 인민군에 의해 전주형무소에 수감되자 그를 구
하기 위해 어머니는 야간공습도 아랑곳 않고 형무소로 향하다 능욕을 당
하는데, 그 순간 "그는 다름 아닌 미륵님, 인간의 몸으로 현신하여 도솔
천으로부터 구세주로서 이 세상에 내려온 미륵존불 바로 그 분"이라 합
리화하는 것이다. 그리고 국회의원에 출마한 남편을 은근히 압박하여 기
춘을 그의 호적에 올림으로써 둘째 아들의 출생과 현존을 정당화한다. 하
지만 이 비밀을 어렴풋이 알고 있던 이모가 화자에게 발설하고, 어머니의
혼불이 빠져나갔다는 소문에 이성을 잃은 기춘이 아버지를 찾아가려하자
화자는 "말할 것도 없이 우리는 형제간이다. 허지만 너하고 나는 아버지

가 달라."며 형제관계마저 위태롭게 할지 모를 출생의 비화를 들려준다.

이 소설의 결말부분에서 밝혀지는 사실은 단순히 기춘의 출생과 관련된 비밀에 한정되지 않는다. 그녀는 새끼를 보호하려는 '어미'처럼 동물적인 삶을 살아온 듯하지만, 화자에게 사람의 도리를 지켜 동생을 보살필 것을 다짐받고 평생 정절을 지키며 남편이 돌아오기를 바란 것으로 드러난다. 그녀는 하루도 거르지 않고 달구지 바퀴에 자신의 머리카락 두 올을 걸어 남편과 다시 맺어지는 민속 종교적 의례를 치러왔던 것이다. 화자는 어머니와 기춘이 대신 그 의식을 치르며 그것이 "이해타산을 훌쩍 뛰어넘는 무상(無償)의 행위"였고, "어머니는 기춘이와 나의 어머니면서 동시에 아버지의 어머니"였다는 사실을 깨닫는다. 이 대목에 이르러 『에미』의 어머니는 동물적 어미의 일차원적 단계에서 한국의 전형적 어머니, 또는 대지적 모성으로 신격화된다.

3. 『컬러 오브 워터』, 엄마의 권력과 가족의 질서

이 소설에는 두 명의 화자 '나'가 등장하는데, 한 화자는 작가의 분신이고 다른 화자는 어머니다. 다시 말해 이 소설은 나(작가)와 어머니의 이중시점에 의해 어머니의 과거와 나를 비롯한 형제들이 정체성의 혼란을 겪으면서 정상적 사회인으로 성장하는 과정이 밝혀지는 구조로 되어 있다. 첫 문장이 "난 죽은 사람이란다."란 충격적 고백으로 시작되는 이 소설은 유태계 백인여성이 두 명의 흑인남성과 결혼하여 친정 집안에서 축출되지만 아들의 도움으로 과거와 화해하는 이야기가 유쾌하면서도 감동적인 화법으로 진술된다. 그녀가 흑인남성과 결혼한 것은 처음 자기에게 관심을 보이고 임신시킨 남성이 흑인이고, 친정에서 탈출하여 할렘에서 위험천만한 삶을 살고 있을 때 정신적으로 구원해 준 이 또한 흑인이었기 때문이다. 하지만 그녀의 삶을 험난하게 이끌고 간 근본적인 원인은 지독히 인색하고 몰인정한 데다 어린 딸에게 성추행까지 일삼았던 친정아버지에게서 탈출하려는 내적 욕망이다. 그녀가 기억하는 어린 시절은 가족끼리 '사랑한다'는 말도 주고받지 않고 가게에서 점원처럼 일만하는 삭막하고 황량한 풍경이다. 하지만 그녀의 친정어머니는 소아마비로 왼다리를 절고 왼손은 아예 쓰지도 못하며 왼쪽 눈 또한 거의 보이지 않는 장애를 가져 남편에게서 가혹한 학대를 받으면서도 자식에게나 주변사람에게 따뜻하고 부드러움을 잃지 않은 전형적인 어머니 모습으로 그려진다. 이 소설의 엄마(루스 맥브라이드 조던)가 스스로 "최악의 주부"라 자인할 만큼 요리나 가사에 젬병이면서도 자식을 성공적으로 길러낼 수 있었던 것은 친정어머니에게서 유전적으로 물려받은 따뜻한 심성과 두 명의 남편에게서 받은 절대적 사랑과 신뢰가 있었기 때문이다.

『컬러 오브 워터』의 엄마는 유태계 백인여성으로 고등학교까지 졸업했지만 흑인남성과 결혼하여 자식을 낳고 기르면서 철저히 이웃과 단절한 채 자기만의 방식으로 아이들을 다스린다. 그녀가 첫 남편이었던 앤드루 맥브라이드와 함께 확립한 자식교육의 원칙은, "아이들은 다섯 시까지 집에 들어와야 하고 학교를 그만두게 하지 말아야 하며 군중을 따르지 말고 예수님을 따라야 한다"는 단순하고 원론적인 생활 규칙에 불과하다. 그녀는 아이들에게 학교 숙제는 반드시 해야 하고 거짓말을 하거나 비속어를 쓰지 않도록 가르친다. 그녀의 자식들은 "엄마가 음식 대신 준 생각과 책과 음악과 예술을 먹고" 자라면서도 스스로를 가난하거나 불우하다고 불평하지 않는다. 왜냐하면 그녀는 엄격한 규율과 질서로 자식을 지배하면서 큰아들과 딸에게 권력을 일정부분 이양하여 자신의 성채를 공고화하고 형제간의 위계를 유지하는 대가족제도의 자녀교육 방식을 적절히 활용했기 때문이다. 그녀의 열두 자녀 중에는 열다섯에 가출해 몇 년 뒤 미혼모가 되어 돌아온 딸도 있고, 사춘기를 마리화나로 보낸 아들(작가)도 있지만 결국은 모두 대학(원)을 졸업하고 전문직에 종사한다. 그런 점에서 이 책의 마지막 장에 소개된 열두 자녀의 사회적 성취는 작가의 집안 자랑이 아니라 존경하는 어머니에게 바치는 가장 아름답고 고귀한 헌사다.

이 소설의 엄마는 우리가 알고 있는 전형적인 어머니상과 다소 거리가 있다. 그녀는 어려서 친아버지로부터 성추행을 당했고 사춘기 시절 흑인 남자의 아이를 낙태했으며 할렘에서 방황하다 하마터면 창녀가 될 위기마저 있었고 친정에서 완전히 배척당하는 등 여성으로서는 기억하기조차 싫은 젊은 시절을 보냈다. 그러나 그녀는 두 명의 흑인남성의 사랑과 신뢰를 받으며 새로운 삶을 살아가는 동안 엄마의 신화를 완성한다. 첫 남편은 그녀에게 종교를 믿게 인도하였고 자식교육의 원칙을 세웠으며 두 번째 남편 역시 성실하고 선량한 성품으로 아내와 자식들을 포용한 남성이었다. 덕분에 그녀는 집안의 "대통령 겸 CEO이자 군사령관"으로 절대적인 권력을 누리며 "열두 명의 매우 창의적이고 재능 있는 자녀를 길러냈"던 것이다. 그녀가 이룩한 신화와 권력의 절정을 작가는 작품 말미에서 다음과 같이 묘사한다.

내 아내 스테파니는 처음으로 나와 같이 크리스마스를 지내러 우리 집에 가서 가족들을 만났던 일을 두고 재미있는 일화를 들려주었다. 유잉의 엄마 집에 둘러앉은 열두 명의 형제들 모두가 의사니 교수니 하는 멀쩡한 사람들인데 집 안은 우리가 어렸을 때 늘 그랬던 것처럼 난장판이고 애들은 제정신이 아니고 배우자들은 다 얼이 나가 있더란다. 그런 와중에 엄마의 직계 자식 열둘은 심리학자들을 절망적으로 두 손 들게 만들 다음과 같은 정신 나간 행동 패턴으로 퇴행하더라는 것이다. 누군가 한 명이 귀가 멍멍할 정도의 소음을 누르며 "영화관에 가자!"고 소리 질렀다. 그러자 온 방의 사람들이 벌떡 일어나 부산을 떨었다.

(……)

이 모든 일이 일어나는 동안 엄마는 커피 탁자에 발을 올린 채 거실 의
자에서 꿈쩍도 하지 않았다. 엄마는 하품을 하며 조용히 "나 뭐 좀 먹고
싶구나."라고 말했다.

영화관 얘기는 순식간에 잊혔다.

"그래! 뭐 좀 먹자."

"나 진짜 배고파!"

"배달시키자!"

옆방에서 다시 소리쳤다. "나 온종일 먹을 때만 기다렸어……"

자, 바로 이런 걸 두고 권력이라고 하는 것이다.(『컬러 오브 워터』, 305~6쪽)

4. 『엄마를 부탁해』, 엄마의 실종과 가족의 붕괴

『엄마를 부탁해』는 지금까지 2백만 부 가깝게 팔린 베스트셀러인 데다
영어로 번역되어 미국에서도 호평을 받았고 최근에는 '2011 맨 아시아문
학상(Man Asian Literary Prize)' 최종후보로 선정될 만큼 주목을 받은 작품이
다. 모두 5장으로 구성된 이 작품은 각 장마다 다른 화자가 등장(1장과 5장
의 화자는 '너'로 동일)하여 실종된 엄마의 과거를 복원하면서 남편과 시누
이, 아들과 딸의 신분으로 얼마나 그녀에게 못되게 굴었는가를 반성하는
내용이다. 이 소설은 한국 어머니의 희생과 고통을 작가 특유의 섬세한
감성과 문체로 직조하여 많은 독자의 심금을 울렸다. 이 작품을 읽은 많
은 독자(전문 비평가를 포함하여)가 가슴이 "먹먹해 몇 번이나 읽다 덮었다
다시 펼치기를 반복했다"고 고백하는 것만으로 이 소설의 파장력을 짐작
할 수 있다. 그러나 이 소설에 등장하는 엄마는 우리 기억 속에 고착된
전형적인 엄마에게서 찾아보기 어려운 이질적 요소가 존재한다. 말하자면
『엄마를 부탁해』의 엄마는 자식들의 절대적 존경을 받으며 자식을 기르고
가정을 지켜왔던 전통적 엄마 신화와 다른 모습으로 그려져 있는 것이다.

"엄마를 잃어버린 지 일주일째다."란 문장으로 시작되는 이 소설은, 생일상을 받기 위해 서울에 올라온 엄마가 지하철에서 실종된 뒤 가족이 모두 나서 찾아 헤매지만 9개월이 되도록 찾지 못한다는 이야기를 큰딸, 큰아들, 남편, 그리고 엄마 자신의 시점으로 진술하는 특이한 양식을 채택하고 있다. 이러한 다중시점은 하나의 고정된 관점만으로 규명하기 어려운 사건의 전모를 입체화하고 종합하는 데 기여하는 것 같지만, 엄마가 새[鳥]로 환생하여 등장하는 4장은 다소 뜬금없다는 느낌을 준다. 이러한 환상적 서사방식은 가족의 기억으로는 도저히 재구성할 수 없는 엄마의 비밀이나 속내를 독자에게 알리는 데 다소 효과적인지 몰라도, 작품의 전체 구성이나 미학적 완결성을 고려할 때 필수적 요소는 아닌 것으로 보인다. 엄마의 시점으로 진술되는 4장 '또 다른 여인'에서 엄마는 둘째딸 집과 고향집에 새의 형상으로 나타나 이제까지 가슴 속에 담아왔던 속이야기를 털어 놓는다. 그녀에겐 남편 이외에 "행복할 때보다 불안할 때 찾아갈 수 있어서 내 인생을 건너올 수 있었"던 한 남성이 존재했음이 드러나면서 독자에게 큰 파장을 남긴다. 하지만 그보다 더 충격적인 장면은 시어머니같이 어려웠던 시누이에게 "선산의 가묘로는 안 갈라요", "오십년도 넘게 이집서 살았응게 인자는 날 쫌 놔주시오."라고 말하고, 남편에게조차 "잘 있어요…… 난 이제 이 집에서 나갈라요."라며 시집과 인연을 끊겠다고 단호히 선언하는 대목이다. 전통적 유교사상에서 여성의 운명은 아버지와 남편, 아들에게 종속되는 것[三從之道]으로 규정되며, 시집의 선산에 묻히고 제사로 모셔지는 것을 당연한 권리이자 영예로 여긴다. 그런데 이 소설의 엄마는 그러한 전통관습을 부정하고 죽어서라도 시집의 굴레에서 벗어나 자유로운 영혼이 되겠노라 주장하고 있는 것이다. 자식과 남편, 시집을 위해 한평생 자신을 희생해왔던 여성이 죽은 영혼이 되어 시집과 인연을 끊겠다고 하는 서사는 한국 현대소설사에서 거의 유례를 찾기 어려운 것이 아닌가 한다. 이러한 시집으로부터의 자유선언이 어떤 정신적 배경에서 유래한 것인지는 좀더 면밀히 따져보아야 하겠지만 『엄마를 부탁해』의 또 다른 문제는 살아 남아있는 형제들끼리도 서로 책임을 떠넘기고 불화하다가 급기야 오빠가 여동생의 전화를 받지 않는 상황으로 치달아 가족 붕괴의 조짐까지 보인다는 점이다.

　『엄마를 부탁해』의 엄마 역시 자식들의 교육을 위해서는 모든 것을 희생한 전형적인 엄마의 모습으로 형상화된다. 그녀의 시집살이는 "먹고사는 일이 젤 중했어"라는 말로 요약될 만큼 가난하고 궁핍한 것이었지만, 문맹인 그녀가 자식교육을 위해서는 그 무엇도 아끼지 않는 극성을 보인 덕분에 자식들 모두 대학을 마칠 수 있었다. 더군다나 그녀는 가족의 식량을 가로채려던 남성의 딱한 처지를 목격한 뒤 젖어멈 역할을 자청하기도 하고, 젊어서 죽은 시동생의 이름과 같은 보육원 아이에게 남다른 애정을 보이는 등 한국 어머니의 전형적 행동을 그대로 따른다. 하지만 그녀는 시간이 지날수록 자식들에게 소외되고 무시당하면서 육체적으로나 정신적으로 무너져 내린다. 남편이 외도를 하는 동안에도 가정을 지켜왔던 그녀가 서서히 약해지다 느닷없이 실종되면서 형제간에 균열이 생기고 가족이 붕괴될 위기에 처한 것이다. 『엄마를 부탁해』가 던진 가장 근본적인 문제의식과 문화적 충격이 이것이라 해도 지나치지 않다. 아버지가 부재하던 시대에 엄마는 자식을 보살피고 집안을 지키는 기둥역할을 했지만, 엄마가 실종된 현대사회에서는 가정과 가족관계가 해체되는 판이한 양상이 빚어진다. 이 작품 속의 아들, 딸이 엄마를 찾기 위해 벌이는 온갖 노력과 수고는 매우 감동적이며, 엄마의 실종기간이 길어질수록 서로의 책임을 묻는 장면은 대단히 핍진스럽지만, 그들의 언행에서는 엄마의 신화와 권력에 대한 이해와 존경심이 별로 감지되지 않는다. 특히 작가인 큰딸은 "엄마는 나쁜 딸 낳아서 좋겠다! 그래! 나는 나쁜 년이야!"라고 막돼먹은 듯이 소리를 지르거나 "시골 사람들이 정말 더한다니까. 개가 불쌍하지도 않아요?"라고 엄마를 모질게 닦아세운다. 엄마가 실종된 지 9개월이 지난 시점에 작가인 큰딸은 바티칸에 가 시스티나 예배당의 피에타상을 보고 나오면서 "엄마를, 엄마를 부탁해―"라고 중얼거리는데, 그것조차 자신의 책임을 신에게 떠맡기려는 이기적 행위로밖에 여겨지지 않는 것도 그 때문이다.

5. 엄마 신화의 변화와 그 의미

『에미』・『컬러 오브 워터』・『엄마를 부탁해』는 모두 엄마의 헌신적이고 희생적인 삶을 다룬 소설로 몇 가지 공통점을 지닌다. 『에미』・『컬러 오브 워터』의 엄마는 육체적 결함을 갖고 있고 친정과 불화하는 데다 주위의 시선은 아랑곳 않은 채 자기만의 방식으로 자식을 기르며, 『에미』・『엄마를 부탁해』의 엄마는 남편과의 관계가 원만하지 못하고 근대 교육 제도의 혜택을 거의 받지 않은 것으로 그려진다. 이 세 작품의 엄마는 일제 식민지 시대(『에미』), 6・25 이후(『엄마를 부탁해』), 1930년대 경제적 공황기(『컬러 오브 워터』) 등 가난과 궁핍을 뼈저리게 겪으면서도 자식의 교육에 전력하여 인텔리계층으로 키운다. 또 『에미』・『컬러 오브 워터』의 엄마는 남에게 털어놓고 싶지 않은 과거 때문에 평생 고통스럽게 살아오다가 마지막 순간 그 사실이 밝혀지면서 정신적 억압과 구속에서 해방된다. 하지만 『엄마를 부탁해』의 경우는 엄마가 정신적으로 의지하던 한 사내가 있었다는 사실을 독자만 알뿐 가족은 모르며 그 고백으로 해결되는 문제도 없다. 『에미』・『컬러 오브 워터』의 엄마의 과거는 어쩔 수 없었던 시대적 상황과 관습 때문이어서 가족과 자식을 위한 행위로 이해되지만, 『엄마를 부탁해』의 사건은 남편의 외도에 대한 반발로까지 오해될 가능성이 존재한다.

『에미』・『컬러 오브 워터』의 엄마는 때로 괴팍하고 막무가내에 가까운 고집을 부려도 자식들에게 존경과 신뢰를 받는다. 그들은 엄마의 신화와 권력을 수긍하고 거기에 기꺼이 복종함으로써 엄마의 신화와 권력을 완성시킨다. 그러나 『엄마를 부탁해』의 자식들은 엄마가 큰 희생과 사랑을 베풀어준 것은 인정하면서도 엄마도 "엄마가 필요"한 가녀리고 나약한 여성이었음을 환기시킴으로써 엄마의 신화를 부정한다. 그러한 인식은 '여자는 약해도 엄마는 강하다'는 동서고금의 오래된 '엄마 신화'를 거부하는 것이어서 많은 논의가 뒤따라야 할 것으로 보인다. 엄마의 권력(권위)을 인정하지 않는 자식들이 엄마를 믿고 따르기는 어려울 것이고, 따라서 엄마의 존재는 위축되고 소외되다 버려질 수밖에 없게 된다. 극단적으로 말하면 『엄마를 부탁해』의 엄마는 우연히 실종된 게 아니라 교묘하고 은밀한 방식으로 유기(遺棄)된 것으로 볼 수도 있는 것이다. 그만큼 현대 한국사회에서 엄마의 위상과 권위는 절대적 자리에서 밀려나 마침내 입지마저 소멸될지 모를 위기에 놓여 있다. 『에미』의 아들은 엄마가 배우지 못하고 사팔뜨기라 하여 무시하지 않지만 『엄마를 부탁해』의 큰딸은 대놓고 엄마를 괄시한다. 그 대목에 이르면 마치 막장 드라마의 한 장면을 보는 것 같아 거북하고 불쾌한데, 명색이 소설가인 큰딸은 그조차 의식하지 못하는 듯하다.

엄마는 자식들에게 절대권력자로 군림할 충분한 자격을 갖추었으며 그 신화와 권력은 시대나 공간에 따라 달라지거나 변해도 무방한 게 아니다. 『에미』의 화자는 엄마의 비밀이 드러나는 순간 엄마를 미워하거나 배척하지 않고 그녀의 평생 삶을 제대로 이해하고 아버지와 동생을 진심으로 용서하고 받아들이며, 『컬러 오브 워터』의 열두 자식은 나이가 들어서도 엄마 치맛자락에 매달리는 모습을 연출함으로써 엄마를 자랑스럽게 하고 독자의 가슴을 따뜻하게 덥힌다. 늙고 쇠잔해진 엄마 옆에서 재롱을 떠는 듯한 그 모습이야말로 우리가 언제까지라도 잊지 않고 버리지 말아야 할 아름다운 풍경이다. 『엄마를 부탁해』가 수백만 독자의 마음을 울리고 효심을 부추긴 것은 부정할 수 없는 사실이다. 그러나 엄마에게도 "엄마가 필요했다"는 명분을 내세워 엄마를 신화적 위치에서 끌어내린 문제점은 지적되어야 한다. 엄마 신화와 권위는 종교의 그것과 견주어도 전혀 손색이 없을 만큼 절대적인 것이기 때문이다.

염치와 자존심

이상문, 「이런 젠장맞을 일이」

1.

맹자에 따르면, 모든 사람에게는 남에게 모질게 대하지 못하는 착한 마음이 있다[人皆有不忍人之心]. 흔히 '성선설'로 명명되는 맹자의 사상은 우물에 빠지려는 아이를 보면 누구나 즉각 불쌍한 마음을 일으킨다는 가정을 전제로 한다. 이처럼 단순한 한 가지 가설을 근거로 인간의 본성을 확정하려는 태도가 무리인 것 같지만, 위기에 처한 사람을 불쌍하게 여겨 도와주려는 생각이 우리 마음 한 구석에 있다는 것을 부정할 사람은 없을 것으로 보인다. 사람에게는 '남에게 모질게 대하지 못하는 착한 마음'이 있다는 맹자의 사상은 '불쌍히 여기는 마음(惻隱之心)', '부끄러워하는 마음(羞惡之心)', '사양하는 마음(辭讓之心)', '옳고 그름을 아는 마음(是非之心)'으로 확장되는데, 이는 다시 '인의예지(仁義禮智)'의 '사단(四端)'과 연결된다. 다시 말해 '측은지심'은 '어진 마음의 발단(仁之端也)'이고, '수오지심'은 '의로움의 발단(義仁端也)'이며, '사양지심'이 '예절의 발단(禮之端也)'이라면 '시비지심'은 '지혜의 발단(智之端也)'이라는 것이다. 이와 같이 '인의예지'

는 인간이 마땅히 가져야 할 기본 성정이므로, 이 가운데 하나라도 없으면 그를 인간이라 부를 수 없다[無惻隱之心 非人也……]는 게 맹자 주장의 요체다.

주자는 '수오(羞惡)'를 보다 세분하여 '수'는 '자기의 잘못을 부끄러워하는 것'이고 '오'는 '남의 잘못을 부끄러워하는 것'으로 풀이하고 있거니와, 그것은 '결백하고 정직하며 부끄러움을 아는 마음', 즉 '염치(廉恥)'와 곧바로 통한다. 요즘은 거의 사어(死語)가 된 듯 하지만 한 세대 전만 하더라도 '염치'는 사람 됨됨이를 가늠하는 가장 중요한 기준 가운데 하나였다. 오죽하면 "사람이라면 염치를 알아야지"란 말이 그토록 널리, 그리고 자주 우리의 입에 오르내렸을 것인가. 내가 어렸을 때만 하더라도, '바보·멍청이'란 말을 듣기보다 '얌체'란 욕을 듣는 걸 더 부끄럽게 창피하게 여겼던 기억이 생생하다. '염치없는 사람'이란 뜻의 '얌체'는 인간관계에서 기본이 되어 있지 않아 사람 구실도 못할 녀석이란 의미로 통용되었기 때문이다. '염치'와 거의 같은 의미로 쓰이는 말로 '체면·면목(體面·面目)' 등이 있는데, 흥미롭게도 '면목'이란 단어의 출전은 항우 고사와 관련된다. 그는 유방과의 마지막 결전에서 패색이 짙어지자 오강(烏江)을 건너 후일을 도모하라는 정장(亭長)의 간곡한 부탁에 "하늘이 나를 버리는데 이 강을 건너서 무엇을 하겠는가? 또한 내가 강동을 떠나 서쪽으로 갈 때 강동의 젊은이 8천명과 함께 하였는데, 설사 강동의 부모형제들이 불쌍히 여겨 나를 왕으로 삼아 준다고 한들 내가 무슨 면목(面目)으로 그들을 대하겠는가? 설사 그들이 아무 말도 하지 않는다 해도 내 양심에 부끄럽지 않을 수 있겠는가?"라고 말한 뒤 옛 부하를 위해 스스로 목을 찔러 죽는 장렬한 최후를 선택한다. 여기서 알 수 있듯 '면목이 없다'는 말은 자기 잘못을 부끄럽게 알고 사람다움을 지키려 한다는 의미로 쓰인다.

다소 거창하고 번거롭게 중국 고전을 들추고 어원을 살핀 것은, 요즘

'염치'란 말이 거의 사라지다시피 하여 단어의 뜻과 용례를 제대로 아는 젊은이가 드물기 때문이다. 그리고 무엇보다 이상문의 신작소설집에 실린 두 편의 소설이 사람이라면 마땅히 지켜야 할 '염치'에 대한 이야기라는 판단 때문이다. 등단 초기 남북 분단 현실에 대한 날카롭고 독특한 해석적 관점을 제시하여 문단의 주목을 받았던 그가 두 편의 근작 소설에서 모두 죽음과 염치의 문제를 다루었다는 것은 매우 흥미로운 일이 아닐 수 없다. 그것은 그의 작가적 관심이 민족과 국가 등 거대담론에서 벗어나 지극히 사사로운 인간관계 혹은 죽음과 사랑 등 보다 보편적인 문제로 바뀌었음을 말해주기 때문이다. 그리고 그것은 단순한 작가적 관심의 전환이 아니라 인간과 사회에 대한 보다 깊고 넓은 이해와 포용의 태도를 보여준다는 점에서 중진작가의 원숙하고 깊이 있는 정신세계를 확인할 수 있는 단서가 된다.

2.

이 소설집에 실린 두 편의 소설 「아욱된장국 끓이기」와 「이런 젠장맞을 일이」는 각각 2002년과 2006년에 발표된 작품이다. 1983년 단편소설 「탄흔」으로 등단한 뒤 2000년대 초까지 네 권의 창작집과 11종의 장편소설(총32권)을 발표할 정도로 왕성한 작품 활동을 지속해 온 이상문의 작가적 이력으로 볼 때 4년 동안 고작 두 편의 중단편 소설밖에 발표하지 못했다는 것은 무척 이례적인 사건으로 보인다. 하지만 이와 같은 지독한 과작은 작가의 게으름 탓이 아니라 그가 그 동안 감당해야했던 인간사가 그만큼 크고 버거웠기 때문이다. 그의 지인들은 그가 겪었던 크고 작은 일들을 옆에서 함께 슬퍼하고 함께 기뻐하면서 가장 절박했던 순간에도 자신이 소설가라는 사실을 잊지 않고 있는 그의 직업의식에 놀라곤 했다.

그러므로 몇 년 만에 작품집을 내는 그가 고작 두 편의 소설만으로 책 한 권을 묶어낸다고 나무랄 일이 아니다. 이 책은, 앞으로 만 매 정도는 더 쓰겠다고 호언하는 그의 뚝심으로 볼 때, 새로운 작업을 시작하기 위해 묵은 것을 비워버리려는 일종의 의례로 보아야 할 터이다. 또한 고작 두 편의 소설이라고 가볍게 볼 게 아닌 것이, 이들 작품이 모두 죽음과 자존심이라는 인간사의 가장 근원적인 문제와 가치를 천착하고 있기 때문이다.

「아욱된장국 끓이기」는 한 사내의 죽음 뒤에 밝혀지는 가족사의 비밀과 부부 사이의 애틋한 사랑에 관한 이야기다. 이 소설의 작중인물 지우는 청와대 수석비서관인 아버지와 대학교수 엄마를 둔 상류계층의 소녀지만 공부엔 전혀 관심이 없다. 지우는 어려서부터 "엄마가 할 일은 엄마가 알아서 할 테니까 지우가 할 일은 지우가 알아서 하라는 말"을 듣고 자라면서 모정(母情)이라고 할 만한 것을 거의 느끼지 못했고, 그에 대한 반발로 중학교 3학년 때부터 햄버거집 아르바이트를 하고 고등학생이 되어서는 맥주집을 드나드는 등 문제아가 되어 있었던 것이다. 당연히 지우의 성적이 떨어지고 대학 입학을 걱정해야 하는 상황이 되어서야 엄마는 지우에게 고액과외를 시키는데, 그것이 사회문제로 비화되어 지우 아버지가 공직에서 물러나기에 이른다. 지우는 고액과외를 받던 친구 영애와 함께 우연히 마주친 교육청의 고액과외 단속반원에게 충동적으로 자기들의 이름뿐 뿐만 아니라 다른 아이들 이름까지 고자질한다. 그 일이 어떤 파장을 불러올지 짐작도 못한 지우는 생맥주집에서 아르바이트를 하다가 뉴스에 비친 엄마의 모습을 목격하고 경악한다.

고액과외 문제가 엄마 한 사람 때문에 터진 것 같았다. 화면에는 어제 엄마가 경찰서에 나갔을 때의 모습이 잇대어 나오고 있었다. 엄마는 자신의 처지에도, 남편의 신분에도 맞지 않는 여자로 규정되어 있었다. 사치나

하고 돈이나 팍팍 써대는 여자였다. 자식들 고액과외 시킨 사실이 부끄러운 줄도 모르는 엄마는 경찰에 출두하면서도 예쁘게 화장을 하고 고급스런 장신구로 몸을 장식한 여자였다. 한마디로 엄마는 주제를 모르는 몰염치한 국민이었다.

지우의 엄마는 6·25때 피난 온 월남민으로 가진 것 하나 없어도 전교수석으로 대학에 입학하여 수석으로 졸업한 재원이다. 그녀와 남편은 대학 1학년 때 만나 교제를 하다가 시어머니의 완강한 반대에 부딪혀 고통을 겪는다. 학교의 지원으로 미국 유학을 간 그녀는 잠시 성일(남편)과 동거를 했으나 아이가 생기지 않았는데, 귀국하여 모교 교수가 되어서야 지우를 갖게 된다. 그러나 이들의 결혼 과정과 지우의 탄생은 아버지가 지우에게 들려준 이야기와 아버지의 삼우제가 끝난 뒤 엄마가 지우에게 해준 이야기 사이에 커다란 차이가 존재한다. 아버지 삼우제를 지내고 가출을 결심할 때까지만 하더라도 지우의 엄마에 대한 이미지는 "사리가 칼처럼 분명한 사람"이었고, 바로 그 점 때문에 그녀는 학창시절을 "숨이 컥컥 막힐 것 같은 세월"로 힘들게 견뎌왔던 것이다. 실제로 지우의 고액과외 문제 때문에 경찰서에 출두했다가 TV화면에 노출된 지우 엄마의 모습은 권위와 기품이 돋보이는 학자가 아니라 몸에서 돈냄새를 물씬 풍기는 천박한 이미지로 비춰진다. 더군다나 남편이 공직에서 물러난 다음 날 그녀가 자청한 기자회견에서 보여준 태도는 자신과 남편의 출세를 위해서는 자식의 출생비밀도 기꺼이 수단으로 활용할 수 있는 비정하고 이기적인 악녀의 모습이다.

나는 억울합니다. 남편은 더욱 억울합니다. 고액과외를 한 심지우는 우리 부부가 낳은 딸이 아닙니다. 입양한 아이입니다. 만일 우리 부부가 낳은 자식이 성적이 나빠서 대학 진학이 어렵게 됐다면 결코 고액과외는커녕 일반 학원에도 보내지 않았을 것입니다. 사생아를 입양시켜 잘 키워보려고 한 것도 죄입니까? 고위공직자라고 해서, 대학의 교수라고 해서 그일을 하면 죄가 된다는 말입니까? 그렇다면 이 삭막하고 냉혹한 세상에서누가 그런 일을 하러 나서겠습니까?

지우 엄마의 충격적인 고백은 세상 사람들의 감성을 일시적으로 흔들수 있을지 몰라도 이성적이거나 논리적인 주장은 못된다. 그녀가 아무리변명하더라도 고액과외는 위법행위일 뿐만 아니라 지우의 한 달 과외비가 일반 직장인의 한 달 월급을 상회할 정도로 고액이어서 서민들의 분노를 사기에 충분했기 때문이다. "사리가 칼처럼 분명한" 그녀가 이처럼 비이성적인 행동을 한 것은 남편을 위해서였지만, 남편은 수석비서관직을사퇴하고 1년 뒤 경제연구원장으로 내정되었다가 간암선고를 받고 사망한다.

지우는 아버지의 삼우제를 지내고 '양녀'인 자신이 더 이상 집에 머물명분이 없다고 생각하고 가출을 결심한다. 그런데, 집을 떠나기로 작정한날 아침 뜻밖에도 엄마는 주방에서 아버지가 좋아했던 아욱된장국을 끓이며 "박하사탕을 입에 문 듯 콧등을 살짝 찡그린 채, 깊은 두 눈을 다감고 이를 환하게 드러내놓고 웃는 웃음"을 웃으며 "우리가 잘 먹고 건강해서 아빠의 향기를 느끼는 것이 사랑"이라고 말을 건넨다. 느닷없는 엄마의 행동을 자신이 집을 떠나기를 바라는 것으로 오해한 지우에게 엄마는 또 한 번의 충격적인 고백을 한다. 지우가 아빠의 딸은 아니지만 자신의 친딸이라는 사실을 그녀는 아욱된장국에 밥을 말아 먹으며 시원스런마음으로 털어놓는 것이다. 미국 유학생활을 하던 그들 부부에게 아욱된장국은 향수병의 원인이면서 외로움과 분노를 이겨내는 원동력으로 기능한다. 남편이 군대에 입대하기 위해 귀국하자 시어머니에 대한 분노와 가진 것 없는 자신에 대한 자괴감을 극복하기 위해 자신에게 된장을 주었던 한국유학생과 만나는 동안 그녀는 자연스럽게 아이를 가졌고, 잠시 귀국하여 친정어머니에게 아이를 맡긴 뒤 다시 미국으로 돌아가 학교를 바꾼 뒤 남편에게 연락을 취한다. 남편을 속여 결혼한 그녀는 귀국해 지우를 입양했고, 고액과외 사건이 발생하기 전까지 비밀로 지켜왔던 것이다. 그러나 남편이 사망하자 그녀는 자신의 행동이 얼마나 부끄러운 것이었는가를 자각하고 딸에게 고백하며 용서를 구한다. 지우를 키우며 보여주었던 차가운 태도가 모두 딸과 남편, 그리고 세상에 대한 부끄러움 때문이었다고 담담히 고백하는 그녀의 모습에서 우리는 전형적인 어머니상의 흔적을 발견하기는 어렵다. 그녀는 시종일관 "사리가 칼처럼 분명한 사람"의 이미지로 묘사되고 있는데, 거기에는 가진 것 없이 월남한 피난민이 재능과 노력만으로 상류계층에 올라선 여성의 자존심과 분노, 그리고 부끄러움 등이 혼효되어 있다.

된장아욱국을 먹으며 지우와 엄마가 화해를 한 후 또 하나의 반전이 전개된다. 지우의 삼촌이 가져온 편지더미를 정리하던 엄마가 갑자기 졸도하는데, 그것은 남편이 죽기 전 아내에게 보낸 것으로 판명된다. 삼촌의 입을 통해 제시되는 편지 내용은 놀랍게도 지우 아버지도 그녀의 출생 비밀을 알고 있었고, 그 때문에 지우가 집을 나가거나 아내가 죄책감을 느껴서는 안 된다는 걱정으로 밝혀진다. 마지막 반전이 삼촌의 입을 통해 드러남으로써 극적 긴장감이 다소 떨어지는 아쉬움이 있긴 하지만, 이로써 이들 부부의 사랑이 얼마나 깊고 따뜻한 것인가를 알 수 있다. 어머니가 아내와의 결혼을 집요하게 반대한 것에 미안한 마음을 가졌던 남편, 그를 잊으려 잠시 다른 남자를 만나 아이를 가졌을 뿐만 아니라 그를 속인 채 친딸을 양녀로 맞아들였으면서도 제대로 사랑을 주지 못한 일에 대해 자괴감을 가졌던 아내는 서로의 잘못에 대한 미안함과 부끄러움을 평생 간직하다가 사후에 비로소 상대에게 털어놓고 용서를 구한 것이다. 이 소설에 등장하는 세 가족은 모두 상대에게 치명적인 잘못을 했고 그 때문에 평생 부끄러워하다 마지막 순간 잘못을 고백하는 공통점을 가지고 있다. 지우의 엄마와 아버지는 대학 1학년때부터 사랑했지만 부모의 반대로 엄청난 고통을 겪으며 상대를 속인 채 자책감에 시달려야 했고, 지우 또한 엄마의 사랑을 충분히 받지 못해 방황하다가 돌출행동을 하게 된 것이다. 지우 엄마가 그토록 차갑고 이기적인 여성의 이미지로 고착된 것은 그녀가 인간으로서의 부끄러움이 무엇인가를 잘 알고 있었기 때문이다. 미국에서의 일시적 방황 끝에 남편을 다시 만나고, 남 모르게 키우던 친딸을 양녀로 입양한 것 등은 인간의 도리를 지키기 위한 행위 외에 다른 게 아니다. 그러면서도 남편과 딸에게 자신을 잘못을 고백하고 용서받으려 하지 않았던 것 또한 아내 혹은 엄마로서의 최소한의 염치와 자존심 때문이다. 그 모든 사정을 알면서도 아내를 생각해 임종 직전에야 편지를 써 아내를 위로한 남편 역시 인간의 존엄성을 누구보다 소중하게 생각하는 참된 사내라 할 수 있다. 이 세 가족의 사랑과 자존심을 회복시켜주는 매개체가 아욱된장국이라는 것은 그들의 마음이 질박하고 웅숭깊다는 것을 암시한다.

3.

「이런 젠장맞을 일이」는 당뇨병으로 발목을 절단한 채 환지통을 앓던 아내가 뇌혈관 파열로 죽은 뒤의 일을 생생하게 묘사한 작품이다. 이 소설의 화자는 만화가인데, 한 동네서 오래 살아 아파트 아래층 이웃과도 막역하게 지내며 음식점 주인도 화자의 근황을 알고 있을 정도다. 분량은 「아욱된장국 끓이기」보다 길지만, 서사가 비교적 단순하여 내용 파악이 앞의 작품보다 쉽고 사적 체험에 바탕한 허구여서 핍진할 뿐만 아니라 가독성(可讀性)이 뛰어나 감동적으로 읽힌다. 소설의 제목이 '이런 젠장맞을 일이'인 까닭은, 작품의 화자가 빈번하게 "이런 젠장맞을……"이란 욕을 입속에서 중얼거리거나 직접 내뱉기 때문이다. 그가 무의식적으로 이 욕설을 중얼거리거나 입밖에 내는 경우는, 흥미롭게도 작중 남성인물들의 외도와 관련된 사건을 듣거나 확인했을 때, 그리고 화자의 아내와 남경구의 아내가 죽었다는 소식을 들었을 때이다. 다시 말해 화자가 "이런 젠장맞을……"이라며 욕을 하는 경우는 남자의 외도와 여자의 죽음 등과 같은 일탈적 행위와 맞닥뜨렸을 때로 한정된다. 이 소설의 표면구조는 화자 아내의 3주기를 즈음하여 그녀와의 반평생 삶을 주마등처럼 회상하는 한편, 어머니와 이웃(나경구)의 입을 통해 선고(先考)와 화자 자신, 그리고 나경구의 외도를 폭로하는 구성으로 이루어져 있다. 아내를 잃고 아들과 함께 사는 화자는 늦은 밤이나 새벽에 손빨래를 하며 과거를 회상하곤 한다. 아내의 3주기를 맞아 상경한 노모가 홀애비 아들의 "짜발량이를 자처하면서 어치렁대는" 꼴을 보다 못해 평생 가슴 속에 숨겨두었던 남편의 '바람'과 어처구니 없는 횡사(橫死)를 담담하게 회고하는 동안 화자는 예의 "이런 젠장맞을 일이 있나……"고 되뇐다.

"자네 부친도 바람을 피웠어."
그 남자는 어머니와 마주앉아 있던 소파에서 일어나 리모컨을 찾아들고 에어컨의 표시 온도를 20도에서 18도로 낮췄다. 그리고 나서는 다시 앉기가 뭣해 무심코 주방으로 갔다. 그곳에서 그냥 있을 수도 없는 일이었다. 마치 그러려고 갔던 것처럼 냉장고에서 소주병과 부추 김치통을, 그릇장에서 잔 두 개와 젓가락 두 모를 받쳐들고 나왔다. (……) 자네 아버지도……라면, 누군지 바람 피운 다른 사람이 더 있다는 뜻일 터였다. 이런 젠장맞을 일이 있나…….

　남편을 교통사고로 잃고 오십 년 가까이 혼자 살아와 이제 팔순이 다된 노모가 중년의 아들에게 자신의 남편이자 아들의 아버지인 이의 자랑스러울 것 하나 없는 과거사를 되새기는 까닭은 아들을 나무라기 위함이다. 어머니의 말이 뜻하는 바를 눈치 챈 화자는 어머니에게 부끄럽고 자신에게 화가 나 괜시리 에어컨 온도를 낮추고 술과 안주를 챙겨 어머니앞에 앉는 것이다. 노모 앞에서 면목 없어 어쩔 줄 모르는 중년 아들의 엉거주춤한 태도가 생동감있게 묘사된 위 장면에서 독자는 절로 미소를 짓게 되거니와, 정작 화자의 등에선 진땀이 흐르고 있을 터이다. 어쨌든, 화자는 생전의 아내는 알았을지도 모른다고 짐작했던 자신의 외도 사건을 뜻밖에도 시골의 노모는 물론 나경구도 알고 있다는 사실에 경악한다. 아파트 위아래층에서 15년쯤 친형제처럼 살던 나경구는 습관적인 바람기때문에 결국 아내와 헤어진다. 오랜만에 찾아온 나경구에게 화자는 공연히 화를 내는데, 그것은 "왜 그 남자(화자 : 인용자)는 30년 가까이 함께 산아내와 억지로 헤어졌고, 또 왜 이 녀석은 20년 가까이 함께 산 아내와 기어이 헤어졌는가"하는 점 때문이다. 화자는 아내가 죽어서 홀몸이 된자신은 어쩔 수 없다치더라도 나경구는 본인의 잘못이 크다고 생각했기때문에 "네가 바람을 피워서" 이혼한 것이 아니냐고 짐짓 나무라기도 한다. 그러나 나경구 부부는 화자의 아내를 통해 화자가 외도를 한 사실을알고 있는 것으로 드러난다. 화자의 아내는 정작 남편에겐 한 마디 추궁도 않고 손빨래를 하면서 나경구의 아내와 시어머니에겐 남편의 외도를알렸던 것이다. 그러면서도 아내는 남편의 외도가 수년씩 병을 앓아온 자기 탓이라며 화자에게 내색도 안 한다. 그 때문에 화자는 가족과 이웃에게 당당할 수 있었지만, 정작 아내가 죽은 뒤 자신의 치부가 드러남으로써 "이런 젠장맞을……"이란 욕을 입에서 떼지 못한다. 그것은 이제까지사회인이나 가장으로서 부끄럽지 않게 살아왔다는 자존심이 한 순간에 무너지고 가족과 이웃에게 얼굴을 들 수 없을 정도가 되었음을 자각했기 때문이다.

화자의 아내가 남편의 외도를 알면서도 자신의 지병 때문에 참고 견뎠다면, 나경구의 아내는 그저 그와 함께 사는 게 피곤하다며 이혼을 강요한다. 하지만 나경구가 재혼을 결심하고 새로 사귈 여자를 화자에게 소개시키며 주례를 부탁할 즈음 미국 오빠에게 가 있던 그녀의 죽음 소식이 들려온다. 그녀는 췌장암 판정을 받자 "바람이나 피워대는 사람한테 도움을 받는다는 것이 치사한 일"이며, 화자의 아내가 고생하는 것을 보면서 자신은 "절대로 저렇게 살다 죽지 말아야겠다"는 생각으로 이혼을 결행하고 미국으로 떠났다는 사실이 밝혀진다. 그런 사실을 전해 들은 화자는 그나마 남아 있던 기운마저 모두 빠져나가는 허탈한 기분으로 집에 돌아오며 이렇게 중얼거린다.

> 부부란 게 뭔데. 이런 젠장맞을 일이 있나……. 암 진단을 받은 그의 아내가 당뇨병과 함께 살고 있는 그 남자의 아내를 보면서 치사하다고 생각했던 것인가. 구차하거나 몰염치하다고 생각했던 것인가. 그래서 자신은 그 남자의 아내처럼 그렇게는 살지 말아야 한다는 결심을 했더란 말이지. 그렇게 죽을 때까지 자존심을 지킬 수 있었더란 말이지……. 그런 사람인 줄 몰랐는데, 정말 대단한 사람이었군. 이런 젠장맞을…….

부부가 함께 사는 동안 어찌 좋은 일만 있을 것인가. 그보다는 상대가 밉고 지겨워질 때가 더 많을지도 모른다. 화자의 아내는 남편의 외도를 눈치채고도 자신의 질병 탓으로 돌리고 있지만, 그것은 지극히 사소한 이유 가운데 하나에 지나지 않을 뿐이다. 부부란 서로의 잘잘못을 들춰내까발리기보다 알면서도 모르는 척 넘어가기도 하고 일부러 약점을 숨겨주기도 하는 사이이다. 화자의 어머니는 구세대이므로 『내훈』의 "몹쓸 가르침"을 따르다 소년과부가 된 것 같지만, 화자의 아내 역시 시어머니처럼 남편의 외도를 알면서도 "서방에게 허물이 있을 때에는 그 곡절에 대하여 간하고, 이해를 펴가면서 말하되 온화한 안색과 순한 말씨를 사용해야 한다"는 교훈을 실천한 인물이다. 다만 그녀가 선택한 방법이 남달라서 남편이 잠든 깊은 밤에 손빨래를 하는 형태로 표현되었고, 이 손빨래는 아내가 죽은 뒤 자신의 잘못을 뉘우치고 반성하는 화자의 행동으로 재현된다. 그렇다고 나경구의 아내가 남편에게 신세 지는 게 치사하다고 생각하여 이혼을 강행하고 미국으로 떠났다고 생각하면 잘못이다. 그녀는 그녀 나름의 방식으로 남편에게 짐을 지우지 않으려 했을 따름이다. 그것은 그녀가 선택한 최소한의 염치와 자존심의 문제이므로 옳고 그름을 따질 게 못된다.

화자는 아내가 죽은 뒤 아무도 없는 욕실에서 손빨래를 하기 시작한다. 그것은 "지난 날의 내 몸을 씻는 일"이면서 환지통에 시달리던 아내가 그토록 남편의 저녁상 차리기에 신경을 썼던 이유를 깨닫는 과정이기도 하다. 깊은 밤 제 "몸에 끼었거나 낄 뻔한 때"가 손빨래를 통해 빠져나가는 것을 보며 화자는 정신적 카타르시스를 경험했을지도 모른다. 그것은 오랫동안 병을 앓다 세상을 뜬 아내에 대한 약간의 미안한 마음과 함께 그녀에게 크게 부끄러운 삶을 살지 않았다는 자부심이 뒤섞인 행위로 볼 수 있다. 하지만 아내의 죽음을 통해 화자는 자기 몸과 마음에 더러운 때가 얼마나 많이 끼어 있었는가를 절실하게 깨닫는다. 그것은 자신의 외도를 아내와 어머니, 그리고 나경구 부부가 알고 있었다는 사실을 확인하면서 견딜 수 없는 자괴감으로 나타난다. 이제껏 자존심과 염치로 세상을 살아왔다는 자부심이 송두리째 무너지는 순간, 화자는 아내가 자신에게 얼마나 소중한 존재였는가를 새삼스럽게 느낀다. 아내는 남편이 밖에서 묻혀 온 다른 여성의 흔적이 혹시라도 가족의 옷에 섞일까 저어하여 손빨래를 할 정도로 정결한 여성이면서, 한쪽 다리가 없는 자신과 섹스를 하는 남편에게 "당신, 나 무시하지 않아서 고마워요"라며 남편의 가슴을 파고 들 정도로 순수한 성정을 가진 여성이다. 그런 점에서 이 소설은 아내를 잃은 중년남성이 아무도 없는 욕탕에서 팬티만 걸친 채 자기 옷을 손빨래하듯, 예전에 아내에게 지은 잘못을 궁시렁거리며 고백하고 용서를 구하는 사부곡(思婦曲)이라 할 만하다.

4.

「아욱된장국 끓이기」와 「이런 젠장맞을 일이」 등 두 편의 소설은 작중인물의 죽음과 외도라는 공통된 모티프가 핵심서사를 이루며 사건이 전개된다. 「아욱된장국 끓이기」의 지우 엄마는 사랑하는 사람을 잊고자 잠시 방황을 했지만 「이런 젠장맞을 일이」의 남성들은 특별한 이유 없이 가부장제 사회의 관습에 따라 외도를 한 것으로 그려진다. 「아욱된장국 끓이기」의 지우 엄마가 TV인터뷰를 자청해 딸의 출생비밀을 폭로한 것, 남편에게 지우가 자신의 친딸이라는 것을 숨긴 것, 그리고 남편이 죽기 전 아내에게 편지를 보낸 것 등은 모두 상대의 체면과 자존심을 살리기 위한 행동이다. 그러나 그들은 체면과 자존심 때문에 더 많은 것을 희생하며 살아야 했다. 지우의 할머니는 며느리될 여자 집안이 변변치 못해 집안 체면이 손상될 것이라 지레 짐작하여 그토록 고집스럽게 결혼을 반대하였고, 지우 부모 또한 서로 사랑하면서도 아내의 비밀 때문에 좀더 따뜻하게 서로를 감싸주고 위로해주기 어려웠을 것으로 보이기 때문이다. 「이런 젠장맞을 일이」의 작중인물도 이 점에서 크게 다르지 않게 그려진다. 화자는 이제까지 남 부끄럽지 않은 삶을 살아왔다고 자부하는 듯하지만, 자신의 과오가 일찍부터 노모와 이웃사람에게 알려졌다는 사실을 깨닫고 몸둘 바를 몰라 한다. 이 작품 속에 등장하는 세 명의 여성은 모두 남편의 '바람' 때문에 정신적 고통을 겪는데, 한결같이 남편의 체면과 자신의 자존심 때문에 그 사실을 모른 척 한다. 그 일로 화자의 노모는 50년 동안 청상과부로 살아올 수밖에 없었고 화자의 아내는 늦은 밤 손빨래를 하며 분노를 삭여야 했으며 나경구의 아내는 이국에서 외로운 임종을 맞아야 했다. 이런 점에서 볼 때 '염치(체면)'과 '자존심'은 인간을 인간답게 해주는 최소한의 정신적 가치인 동시에, 인간의 자연스러운 분노와 대화를 불가능하게 하는 그릇된 관념이기도 하다.

'체면'과 '경우'는 인간관계에서 가급적 존중해야 할 기본적 덕목이긴 하지만, 그것이 인간의 자연스러운 욕망을 단절하여 불행에 빠뜨리는 족쇄가 되어서는 안 된다. 이상문의 근작 소설에 등장하는 인물은 예외 없이 '체면'과 '자존심' 또는 '경우'에 얽매여 고통스러운 삶을 살아간 사람들이다. 그들이 '체면'과 '자존심' 때문에 자신의 삶이 왜곡되었다는 사실을 깨달은 시점이 하필이면 남편 또는 아내의 죽음 후라는 것은 지독한 아이러니가 아닐 수 없다. 살아서 그토록 중요했던 '체면'과 '자존심'이 죽은 뒤 별 게 아닌 것으로 판명된다면, 그것은 살아서도 그리 중요한 가치가 아닐 수도 있다. 하지만 그것은 부부 또는 가족 사이에서나 통용될 수 있는 기준이다. 인간 사회에서 '염치'와 '자존심'은 여전히 가장 중요한 덕성 가운데 하나임에 분명하지만, 적어도 부부 또는 가족 사이에서는 하루빨리 버려야 할 불필요한 관념일 뿐이라는 교훈을 이상문의 소설은 우리에게 은밀히 다그치고 있는 것이다. 내가 「이런 젠장맞을 일이」에서 가장 감동적으로 읽은 부분은, "저녁이 되면 집으로 돌아와 당연히 아내와 한 방에서 잠을 잤고, 딱 한 차례지만 섹스를 하기도 했다."라는 구절이다. 발목을 잃은 아내와도 섹스를 할 수 있는 사내라면, 그 아내가 시어머니에게 유언처럼 남긴 말대로 "이 세상에서 그런 남자 싫어할 여자 없을" 정도로 썩 괜찮은 남자 아닐 것인가. 그러니 일흔 일곱 나신 노모가 아들의 재혼을 그토록 서두른 것도 노인네의 망녕만은 아니라 생각되는 것이다.

3부

정지용과 '구인회'

1. 정지용과 '구인회'

구인회는 1933년 8월 26일[1] 발족한 문인 단체이다. 처음 이 모임을 주창한 이는 김유영과 이종명이지만 이들은 정작 구인회가 결성된 뒤 곧 탈

---

1) 구인회의 발족 날짜에 대해서는 7월 중하순설과 8월 15일설, 8월 26일설 등 세 가지 견해가 있다. 구인회 발기인인 조용만은 여러 차례 구인회 관련 회고담을 남겼으나, 글마다 내용에 차이가 있는 데다 정확한 날짜를 기억하지 못한 채 "7월 스무날께 전원이 다 모이는 총회를 열기로 했다"(조용만, 『30년대의 문화예술인들』, 범양사출판부, 1978, 133쪽)고 기술한다. 8월 15일설은 『조선중앙일보』(1934. 6. 25)의 광고 기사에 따른 것이다. 이 광고에는 당일 행사 내용을 간략히 소개한 뒤 "구인회는 작년 8월 15일에 창립된 김기림, 박태원, 정지용, 이무영, 유치진, 조용만, 이효석, 조벽암, 이종명, 이태준 11氏의 작가 단체로서 조선 문단 우에 거대한 존재"라고 설명하고 있다. 그런데 이 설명은 김유영이 빠지고 조벽암이 들어간 이유가 명확하지 않은 데다 열 명의 이름을 거론한 뒤 11氏라 써 놓은 점 등 부정확한 부분이 있다. 8월 26일을 창립일로 보는 근거는 역시 『조선중앙일보』의 1933년 8월 31일 기사에 따른 것이다. 당일 기사에는 '문단인 소식─구인회 조직'이란 제목으로 "左記의 문인 九氏는 二十六日 오후 八時에 시내 黃金町 雅瑞園에서 회합하야 순문학 연구단체로 구인회를 조직하얏다"고 되어 있다. 그리고 『조선일보』(1933. 8. 30) 및 『동아일보』(1933. 9. 1)에도 정확한 날짜는 명기하지 않고 구인회라는 '사교적 클럽'이 결성되었다는 기사가 실린다. 이로 미루어 8월 15일보다는 8월 26일이 좀더 근거가 확실한 것으로 보인다.

퇴했다. 그것은 김유영·이종명이 애초에 구상했던 단체의 성격과 이태
준·정지용 등의 생각의 차이에서 비롯된 필연적 결과이다. 김유영(金幽影)
은 보성학교를 졸업한 뒤 1927년에 설립된 '조선영화예술협회'에서 영화
수업을 받고 『유랑(流浪)』(1928)의 메가폰을 잡은 영화인이다. 이 영화는
이종명이 『중외일보』에 연재한 동명의 소설을 원작으로 한 것으로 임화
가 주연으로 출연했으나 흥행에는 성공하지 못한다. 이후에도 그는 고향
을 떠난 고학생·노동자·화부 등 세 청년이 미국에서 겪는 고난상을 그
린 「혼가(昏街)」(1929)와 출옥한 지사의 공장 투쟁을 묘사한 「화륜(火輪)」
(1931) 등을 연출했으나 역시 흥행에 실패하고 임화·윤기정 등에 의해
강한 비판을 받으면서 잠시 카프를 떠난다. 이종명(李鍾鳴)은 "방인근이 경
영하던 『조선문단』에 채만식·계용묵과 함께 등장한 젊은 작가"[2]로 김유
영과는 보성고보 동문이어서인지 매우 절친하게 지내 영화 『유랑』의 제
작에도 함께 참여한다. 조용만이 백수시절에 친교를 맺었던 이종명은 김
유영과 함께 『매일신보』 학예부 기자 조용만에게 찾아와 "프로문학에 대
항하는 단체를 하나 만들어보는 게 어떻느냐"고 제안하면서 구인회가 태
동을 하게 되는 것이다.

　세 사람은 곧바로 의기투합해 자신들 외에 3개 신문사 학예부 관계자
(『동아일보』의 객원기자 이무영, 『조선일보』 기자 김기림, 『중앙일보』 학예부장 이태
준)를 후보자로 낙점한다. 이들이 각 일간지 학예부 관계자를 최우선 섭외
대상자로 선정한 까닭은, 모임이 결성되면 카프에서 반동집단이라 비난할
것이 예상되므로 신문 학예면을 조종할 수 있는 위치에 있는 이들이 유리
할 것으로 판단했기 때문이다. 이러한 발상은 카프에 참여했던 김유영의
체험을 토대로 한 것이다. 이에 덧붙여 이종명은 당시 도하 각 신문의 노

---

2) 조용만, 앞의 책, 124쪽.

골적인 섹트주의를 혁파하기 위해서라도 학예면 담당자의 참여가 긴요하다고 제안한다. 이로써 여섯 명이 거론된 뒤 "이효석과 정지용을 꼭 넣어야 한다"고 하여 1차 섭외 대상자는 모두 여덟 명으로 결정된다. 이효석은 김유영과 절친한 데다 조용만의 경성제대 영문과 선배라는 친분이 작용했고, 정지용도 동지사대학 영문과를 졸업한 뒤 『가톨릭靑年』 주간으로 재직하며 조용만과 자주 술좌석에서 어울릴 정도로 가까웠던 것[3])으로 알려진다.

조용만의 회고에 따르면 이태준은 "스스로를 최고라 믿는 남다른 자존심"을 지닌 "매우 냉정하고 차가운 사람"이었으나, 조용만이 『매일신보』에서 일하는 것을 두고 "이 새끼는 친일파야"[4])라고 놀릴 정도의 관계는 유지되었던 모양이다. 정지용은 평소에도 매우 직설적이고 기지에 찬 말로 좌중을 제압했지만[5]) 술이 취하면 그 정도가 더 심해져[6]) 주변사람과

---

3) 조용만, 『30년대의 문화예술인들』, 168~9쪽. "우리들은 정종을 한 컵씩 마시고 집으로 돌아오다가 지용의 고집으로 자기 집에 들러 자기의 시창을 듣고 가라고 해 붙들려 들어갔다. 그는 마루에 돗자리를 깔고 조그마한 체격에 어디서 그런 우렁찬 소리가 나오는지 낭랑하게 그가 늘 자랑하던 「카페 프랑스」를 불렀다. "나는 나라도 집도 없단다/대리석 테이블에 닷는 내 뺨이 슬프구나!/오오, 이국종 강아지야,/내 발을 빨아다오./내 발을 빨아다오." 이렇게 끝맺고, 왠일인지 지용은 눈물을 글썽거렸다."

4) 조용만, 「차고 자존심 강한 소설가」, 상허문학회 지음, 『이태준 문학연구』, 깊은샘, 1993, 409~410쪽.

5) 김환태가 회고하는 정지용은 독설과 냉소로 사람을 거침없이 몰아붙이는 '사교의 왈패꾼'이다. "사람에 섞이매 눈을 본 삽쌀개처럼 감정과 이지가 방분하여, 한데 설키고 얼키어 폭소, 냉소, 재담, 해학, 경귀가 한몫 쏟아진다. 이런 때 그는 남의 언동과 감정을 돌아볼 겨를이 없다. 이에 우리는 그에게서 감정의 무시를 당하는 일도 없지 않으나, 연발해 나오는 폭죽같이 찬란한 그의 담소 속에 황홀하게 정신을 빼앗기고야 만다."(김환태, 「정지용론」, 『삼천리문학』, 1938. 3. 김학동 편, 『정지용』, 서강대출판부, 1995, 13쪽에서 재인용) 그러나 정지용의 휘문 제자들은 그에게 '신경통'이란 별명을 붙여주었다고 한다(김광현, 「내가 본 시인」, 『民聲』, 1948. 10. 김학동, 「정지용의 생애와 문학」, 김은자편, 『정지용』, 새미, 1996, 35쪽에서 재인용). 정지용이 술에 취해 자작시(「카페프란스」나 「향수」)를 낭송하거나 주변사람들에게 독설을 퍼부었던 것으로 미루어 그는 겉으로 보기에 명랑한 낙천가였을지 모르나 내면으로는 매우 고독했던 성격이었던 것으로 짐작된다.

언쟁을 벌이기도 했다. 그런 정지용이 이태준에 대해서는 매우 살가운 태도를 보여 주목된다. 그는 조용만이 찾아와 순수문학단체 얘기를 꺼내자 즉석에서 동조 의사를 밝히면서 상허도 반드시 참여시켜야 하며, 자신이 직접 상허에게 권유하겠다고 적극적인 태도를 보인 것이다. 조용만이 이태준을 만났을 때 상허가 정지용에게서 얘기를 들어 알고 있었다고 말한 것으로 보아 둘의 관계가 무척 밀접했으리라는 점은 명백하다. 그것은 두 사람이 휘문고보 문예반 선후배였기 때문인데, 흥미롭게도 구인회 결성 모임에서 정지용은 사회를 보면서 자연스럽게 이태준을 좌장으로 내세운다. 구인회 결성 모임에 참여한 이들 가운데 정지용이 제일 연장자(1902년생)이고 이태준(1904년생)이 차석인 데다 『조선중앙일보』의 현역 문예부장이었으므로 두 사람이 회의를 진행하는 게 크게 이상하게 보이지 않을 수도 있다. 하지만 이 모임의 첫 발의자가 김유영·이종명이었고, 한때 카프와 가깝게 지내던 그들이 카프에 대항할 문학단체를 만들자고 발의했으나 이태준 등이 회칙도 강령도 없는 순수한 친목단체로 성격을 굳혀가자 소외감을 느꼈을 두 사람은 슬그머니 탈퇴해버린다. 앞서 말한 것럼 김유영과 이종명이 애초에 문인단체를 결성하려 한 의도는 카프에 맞서기 위해서였다. 김유영은 임화에게서, 이종명은 한설야에게서 호된 비판을 받은 적이 있어 염상섭을 좌장으로 하는 문인단체를 만들어 그들에게 보복하고자 했던 것이다. 그러나 염상섭의 영입을 이태준이 거부했고, 모임이 구체화될수록 이태준·정지용의 역할이 증대되면서 김유영 등은 자

---

6) 구인회 예비 모임을 어디서 하느냐 하는 문제가 제기되었을 때 술을 별로 즐기지 않는 이태준은 술집보다 다방을 추천했다. 조용만과 정지용이 술을 좋아하는 걸 알지만, "지용이 술이 들어가면 독설이 심해지니까, 쓸데없는 프로문학 패들 욕이나 하기 쉽구 욕을 해 놓으니 발없는 말이 천리를 간다구 그쪽 귀에 들어가면 대판 싸움"이 날 게 분명하니 다방에서 모임을 갖자고 주장한 것이다.

연스럽게 도태된다. 유치진은 애초부터 이 모임에 관심이 없었고, 이효석역시 김유영 등의 간곡한 부탁에 의해 이름만 걸어 놓았다가 함경도 경성(鏡城)에 있다는 핑계로 나오지 않자 조용만도 함께 탈퇴하면서 구인회는애초와 전혀 다른 모임이 된다.

김유영·이종명·유치진 등이 빠진 자리는 곧바로 박태원·이상으로충원되었는데, 조용만은 처음부터 자신과 제일고보 동창이었던 박태원을추천했으나 이종명이 받아들이지 않았다고 한다. 이상은 이미 『가톨닉靑年』에 「꼿나모」·「이런詩」 「一九三三,六,一」 등의 시를 발표하면서 정지용과 교분을 맺고 있었고, 정지용은 여러 차례 이태준에게 이상을 소개한적이 있어 초면이 아니었다.[7] 박태원과 이상은 1931년 무렵 만나[8] 금방친해져 이태준의 배려로 「소설가 구보씨의 일일」을 『조선중앙일보』에 연재(1934. 8. 1~9. 1)할 때 이상이 '하융(河戎)'이란 필명으로 삽화를 그릴 만큼 가깝게 지낸다. 세 사람이 나간 자리를 두 사람으로 보충한 채 한동안유지되던 구인회는 이효석·조용만이 완전히 물러난 뒤 "이상은 상허와의논하여 김유정·김환태·박팔양을 가입"[9]시킴으로써 명실상부한 '구

---

7) 이상의 시가 『가톨닉靑年』에 게재된 것은 1933년 7월호였으므로 구인회 발족 이전이었고, 「오감도」가 『조선중앙일보』에 연재된 시기는 1934년 7월 24일부터 8월 8일까지였다.그러므로 정지용이 이상을 안 것이 구인회 발족 이전이란 점은 분명하나 이태준이 이상을 구인회에 받아들인 것이 정확히 언제인지는 알 수 없다. 이상이 구인회 회원이 된 뒤「오감도」를 연재했을 가능성이 크므로 그와 박태원의 입회는 대략 1934년 봄 무렵이 아닐까 한다.

8) 박태원은 다방 '제비'에서 이상을 처음 만나 시 「運動」을 보았으며 여러 차례 만나는 동안 그의 재주와 교양에 경의를 표하게 되었고 그의 독특한 화술과 표정과 제스처에 기쁨을 느꼈다고 한다(박태원, 「李箱의 片貌」, 『조광』, 1937. 6, 141~2쪽).

9) 조용만, 앞의 책, 139쪽. 그러나 『시와 소설』 「편집후기」에서 이상은 "이번 기회에 김유정, 김환태 두 군을 맞었으니 퍽 좋다"고 밝히고 있다. 그러므로 박팔양이 이상의 추천에의한 것이라는 조용만의 회고는 보다 정확한 자료를 통해 확인될 필요가 있다. 1926년카프에 가입한 경력이 있는 그가 누구의 소개와 추천으로 구인회에 입회했는지 궁금하지만 이 점에 관심을 기울인 연구자는 보이지 않는다. 한 가지 가능한 추론은, 박팔양이 정

인회'가 완성된다. 그 시기는 대략 1935년 말이 아닌가 싶은데, 구인회 회원지 『시와 소설』이 1936년 3월 13일자로 발간된 것을 근거로 역산해 본 것이다.

구인회는 발족과 함께 첫 발의자를 비롯한 초기멤버 대부분이 탈퇴하고 새로운 인원으로 회원지 『시와 소설』을 발간할 때까지 약 2년 6개월 동안 많은 우여곡절을 겪는다. 구인회 결성과정에 대한 이제까지의 연구는 대체로 조용만의 회고에 의존하고 있는데, 『조선중앙일보』(1934. 6. 25)의 구인회 문예강좌 광고 기사에 조벽암의 이름이 실린 것, 그리고 『시와 소설』에 김상용이 회원으로 등재된 이유는 밝혀지지 않고 있다. 김유영·이종명·조용만·정지용·이태준·김기림·이효석·이무영·유치진으로 시작한 구인회는 『시와 소설』 발간 당시 이상·박태원·김유정·김환태·박팔양·김상용 등 구성원의 2/3가 바뀌었지만 여기에는 흥미로운 공통점이랄까 원칙이 작동하고 있다. 첫째, 처음에는 보성고보와 휘문고보, 그리고 대학 영문과와 기자 신분이 구성원의 주요한 자격 조건으로 작용한다. 김유영·이종명·김기림이 보성고보, 정지용·이태준·이무영이 휘문고보 출신이고, 정지용·이효석·조용만·김기림이 영문과를 졸업했으며, 이태준·이무영·김기림·조용만이 당시 현역 기자였다. 뒤에 가입한 김상용·김환태가 보성고보 및 영문과를 졸업했고, 김유정은 휘문고보 출신, 박팔양은 『조선일보』 등의 기자를 역임했다. 박태원은 조용만과 경성제일고보 동창이어서 조용만이 적극 추천한 경우이고, 이상은 정지용의 강력한 추천이 있었던 것으로 짐작된다. 그러므로 학연이나 직업 등과 아무 상관없이 구인회 멤버가 된 이는 이상이 유일하다.[10] 앞서 말

지용과 함께 『요람』 동인으로 활동했다는 인연으로 정지용이 추천했을 가능성이다.

10) 이상은 정지용·김기림·김유정·박태원 등과 퍽 가깝게 지낸 것으로 보인다. 다음은 그의 소설 「김유정」에 묘사된 구인회 회원의 인상기로 각자의 개성을 적확하게 묘파하

한 것처럼 정지용은 일찍부터 이상의 괴짜스러움을 인정해 『가톨릭青年』에 그의 작품을 실어주었을 뿐만 아니라 이태준에게도 적극 추천했을 만큼 그의 문학적 재능을 인정했던 것으로 보인다. 겉으로는 순수한 문인 친목단체를 표방했던 구인회의 구성도 이처럼 학연과 전공, 직업 등 여러 복잡한 조건이 얽혀 있었고, 이태준은 자신의 신분을 활용해 박태원·이상 등 젊고 유능한 후배의 문단 진출을 적극 도왔던 것이다. 구인회 결성 당시 이태준이 좌장을 맡은 것으로 알려져 있지만, 그 배후에서 이태준을 도와 김유영·이종명의 퇴각을 유도하고 이상 등 젊은 작가를 맞아들이는 데 주요한 역할을 한 이는 정지용이다. 다시 말해 이태준이 구인회의 대표였다면 정지용은 그의 절대적 조력자로 성심을 다했던 지음(知音)이었던 것이다.[11]

고 있다고 생각하여 소개한다. "암만해도 성을 않낼뿐만 아니라 누구를 對할때든지 늘 좋은낯으로해야쓰느니 하는타잎의 優秀한見本이 金起林이라. 좋은낯을 하기는해도 敵이 非禮를했다거나 끔찍이 못난소리를했다거나하면 잠잫고 속으로 만꿀꺽없으녁이고 그만두는 그러기 때문에 近視眼鏡을쓴 危險人物이 朴泰遠이다. 없으녁여야할境遇에 「이놈! 네까진놈이뭘 아느냐」라든가 성을내면 「여! 어디 뎀벼봐라」쯤 할줄아는, 하되, 그저 그럴줄 알다뿐이지 그만큼하두고 주저앉는 派에, 고만理由로 코밑에수염을 貯蓄한 鄭芝溶이있다. 帽子를 홱 버서덮이고 두루마기도 마고자도 敏捷하게 턱버서덮이고 두팔 훌떡 부르것고 주먹으로는 敵의 벌마구니를 발길로는 敵의 사타구니를 擊破하고도 오히려 行有餘力에엉덩방아를 찢고야 그치는 稀有의鬪士가있으니 金裕貞이다."(이상, 「金裕貞」, 『青色紙』, 1939. 5. 권영민 엮음, 『이상2』, 뿔, 2009, 371-2쪽에서 재인용)

11) 정지용과 이태준의 우정은 『문장』 편집에서도 끈끈하게 이어졌고 해방후 이태준이 돌연 월북하자 정지용은 6·25가 발발하기 전 그의 월남을 간구(懇求)하는 애틋한 편지를 공개적으로 발표한다. "십여세적부터 네니 내니 가까웠던 벗 상허 이태준께 이제 새삼스럽게 말을 고칠 맛이 없어 편지로도 농하듯 하네. 그대로 들어주길 바라네……나는 아직 친미파 시인 소리 들은 적은 없으나 아무리 생각해야 내가 친소파가 되어질 이유가 없네……애초에 잘못된 계획이 아니었을지라도 결과가 몹시 글러지고 말았으니 지금도 늦지 않았다. 조국의 '서울'로 돌아오라! 신생 대한민국 법치하에 소설가 이태준의 좌익쯤이야 건실명랑한 지상으로 포용할만하게 되었다. 빨리 빠져올 도리 없거던 조국의 평화무혈통일을 위하여 끝까지 붓을 칼삼어 싸우고 오라"(『이북통신』, 1950. 1, 22쪽, 김은자, 앞의 책, 72쪽에서 재인용).

2. 『시와 소설』의 의의

『시와 소설』은 '구인회 회원'이 펴낸 '순문예잡지'로 '월간'을 표방하고 있다. 편집겸발행인은 구본웅, 발행소는 주식회사 창문사출판부, 발행 날짜는 소화11년(1936년) 3월 13일, 가격은 10전으로 되어 있으며, 판권란에 '순문예잡지『詩와 小說』발간'이라 명시되어 있다. 책 표지에 '월간'이라 표시하고, 「편집후기」에서 "쓰고싶은 것을 써라 책을낼내 만들어주마해서 세상에 흔이있는 별별글란 하나격지않고 깨끗이誕生했다. 일후도 딴부터 걱정없을 것은 勿論"이라 했으나 무슨 사정에서인지 이 잡지는 창간호가 곧 종간호가 되고 만다. 그 이유 가운데 하나로 이상의 동경행[12]을 들고 있으나, 3월 창간 이후 동경에 갈 때까지 한 권도 발행되지 않은 데에는 다른 원인이 있었다고 보아야 한다. 우선적으로 생각할 수 있는 것이 경제적 문제와 당시 급격하게 변하기 시작한 국내외 정세, 그리고 매월 동인의 작품을 모으기가 쉽지 않았으리라는 점[13] 등이다. 구인회가 발족하여 첫 작품집을 내기까지의 기간은 일본과 조선의 문학이 가장 융성했던 시기이다. 히라노 겐에 따르면 "만주사변에서 중일전쟁까지의 시기는 (일본)문학사에서는 문예부흥기"[14]라 불릴 정도로 활발한 작품 발표

---

12) 이상이 동경으로 간 날짜에 대해서도 여러 이견이 있다. 그의 가족들은 음력 9월 3일이라 증언하고 있으나 윤태영은 11월 하순으로, 조용만은 "늦은 가을 비가 내리는 저녁"이라 막연히 기억한다. 김윤식은 가족의 증언을 토대로 1936년 10월 하순으로 보고, 유인순은 10월 24일로 추정한다.

13) 이상이 김기림에게 보낸 사신(私信)에 다음과 같은 구절이 있다. "구인회는 그 후로 모이지 않았소이다.(······)『시와소설』은 회원들이 모두 게을러서 글렀소이다. 그래 폐간하고 그만둘 심산이오. 2호는 회사쪽에 내 면목이 없으니까 내 독력으로 내 취미잡지 하나 만들 작정입니다." 김기림은 1936년 4월경 신문사를 휴직하고 일본에 가 東北帝大 영문과에 입학한다. 그러므로『시와 소설』2호가 발간되지 않은 것을 이상의 동경행 때문으로 보았던 이제까지의 관점은 재고되어야 한다. 당대의 가장 빼어난 작가와 시인들의 작품으로 월간문예지를 발간하겠다는 발상부터가 애초부터 과욕이었던 것이다.

14) 히라노겐(平野謙), 고재석/김환기 옮김, 『일본쇼와문학사』, 동국대출판부, 2001, 215쪽.

가 이루어졌고, 조선에서도 1933년부터 1936년까지를 "범문단형성기"[15)] 라 이를 만큼 왕성하고 다양한 작품 발표와 신인의 등장이 이루어졌던 것이다. 하지만 1936년 8월 미나미 지로(南次郞)가 조선총독으로 부임하고, 1937년 7월 노구교 사건과 8월 13일 상해사변으로 중일전쟁이 발발하면서 정국은 급속도로 경색된다. 또 1936년 이태준은 일제의 문화적 억압이 갈수록 심해질 것을 우려하면서 이제까지의 작품 경향을 반성하고 있으며, 정지용 또한『정지용시집』발간 이후 모더니즘 경향의 작품에서 점차 동양적 정신세계에 깊이 침잠하는 등 변화의 조짐을 보인다. 이런 맥락에서『시와 소설』은 이태준과 정지용 문학에서 매우 중요한 분기점이 된다.

구인회 동인지 성격의『시와 소설』은 그 표제가 너무 심상하고 평범하여 오히려 눈에 띤다. 그것은『창조』·『백조』등 한국근대문학사 초창기 동인지가 내세운 엄청난 의욕이나 자부와 큰 거리가 있지만, 동시대의『시문학』·『시인부락』의 제호와는 대체로 유사한 정신적 지향을 보여준다. 또한 이상이 작성한 것으로 보이는「편집후기」에 표제에 관한 아무런 언급이 없는 것도 다소 수상쩍다. 동인지나 기관지를 발간할 때 자신들의 문학적 성향이나 지향점 등을 어떤 방식으로는 천명하는 것이 일반적 관례라면,『시와 소설』은 의도적으로 그러한 관습을 무시하면서 평범을 내세우고 있는 것이다. 하지만 그러한 의도된 평범 속에 치열한 형식적·언어적 실험정신이 잠복해 있다는 점에서 이 잡지는 각별한 의미를 갖는다. 비근한 예로 당대의 가장 뛰어난 작가로 인정받고 있던 이태준이 소설이 아닌 수필을 쓴 것이라든지 정지용이 시적 대상의 파악조차 어려운 난해시「유선애상」을 발표한 것, 그리고 박태원이 단 하나의 문장으로 한 편

---

15) 김동리,「그 무렵의 문단 신세대」,『김동리전집8 나를 찾아서』, 민음사, 1997, 190쪽.

의 소설을 완성하는 독특한 실험을 하고, 단문을 즐겨 쓰는 작가 김유정이 만연체 문장에 단락 구분조차 없는 「두꺼비」를 발표한 것 등은 이 잡지가 무엇보다 형식적·언어적 실험을 의도했던 것으로 볼 중요한 근거가 된다. 따라서 이 잡지에 실린 작품은 대부분 개별 작가(시인)의 문학에서 독특한 위상을 차지한다.

『시와 소설』에 작품을 낸 이는 모두 9명이지만, 정작 구인회 멤버 가운데 한 사람인 박팔양의 작품은 없고 백석의 시 두 편이 실린 것도 특이하다. 김기림은 수필과 시, 박태원 역시 수필과 소설을 냈고, 김상용과 백석이 각각 시 두 편, 이태준이 수필 한 편, 정지용·이상이 시 한 편, 그리고 김유정이 소설 한 편을 발표한다. 박팔양이 구인회 동인이라는 것을 알려주는 근거는 회원 명단 첫 자리에 그의 이름이 올라 있는 것과 "값있는삶을살고싶다. 비록 단 하로를 살드라도"라는, 동인으로서의 소회를 피력한 짧은 글 뿐이다. 백석의 시가 게재된 이유에 대해서는 「편집후기」에 "회원밖외ㅅ분것도 勿論실닌다"라는 간략한 설명으로 넘어가 자세한 이유는 알 수 없으나 김기림의 추천이 있었던 것이 아닌가 한다.[16] 기생 '박녹주'에 대한 연정을 소재로 한 작품으로 알려진 「두꺼비」는 김유정 소설의 문체적 특질과 사뭇 다른 만연체 문장과 단락 구분이 없는 형식으로 쓰여진 작품이다. 그의 소설은 대체로 장문보다 단문이 대종을 이루고 토속어와 구어(口語)가 많은 것이 특징인데, 「두꺼비」는 대화와 서술이 분리되지 않은 독백체 문장을 의도적으로 길게 늘여씀으로써[17] 독자의 특

---

16) 백석은 평북 정주 출생이고 오산학교를 나왔다. 1930년 『조선일보』에 소설 「그 母와 아들」을 투고해 당선한 뒤 조선일보사 후원 장학생으로 青山大 영어사범과에서 영문학을 전공한다. 1934년 귀국하여 조선일보 계열 잡지 『여성』 편집을 하며 1936년 1월 20일 시집 『사슴』을 상재한다. 『사슴』의 출판기념회 발기인 가운데 김기림의 이름이 보이는데, 그의 소개와 추천이 있었을 개연성이 크다.
17) 대략적인 눈짐작으로 뽑아본 다음 예문은 186자가 한 문장을 이룬 것이다. 이처럼 긴 문

별한 집중력이 요구된다. 이러한 점은 단 한 문장으로 이루어진 박태원의 「방란장주인」도 마찬가지다.

이태준이 소설이 아닌 수필 「설중방란기(雪中芳蘭記)」를 발표한 이유는 분명하지 않지만, 『시와 소설』의 대체적 분위기가 실험적인 작품을 싣는 것으로 방향이 잡히면서 이태준 특유의 자존심이 작동하지 않았을까 한다. 하지만 그가 갑작스레 이상·박태원처럼 모더니즘 계열의 작품을 쓸 수는 없었을 터이므로, 당대 최고의 문장가답게 깔끔한 수필 한 편으로 좌장으로서의 체면을 갖추려 한 것으로 보인다. 실제로 이 수필은 난을 사이에 두고 이병기·정지용·이태준 등 휘문고보를 배경으로 한 스승과 제자, 선후배 사이의 각별한 우의와 고아한 정신적 교유를 단아하고 격조 높은 문장으로 묘사한 수작이다. 난의 완상을 위해 한 자리에 모인 세 사람은 당대 최고의 시조시인·시인·소설가일 뿐 아니라, 후일 동양의 정신세계나 상고주의에 깊이 빠져드는 공통점을 보여준다. 말하자면 「설중방란기」는 이태준이 초기 소설에서 보여주었던 지식인의 갈등과 좌절에서 벗어나 상고주의를 통한 반근대로 나아가는 출발을 알리는 작품이라 할 수 있다.

『시와 소설』에 실린 작품 대부분이 뛰어난 개성과 실험정신을 기반으로 하고 있지만, 그 중에서도 가장 특이한 작품은 「방란장주인」과 「유선애상」이다. 이상의 「街外街傳」도 독특하지만, 이미 「오감도」에서 보여주었던 파격과 실험의식에서 별로 새로운 것이 발견되지 않는다. 그러나 「방

장을 쓰는 작가는 드물 뿐만 아니라, 김유정 소설에서는 다른 사례를 찾아보기 어렵다. "이만하면 일은 잘 열렷구나, 안심하고 하숙으로 돌아오며 생각해보니 반지를 돌려보낸다면 나는 언턱거리를 아주 잃을터이라 될수잇다면 만나지 말고 편지로만 나에게 마음이 동하도록 하는것도 좋겟지만 그래도 옥화하 실례롭다 생각할만치 고만치 나아게 관심을 가젓음에는 그담은 내가 가서 붙잡고 조르기에 달렷다, 궁리한것도 무리는 아닐 것이다."

란장주인」은 총 5,558자의 한 문장으로 이루어진 매우 진기한 형식의 작품일 뿐만 아니라, 쉼표와 연결어미를 독창적으로 활용하여 작중인물의 심리를 교묘하게 묘사하는 등 형식적 완성미를 추구하고 있음을 알 수 있다. 지금까지 간략히 살핀 것처럼 『시와 소설』에 실린 작품은 대부분 실험의식이 뚜렷해 각자의 작품세계에서도 뚜렷한 위치를 차지한다. 이들 작품에 대한 문학(사)적 의미는 다각적으로 조명되어 큰 이견이 없으나 「유선애상」은 시의 소재 및 어휘 해석에서 상이한 견해가 끊임없이 제출되는 문제작이다.

3. 「유선애상」의 재해석

생김생김이 피아노보담 낫다.
얼마나 뛰여난 燕尾服맵시냐.

산뜻한 이紳士를 아스빨트우로 곤돌란 듯
몰고들다니길래 하도 딱하길래 하로 청해왔다.

손에 맞는 품이 길이 아조 들었다.
열고보니 허술히도 ꟷꟷ키ー가 하나 남었더라.

줄창 練習을 시켜도 이건 철로판에서 밴 소리로구나.
舞台로 내보낼 생각을 아예 아니했다.

애초 달랑거리는 버릇 때문에 구진날 막잡어부렸다.
함초롬 젖어 새초롬하기는새레 회회떨어 다듬고 나슨다.

대체 슬퍼하는 때는 언제길래
아장아장 팩팩거리기가 위주냐.

허리가 모조리 가느러지도록 슬픈行列에 끼여
아조 천연스레구든게 옆으로 솔처나쟈—

春川三百里 벼루ㅅ길을 냅다 뽑는데
그런 喪章을 두른 表情은 그만하겠다고 꽥— 꽥
—

몇킬로 휘달리고나 거북처럼 興奮한다.
징징거리는 神經방석우에 소스듬 이대로 견딜 밖에.

쌍쌍히 날러오는 風景들을 뺌으로 헤치며
내처 살폿 어린 꿈을 깨여 진저리를 쳤다.

어늬 花園으로 꾀여내여 바늘로 찔렀더니만
그만 胡蝶같이 죽드라.

　총 11연 22행으로 구성된 「유선애상」은 정지용 연구가들에게도 특별한 주목을 받지 못하다가 최근에 와서야 시적 대상에 대한 활발하고 다양한 논의가 전개되고 있다. 먼저 이숭원은 처음에 이 시의 소재를 '오리'[18]라 보았다가 황현산이 '자동차'[19]라고 해석하자 자신의 견해를 수정하는 유연하고 포용력있는 태도를 보였다.[20] 이와 달리 신범순은 이 시의 소재가 오리이며 택시이며 악기이며 기차이며 가객(소리꾼)이며 결국 시인일 것이지만, 주도적인 것은 악기[21]라 보는 데 반해, 권영민은 '자전거'[22]

---

18) 이숭원, 『정지용 시의 심층적 탐구』, 태학사, 1997.
19) 황현산, 「정지용의 <누뤼>와 <연미복의 신사>」, 『현대시학』, 2000. 4.
20) 이숭원, 「정지용 시의 해학성」, 『정지용 이해』, 태학사, 2002. 이 시의 소재를 '자동차'로 이해한 연구자는 김종태(「신문물 체험의 아이러니」, 『시의 아포리아를 넘어서』, 이룸, 2001), 조영복(「정지용의 <유선애상>에 나타난 꿈과 환상의 도취」, 『한국현대문학연구』 제20집, 2006. 12), 임성규(「문학텍스트의 주체적 해석 수행을 위한 일고찰」, 『문학과언어』 제30집, 2008. 5) 등이다.

김용직은 '우산',23) 임홍빈은 '안경',24) 이근화는 '담배 파이프',25) 김명리는 '여치과의 곤충',26) 소래섭은 '유성기',27) 한상동은 '아코디언 · 오리 · 자동차'28)로 이해한다. 이처럼 연구자마다 상이한 해석을 내놓는 것은 그 만큼 이 시가 난해하다는 사실을 방증하는 것이다. 그리고 이 시의 난해함은 일차적으로 시어의 지시적 · 문맥적 의미를 정확히 풀이하지 못한 데서 연유한다. 비근한 예로 "새초롬하기는새레", "솔처나쟈", "소스름" 등의 어원과 정확한 어의가 무엇인지 밝혀지지 않았고,29) "半즙키",

---

21) 신범순, 「정지용의 시와 기행산문에 대한 연구」, 『한국현대문학연구』 제9집, 2001. 6, 201쪽.
22) 권영민, 『정지용 시 126편 다시 읽기』, 민음사, 2004.
23) 김용직, 「시와 비평의 척도」, 『정지용 문학포럼』, 2004. 5. 15, 25쪽.
24) 임홍빈, 「정지용 시 '유선애상'의 소재와 해석」, 『담화 · 인지언어학회 학술대회발표논문집』, 2006. 4.
25) 이근화, 「어느 낭만주의자의 외출」, 최동호 · 맹문재 외, 『다시 읽는 정지용 시』, 월인, 2003.
26) 김명리, 「정지용 시어의 분석적 연구」, 동국대석사논문, 2001.
27) 소래섭, 「정지용 시 <유선애상>의 소재와 의미」, 『한국현대문학연구』 제20집, 2006. 12.
28) 한상동, 「정지용 시의 난해성 연구―<향수> · <유리창1> · <유선애상>을 중심으로」, 고려대석사, 2004. 6. 최근 내가 지도하는 제자가 이 시의 소재를 '아코디언'으로 볼 수 있지 않느냐는 의견을 제시했다. 아직 논문으로 작성되지 않았으나 그의 해석은 매우 논리적이고 독창적인 것이어서 수긍할 만한 부분이 많았다. 속히 논문을 완성하여 논란을 해소하는 데 기여하기 바란다.
29) "새초롬하기는새레"의 의미를 "새초롬하기는커녕"으로 풀이하는 데 특별한 이견을 보이는 논자는 없다. 그러나 '-새레'를 왜 '-는커녕'으로 풀이하는지 근거를 정확히 제시하는 논자 또한 보이지 않는다. 최동호(『정지용사전』, 고려대출판부, 2003)는 '-새레'를 '새려'의 변형으로 보고 있으나 '새려'는 '새로에(커녕의 뜻)'의 방언(이희승 편, 『국어대사전』, 민중서관) 또는 "새로에(커녕)"의 북한식 표기(네이버사전)이다. 그렇다면 '새려'가 어느 지방의 방언인지, 그것이 옥천지방의 방언이 아니라면 왜 북한에서나 쓰는 조사를 구태여 사용했느냐 하는 문제가 해명되어야 한다. "솔처나쟈"의 의미에 대해서는 논자마다 약간의 해석차가 있다. 이숭원은 "빠져나오다"의 의미로 추측하고 최동호도 이 견해를 받아들이는데, 권영민은 "여럿 가운데 뚜렷이 앞으로 나타나다"란 뜻의 충청도 지방 토속어(권영민, 앞의 책, 34쪽)로 풀이한다. 이 어휘가 충청도 방언이라면 구체적으로 어느 지역 방언이고 그 어원이 무엇인지 밝혔어야 한다. "소스름"에 대해서도 해석이 각각이다. 이숭원은 "고어 '소솜(잠깐)'과 관련있을 듯"이라 이해하고, 권영민은 "소스뜨

"허리가 모조리 가느러지도록 슬픈行列", "春川三百里벼루ㅅ길", "바늘로 찔렀더니만/胡蝶같이 죽드라" 등의 어휘나 구절의 지시적·함축적 의미 해석도 제각각이다. 사실 이 시에서 현대인에게 다소 낯선 어휘는 "새초 롬하기는새레", "솔처나쟈", "소스듬" 등 몇 개에 불과하다. 그럼에도 이 시어들이 당시의 서울 또는 충청도 옥천 지방의 방언인지 혹은 정지용의 조어(造語)인지 분명하게 밝히지 못해 자구(字句)의 이해가 자의적일 수밖에 없고 결과적으로 시 전체 해석에 일관성이 결여되는 것이다. 여기서는 기 왕의 해석을 토대로 필자 나름의 견해를 덧붙여 좀더 합리적인 작품 이해 에 접근하고자 한다. 시의 전개에 따라 문제가 되는 시어나 구절을 평석 (評釋)하되 필요한 경우 선행연구자의 견해를 적절히 수용·비판하면서 필 자의 논리를 보완할 것이다.

시의 첫 두 행은 소재의 생김새와 색깔을 나타낸 것으로, 검정색의 유 선형 모양임을 쉽게 알 수 있다. 몇몇 연구자가 상세히 설명한 것처럼, 당 시 '유선형'이란 단어는 부박한 유행풍조를 풍자하는 어조로 쓰였다. 가 령 "流線型은 빠르다는 데뿐 아니라 現代人의 視覺에 美의 焦點이 되는지 도 모른다. 女子의 洋襪신흔 다리를 보아도 유선형이라고 길로 달리는, 말 이 깔기는 똥도 流線型, 스포-츠人의 몸도 女人의 눈에는 流線型으로 보 히는 모양"[30]이라거나, "요새 젊은 女子들의 行動은 모두 流線型式(…) 사 나희들이 삐루ㅅ병을 뺑뺑 뽑는 것이나 마찬가지",[31] 또는 "장가를 드러 도 안해를 남의 압헤 내세우는데 流線型이야 하고 店員도 顧客에게 보히

다"의 명사형으로 풀이하는데, 정작 '소스뜨다'의 어원이나 뜻에 대해서는 아무 설명이 없다. 이처럼 「유선애상」은 어석(語釋)조차 제대로 이루어지지 않은 상태로 시의 전체 맥락에 대한 구구한 억측만 난무하고 있는 실정이다.

30) 夕影生, 「砲彈과 現代人의 愛人」, 『조선일보』, 1935. 2. 2.
31) 夕影生, 「標準달러진 美男美女氏」, 『조선일보』, 1935. 2. 5.

는데, 流線型이여야 物件이 더 잘 팔리는 모양"[32] 등 대체로 "스피드 萬能時代의 動體" 또는 최첨단 유행을 따르는 경박한 여성들의 언행을 통틀어 '유선형식'이라 비꼰 안석영의 글은 당시 '유선형'이란 신조어가 어떤 의미로 받아들여졌는지를 이해하는 데 좋은 참조가 된다. 흥미로운 것은 남성들이 맥주를 즐겨마시는 것도 여성들의 행동과 똑같이 비판의 대상이 되었다는 사실이다. 그러므로 이 시의 소재가 무엇이 되었든 시인은 그것을 긍정적으로 수용하기보다 비판적으로 바라보고 있다는 점을 먼저 고려할 필요가 있다. 그것은 안석영 등 당대의 문화인이 유선형을 부정적으로 바라보았기 때문에서가 아니라 이 시의 기본 어조가 냉소적(cynical)이라는 점과 관련된다. 이제까지 이 시의 어조에 주목한 논자는 거의 없지만,[33] 시의 첫 행부터 마지막 행까지 시를 이끌어가는 기본 시각과 어조는 사물에 대한 거리두기와 냉소적 분위기다. 이를테면 "얼마나~맵시냐", "소리로구나", "막잡어부렸다", "대체~위주냐" 등의 서술어는 평이한 어조라기보다 냉소적인 느낌을 강하게 발산한다. 이런 여러 점을 고려하여 다소 서둘러 내 의견을 내세운다면, 이 시는 '유선형'이란 유행풍조에 맹목적·무비판적으로 끌려다니는 현대인의 경박한 정신을 냉소적·풍자적 어조로 비판한 작품이다.

제2연의 "아스팔트우로 곤돌란 듯/몰고들다니길래"에서 '탈것'을 연상하기란 어렵지 않다. 그런데 궁금한 것은 "하도 딱하길래 하로 청해왔다"라는 구절에서 "하도 딱하길래"의 주체와 이유가 무엇인가 하는 점이다. 그 대상이 무엇이 되었든 아스팔트 위를 곤돌라처럼 몰고다니는 것이 딱하다는 것인지, 또는 그것을 타고 싶어하는 사람들의 호기심이 딱하다는

---

32) 夕影生, 「流線型都市 바비론城人」, 『조선일보』, 1935. 2. 6.
33) 박상동은 이 시의 어조를 "반어적" 또는 "비꼬는 듯한 어조에 가깝다"고 지적한다. 앞의 글, 62쪽.

것인지 분명치 않으나 여기서는 후자를 취한다. 이 경우 앞 구절과 구문적 소통이 원활하지 않은 문제점이 있으나 시에서 이 정도의 문법적 오류는 비일비재하다. 따라서 제2연의 내용만으로 볼 때 이 시의 소재는 '악기'보다 '탈것'에 가깝다. 이 구절을 "'안경'을 구입하게 된 배경"으로 이해한 임홍빈의 견해는 특이한 발상과 흥미로운 상상력은 인정되지만 비약이 심하고 지나치게 자의적이어서 받아들이기 어렵다.

제3연에서 가장 많은 논란이 제기된 시어가 "손에 맞는 품"과 "半흡키—"이다. 시의 소재를 악기라 해석하는 이들이 확실한 근거로 내세우는 구절이 바로 이 부분과 제4연인데, 그들은 시를 너무 산문적이고 직서적으로 이해하는 듯하다. 여기서의 "半흡키—"가 말 그대로 악기의 그것이라면 반음키가 하나밖에 없는 악기가 무엇인가에 대한 명확한 해명이 있어야할 것이다. 그러나 아코디언에는 반음키가 여럿이며, 유성기(원래 이름은 축음기)에는 그런 것이 아예 존재하지 않는다. 따라서 이 "半흡키—"는 소리와 관련된 어떤 장치나 부속을 은유한 것으로 볼 수 있고, 자동차의 "크랙슨"이란 해석이 어느 정도 설득력을 인정받는 것도 그 때문이다. 하지만 자동차 문을 열었을 때 왜 하필이면 '크랙슨'이 제일 먼저 눈에 띤 것일까. 자동차를 운전할 때 '크랙슨'이 필요하긴 하지만, 그것이 가장 중요한 기기인 것은 아니다. 오히려 자동차를 운전하려면 우선 시동을 걸어야하므로 시동장치라 보는 것이 합리적이다. 오늘날의 자동차는 간단한 키(ignition key)로 시동을 걸지만, 지금과 같은 시동장치가 발명된 것은 1949년의 일이고 1930년대에는 버튼(button) 형식이었다고 한다. 그렇다면 차문을 열었을 때 제일 먼저 눈에 띤 것이 시동 버튼이었다고 보는 게 좀더 합리적이지 않을까. 그 형태를 지금 짐작하기는 어렵지만 버튼식이라면 약간 돌출되었을 것이고, 그것을 악기의 반음키와 비슷하게 비유한 것은 충분히 납득할 수 있는 상상이기 때문이다. 그리고 "길이 아조 들었다"는 것은 빌린 차가 새것이 아니라 낡은 차이거나 운전수가 아주 노련한 사람이라는 의미로 해석된다. 이런 점에서 이 시의 소재는 유선형 자동차로 보는 게 가장 무난할 것으로 생각한다.

그러나 제4연은 이 시의 소재가 '자동차'라는 지금까지의 관점에 강한 의문을 제기한다. 무엇보다 1936년의 자동차는 지금처럼 대중화된 교통수단이 아니었고, 자동차 운전 또한 아무나 할 수 있는 게 아니라 전문적 기술이라는 사실을 잊어서는 안 된다. 당시 신문기사에 따르면 경성에는 약 7, 8백대의 차가 있었는데,[34] 택시는 1928년에 등장해 임대료는 시간당 5원(하루 25원)을 받았고, 운전수는 월급이 많아 일등신랑감으로 꼽혔다고 한다. 그러므로 제4연의 내용은 하루(또는 몇 시간) 자동차를 대절하여 운전수에게서 운전을 배우지만 영 신통치 않아 직접 차를 몰고 나갈 수준이 못되었다는 의미 정도로 해석 가능하다. 제4연의 1행은 처음 차를 운전하는 이가 자주 시동을 꺼뜨리거나 쓸 데 없이 클랙슨만 누르는 장면을 묘사한 것이고, 2행은 시내로 차를 몰고 나갈 수 없다("舞台로 내보낼 생각을 아예 아니했다")고 다짐하는 운전수의 생각을 표현한 것이다.

제5연은 운전을 제대로 배우지도 않은 채 차를 몰고 나가려는 현대인의 조급성을 꼬집은 것이다. "애초 달랑거리는 버릇"은 경박한 인간의 품성을 비유한 것일 수도 있고, 털털 거리며 달리는 자동차의 모습을 은유한 것일 수도 있다. 그러나 "구진날 막잡어부렸다"라는 구절에서 은근히 어깨에 힘주는 운전수를 부려먹으려는 자동차 임차인의 권위와 오기가 느껴지기도 한다. 비가 함초롬히 내리지만 자동차는 전혀 개의치 않고 도로로 나선다. 유선형의 자동차는 빗방울을 뿌리치며 경쾌하게 도로를 질주하는 것이다.

---

34)「自動車 洪水時代」,『중앙일보』, 1931. 12. 18.

그러나 운전수는 여간해서 속도를 내려 하지 않는다. 제6연의 "아장아장 꽥꽥거리기가 위주냐"라는 불평은 그래서 터져 나온 것이다. 그렇다면 "슬퍼하는 때"는 어떤 상황이나 시점을 암시하는 것일까. 이 시의 소재를 자동차로 이해하는 연구자들도 이 부분에 대해서는 명쾌한 해석을 하지 못한다. 굳이 해석을 하자면, 자동차가 아스팔트 위를 적정한 속도로 운행할 때 소음이 가장 적게 들린다.[35] 그때의 자동차 소리는 낮게 깔리는 단조(單調)에 가까우므로 경쾌하다기보다 다소 슬픈 정서를 자아낸다. 말하자면 승객(화자)이 자동차의 속도를 높일 것을 주문했음에도 불구하고 운전수는 오불관언, 저속으로 안전운행을 한다. 그러니까 제3연에서 제5연까지는 화자와 운전수의 은근한 갈등과 대립이 내면화되어 대구(對句)를 형성하고 있는 것이다.

제7연은 자동차가 포장도로를 벗어나 1차선의 비포장도로로 들어선 장면을 묘사한 것이다. "허리가 모조리 가느러지도록 슬픈 행렬"이란 도심의 2차선 이상의 포장도로와 달리 1차선도로를 은유한 것이며, 그것이 "슬픈 행렬"인 까닭은 자신의 의사와 상관없이 앞차의 뒤만 따라야 하고

---

35) 아스팔트에 대한 정지용의 짧은 단상이 있어 소개한다. "거르랑이면 아스팔트를 밟기로 한다. 서울거리에서 흙을 밟을 맛이 무엇이랴. 아스팔트는 고무밑창보담 징 한 개 박지 않은 우피 그대로 사뿟사뿟 밟어야 쫀득쫀득 받히우는 맛을 알게된다. 발은 차라리 다이야처럼 굴러간다. 발이 한사코 돌아다니자기에 나는 자꼬 끌리운다. 발이 있어서 나는 고독하지 않다. 가로수 이팔마다 발발하기 물고기같고 6월초승 하늘 아래 밋밋한 고층 건물들은 杉나무 냄새를 풍긴다. 나의 파나마는 새파라틋 젊을 수밖에. 家犬 洋傘 短杖 그러한 것은 閑雅한 교양이 있어야 하기에 시간을 심히 낭비하기 때문에 나는 그러한 것들을 길들일 수 없다. 나는 심히 유창한 프로레타리아트! 고무뽈처럼 퐁퐁 튀기어지며 간다. 오후 4시 오혜스의 피로가 나로 하여금 궤도 일체를 밟을 수 없게 한다. 작난감 기관차처럼 작난하고 싶구나. 풀포기가 없어도 종달새가 나려오지 않어도 좋은, 폭신하고 판판하고 만만한 나의 유목장 아스팔트! 흑인종은 파인애플을 통째로 쪼기어 새빨간 입술로 쪽쪽 드리킨다. 나는 아스팔트에 조금 빗겨들어서면 된다. 탁! 탁! 튀는 생맥주가 폭포처럼 황혼의 서울은 갑자기 팽창한다. 불을 켠다."(정지용, 「아스팔트」, 『정지용전집 2』, 민음사, 1988, 25쪽)

속도도 높일 수 없기 때문이다. 그러니까 제7연에 이르면 자동차는 경성 시내를 벗어나 근교로 향하고 있음을 알 수 있다. 또는 일부러 도심에서 벗어나 인적 드문 비포장도로를 선택했는지도 모른다. 그러다 다시 정상 도로에서 옆길로 빠진다. 그것을 시인은 "아조 천연스레구든게 옆으로 솔 처나쟈"라고 표현한다. 그런데 여기서 궁금한 것은 왜 "솔처나쟈"라는 동 사에 '—' 부호를 붙였는가 하는 점이다. 일반적으로 '—' 부호는 문장에 서 의미를 부연하거나 상황의 변화를 지시할 때 사용된다. 그러므로 이 부호는 "꽥— 꽥—"의 그것과 동일하지 않다. "꽥— 꽥—"의 짧은 부호 는 소리의 지속을 의미하는 것이지 상황의 변화나 의미의 보충을 뜻하지 않기 때문이다. 그러므로 제8연 이후는 어떤 상황이나 구조의 변화가 발 생했다고 보아야 한다.

　제8연의 "春川三百里 벼루ㅅ길"은 일반적으로 경춘가도의 험한 벼랑길 로 해석하고 있지만, 몇 가지 의문점은 남는다. 첫째, 당시 도로 사정이나 자동차 성능, 주유소 등의 문제를 고려할 때 춘천까지 당일에 갔다올 수 있었을까 하는 점이다. 당시 자동차 속도 규정은 시내 운행에는 시속 8마 일, 시외는 시속 12마일(약 40km)로 제한했다고 하므로 춘천까지 갔다오는 게 그리 어려운 일은 아니었을 것이다. 그러나 도로사정이 어떤지 알 수 없고 중간에 주유소가 있는지 모르는 상황에서 춘천 왕복을 하겠다고 나 서는 것은 거의 만용에 가깝다. 더군다나 화자 스스로 "벼루ㅅ길"이라며 도로사정이 평탄하지 않음을 우려하고 있다. 또 운전수는 "벼루ㅅ길을 냅 다 뽑는데", "그런 喪章을 두른 表情은 그만하겠다고 꽥— 꽥—"거리는 주체가 누구인지 확실히 드러나지 않는다. "꽥— 꽥—" 소리를 지르는 주 체는 당연히 자동차일 테지만, "그런 喪章을 두른 表情"이 어떤 상황이나 정경을 뜻하는지 모호하다. 우리는 제6연에서 "슬퍼하는 때"의 함축적 의 미를 자동차가 제 속도를 내지 못하고 앞차만 따라야 하는 상황의 은유로 풀이한 바 있다. 이런 관점에 따르면 이 부분 역시 "더 이상 속도를 늦추지 않고 쌩쌩(꽥- 꽥-) 달려보겠다"는 의지의 표현으로 읽을 수 있다.

그러나 비포장도로를 속력껏 달려보았자 뜻대로 되지 않는다. 자동차는 아무리 속력을 내려 해도 생각대로 나아가지 못하고 마음만 급해 "거북처럼 興奮"만 하고, 차체가 흔들리고 덜컹거려 차내의 승객은 의자에 제대로 앉지 못한 채 엉거주춤 선 채로 간신히 버티고 있다. "징징거리는 神經방석"이란 덜컹거리는 차내 좌석을 말하는 것이고, "소스듬 이대로 견딜 밖에" 또한 편안히 앉아 있지 못하고 반쯤 서서 견뎌야 하는 피곤한 상황을 묘사한 것이다.

제10연은 자동차의 흔들림에 얼만큼 적응이 되어 바깥 풍경을 완상하며 흥분으로 달아올랐던 뺨도 식히는 상황을 묘사한 듯하지만, 갑자기 "살폿 어린 꿈을 깨여 진저리를 쳤다"라는 대목에 이르러 해석이 막힌다. 그것은 도로사정이 웬만큼 좋아져 잠깐 풋잠이 들었다가 깨어났다는 단순한 의미로 이해해도 좋은 것일까. 혹은 제7연의 "솔처나쟈-"의 부호가 제8연부터 제10연 1행까지의 내용이 꿈이라는 점을 말하고자 한 것으로 이해해야 할까. 이 구절은 마지막 연의 "胡蝶처럼 죽드라"와 연결되어 장자의 '호접몽'을 연상시키는 것으로 해석[36]되고 있으나, 역시 논리의 비약이 심하다.

---

36) 신범순은 이 부분을 "근대적인 세계를 확장시키는 혈맥인 철도와 도로를 통해서 나타나고 있는데, 그 근대적인 혈맥을 달리는 과정 자체가 바로 악기 연주를 암시하는 것처럼 꾸며져 있다. 그리고 그것은 차창 밖으로 날아드는 풍경을 헤치고 나아가는 나비의 여행이기도 하다. 이렇게 보면 이 시 제목의 '流線'은 악기와 나비의 유선형과 함께 길의 흐름을 암시하는 것"으로 해석한다.(앞의 글, 204쪽) 또 조영복은 "'화원의 호접'은 어떤 공간이나 무대에서 나비처럼 춤추다 쓰러지는 존재를 상징하는데, 이는 시인의 자기 절멸의 충동을 드러내는 것인 동시에 정지용의 유미주의적 미학관을 드러낸 것"(앞의 글, 256~7쪽)으로 본다. 부분적으로는 타당해 보이는 해석이지만 시 전체의 맥락을 고려할 때 '호접'이란 단어의 관습적 의미에 집착하고 있다는 인상이 강하다.

이 시에서 가장 해석하기 어렵고 따라서 연구자의 흥미로운 상상력이 발휘되는 부분이 마지막 연이다. 이 시의 소재를 처음으로 자동차로 해석한 황현산은 마지막 구절의 풀이에서 느닷없이 "운전수의 <기술자 곤조>"37)를 내세우고, 운전수의 존재를 인정했던 또 다른 논자는 음치에 가까운 운전수의 노래를 참고 견디던 화자가 "바늘로 찌르듯"38) 충고한 것으로 풀이하며, 권영민은 "자전거가 나비가 된다!"39)고 감탄한다. 이와 달리 이 대목을 장자의 호접몽과 연결시키려는 이들은 "정지용이 꿈에서 나비가 된 것",40) "유성기와 음반을 통해 창조되던 꿈과 환상의 죽음은 곧 '호접'의 죽음",41) 또는 "유선형의 속도감으로 조각나고 깨어진 일상적 삶으로부터의 탈주이며 이 탈주를 통해 삶의 가벼운 조각들을 끼워 맞추어 현실을 초월하고자 하는 욕망"42) 등의 다소 추상적인 해석을 내놓기도 한다. 이러한 해석은 부분적인 구절의 이해에 도움을 주는 것이 사실이지만, 시 전체의 맥락을 일관하는 통일적 관점은 찾아보기 힘들다. 그 근본적인 원인은 시어에 대한 명확한 해석이 이루어지지 않은 상태에서 빚어진 혼란과 오류라 보아야 할 터이다. 한 편의 시에 대한 감상과 이해는 다양할 수 있지만, 이 작품처럼 소재에 대한 해석이 제각각인 사례는 희귀하다.

제11연은 화자가 "살폿 어린 꿈"에서 깨어난 상태, 즉 자아각성 이후의 상황을 표현한 것이다. 화자가 잠깐 풋잠에 들었다는 사실을 인정한다면, 꿈의 내용을 기록한 연은 9, 10연으로 보는 게 옳을 듯하다. 왜냐하

---

37) 황현산, 앞의 글, 201쪽.
38) 임성규, 앞의 글, 223쪽.
39) 권영민, 앞의 글, 95쪽.
40) 신범순, 앞의 글, 206쪽.
41) 소래섭, 앞의 글, 289쪽.
42) 조영복, 앞의 글, 254쪽.

면, "솔처나쟈—"의 부호 사용도 특이하거니와, 느닷없이 "春川三百里 벼루ㅅ길" 운운도 앞의 내용과 너무 동떨어지기 때문이다. 자동차를 빌려 간단한 드라이브를 하는 것은 충분히 있을 수 있는 일이지만, 그 차로 멀고 험한 춘천까지 가야할 필연적인 이유가 시에는 나타나지 않는다. 그러므로 9, 10연의 내용은 꿈속의 행위이거나 춘천까지 가고자 했던 화자의 욕망의 투사라 볼 수 있다. 그런데 잠깐 풋잠에 들었다 깨어난 화자는 정신을 차려 차를 근교의 화원에 정차시키고 문을 활짝 열어젖힌 채 시동을 끈 것이다. 말하자면, 앞 뒤 문을 모두 열어놓은 승용차의 모습을 '나비'로 은유한 것이고, "바늘로 찔렀더니"란 시동 버튼을 눌러 엔진을 끈 상태를 비유한 것이다. 제3연의 "半쯤키—"를 시동 버튼으로 이해했으면서 여기서는 "바늘"을 시동 버튼으로 풀이하는 것에 대해 지나치게 자의적인 해석 아니냐는 비판이 있을 수 있으나, 앞뒷문 네 개를 모두 열어젖힌 자동차를 "나비"로 비유한 시인이 시동 버튼을 "바늘"로 환치하지 못할 이유는 없다. 그리고 이러한 돌발적 상상과 비유에서 정지용 시의 매력을 느낄 수 있기도 하다. 이와 함께 이 대목은 춘천으로 가는 길이 고되기도 하려니와 되돌아 올 일도 아득하고, 이런 행락이 지나치게 호사스럽고 주제 넘는 짓이라 깨달은 화자가 애초의 계획을 포기하고 근처 화원에서 잠깐 놀다가기로 생각을 바꿨을 수도 있다. 그러므로 이 시의 전체적 내용은 어느 봄날, 갑작스런 흥 또는 주변사람들의 부추김에 따라 유선형 자동차를 빌려 타고 교외로 빠져 나왔지만 문득 "나라도 집도 없는" 지식인의 처지에서 경박한 유행을 따르는 스스로의 행위에 부끄러움을 느끼고 행락을 중단한 것으로 볼 수 있다. 여기서 굳이 '애상(哀傷)'이란 단어를 쓴 것은 유선형 자동차에 대한 감정이 아니라 경박한 유행 풍조에 부화뇌동했던 자아, 또는 그러한 유행을 따르며 시대적·민족적 현실을 외면하고 있는 현대인의 무감각을 슬퍼하는 것이다.

4. 결론을 대신하여

한국문학사에서 '구인회'는 순수문학단체로 평가되고 있으나, 애초의 단체 결성 의도는 순수하지 않았던 것으로 보인다. 그것은 카프 출신의 김유영이 임화에게서 비난을 받은 뒤 카프에 대항할 만한 단체를 결성하여 앙갚음을 하려 했다는 사실에서 드러난다. 그러나 김유영·이종명은 정지용·이태준이 주도하는 분위기에 밀려 스스로 탈퇴하고, 유치진·이효석·조용만 등 초기 멤버들이 줄지어 모임에 불참하면서 구인회는 애초와는 전혀 다른 구성원으로 거듭난다. 이 모임에 출입했던 사람은 모두 열네 명인데, 이들은 학연, 전공, 직업 등으로 긴밀하게 얽혀 있다. 이제까지 구인회의 좌장은 이태준이었던 것으로 알려져 있으나, 그를 뒤에서 적극 도우면서 이상 등 개성 있는 젊은 문인들을 받아들이며 모임을 이끌어가는 데 결정적인 역할을 한 이는 정지용이다. 정지용은 이태준의 휘문고보 선배이자 친구로서 구인회와 『문장』을 통해 막역한 우정을 나누었으며, 해방후 이태준이 월북하자 간곡히 친구의 월남을 바라는 공개서한을 발표하기까지 한다.

『시와 소설』은 구인회의 유일한 동인지로, 이 작은 책자에 실린 작품은 각자의 문학세계에서도 매우 독특한 위상을 차지한다. 그 가운데 가장 이색적인 작품은 박태원의 「방란장주인」과 정지용의 「유선애상」이다. 「방란장주인」은 5,558자의 긴 문장을 하나의 마침표로 처리한 유례없는 작품으로 그의 문체에 대한 실험의식을 알 수 있게 한다. 「유선애상」 또한 정지용의 시세계에서 이질적인 유형에 해당하는 작품으로 지금까지 이 시의 소재에 대한 다양한 해석이 제기되고 있다. 『시와 소설』은 비록 한 권으로 끝맺은 구인회의 동인지이지만, 이 책이 갖는 의미는 대단히 중요하다. 그것은 이들 작품이 공통적으로 보여주고 있는 언어적·문체적 실험정신이 당대 한국문학의 수준에서 단연 광채를 발하고 있기 때문이다. 그러나 김유정·이상 등의 요절, 1937년 이후의 급격하게 변한 국내외적 정세 등으로 이들의 문학적 실험은 더 이상 진행되지 않는다.

한 편의 시를 이해하기 위해서 우선적으로 해결해야 할 사안은 시어에 대한 정확한 풀이와 함축적 의미의 해석이다. 그리고 시인의 문학세계, 작품을 발표한 매체(특히 동인지일 경우 매체의 성격이나 문학적 지향 등은 더욱 중요하다), 시대 상황 등이 두루 고려되어야 한다. 「유선애상」은 많은 정지용 연구가들이 논의의 대상에서 제외시켰을 정도로 난해하고 이색적인 작품이다.[43] 그러나 최근 시의 소재에 대해 다양한 의견과 분석이 제기되면서 새롭게 주목받고 있지만, 연구자마다 상이한 해석을 해 작품 이해에 도움을 주기보다 혼란이 가중되고 있는 형편이다. 그런 점에서 이 글도 그러한 혼란을 해결하기보다 또 다른 이견으로 독자들에게 정신적 고통만 안겨주는 게 아닌가 저어된다.

혹자는 「유선애상」의 소재를 다양하게 해석하기도 하지만,[44] 이 시는 전체 구조가 일관된 하나의 서사를 형성한다. 그러므로 시의 소재가 중간에 바뀐다고 보는 것은 모호한 구절의 이해에 도움을 줄지 몰라도 시 전체의 맥락을 이해하는 데 별다른 기여를 하지 못한다. 나는 이 시의 소재를 '유선형 자동차'로 보았던 선행연구가의 견해를 존중하면서, 그들이 명쾌하게 해명하지 못했던 구절을 일관된 관점으로 해석하고자 노력하였다. 그리고 시의 어조가 냉소적이라는 사실과 시 제목이 "애상"이라는 점

---

43) 정지용이 『시와 소설』의 언어적 실험정신에 동참하여 「유선애상」을 썼지만 애초의 의도와 실제 작품 사이에 커다란 낙차가 발생했을 가능성도 전혀 배제하기 어렵다. 다시 말해, 「유선애상」은 정지용 시의 일반적 성향에서 벗어난 이질적인 작품이고 미적 완결성에서도 미흡한 점이 많은 타작일 수도 있는 것이다. 그러나 이런 관점이 성립하기 위해서는 또 다른 논리와 정치한 작품 분석이 요구된다.
44) 신범순과 박상동의 앞의 논문 참조.

에 착목하여 다음과 같이 해석하였다. 즉, 이 시의 대략적인 서사는 유선형 자동차를 하루 전세 내어 근교로 행락을 떠났던 화자가 경박한 유행풍조에 부화뇌동하는 자신을 반성하고 장거리 여행을 포기하고 중간에서 멈췄다는 내용으로 이해한 것이다. 그러나 여러 논자가 다양하게 해석했던 "半좁키ー", "바늘로 찔렀더니만/胡蝶같이 죽드라" 등의 의미가 완벽하게 해결된 것은 아니다. 어느 연구자의 상상대로 "春川三百里 벼루ㅅ길"이 당시 유행하던 노래의 가사라는 게 밝혀지면, 이 시의 소재는 전혀 다르게 해석될 수 있을 것이다. 안타까운 것은 우리나라의 대표적 서정시인으로 사랑받는 정지용의 시 작품 하나도 올바르게 해석하지 못하고 있는 우리의 현실이다. 그것은 몇몇 실험적인 시를 주로 발표한 시인들의 작품에서 왕왕 나타나는 현상이어서 큰 문제가 아닐지 모르나, 몇 단어는 어원과 의미조차 분명히 제시하지 못하고 막연한 추측에 의존하는 태도는 지양되어야 한다. 그러므로 이 글에서 시도한 「유선애상」의 재해석은 이 시를 보다 정확하고 다양하며 풍부하게 이해하기 위한 또 하나의 노력일 뿐이며, 보다 논리적이고 설득력을 지닌 해석이 제기되기를 기대한다.

채동선 가곡과 정지용 시의 변개

1. 문제의 제기 - 정지용과 채동선

「진달래꽃」(김소월) · 「님의 침묵」(한용운) · 「서시」(윤동주) · 「국화 옆에서」(서정주) · 「나그네」(박목월) · 「승무」(조지훈) · 「꽃」(김춘수)…… 등이 한국인이 가장 좋아하는 시로 꼽힌 까닭은 무엇보다 작품성이 뛰어나기 때문이지만 중고등학교 국어교과서에 오래 수록되었던 사실도 무시할 수 없다. 한창 감수성이 예민할 나이에 시를 외우고 시험을 치른 덕분에 한국인 대다수는 이들 시작품을 한 구절 이상 기억하게 되었다. 학교를 졸업한 뒤시 작품과 거의 마주칠 기회가 없는 사회인들이 사춘기 시절 고생스럽게 암기하고 국어시험에서 답을 찾느라 곤욕을 치렀을 시인들의 이름과 작품에서 강한 그리움과 향수를 느끼는 것은 어쩌면 당연한 일인지 모른다. 1988년 해금 이후 널리 소개되기 시작한 정지용 · 백석 등의 작품이 사랑받는 이유도 위 두 조건이 충족되었기 때문이다. 특히 정지용의 「향수」는 해금 이후 대중가요 작곡가 김희갑이 새로 작곡하여 테너 박인수 교수와 통기타 가수 이동원에게 듀엣으로 부르게 함으로써 놀라운 반향을 불러

일으켰고, 중고등학교 문학 교과서에 실려 어린 아들의 죽음을 소재로 한 것으로 전해진 「유리창1」과 함께 그의 대표작으로 애송되었다. 사실 「향수」는 「나그네」나 「서시」처럼 짧고 외우기 쉬운 작품이 아니어서 일반 대중의 사랑을 받으리라 기대하는 사람은 별로 없었다. 그런데, 서울대 교수와 대중가요 가수가 서로 호흡을 맞춰 상이한 음색과 가창력으로 부른 김희갑 작곡의 「향수」는 누구도 예상하지 못했던 반향을 불러일으킨 것이다. 이제 많은 사람이 「향수」 전곡을 부를 수 있고, 그렇진 못하더라도 몇 구절은 따라 부르게 됨으로써 이 노래는 한국인이 가장 좋아하는 노래 가운데 한 곡으로 등재되었다.

중고등학교 시절 외운 시를 평생 기억하듯, 그 무렵 배운 가곡이나 서양 노래의 한 구절을 우리는 잊지 못한다. 우리 가곡 「가고파」·「성불사」를 비롯하여 「머나 먼 스와니강」·「로렐라이 언덕」·「오 솔레미오」·「라 트라비아타」와 같은 노래를 학창시절에 배운 덕분에 우리는 서구 음악에 친숙하게 되었다. 당시 우리는 학교에서 한국의 전통 음악을 듣고 배우고 부르는 기회보다 서구 음악을 접하는 시간이 훨씬 많았다. 지금도 우리 고유의 노래라면 「아리랑」·「도라지타령」밖에 부르지 못하는 사람들도 그보다 몇 배나 많은 서양 노래를 부르거나 기억하는 것도 이 때문이다. 한국인이 가장 애송하는 가곡 가운데 하나인 「가고파」도 따지고 보면 서구적 음계의 노래다. 이 노래는 양주동이 평양 숭실전문대에서 이은상의 시 「가고파」(1932)를 가르쳤는데, 당시 학생이었던 김동진이 단숨에 4장까지 작곡(1933)한 것으로 전해진다. 원래 10절이었던 이 시의 작곡이 완성된 것은 그로부터 40년 뒤인 1973년으로, 테너 이인범의 노래로 대중에게 알려지기 시작한 1부는 김동진의 또 다른 가곡 「내 마음」·「수선화」와 함께 한국 가곡의 방향성을 규정하는 데 결정적인 역할을 한 곡으로 평가받는다.[1]

우리나라에 서양음악이 전래된 경로는 조선후기 개신악학자(改新樂學者)와 천주교 신부들의 프랑스 성가 전파 등[2] 두 갈래로, 서양식 창작음악은 홍난파(洪蘭坡)·박태준(朴泰俊)·채동선(蔡東鮮)·현제명(玄濟明)·이흥렬(李興烈)·김성태(金聖泰)·조두남(趙斗南)·김동진(金東振) 등 한국 양악1세대[3]에 의해 개척된다. 그들이 창작한 곡은 주로 가곡(歌曲)[4]으로 홍난파의 「봉선화」[5]가 최초의 작품으로 기록된다. 가곡의 성립을 위해서는 근대적 자유시의 성공적 정착이 필수적으로 요청[6]되는 바, 1920~30년대 작곡가들에게 가장 선호되었던 시인은 이은상이었고, 정지용의 시도 10여 편이나 작곡되었다. 바이올리니스트이자 작곡가로 활동했던 채동선은 12편의 가곡을 작곡했는데, 그 가운데 8편이 정지용 시여서 주목을 받았다. 그런데

---

1) 「가고파」는 시조 형식의 가사에 '홍난파 리듬'으로 작곡되었다. '홍난파 리듬'이란, "뭇갖 춘마디 노래에 나타나는 일정한 리듬틀"로 이 리듬은 한 곡에서도 줄기차게 반복되며, 홍난파의 가곡은 "리듬의 정형성과 언어그룹의 정형성을 결합시킨 것"(홍정수, 「한국어와 음악(2) : 일관작곡가곡의 한국어」, 민족음악학회, 『음악과 민족』 제37호, 2009, 99쪽)이란 특징을 갖는다.

2) 이강숙·김춘미·민경찬, 『우리 양악 100년』, 현암사, 2000, 16~21쪽.

3) 한국 양악 1세대는 대체로 어린 시절 교회에서 서양음악을 처음 접하고 일본이나 미국에 가 전문적 음악교육을 받았으며 연주나 성악보다 작곡 분야에서 활동한 공통점을 보인다. 그들이 작곡한 동요와 가곡은 많은 사람들의 사랑을 받았으나, 일부 작곡가의 일제말 행적은 친일행위로 지탄받기도 한다.

4) 가곡(歌曲, Gesang)은 시와 음악이 결합하여 만들어진 성악곡으로, 19세기 독일 낭만주의 시대 독창가곡을 다른 장르와 대비할 만한 예술 표현형식으로 확립한 슈베르트의 Lied(독일 근대가곡)가 당시 우리나라 가곡에 큰 영향을 미쳤다. 가곡은 시를 바탕으로 작곡이 이루어지는 양식이어서 이미 완성되어 있는 서양 악곡에 가사만 바꿔 불렀던 근대 초기 창가(唱歌)와 대조된다.

5) 이 노래는 '애수(哀愁)'란 곡명으로 작곡(1920)되어 홍난파의 단편소설집 『처녀혼』(1921)에 실린 것에 김형준(金亨俊)이 가사를 붙이고(1925) 김천애(金天愛)가 '전일본신인음악회'(1942)에서 노래를 불러 큰 반향을 불러 일으켰다. 「봉선화」를 최초의 가곡으로 보는 데는 이견이 있다(김용환, 「'한국 최초의 예술가곡'에 관한 소고」, 『음악과민족』 제20호, 2000 참조).

6) 오문석, 「한국 근대가곡의 성립과 그 성격」, 『현대문학의 연구』 46, 한국문학연구학회, 2012. 2, 123쪽.

해방 후 남북이 분단되면서 채동선의 곡에 가사가 바뀌는 일이 발생했고, 바뀐 가사 내용도 특정 시인의 작품과 대단히 흡사하다는 사실이 드러났다. 「고향」의 경우 곡은 하나(채동선 작곡)인데 작사가가 정지용(「고향」)·박화목(「망향」)·이은상(「그리워」) 등으로 바뀌었는데, 이은상의 「그리워」가 정지용의 「그리워」와 너무 비슷하다는 사실이 뒤늦게 논란이 된 것이다.[7] 이와 함께 채동선이 정지용 시를 토대로 작곡한 곡은 해방 후 네 편이나 가사가 바뀌었고, 그 중 세 편이 이은상의 시로 대체된 사실[8]도 최근에야 밝혀진 것이다.

채동선이 창작한 가곡의 3/4이 정지용의 시라는 점 때문에 두 사람의 특별한 관계가 거론되지만 그들의 친분을 증명할 자료는 찾아보기 어렵다. 1988년 납월북작가 해금 이후 정지용의 문학과 삶에 관해서는 아주 상세한 부분까지 규명된 것 같으나, 채동선과의 교유를 살핀 연구는 없었던 것이다. 그 원인은 일차적으로 채동선이 음악가였기 때문이지만, 그가 정지용 시를 8편이나 작곡하였고 남북 분단 상황으로 가사의 변개가 이루어진 사실이 뒤늦게 알려지면서 새삼 문학연구가의 관심을 끌게 되었다. 정지용과 채동선의 각별한 교유를 말해주는 자료는 채동선의 가곡밖에 없지만, 그것만으로도 두 사람의 우정이 남달랐으리라는 점은 짐작할

---

7) 이정식, 『사랑의 시, 이별의 노래』, 한결미디어, 2011, 31~4쪽. 그에 따르면 채동선의 곡에 붙여진 가사는 「고향」·「망향」·「그리워」 외에 소프라노 이관옥이 직접 가사를 붙인 「고향 그리워」 등 모두 네 편이다. 그는 이은상의 「그리워」가 정지용의 「그리워」와 거의 동일한 문제에 대해 "논란을 벌이는 것은 바람직하지 않은 것 같다"며, "이제는 이 노래의 원조인 정지용의 「고향」으로 돌아가면 되지 않을까"라는 의견을 제시한다.

8) 「고향」·「바다」·「풍랑몽」·「또 하나 다른 태양」(정지용)이 「그리워」·「갈매기」·「동해」·「나의 기도」(이은상)로 바뀌었다. 일제시대 창작 가곡 중에서 이은상의 시조를 대상으로 하는 사례는 압도적이다. 비근한 예로 홍난파의 『조선가요작곡집』(1933) 곡 전체가 이은상 작시이고 『현제명작곡집』1, 2집의 반 이상이 그러하며 해방 후 월북 시인의 작품 개작에서도 노산이 가장 많은 역할을 했다(오문석, 위의 글, 125쪽).

수 있다. 이 글에서는 채동선의 삶과 음악을 통해 정지용과의 관계를 살
피는 한편, 채동선 가곡의 원시(原詩)와 개작시를 비교하여 내용 및 문학성
의 차이를 규명하고자 한다. 이를 위해 채동선의 가계(家系)를 다소 자세히
다루게 될 터인데, 이는 선행연구의 부정확한 기술(記述)을 바로잡기 위함
이다.

2. 채동선의 삶과 음악

채동선(蔡東鮮)은 1901년 6월 11일 전남 보성군 벌교읍 세망동 401[9])에
서 부친 채중현(蔡重鉉)과 모친 배홍심(裵弘深) 사이의 삼남삼녀[10] 중 장남
으로 태어난다. 부친 채중현은 1876년 7월 17일 전남 흥양군(興陽郡) 동강
면(東江面) 유둔리(油芚里)에서 채홍길(蔡泓吉) · 조고실(趙高實)의 장남으로 출
생하여, 1897년 1월 전남 고흥군 남양면에 살던 배익서(裵益瑞)의 장녀와
결혼하고, 1908년 10월 전남 벌교리로 이사한다. 채중현은 1916년 12월
27일 벌교사립보통학교를 설립하여 교장으로 취임하고, 1918년 벌교 흥
농회(興農會) 회장, 1919년 벌교 금융조합장 취임, 1920년 남선무역(南鮮貿
易) 주식회사 사장, 1932년 벌교 사립 송명학교(松明學校) 교장 등 활발한
교육 및 사업 활동을 벌인다. 그 결과 1932년 11월 3일 전남교육회와 보
성군교육회의 표창을 받고, 1934년 보성 · 흥양 · 순천 군내 관민들이 저
적비(著蹟碑)를 세우며 1941년에는 벌교 금융조합원들에 의해 동상(銅像)이

---

9) 어느 기록에는 "벌교읍 벌교리 2-21번지"로 되어 있다.
10) 채동선의 누이 채선엽(蔡善葉, 1911~1987)은 일반인에게도 알려진 인물이다. 채선엽은
　　이화여전 피아노과를 졸업하고 일본과 조선에서 여러 차례 독창회를 열어 성악가로서의
　　능력을 인정받았다. 해방 후 이화여대 음대 교수로 재직하며 부군 최규남(崔奎南, 1898~
　　1992)과 함께 미국 국무성초청으로 줄리아드음악학교(Julliard School of Music)에서 교환
　　교수로 있으면서, 프레셀(Freshel)에게 성악을 사사받았다.

건립된다. 채중현은 음악과 스포츠에도 관심을 보여 아들과 딸(채동선·선엽)이 서양 음악을 전공하는 것을 적극 지원하였고, 우리나라 최초의 프로복서로 알려진 이용식(李龍植)이 일본 동경에서 권투도장을 설립할 때 경제적으로 후원[11]하였다. 그는 가난한 집안에서 태어났으나 근면성실한 성품과 노력으로 교육과 금융사업에서 성공을 거두고, 자식 교육에 전 재산을 투자한 입지전적 인물로 1947년 2월 25일(음력 2월 2일) 72세로 타계한다. 일제시대 일본 관공서의 표창을 받고 저적비·동상이 세워졌다는 것을 친일의 증거로 비판할 수 있으나, 채중현은 교육사업에 많은 재산을 투자하였고 이용식을 은밀하게 후원하는 등 민족사업에도 관심을 보였다. 그의 아내 배홍심은 1920년 황보익(黃保翼) 목사 모친의 권유로 기독교를 믿게 되어 1926년 장녀[善禮]가 서울 유학중 사망한 뒤 독실한 신자가 된다. 채중현·배홍심 부부는 1942년 서울 안암동으로 이사해 살다가 채중현이 먼저 세상을 뜨고, 배홍심은 전쟁중 장남을 잃은 상실감을 이겨내지 못하고 1954년 4월 9일 영면에 든다.[12]

채동선은 순천에서 보통학교를 졸업한 뒤 1915년 서울의 제일고보에 입학한다. 이 즈음 채동선은 홍난파에게 바이올린을 배우는데, 그것은 홍난파가 조선정악전습소(朝鮮正樂傳習所) 서양악과 교사로 재직하던 1915~

---

11) 「이용식군 동경 재진출」, 『동아일보』, 1936. 6. 3, 석간 2면. 1908년 원산에서 출생한 이용식은 열세살에 미국으로 밀항하기 위해 미국 스탠더드오일사 정유선에 몰래 탔다가 상해에서 강제로 내려진 뒤 고생 끝에 장개석이 설립한 다사터우항공학교에 입학, 중국 국민당의 련장(중대장급)까지 진급하지만, 돌연 상해로 돌아와 1928년 1월 1일 필리핀 복서 댄 새크라멘토와 데뷔전을 가져 승리한다. 그러나 1930년 그는 상해에서 사상범으로 체포되어 원산으로 이송되는데, 2년 뒤에 우에무라 다쓰오(植村達雄)란 일본 이름으로 다시 링에 오른다. 일본에서 프로복서로 성공을 거둔 그는 1935년 은퇴한 뒤 채중현의 도움으로 동경(東京市 本鄕區 元町 二丁目 三五番地)에 권투도장을 세우려 했으나, 2차대전 종전 직전 북경으로 간 뒤 소식이 끊겼다. 그의 중국 국민당 장교 경력과 일경에게 사상범으로 체포된 전력을 토대로 독립운동가로 평가하는 관점도 있다.
12) 이상의 기록은 채동선 선생의 차남 채영규 씨가 보내준 자료를 참조한 것임.

17년 무렵의 일이다. 채동선은 1919년 3 · 1운동에 참여한 일로 졸업을 하지 못하고, 일본으로 건너가 와세다대학에서 영문학을 전공한 것으로 알려진다. 채동선의 도일(渡日) 시기가 정확히 언제인지 모르나, 가족 · 친지의 증언에 따르면 1919년 일본에 가 1921년 와세다대학 영문과 입학, 1924년 졸업한 것으로 되어 있다. 이 시기에 채동선은 일본 바이올린의 원로인 오노 타다토모(多忠朝)에게서 4년 동안 바이올린을 배우고, 와세다 대학 졸업 후에는 잠시 동안이나마 야마다 고사쿠(山田耕)가 지휘하는 일본 교향악단에 입단하여 일본 각지를 순회하는 연주여행13)에 참여한다. 그뒤 채동선은 영문학이나 경제학을 공부하기 위해 미국 유학을 떠나지만, 어떤 연유에서인지 이를 포기하고 독일로 가 음악을 전공한다.14) 채

---

13) 홍난파, 「蔡東鮮君의 提琴獨奏會를 압두고(上)」, 『동아일보』, 1929. 11. 28, 5쪽.

14) 일부 선행연구에 채동선 독일 유학 시기가 달리 설명되어 있다. 박종배(「채동선의 음악 활동에 관한 연구」, 경희대석사, 1986)는 1924년 미국에 갔다가 그곳에서 독일로 가 Stern Schön Konservatorium에서 바이올린과 작곡을 배웠다고 하는 데 반해, 김미옥(「채동선의 삶과 음악」, 『음악과 민족』 제28호, 민족음악학회, 2004)은 1924~25년 동안 베를린의 슈테른 음악원(Sternsches Konservatorium der Musik)에서 바이올린과 작곡을 배운 것으로 기술한다. 채동선 자료에는 대부분 '베를린 슈테른쉔 음악학교'를 수학한 것으로 기록되어 있는 바, 박종배 논문은 표기가 잘못된 것으로 보이고 김미옥 논문에는 채동선의 귀국이 1926년으로 오타(誤打)가 났다. 채동선이 바이올린을 배운 독일 스승의 이름도 Richard Halse(박종배), Richard Hartzer(김미옥)로 다르다. 채선엽의 회고에 따르면, 채동선은 독일에 가 "만 5년 동안 리하르트 씨로부터는 바이올린을, 빌헬름 클라테 씨로부터는 작곡을 배운 뒤 다시 베를린에서 시테른헨 콘서바토리움에서 음악과정 수료"(채선엽, 「나의 교유록」, 『동아일보』, 1981. 6. 9)한 것으로 되어 있어 이를 따르는 게 옳으리라 본다. 하지만 채동선의 귀국독주회에서 이화여전 음악교수 정애식(鄭愛息, '김애식 · 김앨리스Alice Kim'라고도 불림, 1890~1951)이 반주를 했다는 채선엽의 증언은 1932년 채동선 가곡발표회 때 채선엽이 독창을 하고 김애식이 반주(김성태, 『음악연감』, 세광출판사, 1966, 7쪽)한 일과 혼동한 것이 아닌가 한다. 1929년 11월 28일 장곡천정 공회당에서 개최된 채동선의 첫 귀국독주회 반주는 독일인 스투데니였기 때문이다. 참고로 정애식은 인천 영화여자소학교를 졸업하고 1914년 이화학당 대학과의 학위를 받은 최초의 세 여성 가운데 한 명으로 일본여자전문학교에서 3년 수학한 뒤 다시 1923년 미국 오리건주 엘리슨 화이트 음악학교에서 피아노를 전공하고 귀국, 국내 최초로 피아노와 파이프 오르간을 연주하였으며 이화여전 음악과의 초대 학과장을 맡았다.

동선은 독일에 4~5년 동안 체류하며 작곡과 바이올린을 배운 뒤 1929년 9월 2일 귀국, 11월 28일 첫 독주회15)를 시작으로 네 차례의 바이올린 독주회를 갖는 한편, 현악4중주단 등을 결성16)하여 실내악 활동에 적극성을 보이고, G단조의 현악사중주곡 제1번17)을 시작으로 본격적인 작곡을 시작한다.

채동선이 정지용의 「향수」를 독창곡으로 작곡한 것은 1932년 이후의 일로, 악보에는 '작품 제5번'18)으로 명기되어 있다. 그 이후 채동선은 수

---

15) 1929년 11월 28일(목) 오후 7시 반, 長谷川町 公會堂, 스투데니 伴奏. 白券 1원50전, 靑券 1원, 紅券·학생 50전, 스투데니 반주. 홍난파는 「蔡東鮮君의 提琴獨奏會를 압두고(下)」(『동아일보』, 1929. 11. 29)란 글을 통해 채동선의 성격이 "沈重, 謙遜"하고 그의 예술 또한 "沈痛한 묵어운 底力"을 보이며 "華美하고 巧妙한 近代樂보다도 形式의 美와 內容의 力이 잇는 古典的 音樂을 愛好"한다고 평가한다. 반주자 스투데니(반주자의 이름은 『동아일보』 1929년 11월 28일자의 동일 지면에서 '스투데니'와 '스투데니스'로 쓰여 있어 혼란스럽지만, 독일인 스투데니가 맞는 듯하다) 역시 "조선에 온 이후로 처음 만나는 제금가로서 풍부한 음악적 지식, 정확한 소리, 인격의 고결함은 예술적으로 표상한 채동선이 조선의 최고예술가가 되리라"고 호의적인 소감을 쓰고 있다.

16) 채동선·최호영(제2 바이올린)·이혜구(비올라)·일본인 첼리스트 등으로 구성된 '채동선 현악사중주단'이 결성되었다(김미옥, 앞의 논문, 44쪽)고 하는 기록과 함께, 그것은 공연 목적이 아니라 스스로 즐기기 위한 것으로 채동선·최호영·이혜구·나운영(첼로)로 구성되었다는 기록도 있다(「40년만에 해금된 채동선의 「고향」」, 『동아일보』, 1991. 10. 11). 이와 함께 1934년 안병소(安炳昭)의 스승인 독일인 후츠(Willy Hesse 바이올린)·독일인 스투데니(피아노)·김재호(金載鎬, 플롯)·채동선·이영세(李永世, 바이올린) 등이 5중주를 조직했다는 기록도 있다(「일제하의 실내악」, 『경향신문』, 1973. 3. 6).

17) 이 작품은 4악장 형식의 고전적(17~8세기) 기법을 택했고, 기능화성(機能和聲) 위에 자신의 연주 경험을 살려 무리한 곳 없이 작곡되었으며, 당시 현악사중주곡을 작곡했다는 것은 창작가로서의 능력을 인정할 수 있는 것으로 평가된다(박종배, 앞의 글, 16쪽).

18) 지금까지 채동선이 정지용 시를 작곡한 것으로 알려진 작품은 모두 8편이다. 작품 제5번 其一 독창곡 「향수」/其二 독창곡 「鴨川」, 작품 제6번 其一 독창곡 「고향」/其二 독창곡 「산엣 색씨 들녁 사내」, 작품 제7번 其一 독창곡 附 합창곡 「다른 한울」/其二 독창곡 「또 하나 다른 太陽」, 작품 제8번 其一 독창곡 「바다」, 작품 제10번 其一 독창곡 「풍랑몽」. 채동선은 1932~39년 무렵 12곡을 작곡하였는데 「내 마음은」(김동명 시, 작품 제8번 其二 독창곡), 「그 창가에」(모윤숙 시, 작품 제10번 其二 독창곡)/「새벽 별을 잃고」(김상용 시, 작품 제10번 其三 독창곡)/「모란」(김영랑 시, 작품 제10번 其四 독창곡) 등 다른 시인의 작품은 한 편씩만 작곡했을 만큼 정지용 시를 좋아했다. 채동선이 작곡한 정지용

유리에 은둔하며 작곡과 국악 채보[19]에 몰두하다가 해방을 맞아서는 합창(애국노래[20]와 민요 채보·편곡)과 칸타타(cantata 交聲曲, 「한강」·「조국」 등)를 발표하는 한편, '고려음악회'·'전조선문필가협회'[21]·'고려작곡가협회' 등의 회장과 임원, 또는 문교부 예술위원(1949. 4)·국악원 이사(1950. 5)·예술원창설준비위원[22] 등으로 적극적인 사회활동을 한다. 6·25동란이

시에서 문학적 성취가 탁월한 것으로 평가받는 작품은 「고향」·「향수」·「압천」 등 몇 편에 지나지 않는다. 가곡의 곡과 가사는 대체로 평이하고 대중적인 성향이 강한데, 이는 가곡이 전문성악가뿐만 아니라 일반인도 쉽게 부를 수 있는 장르라는 사실과 관련된다. 하지만 채동선 가곡의 정지용 시는 대중에게 널리 알려지거나 쉽게 이해할 수 있는 작품이 아니어서 작곡의 배경이 더욱 관심을 끈다.

19) 「別有天地」, 「秋月江山」, 「妓生點考」, 「昇平萬歲之曲 ; 與民樂」, 「흥타령」, 「農夫歌」, 「五里亭」, 「一切痛哭」, 「赤城歌」, 「新堂 春香」 등이 있으나 필사본조차 공개되지 않거나 분실된 곡이 대부분이다(김미옥, 앞의 글, 46쪽 참조).

20) 채동선이 작곡한 애국노래(합창곡)는 「한글노래」(이극로 작시), 「삼일절의 노래」(채동선 작시), 「우리 태극기」(채동선 작시), 「선열추모가」(조지훈 작시), 「개천절노래」(채동선 작시), 「무궁화노래」(채동선 작시) 등으로, 해방후 직접 작사까지 한 사실을 알 수 있다. 이 가운데 「한글노래」는 『조선주보』 제4호(1945. 11. 5)에 가사가 실렸고, 악보가 처음 게재된 것은 『여성문화』 창간호(1945. 12)로 "이극로 작사 채동선 작곡"이라 명기되어 있다. 그뒤 『임시 중등음악 교본』(국제음악문화사, 1946. 5)에 4성부 악보로 편곡하여 게재되었으며, 1945년 한글날부터 1949년 한글날 기념식까지 합창되다가 1953년 이후 최현배 작시 「한글의 노래」로 바뀌어 불렸다(리의도, 「한글 노래의 변천사」, 『국어교육연구』제49집, 국어교육학회, 2011. 8. 참조).

21) '전조선문필가협회'는 1946년 3월 13일 결성된 단체로 회장 정인보, 부회장 박종화·채동선·설의식, 총무 이헌구·김광섭·이하윤·오종식 등이 중심이었다. 하지만 결성 모임에 참여했던 김동리·최태응·곽종원·조지훈·조연현·이한직 등이 '조선청연문학가협회'를 결성하면서 이 단체는 소멸되었다(한국문인협회 편, 『해방문학20년』, 정음사, 1966, 138쪽).

22) 우리나라 학술원·예술원은 1954년 창설되어 7월 17일 개원식을 가졌다. 1952년 10월 4일 '예술원창설준비위원회'가 구성되었는데, 예술가측에서는 박종화·현제명·서항석·채동선 등이 참여하여 문화인등록령을 기안(起案) 심의하고 1954년 3월 25일 문화인명부에 등록된 443명이 무기명투표로 25명의 예술원회원을 선출하였다. 회원은 대통령이 임명하는 임명위원(종신제)과 원내에서 호선하는 추천위원(6년제) 및 일반회원(3년제)으로 구성되었는데, 음악분과에서는 현제명·성경린·김성태·김동진·박태준·이주환 등 6명이 호선되었다. 채동선은 1953년 2월 2일 사망하였기 때문에 예술원회원으로 선출될 수 없었다(이상의 내용은 『해방문학20년』, 126~30쪽 참조).

발발하자 부산으로 피난한 그는 심한 고생으로 병을 얻어 1953년 2월 2일 53세의 비교적 이른 나이에 생을 마감한다. 1979년 은관문화훈장이 추서되었고, 1983년 유족의 성금으로 채동선기념사업회가 조직되었으며, 1989년 전남 보성에 채동선 기념비가 세워진다. 그리고 1995년 9월 문화체육부에 의해 이달의 문화인으로 선정되고, 광복50주년 '채동선기념음악회'가 개최되는 등 간헐적으로 그를 기념하는 행사가 개최되기도 하였다.

채동선은 1929년 귀국한 뒤 여동생 채선엽의 소개로 알게 된 이화여전 영문과 출신의 재원 이소란(1909~1992)과 결혼하여 슬하에 2남 5녀를 둔다. 두 아들은 미국에서 공학을 전공하여 시민권을 얻었고, 딸은 장녀만 서울 약대를 졸업했을 뿐 둘째부터 막내까지 모두 음악을 전공하였다. 이소란은 충북 진천군 진천읍 읍내리에서 부친 이병화와 모친 최순덕 사이의 1남4녀 중 차녀로 출생하였는데, 부친은 천석 재산을 일군 재산가이면서 신성학교 건립에 2천석을 희사한 선각자로 알려진다. 그녀는 1922년 진천보통학교를 마치고 상경하여 이화여전에 입학, 음악과의 채선엽과 친하게 지내던 중 채동선의 귀국 마중을 나가 서로 사랑하게 되어 1931년 4월 진천에서 화촉을 밝힌다. 전쟁 피난 중 졸지에 남편을 잃은 이소란은 1954년 성북동 자택(183의 17번지)에 전쟁미망인 구호사업체 '에덴원'을 개설하여 동양자수·편물·양재를 가르치며 사회사업에 관심을 기울여 나중에 여성단체협의회 부회장을 역임하는 등 여성의 사회활동에 크게 이바지했다. 이소란은 1963년 집 마당에 묻어 두었던 남편의 작품을 찾아내 1964년 남편의 11주기에 맞춰 『채동선가곡집』을 발간하고, 1980년 『제2가곡집』을 펴냄으로써 남편의 음악 활동을 널리 알리는 데 열정을 쏟는다. 친정과 시가(媤家)가 모두 경제적으로 여유가 있는 집안이었지만, 남편과 사별한 이소란은 전쟁미망인의 재활을 위한 사회사업에 헌신하는 한편 자식 교육에도 엄격함을 보이는 등 검약과 절제의 삶을 실천함으로써 신여성의 한 귀감이 되고 있다. 두 아들은 미국 유학생활을 하면서도 집안이 경제적으로 여유가 있다는 생각을 하지 못했을 정도로 늘 검소하고 절약하는 생활을 했다고 한다.

지금까지 살펴본 것처럼, 채동선은 전남의 부유한 가정에서 태어나 바이올린과 서양 작곡법을 독일에서 직접 배운 한국 근대음악계의 선구자 가운데 한 사람이다. 그는 제일고보 재학시 홍난파에게 바이올린을 배우는 한편 3·1운동에도 적극 참여해 학업을 마치지 못했고, 일본에서는 영문학과를 졸업한 뒤 독일로 가 서양음악을 전공하는 등 평탄하지 않은 삶을 선택한다. 그는 제일고보 시절 바이올린을 배운 이후 잠시도 악기를 손에서 떼놓은 적이 없었다. 일본에서 영문학을 전공하면서도 별도로 바이올린을 배우고 일본 교향악단에 가입했던 그가 미국에서 영문학이나 경제학을 공부하기를 원했던 부친의 소망과 달리 독일로 간 것은 어쩔 수 없는 선택이었는지 모른다. 독일에서 귀국할 때 수수한 차림으로 기차에서 내려 인상적이었다는 이소란의 회고가 있지만, 그는 거금 삼천 원을 들여 바이올린23)을 사왔을 만큼 음악에 모든 것을 투자했다. 그가 이소란과 신혼살림을 시작한 성북동 집은 대지 180평의 2층 독일식 돌집이었고, 1940년대 수유리에 2만여 평의 땅을 사 고등채소와 관상묘목을 재배할 만큼 그는 경제적 궁핍을 모르고 살았다. 그런 그가 6·25동란 중 부산에서 영양실조로 병사한 것은 아이러니가 아닐 수 없다. 가족의 증언에 따르면 정부에서 그에게 열차 피난을 권고하였으나 많은 사람들이 고생하는데 혼자 편히 지낼 수 없다고 거절하고 부산까지 걸어 내려갔다고 한다. 피난지에서 채동선은 담배를 팔고 둘째 아들이 신문배달을 하는 등

---

23) 채선엽의 회고에 따르면 당시 대학교수 부부의 월급을 합쳐야 150원이었는데, 채동선은 3천원이란 고가의 바이올린을 사가지고 왔다고 한다(채선엽, 앞의 글, 1981. 6. 10).

고생이 심했으며, 둘째 딸이 병들자 이에 충격을 받은 그가 서울대부속병원에 입원해 복막염 수술을 받았으나 국제시장 화재로 환자들이 대피하던 중 사망한다. 해방 후 그가 예술계에서 활발한 활동을 하며 문교부 예술위원 등을 역임했던 경력으로 미루어 정부에서 열차 피난을 권고했다는 가족의 증언은 신빙성이 있어 보인다. 외국 유학을 한 그가 전통식 혼례를 올리고 집에서 늘 한복을 입고 창씨개명도 거부하였으며, 1940년대 초 민요와 판소리 수집에 큰 관심을 보였다는 사실에서 우리는 그의 서민적이고 반권력적 성향을 짐작할 수 있다. 홍난파는 그를 "침중, 겸손"한 성격으로 기억하고, 여동생 채선엽도 "부모님께 대한 효도와 우애보다는 음악을 더 사랑"한 어려운 오라버니로 회고하지만, 그는 과묵하고 고지식한 한국의 전형적인 장남이었을 뿐이다. 순천보통학교를 졸업한 뒤 집을 떠나 있었던 채동선이 열 살이나 어린 여동생과 함께 지낸 날은 그리 많지 않았을 것이고, 채선엽으로서도 집안의 장자(長子)이자 음악계의 대선배인 그가 어려운 존재로 여겨졌을 것은 충분히 짐작할 수 있는 일이다. 하지만 그는 여동생을 위하여 독창곡을 작곡하고 현제명을 그녀에게 소개해 주는 등 오라비로서의 사랑을 베풀었다. 현제명은 최남규·채선엽 부부의 혼사에 결정적 역할을 하였지만, 해방후 채동선은 현제명 등이 "음악계의 대표적인 세력으로서 민족현실 앞에서는 무절조한 사대주의자이자 사대주의에 입각한 기회주의적 정치생활자들이라고 비판"[24]하면서 대립적인 위치에 선다. 이처럼 채동선은 주체적·민족적 사상을 지닌 데다 권력과는 일정한 거리를 둔 채 언행일치의 행동력을 보여준 지식인이었던 것이다.

---

24) 김정애, 「채동선의 가곡분석」, 경성대 석사, 2006, 7쪽.

3. 채동선 가곡의 특질과 가사의 변개

채동선은 귀국 후 네 차례나 독주회를 갖지만 한동안 "이러타 할 음악적 활동은 하지안코 침묵 일관"으로 지내다가 "최근 정지용씨의 시에 附曲하야 발표"[25]하는 등 "오랫동안의 침묵을 깨고 작곡가로서 특이한 출발"을 하여 1937년 "네 권의 작곡집(독창곡)"[26]을 펴낸다. 그 네 권의 작곡집에는 가곡 12편이 실려 있고 그 가운데 8편이 정지용의 시를 바탕으로 했다는 점 때문에 두 사람의 친분이 각별했을 것이라는 추론이 무성하다[27]. 그 근거로 채동선과 정지용의 나이가 비슷하고 둘 다 일본에서 영문학을 전공했으며 귀국 시기가 거의 일치한다는 점을 든다. 채동선은 1901년생이고 정지용은 1902년생으로, 채동선이 1915~19년 봄까지 서울 제일고보에 다닐 때 정지용은 1918~23년까지 휘문고보 학생이었고, 채동선이 1919~24년 일본 와세다대학 영문학과에 다닌 반면 정지용은 1923~29년까지 일본 도시샤대학 영문과에서 수학했으며, 채동선이 1929년 9월 2일 독일에서 귀국한 시점에 정지용은 도시샤대학을 졸업(1929년 6월)하고 귀국하여 휘문학교 영어교사로 재직하고 있었다. 두 사람 사이에는 공통점이 많아 보이지만 실제 둘이 만나 교분을 쌓았을 시공간은 1918년 무렵의 서울이거나 1923년경 일본, 그리고 1929년 9월 이후의 서울 등으로 한정된다. 두 사람이 유학전 서울에서 마주쳤을 기회보다 일

---

25) 金管, 「藝苑 언파레-드 On Parade」 12, 『동아일보』, 1937. 9. 3.
26) 李升學, 「음악계 1년」, 『동아일보』, 1937. 12. 24.
27) 채동선의 두 아들은 부친과 정지용이 무척 가깝게 지낸 것을 기억하고 있다. 특히 채동선의 장남 채영철(1932년생)은 제일고보 입학을 앞둔 어느 날 부친(채동선)이 "제일고보는 공립학교이고, 사립학교에서 가장 좋은 곳이 휘문이라 하니 그 학교로 가자"고 하여 휘문고보에 입학했다고 술회한다. 채동선에게 제일고보보다 휘문이 낫다고 추천했을 사람은 당시 휘문의 영어교사였던 정지용 외에 달리 생각할 수 없다. 아들의 진학 문제를 상의하고 그의 말에 따라 학교를 바꿀 정도라면 두 사람의 우정과 신뢰가 얼마나 두터웠을 것인가는 충분히 짐작되고도 남는다.

본에서 동질감을 갖고 우정을 나누었을 확률이 높지만, 와세다대학(도쿄)과 도시샤대학(교토)의 거리를 생각하면 이도 쉽지 않은 일이다. 지금처럼 교통이나 통신수단이 발달한 것도 아닌 시절에 도쿄와 교토에서 서로 오가며 만나기에는 여러 난관이 있었을 것이기 때문이다. 더군다나 당시 신문·잡지의 기사나 정지용의 산문에서도 두 사람의 친분을 확인할 만한 단서는 발견되지 않는다. 채동선의 가곡은 모두 피아노 반주를 수반하는 독창곡으로, 우리의 민족적 정서를 서양의 낭만주의적 기법으로 표현[28]한 작품이라는 평가를 받는다. 그런 점에서 정지용 시는 작곡가에게 특별한 매력을 주지 못한다. 하지만 채동선은 홍난파·현제명 등이 정형시에 곡을 붙인 것과 달리 자유시를 가사로 선택하여 동일한 선율이 반복되는 장절가곡(가사의 각 절이 동일한 선율로 반복되는 가곡, 슈베르트 「들장미」) 형식을 따르지 않고 일관작곡(가사의 각 절이 다른 선율로 이루어진 가곡, 슈베르트 「마왕」) 방식[29]에 따라 작곡함으로써 정지용 시를 훌륭히 소화해낸다. 그의 가곡이 기법적으로 실험적인 면모를 보여준다는 평가를 받는 것도 비정형 가사를 일관작곡 형식으로 수용하여 한국 가곡의 새지평[30]을 개척한 점이 인정되었기 때문이다. 그는 정지용 시의 모던하면서도 민족적 정서를 간직한 시풍에 호감을 갖고 독일 가곡(Lied)의 낭만적 기법으로 작곡하여 한국 가곡의 새로운 영역을 열었던 것이다.

채동선이 여동생 채선엽의 일본 독창회에 자작곡을 보내주었다는 사실은 잘 알려져 있다. 채선엽은 1938년 3월 25일 동경 일본청년회관에서

---

28) 김미옥, 앞의 글, 47쪽.
29) 채동선이 정지용 시를 가사로 작곡한 가곡 가운데 「향수」·「압천」·「산엣 색시 들녘 사내」·「또 하나 다른 태양」·「바다」 등 다섯 편이 일관작곡 형식이다. 「고향」은 3부분(또는 변주) 형식, 「다른 하늘」은 4부분 형식, 「풍랑몽」은 4부분 형식을 따른 곡이다.
30) 김미옥, 앞의 글, 62쪽.

가진 독창회에서 채동선의 곡을 세 곡 부른다.31) 「고향」은 4/4박자 A─B
─A'의 3부분 형식과 변주 형식의 혼합형태로 기법적인 측면에서 드뷔시
를 연상시킬 정도로 자유롭고,32) 「바다」는 6/8박자 A─B─C의 일관작곡
형식이며, 「내 마음은」은 6/8박자 A─A'─A"─A"'의 변주형식 곡이다.
「고향」은 정지용의 시를 토대로 한 작품으로, 시 「고향」은 해방후 중등국
어교과서에 실렸고, 가곡 「고향」 또한 음악교과서에 실린다. 그러나 1949
년 9월말 "중등학교 교과서에서 국가이념과 민족정신에 위반되는 저작자
의 저작물을 삭제한다는 문교부의 방침"33)에 따라 정지용의 시가 교과서
에서 삭제되고, 1953년 휴전 이후에는 가곡 「고향」의 가사만 변개되어
불리는 기이한 현상이 발생한다.

고향에 고향에 돌아와도
그리던 고향은 아니러(려)뇨.

산꿩(꿩)이 알을 품고
뻐꾹이 제철에 울건만,

---

31) 채선엽독창회는 4부로 구성되어 있는데, 1·2·4부는 이태리 민요 및 아리아이고 3부가
「고향」·「바다」(정지용 작시)·「내 마음은」(김동명 작시) 등 채동선 곡만으로 짜여있다.
『동아일보』(「채선엽여사獨唱歌詞」, 1938. 5. 4~5)에는 채동선 곡이 모두 정지용 작시로
되어 있으나 이는 오기(誤記)이며, 채선엽의 회고담에 「그리워」·「모란」으로 기록되어
있는 것 역시 착오다. 흥미로운 것은 위 기사에서 이태리 민요 및 아리아 가사를 번역한
이가 이태준으로 되어 있는데, 당시 성북동에 살던 이태준이 같은 동네의 채동선과 친분
을 쌓았을 가능성을 배제할 수 없다. 정지용과 이태준 가운데 누가 먼저 채동선과 만났
는지는 알 수 없으나 세 사람이 가깝게 지냈으리라는 추론은 가능하다.

32) 김미옥, 앞의 글, 50쪽.

33) 이순욱, 「국민보도연맹시기 정지용의 시 연구」, 『한국문학논총』 제41집, 한국문학회,
2005. 12. 59쪽. 당시 중등국어교과서에 실린 정지용의 작품은 다음과 같다. 「고향」(『중
등국어(1)』), 「꾀꼬리와 국화」·「노인과 꽃」(『중등국어(2)』), 「옛글 새로운 정」(『중등국
어(3)』), 「소곡」·「시와 발표」(『중등국어(4)』), 「말별똥」·「별똥 떨어진 곳 더 좋은 데 가
서」(『신생 중등국어(1)』).

마음은 제 고향 진히지 않고
머언 港口로 떠도는 구름.

오늘도 메끝에 홀로 오르니
흰점 꽃이 인정스레 웃고,

어린 시절에 불던 풀피리소리 아니나고
메마른 입술에 쓰디 쓰다.

고향에 고향에 돌아와도
그리던 하늘만이 높푸르(루)구나.

—정지용, 「고향」34)

꽃피는 봄 사월 돌아오면
이 마음은 푸른산 저 넘어
그 어느 산 모퉁길에
어여쁜 님 날 기다리듯
철 따라 핀 진달래 산을 덮고
먼 부엉이 울음 끊이잖는
나의 옛 고향은 그 어디런가
나의 사랑은 그 어디멘가
날 사랑한다고 말해주렴아 그대여
내 맘 속에 사는 이 그대여
그대가 있길래 봄도 있고
아득한 고향도 정들 것일레라

—박화목, 「망향」

---

34) 정지용, 「고향」, 이숭원 주해, 「원본 정지용 시집」, 깊은샘, 2003, 133~4쪽. 괄호 속 굵
은 글자는 채동선의 악보에 쓰인 글자로 원시와 다르지만 작곡자의 의도적인 변개로 보
이지는 않는다.

「망향」이 언제 누구에 의해 「고향」의 가사를 대체하게 되었는지는 분명하지 않다. 다만, 가곡 「고향」이 음악교과서나 명곡집에 수록된 상태에서 원 작사가의 납월북이 문제로 대두되자 출판편집자들이 박화목 시로 바꾸었다는 설이 유력할 뿐이다. 음악적으로 볼 때 「망향」의 가사는 대체로 「고향」의 음절그룹을 따르면서도 그룹 간의 변화가 비교적 커 한국어 낭송이 쉽고 가창자가 숨 쉴 곳을 더 자주 충분히 주는[35] 특징이 있다. 이 두 작품은 '고향'을 제재로 한 점에선 유사하나 원작이 고향에 돌아와 느끼는 격절감을 노래한 데 반해 박화목의 시는 고향과 옛사랑에 대한 그리움을 읊은 것으로 내용과 정서가 전혀 다르다. 가사가 바뀌었음에도 불구하고 「망향」이 음악교과서에 실려 널리 불릴 수 있었던 것은 고향 상실감을 강조한 원작에 비해 옛 사랑을 잊지 못하는 내용의 「망향」 가사가 좀더 친숙하게 여겨졌기 때문으로 보인다.

1964년 채동선 11주기를 맞아 그 유족은 정지용 시로 작곡한 채동선 가곡의 가사를 모두 바꾸고자 이은상 등에게 작시를 부탁하였는데, 이때 「고향」·「바다5」·「풍랑몽」의 가사가 「그리워」·「갈매기」·「동해」로 대체된다. 흥미로운 것은 이은상의 「그리워」는 정지용의 「그리워」를 거의 그대로 베낀 듯하고 「갈매기」도 「바다5」를 의식해 쓴 것이 분명해 보이지만, 「동해」는 원작과 전혀 다른 시풍을 보여준다는 사실이다.

> 그리워 그리워
> 돌아와도 그리던 고향은 어디더뇨
> 등녘에 피어있는 들국화 웃어주는데
> 마음은 어디고 붙일 곳 없어
> 먼 하늘만 바라보노라

35) 홍정수, 앞의 글, 120~3쪽.

눈물도 웃음도 흘러간 옛추억
가슴 아픈 그 추억 더듬지 말자
내 가슴엔 그리움이 있고
나의 웃음도 년륜에 사겨졌나니
내 그것만 가지고 가노라

그리워 그리워
그리워 찾아와도 고향은 없어
진종일 진종일 언덕길 헤매다 가네

―정지용, 「그리워」[36]

그리워 그리워 찾아와도
그리운 옛 님은 아니 뵈네
들국화 애처롭고 갈꽃만 바람에 날리고
마음은 어디고 붙일 곳 없어
먼 하늘만 바라본다네

눈물도 웃음도 흘러간 세월
부질없이 헤아리지 **말자**
그대 **가슴엔** 내가 내 가슴엔 그대 있어
그것만 지니고 가자꾸나

그리워 그리워 찾아와서
진종일 언덕길 헤매다 가네

―이은상, 「그리워」[37]

이은상이 가곡 「고향」의 새로운 작사를 부탁받고 지은 「그리워」가 하

---

36) 정지용, 「그리워」, 류희정 편, 『1920년대 시선(3)』, 평양예술종합출판사, 1992, 358쪽.
최동호 편저, 『정지용 사전』, 고려대학교 출판부, 2003, 515쪽에서 재인용.
37) 굵은 글씨는 정지용 「그리워」와 동일한 부분을 나타내기 위한 것임.

필이면 정지용의 「그리워」와 제목이나 내용이 거의 같은 이유에 대해서는 알려진 바가 없다. 앞서 말한 것처럼, 이 사실이 드러난 것도 한 방송인에 의해서였고, 정작 대다수 정지용 연구가들은 이은상이 작사한 가곡 「그리워」가 있다는 사실조차 모르고 있었던 것이다. 채동선 가곡의 가사의뢰를 받았을 무렵 이은상은 회갑을 넘긴 나이에도 인생의 전성기를 구가하고 있었다. 한 자료에 따르면 그가 작고하기 전까지 지니고 있던 직함만 해도 '민족문화협회장'에서 '국정자문위원'에 이르기까지 무려 34개[38]에 달했고, 그 일들이 대개 애국선열 추모(기념)사업과 관련한 것일만큼 그는 한국문화계의 권위자로 인정받고 있었던 것이다. 그런 이은상이 채동선 유족의 부탁을 받고 자신의 창작시가 아닌 정지용 시를 조금 고쳐 준 데는 나름의 이유가 있었을 것이다. 그 이유를 우리는 최인훈의 다음과 같은 글에서 시사 받을 수 있다. 최인훈은 1970년대 「소설가 구보씨의 일일」이란 소설을 발표하였는데, 이 소설의 원작자 박태원이 동일한 제목으로 다시 작품을 발표할 가능성이 없고 그런 경우가 생기더라도 남한에서 읽히지 못할 것이며, 원작이 1970년대 남한에서 읽히란 기대는 "환상"이라 생각하여 그 제목을 차용했다고 고백한다.

> 「구보씨……」라는 이름으로 모작을 씀으로써 나는 우리 문학의 연속성의 단절에 항의하고, '민족의 연속성'을 지킨다는 역사의식을, 문학사의식의 문맥에서 실천하고 싶었다. 그것이 나의 구체적인 역사의식이다. (……)
> 문학사의 연속성이라는 것은 선후작품들 사이에서 부르고, 받고, 그렇게 대화하는 관계—하나하나의 문학작품들이 등장인물이 된 드라마의 형식으로 존재한다는 믿음이다.[39]

---

38) 노산문학회 편, 『노산의 문학과 인간(下)』, 횃불사, 1983, 376~7쪽.
39) 최인훈, 『화두 2부』, 민음사, 1994, 51쪽. 최인훈은 납월북작가가 해금되기 전에 박태원의 「소설가 구보씨의 일일」을 읽었고, 어쩌면 그 작품을 소지하고 있었는지 모른다. 해

최인훈의 패로디 소설은 곧바로 박태원과 그 대표작에 대한 기억을 환기시켰지만, 이은상의 「그리워」에서 정지용을 떠올린 문학인은 거의 없었던 것 같다. 1964년의 시대적 상황에서 납월북 작가의 작품을 남한에서 출판하고 읽는다는 것은 최인훈의 회고대로 '환상'이었다. 그런 분위기에서 「고향」의 가사를 새로 써달라는 유족의 부탁을 받고 원작 시인의 또 다른 시 「그리워」와 흡사한 가사를 만들어 「고향」과 정지용의 관계를 연결시키고자 했던 이은상의 마음은 위험하지만 아름답고 소중한 정신이 아닐 수 없다. 그것은 채동선과 정지용의 우정에 대한 배려, 정지용 시가 잊혀지는 것에 대한 안타까움, 그리고 채동선과의 개인적 학연 등이 복합적으로 작용했기 때문이 아닌가 한다. 1960년대만 하더라도 이은상 연배의 문인들은 채동선과 정지용 사이의 각별한 우정이나 정지용의 시편을 기억하고 있었을 터이다. 따라서 채동선 곡에 이은상의 「그리워」가 붙여졌을 때 주변사람들은 처음엔 의아해 하다가 이은상의 원려(遠慮)를 충분히 이해하고 묵인했을 수 있다.

이은상은 「그리워」에서 정지용 시를 거의 그대로 옮겨놓은 뒤 「갈매기」에서 본격적인 패로디를 실험한다. 정지용의 「바다5」는 동시풍인 데다 내용도 비교적 평이하지만 그의 「바다」 연작에서도 잘 알려지지 않은 작품이다. 이 시는 바닷가에 사는 소년이 바둑돌(조약돌)을 바다에 던지며 노는 행동을 통해 구속으로부터 벗어나 자유를 얻고자 하는 마음을 노래한 것이다. 이은상의 「갈매기」 역시 갈매기란 대상을 통해 자유에의 열망을 노

방 전에 작품을 읽은 기억만 가지고 패로디하기는 쉽지 않았을 터이기 때문이다. 어떤 면에서 최인훈의 이러한 고백은 납월북작가 작품이 해금되었기 때문에 행해진 것이라 볼 수 있다. 그에 비해 이은상이 정지용 시를 거의 그대로 베끼고도 아무 해명이 없었던 것은 관련자들 사이의 암묵적인 공감이 있었기 때문이 아닌가 한다. 이은상은 1903년 경남 마산에서 태어나 일본 와세다대학 사학부에서 수학한 독실한 기독교 신자로, 그는 채동선과 와세다대학 동문이며 신앙도 같다.

래하고 있지만, 「바다5」의 바둑돌이 '하강'의 이미지로 구속으로부터의 탈출 의지를 반어적으로 드러내는 데 반해 '갈매기'는 상승의 이미지와 직설적 어법으로 주제를 강조하는 점이 다르다. 또한 「바다5」의 구절은 대체로 함축적이지만 「갈매기」에서는 '갈매기'의 행동을 설명하는 구절이 부연되어 있어 시적 감흥이 덜하다.

바둑 돌 은/내 손아귀에 만져지는 것이/퍽은 좋은가 보다.

그러나 나는/푸른바다 한복판에 던졌지.

바둑돌은/바다로 각구로 떨어지는 것이/퍽은 신기 한가 보다.
/당신 도 인제는/나를 그만만 만지시고/귀를 들어 팽개를 치십시오.

나 라는 나도/바다로 각구로 떠러지는 것이,/퍽은 시원 해요.

바둑 돌의 마음과/이 내 심사는/아아무도 모르지라요.

－정지용, 「바다5」[40]

갈매기는 한 군데만 앉아 있는 것이/무척 갑갑한가 봐
그래서 밤낮 바다 위로 빙글빙글 돌지요

갈매기는 바다 위 하늘로 날아 도는 것이/무척 자유로운가 봐
이제는 나도 거리의 먼지 속을/휘휘 휘휘휘 시원히 벗어나서

갈매기 마냥 산으로 바다로/푸른 하늘 위로 가고 가고 싶어
갈매기의 마음과 이 내 심정은/아 아 둘만이 알 뿐이라오

－이은상, 「갈매기」

---

40) 이숭원 주해, 앞의 책, 106~7쪽.

　「갈매기」와 「바다5」를 함께 놓고 보면, 두 작품이 제재와 이미지는 상이한 것 같아도 비슷한 시상과 어조에 의해 쓰여졌다는 사실을 쉽게 간취할 수 있다. 채동선 유족의 부탁으로 새로운 가사를 쓴 이은상이 원작을 모르리라 생각할 수 없으므로, 두 작품이 유사한 데가 있다면 「갈매기」가 「바다5」의 영향을 받았으리라 추론하는 게 상식에 맞을 터이다. 채동선이 작곡한 곡이 「바다5」를 대상으로 한 것이므로 이은상 역시 바다와 관련한 시를 쓸 수밖에 없었으리라는 점도 충분히 짐작할 수 있다. 「고향」을 대체한 가사 「그리워」에서 정지용 시를 거의 그대로 차용한 이은상은 「갈매기」에서 자신의 목소리를 서서히 드러낸다. 정지용 시 「풍랑몽」을 개작한 이은상의 「동해」가 앞의 두 편과 달리 완전히 독립적인 시풍(詩風)을 보여주는 것도 그런 맥락에서 이해할 수 있다.

> 당신 께서 오신다니/당신은 어찌나 오시랴십니가.//
> 끝없는 우름 바다를 안으올 때/葡萄빛 밤이 밀려 오듯이
> 그모양으로 오시랴십니가.
>
> 당신 께서 오신다니/당신은 어찌나 오시랴십니가.//
> 물건너 외딴 섬, 銀灰色 巨人이/바람 사나운 날, 덮쳐 오듯이,
> 그모양으로 오시랴십니가.
>
> 당신 께서 오신다니/당신은 어찌나 오시랴십니가.//
> 窓밖에는 참새께 눈초리 무거웁고/窓안에는 시름겨워 턱을 고일 때,
> 銀고리 같은 새벽달/붓그림성 스런 낯가림을 벗듯이,
> 그모양으로 오시랴십니가.
>
> 외로운 조름, 風浪에 어리울 때 /앞 浦口에는 궂은비 자욱히 둘리고
> 行船배 북이 웁니다, 북이 웁니다.
>
> ─정지용, 「風浪夢1」[41]

동해바다 백사장은 가슴이 찢기는 슬픈 곳
일러라 그대와 내가 거닐던 발자국 찾을 길 없이
쓸려 버리고 물결만 치는 슬픈 곳 슬픈 곳 일러라

동해바다 백사장은 가슴이 찢기는 슬픈 곳
일러라 그대와 내가 부르던 옛 노래는 들을 길 없이
사라지고서 물새만 우는 슬픈 곳 슬픈 곳 일러라

동해바다 백사장은 가슴이 찢기는 슬픈 곳
일러라 꿈속 같은 수평선 구름만 뭉게뭉게
갈매기 떼 뜻 있는 듯 날아도는데
멀리 가는 조각배 은회색 옛 기억 눈보라 같이 나부껴
눈물만 솟는 슬픈 곳

일러라 수박 빛 밤이 파도랑 같이 밀려
바닷 기슭에 부딪고 가슴만 찢어질래라
가신님 그리워 가슴만 찢어질래라

―이은상, 「동해」

　「풍랑몽1」과 「동해」는 각각 "당신께서 오신다니/당신은 어찌나 오시랴
십니가"란 구절과 "동해바다 백사장은 가슴이 찢기는 슬픈 곳"이라는 구
절이 반복되는 구조로 이루어져 있다. 전자가 '님'의 도래를 확신하면서
그 양태에 대한 호기심이 강조된 데 반해, 후자는 이별과 상실의 감정을
토로하고자 하는 욕망이 강하다. 전자에서 '님'의 모습은 "銀灰色 巨人"으
로 언표화되는 파도나 해일, 또는 "銀고리 같은 새벽달"같은 작고 수줍은
형태로 은유되는 데 반해, 후자에서는 '님'의 부재 후 남겨진 쓰라린 절망

41) 이숭원, 앞의 책, 94~5쪽.

감만 반추되고 있다. 「그리워」 · 「갈매기」에서 원작시의 시구절이나 분위기를 가급적 살리려 했던 것과 달리 「동해」와 「풍랑몽1」 사이의 관련성은 찾아보기 어렵다. 굳이 두 작품의 관련성을 찾자면 두 작품에서 "은회색"이란 시어가 공통적으로 쓰인 것, 「풍랑몽1」의 "葡萄빛 밤"과 「동해」의 "수박 빛 밤" 사이의 유사한 이미지 정도다. 1930년대초 이은상의 시조는 홍난파 · 현제명에게 선호되었으나, 채동선의 가곡에 한 편도 쓰이지 않았다. 채동선 가곡의 특징은 비정형시에 일관작곡 형식의 곡을 붙인 것이기 때문이지만, 이은상으로선 서운했을 수 있다. 그런데 1964년 채동선 유족의 부탁을 받고 채동선 · 정지용에 대한 존경과 의리를 지키며 자기 시조도 채동선 곡에 어울린다는 점을 보여주고 싶어 세 편의 가사를 다르게 썼는지 모른다. 그렇다고 「그리워」 · 「갈매기」가 단순한 모방작에 불과하다고 폄하할 수는 없다. 그는 정지용 시의 정서와 분위기를 해치지 않으면서도 자기만의 개성을 드러내려 노력했던 것이다.

4. 결론을 대신하여

정지용과 채동선은 1929년 유학을 마치고 귀국하여 문학과 음악 분야의 기린아로 주목받는다. 정지용은 한국 현대시사에서 '언어에 대한 자각'을 실천한 최초의 시인으로 평가[42]되며, 채동선 또한 부정형의 현대시와 일관작곡 형식의 취급에서 한국 가곡의 새 지평을 연 작곡가로 인정받는다. 현대시와 서양음악 분야에서 모던한 감각과 실험적 기법으로 탁월한 기량을 발휘하던 두 사람이 함께 논의되는 까닭은, 채동선이 작곡을

---

42) 최동호, 「정지용 시세계와 문학사적 의미」, 『정지용 시와 비평의 고고학』, 서정시학, 2013, 381쪽.

하며 대부분 정지용 시를 가사로 썼다는 점에서 기인한다. 1930년대 문인과 화가 사이의 각별한 우정과 교분이 문학 담론에서 언급된 적은 간혹 있지만, 시인과 작곡가 사이의 교류는 가벼운 일화 정도로만 구전되었을 뿐이다. 그런데 채동선은 정지용 시로 8편이나 작곡하였고, 그 중 「고향」은 음악교과서 및 명곡집에 실려 널리 불리다가 두 사람의 의사와 무관하게 노랫말이 바뀌는 등 흥미로운 사건이 많음에도 불구하고 문학판에서 거의 언급이 없었다. 정지용과 채동선의 교유와 가사의 변개과정은 1930년대 한국 현대시와 음악의 소통을 알려주는 자료이며, 6·25 전쟁 후 정지용 시가 가곡에서조차 삭제되는 상황은 이념 갈등이 예술에 미친 폭력의 양상을 보여주는 전형적 사례. 그런 점에서도 정지용과 채동선의 교유 관계는 보다 면밀하고 실증적으로 검증될 필요가 있다. 채동선이 정지용 시를 8편이나 작곡하고, 큰아들을 휘문고보에 진학시킨 일화를 통해 우리는 채동선의 정지용에 대한 우정과 신뢰가 얼마나 돈독한 것이었나를 짐작할 수 있다. 두 사람은 나이차가 거의 없고 비슷한 시기에 영문학은 전공했지만, 애주가인 정지용과 달리 채동선은 거의 술을 마시지 않아 서로 어울릴 기회가 적었을지 모른다. 그러나 채동선이 작곡한 8편의 가곡은 두 사람의 우정을 증빙하는 가장 확실한 실증적 자료이며, 반공을 국시(國是)로 삼았던 1960년대 가사가 바뀌는 혼란을 겪으면서도 꾸준히 애창되었던 것은 채동선 음악의 가치를 말해주는 불변의 증거다.

채동선은 유럽에서 음악을 전공했음에도 불구하고 전통 민요 채집에 많은 관심을 기울였으며, 일제의 압제가 우심해져가던 무렵에는 사회적 활동을 줄이고 칩거함으로써 친일의 멍에에서 자유로울 수 있었다. 그가 창씨개명을 거부하고 일체의 예술활동을 중단했던 배경에는 부친의 든든한 경제적 후원이 있었지만, 어려서 키워 온 민족주의 사상이 더 큰 요인으로 작용했던 것으로 보인다. 홍난파·현제명·김동진 등 대부분의 양악 1세대가 자의반타의반으로 일제에 협력하여 후대에 지탄을 받는 것과 달리 그는 민족적 자존심을 잃지 않았고, 해방후에는 반일·반공주의자로 당시 정부의 문화정책 수립에 적극 참여하며 날선 비판도 서슴지 않았다. 일제시대에 작곡한 곡들이 대체로 서정적이고 토속성이 강한 경향을 보인 데 반해 해방후 곡들은 해방된 국민을 계몽하고 조국 건설을 찬양하는 특징43)을 보이는 것에서 그의 예술관·세계관의 일단을 짐작할 수 있다. 문학인 가운데는 만해나 육사 같은 지사·투사적 이미지의 시인도 있지만, 우리 음악계에는 그런 강인한 성품의 작가는 찾아보기 어렵다. 그런데 채동선은 만해나 육사에는 미치지 못하나 한국 음악인으로서의 자존심을 잃지 않으려 노력한 예술가였다고 할 수 있다. 그런 점에서 채동선의 삶과 예술에 대한 좀더 체계적이고 심층적인 조명이 필요한 것으로 생각한다.

채동선 곡에 새로운 가사가 붙여지는 과정에서 이은상은 중요하고 의미 있는 역할을 담당한다. 그의 시조는 1930년대 작곡가들이 가장 선호하는 가사였으나 채동선 가곡에선 한 편도 쓰이지 않았다. 그런데 1964년 이소란 여사의 부탁으로 채동선 곡 세 편의 가사를 새로 쓰면서 이은상은 매우 흥미로운 흔적을 남긴 것이다. 그는 「고향」의 가사를 개사하면서 정지용의 「그리워」의 제목과 내용을 거의 그대로 차용했고, 「바다」에서는 원시의 하강 이미지와 반어적 수사를 '갈매기'의 상승 이미지와 직설적 어법으로 단순화하였으며, 「동해」에서는 원시 「풍랑몽」과 전혀 다른 이은상의 시를 창작하였다. 이은상이 어떤 의도에서 이런 개작을 했는지에 대한 정보는 찾아보기 어렵다. 이 글에서는, 선배 작곡가·시인의 작품을 제대로 전하려는 이은상의 호의와 우정에서 비롯된 행동으로 이

---

43) 김정애, 앞의 글, 9쪽.

해하려는 것이다. 채동선·정지용·이은상 등 세 예술인은 거의 동년배로 같은 시기를 살며 작품을 통해 서로 교감을 나누었지만, 그와 관련한 일체의 사설(辭說)은 남기지 않는 결벽증을 보인다. 채동선이 정지용 시를 유달리 편애했고 아들의 진학문제도 상의한 데서 두 사람의 우정을 짐작할 수 있듯이, 이은상의 세 편의 개작에서 우리는 이은상의 아름다운 우정과 곧은 선비정신을 본다. 그는 별로 자랑스러울 게 없는 개사 작업에 관여하면서 원작의 흔적을 남김으로써 '문학사의 연속성'을 고려했을 수 있다. 하지만 가사가 바뀐 가곡이 원곡의 정서와 감동을 그대로 전달할 수 있느냐의 문제는 여전히 남는다.

욕망과 좌절의 변증을 통한 대긍정의 시학

김달진론

1. '처음으로 내어다 놓은 솜이불, 새로 바른 하얀 미닫이'

시인 김달진(金達鎭, 1907~89)에 대한 문단과 학계의 관심이 그의 사후에 더욱 빈번하고 집중적으로 이루어져 온 것은 극히 이례적인 사례에 속한다. 그는 1929년 양주동의 선고(選考)로 「잡영수제」가 『문예공론』(1929)에 실려 시인으로서의 활동을 시작하여 1936년 <시인부락> 동인으로 활동하고 1940년 첫시집 『청시(靑柿)』를 상재했으나, 그 이후 거의 시작(詩作)을 폐업하다시피 하고 교육과 경전 번역에 전념하면서 세상과 거리를 둔 삶을 살았던 것으로 전해진다. 그 때문에 김달진은 그의 문학과 인간됨을 기억하고 흠모하는 몇몇 지인들 외에는 '문단'에서 거의 잊혀진 존재가 되었고, 따라서 문학연구가들에게조차 '문학사' 속의 화석(化石)으로 기억될 뿐이었다. 이처럼 세상과 격절된 삶을 고집하던 그가 1983년 김달진 시전집 『올빼미의 노래』를 펴낸 것부터가 의외의 사건이 아닐 수 없었다. 그후 간헐적으로 시작 활동을 하던 김달진은 1989년 입적하는데, 이듬해 '김달진문학상'이 제정되면서 그의 문학은 세상에 점차 널리 알려지게 된다. 그가 시인으로 등단하여 사망할 때까지의 세월은 한 갑자에 달하는 긴 세월이지만, 정작 그 기간 동안 발표한 시는 모두 이백 편을 넘지 않는다. 그럼에도 사후 1년만에 문학상이 제정됨으로써 세간의 주목을 끌었고, 이십여 년 가깝게 이 제도가 이어져 오면서 그의 문학과 삶이 새삼 주목의 대상이 되고 있는 것이다.

매우 거칠게 살펴본 김달진의 시적 이력에서 확인할 수 있는 것은, 우리나라에서 한 시인에 대한 관심과 평가는 작품의 좋고 나쁨에 따라 결정되는 게 아니라 소위 '문단'에서의 소속과 역할에 따라 크게 영향을 받는다는 사실이다. 이와 같은 우리 문학계 일각의 정치적 성향 때문에 김달진 시가 소외되어왔던 저간의 사정을 오탁번은 다음과 같이 질타한다.

> 어째서 이렇게 우수한 시인이 문학사에서 거의 매몰되다시피 한 상태에 있는가를 생각해보며 우리 문학사의 얄팍한 질(質)에 분노를 느꼈다. 역시 한국의 문인들은 적당히 문단정치도 하고 또 거드름도 피워야만 사적(史的)으로 생존하는 것일까.[1]

김달진의 시가 제대로 평가되지 않은 책임을 전적으로 우리 문단의 분파주의에서 찾는 행위도 문제는 있다. 1940년 첫시집을 낸 뒤 43년 만에 두 번째 시집(『올빼미의 노래』)을 낼 정도로 과작을 한 그의 문학적 행보가 독자는 물론 타 문학인들과의 사이에 거리가 생긴 가장 큰 이유일 것이기 때문이다. 이 시기에 그는 현실과 단절된 삶을 산 것으로 알려져 있지만, 경남 창원의 남면중학교 교장도 지내고 『장자』·『법구경』·『태고집』·『나옹집』 등 중국 고전과 불교 경전 번역에 몰두했으므로 완전히 속세와 절연했다고 보기는 어렵다. 또한 동양 사상과 불교에 관심을 가졌던 몇몇

---

1) 오탁번, 「과소평가된 시―김달진의 「샘물」」, 『김달진시전집』, 문학동네, 1997, 497쪽.

후학들 사이에서 김달진은 '득도득시(得道得詩)'[2]한 문단의 선배로 기림을 받고 있었으므로 사후(死後)의 김달진 문학에 대한 세간의 관심을 일부 호사가들의 변덕과 도섭으로만 치부할 수도 없다. 그러나 그의 문학과 정신세계가 널리 알려지는 데 가장 커다란 기여를 한 사람은, 당연하게도, 그의 후인들이다. 김달진 시와 삶에 대한 추모는 '김달진문학상'이란 소박한 모임에서 시작되었으나 지금은 지방자치단체의 재정적 후원을 받아 전국적 규모로 성대하게 치러지는 축제('김달진문학제')로 발전하였다. 우리 주변에는 탁월한 문학세계를 구축한 작고 문인 선배들이 많지만 그의 문학적 성과를 기리고 빛낼 적당한 후원자나 후인이 없어 점차 잊혀져 가는 경우가 적지 않다. 이런 사례와 비교해볼 때 '김달진문학제'·'지용문학제' 등의 정착은 우리에게 시사하는 바가 크다.

　김달진 시가 노장(老莊) 혹은 불교 정신에 크게 빚지고 있다는 점은 선행연구가들이 모두 공감하는 사실이다. 실제로 그의 시를 통독한 뒤 갖는 첫인상은 "처음으로 내어다 놓은 솜이불/새로 바른 하얀 미닫이"(「秋聲」)처럼 정갈하면서도 편안한 느낌이다. 그러나 그의 초기시에는 뜨겁고 싱싱한 욕망이 잠복해 있으며, 이상과 현실의 괴리로 좌절하고 갈등하는 인간적 모습도 보인다. 김달진 시의 전개는 세속적 삶을 영위하면서 누구나 겪어야 하는 욕망과 좌절의 순간이 있었으나 그것을 내적으로 다스려가면서 점차 무용(無用)의 삶과 선적 직관의 세계로 침잠하는 과정으로 요약할 수 있다는 게 필자의 생각이다. 이런 가설을 따라 논의를 진전시켜 보자.

2) 장호, 「때묻지 않은 웃음 소리에 미역 감고」, 『김달진시전집』, 493쪽.

2. '벽화 속의 처녀가 남 몰래 내려와'

김달진의 첫시집 『청시(靑柿)』[3]는 「비시(扉詩)」란, 다소 낯선 제목의 시가 제일 앞에 실려 있다.

> 유월의 꿈이 빛나는 작은 뜰을
> 이제 미풍이 지나간 뒤
> 감나무 가지가 흔들리우고
> 살찐 暗綠色 잎새 속으로
> 보이는 열매는 아직 푸르다.

—「扉詩」 전문

이 시의 제목('扉詩')을 풀어 설명하면 '시의 문(門)' 정도가 된다. 그러므로 이 시는 시집 『청시』의 '서시(序詩)'에 해당하는 작품이라 할 수 있다.[4] 한학(漢學)과 불교 경전에 정통한 시인의 이력을 고려하면, 왜 일반인에게 익숙한 '서시'가 아니라 굳이 '비시'란 어휘를 고집했는지 짐작 못할 바가 아니다. 어쨌든, 위 시는 시집 『청시』의 '서시'로 제일 앞부분에 실려 있으므로 시집 전체의 정신과 분위기를 암시한다고 해도 잘못이 아니다. 선행연구가들은 이 시의 정서를 "금욕적 평등의 시선",[5] "생의 감각을 고조",[6] "인공의 손이 전혀 가해지지 않은 자연 그대로의 모습"[7] 등으로

---

3) 이 글에서 김달진 시는 모두 『김달진시전집』(문학동네, 1996)에서 인용하며, 필요한 경우 괄호 안에 제목과 쪽수만 기록함.

4) 曺靖華의 「素箋寄深情」에 "扉頁上端是書名, 下端印有'諸夏懷霜社校印'字樣". 『漢語大詞典』(한어대사전편찬위원회, 한어대사전 출판사, 上海中華印刷, 1993, '扉' 항의 '扉頁'조 ; 비혈의 상단은 서명이고, 하단에는 '제하회상사 교인'이란 글자가 인쇄되어 있다.)이란 문장이 있다. 이로 미루어도 '비시'는 '서시'의 의미로 이해해도 무방할 것이다. 김재홍·최동호 교수도 '비시'를 '서시'의 뜻으로 이해하고 있으며, 동국대 국문학과의 김갑기·김상일 교수도 같은 견해를 들려주었다. 위 曺靖華의 글은 김상일 교수의 제보에 의한 것이다.

5) 김인환, 「청결하고 맑은 곳—『靑柿』론」, 『김달진시전집』, 500쪽.

대동소이하게 해석하고 있지만, 필자가 보기에 이 시는 아직 풋기가 가시지 않은 감[靑柿]의 존재 자체를 인정하는 한편, 그 감이 장차 발갛게 익어 제 구실을 다 하기를 바라는 염원이 깃들어 있는 작품이라 보인다. 그것은 시의 첫구절 "유월의 꿈이 빛나는"이란 대목에 시인의 강렬한 생의 의욕과 희망이 담겨져 있다고 보기 때문이다. 이 시에는 지금의 풋감이 홍시나 연시로 익기 전에 낙과(落果)할지도 모를 자연적·인위적 재난, 곧 태풍이나 폭염 또는 악동들의 장난 등과 같은 위험에 대한 우려가 전혀 배제되어 있다. 이 시를 구성하고 있는 시어들, 이를테면 '유월의 꿈'·'빛나는'·'미풍'·'살찐' 등은 대체로 긍정적인 의미를 환기하며, '암록색'·'푸르다'와 같이 부정적으로 해석될 수 있는 시어도 앞뒤 문맥으로 미루어 긍정적 의미에 기여하는 것으로 보인다. 그러므로 이 시는 밝은 햇살이 비치는 유월의 뜨락 감나무에 열린 푸른 열매(미성숙한 존재)를 보며 발갛게 익기(성숙하고 완성된 존재)를 바라는 마음으로 지은 작품이라 해석할 수 있다. 여기서 무위자연이나 평등의 세계관을 읽어내는 것은 김달진 시의 전체적 분위기에 압도되어 일종의 선입관이 작용했기 때문이라 생각된다.

이와 같은 생의 열망은 『청시』에서 드물기는 하지만 뚜렷한 족적을 새겨 놓고 있어 주목된다. 심지어 「쓸쓸한 밤」은 제목과 전혀 달리 시적 화자의 뜨겁고 싱싱한 관능이 솔직한 어조로 토로되어 있어 놀랍기까지 하다.

　　못 견디게 쓸쓸한 하룻밤
　　이제 한밤
　　벽화 속의 처녀가 남 몰래 내려와

---

6) 김재홍, 「김달진, 무위자연과 은자의 정신」, 위의 책, 547쪽.
7) 최동호, 「김달진 시와 무위자연의 시학」, 위의 책, 554쪽.

내 이불 밑에서 꿈을 꾸다 새벽에 갔다.

－「쓸쓸한 밤」 전문

김달진 시의 특징 가운데 하나가 과도한 감정노출이나 불필요한 수식 같은 췌사(贅辭)가 거의 없다는 점이다. 위 시도 그러한 특질을 여실히 보여주거니와, 대화할 상대 하나 없어 못견디게 외로운 밤을 견뎌내기 위해 묘령의 여성을 창조해 고독을 달래는 시인의 젊고 순수한 욕망이 솔직하게 표백되고 있다. 시인이 왜 못 견디게 쓸쓸한 밤을 보내야 하는지는 잘 모르겠지만[8] 벽화 속의 여자를 불러내고 싶을 만큼 절박하고 외로운 상황에 처해 있다는 점은 절실하게 와 닿는다. 여기서 흥미로운 부분이 "벽화 속의 처녀"와 "내 이불 밑에서 꿈을 꾸다"란 구절인데, 벽화 속 처녀가 말 그대로 그림 속의 여인인지 혹은 벽에 걸어놓은 가족사진 속의 죽은 아내의 처녀적 모습인지를 상상하는 것은 이 시를 읽는 재미를 배가시킨다. 승려·교사·한학자이면서 마지막엔 '비승비속(非僧非俗)'을 자처했던 시인의 담백한 성정이나 처세로 보아 아무리 젊은 시절이었다 하더라도 그림 속의 여성에게 육체적 욕망을 품었으리라고는 생각되지 않는다. 그렇다면 '벽화 속 처녀'는 예전에 우리나라 가정 거의 모든 집안에 걸려 있던 가족사진 속의 한 여성이라 보는 게 오히려 타당할 듯하고, 그 여성이 다름 아닌 죽은 아내의 처녀적 모습이라 이해하는 것은 지극히 자연스러운 논리라 할 수 있다. 어쨌든, 시인은 식민지 시대의 긴긴 밤을 외롭게 보내면서 젊음의 욕망을 애써 버리거나 숨기려 하지 않았던 것이다.

---

8) 『청시』에는 유달리 상실과 이별에 대한 회한을 다룬 작품이 많다. 특히 「落月」이란 작품에서 시인은 각주를 통해 "유랑 생활의 3년으로 고향에 돌아온 그 익일에 나는 나의 안해를 잃었"노라고 고백하고 있는데, 「쓸쓸한 밤」의 정서도 이와 같은 맥락에서 해석할 가능성도 열려 있다.

김달진 시에서 '벽화' 속 대상과 관계를 맺는 독특한 상상력은 「쓸쓸한 밤」 한 작품에 국한되지 않는다. 그는 "낡은 벽화 속의 사슴이와 이야기해 보았다"(「熱」)며 가상의 존재와의 '대화'를 통해 외로움을 이겨내려 하고, "벽화의 어린 처녀의 젖가슴이 가는 숨길에 오르나린다"(「靜謐」)며 노골적인 관능도 숨기지 않는다. 이러한 젊고 뜨거운 육체의 관능은 "수양 드리운 마을 앞 우물가를 지나다가/황혼에 물 긷는 마을 아낙네들의/에로틱한 戱談을 혼자 들었다."(「玉山」)와 같은 파격적 진술로 언표화되기도 하며, "밤의 숨결은 애인의 숨결입니다. 나는 이 밤을 왼통 집어삼켜도 배 부르지 않겠습니다."(「밤」)라는 갈급한 열정의 직접적 표현으로 나타나기도 한다. 하지만 이런 직설적 언술은 생명을 가진 존재들이 자신의 목숨을 유지하고 종족을 보존하기 위해 반드시 지녀야 할 기본적인 욕망의 드러냄이어서 추악하거나 불쾌한 감정을 유발하는 저급한 관능과는 근본적으로 다르다. 가령, 「옥산(玉山)」에서 시인이 황혼의 우물가에서 아낙네들끼리 주고받은 "에로틱한 戱談"을 들었다고 고백한 것도 승려나 교육자의 처지에서 보면 점잖지 못한 행위같지만, 시인이 보고 들은 것은 젊은 아낙네들의 건강한 욕망과 화목한 분위기이지 남녀간의 은밀한 정사(情事)가 아니다. 그는 마을을 지나가는 나그네로서 그곳의 반쯤 허물어진 돌담과 우물가의 수양버들과 아낙네들을 하나의 '풍경'으로 바라보고 스쳐 지나간 것에 지나지 않는다. 그것은 마치 바람과 냇물이 무심하고 자연스럽게 들과 산을 가로지르고 마을을 지나는 것과 같은 자연스러운 행동이어서 삿된 욕망이 틈입할 자리가 없다. 중요한 것은 시인이 마을을 지나며 반쯤 무너진 담벽 등을 통해 그들의 가난과 궁핍, 절망과 좌절을 보는 게 아니라 젊은 아낙네들의 건강하고 화기애애한 삶의 동력을 감지했다는 점이다. 이러한 따듯하고 포용적인 시각이야말로 번쇄하고 속악한 현실의 삶을 견디게 하고 마침내 세계를 긍정하게 하는 힘의 원천이라 생각되는 것이다.

3. '꿈길은 化石처럼 굳어가고'

그러나 김달진이 처한 세계는 꿈과 희망의 꽃이 만개하는 생명의 처소
라기보다는 "외로운 무덤" 위에 "들국화 한 포기/이슬에 젖이우며 밤을
새"(「밤길」)우거나 "냉철한 겨울 밤 하늘 아래" 그림자마저 "땅에 얼어붙"
(「겨울 밤」)은 동토(凍土) 또는 "떠도는 시름의 아득한 꿈도 없는"(「빗발 속으
로」) 불모의 공간으로 더 많이 그려진다. 실제로 『청시』에 가장 빈번하게
등장하는 시어는 '고독'·'슬픔'·'혼자(홀로)'·'鉛빛'·'차가움'·'시름'·
'안타까움' 등 어둡고 부정적인 어휘들이다. 그리고 그것은 "아직 한 사
람의 알뜰한 사랑을 갖지 못"(「悔恨」)한 삶에 대한 회한과 "돌이키매 그림
자 문득 잃"(「落月」)은 상실감을 솔직하게 표현하기 위해 선택된 시어들이
다. 요컨대 『청시』에서 확인할 수 있는 김기진의 정신세계는 "슬픔인가
하면 기쁨"(『올빼미의 노래』 「작가의 말」)의 혼란과 모순의 감정인 것으로 보
인다.

> 깊은 산골 바위 틈으로 옥 같은 샘물
> 차디차고 가난한 샘물
> 흘러가는 그림자 밑에 나의 슬픔이 있다
> ─차츰차츰 엷어가는 나의 꿈의 빛깔을 본다.
>
> ─「샘물 속의 슬픔」 전문

김달진에게 '샘물'은 "절대 순수, 절대고독의 상태"9) 또는 "천지만물이
나와 하나"10)로 합일된 우주적 상징이기도 하다. 그러나 위 시에서 시인
은 샘물을 통해 자아와 우주를 관조하는 웅혼한 상상력을 발휘하지 못하

---

9) 오탁번, 앞의 책, 498쪽.
10) 최동호, 앞의 책, 556쪽.

고, 현실적 제약과 억압 앞에서 점차 왜소해지고 초라하게 위축되는 자신의 초상을 본다. 깊은 산골 바위틈으로 흐르는 석간수는 옥같이 맑고 깨끗하지만 달리 보면 차고 가난한 물에 불과할 따름이다. 그것은 한 순간의 갈증을 해소하고 정신을 쇄락하게 해줄 수 있을지언정 근본적인 갈증과 굶주림을 해소시켜주지는 못한다. 정신이 가난하고 냉정할수록 현실문제를 냉철히 인식할 수 있게 해주는 것이 아니라, 현실에 무기력할 수밖에 없는 자신의 나약함을 뚜렷이 부조(浮彫)시킬 뿐이다. 건강하고 뜨거운 열망을 품고 있으면서도 그것을 실현할 수 없는 현실적 조건이 "흘러가는 그림자 밑에 나의 슬픔"이란 구절에 집약되어 있다. 샘물에 비친 내 모습이 고정되어 있지 않고 물길을 따라 흘러간다는 진술은 '변화'와 '무상' 또는 '좌절'과 '초탈'의 의미로 읽힌다. 시의 마지막 구절에서 "나의 꿈의 빛깔"이 "차츰 엷어가는" 것을 본다는 것도 번다한 세속사와 점차 거리를 두고 무색투명한 삶을 살겠다는 의지로 읽을 수 있다. 하지만 시인이 왜 갑작스럽게 온작 세속의 욕망과 꿈을 버리고 "새로 바른 하얀 미닫이"의 창호지처럼 정갈한 삶을 살겠다는 것인지는 분명하지 않다. 다만 「샘물 속의 슬픔」과 유사한 정서를 다룬 다음 작품을 통해 우리는 시인의 탈속 의지를 보다 분명하게 확인할 수 있을 뿐이다.

> 전나무 소나무
> 깊은 그늘 황혼의 녹은 길 우에
> 어인 손수건 하나 하얗게 놓여 있다
> 햇슥한 그의 情熱은 靜寂의 내음새다.

> —「손수건」 전문

이 시가 환기하는 정서는 전통적 서정의 세계와 친숙한 듯 하면서도 낯설다. 친숙한 느낌을 주는 것은 "전나무 소나무"·"깊은 그늘 황혼"·

"靜寂의 내음새"과 같이 고아하면서도 아득한 동양적 정신의 세계를 암시하는 시어들이 사용되고 있기 때문이다. 그런데 3행에 등장하는 '하얀 손수건'은 이 시의 동양적 분위기를 단숨에 깨뜨리면서 놀라운 긴장감을 유발한다. 전나무와 소나무가 우거진 황혼의 숲길에 놓인 하얀 손수건은 전혀 어울리지 않는 시적 대상물의 병치(juxtaposition)이면서, 전나무·소나무의 녹색과 황혼의 붉은색, 그리고 숲의 어둠과 손수건의 흰색이 절묘하게 어울리고 뒤섞이면서 전통과 현대가 화합을 이루는 어떤 극적 긴장과 통합의 상태를 만들어낸다. 그런데 시인은 숲 속의 하얀 손수건에서 모든 것을 반사하고 거부하는 백색(白色)을 보는 게 아니라 '靜寂의 내음새'를 맡는다. 다시 말해 이 시의 마지막 구절은 "情熱·靜寂"과 같은 심정 상태를 "핼슥한·내음새"와 같이 시각·후각적 이미지로 변용한 뒤 그것을 다시 공감각화하는 복합적 기법을 구사하고 있다. 그럼으로써 이 시는 전체적으로 동양적 정적과 탈속의 분위기를 강하게 풍기는 한편, 동양화의 여백과는 또 다른 '백색'을 배치함으로써 묘한 긴장감을 불러일으키고 있는 것이다.

『청시』의 시적 화자는 주변 인물과 화목하게 어울리지 못하고 어디에선가 "혼자 돌아오"(「밤길」)거나 밤늦게 혼자 "창밖의 비소리"(「悔恨」)를 듣는데, 그 밤길에는 "길가에 외로운 무덤이 하나 있고", 빗소리를 듣는 방에는 "쓰러진 화병처럼 홀로 누운 침대"만 덩그마니 놓여 있다. 이러한 고독의 정서는 『올빼미의 노래』에까지 이어져 "여관 이층 낡은 다다미방에/나 혼자 하염없이 앉아 있었다"(「화로 앞에」)거나, "나는 하나 惑星 안의 孤兒"(「시간」)란 인식으로까지 나아간다.

　　시간이 구름처럼 흘러간 뒤
　　내 모든 願望의 이마 위에

오직 하나 창백한 입술 자리.

아침 아침마다 가난하고
저녁 저녁마다 고달파
꿈길은 化石처럼 굳어가고……

나는 하나 惑星 안의 孤兒라.
집집마다 꼭꼭 닫힌 문 앞을 지나,
눈보라 어둠 속을
두 손길 호호 불며 지나가노라.

―「시간」 전문

이 시의 정서는 「샘물 속의 슬픔」에서 한탄했던 "차츰차츰 엷어가는
나의 꿈의 빛깔"의 그것보다 훨씬 어둡고 절망적인 분위기를 자아낸다.
시간과 일상의 완강한 폭력에 의해 시인의 꿈과 원망(願望)은 속절없이 시
들어가고 마침내 '화석'처럼 메말라간다. 그러나 이 우주 안에는 누구 하
나 시인의 처지를 동정하거나 도와줄 사람도 없다. 사립문이나마 활짝 열
고 지내며 훈훈한 정을 주고받던 호시절은 가고, 집집마다 문을 닫아 건
겨울밤 같은 혹독한 시절을 시인은 홀로 떨면서 견뎌내고 있는 것이다.
이러한 상황 속에서 시인은 세상과 대결하고 갈등하기보다 무욕(無慾)과
무용(無用)의 처세로 세상과 화합하려는 방법론을 선택한다.

4. '땅 속에 묻힌 靑磁器처럼 살꺼나'

김달진이 1936년 〈시인부락〉 동인으로 참여한 것은 서정주·함형수
와 혜화전문 동문이라는 인연도 작용했겠지만, 그보다는 "시에 대한 정열
에 들끓고 있었"[11]기 때문으로 보는 게 옳을 듯하다. 왜냐하면 그는 『시

인부락』에 발표한 시에서 "처마 끝에 거미 한 마리 어둔 찬비에 젖는데/
아 어디어디 빨간 장미꽃 한 송이 없느냐!"(「황혼」)고, 암담한 상황 속에서
도 밝은 미래를 추구하는 태도의 작품을 선보이고 있기 때문이다. 그러나
김달진이 인식하고 있던 현실은 "안과 밖이 함께 칠같이 어둔 밤"(『올빼미
의 노래』, 「작가의 말」)과 같이 지극히 암담하고 비관적인 상황이어서 "나는
추워라, 어실어실 추워라"(「사무실」)고 몸을 움츠리거나 "견디기보다 큰 괴
롬이면/멀리 깊은 산 구름 속에 들어가"(「체념」) 무위자연 혹은 물아일체
의 정신세계에서 위안을 찾으려는 소극성을 드러낸다. 이러한 태도는 시
인이 처한 역사적 · 사회적 현실을 '있는 그대로 재현'하려는 리얼리즘 문
학관과 달리 삶의 현장성을 배제한 자리에 서정적 자아와 자연을 배치하
여 둘의 합일을 추구하는 노장적 자연관 혹은 불교적 세계관에 더 가깝다.

> 청자기, 청자기, 청자기처럼 살꺼나. 땅 속에 묻혀 있는 청자기처럼 살
> 꺼나. 이슬 내린 아침 화원의 찬란한 영화는 모란이 받게 하라. 비갠 가을
> 하늘 경쾌한 방랑은 흰 구름에 맡겨두라. 이름은 얻어 무엇하리, 이 위에
> 累을 보태지 말자. 기림은 좇아 무엇하리, 입술 따라 오르나리는 하나의
> 장난감. 饒舌은 愚癡, 瞋恚는 毒蛇, 慳貪 다시 일으키랴!
> 청자기처럼 살꺼나. 땅 속에 묻혀 있는 청자기처럼 살꺼나. 그 빛깔 그
> 대로, 그 무늬 그대로. 내 운명 조용히 사랑하며 스스로 간직하고, 오로지
> 깊이 나를 지키어 청자기처럼 살꺼나. ㅡ 영원히 푸른 '庸劣', 영원히 푸른
> '침묵'.
>
> ㅡ「靑磁器처럼」 전문

암담하고 고단한 현실 속에서 건강하고 싱싱한 욕망을 실현하기 불가
능함을 깨달은 시인은 속세의 명성이나 기림 같은 데 연연하지 않고 조용

---

11) 김용직, 「『시인부락』과 김달진의 시」, 『김달진시전집』, 495쪽.

히 은둔하여 살겠다는 의지를 드러낸다. 그러한 삶의 태도는 "내 운명 조용히 사랑하며 스스로 간직하고, 오로지 깊이 나를 지키"는 안심입명(安心立命)의 동양적 정신세계에 귀의하여 자아를 지키겠다는 가치관의 수용으로 이해할 수 있다. 외부 세계와의 치열한 대결을 통해 자아를 추구하는 것이 미덕으로 여겨지는 현실에서 이처럼 내적으로 침잠하는 처세 때문에 "사람이 변변치 못하고 졸렬하다[庸劣]"고 비판받을 수 있다는 점을 모르지 않으면서도 그는 거듭 반복하여 "땅 속에 묻혀 있는 청자기처럼 살꺼나"라며 각오를 다진다. 일단 은자의 삶을 선택한 시인에게 세속적 부귀와 영화, 명성과 영예 등은 허상에 지나지 않으며, 주변의 훼예포폄도 어리석은 짓에 불과할 따름이다. 우리가 주목해야 할 점은 시인이 추구하고 지향하는 삶이 "땅 속에 묻혀 있는 청자기처럼"이라는 것이다. 청자는 우리나라 도예의 우수성을 최상승의 단계로 끌어올린 예술품, 다시 말해서 자연 그대로의 흙에 일정한 조작이 가해진 인공물이다. 그러므로 청자는 어떤 의미에서 흙의 타고난 본성을 상실한 존재라고 말할 수 있다. 더군다나 청자가 처음 생산되었던 고려시대와 달리 지금은 우리의 일상적 삶에 유용한 생활도구가 아니라 특별히 관리되고 완상되는 고가의 물건일 뿐이다. 그것은 마치 인간이 후천적으로 일정한 교육과 훈련을 받음으로써 능력이나 자질이 더욱 향상되는 것과 같다. 그렇게 변화된 존재가 교환가치를 지닌 하나의 '상품'으로 전락하는 것은 자본주의 사회의 일상적 풍경이다. 시인이 "땅 속에 묻혀 있는 청자기"를 꿈꾸는 것도 그 때문이다. 시인은 자신의 현존재가 일정한 교육과 수련 등에 의해 완성된 하나의 인공적 조작물이라고 여겨 그것을 세상에 노출하지 않은 채 본래의 맑고 깨끗한 성품을 지키고 살아가겠다는 의지를 드러내고 있는 것이다. 여기에는 인공적 교육과 수련에 의해 변화된 성품은 예전의 본래 모습대로 환원될 수 없다는 판단이 개입되어 있다. 그것은 세상에 어느 정도 물든 자신에 대한 절망적 인식이 아니라, 깨끗하고 맑은 정신을 간직하고 살기가 그만큼 어렵다는 의미로 읽힌다. 시의 마지막 구절에서 방점과 따옴표를 사용하여 강조하고자 한 것(영원히 푸른 '庸劣', 영원히 푸른 '침묵')도 그런 사정과 관련된다. 세상 사람이 변변치 않다고 비웃을지라도 시비하지 않고 굳게 입 다물고 있지만 마음은 고요하게 맑은 상태, 그것은 "왜 사냐건 웃지요"[12]의 경지를 떠올리게 한다.

세속의 시시비비에 연연하지 않기로 작정한 시인에게 삼라만상이 그 자체로 보이는 것은 너무도 당연한 일이다. 다시 말해 이제 시인에게 사물은 인간의 관점에 의해 자의적으로 해석되고 평가된 타자가 아니라 원래 그대로의 모습과 의미를 지닌 주체로 존재할 뿐이다. 인간과 사물이 주체와 타자의 불평등한 종속적 관계로 맺어지는 게 아니라 각자가 주체로 평등하게 대면하는 상생적 관계를 유지하면 온갖 분별이 사라져 나와 우주가 하나로 합일되는 절대적 평등과 자유의 세계를 경험하게 된다.

　① 나 적은 동무와 마주 앉아/인생을 논하다가/大氣焰을 吐하다가/문득 興이 식어 입 다물고/憮然히 창경 밖을 내다보았다./화분에 피어나는 찬 국화 세 송이/석양을 받고 있다.

―「국화」 전문

　② 사람들 모두/산으로 바다로/新綠철 놀이 간다 야단들인데/나는 혼자 뜰 앞을 거닐다가/그늘 밑의 조그만 씬냉이꽃을 보았다.//이 우주/여기에/지금/씬냉이꽃 피고/나비 날은다.

―「씬냉이꽃」 전문

---

12) 이 구절은 김상용의 「남으로 창을 내겠소」의 마지막 구절이지만, 이백의 「答山中人」의 "笑而不答心自閑"의 정서와도 곧바로 연결된다. 다시 말해 김달진의 「청자기처럼」의 바탕을 이루는 정조는 전통적 은둔 혹은 무위·무용의 사상인 것이다.

③ 아침에 일어나보니/지난밤 목련꽃 세 송이 중/한 송이 떨어졌다./이 우주 한 모퉁이에/꽃 한 송이 줄었구나.

―「목련꽃」 전문

세 편의 시는 시인의 무위자연 혹은 자연합일의 정신세계가 어떻게 확대·심화되는지를 단계적으로 보여주고 있어 흥미롭다. 인용시 ①은 아직 세속의 시비와 욕망에서 완전히 자유롭지 않아 다투고 흥분하는 인간적 모습을 보여준다. 그러다 문득 창밖의 국화를 보며 자신의 용렬함을 반성한다. 인용시 ②의 시인에게 시공간은 아무런 문제가 되지 않는다. 일반인들은 명승지를 찾아 절경을 본다고 하지만, 시인은 "그늘 밑의 조그만 신냉이꽃"에서 우주를 보기 때문이다. 이러한 경지는 숲 속의 조그만 샘물 속에 "하늘이 있고 흰 구름이 떠가고 바람이 지나가"는 것을 보면서 "동그란 地球의 섬 우에 앉"(「샘물」)아 있다고 호연지기를 뽐냈던 것과 같은 정신으로, 인용시 ③의 정신세계와 직접 통하고 "나뭇잎 하나가/아무 기척도 없이 어깨에/툭 내려 앉는다/내 어깨에 우주가 손을 얹었다/너무 가볍다"(이성선, 「미시령노을」)의 우주적 상상력으로 이어진다.

5. '모든 것 오직 뚜렷이 익어갈 뿐'

노년의 김달진 시는 아직 세속의 번뇌에서 완전히 벗어나지 못한 것에 대한 부끄러움과 혹독한 자기성찰이 주조를 이룬다. 그는 "육십에서는 해마다 늙고/칠십에서는 달마다 늙고/팔십에서는 날마다 늙고/구십에서는 때마다 늙고/백세에서는 분마다 늙고//(……)//다음은/寂然히 말이 없다."(「팔십에서」)며 다소 장난스럽게 자신이 하는 일 없이 늙어감을 인정하거나 "중도 아닌 것이 俗人도 아닌 것이/그래도 삼십여 년 불경을 뒤적였"어도

무엇 하나 이룬 것 없어 "부처 보기, 사람 보기 부끄러워"(「某月 某日」)하는
모습을 담담히 고백한다. 이러한 자기고백 가운데 가장 혹독한 것은 "마
음이 더러우면/모래를 삶아 밥을 만들라//모래밥을 먹고/그 마음 찢어버리
라."(「모래밥」)는 사자후일 것이다. 이즈음의 김달진은 이미 온갖 시비와
자타의 구분에 미혹되지 않게 되었을 뿐만 아니라 심지어 생사의 경계마
저 초월한 절대적 자유를 누리게 된 것이 아닌가 싶다.

오늘도 저 인수봉에
흐린 구름 나직히 떠돌겠구나.
오랜 병 앓아 누워
창 밖의 찬 빗소리 혼자 듣나니……

죽을 때 미리 안다 무엇이 대단한가
선 죽음 앉은 죽음 그 무슨 자랑이랴
그런 이 한데 모아 먼 섬으로 보내자.

－「앓아 누워」 전문

불교에는 '좌탈입망(坐脫立亡)', 곧 '앉거나 서서 죽는다'란 성어가 있다.
이것은 자연의 이법을 벗어나 죽음의 순간이나 모습조차 스스로 선택할
수 있을 만큼 법력이 뛰어난 고승들에게서나 전해지는 최고의 경지라 할
수 있다. 그러나 죽음의 모습 여하에 어떤 가치를 부여하는 것 또한 분별
심의 작용이라면 "죽을 때 미리 안다"거나 "선 죽음 앉은 죽음"에 각각
다른 의미를 부여하는 것 자체가 부질없는 노릇이 아닐 수 없다. 우리 나
이로 여든 셋의 나이에 삼독에 쩌든 남루한 옷을 훌훌 벗어던진 그는 팔
순에 접어들 무렵 거의 완전한 정신적 자유를 얻고 있었던 게 아닌가 싶
다. 자신의 죽음이 멀지 않았음을 직감하면서도 그 순간까지 예전과 전혀

다를 것 없는 일상적 삶을 살아가는 모습이야말로 참되게 깨달은 자의 태도일 것이다. "언제 어느 때 내가 가리라"고 예언한 고승들의 전설 같은 일화도 가끔 전해지지만, 그것은 스스로의 죽음마저 신비화하려는 가장 세속적인 방식이라 볼 수 있기 때문이다. 이런 점에서 김달진은 말년에 이르러 "이제껏 내 무슨 생각에 잠겨 있었던가/그만 잊었다"(「바람소리 물소리」)고 할 정도의 완전한 초탈의 정신세계에서 자유를 맘껏 구가하고 있었던 것으로 보인다.

김달진은 자신의 천품과 능력을 알아 세상과 충돌하지 않으면서 자신을 지키는 삶을 살았다. 그는 속세를 완전히 떠나지 못한 자신의 어정쩡한 처지를 "땅 속에 묻혀 있는 청자기"로 비유하여 세상과 일정한 거리를 유지하면서도 현실의 아름다움과 가능성을 긍정하는 태도를 보여준다.

> 나는 어둠을 두려워하지 않으리라. 어둠 속을 그대로 자라며 걸어가리라. 새로 내리는 이슬발 아래, 새로이 여무는 꽃봉오리처럼 가지가지 香薰을 쌓으며 간직하며, 어둠을 가만히 껴안으리라, 어둠에 안기리라.

> ……모든 것 오직 나아감이 있을 뿐─신과 함께.
> ……모든 것 오직 뚜렷이 익어갈 뿐─영원과 함께.

> ─「오후의 사상」에서

이 시는 노년에 이른 시인이 조만간 다가올 죽음을 맞는 담담하면서도 적극적인 태도가 잘 드러나 있다. 그는 인생의 황혼에서 바라보는 '절대적 어둠'을 두려워하지 않을 뿐만 아니라 막 꽃봉오리를 피우려는 새싹처럼 아름다운 자태와 향기를 "쌓으며 간직하며" 어둠을 껴안겠다는 적극성을 보여준다. 그에게 있어 '죽음'은 삶의 종말이 아니라 "오직 나아감"의 한 과정이며, 미완성·미성숙의 단계에 머물던 정신과 육체가 완전한 성숙을 이루는 '성스러운 긍정(Ein heiliges Jasagen)'의 세계로 진입하는 것을 뜻한다. 이러한 절대적 긍정과 자기초월이 가능하기 위해서는 온갖 집착과 욕망에서 스스로를 비우는 작업이 우선되어야 한다. 그리하여 그는 "나를 세우는 곳에는/우주도 굴속처럼 좁고/나를 비우는 곳에는/한 간 협실도 하늘처럼 넓다.//나에의 집착을 여의는 곳에/그 말은 바르고,/그 행은 자유롭고,/그 마음은 무위의 열락에 잠긴다."(「나」)며 스스로 깨달은 진리를 실천하는 삶을 살았던 것이다.

지금까지 살핀 것처럼, 김달진의 시는 무위·무용(無爲·無用)과 초탈의 사상에 기반하고 있다. 그러나 젊은 시절의 그는 뜨겁고 싱싱한 욕망을 가감없이 진솔하게 토로하기도 하였으며, 현실과 이상의 괴리로 오랫동안 번민하기도 하였다. 이러한 과정에서 흔들리는 그의 정신을 지탱해 주었던 것은 동양적 무위자연 혹은 불교의 절대적 자유의 정신이었다. 김달진의 후기시는 불가의 선시와 문단의 선취적 시의 장단점을 고루 보여주고 있다. 그의 시에는 선승들의 과격한 상상력과 모순어법이 거의 보이지 않으면서도, 자아와 세계의 합일이 이루어지는 과정을 전통적 어법과 현대적 기교가 절묘하게 조화를 이루는 상태로 보여준다. 그의 시는 강렬한 빛을 적절히 차단하여 알맞은 밝음과 그늘을 만들면서 공기의 소통을 가능하게 하는 갓 바른 창호지 같은 포용력과 투명성을 간직하고 있다. 그러므로 그의 시는 동양적 특질이 강한 듯하지만 서구적 기법의 흔적도 보이며, 불가의 선시 전통을 평이하고 새롭게 받아들임으로써 1990년대 이후 한국 현대시에 영향을 주었던 것이다.

소외된 이들에 대한 연민의 두 양상

신경림, 『낙타』, 문인수, 『배꼽』

『낙타』는 신경림의 열 번째 시집이다. 잘 아는 것처럼, 신경림은 1956년 「갈대」로 등단한 뒤 한동안 고향에서 칩거하다가 1973년에야 첫시집 『농무』를 펴낸다. 그후 35년 동안 아홉권의 시집을 냈으니 평균 4년에 한 권 분량의 시를 꾸준히 써온 셈이다. 이번 시집은 『뿔』 이후 6년 만에 발간한 것이어서 평소의 행보에 비해 다소 굼뜬 것 같지만, 칠순이 넘어서까지 창작활동을 계속한 시인이 우리 현대시사에서 몇이나 되는지 손꼽아 보면 그의 건강한 체력과 왕성한 정신활동에 경탄하지 않을 수 없게 된다. 실제로 그는 매우 부지런한 시인이다. 지금도 그는 정기적으로 등산을 하고 젊은이 못지 않게 술과 여행을 즐긴다. 『낙타』에 실린 작품이 대부분 외국에서의 견문과 느낀 생각들을 시로 형상화한 것도 그의 장년 (壯年)적 건강과 정신이 있기에 가능했다.

이 시집을 통해 알 수 있는 것이지만, 시인은 지난 몇 해 동안 북한의 평양과 개성을 비롯하여, 몽골·네팔·터키·콜롬비아·프랑스·미국 등

을 두루 돌아다녔던 모양이다. 흥미로운 것은, 그는 미국이나 프랑스 같
은 선진국에선 왠지 주눅이 들어 "세계화는 나를 가난하"고 "왜소하게
만"든다고 투덜대는 반면, 터키나 네팔에서는 사기를 친 택시기사를 다시
만나서도 "인샬라"라는 인사를 먼저 건넬 정도로 넉넉한 마음을 보인다.
이런 차이가 어디서 비롯되는 것인지 정확히 알 수 없지만, 시인이 터키
나 네팔 등지에서 만난 사람들에게 연민과 애정을 보이는 것은, 그들에게
서 소박하고 따듯한 인정을 느꼈기 때문이라는 점은 분명하다. 이를테면
터키의 카파도키아에서 조그만 기념품 가게를 차려놓고 있는 늙은 주인
은 물건을 파는 일보다 관광객들과 사진을 찍는 일에 더 열성을 보이며,
딸이라 해도 믿을 만큼 젊은 여주인은 물건 하나 사지 않는 관광객을 친
절하게 화장실까지 데려갔다 온다. 도대체 두 부부는 장사에 전혀 관심이
없는 듯하다. 그제서야 조금 미안해진 시인이 음료수 한 병을 사자 늙은
주인은 "마이 프렌드, 오오 마이 프렌드!" 하며 행복해 한다. 이 어린애처
럼 천진한 늙은 주인의 이름을 모르는 시인은 그를 제멋대로 '호자'라고
부른다. '호자(Hoca)'란 터키 사람들에게 가장 사랑받는 '바보 현자(賢者)'
를 가리키는데, 이러한 호명은 시인의 늙은 주인에 대한 각별한 관심과
애정을 드러내는 것이다.

또 시인은 터키의 중앙지대에 있는 하싼 산(Hassan Mt.)에서 차가 고장
나는 바람에 먼저 하산을 하다 간이주유소에서 얻어 마신 한 모금 찬물에
담긴 노파의 따듯한 인정을 잊지 못한다. 시인 일행이 지치고 허기져 있
다는 것을 감지한 노파는 "잔에 가득 찬물을 따라 권한다." 바깥 날씨가
추운데다 "편의 시설이 없는 간이주유소"의 "가구 하나 없는 썰렁한 방
이 찬물만큼이나 차"지만, 생면부지의 이국인들에게 찬물을 권하는 할머
니의 손은 그 모든 차가움을 녹여줄 만큼 따듯하다. 노파의 온정에서 어
린시절의 기억을 되살린 시인은 도시 전체가 유네스코 세계문화유산으로

등록되어 있는 터키의 고도 사프란볼루에서 "유폐되고 싶다"는 갑작스러운 유혹에 사로잡힌다.

> 더 깊은 곳 더 먼 곳으로 유폐되고 싶다,
> 돌아올 수 없는 아주 먼 옛날로 유폐되고 싶다,
> 오백년 뒤 천년 뒤의 내 초라한 모습을 까맣게 몰라서
> 오히려 행복할 테니, 그들 속에 섞여서.
>
> ―「유폐」에서

사프란볼루는 한때 동서문물 교류의 중간기착지로 번성을 누렸지만, 지금은 오스만터키 시대의 건축양식이 잘 보존된 관광지로 이름난 곳이다. 그 고도(古都)의 "꼬불꼬불한 거리를 헤매다 출구를 잃"은 시인이 힘들여 길을 찾으려 애쓰지 않고 아예 "더 깊은 곳 더 먼곳으로 유폐되고 싶다"고 말하는 것은 현재보다 과거에, 근대문명사회의 풍요나 호화스러움보다 농촌공동체사회의 질박하고 푸근한 인정을 동경하고 있다는 사실을 뜻한다. 실제로 그는 프랑스의 보르도나 미국의 샌프란시스코 같은 선진국 도시에서는 여행자의 자유로움을 누리지 못하고 위축되어 있는 듯한 모습으로 그려진다. 프랑스 보르도의 한 조그만 술집에서 포도주를 마시며 시인은 뜬금없이 "아버지가 가끔 업고 다니던 그/아편쟁이의 속옷 색깔"을 떠올리며, "문득 여기 앉아 포도주를 마시는 것이 아버지고/주막집 마루에 앉아 있는 것이 나"라는 환각 속에서 다음과 같이 자문자답한다.

> 아버지 멀리 떠나오니 행복하세요?
> 아니다, 이제 나는 그 주막집 마루로 돌아가고 싶다,
> 그 가난하던 마을로 되돌아가고 싶다.
> 그렇게 대답하는 것은 나인가, 아버지인가!
>
> ―「세계화는 나를 가난하게 만들고」에서

신경림의 신작시집 『낙타』에서 가장 두드러진 특징 가운데 하나는, 과거에 대한 동경과 부정이라는 이율배반적 감정일 터이다. 그러나 그가 그리워하는 과거가 어린 시절이거나 그 이전의 아득한 옛날이라면, 버리고 싶어하는 과거는 1970, 80년대라는 보다 가까운 시기라는 점에서 분명히 구별된다. 터키에서 만난 사람들에 대해서는(심지어 택시비를 엄청 바가지 씌운 기사까지도!) 호감을 보이던 그가 "수니타, 한국 이름으로 자기는 순이"라 불리는 여인에게 "국왕을 내몰기 위한 싸움에 앞장을 섰는지도 모를/예쁘고 활기친 히말라야의 순이는 정말 행복할까"고 의심하면서, 곧이어 "장군님 품안에서 더없이 행복하다는/묘향산 순이의 말을 나는 믿을 수 있었던가"(「히말라야의 순이」)며 북한에서의 개운치 않았던 체험을 반추하고 평양의 거대하고 웅장한 김일성 동상과 그 밑을 걸어가는 중학생의 "조그맣고 활기 없는 걸음걸이"(「유경소요」)를 대비하여 보여주는 것은 그가 "60년대, 70년대의 내 핏발선 눈"과 "80년대의 내 새된 목소리"(「버리고 싶은 유산」)의 경직된 의식과 과장된 몸짓을 부끄럽게 여기고 있다는 사실을 확인시켜 준다. 요컨대, 그는 그의 청장년 시절을 온통 지배했던 이데올로기의 과잉을 스스로 반성하면서 그 이전의 공동체적 삶의 순박한 인정을 그리워하는 것이다.

신경림의 문학적 성취와 명성이 대체로 1970~80년대의 시적 작업과 민주화 투쟁을 토대로 이루어진 것이라는 점을 감안하면, 이러한 자기반성적 고백은 다소 뜻밖의 발언이 아닐 수 없다. 실제로 그는 『낙타』에 실린 산문 「나는 왜 시를 쓰는가」에서 "내가 민요에 집착한 80년대 전 기간이 내게는 시 쓰기가 가장 어렵고 지루한 시절이 아니었는가 싶다."고 솔직히 털어놓음으로써 그 시절의 신경림 시에 거창한 헌사를 바쳤거나 그 화려한 문구를 기억하고 있을 이들을 당황케 한다. 1980년대의 거세게 달아오른 시대적 분위기에 따라 신경림의 시도 어쩔 수 없이 주변의 요구에 부응하는 듯한 태도를 보였던 게 사실인데,『달넘세』를 전후로 한 시에서 강력하게 감지되는 선동적 어투 같은 것이 그 대표적 사례에 해당한다. 하지만 그와 같은 아지·프로적인 요소는『쓰러진 자의 춤』『어머니와 할머니의 실루엣』등 후기 시집으로 오면서 씻은 듯이 사라지고, 범속한 일상사를 통해 자신의 과거와 현재를 끊임없이 성찰하는 내면 추구의 시세계로 전환하는 모습을 보인다. 이런 맥락에서 신경림이 그가 이루어낸 득의의 영역이라 칭송이 자자했던 민요시풍의 작업을 근본적으로 부정한 것은 문학사적 사건이라 할 수 있다. 이로써 우리는 신경림 시세계를 새롭게 보아야 할 과제를 떠안게 되었기 때문이다.

1990년대 신경림은 "평생에 걸려 모은 모든 것들을/머리와 몸에서 훌훌 털어버리기 시작"(「下山」,『쓰러진 자의 꿈』, 1993)했다고 적은 바 있다. 하지만 그의 '버림의 미학'은 새로운 것을 찾고 만들기 위한 예비적 작업이다. 왜냐하면 "한 삼년 지나 그 길을 더듬으면서/이번에 나는 발자국을 지운다"고 했던 그가 같은 시에서 "그리고 또 한 삼년이 지나/다 해진 신발에 배낭을 지고/그 길을 가면서 다시 발자국을 만든다"(「발자국」,『어머니와 할머니의 실루엣』, 1998)며 앞에서 한 말을 번복하고 있기 때문이다. 그가 가까이로는 일본과 중국을 비롯하여 멀리는 유라시아와 남북미대륙에 이르기까지 끊임없이 여행길에 오르는 것은 옛것을 지우고 새것을 모색하기 위한 정신 갱생 노력의 일환이다. 그러한 떠돎의 과정에서 최근 깨달은 것은 "내 몸의 상처들은 왜 이렇게 흉하고 추하기만 할까"(「고목을 보며」) 혹은 "무슨 재미로 세상을 살았는지도 모르는 가장 가엾은 사람"(「낙타」)이라는 지독한 자괴감인 듯하다. 그리하여 자신의 삶 전체를 "조금은 거짓되기도 하고 또 조금은 위선에 빠지기도 하면서/그것이 부끄러워 괴로워도 하고 또 자못 안도도 하"(「어쩌다 꿈에 보는」)는 것으로 요약하는 한편, "내 몸이 이 세상에 머물기를 끝내는 날" 전속력으로 달려가 하늘에 흩날리는 눈[雪]이 되겠다면서 "나는 서러워하지 않을테다 이 세상에서 내가 꾼 꿈이/지상에 한갓 눈물자국으로 남는다 해도"(「눈」)라며 스스로의 삶을 긍정하는 모습을 보인다. 그것은 그의 한 평생 삶이 '떠남'과 '찾음', '그리움'과 '되찾음'의 연속이었기 때문에 가능한 것으로 보인다.

> 늘 떠나면서 살았다,
> 집을 떠나고 마을을 떠나면서.
> 늘 잊으면서 살았다,
> 싸리꽃 하얀 언덕을 잊고
> 느티나무에 소복하던 별들을 잊으면서.
> 늘 찾으면서 살았다,
> 낯선 것에 신명을 내고
> 처음 보는 것에서 힘을 얻으면서,
> 진흙길 가시밭길 마구 밟으면서.
>
> 나의 신발은,
>
> 어느 때부턴가는
> 그리워하면서 살았다,
> 떠난 것을 그리워하고 잊은 것을 그리워하면서,
> 마침내 되찾아 나서면서 살았다,
> 두엄더미 퀴퀴한 냄새를 되찾아 나서면서
> 싸리문 흔들던 바람을 되찾아 나서면서,
> 그러는 사이 나의 신발은 너덜너덜 해지고
> 비바람과 흙먼지와 매연으로
> 누렇게 퇴색했지만,
> 나는 안다, 그것이
> 아직도 세상 사는 물리를 터득하지 못했다는 것을.
> 퀴퀴하게 썩은 냄새 속에서.
>
> ─「나의 신발이」에서

시인이 잊고 떠나고자 했던 것은 자신을 근원적으로 구속한다고 여겼던 집과 마을, 그 공간을 둘러싸고 있는 비문명적 분위기와 가난 같은 것들이다. 산골에서 유년 시절을 보낸 그에게 휘황찬란한 도시의 외관이나 서구문물은 그 자체로 경이였을지 모르나, 세월이 흐르고 지각이 생기면서 새롭게 보였던 것들을 찾아 헤맸던 삶의 궤적이 "진흙길 가시밭길"이었다는 사실을 비로소 깨닫는다. 그리고도 또 많은 시간을 보낸 뒤 "떠난 것을 그리워하고 잊은 것을 그리워하면서,/마침내 되찾아 나"선다. 그러나 이미 그의 주변에서 옛것은 자취마저 찾을 길 없고 고작해야 터키나 네팔 같은 먼 이국에서 "처음 걷는 길인데도 고향처럼 낯이 익"고 정작 그가 평생 살아온 고국에서는 "말이 같고 몸짓이 같아 오히려 낯이"(「나와 세상 사이에는」) 설다고 느끼는 혼란상태에 빠진다. 그가 하필이면 '카파도키아' '코니아' '사프란볼루' 등과 같은 고도(古都)로 여행을 떠나는 것이나 하루걸러 꾸는 꿈 내용이 "한쪽은 햇살이 눈부시고/한쪽엔 찬비가 뿌리는/무너진 성과 집 사이의 무성한 잡초 속을/걸어가는"(「폐도(廢都)」) 자신의 모습인 것도 세계화 혹은 정보화사회라 명명되는 현대문명과 삶의 양식에 더 이상 희망을 두지 않기 때문인 것으로 보인다.

『농무』 이후 신경림이 줄기차게 보여주고 있는 것은 가난하고 소외된 계층에 대한 근원적 연민과 사랑이다. 서민들에 대한 그의 친근감은 가령 광양 매화밭에 갔다가 매화구경은 하지 못한 채 야간열차를 타고 상경하면서 "사람들이 만드는 소음과 악취가/꿈과 달빛에 섞여 때로는 만개한 매화보다도/더 짙은 향내가 되기도 하는"(「매화를 찾아서」) 강한 동류의식으로 표현되기도 하고, 때로는 신에 대한 직접적 분노와 원망으로 표출되기도 한다.

① 저 높은 데서 그분은 항시 우리를 내려다보고 계신다는 것, 그 말도

나는 믿는다. 한데 그분 너무 높이 계셔서 멀리 계셔서, 아래서 일어나는
일을 세세히 보고 계시지 못하는 건 아닐까?

　　　　　　　　　　　　　　　　　　　　—「아, 막달라 마리아조차」에서

　② 집을 잃고 이웃을 잃고 삶의 터전을 잃은 사람들 엎드려 오오 하느
님 울부짖기만 할 뿐, 감히 질문하지 못하니,
　무엇을 알고 무엇을 빨리 말하시지 않는다는 것인지, 하느님이.

　　　　　　　　　　　　　　—「하느님은 알지만 빨리 말하시지 않는다」에서

　③ 그 분은 저 높은 데서 다 보고 계실 거다, 또 알고 계실 거다. 채널
을 돌리지 않고도, 신문을 뒤적이지 않고도.
　그러나 무얼 하랴, 그분한테 세상을 바로 고칠 의지도 뜻도 없는 데야.

　　　　　　　　　　　　　　　　　　　　　—「그분은 저 높은 데서」에서

　인용시 ①은 허리케인 카트리나가 뉴 올리언즈 지방을 강타했을 때, 한
편으로는 미국이 아프간이나 이라크에 몹쓸 짓을 했으니 당해도 싸다고
생각하다가 왜 하필이면 "그 잘나고 힘센 사람들은 다 두고 제일 못나고
가난하고 힘없는 사람들"에게 자연의 재해가 닥치는가 하는 의문에서 씌
어진 시다. 그리고 이어서 인도네시아·스리랑카·인도·파키스탄 등에
서 벌어진 홍수 등 재앙을 언급한 뒤 가진 자에게 관대하고 못 가진 자에
게 가혹한 것처럼 보이는 신이 과연 존재하기는 하는지 묻고 있는 것이
다. 인용시 ②는 일주일 동안 계속된 폭우와 강풍으로 삶의 터전과 고귀
한 생명을 잃은 우리나라 상황을 제재로 한 것이고, 인용시 ③은 신문과
TV를 통해 매일 접하는 뉴스에 일희일비하면서 인용시 ①과 유사한 문
제를 제기한 작품이다. 이 시편들은 시인의 감정이 산문 형식에 직정적으
로 토로되어 있어 종전의 신경림 시와 전혀 다른 정조를 자아내는데, 그
러한 파격적 형식과 어조는 시인의 분노와 절망이 그만큼 크고 깊음을 뜻

한다. 이처럼 신경림의 신작시집 『낙타』는 다양하고 이질적인 태도와 목소리로 구성된 시편들로 묶여져 다소 혼란스러운 느낌을 준다. 앞서 말한 것처럼, 터키에서 만난 사람들에겐 유난히 너그럽던 시인이 북한과 네팔 사람들에겐 다소 까탈스러울 정도로 그들의 속마음을 궁금해 한다거나, 시의 일반적 형식과 어법을 무시하면서까지 신(神)의 태만과 무책임한 태도를 비난하는 것 등은 이제까지 신경림 시에서 찾아보기 어렵던 면들이다. 그것이 "빠른 흐름 속에서, 또 세계의 말이 온통 하나로 통일되어 가는 세계화 속에서 느린 걸음, 방언"으로 걷고 말하고자 하는 시인이 오랜 사유와 성찰 끝에 찾아낸 자기만의 목소리와 행보인지는 좀더 지켜봐야 할 일이다.

문인수는 지난 2006년 여섯 번째 시집 『쉬!』를 발간한지 불과 2년만에 또 한 권의 시집을 묶어냈다. 시집 한 권을 엮는데 대충 60여 편의 시가 필요하다면, 그는 1년에 30편 이상의 시를 꾸준히 발표했다는 말이 된다. 하지만 이런 왕성한 창작활동이 놀라운 일이 아닌 것은, 그가 1985년 『심상』을 통해 등단한 뒤 곧 첫 시집 『늪이 늪에 젖듯이』(1986)를 상재했고 그 이후에도 남들보다 훨씬 짧은 간격을 두고 연이어 시집을 간행했다는 사실을 통해 짐작할 수 있다. 불혹의 나이에 시인으로 등단한 것도 문단에서 매우 드문 사건이려니와, 등단 이후에도 일정한 보폭과 수준의 작품을 발표하면서 굵직한 문학상도 여러 차례 거머쥔 시인은 그가 거의 유일하지 않은가 한다. 물론 그와 유사한 전례(前例)를 우리는 소설의 박완서를 통해 보아왔지만, 시인으로서의 행적을 그와 견줄 사람은 딱히 떠오르지 않는다.

비단 문인수만의 특질이라 말하기는 어렵지만, 그는 자신의 시가 사람을 향해 있다고 공언하는 점에서 휴머니즘 계열의 시인이다. 그에게 있어 시는 절경과 같은 것인데, 거기에는 반드시 "사람의 냄새가 배어" 있어야 한다. "사람의 냄새"가 배어있다고 그가 생각하는 사람은 태어나면서 죽을 때까지 생(生)의 "어둡고 습한" "그늘"에서 "심하게 몸을 비틀고 구기고 흔들"(「이것이 날개다」)며 자신을 온통 소진시킨 이들이다. 그저 심상한 어투로 "죽는 거시 낫겠어야, 참말로"(「만금이 절창이다」)라거나 "$#·&@ \ ·%, *&#……(정식이 오빠 좋겠다, 죽어서……)"(「이것이 날개다」)라고 내뱉는 그들은 다름아닌 우리의 이웃이거나 친지 또는 가족이다. 이 시집에서 문인수는 일흔여섯의 나이로 세상을 뜬 큰누님과 아흔일곱의 나이에 처음 미장원에서 머리를 자른 어머니 등 친혈육뿐만 아니라, 서정춘·박찬 등 동년배 시인을 직접 호명한다. 이밖에도 "젖배 곯아" 세상이 노랗게 보이는 "꼭지"(「꼭지」), "벽에, 벽을 그리는 사내"(「벽화」), 대파를 다듬는 "노점 아주머니"(「파냄새」), "외곽지 야산 버려진 집"에서 "매일 출퇴근"(「배꼽」) 사내…… 등 시인과 직접 인연을 맺거나 안면을 튼 게 아닌 듯한 사람도 다수 등장시킨다.

> 외곽지 야산 버려진 집에
> 한 사내가 들어와 매일 출퇴근한다.
> 전에 없던 길 한가닥이 무슨 탯줄처럼
> 꿈틀꿈틀 길게 뽑혀 나온다.
>
> 그 어떤 절망에게도 배꼽이 있구나.
> 그 어떤 희망에도 말 걸지 않은 세월이 부지기수다.
> 마당에 나뒹구는 소주병, 그 위를 뒤덮으며 폭우 지나갔다.
> 풀의 화염이 더 오래 지나간다.
> 우거진 풀을 베자 뱀허물이 여럿 나왔으나
> 사내는 아직 웅크린 한 채의 폐가다.
>
> ―「배꼽」에서

'배꼽'은 포유류가 한때 모체의 가장 깊숙하고 아늑한 공간에서 머물고 있었음을 말해주는 뚜렷한 증거이다. 그런 한편, '배꼽'은 내가 따듯하고 편안했던 보호 공간에서 떨어져 세상에 버려졌음을 증명하는 아픈 흔적이기도 하다. 그런 점에서 '배꼽'은 인간 존재의 존엄성과 피투성(被投性)의 양가적 의미를 동시에 알려주는 지표인 것이다. 문인수는 야산의 한 폐가에 사는 사내가 출입하면서 자연스럽게 만들어진 길을 집과 사회를 이어주는 "탯줄"로 인식한다. 그 탯줄은 사내의 존재를 증명하는 유일한 흔적이지만, 마당에는 풀이 우거지고 소주병만 나뒹구는 것으로 보아 어떤 희망도 없는 것으로 보인다. "그 어떤 절망에게도 배꼽이 있"다는 언명은, 모든 절망에는 그 나름의 필유곡절이 있는바 일차적 원인은 세상으로부터 버려진 것이라는 의미가 내포되어 있는 것으로 이해된다. 그러나 시인이 보기에 더 근원적인 절망은 사내가 "그 어떤 희망에도 말 걸지 않"은 채 자학의 삶을 살아간다는 사실에서 찾아진다.

『배꼽』에 등장하는 수많은 유명 무명의 인물들이 살아온 삶의 궤적은 참담함 그 자체다. 앞서 살핀 대로 어렸을 적 "젖배 곯아" 만성빈혈에 시달리는 "꼭지", "태중에서부터 늑골 아래가 아파" "난 지 삼칠일 만에 늑막염 수술을 받았"던 서정춘 시인(「지네」), "어느 시절 한번 행복하지 못하고, 작은 멍자국에도 시퍼런 상처가 물밀듯이 살아나는" "1949년 소띠"의 여인(「저수지 풍경」), "시꺼먼 고무치마 두르고 도심 인파 속을 오체투지 기어다니던 사내"(「막춤」), 평균수명이 일반인에 비해 "무슨 배려라도 해주는 것인 양 턱없이 짧"은 뇌성마비 환자(「이것이 날개다」) 등 "지상에서 가장 긴 무척추동물 배밀이 같"(「만금이 절창이다」)은 고통스러운 삶을 살아온 이들이 문인수의 시적 감수성을 자극하는 대상이다. 이들의 삶을 바라보는 시인의 눈길은 안타까운 연민으로 충만하지만, 「배꼽」에서 보았던 것처럼 절망에 빠지는 예는 극히 드물다. 오히려 문인수는 처절하기만 한

이들의 삶을 독특한 유머 감각으로 생기(生氣)가 넘치는 삶으로 바꿔놓는
데 놀라운 기량을 보여준다. 가령 그는 어머니의 한평생 삶을 그린 「조묵
단전(傳)」에서 "어머니의 일생은 한 마디로 똥이다."라는 엉뚱한 말로 독
자를 긴장시킨다. 그러나 그 말이 어머니가 시어머니 병수발 40년, 시아
버지 병수발 10여 년, 그리고 남편 병수발 10년 동안 치운 "그 엄청난 똥
오줌"을 가리키는 것이며, "어머니가 쌓아올린 누런 똥무더기는 금, 탑일
것 같다."라는 구절에 이르면 독자는 절로 미소를 짓지 않을 수 없게 된
다. 사실 문인수 시는 시행과 시행 사이[틈]가 너무 넓고 깊어 쉽게 이해
되지 않는 경우가 많다. 방금 살펴본 「조묵단전」도 그러하거니와 아래와
같은 시는 행간의 의미를 제대로 이해하기 위해 눈과 의식을 부릅뜨고 긴
장해야 한다.

> '잠만 잘 분'
> 손바닥만한 방(榜)이 또
> 그 집
> 쪽방, 쪽문 바깥쪽에 하얗게 붙었다.
> 오늘 아침,
> 반쯤 떨어져 바람에
> 팔락,
> 팔락거리는 거 봤다.
>
> (중략)
>
> 자전(自轉), 자전,
> 날개를 얻었을까 몰아치는 한파
> 인파 속에서 자꾸
> 팔락,
> 팔락거린다. 청산 자러 가는

저, 익명의 겨울

나비.

―「방, 방」에서

얼마 전 소위 '고시방'이란 곳에 불이나 애꿎은 생명을 앗아간 사건이 보도되기도 했지만, 이 시가 다루는 정황 역시 "쪽방"에서 살다 숨진 누군가에 대한 애도이다. 방(房)이란 잠자는 곳이면서 일상적 삶을 영위할 수 있는 최소공간이다. 그러므로 "잠만"(강조 : 인용자) 잘 수 있는 공간은 온전한 의미의 방이 아니어서 "쪽방"이라 불린다. 누군가 그곳에서 지내다 죽자 주인은 이내 새로운 투숙자를 찾는 방(榜)을 붙인다. 그 작고 하얀 쪽지가 매서운 겨울바람에 팔락이는 것을 본 시인은 느닷없이 나비를 떠올리는 것이다. 중간에 생략된 부분은 '그'가 한때 몸을 누였던 방을 묘사한 것인데, 언어의 쓰임이 매우 조직적이고 세련되어서 다의적으로 읽힌다. 사실 문인수는 비유와 묘사 등 조사법(措辭法)에서 뿐만 아니라 행과 연의 구분, 문장부호 사용 등에서 대단히 까다로운 성벽을 드러낸다. 위 시에서도 "익명의 겨울"과 "나비"를 굳이 한 행 띄어 구분한 것도 그 틈새의 의미를 깊이 생각해 보라는 의미일 터이다. 그러므로 문인수의 시는 더듬더듬 느리게 읽어야 제맛을 음미할 수 있는데, 늘상 심각하고 엄숙한 표정만 짓는 것은 아니고 때로는 제법 그럴 듯한 유머감각을 발휘하여 시를 읽는 재미를 선사하기도 한다. 가령 법원 앞 횡단보도의 선명한 흑 백 대비를 "호피 같다. 법이 실감난다/이걸 깔고 앉으면 치외법권"이라며 권력을 비판하는 듯한 어조로 서술하다가 신호등도 무시한 채 횡단보도를 건너는 할머니를 전경화하면서 "법이란 법 다 졸업한 '무법자'일까./(……)/강 건너듯 골똘하게 6차선 도로를 횡단해간다/(……)/어려 보이는 한 교통경찰이 냉큼 쫓아가/할머니를 부축해 정성껏 마저 건너간다"(「얼룩말 가죽」)는 흐뭇한 풍경으로 급전시키는 기교를 보여주는 것이다. 이와 함께 민족 분단의 상징인 비무장지대를 소재로 한 「녹음」은 교묘한 언어유희와 풍자적 어조, 적절한 동어반복 등의 기교로 살벌한 DMZ 공간을 낙원과 같은 곳으로 뒤바꿔 놓은 수작(秀作)이다.

> 비무장지대는 중무장지대다. 그런데, 군기가 영 개판이다. 다 뒹구는 무기, 장비 들이 전부 녹슬거나 삭았다.
> 구멍난 철모에선 꽃이 다 올라오질 않나, 탄피 포탄 지뢰 기관총 같은 것들이 참, 세월없이 푹 쉰다. 왕창 찌그러진 대공포와 탱크 몇대도 제가 무슨 옛집, 폐가쯤 되는 줄 아는지, 칡넝쿨 뒤집어쓰며 적막에 투항했다.
>
> 전쟁이 끝난 줄도 모르고 아니, 긴 긴 휴전중인 줄도 모르고 멧돼지 고라니 산토끼 너구리 오소리 뭐 이런 것들 하고 어울리거나 마구 붙어먹는, 아직 앳되거나 젊은 사내들로 꽉 찼다. 참말로, 군기가 개판이다. 피아, 상하, 동서, 남북, 좌우 구분도 없이 각 지역 사투리들이 서로 조금씩 다르지만 초록은 동색으로 충분히 뒤섞여 완전히 통일됐다. 뭉텅이뭉텅이 한패거리로 무지 시퍼렇게 술렁인다. 씨팔,
> 언놈이냐!
> 애국이 다 뭐지? 그거, 몽땅 너 가져라.
> 또 금세, 군대 전원이 단체로 바람 타고 와 와 와 와 와 와 와 와 와 와 와 와 잘 논다. 개판, 개판이다.
>
> ―「녹음」 전문

비무장(非武裝)지대란, 6·25 휴전 후 완전한 평화가 달성될 때까지 일체의 적대행위와 무력행사를 방지하기 위해 남북이 협의하여 설치한 공간이지만, 실제로는 남북한 모두 감시초소·관측소·철책선은 물론 군대까지 주둔시키고 있는 '중무장(重武裝)지대'다. 이렇듯 남북 군인들이 최첨

단 무기로 무장하여 가장 첨예하게 대립하고 있는 공간을 '비무장지대'라 부르는 우리의 무감각을 문인수는 시 첫구절에서부터 날카롭게 나무라고 나선다. 그런데, 시인의 시선은 현재 철책선을 지키는 남북한 초병이나 숨겨진 고성능 미사일 등을 고발하는 데 초점화되는 게 아니라 인적이 끊긴 곳에서 50여 년 풍상을 맞으며 녹슬어 가는 6·25 당시의 철모와 대공포, 탱크 같은 것들에 모아진다. 비무장지대 속에 아무렇게나 널부러진 무기들이 제 기능을 상실한 채 풍화되어 가는 과정을 묘사하는 시인의 어투는 마치 매우 못마땅하거나 어처구니 없는 상황을 설명하며 혀를 차는 중늙은이의 퉁명스러움을 그대로 닮아 있다. 세상사에 잔뜩 불만을 가진 자가 항용 그렇듯이 궁시렁 거리는 어투로 시인은 비무장지대의 그 짙푸른 녹음(綠陰)을 "초록은 동색으로 충분히 뒤섞여 완전히 통일됐다"고 눙치고 있는데, 여기서 문인수의 언어조작 능력이 단연 빛난다. '비무장지대'니 '군기'니 하는 군사적 용어를 '중무장지대'니 '개판'이니 하며 비틂으로써 시인은 남북 대치 상황의 허구성을 통렬하게 폭로하고 있는 것이다. 이러한 풍자적 의도가 가장 극명하게 드러난 곳은 "와 와 와……잘논다 개판, 개판이다"로 끝나는 마지막 구절이다. 여기서의 '개판'이 일상적·지시적 의미가 아님은 두말할 필요도 없는 일이다.

서정춘이 "극약 같은 짤막한 시"(「지네」)만 쓰는 시인이라면, 문인수는 "우주적으로 통하는 비약과 행간의 의미"를 철저하게 계산하여 시를 쓰는 시인이다. 이토록 팽팽한 긴장과 깊고 넓은 틈새를 지닌 시를 읽으려면 마땅히 고통이 수반되지만, 그것은 더 큰 즐거움을 약속하는 고통이므로 기꺼이 그 행위에 참여하는 것이다.

모성(母性)과 불연(佛緣)의 시세계

이근배론

한국 현대시단에서 이근배(李根培)는 매우 독보적인 기록을 보유한 시인으로 회자된다. 그는 1961년부터 64년까지의 4년 동안 중앙 5대일간지 신춘문예를 석권하였고, 문공부 신인예술상을 세 차례나 수상하는 등 말 그대로 '전무후무'한 문학적 이력을 쌓으며 60년대 한국시단의 '기린아'로 돌올(突兀)한 것이다. 좀더 자세히 말하면 그는 1961년 경향신문(시조 「묘비명」)·서울신문(시조 「벽」)·조선일보(시조 「압록강」), 1962년 동아일보(시조 「보신각종」)·조선일보(동시 「달맞이꽃」), 1963년 문공부 신인예술상(시 부문 수석 「달빛 속의 풍금」·시조 부문 수석 「산하일기」), 1964년 한국일보(시 「북위선」)·문공부 신인예술상(문학부 특상 「노래여 노래여」)을 수상하는 등 당시 신춘문예와 문공부 신인상 부분에서 군계일학과 같은 존재감을 드러내었다. 뿐만 아니라 시인으로 등단하기도 전인 1960년 미당 서정주의 서문을 받아 시집 『사랑을 연주하는 꽃나무』를 발간하는 등 자신의 문학적 재능을 드러내는 데 거침이 없었다. 그는 신춘문예의 시조·시·동시 등 운문 전

분야에서 천부(天賦)를 보여주었는데, 시조 부문에서는 필적(匹敵)할만한 경쟁자가 없었을 만큼 용출(聳出)했다. 이근배의 신춘문예 당선작은 대체로 6·25 동족상잔의 비극을 제재로 한 것이 많은데, 「묘비명」의 당선소감에서 6·25때 종적이 사라진 아버지에 대한 애틋한 그리움을 토로하고 있어 인상적이다.

> 빼앗긴 강산에 밝은 빛을 찾으시겠다고 일제에 항거하여 반생을 영어(囹圄)와 고초(苦楚)에서 헤매신 아버님이 틈틈이 쌓으신 문학의 지편(紙片)을 책궤(冊机)에서 볼 때마다 나의 가슴은 무슨 불씨같이 치열한 것이 피어나는 것이었읍니다. 그토록 조국과 민족에 모든 것을 공헌하시던 아버님이 비극의 민족상쟁이 돌발하던 해 여름 그러니까 십 년 전 말없이 나가신 후 아직도 이 하나뿐인 아들의 가슴에 정이 스미는 글월을 주시곤 돌아오시지 않으심은 어쩐 연유이신지 이 피나는 사상의 파열 속에서 이유를 모르는 채 나는 아버님의 가시던 길을 걷기 시작했읍니다.(「塵緣의 書」, 『경향신문』, 1961. 1. 15)

6·25 때 행방불명이 된 아버지에 대한 절절한 그리움과 존경심이 행간에 임리(淋漓)한 이 당선소감이 우리의 주목을 끄는 이유는, 이근배의 부친이 일제시대에 항일독립운동을 했고 해방후에는 좌익활동을 했던 행적과 관련된다. 남북이 이데올로기 갈등으로 분단되면서 남쪽에서는 좌익활동이 금지되었고, 6·25 휴전 이후 남한에 거주하는 사람이 가족·친지의 좌익 이력을 밝히는 일은 멸문의 화를 초래하는 것과 같은 어리석은 행위로 취급되었다. 그럼에도 불구하고 이근배가 아버지의 길을 계승하겠다고 선언할 수 있었던 것은 반공법이 제정(1961. 7. 3)되기 전이라는 시대적 상황 탓도 있었겠으나 무엇보다 아버지에 대한 자부심이 남달랐기 때문으로 보인다. 그는 조부모와 어머니의 엄격하고 자상한 훈육을 받으며 "저는 애비가 까마득히/올려다보이거든요"(「자화상」)라고 부재한 아버지에

대한 존경을 쌓아왔던 것이다.

이근배는 1940년 3월 1일 충남 당진1)에서 아버지 이선준(李銑濬)과 어머니 인동 장씨(張厚載(字 致坤, 號 順菴)의 셋째 딸)의 외아들로 태어난다. 그의 조부(이각현)는 충청도 유림회장을 지낸 유학자로 해방후 군수가 부임인사를 오고 백범 김구가 『백범일지』를 자필서명해 보낼 정도로 주변의 존경을 받았다. 하지만 아버지는 "일제 때는 나라를 되찾아보겠다고/해방이 되고서는 좋은 세상 만들어 보겠다고"(「할아버지께 올리는 글월」) 동분서주하더니 1950년 9월 "구두와 겨울옷을 보내라"는 편지를 끝으로 행적이 묘연해진다. 그리하여 그는 조부모 슬하에서 유교적 교육을 받으며 사범학교에 가 선생이 되길 바라는 조부의 뜻과 달리 1958년 서라벌예대 문창과 장학생으로 입학한다. 당시 그와 동기였던 이들은 시인 박이도, 소설가 김문수·김주영·유현종·천승세, 평론가 홍기삼 등 쟁쟁(錚錚)한 청년 문사들이었다. 동기 가운데는 이미 신춘문예 등으로 등단한 수재도 있어 주눅이 들었을 법하지만, 시 창작 수업 시간에 미당 서정주로부터 자신의 창작시 「창과 꽃밭」이 칭찬을 받으면서 이근배는 자신감을 갖는다. 그가 1960년대초 신춘문예와 문공부 신인상을 거의 휩쓸다시피 한 배경에는 좌익 지식인이었던 아버지와 시골출신이란 태생적 배경에 대한 콤플렉스가 자리하고 있는지 모른다. 어려서는 할머니로부터 "장학사(張學士)의 외손자요 이학자(李學者)의 손자"란 말을 들으며 자란 신동이었지만 경향 각지의 청년 문사들이 운집한 서라벌예대에서는 한갓 무명촌놈으로 존재감

---

1) 이근배의 정보사이트에는 생년월일이 1940년 3월 1일생으로 기재되어 있으나 자작시 「태몽」에는 "내가 태어난 것은/기묘년 음 팔월 스무아흐레/외할아버지의 환갑날"로 되어 있다. 이것은 시인 자신의 기록이므로 호적보다 사실에 가깝다고 보아야 하며, 행정서류가 아닌 문학적 담론에서의 그의 실제 출생일은 1939년 10월 11일(음 8월 29일)로 명기되어야 한다. 이 시에는 태어난 곳이 충남 당진이 아니라 "충남 홍성군 구항면 신곡리 자구실/같은 마을 외할아버지의 소실댁"으로 되어 있으므로 이를 따라야 할 것이다.

이 미미했을 텐데, 그러한 소외감을 극복하기 위한 방법으로 신춘문예의 다관왕에 도전했던 것으로 생각된다.

> 서투른 병정은 가늠하고 있다.
> 목탄으로 그린 태양의
> 검은 크레파스의 꽃밭의 지도의
> 눈이 내리는 저녁 어귀에서
> 병정은 싸늘한 시간 위에 서 있다.
> 지금은 몇도 線上인가.
> 그리고 무수히 彈雨가 내리던
> 그 달빛의 고지는 몇 도 부근이던가.
> 가슴에는 뜨거운 포도주,
> 한 줄기 눈물로 새김하는 자유의
> 피비린 鄕愁에 찢긴 모자.
> 이슬이 맺히는 풀잎마다의 이유와
> 마냥 어둠의 표적을 노리는
> 병정의 가슴에 흐르는 빙하.
> 그것은 얼어붙은 눈동자와
> 시방 날개를 잃는 벽이었던가.
> 꽃이었던가.

—「北緯線」제1연(『한국일보』, 1964. 1. 1)

위 시는 전3연으로 구성된 1964년 한국일보 신춘문예 시부문 당선작 「북위선」의 제1연이다. 북위38도는 해방과 함께 남북으로 분단된 조국의 객관적 상관물로, 6·25 휴전 이후 남북의 대치선은 직선에서 곡선으로 바뀐다. 이 시의 화자는 최전선 전방을 경계하는 초병(哨兵)으로 그가 서 있는 시공간은 "목탄으로 그린 태양의/검은 크레파스의 꽃밭의 지도의/눈이 내리는 저녁 어귀", 즉 삭막하고 암담한 초겨울의 무인지대(無人地帶)다.

이 시에 사용된 시어와 메타포는 1960년대 한국시의 한 전형적인 특질을 보여주거니와, 이근배는 자칫 관념으로 흐를 수 있는 주제를 선명한 이미지와 치밀한 시상의 전개를 통해 전쟁이 끝난 최전방에 흩어진 전쟁의 상흔과 칼끝 같은 대치상황을 밀도 있게 형상화하고 있다. 특히 "검은 크레파스 태양·꽃밭·싸늘한 시간" 등의 시어가 제1연에 이어 제3연에 반복되면서 태양과 꽃밭마저 어둡고 차갑게 경색된 상황을 효과적으로 재현하고 있으며, 설의법을 통해 분단된 현실의 암울함을 강조하고 있다. 그의 시에는 전후시에 흔하게 나타나는 관념적 반전(反戰) 메시지나 뚜렷한 대상 없는 적의(敵意) 같은 것은 보이지 않는다. 다만 남북 분계선을 응시하는 젊은 초병을 통해 동족간의 사랑마저 얼어붙은 차가운 현실을 사실적으로 묘사한다. 이러한 시세계는 비극적 한국사를 정직하게 바라보고 증언하는 이근배 초기시의 주요한 특징으로 평가된다.

20대 초반에 중앙일간지 신춘문예와 문공부 신인상을 휩쓸다시피 한 이근배가 등단한 지 이십여 년 만에 첫 시집(『노래여 노래여』, 문학세계사, 1981)을 상재한 것은 다소 이례적인 사건이라 할 수 있다. 그 이후로도 그는 시집 발간에 크게 관심을 갖지 않은 듯 대단히 굼뜬 행보를 보인다. 두 번째 시집 『사람들이 새가 되고 싶은 까닭을 안다』(문학세계사, 2004)와 세 번째 시집 『종소리는 끝없이 새벽을 깨운다』(동학사, 2006)를 연이어 출간하긴 했으나, 첫시집과의 시간적 상거(相距)는 이십년이 훨씬 넘는 것이다. 물론 그 기간 동안 그는 장편서사시집 『한강』(고려원, 1985)과 시조집 『동해바다 속의 돌거북이 하는 말』(1982)·『달은 해를 물고』(태학사, 2006), 그리고 시선집 『사랑 앞에서는 돌도 운다』(시월, 2008) 등을 펴냈지만, 이 모든 저작을 합쳐도 등단 50년이 넘은 시인으로서는 결코 많다고 할 수 없는 숫자다. 그렇다고 그가 문인으로서 게으르거나 나태한 삶을 살아온 건 아니다. 그는 중앙출판공사 편집장을 시작으로 동화출판공사 주간, 월간 『한국문학』 발행인 겸 주간, 계간 『민족과 문학』 주간, 계간 『문학의 문학』 주간 등 문예지 발간과 각종 문인단체 임원으로 활발히 활동했을 뿐만 아니라, 「시가 있는 국토기행」 등 문학적 기행문을 끊임없이 집필하는 등 왕성하고 정력적인 활동을 보여주었다. 또한 그는 '지용회' 회장·'공초숭모회' 회장 등 작고한 선배시인들의 시업을 기리는 추모사업에도 적극 앞장섰으며, 문학상도 받을 만큼 받아 최근에는 대한민국예술원 회원으로 피선되는 등 평생 문학과 관련된 일에만 매달려 살아오며 그에 대한 적절한 대우를 받았다.

> 어머니가 매던 김밭의
> 어머니가 흘린 땀이 자라서
> 꽃이 된 것아
> 너는 사상(思想)을 모른다
> 어머니가 사상가(思想家)의 아내가 되어서
> 잠 못드는 평생인 것을 모른다
> 초가집이 섰던 자리에는
> 내 유년(幼年)에 날아오던
> 돌멩이만 남고
> 황막(荒漠)하구나
> 울음으로도 다 채우지 못하는
> 내가 자란 마을에 피어난
> 너 여리운 풀은

-「냉이꽃」 전문

앞서 말한 것처럼, 이근배는 아버지의 종적이 묘연해진 뒤 조부모와 홀어머니 슬하에서 성장한다. 할아버지에게서 "비례물시非禮勿視하며/비례물청非禮勿聽하며/비례물언非禮勿言하며/비례물동非禮勿動"(「자화상」)의 『격

몽요결』을 배우면서 "저놈은 즈의 애비를 꼭 닮았어!"라는 꾸지람도 듣지만, 할머니 안동김씨는 "너는 장학사의 외손자요/이학자의 손자"(「자화상」)라는 자긍심을 심어주고 "마곡사, 갑사, 수덕사, 개심사" 등 충청 일원의 "큰 절만 찾아 백리길 넘어"(「공양」) 어린 손자를 위해 불공을 드린다. 그리고 열여섯에 동갑내기에게 시집와 청상이 된 어머니는 "큰 산 큰 절 한 번 못오르시고/용하다는 만신이나 찾아다니시며/어린 외동아들 칠성님께 바치"(「어느 날 만천명월 주인이 내게 와서」)는 한편 여름에는 땡볕에서 밭 매고 겨울이면 청솔가지 태우는 매운 연기를 맡으며 외아들을 기른다. 그러니까 이근배는 아버지가 부재해도 할아버지와 할머니, 그리고 어머니의 지극한 기도와 사랑으로 비교적 안온하게 성장할 수 있었다. 이것은 1941년 충남 보령에서 태어난 이문구의 신산(辛酸)했던 삶과 비교할 때 좀더 확연해진다. 지방유림의 존경을 받던 할아버지와 좌익활동을 한 아버지를 두었다는 점에서 두 사람은 대단히 비슷한 환경에 처했지만 이문구가 6·25를 전후하여 가족 대부분을 잃고 고향을 떠나 혹독한 청소년시절을 보낸 데 반해 조부모와 어머니의 보호를 받은 이근배는 최악의 상황을 겪지 않았던 것이다. 시 「냉이꽃」은 청상(靑孀)으로 외아들을 키운 어머니의 삶을 우리나라 들판에 지천으로 널려 있는 들꽃의 강인한 생명력으로 형상화한 작품으로, 일상적 삶의 체험이나 사물에서 한국 근대사의 비극성과 조상들의 정신적 고결함을 발굴해내는 이근배 시의 특질과 맞닿아 있다. 시인의 어머니는 남편이 없는 시가에서 나와 "떡시루를 연 듯"한 "텃밭에서 이른 봄부터 늦여름까지" 김을 매며 어린 남매를 키운다. 텃밭의 냉이가 무성하게 자란 것이 어머니가 흘린 땀과 눈물 때문이었다는 사실을 깨달은 것은 훨씬 뒤의 일이다. 냉이가 강인한 봄마다 한국의 들판을 파랗게 뒤덮을 수 있는 것이 겨울의 혹한과 폭설을 인고한 생명력 때문이듯이, 시인이 오늘날 사회인으로 번듯하게 독립할 수 있었던 것은 전적으로 어머니의 땀과 눈물, 그리고 간절한 기도의 음덕(蔭德)에 힘입은 것이다. 실제로 이근배는 크고 작은 절을 찾아다니며 어린 손자를 위해 치성들인 할머니와 어머니에 대한 고마움을 담은 작품을 여러 편 남기고 있다.

> 어느 날 문득 할머니의 불공이 생각났어요./심청이가 몸을 팔아 공양미 삼백 석으로/아비의 눈을 뜨게 한 것처럼/할머니가 부처님께 드린 공양이/맏손자인 저를 절집 심부름하여/복채를 받게 해주신 것이라고.(「공양」)

> 종갓집 맏며느리인 어머니는 밤늦도록/오대五代 봉사 차례 상에 올리는/제수준비를 해놓고는/외동아들 설빔으로 솜바지저고리 조끼까지/손바느질로 끝내느라 꼬박 밤을 밝히셨다(「떡국」)

> 그러고 보니 저는/어머니의 일백퍼센트/핸드메이드를 먹고 자랐어요 (「핸드메이드」)

> 말더듬이가 되고 싶어요/어머니/사랑 앞에서는/더더욱,(「사랑 세 쪽」)

시 「공양」은 1988년 토함산 불국사 석굴암 통일대종의 명문(銘文)을 쓰게 된 것이나 불교방송의 모연문 및 개국기념 발원문을 쓴 것 모두가 할머니의 지극한 공양 덕분이었음을 밝힌 작품이다. 그리고 「떡국」·「핸드메이드」·「사랑 세 쪽」은 홀어머니의 지극한 정성과 크낙한 사랑을 필설로 형용할 수 없어 차라리 말더듬이가 되는 게 낫다고 고백한 시이다. 이처럼 이근배는 시인으로 문명(文名)을 날리게 된 것이 전적으로 할머니와 어머니의 기도와 염려 덕분이었음을 토로하고 있는 것이다.

이근배의 최근 시집 『추사를 훔치다』(문학세계, 2013)에서 가장 두드러진 점은 신라부터 조선조에 이르기까지 우리나라의 정신사(精神史)를 관통하는 대덕(大德)과 거유(巨儒), 성군(聖君)과 의인(義人)이 거의 망라되다시피

하다는 사실이다. 이 시에 등장하는 고승은 신라의 의상·원효·일연을 위시하여 고려의 보우(普愚)·나옹, 조선조의 기화(己和)·보우(普雨)·휴정(休靜)·유정(惟政) 등 한국불교사의 우뚝한 산맥들이며, 유학자는 신라의 최치원에서 고려조의 이승휴·길재·이색·이규보·정몽주, 그리고 조선조의 조광조에서 이황·기대승·송시열·최익현에 이르기까지 당대의 석학(碩學)들로 가득 채워져 있다. 이밖에 임금으로서는 세종, 여성으로서는 논개가 유일하고 무장(武將)으로는 이순신·곽재우가 한 면을 차지하고 있는데, 세종은 우리나라 사람이 가장 존경하는 성군(聖君)이고 논개 등은 임진왜란의 영웅·의인(義人)이란 점이 고려된 듯하다. 이 시집에 수록된 인물열전 가운데 유일한 여성이 논개라는 사실은 이근배의 역사관이나 삶의 철학을 이해할 수 있는 중요한 단서로 보인다. 조선 시대의 대표적 여성상으로 꼽히는 인물은 신사임당과 허난설헌으로 이들은 훌륭한 아들을 길러낸 어머니이거나 뛰어난 재능을 가진 문인으로 많은 사람들의 존경과 사랑을 받는다. 이에 반해 논개는 신분이 미천한 기생[官妓]으로 임진왜란 당시 왜적 장수를 유인해 진주 남강에 함께 빠져 산화(散華)했다는 기록만 전한다. 그럼에도 불구하고 이 시집에서 홍일점으로 논개가 선택된 것은, 국가를 위해 초개같이 한 몸을 희생한 그녀의 의로운 행동에 아버지의 모습을 떠올렸기 때문인지 모른다. 이들 시편에 정몽주·김종직·성삼문·박팽년·김시습 등 불의에 저항하다 순절한 강직한 선비가 대종을 차지한 것도 이와 같은 추론을 방증하는 자료가 된다.

『추사를 훔치다』의 열전(列傳) 시편은 특정 장소를 부제(副題)로 붙여 역사적 인물의 행적을 한정하는 독특한 구성과 한 연에서는 해당 인물과 부제의 연관성을 밝히고 다른 연에서는 역사적 인물의 입을 통해 과거와 현재를 비판적으로 대비하는 방식을 취하고 있다. 이를테면, 신라 고승 의상(義湘)을 다룬 「의상」의 부제가 '의상대'인 것은 너무도 당연한 것이지

만, 「허균」의 부제 '애일당지(愛日堂址)'의 '애일당'은 허균의 외조부 김광
철(金光轍)이 살았던 집터로, 그는 자기 집에서 아들을 얻기 전엔 외손이라
도 잉태시키지 않으려 했으나 출가한 큰딸이 그곳에서 허엽(許曄)과 동침
하여 허봉(許篈)을 낳았다고 전한다. 그러므로 이 애일당은 농암 이현보가
구순(九旬)의 아버지와 숙부 등을 위해 지었다는 경북 안동 도산면의 '애
일당'하고는 전혀 다른 곳이다. 「조광조, 상현리」의 '상현리'가 정암의 선
영(先塋)이며, 「박인로, 도천리」의 '도천리'는 노계 박인로의 위패를 모신
도계서원(道溪書院)[2]이 자리한 곳이라는 사실을 아는 독자도 그리 많지 않
을 터이다. 그럼에도 굳이 이와 같은 제호(題號)를 붙인 까닭은 "산을 보아
도 산인 줄 모르고 물을 들어도 물인 줄 모르는/청맹과니를 깨쳐"(「기화,
봉암사」) 주려는 나름대로의 계산이 작용했기 때문인지 모른다. 독자에게
은근히 역사 공부를 종용하는 『추사를 훔치다』는 따라서 쉽게 읽히는 시
집이 아니다. 그럼에도 불구하고 그의 시가 작금의 난해시와 구별되는 것
은, 우리나라 역사와 인물에 대한 공부를 하며 그의 시집을 읽는 재미가
무척 쏠쏠하며 깊은 여운을 준다는 점에 있다. 한 번 가볍게 읽고 버리는
시나 아무리 읽어도 머리만 아픈 시와 이근배의 시는 근본부터 다르다.
그것은 그의 시가 형식적으로는 시조의 전통을 잇고, 내용적으로는 웅숭
깊은 한학적 교양과 불교적 세계관에 토대하고 있기 때문이다.

> 산다는 것은
> 겨울이 가고 봄이 오는 일이다
> 밭고랑에 눈이 녹으면

---

2) 노계 박인로의 위패를 모신 도계서원은 경상북도 영천시 북안면 도천리에 소재하고 있으
며, 이는 전라북도 정읍시 덕천면 도계리의 '도계서원'과 이름만 같을 뿐 다른 서원이다.
정읍 도계리의 '도계서원'은 의성김씨 종중 소유로 김흔(金昕)·김섬(金暹)·김습(金習)·
김지수(金地粹) 등이 배향(配享)되어 있다.

씨를 뿌리고 싹을 틔우는 일이다
먹을 것이 있고
마실 것이 있고
땔 것이 있으면
세상은 모두 잘 되는 것이다
(……)
새들에게는 하늘을 주고
물고기에게는 강을 주어
저희들끼리 살게 하는 일이다
어제는 시를 짓고
오늘은 비가 내리는 일이다
산다는 것은
흰 구름의 뜻을 아는 일이다
흰 구름처럼 나를 비우는 일이다

　　　　　　　　　　　　　　　　　－「이규보, 사가재」 부분

　열전 가운데 특이하게도 단연(單聯)으로 쓰인3) 이 시는 이규보의 호 '사
가재(四可齋)'4)의 내력을 알지 못하고는 제대로 이해하기 어렵다. 이규보는

---

3) 「김시습, 무량사」도 단연이긴 마찬가지나 시 앞에 1이란 숫자가 있어 과연 단연으로 쓴
　것인지, 제2연이 있는데 편집 과정에서 누락된 것인지 의혹을 불러일으킨다.
4) 이규보의 「四可齋記」에 이런 내용이 있다. "昔予先君, 嘗置別業於西郭之外, 溪谷窅深, 境幽
　地僻, 如造別一世界, 可樂也. 予得而有之, 屢相往來, 爲讀書閑適之所. **有田可以耕而食, 有桑
　可以蠶而衣, 有泉可飮, 有木可薪, 可吾意者有四 故名其齋曰四可**. 且祿豐官重, 乘威挾勢者,
　凡所欲得無一不可於意者, 若予則旣窮且困 顧平生百無一可 而今遽有四可 何慚如之(옛날 나
　의 선친께서 서쪽 성곽 밖에 별장을 두었는데, 계곡이 깊숙하고, 경지가 궁벽하여 즐길
　만한 별세계 같았다. 내가 그것을 얻어 자주 왕래하여 글을 읽으며 한적하게 지낼 곳으로
　삼았다. 밭이 있으니 식량을 마련할 수 있고, 뽕나무가 있으니 누에를 쳐 옷을 마련할 수
　있으며, 샘이 있으니 물을 마실 수 있고, 나무가 있으니 땔감을 마련할 수 있다. 내 뜻에
　맞는 것이 네 가지가 있어 그 집의 이름을 '사가(四可)'라 한 것이다. 녹봉이 많고 벼슬이
　높아 위세를 부리는 자는 무릇 얻고자 하는 것이 하나도 뜻대로 되지 않음이 없거니와,
　나 같은 사람은 곤궁하여 평생에 백에 하나도 얻은 것이 없었는데 갑자기 네 가지나 가지
　게 되었으니, 어찌 부끄럽지 않은가?)"

"밭이 있으니 식량을 마련할 수 있고, 뽕나무가 있으니 누에를 쳐 옷을 지을 수 있으며, 샘이 있으니 물을 마실 수 있고, 나무가 있으니 땔감을 마련할 수 있다"며 무소유의 안빈낙도 철학을 내세운다. 이근배는 이에서 더 나아가 "산다는 것은/흰 구름의 뜻을 아는 일이다/흰 구름처럼 나를 비우는 일이다"고 무욕과 공의 철학을 강조하는데, 이는 그의 불교적 세계관과 무관하지 않은 것이다.

> 꽃 피는 일이거나
> 눈 내리는 일이거나
>
> 씨 뿌리는 일이거나
> 거두는 일이거나
>
> 제 한 몸 불사르고도
> 재도 티도 안 남는다.
>
> ―「적멸寂滅」 부분

꽃 피고 눈 내리는 것은 무심한 자연 현상[無爲]이고, 씨 뿌려 거두는 것은 사람의 의도적 행위다. 봄이 되어도 일기가 불순하면 꽃이 늦게 피기도 하고, 겨울철 느닷없이 폭설이 내려 눈사태를 일으키기도 하지만 그 또한 자연 현상의 일부일 뿐이다. 그러나 사람은 지력(地力) 따윈 생각지 않고 욕심껏 씨를 뿌리고, 생산이 넘쳐 소비가격이 폭락하면 애써 기른 작물을 수확하지도 않는다. 때로 홍수와 혹한이 자연을 파괴하기도 하지만 그것은 우주의 질서를 바로잡기 위한 것이나, 인간의 탐욕은 자연과 인간을 함께 파멸로 이끈다. 인간을 번뇌에 빠뜨리는 독소(毒素)의 첫 번째로 탐욕을 드는 것도 모두 그 때문이다. '적멸'이란 번뇌에서 벗어난 궁극의 깨달음의 상태를 일컫는 불교용어이지만, "제 한 몸 불사르고도/재도 티도 안 남"기고 완전히 사라진 상태야말로 진정한 적멸인지 모른다. 속세의 중생들이 "눈 멀고 귀먹은/돌이라 살자"(「적멸」)거나 "사람도 잎이 지지 않고/살아갈 수"(「신오우가, 벼루읽기」) 있기를 바라는 것은 난망(難望)한 일이지만, 그러기 위해 노력을 하는 것은 아름다운 일이 아닐 수 없다. 그가 '만해시인학교 교장'으로 서울과 백담사를 오르내리며 "설악이/염화미소로/다 놓고 가라 하신다』(「안거」)라는 깨달음을 얻은 것도 그런 탐욕을 버리려는 마음을 냈기 때문이다. 이근배의 성장에 할머니와 어머니의 지극한 정성과 기도가 큰 몫을 했듯이 불교는 그의 삶과 문학을 당간(幢竿)처럼 지탱하는 정신적 기둥이다.

「간찰」은 제5회 유심문학상(2010) 수상작이다. 이 시(詩)에서 그는 "먹냄새 마르지 않는/간찰簡札 한 쪽 쓰고 싶다"는 소박한 희망을 밝힌 바 있다. 간찰(簡札)이란 편지를 가리키는데, 그는 누구에게 어떤 안부를 전할까를 고민하기보다 "자획字劃이 틀어지고/글귀마저 어둑해도//속뜻은 뿌리로 뻗어/물소리에 귀를 여는" 글을 쓰는 데 더 큰 관심을 갖는다. 그것은 간지(簡紙)에 쓰여진 붓글씨 자체일 수도 있고, 누군가가 읽을 편지의 내용일 수 있다. 시인은 그 글씨체 또는 글의 내용이 "어느 밝은 눈에 띄어//허튼 붓장난이라/콧바람을 쐴지라도/목숨의 불티같은 것"으로 기억되기를 염원하는 것이다. 반백년 동안의 시작(詩作)이란 고작해야 "남이 애써 해놓은 것/흘끔흘끔 베끼는 시늉"(「사경寫經」)에 지나지 않는 것이란 자괴감은 "어려서 몽당연필에 깍지를 끼워 써보긴 했어도 한 자루의 붓도 닳도록 쓰지 못했다"(「독필禿筆」)는 자성을 불러일으키지만, 이내 "외할아버지 용꿈 타고 태어"난 자신이 "성씨도 이가이고 보면 나 이몽룡 아닌개벼"(「몽룡이가 부른 춘향 노래」)라는 자부심을 회복하면서 시업(詩業)에 더욱 매진할 것을 다짐하는 것이다. 그가 스스로 몽룡이라 자처하면서 춘향 노

래를 부른 데서 알 수 있듯이, 앞으로 그가 부를 노래는 대체로 '사랑가'
이고, 사랑의 대상은 자신의 말을 알아듣는 여성[解語花], 곧 돌아가신 할
머니와 어머니가 될 것으로 보인다. 이근배에게 할머니는 "어느 산에 계
시던 부처님이/제 할머니로 이 세상에 오셨다가/다시 산으로"(「공양」) 가신
분이며, 어머니는 "별이 되시어/사람들 소원 다 들어주실"(「별」) 절대적 모
성의 상징이기 때문이다.

직관과 성찰

오세영의 근작시를 중심으로

    오세영의 근작시 다섯 편은 일흔을 넘긴 시인의 내면 풍경을 진솔하게 담아내고 있어 그의 근황을 살피는 데 좋은 자료가 된다. 1942년생으로 1968년 등단한 그는 올해 시업(詩業) 오십년이 가까운 일흔 셋의 중진 시인이다. 20세기만 같아도 현역에서 한 발짝 비껴 서서 '원로'로 존중받을 연치(年齒)건만, 그는 여전히 시 창작과 관련한 일로 분주한 노익장을 과시하고 있다. 다소 버릇없는 말 같지만, 요즘 일흔은 노인 축에도 끼지 못하고, 그렇다고 중년(中年)이라 우기기도 애매한 나이가 되고 말았다. 지난 연말 『60부터 청춘』이란 제호의 책이 출간된 데서도 짐작할 수 있듯이, 우리 사회에서 "오십 청년, 육십 청춘"이란 성어(成語)는 이제 일상적인 어휘로 자리잡았다. 실제로 우리 문단에는 칠순, 팔순의 나이에도 여전히 왕성한 창작열로 젊은 시절보다 훨씬 중후한 울림과 감동을 주는 작품을 쓰는 현역 시인이 여럿 있다. 1939년생인 시인 정현종은 서른의 나이에 김광섭의 시제(詩祭)에 찾아가 "오오 노시인들이란 늙기까지 시를 쓰는 사

람들, 늙기까지 시를 쓰다니! 늙도록 시를 쓰다니! 대한민국 만세(!)"란 감
동을 토로했었거니와, 그 역시 시쓰기를 멈추지 않고 있다. 당시 김광섭
의 나이가 육십 초반이었던 점을 고려하면, 팔구십의 연세에도 시창작을
그치지 않는 김남조, 고은, 신경림 등 원로 시인들의 치열한 정신세계는
우리의 나태하고 무뎌진 자세를 새삼 바로 여미게끔 긴장시킨다.

> 한 세상 사는 동안, 새는
> 구름 한 점 물어오기 위해
> 매일 매일
> 비상(飛翔)을 감행하는지도 모른다.
> 내 한 생이 시를 좇아 그러했듯이
>
> 그러나 구름은 실상
> 허공에 뜬 한줄기의 연기.
> 수 십 억 년
> 바람이 꽃잎을 날려왔듯,
> 햇빛이 그림자를 그리고 지워왔듯
> 심심한 하늘이 얼굴을 드러내
> 실없이 허공에 짓고 허무는
> 장난.
>
> 눈이 어두워진
> 내 나이 이제 어느새 일흔,
> 창밖
> 마른 나뭇가지 끝에 앉아 아직도
> 흰 구름을 우러르는 노년의
> 새 한 마리를 본다.
>
> ―「나이 일흔」 전문

새가 하늘을 나는 행동이 구름을 물어오기 위함이 아니듯, 인간의 한 평생 삶 또한 온전히 시쓰기를 위해 바쳐질 수는 없을 터이다. 그러나 어떤 새는 벌레를 잡아먹고 종족을 번식시키는 본능과 상관없이 무한한 비상(飛翔)을 즐기듯, 일부 인간들도 일상적 삶의 세계를 넘어선 정신적 자유를 추구하며 그것에서 생의 보람을 찾는다. 세속적 부귀와 영광을 추구하는 무리들에게 그것은 "허공에 뜬 한 줄기의 연기"처럼 허망한 짓으로 보일지 모르나 정신적 비상을 꿈꾸는 예술가에게 그것은 자연의 변화처럼 평범하면서 위대한 것이다. 맑은 하늘의 태양은 사물의 그림자를 만들지만 구름에 가려지면 그림자가 사라진다. 그렇다고 그림자가 완전히 없어지는 것은 아니어서 태양이 구름을 벗어나면 거짓말처럼 그림자가 생겨난다[色卽是空 空卽是色]. 일반 성인이라면 그런 자연 현상에 관심을 갖거나 즐거워하지 않겠으나, 어린아이들은 그림자가 생겼다 사라지는 것만 보고도 꼴깍 숨이 넘어갈 정도로 즐거워한다. 사실 이 세상에서 그림자를 만들었다 지우는 것처럼 신나고 재미있는 놀이가 어디 있을 것인가. 손가락을 이용해 벽에 동물 형상의 그림자를 만드는 놀이는 어린 시절 우리를 매혹시키기에 충분했다. 중국에서는 그것을 피영희(皮影戱, 또는 灯影戱)란 예술형식으로 발전시켰고, 최근에는 '그림자 극(shadow play)'이라 하여 단순히 인형이나 사물을 이용하는 수준에서 사람이 직접 출연하여 놀라운 영상을 보여주는 단계로까지 나아가고 있다. 시인이 시를 추구하는 것은 물질적 보상이나 세속적 명성을 위한 게 아니라 그 자체로 즐겁고 보람을 느끼기 때문이다. 따라서 시인에게 창작행위는 노동이 아니라 칸트의 말대로 '무목적적 합목적성'을 지닌 '놀이'이다. 눈도 침침해지고 귀도 어두워진 노년이 되어서도 시쓰기를 중단하지 않는 것도 '놀이'가 주는 행복과 즐거움을 포기할 수 없기 때문이다. 그의 육신은 "마른 나뭇가지 끝에 앉"은 새처럼 쇠락(衰落)의 증세를 보이는 듯하지만 정신은 "아직도 흰 구름을 우러르는" 열정과 생기로 가득 차 있다.

중국의 시성(詩聖)으로 불리던 두보(杜甫)는 「곡강(曲江)」에서 "인생칠십고래희(人生七十古來稀)"라는 명구를 남겼지만 오세영에게 칠십 평생은 마치 "파도가 들고 나가는 사이" 또는 "T.V.의 리모컨으로 찰깍" 화면을 끄는 순간(瞬間)에 지나지 않는다. 순간이란 말 그대로 눈 깜짝할 사이의 짧은 시간을 가리킨다.

> 파도가 나자
> 도요새 몇 마리가 쪼르르 달려나가
> 쉴 새 없이 먹이를 쫀다.
> 드러낸 사구(砂丘)의 갯벌 위로
> 어지럽게 발자국들이 찍힌다.
> 파도가 들자
> 다시 지워져 텅 빈 모래밭.
> 어머니 손을 잡고 들어서던
> 초등학교 운동장도,
> 선뜻 가버리지 못하고 울먹이며 돌아서던
> 그녀의 뒷모습도,
> 강의실의 그 초롱초롱 빛나던 학생들의 눈빛도,
> 빈 원고지 칸을 메꾸다 지쳐 쓰러져 잠든
> 내 여윈 손가락 사이의 만년필도
> 지워지고 없다.
>
> 파도가 들고 나가는 사이,
> 누군가 T.V.의 리모컨으로
> 찰깍,
> 한 세상을 닫아버리는
> 그 사이.
>
> ─「그 도요새는 어디 갔을까」 전문

인간의 삶이란, 파도가 잠깐 물러간 갯벌에서 먹이를 쪼아 먹는 도요새의 분주한 몸짓을 닮았는지 모른다. 그 몸짓은 "구름 한 점 물어오기 위해" 비상(飛翔)하는 새의 그것과 달리 생존을 위한 안간힘이어서 갯벌에 어지러이 발자국을 남긴다. 그 발자국 하나하나는 생존과 번식을 위한 흔적이지만 파도가 들면 거짓말처럼 씻겨 사라진다. 인간의 삶도 이와 같아서 노년이 되어 평생 삶을 뒤돌아보면 아련한 흔적만 남아 있을 뿐이다. 처음으로 부모 곁을 떠나 사회와 첫대면하던 초등학교 입학, 사춘기 시절 첫사랑과의 아픈 이별, 교사로서의 사회생활 시작, 그리고 평생 만년필로 써 온 시 등은 삶의 단계에서 가장 인상적인 체험이지만, 문득 되돌아보니 아슴푸레한 기억으로만 존재할 따름이다. 방금 전까지도 갯벌에 어수선히 찍혀 있던 도요새의 발자국이 파도에 의해 깨끗이 씻겨 없어진 것처럼, 우리의 한 평생 삶의 궤적도 어느 순간 깜쪽 같이 사라질 것이다. 하지만 희미한 흔적만 보인다고 해서 그 존재의 실상이나 가치마저 사라지거나 무의미해지는 것은 아니다. 파도는 도요새의 발자국을 지우지만 그들은 다시 갯벌에 내려앉아 발자국을 찍을 것이며, 그러한 행위가 무한 반복되면서 갯벌과 모래사장은 더욱 견고해지고 생명의 순환도 지속될 터이다. 파도가 도요새의 발자국을 지워야 깨끗해진 갯벌에 새 발자국이 선명하게 찍히듯, 우리도 가진 것을 비우고[虛] 없애야[無] 새것으로 채울 수 있는 공간[空]이 마련된다. 그러므로 "내 여윈 손가락 사이의 만년필도/지워지고 없다"는 시인의 독백은 그 동안의 시업(詩業)에 대한 불만이나 부정이 아니라, 도요새가 갯벌에 찍는 발자국이 늘 새로운 것처럼 항상 새롭고 진솔한 시를 쓰겠다는 시인의 다짐에 다름 아니다. 칠십 평생 열심히 살아와 무언가를 이룬 것 같은데 막상 되돌아보면 아무 것도 없다는 것은 허무적이고 염세적인 태도가 아니라 과거에 연연하지 않고 늘 새삶을 살겠다는 젊은 정신의 표현이다. 이제까지 이룬 것에 집착하면 노탐(老

貪)이 되지만, 순간의 삶에 충실하여 즐기면 그야말로 '날마다 좋은 날'이
되기 때문이다.

하지만 시인은 자신의 현재 상태를 "엄동설한"의 "얼어붙은 밤바다를
표류하는" "늙은 화부"처럼 늙고 지친 모습으로 인식한다.

> 엄동설한,
> 벽난로에 불을 지피다 문득
> 극지를 항해하는
> 밤바다의 선박을 생각한다.
> 연료는 이미 바닥을 드러내기 시작했지만
> 나는
> 화실(火室)에서 석탄을 태우는
> 이 배의 늙은 화부(火夫),
> 낡은 증기선 한 척을 끌고
> 막막한 시간의 파도를 거슬러
> 예까지 왔다.
> 밖은 눈보라.
> 아직 실내는 온기를 잃지 않았지만
> 출항의 설레임은 이미
> 가신지 오래,
> 목적지 미상,
> 항로는 이탈,
> 믿을 건 오직 북극성, 십자성,
> 벽에 매달린 십자가 아래서
> 어긋난 해도 한 장을 손에 들고
> 난로의 불빛에 비춰보는 눈은 어두운데
> 가느다란 흰 연기를 화통(火筒)으로 내어 뿜으며
> 북양항로(北洋航路),
> 얼어붙은 밤바다를 표류하는,
> 삶은

흔들리는 오두막 한 채.

─「북양항로」 전문

　엄동설한, 벽난로에 불을 지피다 하필이면 극지를 항해하는 낡은 증기선을 상상하는 것은 그만큼 시의 화자가 절박한 외로움과 고립감에 함몰되어 있다는 사실을 뜻한다. 그것은 현실적 삶의 고통에서 비롯되는 결핍감이 아니라 어쩌면 생의 막바지에 이르렀는지 모른다는 존재론적 성찰에서 연유하는 허무의식일 터이다. 화자는 자신의 존재가 석탄을 연료로 하는 낡은 증기선으로 시간의 파도를 거슬러 항해해 온 화부로 비유한다. 그것은 산업화 시대의 변화와 충격을 온몸으로 통과하면서 어느덧 고참이 된 사내의 이력과 완벽하게 부합한다. 그런데 세상은 산업화 시대보다 더 살벌하고 가혹한 정보화 디지털 사회로 바뀌어 증기기관에 익숙한 화부는 삶의 목표와 방향을 상실한 채 어쩔 줄 모른다. 시대와 환경의 변화에 약삭빠르게 적응하지 못하고 "목적지 미상/항로는 이탈"의 혼란에 빠진 듯하지만, 그에겐 북극성과 십자성, 그리고 "벽에 매달린 십자가"라고 하는 절대불변의 정신의 나침(羅針)이 있어 항해 자체를 포기하는 절망에 빠지지는 않는다. 디젤 혹은 원자력 엔진으로 추진하는 쾌속선이나 거선(巨船)에게는 낡고 녹슨 증기선이 위태롭고 초라하게 보일지 모르나, 그에게는 디지털 시대의 젊은이가 모르는 별자리에 대한 지식이 있어 어떤 위기와 고난이 닥쳐도 두려움을 느끼지 않는다. 요즘은 GPS를 이용한 전자지도가 보편화되어 자동차나 선박 등의 운행이 무척 편리해졌으나 그것이 북극성이나 십자성의 절대적 좌표로서의 위상을 대체할 수는 없다. 그것은 지구의 북반부와 남반부 밤하늘에서 가장 뚜렷하게 빛나면서 정확한 방향을 지시하는 불멸의 천주(天柱)와도 같은 것이기 때문이다. 따라서 시의 화자가 해도(海圖)보다 북극성이나 십자성에 의존한다는 것은 세속의 시비나 이익에 영합하지 않고 자연의 섭리에 순응하겠다는 의지의 표현으로 읽을 수 있다. 그런 점에서 이 시의 화부(火夫)는 단순히 석탄을 때는 노동자가 아니라 별자리를 보고 항로를 개척하는 선장으로서의 자질도 가진 존재다.

　오세영 근작시편에서 특히 눈에 띄는 구절은 "막막한 시간의 파도를 거슬러/예까지 왔다"와 "더 이상 갈 수가 없다"의 대구(對句)이다. 「북양항로」에서 숨가쁜 어조로 "예까지 왔다"고 고백한 그는 「가출」에서 "숲과 굴헝을 헤치며 내 여기 왔다/눈 비에 적시며 내 여기 왔다"고 거듭 반복함으로써 이제까지의 성취를 드러내고자 한다.

> 더 이상 갈 수가 없다.
> 날은 저물고,
> 인적은 끊기고
> 물결은 무심히 철썩이는데
> 아득히 반짝이는 강 건너
> 등불,
> 여어이, 여어이,
> 부르는 목소리는 쉬어 있는데
> 강둑엔 메아리만 돌아오는데
> 어느 별이 불렀을까,
> 푸드득
> 어둠 속을 날아가는 물새 한 마리.
> 더 이상 갈 수가 없다.
> 하늘엔 싸락눈만 흩뿌리는데,
> 갈대밭은 눈보라에 울고 있는데
> 돌아보면 세상은
> 자작 마른 가지 끝의
> 빈 까치집.
> 뗏목 한 척 찾기 힘든 생의 한 강변을,

숲과 굴형을 헤치며 내 여기 왔다
눈 비에 적시며 내 여기 왔다.

당신께 용서 빌러 돌아가는 길.
후회하며
당신께 돌아가는 길.

—「가출」 전문

  이 시는 "더 이상 갈 수가 없다"란 구절과 "내 여기 왔다"란 구절이 반
복되며 한 연을 이루고, 둘째 연에서는 전혀 다른 어조를 사용하여 한 생
을 다소 비감하게 정리하는 구조로 되어 있다. "날은 저물고/인적은 끊기
고"와 같은 구절은 말 그대로 진부하고 상투적인 표현이지만, 이 시에서
는 적절한 위치에 놓여 노년에 이른 시인의 적막하고 허무한 심사를 실감
나게 전달한다. 시의 화자는 "더 이상 갈 수가 없다"고 하면서도 강 건너
등불을 바라보며 누군가를 소리쳐 부른다. 날이 저물어 인적이 끊긴 강가
에 홀로 서서 건너편을 향해 소리치는 나그네의 목은 잔뜩 쉬어 있다. 강
건너 등불은 인가(人家)가 있음을 말해주는 징표지만 나그네를 건네줄 사
공이나 뗏목은 보이지 않는다. 화자의 쉰 목소리에 놀란 듯 어둠을 찢고
날아가는 물새는 갈 곳을 잃거나 갈 곳이 없는 고적한 존재의 표상이다.
오갈 데 없이 강가에 선 나그네에게 이 세상은 "자작 마른 가지 끝의/빈
까치집"처럼 스산하고 애처롭기만 하다. 그러나 화자는 "더 이상 갈 수가
없다"고 한탄하는 게 아니라 "숲과 굴형을 헤치며" "눈 비에 적시며" "여
기(까지) 왔다"고 당당히 선언함으로써 이제까지의 삶이 고단했으나 무의
미한 것만은 아니었음을 밝히고 있는 것이다. 이 시의 첫째 연이 삶의 황
혼에 이른 화자의 황량한 내면풍경을 토로한 것이라면 둘째 연은 지상에
서의 생애가 절대자에게 돌아가기 위한 길고 험한 도정(道程)이었음을 간

증(干證)하고 있는 것이다. "당신께 용서 빌러 돌아가는 길./후회하며/당신께 돌아가는 길."이란 3행의 두 문장은 "후회하며 용서 빌러 당신께 돌아가는 길"이란 하나의 문장을 시적으로 재구성한 것이거니와, 그 내용은 마치 사춘기 시절 훌쩍 가출하여 세상을 떠돌다 지친 몸으로 귀가하여 부모의 용서를 구하려는 철없는 자식의 간절한 고백과 같아 강한 여운을 남긴다.

그렇다고 칠순은 넘긴 이 시인이 지금까지의 삶을 정리하면서 마지막 과정을 담담히 맞기 위해 준비를 하는 것은 아니다. 그는 칠십년의 생애를 뒤돌아보며 이런저런 회한에 젖기도 하지만, '지금―여기'에서의 삶에 충실하고자 하는 의욕은 포기하지 않는다. 그에겐 매일매일이 새로운 날[日日是好日]이기 때문이다.

> 새날이다.
> 어제는
> 목련이 피어서 새날이고
> 오늘은 진달래가 져서 새날이다.
> 새해다.
> 작년에는
> 눈이 침침해서 새해고
> 올해는 귀가 어두워서 새해다.
> 들꽃들이 내쏟은 향기가
> 예년보다 더 강한 탓이었을까.
> 매년 겪는 앨러지성 비염이지만
> 올해의 비염은
> 유난히도 기침이 잦다.
> 콜록 콜록,
> 일어나 창밖을 본다.
> 황사 가득한 70년을 건너

아득히 홀로 멀리 서 있는
산.

지금까지 찾고자 했던 것은 무엇일까.
영원하지 않은 것들의 영원인
이 지상의 한 구석에 서서.

―「먼 산」 전문

　일상(日常)이란 매일 비슷하게 반복되는 삶을 가리키는 말이지만, 실제로는 하루도 같은 날은 없다. 다시 말해 매일매일의 삶은 이전과 다르고 새로운 것인데 사람들이 그것을 모를 뿐이다. 그 새로움이란 체험과 행동에서 비롯되는 게 아니라 마음에 따라 달라지는 것[一切唯心造]이다. 어제 목련이 피어 봄이 왔음을 알았는데 오늘 진달래가 지는 걸 보고 어느새 봄이 가고 있음을 깨닫는다. 나이가 들면서 눈이 침침해지고 귀가 어두워져 보고 듣는 것이 예전과 다르니 건강의 소중함을 새삼 느낀다. 시간의 풍화작용에 따라 늙고 병드는 것이 슬프고 안타깝기만 한 것이 아니라, 그를 통해 '지금―여기'에서의 삶을 다시 살 수 없다는 진리를 깨달으니 순간순간의 삶이 새롭고 귀하다. 인간의 삶은 백 년을 살아도 우주의 시간과 비교하면 수유(須臾)에 지나지 않는다. 인간의 삶은 영원하지 않으나 지구의 수명이나 우주의 시간은 인간의 시간에 비해 영원에 가깝다. 그 속에서 찰나적 삶을 살며 우리는 무엇을 얻고자 노력했던 것일까. 그는 교수·학자·시인으로서 세속적 성공과 영예를 얻었지만, 노년에 이른 지금 그것이 삶의 전부였다고 생각하지는 않을 것이다. 지금 이 순간 그에게 가장 소중한 것은 하루하루를 즐겁게 보내는 것. 중국 당나라 운문(雲門)화상이 제자들에게 "지난 보름의 일은 묻지 않겠다. 보름 이후의 일에 대해 말해보라"고 물었을 때 아무도 대답을 못하자 "날마다 좋은 날"

이라고 했다는 고사에서 유래한 이 말의 요체를 오세영은 확철히 이해한 것 같다. 그러니 눈귀가 어두우면 어두운대로 보고 듣는 것들이 모두 새롭고 의미 있는 것일 수밖에 없으며, 내가 사라져도 자식을 통해 내 존재는 영원히 이어질 것이다.

오세영 시는 일상적 체험과 내면적 성찰의 융섭(融攝)을 일상적 언어로 평이하게 진술하고 있어 일견 쉽게 읽힌다. 그러나 그의 시는 역설을 시적 방법론의 원리로 삼고 있어 마냥 편하게만 다가오지 않는다. 그러한 성향은 그의 시에 불교적 인식론 혹은 세계관이 개입된 이후 부쩍 두드러진 특징을 보인다. 이를테면, 그의 근작시에서 강하게 노정되는 허무의식은 노년 특유의 허망함이 아니라 비워야 새로 채울 수 있다는 삶의 지혜에 바탕한 것이다. 그것은 우리가 흔히 말하는 달관이나 관조와 달리 삶을 정직하고 치열하게 살아 노년에 이른 자의 자기성찰과 직관의 차원을 말해주는 징표이다. 그는 소소한 일상적 삶의 체험을 허투루 흘려보내지 않고 자기성찰과 정진(精進)의 계기로 삼아 그것에서 삶의 지혜를 직관하고 평이한 언어로 풀어내는 데 뛰어난 기량을 보여준다. 이러한 점은 그의 근작시에도 그대로 투영되어 있다. 그는 지금까지 살펴 본 몇 편의 시에서 이 세상은 "마른 가지 끝의 빈 까치집"처럼 을씨년스럽고 삶은 "흔들리는 오두막"처럼 불안하다고 응시한다. 그는 "구름 한 점 물어오기 위해" 비상(飛翔)하는 새처럼, 또는 북극성·십자성을 의지하여 "얼어붙은 밤바다"를 항해하는 늙은 화부처럼 "숲과 굴형을 헤치며" "뗏목 한척 찾기 힘든 생의 한 강변"까지 왔다고 자평하면서, 이제까지의 삶의 성취는 파도가 들자 "지워져 텅 빈 모래밭"처럼 허무하지만, 어제와 오늘이 모두 "새날이다"는 생각의 대전환을 시도한다. 그의 근작시에 "눈이 어두워진", "여원 손가락", "늙은 화부", "귀가 어두워서", "기침이 잦다" 등 육체적 쇠락(衰落)을 강조하는 이미지가 자주 등장하는 것은 칠순을 넘긴 시인의 신체적 변화를 표상한 것이지만, 그의 정신은 보다 높은 곳으로의 비상과 보다 넓은 바다로의 항해를 위한 준비로 분주하다. 그가 지금 이 순간을 "당신께 용서 빌러 돌아가는 길"의 한 지점이라 근신하는 듯하면서도 "아직도 흰 구름을 우러르"고 창밖의 "아득히 홀로 멀리 서 있는 산"을 응시하며 "지금까지 찾고자 했던 것은 무엇일까"를 자문하는 것은 그 길을 계속 가고자 하는 의지의 표현 외에 다른 게 아니다.

버림과 놀이의 시학

박제천론

박제천은 요즘 어린애처럼 놀이에 빠져 지낸다. 그가 놀이를 즐기는 것은 새삼스러운 일이 아니다. 그는 이미 약관의 나이에 '장자(莊子)'의 '소요유(逍遙遊)'에 흠뻑 빠져본 경험이 있기 때문이다. 사실 그가 유일하게 잘 할 줄 아는 일이라곤 '놀이' 외에 달리 없는지 모른다. 1965년 『현대문학』으로 등단한 이후 사십오 년 동안 그가 줄기차게 해온 작업은 글을 쓰고 책을 만드는 것이 전부였다. 그는 그 작업을 '일'이라 여기지 않고 '놀이'로 즐기는 듯하다. 물론 그 역시 글을 쓰고 책을 만드는 일을 통해 얻은 재화로 생계와 품위를 유지하는 일상인이지만, 그것에 속박되지 않고 즐긴다는 점에서 참된 자유인이라 할 수 있다. 박제천은 앞으로의 삶을 여분으로 생각하여 '놀이'처럼 즐기려 작정한 모양이다. 삶을 놀이로 여긴다는 것은 그 삶을 적극적으로 긍정하고 즐기겠다는 세계관의 발로이다. 그가 상상하는 놀이는 장자·한비자·노자 같은 고대 중국인의 사상과 행적을 따르는 것에서 최근 선가(禪家)의 풍속을 훈습(薰習)하는 것으로 성향만 바뀌었을 뿐 근본은 달라진 게 없다. 박제천의 근작 시편 대부분이 '―놀이'라는 제목으로 되어 있고, 시 말미에 『벽암록』과의 관련성을 밝힌 데서 시인의 정신적 지향과 세계관이 '버림'과 '놀이'의 시학으로 나아가고 있음을 확인할 수 있다.

『벽암록』은 설두화상(雪竇和尚)의 제자 원오 극근(圓悟 克勤)이 선가의 1,700 공안 가운데 백 가지를 추려 본칙(本則)으로 소개하고 그 앞뒤에 수시(垂示)와 평창(平唱, 또는 頌)을 덧붙인 책으로 흔히 '종문제일서(宗門第一書)'로 꼽힌다. 그러므로 일반독자에게 『벽암록』은 『장자』나 『노자』 못지않게, 아니 그보다 훨씬 어려운 책인데 박제천은 그것을 시제로 삼아 상상의 유영을 즐긴다. 가령 이런 시.

> 누군가 잠방잠방 생각나는 날에는 솔숲을 찾는다
>
> 눈으로 바라만보아도 막힌 곳 뚫어주는
> 솔잎바늘에 몸을 맡긴다
>
> 마음자리 틀어진 곳에는 햇볕을 불러
> 한땀한땀
> 햇빛바늘로 박음질도 해주는
>
> 솔숲에 한나절 앉다보면
> 그만 나도 송화가 되어 노랗게 삭은 내 시름
> 바람에 잠방잠방 띄우며
>
> 허공신이나 가져가라 날려보낸다
>
> ―「날마다 좋은 날」 전문

이 시의 말미에는 '벽암록 제6칙 「운문호일(雲門好日)」'이라는 설명이 달려 있다. 운문 문언(雲門 文偃)은 설봉 의존(雪峰 義存)의 제자로 중국 5대 선종 가운데 하나인 운문종을 세운 고승이다. 운문의 이 공안은 일반인에게도 널리 알려진 것으로 본칙의 내용은 다음과 같다. 운문이 대중에게 "보름 전의 일에 대해서는 묻지 않겠거니와, 보름 이후의 일에 대해 일러 보라"고 하자 아무도 대답을 하지 못했다. 이에 운문은 "날마다 좋은 날[日日是好日]"이라 스스로 답한다. "날마다 좋은 날"이란 선구(禪句)는 요즘 개인의 좌우명, 또는 가까운 사람들에게 보내는 안부나 덕담의 상용어로 쓰일 만큼 보편화되었지만 원래는 과거에도 미래에도 얽매이지 말고 단지 순간순간의 삶에 충실하라는 심오한 의미를 담고 있다. 과거 현재 미래는 본래부터 존재하는 게 아니라 인간이 창안한 시간개념의 분화에서 비롯된 것일 뿐이다. 그리고 그것은 따로 존재하는 게 아니라 밀접하게 연속되어 있다. 과거가 있어 현재가 있고, 그 때문에 미래가 존재하므로 과거에 얽매이면 현재가 괴롭고 따라서 미래도 불안해진다. 그러므로 현재가 즐겁고 좋으면 당연히 미래도 밝게 열릴 것이고 현재는 곧 과거가 되므로 과거 또한 즐거운 것이다. 이 모든 게 시간에 따라 달라지는 게 아니라 사람의 마음에 달렸으니[一切唯心造] 부처의 가르침이 오직 이 한 마디에 있다.

시의 화자는 누군가 보고 싶은 날 느닷없이 솔숲을 찾는다. 그곳은 보고 싶은 사람과 예전에 갔던 곳이거나 그이의 흔적이 묻어있는 곳일 수 있다. 아니 생각나는 사람과 아무런 관련이 없는 장소라 해도 무방하다. 중요한 것은 '그'가 아니라 '나(화자)'의 마음이기 때문이다. 그 솔숲에서 화자는 햇볕을 쬐고 바람을 맞으며 한나절을 보낸다. 그러고 있으니 어느 순간 마음 한 구석에 웅크리고 있던 시름과 걱정이 사라지고 정신이 쇄락해지는 걸 느낀다. 그것은 생각나는 사람에 대한 집착을 버림으로써 얻어지는 정신적 자유다. 다시 말해 화자는 누군가를 그리워하면서도 그 속박에서 벗어남으로써 그와 좀더 가까워지는 역설을 깨닫는 것이다. 박제천은 자신이 몸담고 있는 이 세상을 "하나의 거울"(「거울 놀이」)이라 상상하거나, 플라워 캔에서 "요술램프의 거인을 불러보"(「요술 놀이」)기도 하고, "다락방 하나 지어놓은 채/혼자서 놀고, 혼자서 사랑하고, 혼자서 즐거워"(「다락방 놀이」)하면서 "하느님처럼 부처님처럼//스스로/내 안의 더럽고, 고름끼고, 상처난 별들을/하나하나 씻어주고 풀어주는/황홀한 놀이"(「황홀한 놀이」)를 즐긴다. 이처럼 세상잡사를 놀이로 여기다보니 "쓸쓸한 나날이 새롭"고 즐거운(「지옥 놀이」) 것은 당연한 이치다.

  박제천의 최근 시는 선(禪)에 대한 지식과 이해가 없으면 해독되지 않는 암호 같은 것들이 많다. 가령 "눈 설거지를 끝낸 다음엔 가장 아끼던 것들을/하나씩 버려야 했다/차례를 기다리는 금강송도/붉은 팔 하나를 뚝 떼어내 내어주었다"(「동안거 해제」)의 표층구조는 폭설에 부러진 설해목에 대한 묘사로 되어 있으나 그 이면에는 달마에게 제 팔을 하나 잘라 바쳤던 혜가(慧可)의 '설중단비(雪中斷臂)' 고사가 잠복해 있고, "너에게 벽돌 하나를 주노니/갈아서 거울을 만드렴"(「눈을 감으면 보이는 것이」) 같은 구절은 남악 회양과 마조 도일의 유명한 일화를 인유한 것이다. 또 "하늘 나는 물오리떼/울음소리/어디로 갔나/날아가 버렸다 하면/누가/또 내 코를 잡아 비틀고 말리"(「하늘 나는 물오리떼」) 역시 마조 도일과 백장 회해 두 스승과 제자 사이의 문답에서 차용한 것이다. 그러나 이 정도는 평소 이 방면에 관심을 가진 사람이라면 어림짐작이나마 할 수 있는 것들이어서 난해하다고 하기 어렵다. 곤혹스러운 것은 다음과 같은 시와 『벽암록』과의 관련성이다.

    밀짚모자 영화관을 아시는지요

토막 낸 16밀리 영화필름으로 양테를 두른
밀짚모자,
그 모자 덮어쓰면, 차르르 돌아가는 햇빛 영사기,
내 머릿속 내 일생은 아랑곳없이 밀쳐내고
영화 한편 돌아갑니다

한 남자에 두 여자거나 한 여자에 두 남자
그도 아니면 환과고독, 하나같이
멋지고 슬픈, 비극이고 희극인 인생이랍니다
(나 역시 저와 같으리)

세상에 나지 말라 그 죽기가 괴로우니
세상을 버리지 말라 새로 나기가 괴로우니
더 줄이면, 죽기도 살기도 모두 괴로워라
원효스님의 한 말씀 생각납니다

나도 한 말씀, 죽고 삶을 나눔이 부질없는 일,
기분나면 영화 필름 갈아 끼고
마음대로 인생을 골라 사는 이 재미,

그 밀짚모자, 40년 지난
오늘, 내 추억 모니터에 나타났어요
오늘부터 저 밀짚모자, 잠잘 때마다 쓰고 자렵니다

—「밀짚모자 영화관」 전문

　지금은 한 시대의 풍물로 사라졌지만, 얼마 전만 해도 16밀리 영화 필름으로 테를 두른 밀짚모자가 많았다. 시의 화자는 어디선가 그 밀짚모자를 발견하거나 문득 기억을 떠올린 모양이다. 그리고 그 옛날 즐겨 보았던 영화의 내용이 대체로 남녀의 심각한 삼각관계이거나, 홀로 사는 이들

[鰥寡孤獨]의 외로움에 대한 것이었다는 사실을 알아챘다. 그리곤 금세 원효와 사복(蛇福)의 고사를 떠올려 생사 이별이 원래 괴로운 것이지만 "죽고 삶을 나눔이 부질없는 일"이라며 인간 존재의 근원적 고통에서 자못 해방된 것 같은 태도를 보인다. 그러나 속아서는 안 된다. 이 시가 『벽암록』의 제5칙 '설봉속립(雪峰粟粒)'의 교훈에서 착상한 것이라면 더욱 그렇다. 이 공안은 설봉 화상이 대중법문에서 "온 천하를 다 움켜쥐어도 좁쌀만 하다[盡大地撮來 如粟米粒大]"고 한 데서 유래한 것인데, 본칙(本則) 앞의 수시(垂示)에는 "눈 밝은 사람이면 조금도 속지 않겠지만[若是明眼漢 一點謾他不得]"이란 단서가 달려 있음에 유의해야 한다. 요컨대, 이 공안은 겉으로 언표된 말에 현혹되지 말고 속뜻을 제대로 헤아려야 함을 강조하고 있는 것이다. 이에 따르면, 위 시의 화자가 삶과 죽음의 경계를 초월한 듯한 태도를 보이는 것도 그대로 믿어서는 안 된다. 그는 죽어 이별한 사람과의 추억이 담긴 밀짚모자를 발견하고는 금세 죽은 이와의 추억에 빠져든다. 뿐만 아니라 그 밀짚모자를 "잠잘 때마다 쓰고 자"겠다고 다짐한다. 이 말은 "죽고 삶을 나눔이 부질없는 일"이란 앞 구절과 명백히 모순된 듯하지만 반드시 그런 것은 아니다. 그는 아내의 죽음에 연연하여 현재의 삶을 낭비하지는 않겠으나 아내를 그리워하고 생전의 인연을 소중히 간직하려는 마음마저 버리지는 않겠다고 다짐하는 것이다. 이런 발상은 이율배반이 아니라 무엇에도 얽매이지 않고 즐기겠다는 '방편'의 철학이다.

일상적 삶에 집착하지 않고 순간을 즐기며 살겠다고 하는 박제천은 "이제는 나도 너를 버릴 수밖에 없다"(「무상 애인」)거나 "없는 애인을 다시 없애야 하는 게, 없는 세상 삶"(「애인 놀이」)이라며 짐짓 죽은 아내에 대한 그리움과 연민에서조차 자유로운 것처럼 말한다. 그가 일상적 삶의 잡답(雜沓)에 구속되지 않고 자신만의 정신적 자유를 즐기는 것은 맞지만, 앞서 살핀 것처럼 죽은 아내를 완전히 잊은 것은 아니다. 아니, 어떤 점에서 그의 아내에 대한 그리움과 사랑은 더욱 웅숭깊어지는 듯하다. 이를테면 그는 한밤중에 걸려온 전화에 아내의 이름이 뜨자 받지 않고 "이승 시간은 참 길다오"(「전화놀이」)라며 문자메시지를 보내거나, 세상살이 가운데 제일 신나는 건 "자연의 생명 속에서/그대를 다시 찾아 만나는 일"(「투명요정」)이라 고백한다. T.S. 엘리옷이 주창한 '몰개성론'과 달리 박제천 시에서 시인과 화자를 엄격히 분리하는 일은 불가능할뿐더러 불필요한 일처럼 보인다. 이런 관점에서 보면 그는 아내를 잊은 것이 아니라 삼라만상 두두물물에서 아내의 형상을 보고 목소리를 듣는다.

> 밥하고 빨래하고 잠자리도 펴지 않지만
> 술 마시지 마라, 담배피지 마라 하지도 않으면서
> 하늘땅 어디이든
> 부르면 나타나고, 잊으면 사라진다
>
> (…중략…)
>
> 이 강산 낙화유수에서
> 한꺼번에 도망간 내 애인들,
> 전삼삼 후삼삼
> 다 찾았다
>
> —「우렁각시 찾아낸 날」 부분

육신을 지닌 아내가 죽은 뒤 시인은 혼자 밥하고 빨래하고 이불도 펴며 지내지만 조금도 불편을 느끼지 않는다. 그런 일을 할 때마다 홀연히 아내가 나타나 이런저런 잔소리를 늘어놓으면 시인은 "알았어, 알았다구"하며 즐겁게 그 말을 따른다. 하지만 담배나 술은 아내가 아무리 간절히 부탁해도 끊지 않는다. 하기야 그것마저 끊으면 이 삶이 얼마나 허망하고 삭막할 것인가. 그는 철저히 현재의 삶에 만족하고 즐기기로 작정한 것이다. 그 삶은 예전과 크게 다를 바 없어 보여도 실제로는 엄청난 거리가 있다. 그의 모든 행동은 누군가의 요구와 명령에 의한 것이 아니라 전적으로 자신의 의지와 필요에 따른 것이고, 스스로 그것을 유유자적 향유하고 있기 때문이다.

그렇다고 「-놀이」 연작이 모두 아내와의 기억을 바탕으로 한 시편으로만 구성된 것은 아니다. 「서정주 시인의 댕기놀이」는 미당에게서 들었던 일화를 소재로 한 재미있는 작품으로, 시인의 평상심이 궁극의 미(美)이자 도(道)임을 강조하고 있다. 1960년대의 어느 날 버스를 타고 가던 미당이 앞자리 여학생의 긴 머리를 하염없이 만지작거렸는데, 지금 같으면 성희롱죄로 당장 구속될 일이지만 미당은 그 경험을 「동천」이란 빼어난 시로 승화시켰다는 게 시의 대체적 내용이다. 미당이 파렴치한 성범죄자와 본질적으로 다른 점은 앞자리 여학생의 머리를 절대적 미의 대상으로 여겼던 데서 찾을 수 있다. 그에게 미(美)는 속세의 모든 예의·도덕·염치 등과 무관한 절대적인 가치인 것이다. 이것은 한 납자가 운문화상에게 "어떤 것이 부처나 조사를 초월하는 말입니까?"고 묻자 "호떡[鎦餅]이다"라고 대답한 것(『벽암록』 제77칙)과 유사한 차원의 감각이다. 아마 당시 운문화상은 무척 시장해 호떡이 먹고 싶었던 모양이다. 그때 눈치 없는 납자가 도가 어쩌니 하며 묻자 우선 배부터 채운 뒤 이야기하자고 그런 대답을 했던 것이다. 이와 마찬가지로 미당은 앞자리 여학생의 댕기머리를 만지작거리며 음심(淫心)에 빠진 게 아니라 동양 여성의 절대적 아름다움을 머릿속에 그리고 있었던 듯하다. 「이상 시인의 초인종 놀이」도 이상(李箱)과 미당에 얽힌 일화를 전해들은 시인의 상상력이 발동한 작품이다. 이상이 술을 마시며 앞에 앉은 여인의 젖꼭지를 꾹꾹 누르더란 얘기를 미당이 시인에게 했고 50년도 지난 지금 그는 문득 그 일을 떠올리며 "혼자서 술꼭지나 꾹꾹 누르며 나는 문득 지옥을 생각하는데, 당신은 무얼 생각하실까?"고 또다시 죽은 아내를 생각한다.

거의 매일 술을 마시는 그는 최근에는 자주 독작(獨酌)을 하는 듯하다. 가령 「고주랑 망태랑」에서 그는 "얼어붙은 저녁, 저혼자 돌이 된 사내,/그 사내 깨워서 술친구 만들어/주거니 받거니 잔술을 마시"면서에서 보듯 혼자 잔술을 홀짝거리며 "왜 이리 술맛이 좋은가"고 짐짓 호기를 부린다. 하지만 그것이 죽은 아내를 생각하며 혼자 술잔을 기울이는 쓸쓸한 풍경임은 금세 드러난다. 왜냐하면 그의 술상대는 다름 아닌 "눈내리는 겨울 하늘, 저혼자 눈이 된 여자"이고 술 마시는 분위기는 "그 여자 불러서 눈사람 만들고/너 한잔 나 한잔 병술을 마시는 밤"임을 고백하고 있기 때문이다. 혼자서는 잔술을 마시다가 죽은 아내와 벽담(壁談)을 나누며 병술을 마신 뒤 고주망태가 되는 초로의 사내. 그러면서도 그는 "죽고 삶을 나눔이 부질없는 일"이므로 "마음대로 인생을 골라사는 이 재미"(「밀짚모자 영화관」)라거나, "알음알이 다 버리니 나조차 내이름 몰라"(「고주랑 망태랑」)라며 짐짓 호연지기를 뿜내고, "너는 내 지옥/쓸쓸한 나날이 새롭다/나날이 즐겁다"(「지옥 놀이」)며 느닷없이 병즉약(病卽藥)의 역설을 설파한다. 그는 "이 모든 게 그림 속 세상이자 함정 속 세상이지만/시간 갈수록 세 겹 세상 드나드는 재미가/너무 쏠쏠해, 이 짓도 못하면 어찌 살까 걱정"(「세 겹 세상 사는 친구랑」)일 정도로 혼자 사는 일에 제법 이력이 나서 "노여움도 없고 미련도 쓸쓸함도 없어선가/그 문자가 벙어리 啞로 보이면/입 다물고/그 문자가 웃을 笑로 보이면 함박웃음을 머금"을 만큼 세상사에서 한걸음 비껴나 초탈한 듯한 여유를 보이기도 한다.

꽃이 피면
꽃이 지면

바람이 불어도
바람이 멈춰도

비를 맞으며
비를 그으며

시를 쓰고
시를 버리고

무제라는 제목의 시를 한편 써나가고 있다
언제 끝이 날지는 그대와 나만 아는 시를 쓰고 있다.

—「무제—심우도」 전문

　이 시는 서로 대립되는 상황의 대조와 운(韻)의 반복으로 절묘한 조화를 이루는 데 성공하고 있다. 꽃이 피면 지는 게 자연의 섭리이고 비가 오면 맞을 때도 있고 그을 때도 있는 법이며 시를 써 마음에 들지 않으면 버려도 그만인 것을 사람들은 버림의 철학을 깨닫지 못해 애면글면한다. 이런 단순 명쾌한 삶의 철학이 담긴 시는 각운과 두운의 적절한 활용 덕분에 감칠맛이 더욱 증폭된다. 그런 점에서 다섯째 연이나 제목의 부제는 일종의 사족인지 모른다. 제목을 군이 '무제'라 한 까닭은 명명(命名) 자체가 곧 분별행위라는 인식에서 비롯된 것이고, 그런 깨달음은 선가의 막존지해(莫存知解)라는 경구를 적극적으로 실천한 결과이기 때문이다. 요컨대 '소를 찾는 행위[尋牛]'는 나 자신을 소로 바꾸어 생각하여 나와 소 사이의 경계를 허묾으로써 주체와 객체가 하나가 되는 과정을 친절하게 열 단계로 나누어 설명한 것에 지나지 않는다. 그 세계에서는 꽃이 피고 지는 것이나 비를 맞거나 피하는 게 아무런 의미를 지니지 않는다. 꽃은 피면 지고, 지었다 다시 피며, 비를 피한다고 비가 그치거나 없어지는 것은 아니다. 모든 것은 내 마음의 작용에 따른 것이므로 오로지 그 마음을 다스리면 삶과 죽음의 경계조차 허물어진다. 하여 "참다운 삶이란 빨리 돼지는 일"(「쓰레기 같은 놈아」)이란 역설이 가능해진다. 4연으로만 그쳐도 빼어난 서정시가 될 수 있었을 작품에 굳이 한 연을 덧붙인 것은 최근 시인의 정신세계와 시적 향방을 넌지시 암시하려는 친절 외에 아무것도 아니다.

박제천의 열두번 째 시집 『달마나무』 4부는 「심우도」 열 편을 비롯하여 모두 선적 제재나 주제를 다룬 것들로 예전 시집에 수록되었던 작품들로 구성된다. 이처럼 선적 취향의 시만을 재수록한 까닭은 이 시집의 성격을 보다 분명히 하고자 하는 의도 때문인 것으로 보인다. 이들 작품의 또다른 특징은 선승들의 일화와 연관된 부제가 달려 있어 그 내용을 알아야 시의 속뜻을 짐작할 수 있다는 점이다.

> 눈을 감으면 보이는 것이 있을 리 없다
> 마음의 눈으로 바라본다는 것은 망상이다
> 너에게 벽돌 하나를 주노니
> 갈아서 거울을 만드렴
> 그 거울에 너의 무엇이 비치겠는가
> 눈을 떴는지 감았는지조차 모른다면
> 그때 비로소 너는 너를 보게 된다
> 너는
> 이 아침의 나뭇잎에 도르르 말리는 이슬 한 방울
> 그 이슬 속에서 우레처럼 터져나오는
> 계명성鷄鳴聲
> 너를 버림으로써 이 세상에 살아있는 것들의 웃음소리가
> 만발하게 된다
>
> —「눈을 감으면 보이는 것이 -馬祖를 흉내내다」 전문

　참선이나 기도를 할 때 사람들은 습관처럼 눈을 감는다. 그것은 육안(肉眼)을 포기하고 심안(心眼)으로 자아의 본질에 다가가기 위함이다. 그러나 눈을 감으라는 말의 진정한 의미를 이해하지 못하고 흉내만 내는 것은 마치 벽돌을 갈아 거울을 만들겠다는 어리석음과 같다. 육조 혜능의 법을 이은 남악 회양(南嶽 懷讓)과 그의 제자가 된 마조 도일(馬祖 道一) 사이에 벌어진 '벽돌 거울' 사건은 매우 유명하다. 좌선을 통해 부처가 되겠노라는 마조를 깨우치기 위해 남악은 벽돌을 간다. 그 광경을 본 마조가 그 이유를 묻자 "거울을 만들기 위해서"라 답한다. 마조가 그 불가능함을 말하자 남악은 "벽돌을 갈아 거울을 만들 수 없을진대 좌선을 해서 부처가 될 수 있겠는가?"고 되묻는다. 그제서야 자신의 어리석음을 깨달은 마조가 방법을 여쭙자 "수레를 멘 소가 가지 않으면 수레를 때려야 하나 소를 때려야 하나?"고 대답한다. 이어 "너는 좌선(坐禪)을 배우려는가, 좌불(坐佛)을 배우려는가? 앉아서 참선하는 것을 배운다고 한다면 선(禪)은 앉거나 눕는데 있는 것이 아니니 선을 잘못 아는 것이고, 앉은 부처를 배운다고 한다면 부처님은 어느 하나의 법이 아니니 부처님을 잘못 아는 것이다. 무주법(無住法)에서는 마땅히 취하거나 버림이 없어야 한다. 네가 앉은 부처를 구한다면 부처를 죽이는 것이고, 앉은 모습에 집착한다면 선(禪)의 이치를 깨닫지 못한 것이다." 그러므로 눈을 감고 뜨는 행위에 신경 쓸 게 아니라 그런 분별심조차 잊을 때 비로소 사물을 제대로 볼 수 있다. 마찬가지로 '나'라는 자의식을 버려야 '나/너'의 구분이 사라지고 '나―너'가 하나가 된다.

　'심우도(尋牛圖)'란 인간의 본성을 찾아 수행하는 단계를 동자(童子)나 스님이 소를 찾는 것에 비유해 그린 그림으로 중국 송나라의 확암이 처음 그렸다는 설이 유력하다. 달마도가 그린 사람에 따라 형상이 다르고 깨달음의 수준이 다르듯, 심우도 또한 시인에 따라 각양각색으로 해석되고 언표화된다. 그러나 시인은 수행자가 아니므로 그들의 시에서 깨달음의 정도를 측정할 수 없으며 그럴 필요도 없다. 우리는 그들의 시에서 '심우도'의 과정이 어떻게 재해석되고 새로운 담론을 형성하는가에 주목하면 그만이다. 이를테면 박제천은 「애인이여—尋牛, 심우도·1」에서 '소'를 '애인'으로 빗대고 있으며, 소를 얻은 단계[得牛]에서는 "기슭에 닿았으면 배를 버리려므나"고 곧바로 '사벌등안(捨筏登岸)'의 가르침을 환기시킨다. 말하자면 그는 '나'를 찾는 행위란 곧 '천년 애인'을 찾는 일인 동시에 곧 '애인'을 잊는 일이다. 그것은 마치 도처에 있는 아버지를 죽이는 행위와 같은 것인데, 이는 서구 신화나 비극에 등장하는 '아비 죽이기'와 전혀 차원이 다르다. 제우스나 외디푸스의 살부(殺父)행위는 그에게 주어진 운명에 따른 것이지만 선가에서의 '살불살조(殺佛殺祖)'는 어떤 권위나 관습도 인정하지 않으려는 단호한 의지의 표현일 뿐 실제 행위가 아니다. 물론 서구의 살부행위를 문화적 맥락에서 해석하면 권위와 관습에 대한 저항으로 읽을 수도 있다. 어쨌든 박제천은 '심우도' 열 편의 시에서 "나라는 것이 도시 무엇일꼬"(「시인팔자—人牛俱忘, 심우도·8」)를 화두 삼아 참구하다가 "만무상 얼굴이 저마다 다르지만/한번 가진 얼굴은 바뀌지 않는다"는 자명한 사실을 깨닫고 본성대로 "허허거리며/살 일"(「만무상—立塵垂牛, 심우도·10」)임을 다시 한 번 다짐한다. 요컨대, 박제천이 이해한 선적 세계는 단순명쾌하다. 그는 자신에게 주어진 천분대로 그날그날을 충실히 살면 된다는 지극히 자명하면서도 실천하기 어려운 진리를 알아챈 것이다. 이러한 세계관은 최근 형성된 것이 아니라 이미 약관의 청년시절부터 움튼 것이기도 하다. 그의 시력(詩歷) 사십오 년은 장자에서 시작하여 한비자·노자·성리학을 거쳐 선의 세계에 이르기까지 일관된 지향과 흐름을 유지한다. 그만큼 그의 시적 상상력은 우주적이고 시세계는 유현(幽玄)하다.

이제까지 일별(一瞥)한 대로 박제천의 열두번 째 시집 『달마나무』는 '버

람'과 '놀이'를 다양하게 변주한 시편들로만 구성되어 있으며 그 정신은
선의 세계에 밀접하게 닿아 있다. 굳이 선적 성향의 시만을 가려 시집을
엮은 까닭은 자신의 시세계가 '노장시학'으로 규정되는 것이 불만스러웠
기 때문인지 모른다. 그는 고희를 바라보는 나이에 '버림'을 통해서 보다
큰 자유를 얻을 수 있다는 사실을 깨닫고, 앞으로의 여생을 '놀이'처럼 즐
기다 가겠다고 마음먹는다. 조강지처를 먼저 보낸 그는 "눈을 감으면/
(…)/해처럼 달처럼 별처럼 환하게 보이는 그대"(「백무동 입춘방」)를 찾아 달
나라까지 가지만 "아직도 그렇게 매어 사는 내가 딱하다"(「달나라 방문기」)
고 바라보는 그들의 시선을 깨닫고 "없는 애인을 다시 없애야 하는 게,
없는 이 세상 삶"(「애인 놀이」)임을 확철히 인식한다. 그 결과 "이제는 나도
너를 버릴 수밖에 없"(「무상 애인」)을 뿐만 아니라 "그만 나도 없애야겠다"
(「애인 놀이」)며 너와 나의 속박에서 완전히 벗어날 것을 다짐한다. 그러나
혼자 사는 삶이 슬프고 괴롭고 외로운 것만은 아니어서 "갈릴레오 망원
경이 없어도/고인돌 별자리들과 문안인사를 나누고/(…)/달나라 계곡에서
낮잠을 즐기기도"(「별자리놀이」) 하는 재미가 제법 쏠쏠하다. 무엇보다 시
인에게 위안을 주는 것은 이제는 사라졌다고 여겼던 어린 시절의 동심이
되살아난 일이다. 그는 이제까지 "왕구슬, 쇠구슬만 가지면/모든 유리구
슬을 깨버릴 수 있는 그런 세상에/그냥 나만 유리구슬로/혼자서 살고 있
는 걸 비로소 알았다"(「술놀이」)고 고백할 정도로 세상사와 담쌓고 살아온
천생의 시인으로, "이 세상 삶과는 무관한 외계인이 되어"(「다락방 놀이」)
"내 안에 비틀어지고 엉겨붙고 축 늘어진 별들을/하나하나 바로잡고 동여
매고 일으켜 세우는/황홀한 놀이"(「황홀한 놀이」)로 소일해 왔던 것이다. 그
는 자기 시가 "누가 읽느냐에 따라 시가 되기도 하고/허섭쓰레기가 되기
도"(「상상놀이」) 한다는 것을 알지만 그 '놀이[詩作]'를 그만 둘 생각은 품지
않는다. 왜냐하면 그는 이제야 "스스로/내 안의 더럽고, 고름끼고, 상처난

별들을/하나하나 씻어주고 풀어주는"(「황홀한 놀이」) '놀이'의 진경에 발을 들였기 때문이다. 이와 함께 그는 어둠조차 밝은 햇살로 바꾸어주는 놀라운 자연의 이법을 자기 혼자 즐길 게 아니라 아직까지 "혼자서, 캄캄한" 고통의 세월을 보내는 이들에게 되돌려주어야 할 '시인 팔자'를 새삼 자각한 것이다. 그것은 마치 중생들이 서로 부대끼며 욕심껏 살아가는 저자 거리에 들어가 함께 웃고 울며 그들을 제도하려는 '심우도'의 마지막 단계 입전수수(立廛垂手)의 장면을 연상시킨다.

'문효치 곤충기'와 생명사상

문효치, 『별박이자나방』

문효치의 신작시집 『별박이자나방』을 읽는 재미는 유별나다. 이 시집은 제목부터 낯설어 고개를 갸웃하게 하는데, 잠시 궁금증을 참고 「시인의 말」에 이어 목차를 살펴보면 곧바로 고개를 주억거리게 된다. 시인은 "우리가 흔히 벌레나 풀, 나무 등을 보고 미물이라고 말해버리는 것, 잡초나 잡목이라고 치부해 버리는 것은 중대한 인식의 오류"며 "오만이고 편견"이라 못박는다. 모든 생명체는 우주의 질서 속의 한 구성원으로서의 권리를 지니고 있어서 인간의 잣대로 함부로 평가할 수 없기 때문이라는 것이다. 그리하여 이 시집에는 '거꾸로여덟팔나비', '점박이외뿔소똥풍뎅이', '금테비단벌레', '모자무늬주홍하늘소' 등 그 이름도 생소한 곤충에서 시작하여 '제비꽃', '개불알꽃', '며느리밑씻개' 등 제법 친숙한 이름의 들풀, 그리고 '송사리', '참새'에 이르기까지 일흔 가지 정도의 동식물에 대한 독특한 관찰과 감상이 실려 있다. 나는 이 시집을 읽기 위해 컴퓨터를 켜놓아야 했는데, 그것은 처음 그 이름을 접하는 곤충의 생김새와 생태적 특징을 알아보기 위해서였다. 하지만 그 과정이 전혀 귀찮거나 번거

롭지 않았던 것은, 어린 시절 『파브르 곤충기』를 읽으며 상상의 세계에
빠져들었던 아련한 기억과 행복하게 오버랩되었기 때문이다. 그 책은 제
본도 엉성하여 책장이 뜯어지고 색상도 선명하지 않았지만 벌레의 생김
새와 이름, 특징을 알아가는 재미는 여간 쏠쏠한 게 아니었다. 『별박이자
나방』을 읽으며 나는 가까운 야산에서 풍뎅이를 잡아 다리를 꺾어 뒤집
어 놓으면 맹렬히 도는 모습을 보고 깔깔거렸던 그 시절을 떠올리며 문득
가슴 한 구석이 저리는 것을 느꼈다. 아무리 어린애였다지만 하나의 생명
체를 불구로 만들거나 죽이는 행위를 '놀이'로 여겼던 철딱서니와 그 외
엔 별다른 놀이가 없었던 그 시절의 삭막함이 아득하게 여겨졌기 때문이
다. 그런데, 이 시인도 초가 처마를 뒤져 참새를 잡아 구워먹던 시절을 떠
올리고 죄책감을 느끼고 있어 강한 유대감을 형성한다.

> 갑자기 미안하고 죄스럽다
> 어느 겨울 처마 밑을 뒤져
> 참새를 꺼내어 구워먹던 일을 생각하니
> 고압 전류에 감전된 듯
> 아르르 손목이 저려 온다
>
> ―「참새」에서

초가집 처마를 뒤져 참새를 잡아먹었던 것은 그만큼 먹을 게 부족했기
때문일 터이다. 지금도 참새구이를 별미 안주로 내놓는 주가(酒家)가 있는
모양이지만, 시인은 그것을 어린 시절의 아름다운 추억이나 입맛의 반추
(反芻)로 여기기보다 참새도 어린 화자처럼 "꿈, 사랑 등 공통점이 많"은
하나의 생명체였다는 깨달음에 문득 전율하는 것이다. 수십 년 전의 철없
는 행위에 대한 뒤늦은 자각과 반성이 수만 볼트의 전류로 환원되는 이
시인의 생명사상이야말로 『별박이자나방』이란 제호의 '문효치 곤충기'를

관통하는 기본 정조이다.

우리가 흔히 벌레나 잡초라 부르는 작고 가녀린 생명체에 대한 문효치의 새로운 인식은 사람들이 제멋대로 붙인 이름에 대한 불만에서 시작된다. 김춘수는 그의 대표시라 할 만한 「꽃」에서 사물에 적당한 이름을 부여했을 때 비로소 온전한 관계가 성립된다고 갈파했지만, 문효치는 벌레나 풀에게 붙여진 이름이 그것들의 본성과는 아무 상관없이 인간의 오만과 편견에 의해 자의적(恣意的)으로 명명된 사실에 분노하는 것이다. 이를테면 그는 '털두꺼비하늘소'를 직접 화자로 내세워 "털두꺼비가 어떻게 생겼는지 모"르며 "하늘에 살지도 않"고 "소는 더욱 아니다"라며 자신에게 붙여진 이름을 조목조목 반박하는 언술 방식을 선택한다. 하늘소과에 속하는 이 곤충은 단지 색깔과 무늬가 두꺼비와 비슷하다는 사람들의 판단에 따라 '털두꺼비하늘소'란 이름이 붙여진 것일 뿐, 양서류인 두꺼비와는 근본적으로 다른 종족이다. 이처럼 다른 생명체와 색깔이나 무늬가 닮았다는 이유로 자신의 본성과는 전혀 상관없는 이름이 붙여진 것도 억울한데, 한 사슴벌레에겐 아예 '미운'이란 가치평가적 이름이 붙여지고 어떤 벌레는 '반딧불이'란 예쁜 이름이 있음에도 불구하고 '개똥벌레'로 더 많이 불리기도 한다. 우리 사회에서 '개똥'이란 '아무 짝에도 쓸모없는 천한 것'을 비유하는 말이므로 그런 이름으로 호명되는 반딧불이로서는 유쾌할 리 없는 것이다. 우리가 '이름'에 남달리 예민하게 반응하는 것은 "이름이 좋아야 팔자가 좋다"(「개똥벌레」)는 성명학을 신봉하는 오랜 사회적 관습 때문이다. 인간 세상에서 겉치레나 이름만 좋아 "팔자 펴는 놈들이 참 많"은 것처럼 벌레나 풀도 이름에 따라 전혀 다른 대접을 받는다. 그러나 그 이름이 자신의 의사와 전혀 상관없는 인간의 기호나 취향에 따라 붙여진 것이라는 점에서 그들은 억울한 피해자일 수밖에 없다.

그래도 위의 벌레들도 '개불알꽃'이나 '며느리밑씻개'와 같은 들풀에 비해서는 사정이 덜하다. 이들 들꽃이나 풀에게 붙여진 이름은 입에 올리기도 어려울 정도로 천박하거나 악의적인 것이어서 당자(當者)는 "굴욕에서 벗어나기 위해/창씨개명 하고 싶다"(「개불알꽃」)고까지 말한다.

    이젠
    용도를 바꾼다

    대명천지에
    남의 간을 내어먹는 놈
    그대로 봐주고 잘살게 하는

    하늘의 밑이나 씻어야지

    이젠
    이름을 바꾼다
    '하늘밑씻개'

                    ―「며느리밑씻개」 전문

    들판에 지천으로 자라는 '며느리밑씻개'란 풀에 얽힌 설화는 옛날 고부(姑婦) 사이가 어떠했는가를 단적으로 말해주는 사례다. 밭에서 일하던 시어머니가 큰일을 보고 뒤처리를 하기 위해 풀잎을 뜯었는데 잔가시가 많자 "보기 싫은 며느리 볼일 볼 때나 걸려들지"하고 푸념했다는 속설이 전해지지만, 한 식물학자는 이것이 '계모에게 학대받는 의붓아들 궁둥이 닦기'라는 뜻을 지닌 일본명 '마마꼬노시리누구이(まま子の尻ぬぐい)'를 의역하면서 '사광이아재비'란 우리 고유의 이름이 잊혀진 것이라 증언한다. 그에 따르면 '개불알풀'도 열매 모양을 보고 일본 사람들이 명명한 것을 번역한 것으로, 서양에선 이를 베로니카라 부른다(김종원, 『한국식물생태보감』

1, 자연과생태). 실제로 우리 생활 주변에는 일제의 잔재가 아직 많이 남아 있는데, 안타까운 것은 많은 사람들이 그것을 우리 고유의 문화나 관습으로 잘못 알고 있다는 사실이다. '며느리밑씻개'나 '개불알꽃'도 그 대표적 사례로 전문학자가 오랜 연구 끝에 정정(訂正)한 것이니 지금부터라도 그들에게 올바른 이름을 주어야 할 것이다. 그런데 이 시인은 잔가시가 많아 씻개 역할을 할 수 없는 이 풀을 "대명천지에/남의 간을 내어먹는 놈/그대로 봐주고 잘 살게 하는/하늘"의 밑이나 씻게 해주도록 이름을 바꾸자고 주장한다. 사기꾼이나 도둑이 횡행하는 작금의 타락한 세태의 근원적인 책임을 하늘에서 찾는 것은 이 시인이 "하늘에 죄를 지으면 빌 곳이 없다[獲罪於天 無所禱也]"는 옛 성인의 가르침을 삶의 윤리로 받아들이고 있다는 증좌다.

풀과 벌레에 대한 시인의 관심은 그릇된 이름을 지적하는 데서 그치지 않는다. 그는 벌레를 추하고 보잘 것 없는 미물로 여기는 게 아니라 "어두운 우주 끝에서/얼고 있는 별을 향해/송전의, 송신의 키를 누르"(「남생이무당벌레」)고 "미지의 별을 향해 발신發信하는/버튼button"(「황철나무잎벌레」)이라 상상하는 인식의 반전을 보여준다.

> 등에
> 외계로 가는 길이 보인다
> 피타고라스가 걷던 길에
> 에너지가 모여들어
> 거대한 별들의 숲이 자라고
> 우리의 삶이 하늘로 이어진다
> 이 길에서 권력이 나온다
> 하늘의 입구에 백로자리가 날개를 펄럭인다
> 우주의 축이 수직으로 일어선다
>
> —「별박이자나방」 전문

'별박이자나방'은 나뭇잎을 갉아먹는 이른바 '해충'이어서 나비가 아니라 나방으로 분류된다. 일반적으로 나비가 밝고 평화로운 이미지를 주는데 반해 나방은 어두운 질병의 상징으로 인식된다. 그러나 이것은 인간의 관점에서 그렇다는 것이고, '별박이자나방'의 투명한 흰색의 날개와 거기에 박힌 두 줄의 검은 점은 무척 아름답고 어떤 규칙성을 띤 것같이 보인다. 그런데 이 시인은 벌레의 날개가 아니라 "등에/외계로 가는 길이 보인다"고 전혀 엉뚱한 증언을 한다. 그것은 날개를 지탱하는 힘의 원천이 몸통(등)인 것처럼 인간의 삶 또한 하늘의 바른 이치[天理]를 따라야 한다는 윤리관의 언명 외에 다른 게 아니다. 지상의 뭇 "생명의 끈"이 몇 억 광년 떨어진 아득한 "우주의 깊은 곳"에서 발원했다고 믿는 그의 우주적 상상력은 '별박이자나방'의 등에서 "외계로 가는 길"을 발견하고, '여치'에게서 "우주의 근원이 있다면/거기 까마득히 먼 곳에 솟아 있던 피 한방울"을 탐색하며, '점박이외뿔소똥풍뎅이'가 등에 바다·해·별·폭풍을 업고 가는 웅장한 모습을 떠올리는 것으로 확장된다. 크기가 고작 10~15mm에 불과한 작은 곤충이 등에 바다나 해, 별을 업고 간다는 극단적 대조는 하나의 생명이 감당해야 하는 삶의 무게가 그만큼 크고 엄청나다는 사실을 가리킨다. 그것은 하루밖에 생명이 허여되지 않았음에도 "세상에 무언가 하나쯤 남기기 위해/뜨거운 목숨이 고스라지"도록 "죽어라 악기를 타는"(「하루살이」) 날벌레의 치열한 삶의 의지와 완전히 부합하는 것이기도 하다.

문효치에게 벌레는 "우주의 근원"이자 "생명의 *끈*"의 상징이다. 벌레를 생명의 발원으로 보는 그가 모든 생명이 평등하게 함께 살아야 한다는 생태주의, 더 나아가 벌레가 곧 부처라는 불교적 세계관으로 인식 지평의 확장을 꾀하는 것은 조금도 이상한 일이 못된다.

고치 속에
부처님 한 분 계신다
(…중략)
벌레는 어느덧 부처가 된다

—「모시나비」에서

짐짓 점잖은 척
법당에 들어 좌정해 있다
(…중략)
일찍 일어나 어딘가 다녀온 부처님도
이슬 냄새 풍기며
스르르 옆으로 와 앉는다

부처나 벌레나……

—「모자무늬주홍하늘소」에서

　　파키스탄 라호르 박물관에 소장되어 있는 '고행하는 부처(Fasting Buddha)'의 뼈와 살가죽이 달라붙은 석가상은 마치 번데기를 연상시킨다. 그러나 시인의 이러한 연상은 단순한 외형만의 유사성을 이용한 비유가 아니라 '생명을 지닌 모든 것은 부처가 될 수 있다[一切衆生 悉有佛性]'는 대승불교의 근본교리에 연원을 둔 생명사상으로 보아야 한다. 불교적 상상력과 세계관에서는 "겨자씨 안에 수미산이 들어가 앉고 터럭 끝에 세계가 들어 있다[芥子納須彌 毛端含刹海]"는 식의 극단적 비유나, 모든 중생이 성불할 때까지 자신의 성불을 미루는 지장보살의 대자대비 정신이 생활 속에 자연스럽게 녹아 일상적 어법으로 활용된다. '모시나비'는 투명에 가까운 백색의 날개에 몸체와 날개의 일부가 검은 색의 화살표 모양을 띤 아름다운 곤충이다. 그런데 시인은 '모시나비' 성충의 외형에 주목하지 않고 고치 속 번데기에서 부처 형상을 본다. 그것은 사물의 진면목을 보려는 선적 태도와 방불하다. 「모자무늬주홍하늘소」에서 시인은 산사 법당에 날아와 앉은 채 꼼짝도 않는 벌레의 의연한 모습에서 부처를 본다. 산사의 부처는 오랜 세월 그 자리에 좌정(坐定)하고 있는 듯하지만, 중생이 부를 때마다 어딘가를 다녀와 "이슬 냄새 풍기며" 마음의 도량을 청정하게 씻는다. 이처럼 문효치는 벌레의 이름이나 외양만 관찰하는 게 아니라 그 생명의 근원과 본성을 직관하여 "붉은 철리哲理"(「모자무늬주홍하늘소」)를 마음 속에 깊이 새긴다. 그런 점에서 향그럽지 못한 냄새로 사람들의 혐오를 받는 '노린재'를 보고 "얼마나 속이 썩었으면/건드리기만 해도/고약한 냄새가 터져 나올까"(「큰허리노린재」)라고 연민과 공감을 표하는 문효치의 시적 인식이 불교적인 것에 크게 의존하고 있다고 보아도 잘못이 아니다.

풀과 벌레에 대한 문효치의 시적 관심은 이름과 외형에 대한 기존의 완강한 편견을 깨뜨린다. 인간이 풀과 벌레에게 붙여준 이름은 때로 "저주"와 같아 그 동식물은 "이름에 갇힌 죄인"(「개불알꽃」)처럼 사람들의 손가락질을 받는 처지가 된다. 그러나 풀과 벌레의 본성은 자신에게 주어진 것이 "삶이든 죽음이든/소리 없이 업고"(「점박이외뿔소풍뎅이」) 가는 순명적 태도와 극한적 상황에서도 "고운 목숨 하나 맺혀 살랑거"(「풀에게」)리는 강인한 생명력에서 찾을 수 있다. 문효치가 산과 들에 지천으로 자라는 풀과 나무를 마다하고 군이 시멘트 계단 틈새에 옹색하게 자라고 있는 이름 모를 풀이나 '개불알꽃', '며느리밑씻개' 등 고약한 이름이 붙은 꽃에 관심을 두는 것도 그 때문이다. 도시의 시멘트 계단 틈새에서 간신히 연명하고 있는 풀이 아름다운 것은 "하루해가 저물면/저 멀리에서 날아오는 별빛을 받아 숨결을 고르고/때로는 촉촉이 묻어오는 이슬에 몸을 씻는"(「풀에게」) 우주적 생명의 끈과 연결되어 있기 때문이다. 그것은 벌레를 우주와 교신하는 버튼으로 보았던 앞의 시와 완전히 동일한 상상력과 세계관의 반영이다.

풀과 벌레를 바라보는 문효치의 시선을 대체로 다섯 살에서 열두 살의 어린 나이로 고정되어 있다. 그에게 다섯 살의 나이는 "눈이 맑아/세상이 온통 아름답게만 보이던"(「금테비단벌레」) 황금기이고, 열두 살은 잠자리의 예쁜 "몸안으로/(…) 햇살이/마구마구 뛰어들어갈 때는 이름도 몰랐"(「좀청실잠자리」)을 만큼 순수함을 간직한 시절로 기억된다. 그런데 칠순을 넘긴 지금은 "제비 오지 않고/제비꽃도 피지 않"아 "내 머릿속 기억의 방/거기에 뽀도시 피어 있을 뿐"(「제비꽃」)인 삭막한 세상으로 변했다. 그의 대여섯 살 혹은 열두 살의 유소년시절을 풍요롭게 해주었던 들판의 온갖 벌레와 풀꽃은 이제 기억 속의 박제로만 남아있는 것 같아 상심했던 시인은 다섯 살 난 손녀를 통해 수십 년 전의 순수한 세계로의 회귀와 우주와의 교감을 추체험한다.

다섯 살 난
현진이가 따다가
일기장에 옮겨놓은 별이다

아직도 우주의 비냄새가 나는
우주의 신발 끄는 소리가 들리는

별에서 벌이 나온다

별의 살 속에서 배워 온
벌의 말을 현진이가 읽는다

수십억 광년, 그 너머

때로는 넘어지고 때로는 일어서면서
기어이 여기에 와 있는
그 말

혼돈과 질서가 함께 있다가 사라진다
그 자리에 남은 말을
그 아이가 읽는다

―「호박꽃」 전문

우리 사회에서 '호박꽃'은 '못생긴 꽃 혹은 여자'의 객관적 상관물처럼 통용되는 단어다. 그 '호박꽃'이 문효치의 상상력과 시어를 통해 수십억 광년 떨어진 먼 우주에서 여행 온 별로 재탄생한다. 보다 정확하게 말하면, 호박꽃을 별로 환원한 것은 시인의 다섯 살 난 손녀이고, 시인은 그 아이가 호박꽃과 대화를 주고받는 모습을 그대로 옮겨 놓았을 뿐이다. 아이의 말은 일상적 상식이나 완고한 편견을 가진 이에겐 무의미한 옹알이처럼 들릴지 모르지만, 벌레와 풀에 가까이 다가가 손잡고자 하는 시인의 눈과 귀에는 손녀가 일기에 호박꽃을 그리고 대화하는 모습이 마치 우주와의 다정하고 장엄한 교신처럼 들린다. 호박꽃에 대한 편견이 없는 아이는 그 별같이 생긴 샛노란 꽃을 따와 일기장에 그리거나 아예 일기장에 붙인 모양이다. 밭에서 금방 따온 호박꽃에서 나는 풋내음에서 시인은 우주의 비냄새를 감지하고, 생명의 끈이 아득한 우주 너머에서 '지금-여기'까지 이어온 내력을 짚어낸다. 한 사람이 평생 살아온 삶의 궤적을 신발 끄는 소리[履歷]라 표현한 옛 사람들의 언어감각은 얼마나 놀라운가. 그런데 그 호박꽃 속에 한 마리 벌이 숨어 있었던 모양이지만 아이는 놀라거나 무서워하지 않는다. 호박꽃을 바라보고 중얼거리는 아이의 말은 마치 벌이 나래를 치는 소리처럼 웅웅거릴 뿐 아무 의미를 창조하지 못하는 것처럼 보인다. 아이의 웅얼거림을 진언(眞言)으로 독해하는 유일한 존재가 바로 암호해독자로서의 시인이며, 그 순간을 시인은 "혼돈과 질서가 함께 있다가 사라진다"고 표현하는 것이다. 별에서 벌이 나오고, 별의 살 속에서 배운 벌의 말을 하며 노는 천진스런 아이와 그것을 우주적 상상력으로 재구성한 노시인의 모습은 잔잔하면서 깊은 감동을 남긴다. 많은 사람들에게 못 생긴 꽃이라 천대 받는 호박꽃을 소재로 이처럼 아름다운 작품을 제작한 예를 나는 아직 본 적이 없다.

문효치의 『별박이자나방』에서 가장 간결하면서 시의 정수(精髓)를 획득했다고 보여지는 작품은 「들꽃」이다.

누가 보거나 말거나
피네

누가 보거나 말거나
지네

한 마디 말도 없이
피네 지네

－「들꽃」 전문

이 시는 '보다/말다'·'피다/지다'란 동사와 단수의 명사('한 마디 말') 대명사('누가')만으로 이루어진 짧은 시다. 이 시에 쓰인 글자는 31음절, 14어절로 순 우리말인 것도 특기할 만하다. 한 마디로 이 시는 가장 간결하면서 담백한 어휘로 구성되었고 그 내용 또한 지극히 평범하고 단순하다. 들에 피어나는 꽃은 누가 보든 말든, 이렇다저렇다 말도 없이 피고 진다는 게 이 시의 대체적 내용인데, 그것을 대구와 대조, 반복 등의 시적 장치를 적절히 활용해 교묘하게 직조하고 있다. 꽃이 피고 지는 것은 꽃의 본성이자 자연의 질서다. 삼척동자라면 누구나 다 아는 사실을 굳이 반복하는 까닭은 "꽃은/사라지기 위해 핀다"는 자명한 이치를 새삼 깨달았기 때문이다. 꽃이 피는 것은 아름다운 자태와 향기를 자랑하기 위해서가 아니라 "숨막히는 아픔으로, 푸른 멍 같은/열매"(「풋매실」)를 맺기 위한 전조(前兆)이듯이, 들꽃은 그저 주어진 천명대로 피고 지는 행위 자체로 자신의 존재를 증명하고 자손을 번성시킨다. 그런 점에서 시인과 다섯 살 난 손녀는 시대를 격하고 마주한 자아의 초상이다. 「들꽃」은 여러 면에서 김소월의 「산유화」를 떠올리게 하는 작품이다. 이 점을 모를 리 없을 시인이 「들꽃」을 쓴 이유는 두 시 사이에 유사점보다 차이가 더 많기 때문일 터이다. 그 차이를 하나하나 찾아 읽는 일은 결코 쉽지 않으나 진진한 흥미와 감동을 선사한다.

앞서 나는 『별박이자나방』을 읽는 재미를 『파브르 곤충기』의 그것에 비교했다. 그러나 『파브르 곤충기』가 여러 벌레의 모양과 이름, 습성 등의 지식을 전달하는 데 반해 『별박이자나방』은 우리가 모르는 벌레의 이름과 그에 투영된 인간의 편견을 반성하게 한다. 또한 이 시집은 지극히 작은 것과 큰 것의 대조 및 한 생명의 끈이 수십 억 광년 떨어진 우주의 한 별과 닿아 있다는 웅혼한 상상력을 보여줌으로써 인간의 왜소함을 넘어서도록 부추긴다. 이 시집에 실린 거의 모든 시가 평이한 언어로 직조되어 독자의 공감을 쉽게 얻을 수 있는 것도 큰 장점이다. 그런 점에서 이 시집을 '문효치 곤충기'로 바꿔 읽어도 큰 결례는 아닐 것이다. 『파브르 곤충기』가 수많은 아이들에게 자연의 생명에 대한 영감과 사랑을 심어주었다면, '문효치 곤충기' 또한 시를 사랑하는 많은 이들에게 풀과 벌레 등 뭇생명에 대한 따뜻한 사랑과 공감을 나누어 줄 수 있으리라 생각하기 때문이다.

프리댄서의 노래

문정희, 『나는 문이다』

문정희의 신작시집은 그 제목부터 범상하지 않다. '나는 문이다.' 이 당돌한 선언은 매우 다의적이고 중층적인 의미를 내장하고 있다. 그녀는 '자서(自序)'에서 "나는 문이다/하늘 아래 문이 있다"고 말한다. 이때의 문은 아무래도 '사람이나 물건이 드나들도록 틔어 놓은 곳(門)'을 말하는 것처럼 보인다. 따라서 '나는 門이다'라는 진술은, 이것과 저것 사이의 자유로운 소통을 매개하는 존재라는 의미로 읽을 수 있다. 그녀는 "물보다도 불보다도/기실은 돈보다도 더 많이/말을 사용하며 살게 되리라"(「화살 노래」)란 숙명대로 "할 수 없이 시인이"(「유산 상속」) 되어 "아무도 알아듣지 못하는 시를 쓰"(「나의 도끼」)며 살아간다. 그녀의 시를 이해하지 못하는 이들은 "티브이 뉴스 속의/저 검은 양복들"(「나의 도끼」)과 같은 정치인들이나 시인을 "한유한 주부나/개량한복 입고 약초 기르는 공상가쯤으로 보"(「프리댄서」)는 속물들, 또는 "어설픈 견자들과 기회 포착주의자들과/설익은 조소꾼"(「과수원의 시」)들로 한정된다. 말하자면 그녀의 시는 독자와의 내밀한 정신적 교감을 가능케 하는 영혼의 매개인 것이다.

'나는 문이다'는 다시 '나는 Moon이다'로 읽힌다. '달'은 해와 함께 가
장 높고 귀한 존재로 인간의 절대적인 경배를 받아왔다. 문정희는 "검정
무명 책보 허리에 맨/저 당당한 사람들 속에//난 혼자만 아직도/똥가방 메
고 서 있어"(「책보와 가방」) "올레꼴레요 다 보인다 다 보인다"(「벌떼」)고 놀
림 받던 어린 시절의 아픈 기억을 가지고 있다. 하지만 그녀는 이제 그
시절의 상처와 아픔에서 벗어난 듯하다. 이제 그녀는 혼자만 가죽 가방을
맸다고 눈총을 받은 소녀가 아니라 우리 시문학계를 더욱 환하게 밝히는
달과 같은 존재가 되었다. 세상의 이목과 소문이야 어떻든 그녀는 이제
자신의 길을 가기로 당당하게 밝힐 수 있을 만큼 성장한 것이다. 그래서
'나는 문이다'는 다시 '나는 文(정희)이다' 즉, '나는 나다'라는 절대적 자
아 긍정으로 해석할 수 있다.

> 나는 이쪽도 아니고 저쪽도 아니다
> 좌도 아니고 우도 아닐 때가 많다
> 늘 사이에서 서성인다
> 모두가 좌측으로
> 또 모두가 우측으로 가는 동안
> 나는 나의 측으로 갈 뿐이다
>
> ―「흔들림을 위하여」 부분

우리의 현대사는 '이쪽/저쪽', '좌/우'의 극단적 대립과 갈등으로 점철
되어 왔다고 해도 지나치지 않다. 그 와중에서 대부분의 지식인은 어느
편에 설 것인가를 끈질기게 추궁 받았고, 특정한 이데올로기를 지지하는
이들만이 참된 지식인인 것처럼 오도되는 경우도 적지 않았다. 한창 좌/
우편향 이데올로기가 기승을 부릴 때 당당히 '나는 내 길을 가련다'고 말

한 지식인은 거의 없었던 것으로 기억한다. 그러한 사정은 시간이 제법 흐른 지금도 크게 다르지 않다. 그런데 문정희는 "이쪽도 저쪽도 아니"고 "좌도 우도 아니"며 "회색은 더구나 아"닌 "나의 측으로 갈 뿐"이라며 자신만의 노선을 밝힌다. "늘 사이에서 서성인다"고 고백하는 그의 노선은 일견 불투명하고 모호하게 보이기도 하지만, 이곳과 저곳의 조화로운 소통을 원하는 문(門)이기를 소망하는 그로서는 당연한 선택일지 모른다.

이런 관점에서 볼 때 문정희의 신작시집 『나는 문이다』에 유독 '시(인)', '꽃', '말(언어)'과 관련된 시어들이 자주 등장하는 것은 필연적인 귀결이라 할 수 있다. 그녀는 "물보다도 불보다도/기실은 돈보다 더 많이/말을 사용하며 살게 되리라"는 운명을 받아들여 "어머니에게 배운 말로/몇 낱의 시를 쏟아"(「내가 한 일」)낸 일도 있지만, 그것이 때로는 "독버섯처럼 늘 언어만 화려했"(「뼈의 노래」)거나 "부글거리는 언어의 악취"(「과수원의 시」)만 방출하여 세상을 혼탁하게 하지나 않았을까 반성한다. 언어를 다루는 시인으로서의 자기성찰은 가령 다음과 같은 절창을 낳는 동력이 되기도 한다.

나는 저 가혹한 확신주의자가 두렵다

가장 눈부신 순간에
스스로 목을 꺾는
동백꽃을 보라

지상의 어떤 꽃도
그의 아름다움 속에다
저토록 분명한 순간의 소멸을
함께 꽃피우지는 않았다

모든 언어를 버리고
오직 붉은 감탄사 하나로
허공에 한 획을 긋는
단호한 참수

나는 차마 발을 대딛지 못하겠다

전 존재로 내지르는
피 묻은 외마디의 시 앞에서
나는 점자를 더듬듯이
절망처럼
난해한 생의 음표를 더듬고 있다

—「동백꽃」 전문

　내 개인적인 취향이겠으나 나는 '동백꽃'하면 제일 먼저 미당의 「선운사 동구」를 떠올리고 이어서 가수 송창식이 부른 노래 「선운사 동백」 한 구절을 흥얼거린다. 동백꽃이 지는 장면을 본 사람들은 그 꽃이 대책 없이 목을 꺾고 툭 떨어지는 그 처참한 모습에 말을 잊기 일쑤이다. 가수 송창식은 그 모습을 "눈물처럼 후두둑 지는 꽃"이라 읊었고, 윤제림은 "협상은 다 결렬된 모양이다/오늘도 북소리에,/일제히 투신//동백꽃은 파업이 너무 길다"(「동백꽃」)며 잔혹한 낙화의 모습을 사생결단의 노조파업 사태와 연결시키고 있다. 문정희는 여기서 한 걸음 더 나아가 "허공에 한 획은 긋는/단호한 참수"로 바라본다. 그런데 그 목을 치는 행위[斬首]는 시인에게 "모든 언어를 버리고/오직 붉은 감탄사 하나"로 "전 존재로 내지르는/피 묻은 외마디의 시"와 동격으로 이해된다. 이처럼 문정희가 "우리가 가진 언어 중에/가장 간절한"(「처음 생겨난 보석」) 언어 혹은 "맑은 상상력과 감각적인 언어/반뜩이는 긴장감"(「유리병」)으로 창조해낸 시는 "아침

마다 동해에 떠오르는/한 송이 연꽃"(「낙산사」)같은 작품이다. 그러한 시 작품의 창조는 "번져가는 불길 속에/스스로 온몸을 던"(「낙산사」)지는 '소신공양'의 독한 결의와 거룩한 희생이 없으면 불가능하다.

문정희에게 있어 '꽃'은 자연 생태계의 단순한 초목이 아니다. 그것은 언어를 다루는 시인에게 "눈부시게 웃는 법과/우아하게 옷 입는 법과/속살까지 깊게 물드는 법"(「웃는 법」)을 가르쳐주는 영혼의 스승이며, 우주의 전 존재가 교묘히 조화를 이루어 탄생시킨 하나의 완벽한 생명체이다. 그 생명은 마치 "물속에서 물고기들의 비늘이/하늘을 나는 새들의 깃털과/리듬에 맞추어 춤을 출 때/땅속의 뿌리들도 그걸 알고/저절로 어깨를 들썩이는"(「당신의 냄새」) 것과 같은 절대적 상호 교감과 조응에 의해서 태어난다. 말하자면 시인에게 꽃은 곧 '시'의 다른 이름이고, 시인은 "꽃이 될만한 말은 모두 털어"가는 "씨앗 도둑"(「도둑시인」)이 된다. 이처럼 문정희의 신작시집에서 '꽃'과 '말(언어)'와 '시(인)'은 서로 긴밀한 연관을 맺으며 아름답고 견고한 시(인)론을 구축해 나간다.

『나는 문이다』에서 시인은 "진실로 운명을 걸어보지 못한" 한 시절의 시가 "독버섯처럼 늘 언어만 화려했"(「뼈의 노래」)던 것은 아닌가를 진지하게 성찰한다. 실제로 이 세상에는 "마치 도인이나 선지자인 듯 시치밀"(「도둑 시인」) 떼는 "글창녀"(「초대받은 시인」) 혹은 "매소부(賣笑婦)"(「유명한 예술가」)와 진배없는 가짜 시인이 너무도 흔해 "시는 썩었고 시인은 벌써 지쳤다"(「과수원의 시」)라는 한탄이 절로 나올 지경으로 타락해 있다. 그녀 자신도 한때 "군인 대통령의 청와대 초대를 거절했노라고/은근히 그것을 선전하고/으스대고 싶어 전신이 마구 가려웠"(「초대받은 시인」)던 부끄러운 경험을 가지고 있다. 그러나 이제 그녀는 이 세상의 온갖 유혹과 욕망, 체면과 가식을 버리고 스스로를 낮추기에 이른다.

시계와 넥타이를 던져버리고
프리댄서로 살기로 했어요
처음엔 직업을 문필업이라 했더니
대서방이나 도장 파는 사람으로 아는 이도 있어
시인이라고 했더니 이번엔 한유한 주부나
개량한복 입고 약초 기르는 공상가쯤으로 알더군요
(중략)
오색 등불 아래 네온사인 아래
이름도 몰라 성도 알 필요가 없는
익명의 가슴마다
사뿐사뿐 언어의 발자국을 찍는
황홀한 시인 지상의 무희
그 입술 붉은
이제부터 나는 프리댄서다

―「프리댄서」 부분

잘 아는 것처럼, '프리댄서'는 '프리랜서(free-lancer)'의 곁말(pun)이다. 자유기고가 정도로 번역되는 프리랜서는 말 그대로 "유랑하는 무소속의 전사로 살며/자유로이 창을 빼"드는 정신적 귀족계급을 가리키는 언어지만, 프리댄서는 '글쟁이'처럼 자기비하적이면서 동시에 자존이 강한 모순적인 어휘이다. 시인은 기꺼이 프리랜서가 아닌 프리댄서가 되겠노라고 새삼 다짐을 한다. 왜냐하면 과거의 온갖 체면과 가식을 벗어버린 그는 "진흙 없이는 꽃도 없으니/한번 뒹구는 일 가상"(「홀로 죽기」)하다는 깨달음에 이르렀기 때문이다. 오색 등불과 네온사인 아래서 춤추고 노래하는 프리댄서는 현실의 고단한 삶에 지친 일상인을 위무하고 격려한다. 프리댄서로서의 시인은 천상의 달(Moon)이 아니라 지상의 연꽃이다. 프리댄서 혹은 집시가 되기로 결심한 그녀는 당돌하게도 자신의 옛 스승을 부정하고 넘어선다. 그것은 중국의 조사들이 보여주었던 "부처를 만나면 부처를 죽이고, 조사를 만나면 조사를 죽인다(殺佛殺祖)"는 선가(禪家)의 아름다운 전통을 계승하는 것이다.

> 나는 누구를 동경하거나
> 피를 나눈 제 새끼를 기르며
> 옹기종기 살아가는 문약한
> 정주(定住)의 족속이 아니다
>
> ―「집시가 되어」 부분

이 시는 어쩔 수 없이 미당의 「무등을 보며」 한 구절("청산이 그 무릎 아래 지란(芝蘭)을 기르듯/우리는 우리 새끼들을 기를 수밖엔 없다.")을 떠올리게 한다. 6·25 동란 직후 조선대학교 교수로 재직하면서 겪었던 혹독한 정신적 물질적 가난을 짐짓 초탈의 자세로 이겨내려는 안쓰러움이 배인 스승의 시를 제자는 정면으로 부정하고 나서는 것이다. 그녀는 스승의 시 한 구절을 교묘히 차용한 사실을 눈치 채지 못했을 독자를 위해 자신은 "정주의 족속이 아니다"라는 췌언을 친절하게 덧붙이기까지 한다. 문정희는 「무등을 보며」와 그 이후에 나타난 미당의 시세계를 '문약(文弱)'한 것으로 파악하고 자신은 그런 세계로 함몰되지 않겠다고 말한다. 그녀가 소망하는 시인으로서의 자화상은 "날마다 길을 떠나는 집시/옷을 벗어던지고 맨몸으로 싸우는/화적떼의 아내이거나/하다못해 혈혈단신 화전민" 등 가진 것 없이 온몸으로 세상에 저항하는 아나키스트의 모습이다. 그 아나키스트는 모든 남성을 적으로 간주하는 아마조네스도 아니고, 80년대 붉은 띠를 머리에 두르고 쉰 목소리로 구호를 외쳤던 투사도 아니다. 그녀가 생각하는 아나키스트로서의 시인은 "누구를 계몽하거나 선전하거나" 하는 어설픈 지식인이 아니라 "그냥 내 육체를 내가 소유"(「꽃의 선언」)하면서 "서서히 네 자신에 도달하"(「유명한 예술가」)도록 노력하며 "두 발로 앞을 향해 걸어"(「내가 한 일」)가는 주체적 존재일 따름이다. 이런 주체 의식은 그녀로 하여금 "나는 문[文學]이다"라는 도도한 선언을 하게 하는 원천이 된다.

지금까지 우리는 문정희의 신작시집 『나는 문이다』를 그 제목의 중층적 의미를 고려하여 일별(一瞥)해 보았다. 이미 진명여고 재학시절에 시집 『꽃숨』을 상재한 것을 시원으로 보면 문정희의 시력(詩歷)은 어언 40년을 넘어선다. 그것은 문정희와 비슷한 연배의 시인 가운데 그녀가 가장 오래도록 시를 써왔고 지금도 가장 활발한 현역시인으로 활동한다는 뜻이다. 예전에 한 번 지적했듯이, 문정희는 동년배 시인들과 달리 80년대 이후 더욱 역동적으로 시작 활동을 하면서 굵직한 문학상도 쏠쏠히 챙기고 있다. 그것은 '한때의 시인'으로 머물지 않고 늘 "새로이 망명길을 떠"(「집시가 되어」)날 마음의 준비가 되어 있는 그녀의 도전의식과 방랑벽이 가져다 준 당연한 보상인 것처럼 보인다. 그녀는 한 시절의 성취에 만족하지 않고 심지어 스승의 전철(前轍)을 거부하면서 끊임없이 "새 경전의 첫 장처럼/새 말로 시작하는 사랑"(「화살 노래」)의 노래를 부르고자 한다. 다음 시편은 문정희의 뛰어난 언어적 감수성과 유연한 상상력을 보여주는 흥미로운 보기이다.

> 햇살 가득한 대낮
> 지금 나하고 하고 싶어?
> 네가 물었을 때
> 꽃처럼 피어난
> 나의 문자
> "응"

동그란 해로 너 내 위에 떠 있고
동그란 달로 나 네 아래 떠 있는
이 눈부신 언어의 체위

오직 심장으로
나란히 당도한
신의 방

너와 내가 만든
아름다운 완성

해와 달
지평선에 함께 떠 있는
땅 위에
제일 평화롭고
뜨거운 대답
"응"

−「"응"」 전문

　말할 것도 없이 '응'은 상대방의 요구와 물음에 대한 긍정적인 대답의
기표이다. 교묘하게도 이 단어는 모음과 유성자음으로만 이루어져 경쾌하
고 발랄한 생동감을 내뿜는다. 이 어휘는 특히 아직 세상의 더러움에 오
염되지 않은 어린애들이나 풋풋한 수줍음을 상실하지 않은 젊은 여성이
콧소리로 발음할 때 가장 아름답고 신선하게 들린다. 위 시의 첫연은 다
소 도발적이어서 당황스럽기도 하지만, 이 시가 말하고자 하는 것은 젊은
남녀의 육체적 행위와는 아무런 관련이 없다. 이 시는 그저 "응"이라고
하는 단어가 보여주고 들려주는 시각적 이미지와 청각적 울림의 독특한
효과를 천천히 저작(詛嚼)하면서 우리말의 아름다움을 한 번쯤 더 생각하

는 기회를 갖는다면 제대로 이해한 것이 된다. '응'이란 단어의 시각적 이미지는 자음 '이응'이 모음 '으'의 위 아래에 나란히 떠 있는 모습으로 배치되어 있는데, 시인은 이것을 "눈부신 언어의 체위"로 읽는다. 그것은 제1연에서 주고받은 남녀의 대화와 긴밀한 대응관계를 이루면서, 해와 달이 모두 제 자리에 '떠 있다'고 표현함으로써 남녀 관계, 더 나아가 자음과 모음의 관계가 일방적이거나 종속적이지 않음을 은근히 강조하고 있기도 하다. 그리고 그 대답은 부정이나 거절의 의사표현이 아니라 긍정과 수용의 표현이므로 어떤 마찰과 분쟁도 야기하지 않는다. 이제 갓 말을 배우기 시작한 유아도 쉽게 발음할 수 있는 어휘의 생김새와 의미를 가지고 이토록 재미있고 깊은 의미를 담아내는 작품을 쓸 수 있는 재능이 아무에게나 허여된 것은 아니다. 그런데 이 시집 속에는 이와 같은 작품이 또 한 편 있다. 그 작품 역시 우리 민족에게 가장 친근하면서도 깊은 울림을 남기는 어휘를 제재로 하고 있다는 사실은 단순한 우연으로 보이지 않는다.

> 엄마, 나 호호 해줘
> 해 지는데
> 엄마 혼자 어디 가
>
> 나 손발 시릴까 봐
> 털옷 털양말 저리 많이 짜놓고
> 엄마 가지 마
>
> 나 여기 아파
> 피 흐르는 가슴을 좀 봐
> 엄마, 얼른 호호 불어줘
> 엄마! 엄마!

엄마는
입만 조금 벌리더니
눈 뜬 채로
왜 그냥 멈추고 말아
엄마! 어디 가
나도 갈래 엄마!
엄마!

　　　　　—「엄마 ―그날, 엄마는 일흔아홉/나는 서른여덟」 전문

　이 시의 화자는, 부제에는 서른여덟 살 먹은 성인으로 되어 있으나 엄마에게 투정을 부리는 어린애에 지나지 않는다. 만약 이와 같은 해석에 아무런 이의 없이 고개를 끄덕인다면 당신은 어쩔 수 없는 한국인이다. 웬만한 한국인이라면 나이가 아무리 많이 들어도 엄마를 엄마라고 부르는 관습에 익숙해 있기 때문이다. 아마도 이 시의 화자는 이 순간 노모와 영원히 이별하는 모양이다. 이 시기가 정확히 언제인지는 모르지만, 화자의 노모는 우리의 파란만장했던 현대사를 온몸으로 겪으며 살아온 분일 터이다. 하지만 화자에게 노모는 언제나 자식만을 걱정하며 당신을 희생하는 '엄마'일 뿐이다. 화자는 노모가 저승으로 가는 순간까지 자식으로서의 투정을 멈추지 않는다. 노모는 지금 막 "입만 조금 벌리더니/눈 뜬 채" 숨을 거두고 있는데 "나 여기 아파", "엄마, 나 호호 해줘"라고 칭얼거리고 있는 것이다. 어린 시절 엄마는 우리의 투정과 어리광을 다 받아주셨다. 때로는 야단도 치고 매도 때렸으나, 그래도 엄마는 슬그머니 자식의 요구를 들어주셨던 것이다. 그런데 지금 엄마는 아무 대답이 없다. 자식이 아프다고, 호호 해 달라고 응석을 부리는데도 가쁜 숨만 내쉬고 계실 뿐이다. 노모의 임종을 지키며 어린 시절 모든 소원을 다 들어주었던 엄마를 생각하며 눈물 짓는 지금처럼 가슴 저미는 순간이 다시 어디

있으랴. 서른여덟이나 먹은 중년의 자식이 그 배(倍)나 되는 삶을 살다 막 임종하는 모친에게 어린애가 되어 떼를 쓰는 내용을 다룬 이 시처럼 순수하고 애절한 사모곡을 나는 달리 알지 못한다.

사회적 존재로서의 시인이라면 혹독한 추위와 굶주림에 시달리는 사람에게 희망과 용기를 주는 시를 쓰는 게 평생의 바람일 수 있다. 그러한 시인의 소박한 열망을 우리는 알바니아의 작은 도시 살란다에 사는 시인 실케의 사례를 통해 엿볼 수 있다. 살란다는 경제 위기로 전기와 수도가 끊겨 도시 전체가 냉골에 떤다고 한다. 그 험렬한 상황 속에서 시인 실케는 "우리가 빛이다"란 시를 써 인터넷에 올렸고, 밤새 그 시 한 구절은 도시인들에게 급속히 전파되어 서로에게 용기와 희망을 주는 메시지가 되었다. 이 감동적인 사건을 시인은 "하늘 아래 이 도시 생긴 이래/이렇게 눈부신 꽃들이 만개한 적은 없었다고/이렇게 따스한 해들이 떠오른 적은 없었다고/이 아침 아직 잠 덜 깬 내 야후 속으로/눈부신 법등 하나를 보내왔다"(「아침에 받은 편지」)고 적고 있거니와, 실제로 시 한 구절이 극한적 상황 속에서 좌절하고 있는 사람들에게 뜻밖의 힘이 되는 경우는 적지 않다.

유럽 발칸반도에 위치한 알바니아의 시인 실케가 전해주는 이야기는 문학의 사회적 효용성을 설명하기에 적절한 사례가 된다. 실케의 시가 순식간에 도시 사람들의 마음을 움직일 수 있었던 것은 그 간결하면서도 곡진한 표현에서 비롯된 것이라 할 수 있다. 만약 어느 시인이 자신의 온갖 지식과 재능을 발휘하여 미사여구와 현학적 수사로 장황하게 시민을 위로하려 들었다면 곧바로 버려졌을 게 분명하다. 실케는 어려움에 처한 시민들이 정작 듣고 싶어하는 말이 무엇인가를 정확히 알고 있었고, 그 말을 가장 간명하게 쓸 줄 알았다. 이런 시야말로 독자들에게 쉽게 읽히고 오래 기억되는 좋은 시일 것이라고 나는 믿는다. 그런 점에서 문정희의 신작시집 『나는 문이다』에서 가장 마음에 드는 시를 두어 편 지적하라면, 나는 망설이지 않고 「"응"」과 「엄마」를 뽑을 것이다.

문정희는 욕심이 많은 시인이다. 이제 웬만하면 중견 대접을 받으려 게으름도 부릴 만도 하련만 그녀는 여전히 글쓰기를 멈추지 않는다. 이 시집의 「자서」가 "나는 문이다"에서 시작하여 "나는 문이 아니다"로 맺는 것도 그녀의 문학적 열망이 쉽게 소진되지 않을 것이라는 점을 시사한다. "한번 쓰고 나면 어딘가에 박혀/다시는 돌아오지 않"(「화살 노래」)는 언어의 속성을 누구보다 잘 알아 스스로의 '문'을 구축한 이 시인이 또 다시 "저 많은 나무와 새와 비, 그리고 강물과 나비와 길"(「내 고향에 감사해」)을 만나고 떠돌며 묻고[問] 들어[聞] 깨달은 것들을 어떤 모습[紋]으로 그려낼지 벌써부터 궁금해진다.

낙타초를 씹으며 걷는 시인의 숙명

문정희, 『카르마의 바다』

문정희는 집시다. 그는 "피를 나눈 제 새끼를 기르며/옹기종기 살아가는 문약한/정주(定住)의 족속"이기를 거부하고 "하루에도 몇 번씩 더운 물을 퍼올리는/신기한 도르래를 심장에 매달고"(「집시가 되어」, 『나는 문이다』) 날마다 새로운 망명길을 떠난다. "지도와 나침반이 없"(「지도와 나침반」, 『나는 문이다』)이 물결 따라 떠도는 그가 뜨내기 집시와 변별되는 것은 "내가 구하는 것이 이곳에 없다는 것을/처음부터 알고 있"(「유랑 일기」,1))으면서도 "물을 사랑하므로 기꺼이 속아"(「물의 초대」) 물의 도시, 또는 바다에 왔다고 당당하게 선언하기 때문이다. 문정희가 물의 도시 베네치아에 머물면서 쓴 시편만으로 구성된 시집 『카르마의 바다』는 사랑의 본질을 찾아 "파도처럼 끝없이 몸을 뒤집"(「살아 있다는 것은」)으며 이곳저곳을 굽이치며 흐르는 시인의 내밀한 정신 편력의 기록이다. 그런 점에서 문정희는 집시

---

1) 문정희, 『카르마의 바다』, 문예중앙, 2012. 이하 시집 제목을 밝히지 않은 작품은 모두 이 시집에서 인용한 것임.

라기보다 문학의 성전을 찾아 고행을 자처하는 순례자에 가깝다. 물길[水路]을 따라 흐르며 바다를 향하는 이 시인이 사막을 횡단하며 절명 직전에 가시풀을 씹어 제 혀와 목의 피로 갈증을 푸는 낙타에 자신을 비유하고 있는 것은 대단히 상징적이다.

> 새처럼 허공을 걷지 못해
> 제 혀에서 솟은 피
> 제 목에서 흐르는 선혈로 절명을 잇는
> 나는 사막의 시인이다
>
> ─「낙타초」에서

사막은 황량하고 건조하여 모든 생명의 수분을 빼앗은 뒤 마침내 고사(枯死)시키는 극한의 불모지다. 낙타는 절대적 환경에 적응하도록 진화되어 오랜 시간 물을 마시지 않고도 견디지만, 마지막 순간 낙타초를 씹어 제 피로 갈증을 해소하며 목적지를 향한다. 이 처절한 낙타의 자해(自害)는 인간에게 사육되는 과정에서 습득된 후천적 기질이 아니다. 인간에게 낙타는 온순하고 순종적인 가축으로 보일지 모르나 그 내면에는 제 피로 갈증을 해소하며 목적지로 향하는 강인한 DNA가 유전형질로 흐르고 있는 것이다. 문정희는 묵묵히 사막을 횡단하는 낙타에게서 순하고 참을성 강한 동물의 모습이 아니라 스스로 상처를 내며 극한의 불모지에서 탈출하는 불굴의 정신을 본다. 가시를 씹어 가까스로 목숨을 유지하는 낙타처럼 시인은 스스로 상처를 만들어 현실의 안주와 상투성에서 벗어나고자 한다. 그 상처는 눈에 보이는 흔적을 남기는 외상(外傷)이 아니라 고독·슬픔·외로움·그리움과 같은 지극히 내밀하고 개인적인 정신세계이다.

> 어둠이 내려오는 저녁 공원에서

혼자 시이소오를 탄다
이쪽에는 내가 앉고 저쪽에는 어둠이 앉는다
슬프고 둔중한 힘으로 지그시 내려앉았다가
다시 허공으로 치솟는다

─「시이소오」에서

시소(seesaw)는 서로 비슷한 몸무게의 두 사람이 타는 놀이기구다. 상대의 몸무게나 나보다 가볍거나 무거우면 한쪽으로 기울어지므로 균형을 맞추기 위해 노력해야 한다. 어린아이들은 시소를 하며 자연스럽게 자신과 상대의 차이를 알고 배려하며 균형의 의미를 체득한다. 그런데 위 시의 화자는 어둠이 깔린 공원에서 혼자 시소에 앉아 있다. 그의 맞은편에는 짐승 같은 어둠이 버티고 있을 뿐이지만 시소는 "슬프고 둔중한 힘으로 내려앉았다가 다시 허공으로 치솟는다." 혼자 앉은 시소로도 평형을 유지할 수 있고, 맞은편을 허공에 올릴 수 있지만 자신이 허공으로 치솟기 위해서는 온힘을 다해 땅을 박차고 도약해야 한다. 하지만 화자가 허공에 머물 수 있는 것은 찰나에 불과하고 "한없이 무거운 슬픔의 무게"를 지닌 그는 추락할 수밖에 없으며, 또다시 도약을 하려면 "피 흐르는 무릎을 안고 버둥거"려야 한다. 혼자만의 시소는 외부(타자)의 강요나 억압에 의한 것이 아니라 자유의지에 따른 선택과 행동이다. 화자의 눈앞에 펼쳐진 어둠은 시인이 스스로 선택하고 홀로 견뎌야 하는 슬픔·외로움·고독과 같은 것이다. 따라서 화자가 어둠인 "짐승의 눈을 응시"하는 것은 "나를 들여다 볼 수 있는 것은 나뿐"(「짐승 바다」)이란 사실을 적확하게 인식하고 있기 때문이다. 그의 고독은 외지에 홀로 떨어져 있다는 실존적 조건에서 연유하는 것이 아니라 "지옥보다 외로운 내 안의 나"(「짐승 바다」)와 대면하거나 "우레와 같은 침묵"(「가면을 쓰고 너를 기다린다」)의 "싱싱한 사랑"(「비밀 동굴」)을 포기하지 않으려는 부단한 자기성찰에서 연유한다.

『카르마의 바다』는 '물의 시집'이다. 그것은 이 시집이 물의 도시 베네치아에 체류하며 쓴 시편들로 구성된 데다가 시인 자신이 "넓은 바다를 홀로 흘렀다/물의 시집에 이르렀다"(「시인의 말」)고 고백한 데서 분명히 드러난다.

> 사랑시는 물에다 써야 한다
> 출렁임으로
> 다만 출렁임으로 완성이어야 한다
>
> 위험한 거미줄에 걸린
> 고통과 쾌락의 악보
> 사랑시 한 줄의 이슬 방울들
> 저녁 물거품이 상륙하기 전의
> 꿈같은 신방
>
> 노크도 없이 문이 열리면
> 이윽고 썰물을 따라
> 가뭇없이 사라지는 물거품의 가락으로
>
> 사랑시는 물에다 써야 한다
> 물에서 태어나고
> 사라지는 물의 시집이어야 한다
>
> ─「물의 시집」 전문

'물의 시집'은 '물에다 쓰는 사랑시'여야 한다고 단언하는 시인의 말 속에는, 그것이 끝없는 시도와 반복의 연속일 뿐 결코 완성에 이를 수 없다는 고통스러운 깨달음이 내재해 있다. 사랑은 그리움이므로 채워질 수 없고, 냉정히 관찰하고 분석하여 얻을 수 있는 게 아니라 직관과 느낌으로 서서히 물드는 안개 같은 것이다. 그러므로 사람들이 말하는 완성된 사랑이란 "전통의 수챗구멍"에 부유하는 허언(虛言)이거나 "거짓으로 탕진해버린 몸뚱이들"(「길에서의 키스」)의 묘지일 뿐이다. 사랑은 살아 있는 생명들의 특권이므로 "파도처럼 끝없이 몸을 뒤집"(「살아 있다는 것은」)어야 하며, 따라서 머묾과 반복을 허용하지 않는다. 물이 "낮고 차가운 깊이"(「떠돌이 물방울」)에서 발원해 흐르다가 때로는 길을 잃을지언정 "똑같은 길을 간 적은 없"(「산책」)듯, 사랑도 순간이며 그 자체로 끝이기 때문에 매번 다시 시작할 수밖에 없다. 사랑을 추구하는 자가 세속적 윤리나 도덕의 차원에서 '바람둥이'로 호칭되는 것도 그 때문이지만, 그가 소망하는 것은 "본능적으로 젊은 자궁을 향해 달려"(「예술가의 해먹」)가는 정충의 "끝없이 교미하고 끝없이 알을 낳는"(「새벽 새」) 육체적 교접이 아니라 "하늘 향해 직립(直立)하는/한 떨기 흰 수화(水花)2)로 다시 치솟"(「수화(水花)」)는 반역과 저항의 정신이다. 시인이 세기의 바람둥이 카사노바를 회억하는 것은, 그가 베네치아의 시인이어서가 아니라 "여자보다 자유를 더 사랑했다"(「시인의 감옥」)는 그의 말에 전폭적으로 공감하기 때문이다. 이런 점에서 문정희가 갈구하는 궁극의 가치는 사랑이 아니라 자유인 것이다.

『카르마의 바다』에서 사랑과 물은 동의어라 할 수 있다. 앞에서 본 것처럼, 사랑은 순간인 동시에 끝이고, "세밀히 보는 것이 아니"(「이태리 안경」)라 맹목적이며, 불변의 절대적 가치가 아니라 늘상 변하는 것이고,3) 결단

---

2) '水花'의 사전적 의미는 '부석(浮石)'이지만, 이 시에서는 인당수에 피어난 연꽃, 다시 말해 용궁에 갔다 환생한 심청의 이미지를 떠올리게 한다. 아버지의 눈을 뜨게 하려고 제 몸을 팔았던 소녀의 지극한 효심이 신분의 초월을 가능케 했듯이, "혼신을 다한 지극한 그리움으로"(「감촉」) 자신의 육체와 영혼을 "아낌없이 흔들리고 아낌없이 내던"(「미친 약속」)지고 "송두리째 나를 팔아버"리는 완전한 자기 기투(企投)야말로 시인의 '업(業, karma)'이라는 사실을 문정희는 정확히 이해하고 있기 때문이다.

코 완성에 이르거나 이길 수 없는 것4)이란 잠언을 통해 독자의 공감을
얻는다. 문정희에게 물은 곧 길이다. 그 길은 당연히 '수로(水路)'일 테지만
때로 '미로(迷路)'가 될 수도 있고 가부좌의 용맹정진이 되기도 한다. 다시
말해 물의 본성은 쉬지 않고 흐르므로 새 길을 만들기도 하고 미로를 만
들기도 한다. 오직 낮은 곳을 향하는 방향성만 가진 물의 흐름이 지연되
거나 정체될 때, 혹은 "내가 서 있는 이 자리가 나의 자리"(「길 잃어버리기」)
인지 모호할 때는 '오직(只管)' 반듯한 자세로 자신의 내면을 들여다보는
'참선[打坐]'5)이 최선의 방책일 수 있다. "나를 들여다볼 수 있는 것은/나
뿐"(「짐승 바다」)이기 때문이다. 그러나 물은 고인 상태에 만족하지 않고
"끝없이 몸을 뒤집"(「살아 있다는 것은」)으며 "아무 데나 던져도 일어서"(「물
의 초대」)거나 "하늘 향해 직립(直立)"(「수화」)하는 반역성과 함께 "손도 없
이/나를 씻기고"(「바다 학교」) 현세의 모든 영예와 권력 등이 "물거품 같고
그림자 같고 이슬 같고 번개 같"(「맨발 노래」)다는 진리를 알려준다. 바다
가 "책"이며 "학교"인 것도 이런 정신적 깨달음이 물의 여행에서 얻어진
결과이기 때문이다.

---

3) "그때 사랑에 빠져/절대 변하지 않겠다는 미친 약속을 해버렸다/(……)/감나무에게 변하지
말라고 할 수는 없는 일이다"(「미친 약속」)에서 보듯, 순간의 사랑에 현혹되었을 때는 온
갖 감언을 남발하지만 그 감정은 곧 사라진다. 우주 삼라만상이 영원한 것이 없듯 사랑도
무상(無常)하여 시시각각 변하는데, 그런 자재로움이야말로 생명과 사랑을 새롭게 유지하
는 원동력이다.
4) "나는 한 번도 사랑에서 이겨본 적이 없다/씨앗처럼 온몸을 던질 뿐이다/그때마다 불꽃일
뿐"이라고 노래한 「날벌레의 시」는 불빛을 향해 제 몸을 던지는 불나방의 무모하고 맹목
적인 행위야말로 사랑의 본질에 가장 근접해 있다는 시인의 사랑관을 단적으로 보여준다.
'사랑싸움'이란 관용어가 일상생활에서 흔히 쓰이거니와 이 말은 통사적으로 모순
(oxymoron)이다. 그것은 '사랑싸움'에서 지는 사람이 이기는 것이란 관용적 부연 설명을
통해서 더욱 명백해진다.
5) 「길 잃어버리기」의 "길을 잃기도 쉽지 않아/미로와 수로 사이/그냥 이 자리에 있는 것도
길인가요"에서 밑줄친 구절은 일본 조동종 도겐(道元)의 말[只管打坐 : '오직 한결같이 참선
하라'의 뜻]을 패로디한 것으로 길을 잃고 헤맬 때 자기성찰이 중요함을 강조하고 있다.

바다는 손도 없이
나를 씻기고
바다는 발도 없이
발자국 소리를 낸다

쉴 새 없이 떠나가며
쉴 새 없이 제자리에서

천년을 만년을
새로 태어난다

―「바다 학교」 전문

『카르마의 바다』에는 시어의 의도적인 조사(措辭)와 대비가 선명한 작품이 몇 편 있다. 이를테면 「물시」는 모두 6연으로 구성되어 있는데 5연을 제외한 모든 연에서 운(韻)이 반복6)되고, 「파도와의 동행」에서는 "그의 그의 그의"란 구절을 반복하여 독특한 청각을 떠올리게 하며, 「고독사」에서도 "고독고독고독을/고드름처럼 씹는다"고 하여 '고독'이란 단어가 가지고 있는 어둡고 침중한 느낌을 투명한 얼음을 씹는 것 같은 청량한 감각으로 환치시킨다. 「바다 학교」는 '손/발', '떠나다/제자리'의 대조적 언어와 '쉴 새 없이', '천년/만년'의 유사어의 병치를 통해 다양한 이미지와

---

6) 나 옷 벗어요/그다음도 벗어요//가고 가고/가는 것들 아름다워서//주고 주고/주는 것들 풍요로워서//돌이킬 수 없어 아득함으로/돌아갈 수 없어 무한함으로//(5연 생략)//나 옷 벗어요/그다음도 벗어요(「물시」 전문) 1연의 각운 "벗어요", 2연의 두운 "가"와 "가고 가고"의 반복, 3연의 두운 "주"와 "주고 주고"의 반복 및 2,3연의 댓구, 4연의 두운 "돌"과 각운 "으로", 마지막 6연에서의 1연과 동일한 구절 등은 이 시가 매우 세련되고 절제된 의장(意匠)에 의해 쓰여졌음을 암시한다. 이 시는 운과 동일 어구의 반복을 통해 자연스러운 가락을 형성할 뿐만 아니라 '가다/주다', '아름다움/풍요로움', '아득함/무한함'과 같은 인접어의 사용, 그리고 1연과 6연의 "그다음"이란 애매한 시어를 일부러 배치함으로써 시상을 깊이하고 독자의 상상력을 풍부하게 자극하는 솜씨를 보여준다.

상상력을 불러 일으킨다. 바다는 우리의 육체와 영혼을 정화(淨化)시키고, 조용한 파도 소리는 친근감·위안·기다림 등의 정서에 호소하며, 쉴 새 없이 밀려오고 밀려가는 파도는 회자정리·거자필반(會者定離·去者必返)의 삶의 진리를 되새기게 하는 원형적 심상이다. 지상의 모든 물길이 바다를 향하지만 바다는 그것을 거부하지도 않고 넘쳐 파괴하지도 않는다. 기상 조건에 따라 그 형체가 변하는 시내와 강물과 달리 바다는 늘 같은 모양과 크기로 모든 생명의 순환에 깊이 관여한다. 그러므로 "떠돌이 물방울"이 "두루 세상을 떠돌다가"(「떠돌이 물방울」) 바다에 도달하여 "죽는 날까지 내 앞에 펼쳐진/끝내 다 읽지 못한 한 페이지"라고 고백하는 것은 당연한 귀결이다. 왜냐하면 "시퍼런 성욕"으로 "표현의 광란"(「너는 책이다」)을 즐기면서 "천년 만년 새로 태어"나는 파도와 바다를 보는 순간 그 도저한 크기와 깊이에 압도당하여 또다시 길을 잃고 우두망찰한 자신을 발견하기 때문이다.

앞에서 잠시 일별(一瞥)한 것처럼, 『카르마의 바다』에는 곁말(pun)을 적절히 활용한 시편들이 포진해 있어 시 읽는 재미를 배가시킨다. 쉬운 예로 "고독고독고독을/고드름처럼 씹는다"(「고독사」)는 구절은 문정희의 탁월한 언어감각과 기지(機智)를 증명해주는 놀라운 보기이다. '고독'은 단독 명사로 쓰일 때 외롭고 쓸쓸한 느낌이나 분위기를 환기하는 정서적 차원의 단어이지만, 그것을 병서하여 발음할 때는 '고독꼬독꼬독'으로 경음화하여 물기 있는 물건이 마르거나 단단히 굳어진 상태를 뜻하는 말로 전환된다. 문정희는 여기서 한 걸음 더 나아가 '고드름을 씹는' 농촌 공동체의 어린 시절의 경험과 결합시켜 '고독'이란 단어가 가지고 있는 원래의 의미를 완전히 탈각, 건조시키고 새로운 의미와 음상을 가진 단어로 재창조한다. 이러한 조사법(措辭法)은 전직이 발치사(拔齒師)였던 중국의 소설가 위화(余華)가 "발치사보다 소설가가 돈을 더 버는 것 같아 소설가가 되었다"

는 이야기를 전하면서 "나는 그와 반대로 시인을 버리고 발치사가 되고 싶다"며 "그것 참 발칙하고 재미있을 것 같"(「이빨 뽑는 사람」)다고 고백한 데서도 여실히 드러난다. 이 시의 곁말이 주는 재미는 '발치사'와 '발칙'의 음상이 유사한 데서 비롯되는 것이지만, 정작 시인이 겨냥하는 표적은 중의적으로 감춰져 있다. 그는 돈을 더 버는 것 같아 소설가가 되었다는 위화의 말을 전해 듣고 실망을 한 듯하지만 속내를 직접 드러내지 않은 채 거꾸로 어린 시절 문고리에 무명실을 묶고 이를 뽑았던 경험과 제대로 시인 대접받지 못하는 우리의 현실을 날카롭게 대비시키고 있는 것이다. 이와 함께 설산의 정상에 "온몸을 비틀며/앙상한 생명을 증거하고" 있는 고목을 보고 "이제 나에게 나이란 없다/(…) 스승도 더 이상 필요 없을 것 같다/나이면 다이다"라고 선언한 「나이」의 마지막 구절도 흥미롭다. "나이면 다이다"는 첫째, '나이[年輪]'가 '다[全部]'이다, 둘째, '나[自我]'이면 '다[全部]'이다, 셋째, '나' 다음에 오는 한글 자음은 '다'이다 등 다양한 의미로 읽히기 때문이다. 이러한 곁말을 통해 시인이 말하고자 하는 바는 마지막 연에 집약되어 있다.

> 산바람 머리칼처럼 쓸어 넘기며
> 가만히 서 있어도 무너지는 폐허!
> 이윽고 여기가 정상이라는 것을
>
> ─「나이」에서

위 구절은 눈과 얼음으로 뒤덮인 어느 설산에 오른 알피니스트의 독백처럼 보이지만, 실은 "내가 구하는 곳이 이곳에 없다는 것을/처음부터 알고 있"(「유랑 일기」)으면서도 세상을 떠돌며 자신이 '지렁이'와 '질경이'의 후예임을 깨닫고 겸손을 배우는, 혹은 창공을 나는 새의 깃털이 어깨에 닿는 순간 아득한 시원(始原)과의 절대적 교감(交感)을 느낀 시인이 비로소 자신이 등정하여 도달한 경지를 슬쩍 엿보여준 것이다. 그것은 마치 땅속의 안온한 보금자리를 마다하고 건물의 이층까지 기어 올라온 지렁이에게서 "혼신을 다한 지극한 그리움"(「감촉」)으로 시를 써온 자신에 대한 연민과 긍정이다. 일개 시인은 지렁이나 질경이처럼 미약하고 천한 존재인 것 같지만 그들은 "발로 뭉개면 더욱 꿈틀거리"고 "푸른 살로 일어서는"(「지렁이와 질경이」) 반골정신의 소유자라는 자존심으로 세상과 맞선다. 때로 현실이나 "삶이 난데없는 조소로 시인을 냉대"(「트림」)할지라도 천성이 "불온한 딸"(「물의 초대」)인 시인은 가시를 씹는 낙타 혹은 온몸으로 기는 뱀이나 지렁이처럼 "또 길을 나선다"(「유랑 일기」). 그 길은 "오직 홀로의 등정"(「나이」)이기 때문에 고독하고 외롭지만, 지금 이 순간은 "사랑할 일 외엔/아무것도 없다"(「아직도 모르겠어?」)는 사실을 알고 있기에 사력을 다해 걷고 오른다. 그 과정에서 시인은 "가을 짚단이 아닌 집단들의 눈웃음과 도끼들이/봉두난발 쏘아대는 물대포"(「진흙탕」)에 고통을 당하기도 했지만, 그 진흙탕이 자신을 정상에 오르게 한 원동력이란 사실을 비로소 인식한다. 자신을 키운 것은 팔 할이 바람이라고 한 문학의 스승과 달리 그는 "나를 키운 것은 팔 할이 눈물"이라 여겨왔으나, 물의 도시 베네치아에 와 "나를 키운 것은 진흙탕"이었다는 새로운 각성에 이른 것이다.

> 한밤중 뻣센 털 세우고 홀로 귀가하다
> 나는 보았지 성난 사자의 그림자, 식식거리며 돌진하난
> 깨어진 무릎뼈, 머리카락 올올이 묻은 검은 굴욕을
> 나를 키운 저 빛나는 진흙탕을 확실히 보았지
> **더 낮은 목소리로 속삭이듯이** : 곧 연꽃이 필 거라 어찌 말하지 않을 수가 있겠는가
>
> ─「진흙탕」에서

문정희는 물의 도시 베네치아에서 서구 문명의 화려함이나 세련됨을 예찬하거나 시기하지 않는다. 그가 베네치아에서 그곳과 관련된 인물을 시적 대상으로 삼은 이는 카사노바와 페기 구겐하임 두 사람인데, 그는 이들을 '호색한' 또는 '돈 많은 창녀'로 보는 일반적 시각과 달리 "여자보다 자유를 더 사랑"한 시인 또는 "미친 예술가들에게 탕진을 뿌린 큰 손을 가진 철부지 여자"(「마지막 연애를 위하여」)로 이해한다. 그런 의미에서 그는 베네치아의 경치를 둘러보러 온 관광객이 아니라 물의 도시에서 예술과 자유, 생명의 원천인 물의 상상력을 더욱 확장하고 심화시키는 진정한 예술가인 것이다. 그런 한편, 그는 물과 전혀 이질적인 사막의 낙타나 진흙탕, 혹은 지렁이 등의 시적 상관물을 등장시키는 아이러니를 즐긴다. 그는 지금까지의 삶과 문학의 도정을 사막초를 씹으며 사막을 횡단하는 낙타나 이층 건물을 피를 흘리며 오르는 지렁이의 필사적 고투에 이입시킨다. 하지만 그런 처절한 삶과 문학의 행보에 자기 연민을 느끼기보다 "이윽고 여기가 정상"이라거나 "(진흙탕에서) 곧 연꽃이 필 거"라고 당당히 선언한다. 이러한 도도함은 낙타처럼, 지렁이처럼 사막이나 진흙탕 같은 현실 속에서 "침묵을 저어 저어/시를 쓰고/고통을 저어 저어/촛불을 켜"(「노 젓는 일」) 온 그로서는 당연한 발언일지 모른다. 나이 먹는 것을 자연스럽게 받아들이며 폐허가 정상이며 정상이 곧 폐허임을 겸허히 인정하는 그는 샤를 보들레르가 소망했던 것처럼 우주(자연)와 온전히 소통하는 암호해독자가 된 듯하다.

깃털 하나가 허공에서 내려와
어깨를 툭! 건드린다
내 몸에서 감탄이 깨어난다

별 하나가 하늘에서 내려와

오래된 기억을 건드린다
물살을 슬쩍! 일으킨다

깃털과 별과
나 사이
통역이 필요없다

그 의미를 묻지 않아도
서로 다 알아들었으니까

―「통역」 전문

이 시는 샤를 보들레르의 「조응(照應 혹은 交感 correspondance)」과 이성선
의 「미시령 노을」을 자연스럽게 연상시킨다. 보들레르는 「조응」에서 이
미 "자연은 하나의 寺院"이며 "상징의 숲"이라 하였고 「빅토르 위고論」
에서도 "일체(우주 삼라만상)는 상형문자"며 "시인이란 번역가, 또는 암호해
독자가 아니면 대체 뭐란 말인가"라고 갈파한 바 있거니와, '깃털'과 '별'
그리고 '나' 사이에 통역이 필요 없는 절대적 교감이 가능하다고 선언한
이 시인이야말로 보들레르적 의미의 참된 시인이 아닐 수 없다. 『카르마
의 바다』가 '물의 시집'을 표방하면서 「낙타초」와 「통역」을 맨 앞뒤에 배
치해 놓은 것은 시인의 특별한 의도라고밖에 생각되지 않는다. 그것은 가
시를 씹으면서까지 사막을 횡단하고 말겠다는 낙타의 의지, 그리고 우주
와 자아의 절대적 소통을 위해 부단히 노력하는 것이 시인의 숙명이자 업
(karma, 業)이란 사실을 다짐하며 긴장을 놓지 않으려는 것 외에 다른 게
아니다.

윤제림 쉼표 천생 시인

1. 윤제림 괄호 열고 1959 쉼표 제천 출생

윤제림은 1959년 충북 제천에서 고고지성(呱呱之聲)을 터뜨리곤 충북 음성·경기 용문·서울 청파동 등을 두루 거쳐 주요한 생장기의 대부분을 인천에서 보낸다. 그가 태를 묻은 고향은 충북 제천군 백운면 방학리로, 오탁번 시인이 같은 면 출신이고, 시인 이병율, 평론가 김수이, 소설가 이혜진·신현대가 또한 제천 출신이다. 누군가와 처음 만나 안면을 틀 때 제천·음성·인천이란 지명이 나오면 윤제림의 눈빛은 아연 빛나고 음성 또한 한 옥타브 올라간다. 그리곤 자기가 그곳과 어떤 인연이 있는지 장황하게 설명한 뒤 입맛을 다신다. 술 한 잔 할 때가 되었다는 뜻이다.

대부분의 문인들이 그러하겠지만, 윤제림은 사람을 좋아한다. 특히 자신과 조금이라도 인연이 있는 사람에게는 각별한 관심과 애정을 보인다. 그 인연이란 게 앞에서 말한 고향 또는 생장지와 같은 지연(地緣)이거나, 학연(學緣)은 물론이고 병연(兵緣)과 직연(職緣), 문연(文緣)과 띠연(?)에 이르기까지 안 미치는 데가 없다. 이를테면 그는 평론가 홍용희가 인천 선인

중학교 후배라는 점을 내세워 은근히 그를 추켜주고, 박철·임동확·송찬호 등이 같은 돼지띠인 데다 등단연도도 같다며 등단 20주년 모임을 갖지 못한 걸 두고두고 아쉬워한다. 그는 새로운 밀레니엄이 시작된 지 십년이 지난 지금까지 '21세기동인'에 계속 머물면서 툭 하면 동인 자랑을 늘어놓는다. 이를테면 주변 풍경을 묘사하는 자리에서도 "허수경이처럼 조그만 여자가 국수 한 그릇 훌쩍이는 게. 유하만한 덩치의 사내가 물수건으로 입언저리를 닦고 있는 게"(「숲에서 보다」, 『황천반점』)라고 후배 시인을 등장시키고, "나라 안에서 제일 높고 큰/저 건물에 대한/시인 함성호와 나의 생각은 같다"(「다리 위에서」, 『황천반점』)며 저희들끼리만 알아들을 수 있는 신호를 보낸다.

그가 좋아하는 사람이 이런저런 인연을 맺은 이로 한정되는 것은 물론 아니다. 그는 해태구단의 거포 김봉연과 같은 야구선수에서 길옥윤·이미자·윤석화 같은 연예인, 그리고 이만익·장욱진 등 화가와 장호·박경리 등의 원로 문인에게 살붙이 같이 진붉은 관심과 존경을 표한다. 이를테면 그는 시 속에 저작권자의 허락도 없이 「황포돛대」 노래 가사를 인용하고는 "이미자, 그녀를/시인으로 추천합니다."(「배를 기다리다」, 『황천반점』)고 엄숙히 선언하며, 치악산 가을볕 아래서 고추를 고르며 찍은 박경리 사진을 보곤 "외할머니 저 뜨듯한 손에/가버린 내 일곱 살의 고추도 한번/잡히고 싶"(「외할머니」, 『사랑을 놓치다』)다고 살붙이로서의 애정을 고백한다. 최근에 그의 오지랖은 더 넓어져 다정하게 산책하는 노부부에게서 국민학교 국어책 속의 등장인물(「철수와 영희」, 『그는 걸어서 온다』)의 모습을 발견하고, 음식점에서 일하는 연변처녀에게서 우리나라 여성의 전형을 찾으며, 한국 농촌 총각에게 시집 와 소박당한 베트남 여인에게서 혹독했던 근대사를 견뎌온 우리의 어머니상을 본다.

내가 세상에 나오기 전의 내 어머니.
꽃가지 사이로 얼굴만 내밀고 찍은 사진 속
시집오기 전의 아내.
눈보라 고갯길을 넘어 교실로 들어서는
정순이, 순옥이 그리고
국어책 속의 영희.

—「연변처녀」에서, 『그는 걸어서 온다』

어머니가 웁니다. 먼 나라로 시집가는 딸을 붙잡고 웁니다.(……)
무명저고리 옷고름 다 적시며 울던 엄니, 어매, 어무이. 제비나 오가는
먼 길, 군함 타고 가는 아들 붙잡고 울었지요. 고구마를 까며 달걀껍질을
벗기며 울었지요.(……)
오늘은 뉘 집 딸 하나가 웁니다. 남편이 자꾸만 때려서, 시어머니가 자
꾸만 욕을 해대서……나왔다며 웁니다.

—「안남댁」에서, 『그는 걸어서 온다』

윤제림의 시는 우리의 기억에 깊이 각인된 일상적 체험과 사건을 교묘
하게 환기하면서 무뎌진 감성과 양심을 자극한다. 오늘날의 한국여성은
체형부터 서구화된 데다 이런저런 수술까지 하여 옛모습을 찾아보기 어
렵다. 우리가 어려서부터 늘상 보아왔던 한국여성의 동그란 얼굴과 발갛
게 솟아오른 뺨을 이제는 연변처녀에게서나 '발견'할 수 있을 뿐이다(그런
데, 한국에서 힘들게 번 돈으로 그녀들도 성형수술을 하면 어떻게 되나?). 1960년대
말 월남파병 아들과 이별하며 울부짖던 어머니 모습이 아직도 생생한데,
먼 타국에서 시집 온 안남댁(요즘 젊은이들은 월남에서 시집온 여성을 왜 '안남
댁'이라 부르는지 모를 것이다. 우리가 아주 가난했을 때 수입했던 월남쌀을 '안남미'
라 불렀다는 것을 기억하는 사람만이 이 시를 이해할 수 있다. 이런 점에서 일부 독자
들에게 윤제림의 시는 대단히 불친절하지만, 시가 원래 그런 것 아니겠는가)이 고된
시집살이를 이기지 못하고 운다. 이들 두 여성의 병치(竝置)는 낯선 것 같

지만 지독한 가난 때문에 가족과 생이별을 할 수밖에 없었던 아시아의 근대사와 가부장제 사회의 여성질곡사가 교묘하게 겹친다. 이러한 병치적 상상력은 스리랑카에서 온 노동자의 절단된 손목과 어린 시절 장갑을 잃은 사건으로 연결되고(「손목」) 밀항선 밑바닥 숨어 한국에 오려다 붙잡힌 중국조선족과 공양미 삼백 석에 몸팔고 중국 상선을 탔던 청이(「심청가」, 이상 『그는 걸어서 온다』)의 슬픈 과거사가 오버랩된다. 윤제림의 시가 그와 동시대를 살아온 중장년층에게 특히 쉽고 재미있으며 애잔하게 읽힐 수 있는 소이연이 여기에 있다.

2. 동대국문과 졸 쉼표 『소년중앙』 가운뎃점 『문예중앙』으로 등단

윤제림은 제 나이보다 일년 일찍 입학한 덕분에 동대 국문과 77학번이 된다. 그가 입학하기 바로 직전(1977년 2월) 무애 선생이 별세하였으나 이병주·서정주·조연현·이동림·김기동 선생과 함께 새파란 30대 청년 홍기삼 선생이 동대 국문과를 지키고 있었다. 신입생 백일장에서 시 부문 장원(시제 '이끼')을 차지한 윤제림은 쟁쟁한 선배들과 함께 『동국시집』 말미에 작품을 발표하면서 주위의 질투와 기대를 받는다. 『동국시집』은 미당 선생을 비롯한 선배 시인의 시와 함께 재학생 작품을 엄선해 싣는 앤솔로지인데, 1학년 작품이 실린 것은 당시로서는 오랜만의 사건이었던 것이다. 지금와서 생각해보면 당시 동대 국문과의 창작 분위기는 다소 침체해있던 게 아니었나 싶다. 어쨌든 윤제림은 인천에서 통학하며 열심히 술 마시랴 시 쓰랴 교지편집하랴…… 정신없는 나날을 보낸다. 그를 특히 예뻐한 이는 71학번 김강태 형과 72학번 유한근 형이었다. 윤제림의 고등학교(인천 대건고) 선배인 김강태 형은 신입생 환영회 자리에서 "나는 4수하고 군대 갔다 왔다. 내가 국문과 깡패다"라고 잔뜩 겁을 준 뒤 금세 사람 좋게 허허 웃어 우리를 아연케 했다. 유한근 형은 이미 등단한 재학생 시인으로 무척 무게를 잡았는데, 윤제림에게는 각별한 애정을 보여 주었다. 그밖에 조석규·정조채·정찬주·강기수·서용범 등 선배들이 후배들에게 베푼 우정은 동대 국문과생만이 느낄 수 있는 깊고 따뜻한 것이었다. 그의 동기생으로는 시인 이문숙(국교과)·강상윤, 평론가 송희복·한만수가 있다. 나도 그와 대학동기다.

윤제림이 해병 단기하사를 지원한 것은 동기들에게 하나의 사건이었다. 당시만 해도 매주 네 시간의 교련수업이 있었는데, 제식훈련이나 총검술 훈련을 제대로 따라하지 못하는 그룹에 그가 속해 있었기 때문이다. 그러나 어쨌든 그는 아무나 지원하지 않고, 견뎌내지 못한다는 해병대에 가훈련을 마치고 김포에서 군생활을 한다. 그는 훈련소에서 근무희망지를 써내라 했을 때 1, 2, 3지망 모두 '백령도'라 적는다. 굳이 훈련이 고되다는 해병을 지원한 것도 백령도에서 생활하고 싶었기 때문이었으므로 그로서는 당연한 선택이었으나, 남들이 다 회피하는 곳을 굳이 자원한 그를 장교나 기간사병들은 이상하게 보았을 수도 있다. 하여 그는 자신의 희망과 달리 김포 애기봉에서 길고 긴 해병 생활을 보낸다. 지금도 그는 그 시절에 대한 얘기를 별로 하지 않을 뿐만 아니라 시에서도 군대 얘기는 거의 찾기 어렵다. 그런데, 정작 해병대 지원에 실패한 박철이 은근히 윤제림을 부러워하는 듯한 표정을 짓곤 하는데, 그 광경은 옆에서 보는 것만으로도 재밌다. 그가 해병대에서 군생활을 한 시기는 1980년대 초반으로, 현대사의 가장 험렬했던 시기의 중심부에서 다행히 피해 있었다. 만약 그 시절에 입대하지 않았다면 그의 삶과 문학이 어떤 곡절을 겪었을지 모른다. 얼핏 보면 그는 유순하고 양보심 많은 사람 같지만 누구보다 강한 고집과 짱짱한 오기로 버티고 있는 사내이기 때문이다.

사모관대 의젓한 아들의 폐백사진을 보며 어머니는
뉘 집 아들인지 인물 좋다 옛날에 태였으면 정승판서
한자리 좋이 했겠다시지만 정말 그랬을까
그는 모른다 아들의 피를 온순 침착의 에이형 말고
울끈불끈 무시로 솟는 짐승의 피를

─「폐백사진을 보며」에서, 『삼천리호 자전거』

저 어린 꽃망울들 좀 보세요, 조것들
솜털 보송보송한 이마에 분들을 바르고
아휴! 조것들이 어디 있었을까요,
어떻게 나왔을까요?
대관절 무슨 힘으로 저렇게
푸른 하늘 향해
솟구쳤을까요?

─「어린 날의 사랑」에서, 『사랑을 놓치다』

속아서는 안 된다. 윤제림은 겉보기와 달리 내면에 용암같은 열정과 정
의감을 숨기고 있는 사내다. 그는 웬만해선 사람들과 대립하거나 갈등을
일으키지 않고 슬몃 피해가지만, 스스로 정한 선을 넘으면 견뎌내지 못한
다. 그는 "숟갈로 퍼먹듯이가 아니라/젓가락으로 젓가락으로//생두부를 들
어올릴 때의 힘으로/조심조심"(「젓가락 쓰기 혹은 사는 법」, 『삼천리호 자전거』)
살아가는 것을 처세술로 삼으면서도, "아무것도 못 잊으니까 꽃도 핀다/
아무것도 못 잊으니까,/강물도 저렇게/시퍼렇게 흐른다"(「강가에서」)며 내
면으로는 온갖 부정과 부패와 부도덕한 것들을 용서하지 않는다. 그는 어
떤 명분의 폭력이든 폭력은 싫어한다. 그는 당대적 삶의 비속함과 명분
없는 폭력에 무관심한 듯한 태도를 보이다가도 지나치다싶으면 가차 없
이 날카로운 비수를 날린다. 가령 "협상은 또 결렬된 모양이다/오늘도 북

소리에, 일제히 투신.//동백꽃은 파업이 너무 길다"(「동백꽃」, 이상 『사랑을 놓치다』)에서 볼 수 있는 동백꽃의 이미지는 여타 시인이 다룬 것과 전혀 다른 상상력과 비유체계에 바탕하고 있다. 이 시는 아마도 대기업 노조가 회사측과 날카롭게 대립하던 중 한 노동자가 투신한 사건을 접하고 쓴 듯하다. 그는 노동자의 투신을 동백꽃의 단호한 낙화에 비유하면서 무고한 생명을 잃게 한 파업의 폭력성을 비판하고 있는 것이다.

　해병에서 제대한 그는 곧 복학하고 동기들보다 한 해 먼저 졸업한다. 그 즈음 그는 교사가 될 것인가 일반 회사에 취직할 것인가 하는 문제로 고민하다 결국 '오리콤'이란 광고회사에 가기로 작정한다. 접장 기질이 강한 그가 당시 여고선생으로 갔더라면 거기에 푹 빠져 삶의 행로가 지금과는 전혀 달라졌을지도 모른다. 당시로서는 다소 생소한 카피라이터가 된 그는 10년 동안 밥벌이를 하며 언어적 재능을 유감없이 발휘, 두 번에 걸쳐 중앙광고대상을 받는 등 유능한 광고쟁이로 주목받는다. "죽을래도 죽을 시간이 없어 죽지 못한다"는 바쁜 카피라이터 생활을 하면서도 그는 1987년 『소년중앙』(동시 「봉구할아버지 커다란 손」 외)과 『문예중앙』(시 「뿌리 깊은 별들을 위하여」 외)으로 등단한다. 그의 등단작 「뿌리 깊은 별들을 위하여」는 발바닥의 티눈을 파내며 크리스마스트리를 만드는 어린것들의 천진난만함과 밤하늘의 별을 향해 총부리를 겨누었던 야간 해상훈련의 체험을 연결해 독특한 감동을 자아내고 있다. 갓 등단한 그를 인사동 거리에서 만난 선배 시인 김초혜는 "너 시 다섯 편하고 사진 보내라"고 첫 원고청탁을 하여 그를 감동시킨다. 윤제림은 대학 재학중 조정래·김초혜 부부가 경영하던 조그만 출판사에서 아르바이트를 해 진작에 안면이 있던 터였다. 당시 『한국문학』을 발행하던 그들 부부는 초짜 시인의 시 다섯 편에다 손바닥만한 사진까지 곁들여 주는 엄청난 특혜를 베풀어 선배로서의 애정을 보여주었던 것이다.

3. 퇴사 쉼표 절과 시장 떠돌며 보따리장수

윤제림은 1993년 십 년 다니던 직장에 싹싹하게 사표를 던진다. 광고업계에서 십 년 구르다보니 진도 빠지고 이젠 본격적으로 시를 써야겠다는 생각때문이었다. 등단 이후 『삼천리호 자전거』(우경, 1988)와 『미미의 집』(중앙일보, 1990)을 연이어 상재했으나 만족스럽지 않은 것도 이유 가운데 하나였다. 다소 무모하게 직장을 그만둔 그는 간간이 광고일로 밥벌이를 하면서 그동안 마음속으로만 치부해두었던 절과 시장, 강원도 오지를 떠돌기 시작한다. 그의 여행벽은 이미 『삼천리호 자전거』를 통해 뾰족이 솟아있던 터여서 새로울 것도 없다. 사실 『삼천리호 자전거』에는 이후 그의 작품세계를 관통하는 시적 원형질이라 할 수 있는 요소들이 거의 빠짐없이 산재해 있다. 절·장터·능·박물관 등 옛 문화와 서민의 진솔한 삶, 삼천리호 자전거나 브라더 미싱 같은 산업화 초기의 유행상품, 읍내 이발소의 상투적 풍경 등에 대한 시인의 집요한 관심과 독창적 관점은 윤제림 시세계를 관통하는 가장 중요한 키워드이다. 가령 윤제림은 '삼천리호 자전거'를 보고 "지금 가 닿을 수 있는 땅은/금수강산 절반강산"이라며 분단 조국의 아픔을 떠올리거나, "기름대신 모래가 끼인 체인은/돌지 않는다"며 독재체제에 대한 은근한 불만과 저항을 드러낸다. 그리고 촌스럽던 '읍내 이발소'가 세련된 내부장식으로 바뀌자 "돼지들은 어디로 갔나/하면 된다 인자무적과 함께/범선들 어디로 떠 갔나"며 조잡한 풍경화나 붓글씨가 걸려 있던 예전의 모습을 그리워하기도 한다. 무도한 권력과 제도의 횡포에 대한 윤제림의 저항의식은 날이 갈수록 더 내재화하는 경향을 보이지만, 일상적 삶에 익숙했던 것들이 급속히 사라지는 세태에 대한 아쉬움과 그리움은 더욱 간절해지는 듯하다.

첫 시집에서 그는 이른바 '걸레 시론'이라 명명할 만한 자기만의 문학관을 피력한다. 그가 생각하는 문학은 자신이 더러워지더라도 세상을 정화시킬 수 있는 힘을 지닌 것이다. 그가 지향하는 시는 너무 거칠거나 힘이 없어서는 안 되고, 무의미한 니힐이나 지나친 수식(修飾)도 금기로 여긴다. 『삼천리호 자전거』에서 "알게 해야지 사람이 다시는 파리처럼 죽어선 안 된다는 걸/가르쳐줘야지(……)/공중변소에 무더기로 쌓인 똥들이 도담 삼봉이나 고씨동굴처럼/아름답게 보일 수도 있다는 걸 가르쳐야지"(「파리」, 『삼천리호 자전거』)라며 결기를 세우던 그가 "설움도 죽이고, 분통도 삭이지만/대개는 반성의 뜻!"(「家」, 『황천반점』)이라며 수긋해진 것이 다만 나이 때문만은 아니다.

백수가 된 그는 직장 다닐 때보다 더 바쁜 나날을 보낸다. 서울시립대의 전갑배 교수가 찾아와 '아이디어 발상법'이란 강의를 맡아줄 수 없겠느냐고 정중히 제의해 얼떨결에 따르다보니 동국대・서울예대에서도 부르고 자연스럽게 보따리장수로 경향각지를 떠돌게 된 것이다. 이 무렵 '집' 또는 '죽음'과 관련된 연작시를 발표한다. 그는 인간과 관련된 온갖 집들을 상상하여 「家」・「殿」・「窟」・「宇」・「宙」…… 등의 연작과 「주막에 들다」・「불알을 주무르다」…… 등 '황천반점에서'란 부제가 붙은 연작을 묶어 세 번째 시집 『황천반점』(민음사, 1994)을 상재한다. 이 시집의 해설을 쓴 박해현은 "『황천반점』 연작은 꿈과 같은 죽음의 세계에서 깨어나 또다른 삶의 세계로 진입하는 과정을 이야기"한 것으로 풀이한다. 윤제림은 인간의 삶이란 "작취미성의 길손"(「봄에 돌아오다」)처럼 온갖 종류의 '집'과 '길'을 떠돌다 "숙소로 돌아갈 일도 잊고/아주아주 망가"(「술에서 깨다」)지면 죽음에 이른다는 명쾌한 생각을 갖고 있다. 하지만 그는 연기관・윤회관을 더 확실히 믿는다. 이를테면 그는 사람이 죽어 없어지면 꽃으로 환생한다고 확신하는 듯하다. "밥이 된 사람/죽이 된 사람/떡이 된 사람//세어 볼까요/남은 사람//세어 볼까요/없던 꽃//진달래가 된 사람/

도라지꽃이 된 사람/영산홍이 된 사람"(「숨어서 보다」, 이상 『황천반점』)이 그러하고, "……내 한때 곳집 앞 도라지꽃으로/피었다 진 적이 있었는데"(「사랑을 놓치다」, 『사랑을 놓치다』)란 시가 그러한 윤회관에 바탕한 작품이다(이 시에서 쓰인 '말줄임표' 부호의 놀라운 효과를 보라! 그의 번득이는 재치와 참신한 언어감각을 알려주는 뛰어난 보기이다). 이러한 인식에서 그는 장모를 여읜 후 다음과 같은 아름다운 시 한 편을 건진다.

> 할머니를 심었다. 꼭꼭 밟아주었다. 청주 한 병을 다 부어주고 산을 내려왔다. 광탄면 용미리, 유명한 석불 근처다.
>
> 봄이면 할미꽃을 볼 수 있을 것이다.
>
> ─「꽃을 심었다」 전문, 『불교문예』

그의 시는 이처럼 간결하고 명료하여 특별한 상상력이 개입되지 않는 듯해도, 실제로는 그만의 독특하고 흥미로운 상상력과 비유체계로 더 인정받는다. 가령 그는 어느 해 봄 가뭄이 심해 산불이 빈발하자 그것을 "어디 숨어 왔는지 갈 데까지 갔던 여자들이/닳고 닳아 반지르한 낯을 내밀고 와서/춤추며 색연기를 피웠"(「봄 가뭄」, 『황천반점』)다고 진술하거나, 큰 눈이 내려 온 세상이 하얀 눈으로 뒤덮이자 "어느 큰 식욕이 와서/청산을 먹고 갔습니다./어느 큰 도적이 와서/논밭을 다 들고 갔습니다."(「도적을 만나다」, 『황천반점』)고 시치미를 뗀다. 또 그는 백담계곡을 흐르는 맑고 투명한 물줄기가 제가 좋아 따라오는 여자라고 능청을 부린다.

      1
    꼬리를 치며 따라붙는 여자
    너 잘 걸렸다. 불알 밑에 힘을 돋우며
    손목도 잡아보고, 쓸어안아도

가만있는 여자.
입에는 샛하얀 거품을 물고 쉴새없이 재깔이며
눈웃음도 치며
속치마도 잠깐 잠깐 내보이며
산길 이십 리를 같이 걸어내려온 여자.

　　　　　2
　인간의 여자라면 마을길 이십 리쯤 더 내려왔을 텐데요. 그 여자는 한 걸음도 더는 따라오지 않습디다요. 못된 년, 망할 년 욕이 다 나왔지만요, 내 탓이지요 뭐. 그녀의 말은 한 마디도 못 알아들었으니까요. 말도 통하지 않는 사내 따라나설 계집이 어디 있겠어요. 말귀만 좀 통했으면 집에까지 데려올 수도 있었을 텐데요.

　　　　　　　　　　　　－「백담계곡을 내려오며」 전문, 『사랑을 놓치다』

　백담계곡의 물줄기를 이처럼 재미있게 비유한 시를 나는 일찍이 본 적이 없다. 둘째 연은 얼핏 보면 사족같기도 하나, "그녀의 말은 한 마디도 못 알아들었"다는 진솔한 고백 때문에 그러한 우려가 사라지고 외려 작품의 격이 더 높아진다. 요즘 웬만한 시인이라면 너나없이 인간과 자연, 더 나아가 우주와의 교감을 말하며 큰 깨달음이라도 얻은 것처럼 자랑하는데 윤제림은 백담사에 다녀오면서도 무엇 하나 깨달은 게 없는 자신의 속물근성을 솔직하게 토로하고 있는 것이다. 불교적 세계관을 자기 삶과 문학의 가장 강력한 지남(指南)으로 삼고 있는 그는 방방곡곡의 절을 쏘다니면서도 무언가 깨달음을 얻었다는 식의 자기과시를 하지 않는다. 그는 아직까지 "넌 또 뭐냐?"(「그럼 너는?」, 『그는 걸어서 온다』)는 화두를 안고 참구 중이기 때문이다.

4. 현 서울예대 교수 쉼표 평생직장 쉼표 시 괄호 닫고

직장을 그만 둔 지 십 년만에 그는 다시 새 직장을 잡는다. 그의 새 명함은 서울예술대학 광고학과 교수 윤준호로 인쇄된다. 지금까지 말 않고 왔지만, 그의 본명은 준호(俊浩)다. 필명 제림(提林)은 제천 의림지(堤川 義林池)에서 각각 한 자씩 따온 것이다. 그의 고향 사랑이 이렇다.

그는 교수티를 별로 내지 않는다. 그의 시에는 그가 광고학과에서 카피(copy)를 가르치는 선생이라는 낌새가 전혀 느껴지지 않는 것도 밥벌이로서의 직업과 평생의 업으로서의 시작(詩作)을 별개로 생각하기 때문이다. 그러나, 아는 사람은 다 알고 있는 사실인데, 그는 대우전자·SK 등 우리나라 굴지의 재벌그룹 광고를 만들었다. 그와 SK 사이의 인연은 무척 깊어서 오랫동안 기업 이미지 광고에 참여했다. 재미있는 것은 최근 그의 시 한 편이 TV광고에 이용되었다는 점이다.

> 재춘이 엄마가 이 바닷가에 조개구이집을 낼 때
> 생각이 모자라서, 그보다 더 멋진 이름이 없어서
> 그냥 '재춘이네'라는 간판을 단 것은 아니다.
> 재춘이 엄마뿐이 아니다.
> 보아라, 저
> 갑수네, 병섭이네, 상규네, 병호네.
>
> ―「재춘이 엄마」에서, 『그는 걸어서 온다』

자식 자랑은 팔불출 가운데 하나라지만 제 자식 자랑하지 않는 어머니는 단 한 명도 없을 터이다. 남 흉보는지도 모르고(아니 알면서도 굳이) 제 자식 자랑에 침이 마르는 이가 바로 우리의 어머니들이다. 그런데 윤제림도 팔불출인 게 가끔 제 아내 자랑을 한다(그의 아내는 대학동기다).

씻겨나가지 않는 때가 있는 모양이다
빠지지 않는 냄새가 있는 모양이다
온천물에도 지워지지 않는 얼룩이 있는 모양이다

때때를 데려다가
때투성이를 만들었구나!

―「목욕탕 앞에서 아내를 기다리며」 전문, 『그는 걸어서 온다』

아내와 함께 목욕탕에 가본 사람은 안다. 욕탕에 들어가기 전에 그렇게 신신당부해도 아내는 늘 늦는다. 목욕시간을 한 시간 이상 줘도 그녀들은 부족한 모양이다. 목욕탕 앞에서 하릴없이 아내를 기다리며 윤제림은 고운 아내를 데려다 고생 시킨 자신을 책망하고 있는 것이다. 윤제림은 곱고 수줍음 잘 타는 여자를 보면 제 아내를 떠올린다. 퇴계로의 어느 술집에서 만난 연변처녀의 붉은 뺨을 보고 "꽃가지 사이로 얼굴만 내밀고 찍은 사진 속/시집오기 전의 아내"(「연변처녀」, 『그는 걸어서 온다』)라고 한 구절이 대표적이다. 앞서 말한 것처럼, 이러저러하게 자신과 인연을 맺은 온갖 것들에 주체할 수 없는 애정을 표하는 그의 습관이 아내자랑으로까지 나아간 것이다.

『황천반점』 이후 그의 시는 유달리 죽음에 대한 성찰이 많아진다. 그에게 죽음은 "아주 먼 옛날로 돌아가는 것"(「무덤」, 『사랑을 놓치다』)이거나 "전쟁이 한창인 어느 나라에선/백오십만 명이나 되는 사람들이 사막에 줄지어 서서"(「입국과 출국」) 기다리는 '입국' 또는 '출국'과 같은 삶의 일부이고, 중고등학교 시절 담임선생님 몰래 도망친 경험이 있는 "청소당번"(「걸레스님」, 이상 『그는 걸어서 온다』)과 같은 일상사 가운데 하나이다. 따라서 그가 "저승사자는 아는 사람"이므로 "그 사람과 함께 가는데 뭐가 걱정이야 하고 마음 푹 놓아도 좋을 사람"이라고 말하는 것은 지극히 자연

윤제림 쉼표 천생 시인 **525**

스러운 일이다.

> 어여뻐라. 한양성 가는 방자처럼 걸어서 날 찾아오는 사람. 아니면 어
> 이 가리너. 혼자서 어이 가리너, 물어볼 사람도 없는데. 칠흑의 어둠 속에
> 서 열나흘은 흐느끼겠지. 어이 가리너. 이정표도 없는 길을. 울부짖으며
> 맨발로 내닫겠지. 생각느니, 안개 속 구만리 벼랑길로 나를 데리러 오는
> 그이는 얼마나 착한 사람인가. 그 먼 길을 오토바이도 없이 걸어서 오는
> 사람.
>
> ─「그는 걸어서 온다」에서, 『그는 걸어서 온다』

그는 아예 죽음에 달관한 듯하다. 이처럼 죽음에 무심할 수 있는 것은
그만큼 죽음을 오래, 깊이 생각했다는 말 외에 다른 게 아니다. 그는 누군
가의 문상을 하며 "내가 가도 되는데/그가 간다//그가 남아도 되는데/내가
/남았다."(「사람의 저녁」, 『그는 걸어서 온다』)라고 생각할 정도로 죽음에 담담
하다. 그리하여 그는 지천명의 나이에 이르기 전에 다음과 같은 삶의 보
고서를 작성한다.

> 물결처럼, 바람처럼, 황포돛대처럼, 버들잎처럼
> 구름처럼, 미시령처럼, 지렁이처럼, 능구렁이처럼
> 독사처럼, 미꾸라지처럼, 개꼬리처럼, 닭털처럼
> 처녀 옷고름처럼
>
> 윤제림(1959~)
> 몰년미상(沒年未詳)
>
> ─「윤제림 괄호 열고 1959 물결표 괄호 닫고」 전문, 『그는 걸어서 온다』

이 시는 윤제림의 정직한 삶의 이력서다. 그는 제 말대로 "물결처럼,
바람처럼" 이곳저곳을 떠돌아 다녔고, 사회생활을 하면서 때로는 "능구렁

이처럼, 미꾸라지처럼" 용하게 위기를 넘기기도 했지만 "처녀 옷고름처럼" 수줍고 순결한 마음은 잃지 않으려 노력하며 살아왔다. 지금까지 내가 쓴 이 글보다 위 시가 그의 삶의 내력을 더 정확하게 웅변한다. 그러므로 이 글은 애초부터 필요 없는 췌사(贅辭)였는지 모른다. 예전의 김강태형 같았으면 좀더 주저리주저리 곡진하고 재미난 얘기를 할 수 있었을 테지만, 시인이 아닌 내 글은 그처럼 찰지지 않다. 더군다나 잡지사에서 요구한 원고 분량을 한참 넘기면서도 미처 하지 못한 얘기와 다루지 못한 작품이 많은 듯하여 붓방아만 찧고 있다. 그러나 이제 이 글을 마칠 때가 되었다. 이 글은 본격적인 윤제림론이 아니므로, 그의 문학세계와 사유를 천착하고 의미화하는 논문이나 평론이 아니라 그의 사람됨을 슬며시 들춰보여주는 성격의 글이므로 여기서 마쳐도 무방할 듯싶다. 마지막으로 할 말은, 그는 서울예술대학의 교수보다 시인으로 불리워지길 더 좋아한다는 것이다. 그가 가끔 모교에서 시창작 강의를 하는 것도 자기의 본업이 시라고 믿기 때문이다. 예전에 그는 "나는 결국,/죽을 때까지 失業이 못된다/(……)/그만두겠노라고/흰소리하다가는, 눈뜨면/또 이렇게 일 나오느니!/평생직장,/시."(「詩」, 『사랑을 놓치다』)라고 쓴 적이 있다. 십 년 다니던 직장에 미련 없이 사표를 던진 그도 시에는 그런 만용을 부리지 못한다. 예전에 정공채가 『천상병은 천상시인이다』란 책을 낸 적이 있거니와, 윤제림 또한 '천생 시인'이라 불릴 자격을 갖춘 사람이다.

현대시에 나타난 '달'의 표상

1.

우리 문학에서 달이 처음 모습을 드러낸 것은 신라 향가다. "달하 이데 /西方까장 가샤리고"로 시작되는 「원왕생가」에는 극락왕생을 바라는 신라인의 간절한 마음이 잘 드러나 있고, "열치매 나타난 달이/흰구름 좇아 떠가는 것 아닌가"(「찬기파랑가」)의 달은 기파랑의 고결한 인품을 상징한다. 『삼국유사』 향가 14수 가운데 달이 등장하는 작품이 5수나 된다는 것은 신라인과 달의 정서적 친연성이 그만큼 강하다는 사실을 뜻한다. 신라인의 달에 대한 상상력은 「원왕생가」나 「찬기파랑가」에서처럼 정신적 상징으로 그려지지만, 달빛에 취해 아내를 빼앗긴 처용이나 피리를 불면 달도 운행을 멈췄다는 월명사의 일화에서 보듯 탐미적 대상으로 표상되기도 한다. 고려시대에는 달과 인간 사이의 거리가 더 가까워져 「정읍사」에서 달은 화자의 기도를 들어주고 남편의 안위를 보살펴주는 보호자의 이미지로 변신한다. "달하 노피곰 도드샤/머리곰 비취오시라"로 시작되는 이 백제노래는 먼 길을 떠난 남편을 걱정하는 아내의 간절한 마음이 진솔하

면서도 격조 높게 묘사되고 있다. 이때의 달은 남편을 걱정하는 화자의
마음을 나타내는 매개물인 동시에 어둠과 밝음의 조화를 뜻하는 상징적
존재다. 조선시대 시조에서 달은 보다 다양한 이미지와 상징으로 변주되
는데, 우리에게 가장 널리 알려진 작품 가운데 하나가 윤선도의 「오우가」
이다.

> 내 벗이 몇인가 하니 水石과 松竹이라
> 東便에 달 오르니 긔 더욱 반갑고야
> 두어라 이 다섯밖에 더 두어 무엇하리
>
> 작은 것이 높이 떠서 만물을 다 비취니
> 밤중의 光明이 너만한 이 또 있는가
> 보고도 말 아니하니 내 벗인가 하노라
>
> ―윤선도, 「오우가」 중 두 수

신라인이나 백제인에게 기도와 존경의 대상으로 여겨졌던 달이 윤선도
에게 이르러서는 어느 새 흉금을 터놓을 수 있는 지음(知音)으로 가깝게
다가온다. 그에게 달은 어두운 하늘에서 삼라만상을 비추는 능력을 갖추
었으면서도 세속의 잡사에 섞이지 않는 청정한 인간상으로 그려진다. 이
처럼 근대 이전의 우리 문학에서 달은 주로 정적(靜的)이거나 수동적인 여
성 이미지로 인식되고, 차면 기우는 영측(盈仄) 운동이 반복되는 것에서 영
생 또는 이별·죽음이라는 상반된 이미지로 표상되며, 어둠 속에서도 밝
게 빛나는 특성에서 조화와 절대적 권력의 상징으로 여겨지거나, 하늘과
지상을 이어주는 매개물 또는 정신적 교류의 상대자로 비유되어 왔다. 이
와 함께 '월인천강'이나 '달을 가리키니 달은 보지 않고 손가락만 본다'
와 같이 불교적 세계관이 반영된 어구가 널리 회자되기도 했다. 요컨대

우리 민족에게 달은 어두운 밤에 나를 지켜주는 절대적 존재이거나 마음을 나눌 수 있는 벗이고, 때로는 현실의 고된 삶을 견뎌낼 힘을 주는 모성적 존재이거나 어둠과 밝음의 조화를 상징하는 객관적 상관물이었던 것이다. 중국과 한국에는 달을 노래한 시편이 많은 데 반해 서양에서는 달의 이미지가 대체로 부정적이었던 점도 특기할 만하다. 한국인에게 어둠을 밝혀주는 고마운 존재거나 기도의 대상으로 인식된 달이 서양에서는 전혀 상이한 의미로 해석된다. 그것은 달이 스스로 빛을 낸다고 생각했던 우리 조상과 달리 서양사람들은 달이 햇빛을 제 빛처럼 비춘다고 여겨 부정적인 이미지를 부여했기 때문이다.

『삼국유사』 향가 5수에 달이 등장할 만큼 즐겨 달을 시적 제재로 다룬 조상들과 달리 현대시에서 달을 제목으로 삼은 작품을 찾기 쉽지 않은 것은 다소 의외의 일로 여겨진다. 애초에 '한국현대시에 나타난 달의 원형 상징'이란 주제의 글을 청탁받았을 때, 너무 진부한 것 아닐까 생각했던 것은 나의 무지와 오산이었음이 곧 드러났다. 자료를 찾기 위해 한용운·김소월·정지용·서정주…… 등 대표적 현대 서정시인의 작품을 뒤적거리다 전혀 뜻밖의 상황에 직면한 것이다. 『님의 침묵』과 『진달래꽃』에는 달을 노래한 작품이 한 편밖에 없고, 3권 분량의 『서정주전집』(민음사)에서 달을 표제로 한 작품은 불과 두어 편에 불과하다. 뿐만 아니라 한국현대시 백주년을 기념하기 위해 제작된 앤솔로지(『꽃필 차례가 그대 앞에 있다』, 『어느 가슴엔들 시가 꽃피지 않으랴 1·2』)에서도 달을 다룬 작품은 각각 한 편씩(장만영, 「달, 포도, 잎사귀」·송찬호, 「달은 추억의 반죽 덩어리」)에 지나지 않는다. 그렇다고 달이 현대시인의 시적 상상력과 호기심의 대상에서 소외당했다고 생각하는 것은 섣부른 판단이다. 현대시인들은 옛 시인들보다 훨씬 많은 사건과 사물을 대하고, 현실의 제반 문제에 대해서도 다양하게 반응해야 하므로 달을 다룬 작품이 상대적으로 적게 보인 것일 뿐이다.

그들에게 달은 과거의 여성적·순환적·조화적 상징물의 관습에서 벗어나 매우 다양하면서도 현대적인 이미지로 재창조된다.

이 글은 현대시에 나타난 달의 표상을 살피기 위해 쓰여진다. 그러나 지난 백여년 동안 쓰여진 셀 수 없을 만큼 많은 작품에서 이 글의 주제에 부합되는 텍스트를 찾는 것은 처음부터 내 능력 밖의 일이다. 따라서 이 글에서 다루어지는 몇 편의 시들은 전적으로 내 자의로 선택한 것일 뿐이라는 점을 미리 밝혀두고자 한다.

2.

『님의 침묵』 서문에서 "'님'만 님이 아니라 기룬 것은 다 님이다"고 갈파한 한용운은 밝은 달을 보며 님을 생각한다. 그러므로 한용운에게 달은 곧 님이다.

> 달은 밝고 당신이 하도 기루었습니다.
> 자던 옷을 고쳐입고 뜰에 나와 퍼지르고 앉아서 달을 한참 보았습니다.
>
> 달은 차차차 당신의 얼골이 되더니 넓은 이마 둥근 코 아름다운 수염이 역력히 보입니다.
> 간 해에는 당신의 얼골이 달로 보이더니 오늘 밤에는 달이 당신의 얼골이 됩니다.
>
> 당신의 얼골이 달이기에 나의 얼골도 달이 되얐습니다.
> 나의 얼골은 그믐달이 된 줄은 당신이 아십니까.
> 아아 당신의 얼골이 달이기에 나의 얼골도 달이 되얐습니다.
>
> ─한용운, 「달을 보며」 전문

한용운 시의 전형적인 통사구조와 주제의식을 여실히 보여주는 이 시는 먼 길을 떠난 님을 그리워하는 화자의 마음이 간결직절하게 달에 의탁되어 있다. 화자는 깊은 밤에 잠을 이루지 못해 뜨락에 나서 달을 바라본다. 달은 어느 새 님의 얼굴로 보였다가 님 생각에 초췌해진 화자의 모습으로 바뀐다. 님의 얼굴이 화자의 얼굴이고 화자의 얼굴이 님의 얼굴이므로 화자의 얼굴이 그믐달처럼 야위었다는 진술은 님이 어려운 처지에 놓였을지 모른다는 걱정의 은유로 읽을 수 있다. 「정읍사」의 달은 공중에 높이 떠 세상을 환히 비추면서 님이 '진 데'에 빠지지 않도록 지켜주지만, 한용운의 달은 님 걱정에 제 몸이 수척해지는 가냘픈 여인의 형상으로 묘사되고 있어 간절함과 생동감이 더욱 강렬하게 전달된다. 이에 반해 정지용은 환한 달빛 속에서 부드럽게 요동하는 생명의 기운을 단아한 어조로 그려내고 있다.

> 선뜻! 뜨인 눈에 하나차는 영창/달이 이제 밀물처럼 밀려오다.//
> 미욱한 잠과 벼개를 벗어나/부르는 이 없이 불려 나가다.//*//
> 한밤에 홀로 보는 나의 마당은/湖水같이 둥그리 차고 넘치노나.//
> 쪼그리고 앉은 한옆에 힌돌도/이마가 유달리 함초롬 곯아라.//
> 연연턴 綠陰, 水墨色으로 짙은데/한창때 곤한 잠인양 숨소리 설키도다.//
> 비듥이는 무엇이 궁거워 구구 우느뇨/梧桐나무 꽃이야 못견디게 좋그
> 럽다.

―정지용, 「달」 전문

교교한 달빛 아래 힌돌과 녹음의 시각적 이미지가 선명하거니와, 그보다 강렬한 느낌을 주는 것은 뭇생명들의 '숨소리'와 비둘기의 울음소리/오동꽃 향의 청각/후각적 이미지의 병치다. 그것들은 앞의 힌돌·녹음의 시각적 이미지와 절묘한 조화를 이루어 달밤의 몽롱하고 은밀한 분위기

속에서 꿈틀거리는 어떤 생명력을 강하게 환기시킨다. 이때 달밤은 어둠의 죽은 공간이 아니라 새로운 생명이 잉태되고 자라나는 창조의 공간, 곧 우주의 자궁이 된다.

깊은 밤 잠 못 이루고 뜨락을 서성이며 달을 바라보는 이들은 모두 시인의 자격을 갖춘 사람이라 할 수 있다. 천상병은 그 점에서도 '천생 시인'이어서 밤하늘의 달에서 "우주의 신비"와 "인류의 족적"(「달」)을 떠올리는 웅혼한 상상력을 발휘하고, 이수익은 "내 조상은/뒤안처럼 아늑하고/조용한/달의 숭배자"(「달빛 체질」)라고 자신의 은둔적 세계관을 고백한다. 이와 달리 오규원은 여름날 마당에서 저녁을 먹던 기억을 떠올리며 "아! 달빛을 먹는다/초저녁에도/환한 달빛"(「여름에는 저녁을」)과 같이 달과 자아가 혼연일체 되는 순간의 감격을 토로하는데, 송찬호는 거기서 한 걸음 더 나아가 달로 주먹밥을 만들어 먹는다. 그에게 달은 "단단한 근육 덩어리"와 "희망"을 주는 일용의 양식(糧食)으로 물상화된다.

> 누가 저기다 밥을 쏟아 놓았을까 모락모락 밥집 위로 뜨는 희망처럼
> 늦은 저녁 밥상에 한 그릇씩 달을 띄우고 둘러앉을 때
> 달을 깨뜨리고 달 속에서 떠오르는 노오란 달
> 달은 바라만 보아도 부풀어오르는 추억의 반죽 덩어리
> 우리가 이 지상까지 흘러오기 위하여 얼마나 많은 빛을 잃은 것이냐
> 먹고 버린 달 껍질이 조각조각 모여 달의 원형으로 회복되기까지
> 어기여차, 밤을 굴려가는 달빛처럼 빛나는 단단한 근육 덩어리
> 달은 꽁꽁 뭉친 주먹밥이다. 밥집 위에 뜬 희망처럼, 꺼지지 않는
>
> ―송찬호, 「달은 추억의 반죽덩어리」 전문

가난한 밥상에서는 계란 하나도 훌륭한 반찬이 된다. 하루의 고된 일과를 마친 노동자들이 밥집에 둘러앉아 늦은 저녁을 먹는데, 흰쌀밥 위에는 노란 달덩이 같은 계란이 얹어져 있다. 마침 하늘에도 그 계란같이 둥글

고 황홀한 달이 떠있어 식욕을 더욱 자극한다. 비록 가족과 떨어져 동료끼리 먹는 가난한 저녁이지만 그들은 내일의 희망을 포기하지 않는다. 중국의 이태백은 홀로 술을 마시며 하늘의 달과 대화를 나누었다고 하거니와[月下獨酌], 송찬호는 가난한 노동자들의 밥위에 얹힌 계란과 달의 동일시를 통해 건강하고 밝은 희망을 노래하고 있는 것이다. 현대시의 달은 하늘에 붙박혀 있지 않고 성큼 하계에 내려와 정신적·육체적 식량으로 환골탈태하고 있는 것이다.

3.

어둔 밤하늘에서 밝게 빛나는 달은 우리의 안전을 지켜주는 믿음직한 보호자다. "달하 노피곰 도드샤/머리곰 비취오시라"는 백제여인의 기구(祈求)는 조지훈에게서 천진한 동심으로 되살아난다.

> 순이가 달아나면/기인 담장 위로/달님이 따라오고//
> 분이가 달아나면/기인 담장 밑으로/달님이 따라가고//
> 하늘에 달이야 하나인데……//
> 순이는 달님을 다리고/집으로 가고//
> 분이도 달님을 다리고/집으로 가고
>
> ─조지훈, 「달밤」 전문

순이와 분이는 술래잡기를 하며 재미있게 놀다 문득 날이 저물었음을 깨닫고 서둘러 집으로 간다. 친구들과 놀며 늘상 오가던 곳이지만 어두워져 인적이 끊긴 골목길은 왠지 무섭다. 그런데 하늘에 환하게 떠있는 달이 자신을 지켜주며 따라오는 것을 보고 안심이 된 그네들은 무사히 집으로 돌아간다. 시에서는 순이와 분이가 달을 데리고 간 것으로 진술되어 있으나, 그 역으로 읽어야 시의 제맛이 살아난다. 오세영의 달도 인적 없는 골목길을 밝히는 환한 보안등으로 그려진다. 그러나 그의 달은 세상의 어둠을 비추는 광명의 존재가 아니라 시인 자신의 일거수일투족과 양심을 감시하는 정신의 판관(判官) 이미지로 전환한다. 오세영은 달빛(또는 별빛)이 비취는 것을 "CC TV로 사진을 찍"(「달」)는 것으로 보는 과학적 상상력을 발휘하는데, 박제천은 거꾸로 "내 일거일동이 담긴 CC TV의 필름에는/달덩이밖에 보이지 않았다"(「달의 집」)고 슬쩍 시치미 뗀다. 여기서의 '달덩이'란 삭발하여 달덩이처럼 뽀얗게 된 화자의 맨머리를 가리킨다. 이들보다 더욱 이질적인 상상력을 보여주는 이는 이형기다. 그는 여느 시인들처럼 달에서 원만·광명·조화 등의 긍정적 이미지를 과감히 폐기해 버린다. 그에게서 달은 날카롭고 뾰족한 무기 또는 그것을 지닌 자객(刺客)으로 돌변한 것이다. "暗殺은 틀림없이 감행되었다/物證보다도 확실한 心證/心證보다도 더욱 확실한 것은/저 下弦의 달이다"(「첨예한 달」). 이 시는 예리하고 얇은 낫처럼 생긴 하현달의 이미지를 "被殺者가 누구냐고 묻는가/보라 저기 저 高山 萬年雪에 꽂혀 있는/한 자루 비수"의 날카로운 이미지로 전화하는 한편, '被殺者·暗殺·物證·心證' 등의 법률적 술어를 굳이 한자어로 드러냄으로써 감상성에 빠지는 것을 극도로 경계하고 있다. 그러나 겨울 밤하늘에 떠있는 초승달의 이미지를 가장 빼어나게 언표화한 시로 「동천」과 견줄 작품은 없을 터이다.

> 내 마음 속 우리님의 고은 눈썹을
> 즈문밤의 꿈으로 맑게 씻어서
> 하늘에다 옴기어 심어 놨더니
> 동지 섣달 나르는 매서운 새가
> 그걸 알고 시늉하며 비끼어 가네
>
> —서정주, 「冬天」 전문

'님의 고운 눈썹'은 '님의 손톱'과 함께 서정주 시에서 가장 아름다운 여인을 지칭하는 상투어다. 그는 섣달그믐 밤하늘에 떠 있는 초승달을 '님의 고운 눈썹'으로 은유한 것에 만족하지 않고, 거기에 즈문밤의 꿈(理想)과 정화(淨化)의 이미지를 덧씌운다. 그리하여 겨울하늘의 초승달은 천상과 지상을 연결해주는 매개가 된다. 그런데 초승달을 비끼며 날아가는 한 마리(무리)의 새(떼)가 있다. 겨울 밤하늘을 가로지르는 새(떼)라면 기러기가 제격일 터인데, 그 철새를 굳이 '매서운'이라 수식한 것은 뺨이 에일 것 같은 겨울밤의 추위를 강조하기 위한 수사적 전략 외에 다른 게 아니다. 겨울 밤하늘에 님의 눈썹같이 아름다운 초승달이 떠있고, 그 옆을 질러 북향하는 기러기(떼)를 간결하게 묘사한 이 작품은 그대로 한 폭의 단출한 수묵화다. 서정주의 수묵화가 붓의 사용을 극단적으로 절제하여 차고 예리한 느낌을 한껏 강조했다면, 함민복의 초승달은 좀더 푸근하고 넉넉한 분위기로 그려진 파스텔톤의 동화(童畵)와 방불하다.

　　　　배고픈 소가
　　　　쓰윽
　　　　혓바닥을 휘어
　　　　서걱서걱
　　　　옥수수 대궁을 씹어 먹을 듯

　　　　　　　　　　　　　　　　　　　－함민복, 「초승달」 전문

　함민복의 시에는 유달리 먹는 행위와 관련된 작품이 많지만, 이 시 또한 초승달과 옥수수 대궁의 형태적 유사성에 착목하여 깔끔한 소품을 만드는 데 성공하고 있다. 이와 유사하게 박형준은 그믐달을 "마른 포도덩굴/뻗어가는 담벼락에/고양이 같은 눈/너의 실눈"(「그믐달」)으로 인식하고, 윤제림은 하늘에 가득 찬 만월(滿月)에서 "물쟁반 위의 연꽃처럼/환하게 떠오르는/胎"(「滿月」)의 싱싱한 생명력을 상상한다. 이처럼 현대시인들은 달에서 어떤 의미를 찾기보다 주기적으로 변하는 그 형상에서 각종 새로운 이미지를 발굴해내는 데 더 관심을 갖는다. 그리하여 상현달의 형상은 "그녀가 앉았던 궁둥이 흔적"(나희덕, 「上弦」)으로 보이고, 이정록은 반달에서 약수터의 "플라스틱 바가지 입술 닿는 쪽만 닳고 깨"(「반달편지함」)진 모습을 발견하며, 안도현은 월식(月蝕) 현상에서 부모의 연애시절과 해로(偕老)의 생애를 떠올린다("아버지 그림자가 달을 가린 줄도 모르고 어머니, 그리하여 평생 캄캄한 이슬의 눈을 뜨고 살았겠지요", ―「월식」). 이와 함께 신경림의 다음 시는 그의 시적 감수성이 여전히 청청함을 증명해준다.

　　달이 시원스레 옷을 벗었다 첨벙첨벙 수로 속에 들어간다 희뿌연 젖가
　슴을 드러낸 채 멱을 감는다 가없는 옥수수밭에 바람이 인다

　　수로에서 나왔지만 옷이 없다 내놓을 수 없는 곳만 손으로 가리고 초
　가집을 찾아 들어가 숨는다

　　달이 초가집 속에 갇혔다 초가집이 환하게 밝다

―신경림, 「달―安養鄕에서」 전문

시의 부제에 나오는 '안양향'은 중국 흑룡강성의 조선적 자치향이다. 신경림은 중국 연변을 여행하며 여름밤 젊은 처자가 냇가에서 멱을 감고 알몸으로 수줍게 집에 돌아가는 광경을 목격하고 이 시를 쓴 듯하다. 예로부터 달은 아름다운 여성의 대명사로 비유되었거니와, 이 시 역시 달처럼 둥글고 풍만한 젊은 여성의 알몸과 냇가에 비친 달의 모습을 중첩하여 여름 산촌의 평화롭고 풍요한 분위기를 깔끔하게 직조해낸 가편(佳篇)이다. "달이 빈방으로 넘어와/누추한 생애를 속속들이 비춥니다/그리고는 그것

들을 하나하나 속옷처럼/개켜서 횃대에 겁니다 가는 실밥도/역력히 보입니다"라고 노래한 최하림의 「달이 빈방으로」가 환기하는 정서도 이와 흡사하다.

4.

우리 서정시의 특질 가운데 하나가 그 속에 구절양장의 사연(narrative)을 내장하고 있다는 점이다. 이런 특질은 「황조가」를 필두로 「원왕생가」·「처용가」를 거쳐 현대시에 이르기까지 서사적 서정시라는 한국시의 독특한 전통의 맥(脈)을 이룬다. 서사적 서정시의 전통을 가장 자연스럽게 소화해낸 시인으로 우선 떠오르는 이가 백석이다.

> 넷城의 돌담에 달이 올랐다
> 묵은 초가집웅에 박이
> 또 하나 달갈이 하이얗게 빛난다
> 언젠가 마을에서 수절과부 하나가 목을 매여 죽은
> 밤도 이러한 밤이었다
>
> ─백석, 「흰밤」 전문

이 시의 뛰어난 매력은 쇠락(衰落)·소멸(消滅)의 부정적 이미지와 명백(明白)·청초(淸楚)의 긍정적 이미지가 대조를 이루며 자아내는 절묘한 융합에 있다. '넷城'·'자살'·'밤' 등이 어둡고 음산한 분위기를 자아낸다면 '박'·'달갈'·'하이얗게' 등의 시어는 깨끗하고 맑은 이미지를 방사(放射)한다. 수절과부가 목을 매여 죽을 수밖에 없는 사연이란 굳이 토를 달지 않아도 짐작할 만한 추문(醜聞)이다. 시인은 다 허물어가는 고성(古城)과 초가집 사이를 거닐며 투명하게 밝은 달을 보면서 문득 가슴 아팠던 옛 기억을 떠올린다. 수절과부가 어떤 여성이며 왜 죽었는지에 대한 자세한 정보는 알 길이 없으나, 애잔하고 안타까운 분위기를 전달하는 데 전혀 문제가 안 된다. 백석은 「여승」·「팔원」 등에서 보듯 애처로운 여인 (소녀)의 삶을 배경으로 한 시를 짓는 데 각별한 관심과 성과를 거둔 시인이다.

박목월은 아마도 달을 제재로 한 시편을 가장 많이 쓴 시인이 아닐까. 중고등학교 이상의 학력을 가진 한국인으로 "구름에 달 가듯이/가는 나그네"(「나그네」)란 명구(名句)를 모르는 이는 없을 터인데, 그는 이밖에도 "玉洋木 같은 달밤이다/玉色 대님을 두르고/달놀이를 갔다"(「노래」)거나 "배꽃 가지/반쯤 가리고/달이 가네"(「달」)과 같은 뛰어난 달 노래를 많이 발표한다. 그는 경상도 사투리를 시어로 쓴 거의 첫번째 시인으로 알려져 있는데, 아래 시도 그 유형에 해당한다.

> 달빛을 걸어가는 흰 고무신.
> 오냐 오냐 옥색 고무신
> 님을 만나러 가지러?
> 아닙니다, 애.
> 낭군을 마중 가나?
> 아닙니다, 애.
> 돌개울이 디딤돌도
> 안골짜기로 기어오르는
> 달밤이지러 애.
> 아무렴,
> 그저 안 가봅니까 애.
> 오냐 오냐 흰 고무신
> 달빛을 걸어가는 옥색 고무신.
>
> ─박목월, 「달빛」 전문

이 시는 눈으로 읽는 것보다 귀로 들어야 시의 참맛을 제대로 느낄 수 있는 작품이다. 이 시를 낭송하는 이가 경상도(그것도 경주 지방) 사람이어야 함은 물론이다. 또 이 시는 남녀 두 사람이 대화하듯 낭송해야 더욱 제격이다. 이 정도의 예비지식을 가지고 이 시를 마음의 귀로 들어보라. 수줍은 여성과 세상사에 훤한 듯한 사내가 주고받는 은근한 수작(酬酌)이 참으로 사랑스럽고 아름답지 않은가. 이 시의 여성은 갓 결혼한 새댁이어도 좋고 미혼의 처녀여도 무방하다. 그녀는 지금 흰색(옥색) 고무신을 신고 밤거리를 걷는다. 그 이유를 그녀는 "돌개울이 디딤돌도/안골짜기로 기어오르는/달밤"이기 때문이라 말하는데, 요령부득이 아닐 수 없다. 그것은 대충 '무심한 돌덩이조차 골짜기로 기어오르고 싶을 만큼 흥을 억제하기 어려운 달밤'이란 의미로 이해할 수 있지 않을까. 가만히 누워 잠을 청하기엔 너무 밝고 환한 달밤, 신라 헌강왕대의 처용이 늦은밤까지 거리를 쏘다니다 아내를 빼앗긴 것도 이렇듯 '환장하게 밝은 달'에 취해 정신을 놓았기 때문이었는지도 모른다.

1970년대 리얼리즘 계열의 문학이 주도적 분위기를 형성하면서 서정시에는 억압된 현실에 대한 분노와 좌절이 진하게 배어든다. 이를테면 달이 떠오르는 일상적 풍경에서 "순한 우리 어머니들이/못다 베푼 사랑을 피워 올리듯/그 사랑이랑 함께 피어오르듯/우리들의 캄캄한 가슴엔/수많은 별들을 이끌고/달이 피어오른다./순한 어머니가 피어오"(「달」)르는 민중의 역동적 이미지를 발견한 조태일이나, 산업화 광풍에 따라 도시로 나간 자식을 기다리는 노부부의 안타까운 심정을 두 개의 달로 형상화한 신경림의 시("문득 문밖에 인기척 있어/반색하고 문 열어 내다보니/달이 눈부시게 차려입고/대문을 밀고 들어서고 있다/그 뒤로 또하나 달이/눈물과 한숨으로 나무에 걸린 어스름", 「달, 달」)가 대표적 사례에 해당한다. 손택수의 「추석달」은 1970~80년대 산업화 사회의 어두운 단면을 감정의 절제를 통한 산문적 서술로 더 깊은 내적 공명을 이끌어내는 데 성공한 작품이다.

　　스무 살 무렵 나 안마시술소에서 일할 때, 현관보이로 어서 옵쇼, 손님
들 구두닦이로 밥 먹고 살 때

　　맹인 안마사들도 아가씨들도 다 비번을 내서 고향에 가고, 그날은 나와
새로 온 김 양 누나만 가게를 지키고 있었는데

　　이런 날도 손님이 있겠어 누나 간판불 끄고 탕수육이나 시켜 먹자, 그
렇게 재차 졸라대고만 있었는데

　　그 말이 무슨 화근이 되었던가 그날따라 웬 손님이 그렇게나 많았던지,
상한 구두코에 광을 내는 동안 퉤, 퉤 신세한탄을 하며 구두를 닦는 동안

　　누나는 술 취한 사내들을 혼자서 다 받아내었습니다. 전표에 찍힌 스물
셋 어디로도 귀향하지 못한 철새들을 하룻밤에 혼자서 다 받아주었습니다.

　　날이 샜을 무렵엔 비틀비틀 분화장 범벅이 된 얼굴로 내 어깨에 기대
어 흐느껴 울던 추석달

　　　　　　　　　　　　　　　　　　　　　　　　—손택수, 「추석달」 전문

　　추석은 우리 민족의 대이동이 이루어지는 최대의 명절로, 돈 벌러 서울
에 왔던 이들이 모두 바리바리 선물꾸러미를 양손에 든 채 고향으로 향한
다. 1970년대는 교통사정이 시원치 않아 고속버스와 기차는 늘 만원이었
고, 어느 핸가는 한꺼번에 몰린 귀성객 무게를 견디지 못한 구름다리가
무너져 수많은 사상자를 내기도 했다. 그래도 고향에 갈 수 있는 사람은
형편이 나았던 것이라는 사실을 위 시는 아프게 증언한다. 추석이 되어
모두 고향에 내려가고 신입 김양과 손님들의 구두를 닦는 화자만 남은 안

마시술소에 그날따라 손님들이 밀어 닥친다. 그들 또한 고향에 내려가지 못하고 외롭게 추석을 맞아야 할 가난한 농촌의 자식들일 뿐이다. 추석날 안마시술소에서 갈급한 욕정을 해결하는 그들은 "상한 구두코"로 비유되듯 가난하고 갈 곳 없는 도시의 하층민들이다. 안마시술소의 막내 김양도 그들의 처지를 누구보다 잘 이해하기 때문에 "귀향하지 못한 철새" 한 마리도 뿌리치지 못하고 다 받아들인다. 추석은 우리 민족에게 가장 풍요롭고 넉넉한 절기로 인식되어 있으나, 산업화 사회는 추석의 풍속도마저 바꿔 놓았던 것이다.

5.

우리 민족이 먼 옛적부터 달과 긴밀한 교감을 이뤄왔음은 지금까지 살펴본 대로다. 그러나 최근 몇몇 시인들 작품에서 달은 예전과 전혀 다른 이미지와 상징으로 언표화된다. 그것은 아무래도 서구 문화에 압도된 우리의 학문과 생활양식의 변화 탓으로 보아야 할 것이다. 앞서 언급한 바처럼 서구에서의 '달'은 부정적 이미지를 더 많이 가진 단어다. 비근한 예로 '미치다·발광하다·정신이상'이란 뜻을 지닌 'lunatic'의 어원이 'lunar(달)'이란 사실은 서구의 달에 대한 문화적 감각의 수준을 단적으로 설명해주는 보기다. 또한 '달빛의 신'이라 알려진 아르티메스가 출산하는 여성을 보면 활을 쏘아 죽인다거나, 자신을 돌보던 요정 칼리타스가 제우스의 꾀임에 넘어가 임신을 하자 역시 활로 쏴 죽였다는 그리스 신화만 보더라도 서양에서의 달은 앙칼지고 표독스러운 독부(毒婦)의 이미지가 강하다. 그런데 최근 한국 현대시에 등장하는 달에서도 이와 유사한 성향이 보여 주목된다.

섬의 동쪽과 서쪽은 죽음과 삶처럼 닮아 있고
또 빛과 어둠처럼 달랐다.
동쪽에서는 검은 달이, 서쪽에서는 흰 달이 떠올라
두 개의 달이 머리 위를 지나가기도 했다.

―조용미, 「검은 달, 흰 달」 부분

달이 해를 가리고 지나가는 그 짧은 순간,
나는 늑대 속으로 뛰어들고 싶었다 복면을 하고
은행원들을 개처럼 바닥에 엎드리게 하고
불이야, 소방차가 불난 꽃집으로 달려가게 하고
유명한 불륜 남녀를 맨홀 속으로 내려가 사라지게 하고
앵무새가 되어 엽기적 살인 사건의 배후로 등장하고 싶었다

―송찬호, 「일식」 부분

네온을 두른 전기 십자가,
달을 지지고 있었다. 달은
전기 인두를 떨어뜨리고
떠오르고 있었다.

―이윤학, 「둥근 달」 부분

위 시의 달은 우리에게 친숙하고 정겨운 모성의 포용적 이미지가 아니라 불길하고 탈신비화된 남성의 폭력적 이미지로 표상된다. 우리 전통 문화에서 해나 달이 두 개 뜨는 것은 커다란 변괴가 발생한 불길한 조짐인데 조용미의 시에서는 두 개의 달(흰달/검은달)이 동쪽과 서쪽에서 한꺼번에 떠오르는 충격적 상황이 전개된다. 또한 송찬호 시에는 달이 뜨면 늑대인간으로 변한다는 서구의 기괴한 설화가 배경에 숨어 있다. 이윤학의 달은 도시 밤하늘의 달이 얼마나 삭막하고 살벌한 풍경 속에 자리하고 있나를 증언한다. 달에 대한 이러한 변주는 앞으로 더 다양하고 충격적인

양상으로 나타날 것이다. 현대인들은 더 이상 달에 계수나무와 옥토끼, 또는 항아(姮娥)와 같은 절세미녀가 살고 있다고 믿지 않는다. 요즘 젊은 시인들은 "하늘이 찢기어 흐르는 피"를 "사람들이 그 피를 달빛이라 부른다"(배용제, 「달빛 걷다」)고 인식하며, "나의 달은 매일 울어요"(곽은영, 「나의 달은 매일 운다」)라고 하소연하며, 『야후!의 강물에 천 개의 달이 떠오른다』(이원의 시집 제목)며 인터넷 세상이 도래했음을 선언한다. 요컨대 요즘 세대의 의식과 감수성에서는 달에 대한 신성성이나 신비감을 찾아보기 힘들다. 더군다나 우리의 전통 문화와 풍속보다 서구 것을 더 많이 보고 배우며 자란 그들은 비유를 하더라도 그리스 신화나 그림 동화, 또는 영화나 서구 대중음악에서 인유하거나 패로디하는 게 더 자연스러운 세대다. 가령 조용미의 "만리독행, 너는/오늘은 마르셀 마르소의 가면을 쓰고 내게 말을 거는구나"(「달빛 하얀 가면」)와 같은 구절은 '만리독행'이 김용의 무협소설에 나오는 주인공의 경신술(輕身術)에서 차용한 단어이고, '마르셀 마르소'는 "많은 소설가가 몇 권의 책으로도 표현하기 힘든 것을 5분 안에 표현해냈다"는 찬사를 받는 프랑스의 판토마임 배우라는 예비지식 없이는 '귀신 씨나락 까먹는 소리'처럼 무의미한 소음으로 들릴 뿐이다.

그럼에도 불구하고 많은 시인들에게 달은 여전히 위안과 치유를 가져다주는 존재이다. 진은영의 달은 "엄마의 눈빛 같은" 다정한 모습으로 "아기아기 내 아기"(「달로 가는 비행기」)라고 나를 부르는 절대모성의 대리자이고, 허수경의 달은 "꿀꺽 삼키면 속이 다 환해질 것 같"은 "아스피린"이어서 "내 속에 든 통증을 다 삼"(「달이 걸어오는 길」)키고도 남을 자비와 사랑의 화신으로 묘사된다. 이런 사유와 비유는 별로 새로울 게 없어 보이지만 전통과 현대의 훈습이 아니고는 쉽게 얻어지지 않는 것이라는 점에서 값지다. 아래 시 역시 '낮달'에 대한 신선한 상상력과 비유 체계를 보여주는 점에서 주목할 만하다.

내 목숨이 서서히 무너지고 싶은 곳

멀리서 온 물컹물컹한 소포
엷은 창호문과 성글은 울
찬물 한 그릇이 있는 마루
꽃도 새도 사람도
물보다 물렁하게 쥐었다 놓는,
식었던 아궁이가 잠깐만 환한,

내 귓속에 맑게 흐르는 이별의 말
자루에서 겨처럼 쏟아져 내리다 흰빛이 된 말

—문태준, 「낮달의 비유」 전문

해가 낮에만 보이는 것과 달리 달이 낮에도 보이는 것은 태양과 지구, 달의 움직임이 서로 다르기 때문이다. 낮달은 흔히 없는 것 같지만 실제로 존재하는 것, 또는 별 것 아닌 듯하지만 큰 의미(포부)를 숨긴 것의 비유적 상관물로 이해된다. 문태준은 낮달을 보고 떠오른 이미지를 몇 개의 단상으로 표현하고 있다. 그는 낮달을 보고 문득 고향 어머니가 부쳐준 소포와 함께 고향의 창호문과 마루, 그리고 부엌의 아궁이 등을 떠올린다. 어머니가 부쳐준 꾸러미의 물목은 아마 된장이나 고추장, 또는 갓 담아 보낸 김치나 떡 같은 음식물인지 모른다. 그것을 시인은 '물컹물컹한'이란 촉각적 단어로 표현한다. 그 촉감은 이물(異物)을 만졌을 때의 섬찟하고 불쾌한 느낌이 아니라 반갑고 정겨운 것을 대했을 때 울컥 솟구쳐 올라오는 그리움이다. 그리고 이제 도시의 대부분 가정에서 사라진 창호문과 마루, 그리고 아궁이 등도 고향과 동심을 환기하는 강력한 촉매 역할을 한다. 어린 시절의 시골 생활이 경제적으로 그리 넉넉했을 것 같지 않지만, 어느덧 불혹의 나이에 들어선 가장으로선 그때야말로 지금까지의 삶에서 가장 안정되고 평화롭고 풍요했던 시절로 기억되는 것이다. 그 느낌은 우리의 의식과 시야에서 사라진 듯 하다가도 기억의 창고 가장 깊은 곳에 숨어 있다가 불현듯 되살아나 "식었던 아궁이가 잠깐만 환한" 빛을 발산한다. 지금은 비록 서울에서 밥 벌어 먹고 살고 있어도 집을 떠날 때 어머니가 들려준 "이별의 말"을 "자루에서 겨처럼 쏟아져 내리다 흰빛이 된 말"로 또렷이 기억하고 있기 때문에 그는 시인이 된 것이리라. 농촌공동체사회에서 산업화사회로, 또 거기서 정보화사회로 급속하게 변한 이 시대에도 변하지 않는 것은 있는 법이다. 달에 대한 기억과 이미지 또한 지금까지 보아온 것처럼 두 가지 흐름이 긴장과 균형을 유지하면서 더욱 새롭고 흥미로운 양상으로 전개될 것이다.

저자 장영우(張榮遇)

문학평론가 · 동국대 문예창작학과 교수
1956년 서울 출생
동국대 국문과 및 대학원 졸업
『문화일보』 신춘문예 평론부문 당선
『이태준소설연구』, 『중용의 글쓰기』, 『소설의 운명, 소설의 미래』, 『거울과 벽』 등 다수

역락비평신서 26

연기(緣起)의 시학

저자 장영우

초판1쇄 인쇄 2015년 7월 14일
초판1쇄 발행 2015년 7월 24일

펴낸곳 도서출판 역락
등록 1999년 4월 19일 제303-2002-000014호
펴낸이 이대현
편집 이소희
디자인 이홍주

주소 서울시 서초구 동광로 46길 6-6 문창빌딩 2층
전화 02-3409-2058(영업부), 2060(편집부)
팩시밀리 02-3409-2059
e-mail youkrack@hanmail.net
역락블로그 http://blog.naver.com/youkrack3888

값 38,000원
ISBN 979-11-5686-223-9 04800
      978-89-5556-679-6 (세트)

파본은 구입처에서 교환해 드립니다.